殷国明文集 ⑦

20世纪中西文艺理论交流史论

殷国明———

著

九州出版社
JIUZHOUPRESS

图书在版编目（CIP）数据

20 世纪中西文艺理论交流史论／殷国明著．－－北京：
九州出版社，2022.11
ISBN 978－7－5225－1484－0

Ⅰ．①2… Ⅱ．①殷… Ⅲ．①文艺理论—文化交流—
研究—中国、西方国家 Ⅳ．①I0

中国版本图书馆 CIP 数据核字（2022）第 230281 号

20 世纪中西文艺理论交流史论

作　　者　殷国明　著
责任编辑　王　佶
出版发行　九州出版社
地　　址　北京市西城区阜外大街甲 35 号（100037）
发行电话　（010）68992190/3/5/6
网　　址　www.jiuzhoupress.com
印　　刷　唐山才智印刷有限公司
开　　本　710 毫米×1000 毫米　16 开
印　　张　26.5
字　　数　383 千字
版　　次　2023 年 8 月第 1 版
印　　次　2023 年 8 月第 1 次印刷
书　　号　ISBN 978－7－5225－1484－0
定　　价　168.00 元

序

————————

　　文学原本并无古今中外之分，不仅各种知识是相通的，人性也有很多相同和相通之处。所以我也同意殷国明把中国传统的"道"理解为"路"，因为有了路，我们才可以互相交流和沟通。显然，仅仅意识到彼此之间的共同点和共通点是不够的，关键要有沟通和交流的桥梁和路径，这需要靠人们的努力，去架设和铺就这样的桥梁和道路。

　　当然这是一件并不轻松的工作，它不仅需要持之以恒的学术努力，更需要我们怀抱一种对人类的信念和爱心，用我们的心血去消除人与人之间的文化隔阂。殷国明是我的学生，他为人任情率性，通脱而重意气，又深受中国传统文化的熏陶，素具"民胞物与"、忧乐与天下共的仁爱胸怀。我想，这本书就是一种"架桥铺路"的工作，希望在中西文艺理论交流方面促进交流和沟通。这本身就是一件很有意义的事，所以我也希望今后有更多的人来"架桥铺路"，促进东西方文化的交流，增强人与人之间的相互沟通和理解。

钱谷融

1999 年 11 月 1 日

目 录
CONTENTS

下　编

导言

道通为一

　　博大精深的中国古代哲学美学，为我们提供了打开现代艺术大门的钥匙。这是我们在对古代遗产不断深入研究中发现的。给予我最大启发的是中国古代哲学美学中"同"与"通"的观念。从表面上看，"同"与"通"的观念并没有"道""气""礼""仁"等那么引人注目，但是它更具思维方式和方法论上的意义。如果说后者多半以名词性来确定意义，表达中国哲学美学中一般稳定的特性的话，前者则体现了从名词向动词性的转换，反映了中国哲学美学兼容并蓄、活跃通达的生命活力。我甚至认为，以往的研究过于拘泥于对名词性概念的探究与分析，反而忽略了对思维方式和方法论方面的总结。实际上，若没有一种博大的思想方法论方面的基础，就无法设想中国古代哲学美学能够延续发展几千年，面对无数次外来思想冲击而不毁，反而能够不断丰富起来，这就在于它能够不断以"通"求"同"，以"通"达"同"。

　　显然，"同"和"通"在古代都是一种整体性观念。在老子哲学中，"同"和"元"是相通的，"同谓之元"（《道德经·第一章》），它一方面指的是万物之母，表达一种整体性的本原存在；另一方面则是指与自然之母相融合、相统一的过程，正如《道德经·第五十六章》所言："塞其兑，闭其门，挫其锐，解其分，和其光，同其尘，是谓玄同。"所以"同"中就有"通"的含义。老子有时候又有"玄通"的说法，如《道德经·第十五章》"古之善为士者，微妙玄通，深不可识"，表明"同"和"通"之间密不可分的关系。庄子无疑发挥了这种思想。在庄子思想中，"同"是一种宇宙存在的整体状态，包纳万物万事；而"通"则是克服万事万物之间的差别和隔阂，通过事物与事物之间、人与自然之间的交流和沟通，达到物物相通、人物同在的一种途径和状态。这就是老庄哲学的精义所在，并非否认事物的差异性并消灭它，并非强求一致和同化异己，而是强调同一性和差异性的互通共在。"同"是一种整体的多样性存在，而"通"则是一种多样的整体性存在。

这不仅是对世界状态的一种动态描述，更是对于人的认识和把握世界方式方法的一种高度概括。从原始思维角度来讲，人类面对千差万别的事物，通过比较沟通来扩大丰富自己的精神，认识和把握世界。但是中国古代在这方面所形成的一套系统完整的哲学美学方法论体系贯穿于整个历史哲学与美学探索中，确实是绝无仅有的。由于有了"同"和"通"，中国哲学美学可以说是无处不达、无所不通，从《易经》"始作八卦，以通神明之德，以类万物之情"，到刘勰妙言"通变"之术；从董仲舒的"同类相动"到王国维沟通中西美学的悲剧观念，不仅创造了东方神秘主义的幽深奇境，而且打开了更全面广泛且融合世界多种文化思想的大门。

这也是我们今天认识和把握 20 世纪中西文艺理论交流景观的一个起点。当我们放眼一个世纪以来的文艺理论发展时，就会发现古人的智慧明灯仍然在那里闪闪发光。应该说，20 世纪中国文艺理论发展本身就是一部新的、更大范围内的"同"与"通"的历史。中国人在文学中再一次发现了"同"——这个"同"是走向世界，与世界文化相交接、相交流、同呼吸、共命运的"同"，同时又是在多样性的文化选择中保持和发扬自己特色的"通"——的意义。在这个过程中，"通"成了中外古今文艺理论交流融合的桥梁，中西传统在这里进行碰撞和交流，传统与现代在这里进行对话和应答。

于是，东西文艺理论交流成了 20 世纪中国文学的一种特殊景观，一些研究者不仅早已认识到了这一点，而且已经把它纳入到了新的文学史框架中。这首先是因为理论本身在 20 世纪中国文学中占据着特殊重要的意义。所谓特殊是指中国 20 世纪文学发生和发展的文化语境与西方不同，它不仅是一种文化转型期的文学，而且是在各方面都直接受到外国（主要指西方）文化思潮冲击和影响下的文学。所以我曾把这种情况称为"意识的先导性"。这也就是说，在文学发展中，常常在并没有相应的文学创作实践作为基础，甚至文化阻力相当大的情况下，作为理论观念的意识首先进入了文学，继而才引起了创作上的变化和反响。所以，中国 20 世纪文学总是先有"主义"的理论（虽然并非完备和完善的理论）和提法（虽然并非准确的提法），然后才有了这方面的创作，而且这种情况经常和所谓"真""伪"或者"是否合乎国情"之类的争论搅和在一起。

这种情况无疑造成了中国文学中的迷乱和困惑。理论时而被视为推动文学发展，唤起文学活力的灵丹妙药，时而被认为是扰乱文学思想，冲击文学创作的洪水猛兽。中西文艺理论的交流引起了一系列的文学裂变和矛盾，人们突然感到了理论与创作、创作与欣赏、创新与传统之间的巨大鸿沟，冲撞的阵痛和断裂的困扰时常发生，构成了 20 世纪中国文学发展中持续不断的文化焦虑。人们总是有一种失去了意识支撑点的感觉，在种种理论选择中不知道应该依据何处，是东方的源流，还是西方的文化？是中国的传统，还是外国的现代？最终在不同的文化情势下又常常不得已从一个支点跳到另一个支点。所以，从"新方法热"又转到"国学热"此类的循环转向在现代中国已多次发生，看来以后还会继续下去。

我并不对这种情况过于悲哀，只是感到它有时候过于纠缠不清而已。其实，我倾向于把这种情况看作一种交流的持续过程。因为人们之所以感到迷乱和困惑，是因为还没有真正理解和把握东西方文艺理论交流的内在意蕴，并没有真正在东西方文艺理论交流中发现、理解和把握它们的相通之处。换句话说，这种交流是发生了，但是常常没有完成，因为它还没有真正地"通"，还没有在文学意识中形成某种浑然一体的概念或观念。而要发现和达到这种"通"，就必须付出时间和精力，通过大量坚实的文化探索和学术研究来完成。

在东西方文艺理论交流中，"通"要靠坚实的学术建设起来。要达到庄子所说的"道通为一"境界，更要克服和超越东西方文化中的种种限定，对东西方文艺理论交流现象的发生和发展进行细致的分析和探究，从多样性的冲突中"变通为一"，从一种理论的变化和变异中"知通为一"，从而使文学从种种对立的文化观念和意识形态中解脱出来，恢复到它本原的、无东西方文化限定的生命状态。否则，中国文学意识中的"朝三暮四"、忽西忽东状态会一直持续下去。

这里，我想引用学者辜鸿铭在 1924 年的一段话：

> 有名的英国诗人吉卜林曾说："东就是东，西就是西，二者永远不会有融合的机会。"这句话在某种意义上说有它的合理处。东西方之间确实存在着很多差异。但是我深信，东西方的差别必定会消失并走向融合的，而且这个时刻即将来临。虽然，双方在细小的方面存在有许多不同，但在更大的方面，更大的目标上，双方必定要走向一起的。①

这里当然包括中西文艺理论的交流。也许"同"的意义只能是一种期待和希望，只能表现在"更大的方面，更大的目标上"。如果说"同"具有同源、同在的意思的话，那么同源至今还是一种假设，而同在则是一种现实状态，这是一种多样性相通的共同存在。所以，如果说"同"是整体性的"通"，那么"通"就是一种具体的，在交流中彼此契合、内外相通的精神跃进和充实过程。《易经》曰："一合一辟谓之变，往来不穷谓之通。"对于 20 世纪中国东西方文艺理论交流来说，可以简言为，"一东一西谓之变，往来不穷谓之通"。正是东西方文艺理论的交流，带来了 20 世纪中国文学在观念和创作上的巨大变化，而我们只有在不停的相互交流、

---

① 辜鸿铭：《中国人的精神》，黄兴涛、宋小庆译，海南出版社，1996 年，第 207 页。

比较和对话中，才能"变而通之以尽利"，才能"推而行之谓之通"。

可惜，这种"通"的学术工作做得不够，这也是导致 20 世纪中国文学经常出现精神迷乱和困惑的原因之一。一方面是由于 20 世纪中国东西方文艺理论交流的速度实在太快了，内容太丰富了，以至于学术界和理论界无法或没有能力和时间去消化、总结，只能把大量的问题积留下来，所以这种交流只能流于表面层次上的介绍和宣扬，而缺乏深层次的沟通和理解，因此交而不合，流而不通；另一方面则是因为近百年学术环境和氛围欠佳，学术研究难以获得一段较长的时间和宽松的空间，这也就更使得有志于此且潜心研究的学者数量极少。缺乏深厚的积累，自然也难有通的见识。

当然，在东西文艺理论中求"通"不易还有更重要的原因。《易经》中说："易穷则变，变则通，通则久。"这说明"通"首先要明白其"变"，对符号的变化和转化及其规律要有充分的研究，这样才可能谈得上"通"；与此同时，真正的"通"要经得起时间检验，要有概括性，能够"以通神明之德，以类万物之情"。就文艺理论来说，达到"易穷"就很不容易，这意味着要对东西方的一些基本文学观念和观点有比较深入的研究和认识，能把握其基本含义。至于这些观念和观点在历史传播和阐释中的变异和转换，要搞清楚那就更难了。再进一步说，如果这种变异和转换在某种相对稳定和单纯的环境中进行，尚且比较容易理出线索和脉络；而如果在一种跨文化的环境中进行交流，那就难上加难了。

因此，在东西方文艺理论交流中求"通"，不仅要研究交流发生的原因、动机及其内在机制，探索一种理论在不同文化语境中的变异和重新塑造过程，而且要能够在对形而下的具体现象和材料的分析研究中，发现能够在大文化范围内推而行之的形而上的文学之道。就前者来说，20 世纪中国文艺理论的交流过程蕴含着独特的文化意味，它本身就蕴藏和表现着某种创造力。有人说，100 个观众心目中就有 100 个不同的莎士比亚，这种总结同样适用于描述文艺理论交流过程。20 世纪以来，种种西方文艺理论流入中国，不仅影响了中国文学，而且其本身也得到了中国文化的重新塑造，它们可能被简化、被切割、被补充和被丰富，成为中国的弗洛伊德和克罗齐学说，成为华夏式的现实主义理论和后现代主义观念。如此等等，不仅揭示了理论在传播过程中的变异和转化，而且牵扯到了种种隐性的文化传统及心理因素。在这个过程中，我们在追寻某种理论的本源或本义时，也许面对的是一系列传播的踪迹。沿着踪迹探求和追寻，我们将有一系列艺术直觉力的惊喜发现。

交流永远是双向的，不管这种交流是何种流向。交流永远是一种往来、一种对话和一种彼此磨合。也许从表面上看，20 世纪中国东西文艺理论交流主要是西方流向东方、外国影响中国，人们往往看不到或者忽略了同时进行另一流向和影响。这很可能也是当前学术界在这个问题上的薄弱环节。一些研究者只是在目所能及的范围内考察这种交流，所以只注意到表面的河流，而看不到或者忽视了另一种潜在的或隐性的河流。它从东方流向西方，以东方的文学精神影响和陶冶着西方文学。应该说，20 世纪中国文艺理论的交流在这方面也有突出的表现，它在促进中国文学变革的同时，也改变着西方人对中国文学的看法及西方文学理论自身的面貌。

其实，这种交流本身就已经动摇了以西方理论为本源、为中心的观念。当我们更深层、更广泛地寻找和探索的时候，就会发现理论的进步与理论之间的相互交流，总是以这样或那样的关系彼此促进。这对于西方文艺理论的发展同样具有重要意义。19 世纪以来，曾经有很多欧美传教士和学者进入中国，以不同的方式了解中国文化、学习中国文学，并把它们介绍到了欧美，对西方思想文化的发展产生过重要影响。例如英国学者迪金逊（Lowes Dickinson，1862—1932）、道格拉斯（Robert Kennaway Douglas，1838—1913）、理雅各（James Legge，1815—1897）、辛博森（Bertram Lenox Simpson，1877—1930）、赫德（Robert Hart，1835—1911）、德庇时（John Francis Davis，1795—1890）、威妥玛（Thomas Wade，1818—1895）、巴尔福（Frederic Henry Balfour，1846—1909）、伟烈亚力（Alexander Wylie，1815—1887），德国学者花之安（Ernst Faber，1839—1899）、帕拉特（Plath，1802—1874）、郭实腊（Gutzlaff，1803—

1851），美国学者阿瑟·史密斯（A. H. Smith，1845—1932），法国学者儒莲（Stanislas Julien，1797—1873）、古伯察（Evariste Regis Huc，1813—1860）等，都曾在这方面做出过贡献。其实，欧洲的"中国学热"在 18 世纪已风行。生活在 19 世纪与 20 世纪之交的中国学人辜鸿铭曾谈到欧洲新道德文化意识的产生与东方文化传播之间的关联，他写道："但值得奇怪的是，迄今为止一直没有人知道也估计不了这些法国哲学家的思想，究竟在多大程度上应归功于他们对耶稣会士带到欧洲的有关中国的典章制度所作的研究。现在无论何人，只要他不厌其烦地去阅读伏尔泰、狄德罗的作品，特别是孟德斯鸠《论法的精神》，就会认识到中国的典章制度的知识对他们起了多大的促进作用。如果它对杜·克罗斯所谓的'理性胚芽'的兴起没起什么作用，至少对我们今天所讲的自由思想之迅速发展与传播是起过促进作用的。众所周知，那种'理性胚芽'最终发展成为自由主义思想，它在本世纪带来了欧洲中世纪制度的'Calutegéneral'（全面解体或全面崩溃）。"① 这位精通十多种外国语，但思想极端保守的学者继续写道：

　　　　这对上帝神灵真是一个极大的嘲讽。在此，我不禁要指出，那些来到中国，要使异教的中国人皈依其宗教的罗马天主教传教士们，他们应当使自己成为给欧洲传播中国文明思想的工具。因为正是中国文明的思想，那些传教士花费毕生精力，在努力教化中国人的过程中传播过去的思想，曾经成为打碎其中世纪文明的有力武器。

　　这种说法即使有点夸大，但至少可以提醒我们注意文化交流（包括文艺理论交流）的双向性，研究这种交流不能拘泥于表面的一时一地，而要注重探索更深远的精神沟通。

　　因此，我们又回到了"通"，但这时已不仅限于文艺理论范围内了，

---

① 辜鸿铭：《中国人的精神》，黄兴涛、宋小庆译，海南出版社，1996 年，第 175 页。

而进入了一个东西方文艺理论交流的更广阔的文化空间。按照中国古人的思想，"通"能达于"同"，在于它能穿越种类和时空界限，不仅物物相通，内外相通，人与宇宙自然相通，而且形和神、形式与内容、感性和理性都是相融相通的。而就文艺理论来说，不仅内部的各种因素是相通的，而且与其他各个门类的人文学科也有相通之处。因此，我们这里所探索的交流，就不应该仅仅局限于直接的文艺理论方面的互相交流和借鉴，也不应只着眼于文学，而要在文艺理论与整体的多样性文化现象之间寻找和发现它们的相通点。

显然，从这个角度来说，东西方文艺理论的交流也有直接和间接、有形迹和无形迹之分。就直接和有形迹方面来说，这些年的一些研究，取得了较明显的成绩，使人们或多或少看到了 20 世纪东西方文艺理论发展中的很多相通点；而在间接和无形迹方面，研究恐怕才刚刚开始。所谓间接交流，指的是文艺理论通过其他文化形式而得到的借鉴和传播，在这方面，伦理、政治、哲学甚至典章制度等，都可能成为文艺理论交流的媒介，进而沟通东西方的某些理论观念和看法。很多理论家并非直接从文艺理论方面得到启发，但是其理论发现确实受益于这种交流。最近，王元化先生有一篇《关于京剧与文化传统答问》，① 谈的是京剧，但是涉及很多文艺理论问题，说明京剧这一形式本身在交流过程中会对文艺理论产生重要影响。换句话说，京剧的交流背后同样存在着一种潜在的、理论的对话和交流。王先生在文中曾谈到这样一个事实："由于处在不同文化传统背景下，西方一些观察敏锐的专家在初次接触京剧时，就立刻发现了它不同于西方戏剧的艺术特征。"这种情形无疑推动了西方艺术观念的变革。同样情况也发生在东方，很多中国理论家首先是从作品中获得理论观念方面启示的。

实际上，在很多情况下，交流体现为一种文化氛围，并不一定能够在"形迹"方面找到资料和踪影。至于能够在某个学科、某个范围内直接对

---

① 王元化：《关于京剧与文化传统答问》，《中国文化》1995 年第 12 期，第 18—32 页。

应的交流，更是为数不多。严羽论诗曾有"羚羊挂角，无迹可求"的妙喻，也许同样可以用于形容东西文艺理论交流的某种情况。无形迹不等于无交流。一是可能由于种种原因，没有留下相关的资料和文本，现在难以确定"形迹"方面的东西。二是如果这种交流达到了东西交融、善出善入的境界，别人的东西都化成了自己的，又何能表现在"形迹"方面呢？以陈寅恪为例，他精通数种外语，也曾仿效欧洲，但是在其学术论著中极少"洋味"，这并非等于其中没有东西方文化交流的内容，而是因为这种交流已"化"入了自己的学术精神中。

我们也可以把这种现象称为一种"隐形"交流。西方有一种"冰山理论"，是说明人的意识和潜意识关系的，其实也可以用来讲文化交流现象。一些直接的、有资料可据的交流只是其浮在水面上的一小部分，而更大部分则是隐形的、深层次的，它们藏在水面下。研究者的困难就在于如何根据这些表面的、有"形迹"的部分，通过对它们的比较分析和透视，触及深层次的更丰富的内容，获得不同文化之间更深刻的沟通。

这就需要对历史进行挖掘和搜索。具体来说，20世纪现代中国的东西文艺理论交流的丰富内容和深刻意味不仅表现在文坛上一些新理论的引进及其争论上面，而且更表现在由此形成的对于中国传统文学观念的重新认识和发现上面。而后者是容易被忽视的。人们往往把眼光盯在表面上热闹非凡的文坛，而不注意文坛后面冷冷清清的研究界。例如20世纪以来一些学人对于中国古代文艺理论持续不断的研究和开掘，就包含着东西文艺理论交流的丰富内容。在这方面，从王国维、梁启超到钱锺书、王元化等人的学术成果，都是值得认真思考和探讨的。

从这个意义上来说，东西方交流在20世纪中国引起的最深刻变化，就是传统文论自身的当代延续以及人们对传统的重新审视和塑造。在这个过程中，交流可能是一种碰撞，但是碰撞的结果并不是分离。一些受西方影响极深的饱学之士，在研究中却以某种非常"保守""传统"的学术面貌出现，这是一种值得研究的文化现象。而我认为，交流本身就是对固有的古今、中外、新旧观念的某种超越和克服。而所谓"保守""传统"之类的界定不过是过去隔绝状态遗留下来的话语。辜鸿铭，这位多用英文写作，但极端赞扬中华道德、抨击西方文明的学者竟如此表述自己："我是希望东西方的长处结合在一起，从而消除东西界限，并以此作为今后最大奋斗目标的人。"①

让我们相信并赞赏这种自我表白吧。因为交流本来就是一种往来，它包含着拿来和回报。在 20 世纪东西文艺理论交流中，拿来和回报是同时进行的。辜鸿铭在这种交流中使用英文，向西方输送中华文明，不仅从西方"拿来"了文化自尊心，而且也是对西方文化传播中国的一种"回报"。显然，20 世纪现代中国的文艺理论不仅从西方拿来了大量的东西，而且也向西方乃至世界回报了丰富的精神财富。这种回报的深刻意义现在或许还没有充分显示出来，但最终会对西方乃至世界文学产生巨大的推动力。

这就是交流的魅力。它是有来有往的、平等的、充满活力的。它使文学有了更大范围倾听和思索的可能性。当中国文学倾听西方文学理论之声的时候，西方文学也在思索着东方文化的丰富内涵。因为当中国学者拿来叔本华、弗洛伊德、歌德、里尔克、瓦雷里、巴尔特、伽达默尔等人的文艺理论观念时，西方也通过另外一些中国学者，如辜鸿铭、林语堂、朱光潜、钱锺书、王元化、叶维廉等，汲取着中国文论的养料。

综上所述，东西方文艺理论交流不仅是 20 世纪中国文学的一个重要方面，而且也是文艺理论从局部的、地域性的文化遗产转换成全人类的、世界性的精神财富的一种创造性过程。人们从交流中获得沟通，从沟通中达到融通如一，达到对文学共同规律的认识。

这或许是一个连续的精神传递、磨合、加工、转换的过程。这个过程也是人类共通性的世界文化产生的过程。如果说，在过去相对单一和封闭的文化环境中，一种文学思想的诞生要经过几代人的充实、加工和熔炼，那么如今在文化大交流时代，一种共通的文学思想要经过多种文化的交流和磨合才能成为世界性的，才能被人类共同认同和接纳。也正因如此，在

---

① 辜鸿铭:《中国人的精神》，黄兴涛、宋小庆译，海南出版社，1996 年，第 208 页。

东西方文艺理论交流中求通，以通求同的思路也显得非常重要了。

其实，理论交流现象虽然是复杂的，而且有其偶然和难以确定的方面，但毕竟是一种人类意识的自觉行为，即使在无法找到形迹的情况下，也能透露出某种相通的气息。就此来说，中国古人历来强调"感通"不仅是一种非常有意义的精神现象，同时也是一种意识方式。从某种意义上讲，《周易》就是以"感通"为基础来揭示人与宇宙关系的书。按照这种思维方式，人实际上是无所不通的，所以能够"近取诸身，远取诸物"，用一套简单的符号来"以通神明之德，以类万物之情"。而东西方文艺理论的交流，在很多情况下同样是以"感通"为基础的，如王国维之于叔本华，在审美意识方面就有"感通"的基础，于是才有可能出现叔本华悲剧思想与《红楼梦》艺术悲剧互相映照的美学评论。

所以，在东西方理论交流中发现和研究"感通"之点，或者用"感通"方式深化这种交流，是一项非常重要的工作。钱锺书著《管锥编》，内在就贯穿着这种"感通"意念。如果说《易经》是以"仰则观象于天，俯则观法于地，观鸟兽之文与地之宜，近取诸身，远取诸物"而成的，那么《管锥编》则是在放眼于世界文学，总结于文学实际，远取西方传统，近取中国古今作品基础上创作的。所谓"通其变，遂成天下之文；极其数，遂定天下之象"，正是钱锺书做学问的精义所在。而《易经》中的"探赜索隐，钩深致远"的精神，同样在这里现出了异彩。

应该说，所谓"近取诸身，远取诸物"和"探赜索隐，钩深致远"之法，乃是我们从更深广的层面上理解和把握20世纪中国东西方文艺理论交流的一条通道。钱锺书以此来通东西古今文学之变，显示了用中国传统的思维方式研究现代文学的潜力和魅力。这种感通于古今中外文学的方式，能够使人们通过一些"形迹"去探索和理解一些"无形迹"的内容，或者把一些内在的"无形迹"的交流变成"有形迹"的显现。

从这一点延伸下去，把东西方文艺理论交流理解为一种"以类相召"，同类相动现象，也并非捕风捉影。过去有人曾一度把两千多年前董仲舒提出的"同类相动"思想简单化，光顾批判但缺乏理解和沟通。虽然这种说法说不上科学，但是道出了自然和人类社会中的一种普遍现象。在文艺理论发展中同样如此。东西方虽然有很多差异，但人类毕竟有更多的相同相通之处，有时候会面临同样的问题，会有同样的欲望和需求，所以在文学创作和理论上出现"同类相召"现象是能够理解的。20 世纪东西方之间的差距缩小了，文学经常面对共同的挑战，探索着同样的话题，这已经成了交流的背景和桥梁，所以其"气同则会，声比则应"（董仲舒语）的机会很多。由此，如何发现、理解和阐释"同类相动"现象，是今天的一个新课题。因为中国古人的说法毕竟只是提供了一种思路，或者只能说这是一个永久的课题，而如何在现代文化背景中把它进行下去，则需要更多方面的思索和探讨。

好在大多数人都不会否认，在 20 世纪文艺理论发展中，东西方出现了越来越多和越来越明显的应合现象。所谓应合，一方面是指东西方文艺理论在一定条件下发生的共生共鸣现象，如"琴瑟报弹其宫，他宫自鸣而应之"（董仲舒语）；另一方面是说东西方在彼此的交流中获得了理论上的认同和回应。而在很多情况下，这两方面是难分难解的。例如 20 世纪初西方流行象征主义理论，其美学意蕴与中国传统艺术观念发生了深刻的共鸣，同时又在中国现代文学中引起了深远的回应。象征主义理论家叶芝（1865—1939）追求在宁静中感通宇宙万物存在的艺术境界，唤起了人们对东方艺术的重新认识，而朱自清则以"远取譬"来解释象征主义的艺术奥妙，使人们感到东西方文艺理论在对美的追求方面是相通的。

当然，相通不等于相同和划一。当我们发现和理解这种应合现象时，并不仅仅是去说明和描述某一理论事实，而要去理解和阐释这种现象存在的可能性和潜在意义。在这个过程中，破除长期困扰我们理论思维的种种遮蔽，是进入一种透明的开放性对话的前提。只有这样才有可能进入一种善出善入、东西交融的境界。由此，我们把对传统的理解和对现代的描述结合起来，在寻求理解中理解自我。在这里，追寻东西方美学的原始魅力，确立整体性的东西方相通的美学渊源，是我们乐此不疲的工作。

当然，这绝不是对终极的确定。因为文艺交流本身是一个无止境的通变过程，其中包含着认同、发挥、重建，也伴随着误读、转义和剥离解构。任何一种文艺理论，当它进入一种特殊的交流语境时，都会在不同的理解、解释和评价中出现变异和转换。如果说交流本身就是一种积极的、建设性的、带有创造性的过程，那么它在每一个环节上所表现出人的想象力、感悟能力、体验能力和生发能力，将是文艺理论拥有生命力的源泉。变通的过程同时也是一个培育的过程。一种理论的产生就如同一棵幼苗出土，它在交流过程中不断得到传递者心血的灌溉，不断加入充分的理解和体验，而且还会渗入不同的人格、气质和生命追求，对原来的问题进行开拓、深化和补充，从而变得更具生命活力。

就 20 世纪中国东西方文艺理论交流来说，这就是一个东西交融、中外相通的过程，从中将产生出一种全新的美学方式，它使人们对文学的理解从片面的文本研究中解脱出来，进入一种跨文化的原创—交流—再生的动态过程，进入一种文化与心理多层次的对话领域。人类对美的共同追求和美本身的原始魅力，或许就存在于这种交流活动的不断交替演化之中，存在于文艺理论的永无止境的通变之中。

这或许就是《易经》中"通则久"的意味。

交流是无止境的，我们并非没有把握终极真理的野心，但是我们希望在对 20 世纪中国东西方文艺理论交流现象的研究中，开辟一条沟通东西方文艺理论的通道，建立一个不同文化与历史相关的认识网络。

上　编

第一章

理论生命的完整意味

——从王国维出发

翻开20世纪中西文艺理论交流史，王国维（1877—1927）的名字会首先出现在我们眼前。这位生活在世纪之交的学术大师，在把传统文化精神香火带进现代文明殿堂的过程中，燃尽了自己的生命。王国维无疑是一个标志性人物。要想真正理解和把握其在现代中国文艺美学上的价值和意义，就不能不跨出任何一种抱残守缺的文化观念，去拥抱一个开放的、完整的理论时代。

理论生命的完整意味正是从这里显示出来的。

一、从"小文化"到"大文化"

20世纪是人类文化进入一个大交流、大汇合的时代。这个时代到来的前提，一方面是物质和科学技术的发展，另一方面则是精神文化上的欲望和追求。后者不仅是一种对完整、对超越、对开放的欲望和追求，更是一种对残缺、对褊狭、对封闭的不满和对抗。在这个时代，某一地域性或某一民族性文化传统的怀疑者或叛逆者有可能不再是完全文化意义上的孤独者和破坏者，而成为不同地域文化传统的沟通者和新文化形态的建设者。这种情形不仅仅发生在经济文化上向外扩张和发展的西方发达国家，而且也发生在经济文化发展滞后的东方国家。从某种意义上讲，20 世纪的人类文化处于一种转型期，它正在从一种分散的、隔绝的、自成系统的小文化形态，转向一种综合的、沟通的、互相紧密相连的大文化形态。在这个过程中，人类不能不重估和重建一系列文化价值标准，在不同文化的碰撞和交流中寻找同源、同理的线索，在不同的文化体系之间，建造互相理解的桥梁，并创造一种更有包容性、更有凝聚力的精神文明。

显然，只有到了 20 世纪，交流才成为一种自觉的历史意识。而在历史发展中，如果没有它，文明就不会诞生和发展，人类就不可能从野蛮状态中解脱出来。美国学者罗伯特·路威（Robert H. Lowie）在《文明与野蛮》(*Are We Civilized：Human Culture in Perspective*) 一书中已提出这种观念。他以 1877 年绝种的塔斯曼尼亚人（Tasmanians）为例，提出并且回答了交流与文明进步这一问题："他们没有草房子，只有简陋得可怜的障壁，他们不知陶器为何物，甚而至于他们的石器也不比（假定是）三万年以前的尼安得特人高明。为什么他们会落在别的民族后面整万年呢？是因为气候炎热影响人的智力吗？塔斯曼尼亚在赤道以南的距离和费城（Philadelphia）在赤道以北的距离不相上下，关键在当初的塔斯曼尼亚人一到了他们家里以后，立即和外面的世界断绝往来，他们自己和他们最近的乡邻澳大利人全都没有可以促进交通的船只。拿这个和历史上的任何复杂文化比一比，古代的埃及人和巴比伦人互相受影响，巴比伦人本身便是苏末尔人（Sumerians）和阿卡得人（Akkadians）的混合物。中原地区老早和这些高等文明有接触，过后又从马来人、突厥人、蒙古人那里输入不少发明，希腊人的文化建筑在埃及人所立的基础之上，罗马人又尽量从希腊人那儿搬过来，我们的现代文明更是从四面八方东拼西凑起来的一件百衲衣。我们的文明仓库丰满，塔斯曼尼亚文明的仓库空虚，不为别的，只因为我们前前后后接触过异族不计其数，而塔斯曼尼亚人接触过的简直等于零，因为任何民族的聪明才智究竟有限，所以与外界隔绝的民族之所以停滞不前只是因为十个脑袋比一个强。"①

　　文明如此，文化也是如此。若干年前，我曾提出大文化和小文化的概念。所谓大文化，就是指一种开放的、由多种文化交流融合而成的文化形态，这是一种具有包容和转换能力的、在现代社会中富有活力的文化，唯有这种文化在今天是有前途的，能够在新的文明阶段继续存在；而所谓小文化，是指一些自给自足的、在相对封闭状态中存在的文化形态，这种文化在今天无论如何珍惜并试图加以保护，都不可避免地走向消失或名存实亡。

　　不过，虽然考察这种交流过程已成为当今学界的热点课题，但是对这种交流本身的理解仍有待于进一步深化和完善。有一种看法认为，由于经济发展水平的差异，20世纪人类文化交流的主要流向是从西方到东方，即处于封闭和落后状态的东方文化在危机之中向西方文化求救，接受西方文化的影响；而西方文化是"输出者"和"征服者"，主要向东方国家和民族输出文化，由此也就产生了"西方文化侵略论""殖民主义文化论"等立论和说法。如果不进行深层的文化探究，这种看法似乎很符合实际，很有说服力。但是进一步分析就可以看出，这种说法除了把东方文化塑造成一种被虐待甚至被强暴的形象之外，并不能给人们提供什么有益的东西。相反，一种对人类文化交流过程及其意义的怀疑开始出现，人们会恐惧在这种交流中失掉自己的传统文化，因而纠缠于对外来文化的对抗和搏斗之中。

　　这种搏斗已经持续了几千年，这几千年也是人类根据不同时期生产力发展水平的需要进行规模组合，从氏族部落到部落联盟，再到民族国家、多民族国家，以至于更大规模的跨民族、跨国家的国际联合体出现的历史过程。文化作为一个国家或民族的精神命脉，作为一种心灵图腾，曾经与某一种特定的经济形态、政治体制、思想权威，甚至宗教仪式、神话传说连在一起，共同构成一种合乎人们想象、合情合理、合乎日常生活逻辑的

---

　　① ［美］罗伯特·路威：《文明与野蛮》，吕叔湘译，三联书店，1984年，第13—14页。

意识形态。它不仅为个人思想行为规范提供依据，更为国家权力以及既定利益分配的"现实存在"提供难以动摇的思想基础。因此，文化的功利化、物质化和其神圣化、神秘化在人类历史上是同一过程，都不约而同地寻求着共同的平衡。在这个过程中，人类在不同范围内形成了大大小小的文化圈，它们既彼此竞争又彼此隔绝，把必要的交流限制在可以控制的范围内，尽力维护着自己生存状态的稳定性。

我们有理由相信，人类对于文化交流意义的认识也经历了一个痛苦、矛盾的认识过程。因为交流本身是人类生存发展的基本需要，即便是从最基本的生物进化过程来说，没有横向的联姻交媾，人类就无法从最原始的状态中解脱出来。在这方面，人类也许是地球上最早觉醒的物种，所以最原始的氏族部落也禁止内部通婚。然而，由于人类生存和认识能力的局限，早期不可能创造一种宽容的文化观念和机制进行交流，而更重要的是，在当时的文化群体意识中，血缘、肤色、民族、宗教等因素是难以逾越的界线，每一种文化都难以接受和容忍不同于自己属性的因素，以此来维护自己文化的尊严。所以，为了进行这种交流，人类一开始就不得不付出很大的代价。战争和暴力都曾是进行这种交流并有效保存自己的有力杠杆，由此强悍的部落能获取弱者的妇女、财产和劳动力；而弱小的部落（主要是武力因素显示出来的）会因此失去自己的生存地位和文化权利。因此，在崇尚暴力的时代，文化交流不可能是平等的，它在很大程度上表现为一种征服。这种征服虽然在一定程度上实现了交流，带来了历史发展新的机遇，却在人类历史上不得不留下了痛苦的记忆。

这就在人类心理深处种下了一种恐惧感，以至于现在我们还时时处处感受到人们对文化交流所持的那种奇怪的双重态度：一方面非常推崇和向往，在很多场合赞美它、推动它；与此同时又心怀恐惧，在很多情形下限制它、拒绝它。这种情形也许会使我们联想到荣格（C. G. Jung, 1875—1961）的"影子原型"（Shadow archetype），当人们向往并进行文化交流的时候，总有一个阴影形影相随，它总是站在对立面，不断告诫人们："小心啊，这是多么危险，最好立刻停止！"

这似乎有点不可思议，但是只要回顾一下历史上的种种痛苦记忆，很多人因此失去了自己的文化权利和精神家园，对此就不能不抱一种理解的态度。况且文化是人类灵魂安身立命的基础，任何一个人的自我意识都依赖于某种特定的文化传统而存在，一旦失去了这种基础，个人就不再有心理上的安全感，存在的自尊心就会受到挑战，如果找不到一种新的精神家园的话，那么其灵魂就永远得不到安宁与归宿。显然，征服具有剥夺性，它强迫人们放弃或接受某种文化体系或信仰，以摧毁人们原有的自我意识为前提，所以无论这种征服在言辞上多么冠冕堂皇，都会对人性和人的存在造成伤害。

这种伤害不仅造就了人们特别是处于受剥夺地位的弱小者对文化交流的恐惧感，而且加深了人们对文化存在本身的误解。由于文化物质化和功利化的结果，人们已经习惯于把某种特定的文化和一些物质外壳联系起来，它们包括特定的政治权威、国家体制、民族和地域界限等，而对于文化的内在化本质把握不足。这样，文化本身不仅成了处在种种物质包裹中的"壳中之物"，失去了自然和自由存在发展的性质和空间，而且极其脆弱，很容易在政治经济体制变动中被肢解、被摧毁。人们常常把文化和一些既定的现实存在混为一谈，以为一旦触动和改变了后者，就危害到了前者，因此也使得一些浅薄的既得利益者有机会发表危言耸听的言论，扩大人们的恐惧情绪。

在这个过程中，中国所扮演的角色更是与众不同。这个具有深厚文化传统的大国，在过去相当长的一段时间内对外界保持着精神上的自我完满、只出不进的姿态，中国人感受过物质上的贫乏和武力上的软弱，但是从未意识到精神文化上的贫弱，因而也从未想到去探索其他文化的秘密，去自觉吸收外界精神文化财富。这种情况与西方有所不同。文艺复兴之后，中国文化逐渐被西方世界所了解，很多西方文化人像发现新大陆一样兴奋不已，在西方世界掀起一次次"中国文化热"，从多方面直接或间接吸收中国文化因素，并把它们融入自己的思想创造中，向世界贡献出许多跨文化、具有人类精神开创性的思想成果。

　　从某种意义上说，王国维和西方文化就是在这种时代文化氛围中相遇，并一同进入我们精神视野的。一些学者已经指出，王国维的出现对于中国文艺理论，乃至整个学术思想发展来说，具有划时代的意义。从某种意义上说，他不仅是中国传统文艺精神的真正继承者，而且是现代文艺理论，乃至现代学术意识的开拓者和创建者，至少在中国文艺理论发展中，他是一个标志性人物。他的批评创见和理论建设标志着中国现代美学和文艺理论的开端，体现了中国文艺美学从传统向现代、从中西隔绝向中西融合的历史转变。

　　这种评价无疑是有见地的，但是如何理解这种转变及其现代文艺美学精神，却很难一言以蔽之，或者用某种含糊其词的方式搪塞，因为这不仅直接影响着我们对王国维著作的阅读和评价，而且决定着我们对整个 20 世纪文艺美学历史的把握。假如中国现代文艺美学的特殊性就在于批判地继承传统，并借鉴西方文艺理论来整理和重建中国文艺理论的话，那么中国 20 世纪文艺美学的现代性就显得过于简单和贫乏了，它最多不过是一次文化移植和嫁接过程而已，其中并没有多少世界性意义。如果王国维的意义就仅在于他是"以西洋的文学原理来批评中国旧文学的'第一人'"，在于他创造性地提出了文艺美学上的天才说、古雅说、游戏说、痛苦说和境界说，那么他至多是一个成功的借鉴者或移植者，与同时代的西方理论家相比，并没有什么过人之处。换句话说，他对于整个 20 世纪世界文艺美学发展并没有什么独到的贡献。假如是这样，我们也就不得不把发生在中国 20 世纪的这场理论变革理解为一次地域性的，而不是世界性的，它的意义也只能局限在中国文艺美学的发展变化之中。

　　这就牵扯到了文艺美学发展的尺度问题，尽管这是一个极其敏感又难以说清楚的问题，但我们又必须面对、不容回避。文艺美学的现代性不等于用西方文艺理论观念来说明一切，更不是把中国的民族文艺美学思想归入到西方的体系，当然也绝不是相反，用中国民族化的标准来批判、筛选和选择西方乃至整个外来文化。如果是这样的话，我们依然无法摆脱"西方文化中心论"阴影的束缚，在文化心理上继续扮演一种"被征服"的角色，这种心态有时潜藏在人们心理深处，与另一种强烈的渴望征服他人文化的心理同时存在而互为表里，驱动着对外来文化反复无常的选择方式。时而表现出对中国传统的全面否定，对西方文化全盘接受的倾向；时而又陷入对传统文化无限自恋的情绪中不能自拔，对西方文化拒而绝之。在这里，我无意深入分析这种心态的历史形成过程，只想指出它的存在对于开拓学术研究视野和方式有着极其明显的限制，使其不能进入一种真正宽广清明的境界，无法与外部文化进行平等的对话。

二、从"受动时代"到"能动时代"

在王国维的思想意识中，渴望交流和渴望理论生命的完整性无疑是一致的。文化交流意识的觉醒，也正是中国现代文艺美学理论更新的开端。

其实，中国自唐宋以来，思想理论上的贫困现象就日益突出，和西方同时代相比，恰巧形成鲜明的对比。中国文化以春秋战国时期最为辉煌，思想巨子辈出，孔孟老庄诸子百家，奠定了深厚的基础。此后虽有两汉独尊儒术，但随后就有魏晋儒佛文化大交流，激活了中国精神文化创造力，为唐宋文学艺术创造高峰积聚了力量。但此后的岁月，精神文化创造力逐渐进入低谷，特别是数次被外来暴力征服的惨痛体验，中国文化人在封建专制暴政压迫下辗转反侧，失去了思想的独立性，精神疲软到了极点，除了用佛老哲学保身活命，用孔孟之道维护风化外，真正卓越超群、划时代的思想文化创造非常少。几百甚至上千年来，中国朝代频频更替，但时代文化精神却代代如此，中国人靠"吃"传统文化为生，却未能为其贡献新的精神，再也没有出现像孔孟老庄那样的大思想家，而西方却出现了一代又一代大思想家。从文艺复兴、启蒙时代，实证哲学、科学主义，到现实主义、现代主义，不断进行新的创造，积聚新的思想力量，激励他们把社会推向新的阶段。

思想僵化和精神文化的贫困，必然导致社会发展的滞缓。近现代中国社会发展之所以落后于西方，固然表现在科技和生产力方面，但其根源之一应该在先前的文化机制和精神状态中去寻找。没有强大的精神力量和丰富的思想创造，就不可能启动和承担快速的经济发展。

王国维最早深刻意识到了这一点。在他的时代，如何保存中国文化命脉及如何建造新的精神家园的问题已经提出，王国维之所以对此心领神会，怀有一种沉重的文化责任感，是因为他不仅意识到了精神之于物质的历史关系，而且深感近代中国精神上贫困之贻害无穷，因为无精神之慰藉，所以鸦片缠足、腐败贪污等人心堕落、社会滑坡状况才成为必然。例如，他在《文学与教育——"教育杂感"四则之四》一文中略述了近代西方思想界巨人辈出的现象后就如此感叹：

> 今之混混然输入于我中国者，非泰西物质的文明乎？政治家与教育家，坎然自知其不彼若，毅然法之，法之诚是也，然回顾我国民之精神界则奚若？试问我国之大文学家，有足以代表全国民之精神，如希腊之鄂谟尔，英之狭斯丕尔，德之格代者乎？吾人则不能答也，其所以不能答者，殆无其人欤？抑有之而吾人不能举其人以实之欤？二者必具一焉，由前之说，则我国之文学不如泰西。由后之说，则我国之重文学不如泰西。前说我所不知，至后说，则事实较然，无可违也。我国人对文学之趣味如此，则于何处得其精神之慰藉乎？求之于宗教欤？则我国无固有之宗教，印度之佛教亦久失其生气。求之于美术欤？美术之匮乏，亦未有如我中国者也，则夫蚩蚩之氓，除饮食男女之外，非鸦片赌博之归而奚归乎？故我国人之嗜鸦片也，有心理的必然性，与西人之细腰，中人之缠足有美学的必然性无以异。

有了这种意识，对于精神和理论创造的渴望自然非常强烈，王国维把它看作国家民族永久利益之所在。因此，在学术研究中，他也时时在寻求一种理论上的突破。以《〈红楼梦〉评论》为例，王国维引古用今、中西参证，不只是在探索《红楼梦》的艺术价值，更是在探索一条理论之路。

自始至终不忘对艺术之美和"美学上最终之目的"的阐述，这正是王国维评论《红楼梦》的与众不同之处。《红楼梦》作为一种感性的艺术现象早已存在，但是人们之所以对其精神与美学价值不能真正领会，正是由于缺乏对美、艺术及其本质的认识。丰富的艺术现象与其同时存在的文艺美学观念的贫困并不吻合，相反，两者间存在着很大的矛盾和间隙，因此造成了阅读和评论中审美的缺失和贫乏，王国维是"为破其惑"而作的。而这个"惑"就是理论之惑、观念之惑，是中国近代在美学艺术理论上的贫困所致。

这就引起一个值得注意的重要问题——现代文艺美学理论的觉醒，这也正是 20 世纪中西文艺理论交流过程中最多期盼也最步履艰难的追索。几乎每一个理论家、批评家到了一定的阶段都会发问或者扪心自问："我的理论和批评方法何处而来？我们何时能有自己的理论？"

这也是王国维非常强调哲学和美学作用的原因之一。他坚持要在大学设置哲学课程，并认为这是一个国家"最高之学术，是文明昌盛的基础"，"故无论古今东西，其国民之文化苟达一定之程度者，无不有一种之哲学。而所谓哲学家者，亦无不受国民之尊敬，而国民亦以是为轻重"。① 他还认为，自 19 世纪以来，西方强国以教育为本，使教育学很发达，而"夫哲学，教育学之母也"。② 所以，要搞好教育，自然也离不开宏深的哲学思想基础，这些都表现了他对思想理论创造的高度重视。一个民族没有它，就没有主心骨和文化素质，就谈不上开拓和创造未来。王国维的这种思想实际上构成了后来"五四"新文学精神的基本内核，这就是用新思想、新观念启蒙人心，改造国民性。我们在鲁迅的《摩罗诗力说》中不难听到它的回应。

单单就文艺美学观点来看，王国维很容易给人一种空灵的感觉，尤其和梁启超、鲁迅等人相比，而他最后自杀身死之结局，又加深了这种印象。对文艺美学和哲学，王国维不仅讲超脱讲游戏，而且是推崇无用的。

---

① 王国维：《王国维文学美学论著集》，北岳文艺出版社，1987 年，第 55 页。
② 王国维：《王国维文学美学论著集》，北岳文艺出版社，1987 年，第 76 页。

他那篇著名论文《论哲学家与美术家之天职》开首就是"天下有最神圣、最尊贵而无与于当世之用者,哲学与美学是也"。但是,只要稍微贴近一步就会发现,王国维远非脱尘隐逸之人,其深深的责任感和价值意识就在"无用"之中。因为"无用"是有针对性的,是有具体内容的。它一方面针对世俗利益之追求,另一方面更是一反传统文学价值观,追求现代思想自由和艺术独立之价值。这后一点,陈寅恪最为理解,他在为王国维身后写的铭文中字字见血,表达了20世纪中国文化人的任重道远和持久追求。这就是他于1929年在《海宁王静安先生纪念碑》碑文中所写的:"唯此独立之精神,自由之思想,历千万祀,与天壤而同久,共三光而永光。"

这一切都熔铸到了王国维的交流意识中,和美国学者罗伯特·路威的思路相同,只不过时间更早些,王国维认为思想理论的贫困来自交流的匮乏。基于这种思路,他对中国文艺美学理论的发展历史进行了新的反思:"外界之势力之影响于学术,岂不大哉。自周之衰,文王、周公势力之瓦解也,国民之智力成熟于内,政治之纷乱乘之于外,上无统一之制度,下迫于社会之要求,于是诸子九流各创其学说,于道德政治文学上,灿然放万丈之光焰,此为中国思想之能动时代。自汉以后,天下太平,武帝复以孔子之说统一之,其时新遭秦火,儒家唯以抱残守缺为事,其为诸子之学者,亦但守其师说,无创作之思想,学界稍稍停滞矣。佛教之东,适值吾国思想凋敝之后,当此之时,学者之见,如饥者之得食,渴者之得饮,担簦访道者,接武于葱岭之道,翻经译论者,云集于南北之都。自六朝至于唐室,而佛陀之教极千古之盛矣。此为吾国思想受动之时代,然当是时,吾国固有之思想与印度之思想互相并行而不相化合,至宋儒出而一调和之,此又受动之时代出而稍带能动之性质者也。自宋以后以至本朝,思想之停滞略同于两汉,至今日而第二之佛教又见告矣,西洋之思想是也。"①

这也许是首次把中外文化交流看作文化进步的根本动力之一的说法,王国维以此贯串历史,为近现代中西交流从"受动"到第三次"能动"时

---

① 王国维:《王国维文学美学论著集》,北岳文艺出版社,1987年,第106页。

代的到来提供了历史依据。这不仅是对历史的发现，而且是一种对理论的创造，它通过对以往只重纵向继承、内部生成思维方式的检讨，转向了对横向交流、内外交融的肯定和重视。中国文艺美学第三次能动时代就是中西文化交流的时代，而这个时代的理论又无不与文艺美学交流有关，这种理论意识无疑是新的文学时代最明显的标记。

很难说清楚王国维这种理论意识的来源。在那样一种封闭的社会环境中，没落的传统文人多半沉浸在怀旧意识之中，而王国维（他自始至终都没有放弃过自己旧朝贵族文人的身份）竟然能有如此宽广的胸怀，提出如此超前的观念，这不能不使我们重新思考传统与现代的历史联系。从个人文化身份来说，王国维虽然根植于华夏传统历史文化，但却一直认同清代旧朝体制，证明他内心深处已经接受了满汉合一的文化观念。在他看来，清兵入关推翻汉人统治，并不意味着否定华夏文化，而华夏文化命脉在历史演进中已经与清王朝存亡汇入一体，否则，他在当时的思想行为就显得不可理喻了。这不仅表现了当时他和许多同时代文化人的不同之处——后者依然以灭清扶汉为己任，同时决定了他对华夏文化历史生成过程的看法。至少他已经超越了单一的汉文化观念，选择了多文化融合的观念，而这一点对近现代文人的文化观念影响极大。例如香港作家金庸生活在中国最现代化的都市中，但是他在初期创作中，汉人王朝的正统观念还很浓厚，直到后期才有所改变，才把中华民族各族一视同仁的观念作为基调。他认为："那是我的历史观比较有了些进步之故。"

可见这种观念之根深蒂固。而从王国维到金庸——他前不久被聘为北京大学的名誉教授，我们可以看到一种文化观念从单一向多元、从学界向民间转变的艰难而漫长的过程。

从某种意义上说，我们在考察和论述文化交流过程，同时也在重新理解和确定交流的理念；我们在建设和确立一种现代文艺美学的观念，而又不得不从检讨我们的文化心态开始。事实上，学术和理论之本在于人心，没有健康完整的心态，就不可能有健康和卓越超群的理论创见。尤其对于现代中国来说，文化语境非常特别，我们拥有几千年优秀文化传统，它已经并仍在给我们以历史的文化自尊心和自信心，在我们心理深处有根深蒂固的文化自豪感甚至优越感。与此同时，我们近几百年来多次被外来势力入侵，在经济和科技方面长期落后于他人，体验了从高贵自大的顶峰向卑贱弱小、深渊降落的痛苦过程，自尊心和自信心都曾降落到最低点。对这种心态，鲁迅曾有过深刻的分析和描述。《阿 Q 正传》中所表现的阿 Q 式"精神胜利法"，就是这一过程心理积淀的结果，阿 Q 心态不但表现在中国人的日常生活中，而且渗透到了思想方式和理论方法中。在与外来文化的交流中，时常在自傲和自卑之间徘徊，这样不但会失去对西方文化的完整把握，而且也可能迷乱于传统文化的历史沼泽，后者有时是骄傲的资本，有时是自卑的源泉，文化心理优势会在瞬间变成劣势。

尤其值得注意的是，作为 20 世纪中国中西文化及文艺美学理论交流的倡导者，王国维从未有过一丝一毫的"被征服"心理。这至少表现在以下几方面。第一，他在建立自己文艺美学理论的时候，从来没有仅仅把西方理论作为依据；第二，他在借重西方文艺美学理论的时候，时时都在寻求东西方共通的因素，试图解答人类共同面对的问题；第三，他在精神文化追求中，从未把西方文艺美学思想作为"工具"或者"手段"，用来追求功利和世俗利益。

显然，王国维独特的价值取向在很大程度上来源于其传统文化修养的根底。这也就是说，他之所以一开始就能抛开狭隘学术偏见，把中西文化交流看得那么重，认定这是中国第三次"能动时代"来临的关键，在于他比一般人更深刻地把握了中国传统文化的精华。在这方面，他并非仅仅以静态眼光去看中国传统文化的一些范畴和观念，而是从其生命发展过程中去理解它，因此认为中国传统文化之所以辉煌灿烂者，皆由于能够吸收各种域外文化，求通于各家学说。所谓"不通诸经，不能解一经"，正是古人留下来的至精之言。只是，过去的诸经，可言之于诸子九流，可言之于佛学东渐，可言之于各种少数民族文化，而到了 20 世纪，就不能不言之于与西方文化的沟通。所以王国维如是说：

若夫西洋哲学之于中国哲学，其关系亦与诸子哲学之于儒教哲学等。今即不论西洋哲学自己之价值，而欲完全知此土之哲学，势不可不研究彼土之哲学。异日发明光大我国之学术者，必在兼通世界学术之人，而不在一孔之陋儒固可决也。

——《奏定经学科大学文学科大学章程书后》

此种洞见不仅打通了中西学术之关系，而且表达了一种从传统走向现代的世界意识，是中国学术睁眼看世界、面对世界并融入世界的开始。

王国维从一开始就表现出了与众不同的文化态度，他迷恋于西方康德、叔本华、尼采等人的思想，并非出于舍弃中国文化，直取西方文化之意愿，而是敏锐地感受到了中西方文化之间的应合和相通之处。《〈红楼梦〉评论》就是最明显的例子。这篇论文历来被学者认为是首次运用西方文艺理论方法研究和评论中国文学名著的典范，却是以引用老子"人之大患，在我有身"和庄子"大块载我以形，劳我以生"之语开首的，继而开始论述人的欲望作为生活的本质，不仅是人的思想行为的根本驱动力，而且也是造成人生痛苦的根源。观其全文可以看出，中国传统思想意识，特别是老庄思想占据着重要的地位，奠定了其基本思路，是王国维评论《红楼梦》理论方法的基本来源之一。它和叔本华的思想互相映照印证，决定了这篇论文的通达气势。所谓通达，是指它打通了东西方文艺美学思想，以中喻西，以西比中，中西合璧，互相引展，从而以世界性的美学眼光来考察《红楼梦》，揭示了其超越中西文艺观念界限的艺术意义。在这里，不仅东西方观念的隔阂被打破了，而且超越了以往对作品来源和意图进行追寻的思路。作品本身并不是终极，而是一座艺术桥梁，它通向人类共同面临并寻求解脱的人生和艺术问题，通向人类心灵深处。评论家的任务就是通过这座桥梁把两者之间鲜为人知的秘密揭示出来，告诉人们。正因为如此，王国维认为《红楼梦》的精神价值就在于切中了人类共同为之烦恼的问题——欲望和解脱，而且是"非徒提出此问题，又解决之者也"。它的主题不仅最贴近艺术的根本任务——"美术之务，在描写人生之痛苦与其解脱之道,而使吾侪冯生之徒,于此桎梏之世界中,离此生活之欲之争斗而得其暂时之平和,此一切美术之目的也",① 而且实现了美学与伦理学价值的高度结合。

由是观之,过于强调或者仅仅看到王国维运用西方文艺理论方法评论中国文学名著这一方面并不全面,至少这种提法欠准确,而且容易引起误解。首先,王国维在这篇评论中不仅仅运用了西方文艺理论方法,正如上文所说,他也同样运用了中国传统思想方法。而更重要的是,此文的思路并不是以西方理论解析中国文学现象,或者用中国作品印证西方文学理论,因此无论在理论或者论述之中都无中西思想谁高谁低的问题。失之毫厘的表述,都有可能形成差之千里的判断,我之所以强调这种细微之处的准确性,不仅直接牵扯到对王国维学术精神的评价,而且触及了对中西交流观念的深度理解。长期以来,人们似乎已经接受了这种观点,20 世纪中西方文化交流就是"西学东渐"的过程,其间基本特点就是用西方理论来"指导"中国实践。因此,在理论批评界也形成了如此指导与被指导的关系,无论潮流和言辞如何变化,西方理论观念一直处于"先进"的主导地位,而中国文化只能是被分析、被综合、被重建的对象或"材料"。无疑,这里隐藏着一种微妙的文化心理上的不平等。"文化征服"的暗流一直潜伏于意识高涨的革命热情之下。我们不能不说,这是一种文化心理上的病变积累。在这个过程中,人们也有选择,但只是对诸种西方理论中的一种进行选择。

当然,学界近年来对这种情形已有稍许觉醒。

文化是不能被消灭的,它只能被溶解,变成不显形迹的人类深层意识,不可能被完全清除和摧毁。因为文化和人密不可分,文化的最终成果是人,是人的精神意识。只要人存在,文化就存在。这是很多迷信暴力的征服者难以想象的,也是很多柔弱文人能够在残酷专制条件下逆来顺受、泰然自若的原因。在历史发展过程中,有的文化好像已经消失了,或者被

① 王国维:《王国维文学美学论著集》,北岳文艺出版社,1987 年,第 9 页。

其他强有力的文化毁灭了，但是这种消失和毁灭只是表面的、形迹方面的，而其内在的精神因素则继续存在于人类生活中。难道西方古代的希腊文化、罗马文化真的已经毁灭、已经不存在了吗？难道中国人的文化血液中不再有殷商文化的积淀吗？当然不是，文化不能被消灭和清除，并不意味着某一种文化能永世长存，能一直保持固有的形态，文化会在历史发展中变化和转换，从一种形态转换到另一种形态，这也正是文化交流的意义。文化交流给这种变化和转换提供时机和必要的新因素，使某一种文化能够摆脱自身的贫困状态，获得新的生机。

20世纪之所以与前不同，并不仅仅在于文化交流前所未有的深度和广度，而且在于人类对此已经有了自觉意识和自觉要求，能够从自身发展的根本意义上理解它和把握它。在这个过程中，优秀的思想家和文化人——不论他身在何处，在何种文化氛围中——都能意识到自身文化的局限性和褊狭性，并开始对于原来文化传统的中心地位和完美性产生怀疑，积极向外面的文化学习。这种情形不但发生在社会发展水平相对落后的东方国家和民族，而且也发生在先进的西方国家。因此，这是个双向交流的时代，东西方都感到了自己文化的危机和匮乏，都意识到自己只是整个世界的一部分，都需要用其他来补充自己和完善自己。

由此说来，文化的"受动"和"能动"是互相联系的。在现代中国，如果没有"拿来"外国文化的"受动"，就没有文化思想内部的"能动"。所以，王国维所说的"由此观之，则近数年之思想界，岂将无能动之力而已乎，即谓之未尝受动，亦无不可也"，无疑道出了对20世纪中西文艺美学交流的一种重要认识。

三、从"世界文学"到"世界学术"

这也是王国维超越当时一些学者的地方。应该说，借鉴和学习西方文化之必要性，是当时及后来很多学者都意识到的，但是其中很少有人能够超越传统与现代。中国与西方思想对立的思想模式，致使到了新文化运动中，出现了彻底否定中国传统文化的趋向。在这种情况下，出现了借用西方思想文化来清算和攻击中国传统文化的热潮，使两者处于一种互相否定的尖锐对立之中。也就是说，在从传统向现代的转化中，如果拥有深厚的传统文化根底，不仅不能构成学习和借鉴西方文化思想的优势，反而成了累赘和负担，成了劣势；好像要走向现代化，就必须彻底甩掉传统文化思想，只有轻装上阵，才能成功。

甚至连鲁迅也没有完全超越这种二元对立、对抗的思想模式。这也许可以归结于他对当时社会黑暗和民众愚昧的感受太深刻了，而西方新思想的感召又如此强烈，满足了他强烈求变创新的心理欲求；而另一方面，鲁迅对中国传统文化遗产的评价并不高，他在 1935 年 10 月 29 日致萧军的信中曾提出，中国作家之所以难以创作出好作品，其病根之一就是"因为没有好遗产"。于是，至少在早期的某些方面，在提到传统文化思想的作用时，鲁迅采取了"消极"的说法："菲薄古书者，惟读过古书者最有力，这是的确的。"因为他洞知弊病，能"以子之矛攻子之盾"，正如要说明吸鸦片的弊害，大概惟吸过鸦片者最为深知，最为痛切一般。

当然，究其思想原因，鲁迅和王国维在出发点上也有很大不同。对待中西文化，鲁迅的取舍始终是以中国现实变革的需要为出发点的，他所关注的问题始终是中国的和中国人民的生存与发展状态；而王国维则不同，他把自己关注的重点放在国家民族的文化精神方面，属于长期的、无形的精神财富与价值。正是有了这种区别，王国维在学术宗旨上更强调人类性和世界性，总是在中西思想文化之间寻求共同共通的问题和主旨。他曾多次表达出类似的观点：

> 夫美术之所写者，非个人之性质，而人类全体之性质也。惟美术之特质，贵具体而不贵抽象。于是举人类全体之性质，置诸个人之名字之下。……善于观物者，能就个人之事实，而发见人类全体之性质。

　　知力人人之所同有，宇宙人生之问题，人人之所不得解也。具有能解释此问题之一部分者，无论其出于本国或出于外国，其偿我知识之上要求而慰我怀疑之苦痛者，则一也。

　　特如文学中之诗歌一门，尤与哲学有同一之性质。其所欲解释者，皆宇宙人生上根本之问题。不过其解释之方法，一直观的，一思考的，一顿悟的，一合理的耳。

　　由此可见，王国维没有用西方文化来对抗中国传统文化之意。这并不在于其方法，而是在于其目标。在他看来，中西思想学术虽大有异处，但其追寻的根本是相同的，都为了解决宇宙人生之问题。而进行中西文化交流与借鉴西方文化精华，正是为了更完善地解决人类之共同问题。正因如此，中国传统文化和西方文化一样，都是极其宝贵的思想基础和学术资源，学问家只有"兼通"中西，才能有所成就。

　　王国维的思想不但在中西方文化交流中超越了工具论，也超越一般的目的论。纵观20世纪中西方文化交流，可以区分为四种不同的学术思想方法。一是批判论者，即运用西方文化思想来批判和清算中国传统文化；二是借用论者，即试图用西方思想文化观念来解决中国问题，也就是洋为中用；三是以中国传统学术为主，吸取西方文化中的有益因素，建立有中国特色的中国学术思想；四是超越中西方文化界线，但综合吸纳中西文化，在此基础上探讨人类之共同问题，创造世界性之学问。

　　显然，王国维趋向于第四种。他之所以强调哲学美学的意义，把它们看作"天下最神圣、最尊贵"的学问，之所以强调学术自由、哲学家美学家独立之价值，之所以反对把学问用于社会功利化和实用化目的，皆与这种终极学术理想密切相关。可惜，20世纪的中国，正是走向实证、实利、实用与实践的时代，所有学术思想及其价值都无不与中国社会变革的直接需要相关。像王国维如此超越、竟欲与世界学术并驾齐驱的学术理想，自然显得非常高远甚至空灵了，真正能够理解其终极意义的人并不多。也许陈寅恪对此最有感触。他在《〈王静安先生遗书〉序》（1934年6月3日）

中列举王国维主要学术成就后指出：

> 今先生之书流布于世，世之人大抵能称道其学，独于其平生之志事颇多不能解，因而有是非之论。寅恪以为，古今中外志士仁人，往往憔悴忧伤，继之以死。其所伤之事、所死之故，不止局于一时间一地域而已，盖别有超越时间地理之理性存焉。而此超越时间地域之理性，必非其同时间之众人所能共喻，然则先生之志事，多为世人所不解，因而有是非之论者，又何足怪耶？

"超越时间地域之理性"正是理解和把握王国维学术精神内涵的核心所在，也是陈寅恪称其著作为"吾国近代学术界最重要之产物"的价值依据。因为有"超越时间地域之理性"，才使得王国维学术成果"可以转移一时之风光，而示来者以轨则也"。不言而喻，王国维对"超越时间地域之理性"的追求，正是对人类共同之问题和对人类终极精神真理的探讨和发现。这自然把他引向了更宽广的学术天地，促使他"一面当破中外之见，而一面毋以为政论之手段"。

在这里，我们无疑发现了王国维对中西文化交流最本质的和最与众不同的看法。他不仅把这种交流看作 20 世纪中国文艺美学"能动时代"的根本动因，而且把这一时代的价值标准直接与世界性的人类终极思想追求相连接、相统一。这是一种与现代西方乃至整个世界学术进步同步相随、同声相求的思想胸怀，不仅彻底打破了中国传统学术思想中的封闭性，也远远超越了种种以中学为主、借鉴西方方法重建传统的价值取向。所以，王国维所追求的学术神圣性和纯粹性，也正是其世界性和人类共同性的另一种说法而已。

显然，这里不可能再看到中国传统文化与西方文化谁高谁低、孰优孰劣的对抗和对立，因为两者在人类精神的共同追求中，都是宝贵的文化资源和遗产，是学者用来互相比较和参证的，是获得"超越时间地域之理性"的基础。在这个过程中，学习西方文化，并非用来对抗和摧毁——当然也不是用来维护或美化——中国传统文化，而是一种追求人类真理的需要。拥有中国文化传统学养，其实和拥有西方文化知识一样，都是一种不败的优势。用一句简单的话来说，拥有多种文化学养要比只有一种好得多、优越得多。

由此说来，王国维的学术精神是建立在世界性和人类性基础之上的，它与文化交流的关系是相辅相成的。没有对世界性和人类性文化精神的追求，就不可能有对多种文化相互交流的认同和渴求，而没有多种文化的相互认同和参证，就不可能获得具有世界性和人类性意义的思想成果。在这里，几乎所有功利性文化观念都不能不显示出其褊狭性的一面，因为它们不论出于何种目的，都不能不对文化进行"有用"或"无用"的分类，用其时间和地域的情理来分割文化，造成人为的中西文化之间的隔阂。这也就形成了 20 世纪中西文化交流中周期性的思想争斗，忽而反传统文化的热情狂飙突进，忽而中国文化优胜论再度升温，诚不知世界已进入了"大文化"时代，用任何一种单一文化来解决人类所共同面临的问题都显得过于狭小与贫弱。况且世界上并没有哪一种文化是万能的、永远优胜的，能够为 21 世纪的人类提供一个优美的精神家园的。

未来的精神家园是人类共同创造的，而且必定是集合了各个民族文化的精华，是在沟通各种文化基础上建造的。王国维虽然没有明确说出这一点，但是在他的文艺美学思想中已昭示了这一点。我们也可以看出王国维醉心于叔本华、尼采哲学美学思想的内在原因。因为在叔本华那里他确实感受到了"人欲"是人类哲学美学所面对的最根本的共同问题，中外古今思想在王国维思想中互相感通应合，汇集成了一个精神花园。为此他不仅写出了《〈红楼梦〉评论》《叔本华与尼采》等精彩论文，还写了《论性》《释理》《原命》等中西参证的专题文章，在中国传统文化思想中寻求相互沟通之道，把中西方文化交流推向了一个更纵深的层次。

在这个深层上，王国维把中国近代文艺美学思想带到了一个新的历史空间，这就是彻底打破在观念形态上新旧、中西、有用无用的界限，开启了在学术上自由独立探索的理论时代。就此来说，他的《〈国学丛刊〉序》

成为中国 20 世纪文化开放时代的碑铭，其意义绝不亚于歌德 1827 年提出的"世界文学"观念。因为歌德的"世界文学"主要是从诗创造而言的，而且这只是一种"已快来临"的设想，歌德还不能肯定是否可能产生出这样的典范性作品，因此在这方面还得求助于古希腊的作品。而王国维的思想是非常明确的，并且涉及学术理性层次上，表达了一种"世界学术"胸怀，其言为："余正告天下曰：学无新旧也，无中西也，无有用无用也。凡立此名者，均不学之徒，即学焉而未尝知学者也。"①

关于学无中西，王国维有这么一段话：

何以言学无中西也？世界学问，不出科学、史学、文学。故中国之学，西国类皆有之，西国之学，我国亦类皆有之；所异者，广狭疏密耳。即从俗说，而姑存中学西学之名，则夫虑西学之盛之妨中学，与虑中学之盛之妨西学者，均不根之说也。中国今日，实无学之患，而非中学西学偏重之患。②

回想 20 世纪近百年中国之学界，亦多次受"无学之患"伤害，至于就"中学西学偏重之患"的争执，更是年积月累，不绝于耳，足以可见王国维学术洞见之深刻远大。而王国维之所以有如此洞见，关键在于他把中西之学看成是一个完整的世界，根本没有分离开来的理由，"故一学既兴，他学自从之，此由学问之事，本无中西"。③ 他在同一篇文章中重申：

夫天下之事物，非由全不足以知曲，非致曲不足以知全，虽一物之解释，一事之决断，非深知宇宙人生之真相者，不能为也。而欲知宇宙人生者，虽宇宙中之一现象，历史上之一事实，亦未始无所贡献。故深湛幽渺之思，学者有所不避焉；迂远繁琐之讥，学者有所不

---

① 王国维：《王国维文学美学论著集》，北岳文艺出版社，1987 年，第 178 页。
② 王国维：《王国维文学美学论著集》，北岳文艺出版社，1987 年，第 179—180 页。
③ 王国维：《王国维文学美学论著集》，北岳文艺出版社，1987 年，第 180 页。

辞焉。事物无大小，无远近，苟思之得其真，纪之得其实，极其会归，皆有裨于人类之生存福祉。①

有了如此远大的学术价值取向，自然有取之于四海五洲学术精华之需要。做世界之大学问，就需要有世界文化的大胸怀。而中西文化融为一体，正是做世界大学问的生命源流。所以王国维得出结论："余谓中西二学，盛则俱盛，衰则俱衰，风气既开，互相推助。"② 在我看来，王国维所言"风气"，正是 20 世纪中国传统学术走上世界学术舞台之风气，它在中西文化交流中追寻和创造着一个完整的学术生命。

也许是巧合，当歌德于 19 世纪初提出"世界文学"概念时，他正好在读一部中国传奇。显然，这来源于遥远的东半球故事触动了他某种人类性的情怀。他对友人说："中国人在思想、行为和情感方面，使我们很快就感到他们是我们的同类人，只是在他们那里一切都比我们这里更明朗，更纯洁，也更合乎道德。在他们那里，一切都是可以理解的，平易近人的，没有强烈的情欲和飞腾动荡的诗兴，因此和我写的《赫尔曼与窦绿苔》以及英国理查生写的小说有很多类似的地方。"③ 正是对人类共同美的遥远沟通，使歌德愈来愈深信"诗是人类的共同财产"，从中西文学比较和交流中感受到了"世界文学的时代已快来临"的信息。

其实，不仅对于歌德，而且对于德国乃至欧洲 19 世纪哲学和美学思想的发展来说，中国文化的影响都是一种举足轻重的因素。这种影响当然可以追溯到更早期，例如 17—18 世纪中国文化对欧洲启蒙运动的影响。莱布尼茨（1646—1716）就是一个显著的例子。当他苦苦寻求用一种新的思想方法来解释世界的时候，正巧在罗马遇到了从中国回来的耶稣会传教士，并通过通信接触到了中国的《易经》及其他一些文化思想，由此获得了启发和灵感，创造了《单子论》（*Monadology*）。在德国，我们还可以举出叔

---

① 王国维：《王国维文学美学论著集》，北岳文艺出版社，1987 年，第 180—181 页。
② 王国维：《王国维文学美学论著集》，北岳文艺出版社，1987 年，第 180 页。
③ ［德］歌德：《歌德谈话录》，朱光潜译，人民文学出版社，1978 年，第 112 页。

本华（Arthur Schopenhauer，1788—1860）、赫尔德（J. G. Herder，1744—
1803）、修莱格尔（Friedrich von Schlegel，1772—1829）、莱纳（Nikolaus
Lenau，1802—1850）、克劳瑟（Karl Christian Friedrich Krause，1781—
1832）、马克斯·缪勒（Friedrich Max Müller，1823—1900）、瓦格纳
（Richard Wagner，1813—1883）等思想家文学家，他们的思想无不受到过
东方及中国文化的牵引。至于德国 19 世纪浪漫主义文学与东方文化的相互
联系，也早已引起过许多学者的注意。

　　或许可以得出结论：西方文艺美学思想之所以能够在文艺复兴之后迅
速发展、不断有新的理论突破和创造，是他们不断从东方吸收营养、反省
自我、突破自我文化局限的结果。关于这一点，就连中国的饱学之士梁启
超都深有感慨，他在 19 世纪末就有如此说法：

　　　　西国自有明互市以来，其教士已将中国经史记载，译以拉丁英法
　　各文。康熙间，法人于巴黎都城设汉文馆，爰及近岁。诸国继踵，都
　　会之地，咸建一区，度藏汉文之书，无虑千数百种，其译成西文者，
　　浩博如全史三通，繁缛如国朝经说，猥陋如稗官小说，莫不各以其本
　　国语言，缮行流布，其他种无论矣，乃至以吾中国人欲自知吾国之虚
　　实，与夫旧事新政，恒反藉彼中人所著书，重译归来，乃悉一二。①

正是为了改变这种状况，梁启超把翻译西方文化之书看作"本原之本原
也"，并提出了两条可行之术："其一使天下学子，自幼咸习西文；其二取
西人有用之书，悉译成华字，斯二者不可缺一。"②

　　当然，不能过分夸大中国文化西渐对西方各家学说的影响，况且西方
对中国文化的了解也有一个逐渐加深的过程。特别在 19 世纪中叶之前，中
西方文化交流还存在着种种限制，很多西方学者都是间接地或通过很有限
的途径接触中国文化，所以不深刻不全面，甚至产生一些误解和错觉，都

---

① 梁启超：《饮冰室文集》（之一），中华书局，1989 年，第 66 页。
② 梁启超：《饮冰室文集》（之一），中华书局，1989 年，第 66 页。

是在所难免的。但是，对他们来说，这毕竟打开了另一扇文化之门，触发了他们对欧洲自身文化的反省，拓宽了他们的思维方式，从而促使整个欧洲文化走出中世纪樊篱，进入更广阔的文化天地。

四、从"学无中西"到"道通为一"

在这里，我们或许发现了一座中西文艺美学思想交流的神秘之桥，它虽然不是直截了当的、明显的，但是总会在人类通向美的道路上时隐时现。而当王国维与叔本华在这座桥上相遇之时，他们不仅各自走出了自我文化的局限，而且在对方的文化圈层中更深刻地感受到了自己的文化意蕴，对自己的传统有了更新的发现。由此，叔本华借助于东方文化打破了西方传统思想的偏见，而王国维继而用叔本华点燃了自己探索人类真理的火把，照亮了东方文艺美学的新道路。

这难道是巧合吗？假如在他们之间没有一种内在的相通之处，我们如何理解和描述这东西方文化交流中的神奇现象呢？

毫无疑问，叔本华的思想根植于西方，而且是充分西方化的，但是它又带着强烈的走出西方传统文化樊篱的愿望，表现出了走向东方、走向完整的精神世界的文化趋向。实际上，叔本华受东方哲学，特别是印度哲学的影响是根深蒂固的，他还在自己的著作中多次提到过《易经》，证明他对中国文化非常欣赏。尤其值得注意的是，这种向往东方文化的趋向是和对西方欧洲精神的自我反省紧密相连的。叔本华也许是欧洲最早表现出这种反省意识的思想家之一。他的厌世主义和标新立异无不与这种反省有关。面对现实的种种痛苦，叔本华经常不可遏制地对西方传统哲学发出疑问：我们的传统哲学果真那么优秀、那么完美无缺吗？所谓人生的真谛又在哪里呢？因此他一次次和康德等大哲学家唱反调，并且用"最空洞，最无意义，最无思想""使人蠢不可及的废话"来讽刺当时最受人推崇的黑格尔哲学。

叔本华没有在西方传统哲学高峰上故步自封。他在哲学意义上所做出的伟大贡献之一，就是把探索的对象从世界转向了人本身，而他对于西方传统哲学的根本怀疑——从柏拉图到康德——正是由此发生的。以往的西方哲学虽然千差万别，但重心都在于认识和解释世界，这也就是说，如何认识和解释世界，是构成哲学之所以成为哲学、成为世界观学问的中心话题。当然，这中间也会时而涉及人及其认识问题，但它只是作为一个从属和部分存在的，或者为世界的存在提供某种说明和解释的依据。所以西方的哲学带动了科学，甚至在某些方面和科学思维相近或合而为一，也就并不令人奇怪了。但若用这种思路来认识和理解人，就会处处显得捉襟见肘了。特别到了 19 世纪，依靠欧洲哲学长期的积累，一些西方哲学家开始编织完美无缺的理性花环，把哲学及文艺美学推向了一个纯思辨的自我完满的，因而也是封闭循环的境地。哲学和文艺美学似乎都走到了尽头，人们似乎通过逻辑推理和抽象分析就能得到世界终极真理，而根本不必理会生命本身的要求和意义。

叔本华充分意识到了西方纯粹理性和逻辑推论的局限性，尤其当他触及生命内在需求的时候，人的理性并不能使人解脱人生中注定的痛苦和烦恼。他在《作为意志和表象的世界》中写道：

> ……那就是说，（人的）肉身上的痛苦是不可能用一些命题、定理和逻辑推论就可在哲学的谈话中把它谈掉的。①

这也就是说，纯粹理性式的学说面对活生生的生命需要不仅显得苍白，而且是在制造一种桎梏，正在把人推向一种"永远和自己做对但是永不能取胜"的困境之中。正是在这种情况下，叔本华舍弃了西方的先贤，而把目光转向了东方，首先就是印度的智慧者。他说："同这种智者相比，那些世界的超脱者，那些自觉自愿的忏悔者就完全不同了。这些人是印度

---

① ［德］叔本华：《作为意志和表象的世界》，石冲白译，商务印书馆，1982 年，第142 页。

的智慧给我们指出过，并真正产生过。"①

这也正是王国维与叔本华发生神交的地方。因为"欲"正是中国哲学最早注重和关心的问题，老庄孔孟、荀况管子皆无例外。至于中国美学以寻求精神解脱之道的论说更是层出不穷，从庄子《逍遥游》到后来宋明理学以"理"抑"欲"，都围绕着人之本性做文章。王国维对此心有灵犀，专门以《论性》一文来进行清理和论述，足以可见他欣赏叔本华学说并非仅仅出自个人偏爱，而是有其内在根据的。它表现了中西哲学美学之间存在着某种潜在的应合关系，成为中西学人互相沟通的神秘桥梁。这座桥梁自魏晋之后构成了佛学东进的基础，使中国文艺美学理论有了一次大变革；而至于近代，西方学者又再次踏上了这座桥梁，与东方文艺美学思想相会。所以有人认为，庄子的逍遥游世界对于叔本华、尼采的音乐世界（以及海德格尔的）来说并不陌生，只不过庄子更早、更全面而已，因为两者都表达了一种主体的超越活动。②

也许从这里开始，西方近代哲学出现了从逻辑向诗化的转变。由此，一本从波斯语译本转译成拉丁语的《奥义书》（*Upanisad*）给了叔本华很大启发，打开了他心智的另一扇门，他曾写道：

在这部书的字里行间，真是到处都充满了一种明确的、彻底的和谐精神，每一页都向我们展示了深刻的根本性的崇高的思想，浮现出位于全体之上的神圣的真面目。这里吹拂着印度的气息，呈现出根本的、顺从自然的生命。那种在精神上早就注入了犹太人的迷信以及还在重视这种迷信的一切哲学，在这里都被消除干净。这是（原文是"此外"——原注）这个世界上最为有益和最能提高人的品性的读物。它是我生的安慰，也将成为我死的慰藉。③

---

① ［德］叔本华：《作为意志和表象的世界》，刘大悲译，哈尔滨出版社，2010年，第143页。
② 郑刚：《中国人的命运》，广东旅游出版社，1997年，第228页。
③ ［日］中村元：《比较思想论》，吴震译，浙江人民出版社，1987年，第14页。

可以说，东方佛教是叔本华意志哲学的根本来源，在这里他找到了走出"纯理性"逻辑怪圈的路径，也促使他转向了艺术哲学的探索。这种意义后来得到了进一步的挖掘。德国哲学家在对叔本华哲学渊源进行研究后认为，了解印度乃至东方思想对现代哲学发展是至关重要的，"因为这一了解，可以使我们理解到，由于我们全部的宗教和哲学的思索，使我们正陷于一种毫无道理的偏见之中，而且还可以使我们理解到有一种与黑格尔对事物的理解方式完全不同的另一种理解方式。"①

这也许涉及西方美学和文艺理论思维方式的转变。它首先开始从重理性推断转向了重生命体验，不再把创造一个合乎理性的自圆其说的观念模式当作目的和目标，而是把理解和把握人的生命状态作为基点。

叔本华推动这一转变是从批判因果律和根据律开始的，而这两者正是西方理性逻辑思维方式的基础。为此，他首先以打破主客体对立界限为突破口，用表象这一直观的客体来理解世界，因为表象"自始至终永远以主体为条件"②的。由此他说："所以，作为表象的世界，也就是这个我们仅在这一方面考察的世界，它有着本质的、必然的、不可分的两个半面。一个半面是客体，它的形式是空间和时间，杂多性就是通过这些而来的。另一个半面是主体，这都不在空间和时间中，因为主体在任何一个进行表象的生物中都是完整的，未分裂的。"③ 显然，"这两个半面是不可分的"。

在这个问题上，叔本华意识到了自然科学与艺术的不同。根据前者，思维只是一种缺乏生命意识的论证工具，其不可避免地导致了"最无生机的、最原始的物质或第一基本因素和人的有机体相对峙"。这也就是主体和客体分离和对立的开始，也就造成了"从客体出发"或"从主体出发"两种哲学的对立。所以他要"把客体主体之间的关系从根据律的支配范围

① ［日］中村元：《比较思想论》，吴震译，浙江人民出版社，1987 年，第 16 页。
② ［德］叔本华：《作为意志和表象的世界》，石冲白译，商务印书馆，1982 年，第 41 页。
③ ［德］叔本华：《作为意志和表象的世界》，石冲白译，商务印书馆，1982 年，第 29 页。

中抽了出来"，继而"既不从客体，也不从主体出发，而是从表象出发"。①

叔本华对柏拉图及其学派思想局限性有一个著名判断非常引人注目，他认为这位伟人的最大错误就是"……在于轻视和唾弃艺术，尤其是文艺"。② 如果由此来反观中国的传统哲学，我们就不能不认为，这正是中国传统哲学最不同于西方哲学的重要一点。因为从某种意义上说，中国哲学是艺术化的，它非但从来没有轻视和唾弃过艺术，尤其是文艺，而且是与艺术水乳交融、密切相关的。所以有人把中国传统哲学称为艺术哲学，因为它是从艺术中生长出来的。文史哲不分家，中国历来如此。而西方哲学不同，它从古到今都与修辞学、逻辑学有着更紧密的联系。

从比较中我们可以看到在哲学与艺术关系上，西方与中国有着不同思路。尤其是哲学家面临比较棘手的艺术问题时，这种不同就会表现得更为明显。概括来说，在西方传统哲学中，艺术总是从属于哲学的，艺术理论观念不仅要靠哲学解释和认定，而且就来源于哲学理论。用哲学理论来解释艺术现象、来概括艺术规律，已经成了一种思维定势，是天经地义的。而当哲学观念与艺术现象发生不一致、彼此有矛盾的时候，哲学家总是宁愿牺牲艺术，不惜削足适履，来适应哲学理论的要求。而中国传统哲学则相反，哲学理念是从艺术中生长出来的，艺术支撑着哲学。中国古代哲学家并不在乎在哲学理念上的互相矛盾，而是非常看重艺术本身的整体性和一致性。

柏拉图当年就面临着这种失误。至少在叔本华看来，在哲学理念和艺术形象之间，柏拉图轻视和唾弃了后者，以此来保全理念的永恒和自身圆满。在这里，我们不仅看到了西方文艺美学思想中发生的裂变，而且感受到了其转向东方另辟新路的自然趋势。对于这一点，王国维与叔本华有共

① ［德］叔本华：《作为意志和表象的世界》，石冲白译，商务印书馆，1982 年，第 67 页。

② ［德］叔本华：《作为意志和表象的世界》，石冲白译，商务印书馆，1982 年，第 295 页。

鸣之处，他对于叔本华从"主知论"解脱而出的美学理论给予了很高评价，并一语中的说出了叔本华文艺美学的创新意义："其最重要者，叔氏之出发点在直观（即知觉），而不在概念是也。"

显然，这是一种"道通为一"的现象。比如王国维崇尚"以物观物"的"无我之境"，这显然承继了中国古代传统美学的思想，其渊源可以追溯到老庄的"齐物"思想。而宋代邵雍在《皇极经世书》中不仅继续发挥了天人合一的思想，指出"天与人互为表里""天地万物之道，尽之于人矣""备天地万物者，人之谓也"，① 而且直接提出了"以物观物"的圣人之理：

> 圣人之所以能一万物之情者，谓其能反观也。所以谓之反观者，不以我观物也，不以我观物者，以物观物之谓也。既能以物观物，又安有于其间哉！②

按其说法，"以物观物"是一种"反观"，就是能摆脱自我的界定，不用"我"来衡定物。用明人黄梨洲所注的说法就是达到"外无物障，内无我障"的境界，用"我与人皆物"的眼光来看事物。这就是邵雍继而所说的：

> 此所以能用天下之目，为己之目，其目无所不观矣。用天下之耳，为己之耳，其耳无所不听矣。用天下之口，为己之口，其口无所不言矣。用天下之心，为己之心，其心无所不谋矣。③

---

① 邵雍：《皇极经世书》，黄畿注，卫绍生校理，中州古籍出版社，1993 年，第 295—296 页。
② 邵雍：《皇极经世书》，黄畿注，卫绍生校理，中州古籍出版社，1993 年，第 295—296 页。
③ 邵雍：《皇极经世书》，黄畿注，卫绍生校理，中州古籍出版社，1993 年，第 296 页。

　　显然，所谓"天下之目""天下之耳""天下之口""天下之心"，是绝不同于我们个别的、一般的感官与心灵的。这里就有了贤愚之分，有了圣人与万民的区别。一般人都是以自己个别的耳目口心来感受和理解世界，因此只能理解个别的事物表象或部分的世界，而唯有圣人或天才能够"非观之以目，而观之以心也；非观之以心，而观之以理也"。在这里，理最终仍然是"以物观物"的终极依托。

　　这种情景我们竟然也会在叔本华思想中发现。虽然在邵雍和叔本华之间没有任何有形迹的思想联系，但是遥远的历史时空似乎并没有把他们隔绝开来。当我们从王国维美学思想中寻找"以物观物"的进一步阐述时，首先遇到的却是西方的叔本华。这位德国思想家仿佛对这一思想更心有灵犀，并且有详尽的分析和解释。例如，在讨论壮美和优美两种审美状态时，叔本华一方面指出两者的共同点："……在这两种场合中审美观赏的客体都不是个别的事物，而是在该事物中趋向于展示的理念。"① 另一方面又进一步指出达到这种理念的方式：

　　　　当我们称一个对象为美的时候，我们的意思是说这对象是我们审美观赏的客体，而这又包含两方面：一方面就是说看到这客体就把我们变为客观的了，即是说我们在观赏这客体时，我们所意识到的自己已不是个体人，而是纯粹而无意志的认识的主体了；另一方面则是说我们在对象中看到的已不是个别事物，而是认识到一个理念。而所以能够这样，只是由于我们观察对象不依靠根据律，不追随该对象和自身以外的什么关系（这种关系最后总是要联系到我们的欲求的），而是观察到客体自身为止。②

---

① ［德］叔本华：《作为意志和表象的世界》，石冲白译，商务印书馆，1982 年，第291 页。

② ［德］叔本华：《作为意志和表象的世界》，石冲白译，商务印书馆，1982 年，第291—292 页。

　　这里，所谓"把我们变成客观的"，就是"以物观物"的前提，"客观"与"物"是相通的，其境界就是"不追随该对象和自身以外的什么关系"，不介于任何自我的欲望和偏见，使物我之间没有间隔，达到完全的沟通，这就是"安有于其间哉"和"观察到客体自身为止"。

　　这种沟通在中西两位互不相知的思想家之间似乎是神奇的，如果不是言语和话语（包括在翻译过程的迷失）的障碍，我们甚至完全可以把以上两句话用在相同的文艺美学语境之中。它们之间的间隔常常并非真正客观的，只是当我们没有真正观察到真实的思想，没有破除主观障碍，找到理解的通达之路之前，这种间隔才存在。

　　在这个过程中，当我们理解和考察王国维美学之路时，就不能只看到他从西方美学思想，特别是从叔本华那里接受的影响，而忽略了其整个思想在中西交流中的互相延展和共生共鸣现象。

　　这种共生共鸣现象本身就是超越中西的，它们能够把人类带到一种"大象无形""大美无言"的极致境界。言及王国维，陈寅恪曾以"博矣精矣，几若无涯岸之可望，辙迹之可寻"来形容，足以见其超越中西的博大理论胸怀。这在 20 世纪中西文艺理论史上创造了一个"通其变，遂成天下之文"的奇境，复活了"大乐与天地同和，大礼与天地同节"的艺术精神。

　　一个新的理论时代从这里出发。

第二章

文学中的西学中用

——梁启超的理论尝试

在现代中国学术史上，当年清华园四位名教授梁启超（1873—1929）、王国维（1877—1927）、陈寅恪（1890—1969）、赵元任（1892—1982），不仅个个在学问上出类拔萃，负有盛名，而且在中西文化交流方面各具特色，做出了很大贡献。其中梁启超在文艺美学上敢于突破，采择独特，在中西交融语境中几度求变，留下了很多可供历史咀嚼的东西。尤其值得探讨的是，梁启超首先是作为一个政治改革家和活动家进入文学领域的，他对于20世纪中西文化交流有着独特的看法和选择，因而在文艺理论方面的尝试与王国维、陈寅恪等人有很大不同，多体现出历史和时代多元化的价值取向，深刻影响了现代中国文艺美学的发展。

一、译书：步入新世纪之路

无论从何种角度来评说梁启超，都不能否认他是一位世纪之交的风云人物。对他来说，"世纪之交"绝不仅仅是一个时间概念，更是一个时代转换的契机。这个契机不仅使他自己从一个传统中国的"乡人"变成了步向现代化的"世界人",也使他具有了通达中西文化的思路和胸怀。

或许是时空的巧合,1899 年 12 月新年前夜,梁启超正处在从东方向西方(从日本横滨到美国旧金山)的航行中,他情不自禁地在《二十世纪太平洋歌》中写下了如此感受:

> 誓将适彼世界共同政体之祖国,问政求学观其光;乃于西历一千八百九十九年腊月晦日之夜半,扁舟横渡太平洋。其时人静月黑夜悄悄,怒波碎打寒星芒,海底蛟龙睡初起,欲嘘未嘘欲舞未舞深潜藏。其时彼士兀然坐,澄心摄虑游宵茫,正住华严法界第三观,帝网深处无数镜影涵其旁。蓦然忽想今夕何夕地何地,乃是新旧二世纪之界线,东西两半球之中央;不自我先后,置身世界第一关键之津梁;胸中万千块垒突兀起,斗酒倾尽荡气回中肠;独饮独语苦无赖,曼声浩歌歌我二十世纪太平洋。……①

显然,梁启超所面对、所歌唱的"二十世纪太平洋",是一个新的文化时代的象征。而对置身于"新旧两世纪之界线,东西两半球之中央"的他来说,如何跨越这个界线,如何贯通东西方文化,也绝不是一叶扁舟所能达到的。这里需要一座真正的文化和学术之桥,把新旧两世纪和东西方文化连接起来。

建设这座桥梁的第一步就是译书。

事实上,译书历来是中西方文化交流的基本突破口。就此而言,西方世界显然比中国觉醒得早。作为一种有意识引进和学习外部文化的途径,西方从 16 世纪就开始翻译东方文化典籍,据刘百闵先生研究所得,比利时传教士柏应理和意大利传教士殷铎泽等四人所翻译的《中国之哲人孔子》,是现存较早的中国儒学拉丁文译本,1687 年在巴黎问世。此后翻译东方及中国文化典籍的西方学人络绎不绝,在 19 世纪达到一个高潮。例如德国著

---

① 钟叔河:《走向世界丛书》,岳麓书社,1985 年,第 600—601 页。

名学者马克斯·缪勒（Friedrich Max Müller，1823—1900）早年潜心研究和翻译印行佛学，后来与其他一些学者合作，完成了一部50卷的《东方圣书》（*Sacred Books of the East*）英译本，可谓是东西方文化交流中的一块基石。而在翻译中国文化典籍方面，最有贡献的是理雅各（James Legge，1815—1897）。他1840年自愿到中国传教，先到马六甲，后到香港（1843年）。此后他几乎用了半生时光翻译中国典籍。1861年，颇具规模的《中国经典》（*The Chinese Classics*）开始出版第一卷，到1886年共翻译出版28卷，把中国的四书五经全部译成英文。在此期间，理雅各获得了两位中国学者王韬和黄胜的有力协助。1873年理雅各离开香港，回到美国，后出任牛津大学第一任汉学教授，除开设汉学讲座外，还出版了《中国文学中的爱情故事与小说》《〈离骚〉及其作者》《中国的诗》《诗经》（英文押韵诗体译本）等著述译作，在欧洲享有很高声誉。显然，这些翻译工作不仅反映了东学西渐的过程，对西方文化及文艺美学思想的更新发展起到了不可低估的刺激、催化和启迪作用，而且也启动了西学东渐过程，促使东方文化交流意识的迅速觉醒。

文化交流本身就是双向的，只不过有时候某个方向是潜在的。最早到中国的西方传教士本来是来传播西方文化的，但很快意识到了解和学习中国文化的必要性，后成了向西方介绍中国文化的交流使者。例如马礼逊（Robert Morrison，1782—1834）1807年到达中国，开始向中国翻译介绍《圣经》。1813年译完并印行了《新约全书》，1819年完成《旧约》（与另一位英国传教士米怜合作）翻译，1823年《神天圣书》正式出版。在此期间，他开始编纂《华英字典》，1823年出版，共6大本4595页，这可以说是中西方文化交流的基础工程，为中国人更好地了解西方文化和西方人更顺当地走进中国文化殿堂搭起了一座桥梁。1824年马礼逊回英国休假，除了向英王乔治四世献上他的汉译圣经《神天圣书》和一幅北京地图外，还带回了英国一万余册汉语图书。

其实，文化交流本身就是一种信息互通共享过程。最早西方传教士来华传教不能不说多半带着某种商业或政治图谋，但是其文化传播活动却唤醒了中国人自强的意识，使中国文化从被动交流向主动交流、能动交流转变。

在洋务运动之前，中国的中西方文化交流基本上处于被动交流阶段，其显著特点在于其交流的主要推动力来自西方文化人和传教士。据有关研究，中国最早传播中西方文化的报刊，如《广州纪事报》（*Canton Register*，1827，英文）、《中国丛报》（*The Chinese Repository*，1832 年广州创刊，英文）、《东西洋考每月统记传》（1833 年广州创刊，汉文）、《英国皇家亚洲学会华北分会会刊》（*Journal of the North China Branch of the Royal Asiatic Society*，1858 年上海，英文）等，都是由西方传教士或者在他们协助下创办的。由此马礼逊、裨治文（Elijah Coleman Bridgman，1801—1861）、郭实腊（Gutzlaff，1803—1851）等人的名字将永远留在近现代中国文化史上。这一时期，中国社会就整体而言，还没有打破封闭和自我保守状态，对世界状态了解甚少，对西方文化基本上抱着轻蔑和抵触态度，还没有意识到进行文化交流和沟通的意义。所以，西方传教士的一些文化传播活动不仅受到限制，而且带有"非法"性质。在这种情况下，文化交流必然有一方是主动和进取的，而且往往表现出某种征服者的姿态。例如，1834 年11 月 29 日由广州外侨组成的"在华实用知识传播会"，其主要宗旨是"出版能启迪中国人民智力的一类书籍，把西方的学艺和科学传授给他们"。该会的通报还说："我们现在作这个试验，是在把天朝带进与世界文明各国联盟的一切努力失败之后，天朝是否会在智力的炮弹前让步，给知识以胜利的棕榈枝。"学会由此开始了向中国传播西方文化的出版计划，先后出了 7 种书，其中由裨治文翻译的《美理哥合省国志略》（1838），后经增订改名为《亚墨理格合众国志略》（1844，香港）和《大美联邦志略》（1861，上海），曾给予魏源编写《海国图志》和徐继畬作《瀛环志略》很大帮助。再如郭实腊 1833 年 6 月 25 日在为《东西洋考每月统记传》（1833 年 7 月，广州）——此为西方传教士在中国境内创办的第一份中文期刊——所写《创刊计划书》中说："当文明几乎在全球各处战胜愚昧和邪恶，并取得广泛进展之时……只有中国人还同过去千百年来一样停滞不前……出版这份月刊的目的，是让中国人了解我们的技艺、科学和准则之后，可以消除他们高傲的排外思想。"

显然，仅靠办几份杂志，出版几本书，并不足以消除中国人"高傲的排外思想"，但是它们毕竟带来了新声，开始为中西文化交流"架桥铺路"。这对于当时中国"万马齐喑"的文化氛围，对于当时挣扎于"避席畏闻文字狱，著书全为稻粱谋"① 状态中的一代文人来说，无疑在营造着一种新的话语和语境，激发了他们求新声、开风气的内在渴望。龚自珍（1792—1841）、魏源（1794—1857）的诗文中已开始透露出新的文艺美学思想气息。

可以说，从鸦片战争开始，中西方文化交流就中国而言，开始进入到一个自动的阶段。所谓自动，是指一部分中国人已经开始打破对西方文化完全排斥的态度，意识到不能不向西方学习一些东西，从而开始自动学习和吸收西方文化。如果把洋务运动看作这一阶段开始的社会背景的话，那么1865年由曾国藩、李鸿章等在上海创办的江南制造局翻译馆则是一个文化标志，这是近代中国首次自己打开文化之门，通过翻译引进西方文化来补充和服务自己的尝试。自此，西方文化以科学技艺为先导，由中国自己认同并推行，逐步开始了与中国文化由物质到精神、由表层到深层的交流过程。毫无疑问，这种自动性还是非常有局限性的、让人心有余悸的，在心理上还没有真正消除对现代西方文化的恐惧感，在观念上也没有跳出中国封建正统观念的圈子。但是它毕竟意识到了交流的必要性，毕竟开始自己组织翻译西方书籍，并邀请了一些外国传教士直接参与这项工作。作为洋务派文化领袖的曾国藩（1811—1872）、张之洞（1837—1909）等人的思想行为已开始越出传统"夷夏"观念的鸿沟。无论曾国藩如何强调儒家学说安身立命的正统文化地位，他也不能不意识到"文章与世变相因"，② 必须走"经世致用"的道路。至于张之洞提出"中学为体，西学为用"，强调"中学为内学，西学为外学；

---

① 龚自珍：《龚自珍全集》，上海古籍出版社，1999年，第471页。
② 郭绍虞：《中国近代文论选》（上册），人民文学出版社，1959年，第61页。

中学治身心，西学应世事"，仍然想实现魏源所言"师夷长技以制夷"主张，但在客观上却以"西学为用"架空了"中学为体"，使中国文化开始步上了中西交流和并存的"不归路"，因为中国文化不可能光有"体"没有"用"，只有"内"而没有"外"。

事实上，当时的中西交流还不可能突破"体用"和"内外"之分，因为译书的主要目的是权力需要，主要层面落在清政府急需的"紧要之书"上，把专译直接与军工生产有关的书摆在首位，这就不能不引起新的文化不平衡现象。当时直接参与翻译馆工作的英国传教士傅兰雅（John Fryer，1839—1928）对此就深有感触。他之所以投身于这项工作，是因为感到此举"……可大有希望成为帮助这个可尊敬的古老国家向前进的一个有力手段"，"能够使这个国家跨上'向文明进军'的轨道"。① 由此他的眼光自然比当时清朝官僚文化人宽广，他原主张根据西方典籍分类，比较有系统地翻译西方科技文化知识，特别是想把《大英百科全书》全部译成汉语，但是被否决了，最终只能按指令"特译紧要之书"。由此他深深感到了洋务运动的局限性，意识到仅仅靠输入科技开发智力是无法拯救中国的。他在 1896 年，也就是他辞去江南制造局翻译馆职务并离开中国的那一年里著文写道：

> 简而言之，中国已从长期沉睡中苏醒过来，可是她发觉自己正被迅速地冲向一个大瀑布，除非用最大的努力，毫不迟疑地拯救她自己，否则就一定会不可避免地遭到灭顶之祸。……不难看出，中国最大的需要，是道德的或精神的复兴，智力的复兴次之。只有智力的开发而不伴随道德或精神的成就，决不能满足中国永久的需要，甚至也不能帮她从容地应付目前的危机。
>
> ——《1896 年教育展望》②

---

① A. A. Bennett, *John Fryer*: *The Introduction of Western Science and Technology to* 19*th Century China*, Harvard University Press and Oxford University Press, 1967, p. 12.
② 顾长声：《从马礼逊到司徒雷登》，上海人民出版社，1985 年。

从 1861 年只身到中国，至此已有 35 个年头，傅兰雅为中西文化交流做出了非凡贡献，单独或与他人合译的西方书籍就达 129 种之多，而他以一种能"入其内"又能"出其外"的特殊文化身份和眼光，比一般文化人更早、更深刻地认识到了中国精神思想上的贫困，并深切期望中国能尽快开启内在的文化之门。

二、中西文论"结婚论"的产生

应该说，傅兰雅是和中国文化一起步入新世纪的。尽管中国从被动开放到自动开放经历了漫长的搏斗，但是中西文化及文艺理论的交流不断出现新的转机。继曾国藩、张之洞、王韬、容闳等一批中国学人之后，又崛起了谭嗣同、康有为、严复、梁启超等一批学人，他们在中西方文化交流中走得更深更远。而他们都曾从江南制造局翻译馆译书中吸吮过"狼奶"。其中谭嗣同在 1893 年和傅兰雅面谈过，并参观过江南制造局，感触很深。康有为在 1882 年路过上海时，就购买了江南制造局所有的译书，带回广东研读，深受其影响，于是开始探索一种"合经学之奥言，探儒佛之微旨，参中西之新理，穷天人之颐变，搜合诸教，剖析古今，考察后来"的思维方式。

作为康有为的学生，梁启超就是由此起步的。在师从康有为的四年间，他充分感受到了西方新思想的威力和魅力，对于中西方文化交流有了深刻认识，他不仅参与办报办刊办学传播西方文化，而且大力鼓吹译书和组织译书，把译书看作改制维新的第一要义。1897 年，就在傅兰雅去美国的第二年，梁启超就在上海创立了大同译书局，开始广译外国图书。他在《大同译书局叙例》中说，"译书真今日之急图哉""故及今不速译书，则所谓变法者，尽成空言"。他还提到，过去三十年的官译书，如京师同文馆、天津水师学堂、上海制造局等所译成之书，不过百种，距离现实需要实在是"万不备一"，所以才有组织译书，以"……洗空言之消，增实学之用，助有司之不逮，救燃眉之急"的举动。①

首先作为改革家的梁启超，他所谓"燃眉之急"当然是指变法之需要，译书带有强烈的实用目的。这一点曾引起王国维的不满。王国维辛辣讽刺过康有为、谭嗣同等以西洋思想为"政治上手段"的做法，说康有为"……以元统天之说，大有泛神论之臭味，其崇拜孔子也颇模仿基督教，其以预言者自居，又居然抱穆罕默德之野心者也。其震人耳目之处，在脱数千年思想之束缚，而易之以西洋已失势力之迷信，此其学问上之事业不得不与其政治上之企图同归于失败者也"。这必然也涉及了梁启超为鼓吹变法而译书的动机，他批评《新民丛报》上所登《汉德哲学》"其纰缪十且八九"。他还讥笑当时一些欧美留学者贪图功利，介绍西学"或抱政治之野心，或怀实利之目的"，② 在思想建树上毫无价值可言。

不能否认王国维的看法具有脱尘拔俗之处，尤其是对学术及文学中"工具论"和"手段论"的反戈，在整个 20 世纪中西方文化交流中具有重要意义。但是，这并不意味着对梁启超中西方文化交流思想的全盘否定。相反，正是有了王国维思想的对照，我们才能更清楚地了解梁启超从体制上的西学中用走向文学上西学中用的过程，从而更深刻地理解 20 世纪中西方文化交流从物质层面向精神层面的转换。

从译书来看，梁启超显然是从实用政治（变法）需要出发的，但是他并非把西方文化分解开来，只取其政治法律而不及其余，而是期望能够全面整体地把握西方文化的精粹，获得真知。只不过由于现实需要的轻重缓急，他只好先译"各国变法之事，及将来变法之际一切情形之书，以备今日取法"。这一点在他的《论译书》一文中有清楚的表述。他认为"中国之效西法三十年"，之所以"效之愈久，而去之愈远"，正因为"其真知者，殆亦无几人也"。他指出：

> 西人致强之道，条理万端，迭相牵引，互为本原，历时千百年以

---

① 梁启超：《饮冰室合集·文集》，中华书局，1989 年，第 57—58 页。
② 王国维：《王国维文学美学论著集》，北岳文艺出版社，1987 年，第 107—108 页。

讲求之，聚众千百辈以讨论之，著书千百种以发挥之，苟不读其书，而欲据其外见之粗迹，以臆度其短长，虽大贤不能也。①

因此他主张破除对西方典籍只言片语的"小知"，而能够深究其"迭相牵引互为本原"者，达到"以得其立法之所自，通变之所由，而合之以吾中国古今政俗之异而会通之，以求其可行"的"真知"。②

正是出于这种思考，梁启超对洋务运动以来的译书深感不足，一是从数量上看，"今以西人每年每国新著之书，动数万卷，举吾所译之区区置于其间，其视一蚁一虻"；二是从质量上看，除了翻译水平外，过去只是"师其长技"，多译兵书及实用科技，谬误就在于"不师其所以强，而欲师其所强"，③有舍其本求其末的弊端。虽然这一切都还是就变法而言的（而当时梁启超亦认为"政法者，立国之本也"），但是这种求"真知""求本"和"师其所以强"的思想已显示出他在中西方文化交流中更深刻的索求愿望。

其次，梁启超对译书之重要性的认识是深层次的，带有整体性的观念。他并非把它看作一时一地的需求，而是从文化交流和人类进步关系的角度来考察，不仅认定"必以译书为强国第一义"，而且把它看成是推动社会进步"本原之本原"的因素。这不仅对应于中国历史发展而言，对于西方历史也是如此，梁启超在《论译书》中指出：

　　且论者亦知泰东西诸国，其盛强果何自耶？泰西格致性理之学，原于希腊；法律政治之学，原于罗马。欧洲诸国各以其国之今文，译希腊罗马之古籍。译成各书，立于学官，列于科目，举国习之，得以神明其法，而损益其制，故文明之效，极于今日。俄罗斯崎岖穷北，受辖蒙古，垂数百年，典章荡尽，大彼得躬游列国，尽收其书，译为

① 梁启超：《饮冰室文集》，中华书局，1989年，第65页。
② 梁启超：《饮冰室文集》，中华书局，1989年，第67页。
③ 梁启超：《饮冰室文集》，中华书局，1989年，第68页。

俄文，以教其民，俄强至今。日本首相自彬田翼等，始以和文译荷兰书，洎尼虚曼子身逃美，归而大畅其旨，至今日本书会，凡西人致用之籍，靡不有译本，故其变法灼见本原，一发即中，遂成雄国，斯岂非其明效大验耶？彼族知其然也，故每成一书，辗转互译，英著朝脱稿，而法文之本，夕陈于巴黎之肆矣。法籍昨汗青，而德文之编，今度于柏林之库矣。世之守旧者，徒以读人之书，师人之法为可耻。而勿知人之所以有今日者，未有不自读人之书，师人之法而来也。①

梁启超为学立论，常有惊人至极之处，说到译书自然也无例外。然而，他如何看重译书的重要性却绝非偶然，这与他对历史的深刻理解有着内在联系，表现了一种宽广的"大文化"观念。就中国历史而言，他和王国维、陈寅恪一样，都十分重视中华文化多元化的聚合过程。他在《论变法必自平满汉之界始》中历数中国历史上多民族多文化并存相通现象后指出："支那之所以渐进于文明，成为优种人者，则以诸种之相合也，惟其相合，故能并存，就今日观之，谁能于支那四佰兆人中，而别其孰为秦之戎、孰为楚之蛮也，孰为巴之羌滇之夷也。"② 他还有一篇《〈春秋中国夷狄辨〉序》，对于自宋以后儒者所持"攘彝之论"进行了辨析和正本清源，指出了其封闭性的思维特征。

就整个人类历史进步而言，梁启超意识到，不同文明体系和文化价值之间相互碰撞和交流是一种根本动因。在《中国史叙论》中，他提出如此观点：在世界五大文明体系（小亚细亚文明、埃及文明、中国文明、印度文明、中亚美利亚文明）并存与发展中，"每两文明地之相遇，则其文明力愈发现，今者左右世界之泰西文明，即融洽小亚细亚与埃及之文明而成者也。而自今以往，实为泰西文明与泰东文明（即中国之文明）相会合之时代，而今日乃其初交点也。故中国文明力未必不可以左右世界，即中国史在世界史中，当占一强有力之位置也。虽然此乃将来所必至，而非过去

---

① 梁启超：《饮冰室文集》，中华书局，1989 年，第 66—67 页。
② 梁启超：《饮冰室文集》，中华书局，1989 年，第 78 页。

所已经".①

《论学术之势力左右世界》是体现梁启超文化观的一篇重要论文。这不仅在于他在此文中介绍了西方文化史上一些重要人物，如哥白尼、培根、笛卡尔、孟德斯鸠、卢梭、富兰克林、瓦特、亚当·斯密、伯伦知理、达尔文等，显示了其宽广的眼界；更在于他对于学术交流意义的追寻。一般认为，西方文明近代长足进步有两大先导原因，一与"十字军"有关，二是希腊古学复兴，而梁启超眼光独特之处却是从中看到了另一重历史含义：

> 夫十字军东征也，前后凡七役，亘二百年（1096—1270），卒无成功，乃其所获者，不在此而在彼。以此役之故，而欧人得与他种民族相接近，传习其学艺，增长其智识，盖数学、天文学、理化学、动物学、医学、地理学等，皆至是而始成立焉。而拉丁文学宗教裁判等，亦因之而起，此其远因也。中世纪末叶，罗马教皇之权日盛，哲学区域，为安士林（Anselm 罗马教之神甫也）派所垄断，及十字军罢役以后，西欧与希腊、亚剌伯诸邦来往日便，乃大从事于希腊语言文学之学，不用翻译而能读亚里士多德诸贤之书，思想大开，一时学者不复为宗教迷信所束缚，卒有路得新教，全欧精神为之一变，此其近因也。②

他还特别赞赏法国的伏尔泰、日本的福泽谕吉等人，能够"以其诚恳之气，清高之思，美妙之文，能运他国文明新思想，移植于本国，以造福于同胞".③

无疑，在这里我们看到，尽管梁启超与王国维等人在具体文艺美学问题上有分歧和差异，但是在文化交流史观方面却是惊人地一致。而他在改

---

① 梁启超：《饮冰室文集》，中华书局，1989年，第 2 页。
② 梁启超：《饮冰室文集》，中华书局，1989年，第 111、115 页。
③ 梁启超：《饮冰室文集》，中华书局，1989年，第 111、115 页。

革活动中越来越意识到学术"左右世界之力"的作用，更使他不能不重视人的建设，重视文学的作用。例如，对于 20 世纪中国文化及文学发展趋势，梁启超就有如此的恢宏之见：

> 生理学之公例，凡两异性结合者，其所得结果必加良。此例殆推诸各种事物而皆同者也，大地文明祖国凡五，各辽远隔绝，不相沟通，惟埃及安息，借地中海之力，两文明相遇，遂产出欧洲之文明，光耀大地焉。其后阿剌伯之西渐，十字军之东征，欧亚文明，再交媾一度，乃成近世震天铄地之现象，皆此公例之明验也。我中华当战国之时，南北两文明初相接触，而古代之学术思想达于全盛，及隋唐与印度文明相接触，而中世之学术思想放大光明。今则全球若比邻矣，埃及安息印度墨西哥四祖国，其文明皆已灭，故虽与欧人交，而不能产新现象，盖大地今日只有两文明，一泰西文明，欧美是也；二泰东文明，中华是也。二十世纪，则两文明结婚之时代也。吾欲我同胞张灯置酒，迓轮侯门，三揖三让，以行亲迎之大典，彼西方美人，必能为我家育宁馨儿以亢我宗也。①

在对于中国学术历史发展阶段的看法上，梁启超和王国维一样，都十分重视两种文化交流的作用。更难能可贵的是，梁启超把它上升到了人类历史发展的"公例"层面上来理解，对于中国 20 世纪文化发展走向产生了深远的影响。中西文明"结婚之时代"的意识，从此在文艺理论和批评中植下了根苗，并且产生了一代又一代的"宁馨儿"。其中闻一多的诗论就是明显一例，他在《〈女神〉之地方色彩》一文中就再次从新的观念阐释了它："……我总认为新诗径直是新的，不但新于中国固有的诗，而且新于西方固有的诗，换言之，它不要做纯粹的本地诗，但还要保持本地的色彩。它不要做纯粹的外洋诗，但又尽量的吸收外洋诗的长处，他要做中

---

① 梁启超：《饮冰室文集》，中华书局，1989 年，第 4 页。

西艺术结婚后产生的宁馨儿。"

三、启蒙时代与小说理论

其实，在文艺美学方面，梁启超的理论尝试就是中西文化"结婚"所生的最早的"宁馨儿"之一。

应该说，梁启超从政治变法走向文学理论具有必然性。这不仅仅是出于政治变法的需要，而且在于梁启超从一开始就十分关注人的状况和解放。在这一点上，梁启超无疑是受到了康有为的深刻影响。当年康有为"手定大同之制，名曰《人类公理》"，最重要的关注点就是改变人的生存状态，以及实现自由、平等、博爱的人类理想。而他上书变法失败后，于1890 年全家南迁，在广州开办"万木草堂"，其目的就在于开民智育人才。因此后来梁启超在其《变法通议》中言："吾今为一言以蔽之曰，变法之本在于育人。"① 所以把中国人从无知愚昧中解脱出来是当务之急。在梁启超看来，中国之弱并不在于武备不足、练兵不够，而在于掌握武备、从事操练的人的素质不够。如果西方练兵，"其犹壮士之披甲胄而执戈铤也"，而中国则是"病夫"操兵，"不务治病，而务壮士之所行"，结果必然失败。因此首要任务是要变病夫为壮士，"则必涤其滞积，养其荣卫，培其元气"，就得办教育，兴学校，广译书，开民智。

因此，梁启超是以启蒙者姿态进入文学领域的。面对"处暗室，坐智井，瞀不知外事"的国人，他深深感到了"中国武备不修，见弱之道一，文学不兴，见弱之道百"，期望有一天能医治"病夫"、唤起民众的力量，实现其"新民新国"的理想。正是在这种情况下，文学能够启蒙人心的特殊功能首先引起了他的注意，他首先在一篇讲启蒙教育的文章中提到了启蒙与文学的关系：

---

① 梁启超：《饮冰室文集》，中华书局，1989 年，第10 页。

故吾恒言他日救天下者，其在今日十五岁以下之童子乎。西国教科之书最盛，而出以游戏小说者尤多。故日本之变法，赖俚歌与小说之力，盖以悦童子以导愚氓，未有善于是者也。①

这篇短文写于 1897 年，第二年（1898 年）梁启超就写了著名的《译印政治小说序》一文，期望借西方政治小说形式实现自己启蒙民众的目的。其中言道：

在昔欧洲各国变革之始，其魁儒硕学，仁人志士，往往以其身之所经历，及胸中所怀，政治之议论，一寄之于小说，于是彼中辍学之子，黉塾之暇，手之口之，下而兵丁、而市侩、而农民、而工匠、而车夫马卒、而妇女、而童孺，靡不手之口之，往往每一书出，而全国之议论，为之一变。彼美英德法奥意日本各国政界之日进，则政治小说，为功最高焉。英名士某君曰，小说为国民之魂。岂不然哉！岂不然哉！②

如此高度评价和推崇西方政治小说的社会价值，显然是和梁启超鼓吹变法的政治目的相关相合。在这里，我们不但不难感受到梁启超参与社会政治变革的巨大热情，而且能看到其在中西方文化交流中顾此失彼的理论困境。

这首先表现在文学启蒙与政治作用的彼此消解和矛盾中。仅有一年的间隔，只要细心比较一下《〈蒙学报〉〈演义报〉合叙》和《译印政治小说序》这两篇短文就会发现，在具体的文学选择中，梁启超淡化了启蒙而强化了政治，或者说在两者之间获得了一种微妙的平衡。例如在《〈蒙学报〉〈演义报〉合叙》中，其文学是在"愚民之积进也"的启蒙语境中出现的。梁启超重启蒙，正是由于看到了中国人在旧教育中的悲剧，因此他认为"教小学，

---

① 梁启超：《饮冰室文集》，中华书局，1989 年，第 56 页。
② 梁启超：《饮冰室文集》，中华书局，1989 年，第 34—35 页。

教愚民，实为救中国第一义"，而"他日救天下者，其在今日十五岁以下之童子"。

在这里，梁启超并没有放弃救国的主张，只是并非把救国看成一个立竿见影的短期行为，能够很快实现，而是从长计议，把希望寄托在将来一代，因此所谓"他日救天下者，其在今日十五岁以下之童子乎"，并非一个简单的时间概念，而是决定其文学价值取向的一种心理基础。只有在这种情况下，梁启超才能把"以悦童子"的西方"游戏小说"和日本的"俚歌与小说之力"相提并论，并且看得很重。

这一年鲁迅7岁——远在15岁之下。差不多二十年之后，鲁迅在《狂人日记》中发出了启蒙文学的最强音："救救孩子！"

可惜，当时的梁启超，作为一个社会政治变革的直接参与者和操作者，无法在实际中坚守自己的启蒙意识，他不可能把变法的希望推迟二十年，甚至十年后实行，他需要更快的时间。于是，他在诸多的西方文学流派与样式之间，尤其是在"游戏小说"和"政治小说"之间，同时也是在文学的启蒙性和实用性之间，不可避免地偏向了后者。在《译印政治小说序》中，小说的文学性和审美性犹在，但是它们只能降至于一种通俗化的手段和途径，以完成"六经不能教""正史不能入""语录不能谕"的教化宣传任务。

就此来说，梁启超虽然声称过"政无所谓中西也"，但是在这文学交流中却陷入了中西小说观念的对立中。正如香港学者王宏志所分析的那样，为了确定域外政治小说的可借鉴性，梁启超"完全针对了传统中国小说的种种问题，刻意制造强烈的对比：中国的传统小说地位低微，著者多为市井俗夫，外国的小说却是文学的正宗，著者皆为硕儒通人；中国小说内容不出海盗海淫二端，外国小说写的都是政治议论，与政体民志息息相关；中国小说是群治腐败之总根源，外国小说则对国家政界日进极有裨益"。① 在这种情形下，所谓"两文明结婚"只能在没有相知、相通、相

---

① 王宏志：《梁启超和晚清政治小说的翻译及创作》，《文艺理论研究》1996年6期，第9页。

爱的条件下进行了，其"宁馨儿"难免有先天性缺陷。

显然，在对西方文学的借镜中，梁启超为自己设定了一个窄小的语境，致使他在后来很长一段时间内打不开自己的视野，仍把关注的焦点集中在外国的政治小说方面。

1902 年，随着"新民说"思想的更加成熟，他对于文学的启蒙作用就愈加重视，终于在创办《新民丛报》的同时，又创办了中国第一份专门刊登小说的杂志——《新小说报》，并在该刊第一期发表了《论小说与群治之关系》，这可以称为 20 世纪中国小说理论方面第一个中西"结婚"产生的"宁馨儿"。其开首就言：

> 欲新一国之民，不可不先新一国之小说。故欲新道德，必新小说；欲新宗教，必新小说；欲新政治，必新小说；欲新风俗，必新小说；欲新学艺，必新小说；乃至欲新人心，欲新人格，必新小说。何以故？小说有不可思议之力支配人道故。①

在这里，梁启超把"欲新一国之民"放在首位绝非偶然，这和他创办《新民丛报》的首条宗旨完全一致，说明他更加重视人的现代化问题。其宗旨明确指出："本报取《大学》新民之义，以为欲维新吾国，当先维新吾民。中国所以不振，由于国民公德缺乏，智慧不开，故本报专对此病而药治之，务采合中西道德以为德育之方针，广罗政学理论，以为智育之原本。"

因此，梁启超的"新小说"观念一开始就处于中西文化的夹缝之中，在启蒙和政治要求之间辗转反侧。就小说本身而言，一方面他充分认识到了其审美性质，不仅承认其"其乐而多趣""以赏心乐事为目的""其最受欢迎者，则必其可警可愕可悲可感，读之而生出无量噩梦，抹出无量眼泪者也"，而且从人性及欲望深处分析了人们对小说艺术世界的渴求，认

---

① 梁启超：《饮冰室文集》，中华书局，1989 年，第 6 页。

为其能够使人们超越现实局限性，去领略更广大、更深层的人生，所以具有"熏""浸""刺""提"四种心灵感情上的艺术感染力。而另一方面，他又对小说的艺术力量心怀恐惧，把"吾中国群治腐败之总根源"归结于中国传统小说，并试图以西方的政治小说模式来完成"欲新一国之民"的初衷。

实用政治的阴影仍然隐藏在梁启超的意识之中，左右着在小说理论方面西学中用的选择。因此，他尽管欣赏中国传统小说的艺术之美，在论说中多次举例阐释，但却不能给予其独立的价值判定，而宁舍其整体，取西方政治小说之枝叶。

显然，即便在林林总总的西方小说中，政治小说也不能算是其中精华所在，它在西方 19 世纪只有过短暂的光耀，很快就不再引人注目。英国"政治小说"创作的代表作家本杰明·狄斯雷里（Benjamin Disraeli，1804—1881）、李顿（Bulwer-Lytton，1803—1873）等人，除了在政坛上走红一时之外，在欧洲文学史上并不受人重视。然而，他们的作品在明治维新期间的日本却受到了极大欢迎，连续不断被译成日文，并成为很多日本作家追随模仿的对象，在文坛上形成了"政治小说热"。比较著名的作家作品有柴四郎的《佳人奇遇》、矢野龙溪的《（齐武名士）经国美谈》、户田钦堂的《（民权演义）情海波澜》、末广铁肠的《二十三年未来记》等，虽然在日本文学史上流行时间不长，但在现实生活中却产生了很大反响。

这是一个很值得注意和探讨的文学现象。在这方面，同时作为东方封闭的封建古国，日本和中国有很多相通的地方。梁启超曾经表示过，他最欣赏法国的伏尔泰、日本的福泽谕吉和俄国的托尔斯泰，期望中国能出现如此学人。他写道：

> 福禄特尔当路易第十四全盛之时，愀然忧法国前途，乃以其极流丽之笔，写极伟大之思，寓诸诗歌院本小说等，引英国之政治，以讥讽时政，被锢被逐，几濒于死者屡焉。辛乃为法国革新之先锋，与孟德斯鸠卢梭齐名，盖其有造于法国民者，功不在两人下也。福泽谕吉

当明治维新以前，无所师授，自学英文，曾手抄英华字典一遍，又以独力创一学校，名曰庆应义塾，创一报馆，名曰时事新报，至今为日本私立学校报馆之巨擘焉，著书数十种，专以输入泰西文明思想为主义。日本人之知有西学，自福泽始也，其维新改革之事业，亦顾问于福泽者十而六七也。托尔斯泰生于地球第一专制之国，而大倡人类同胞兼爱平等主义，其所论盖别有心得，非尽凭借东欧诸贤之说者焉，其所著书，大率皆小说，思想高彻，文笔豪宕，故俄国全国之学界，为之一变。近年以来，各地学生咸不满于专制之政，屡屡结集，有所要求，政府捕之锢之，放之逐之，而不能禁，皆托尔斯泰之精神所鼓铸者也。由此观之，福禄特尔之在法兰西，福泽谕吉之在日本，托尔斯泰之在俄罗斯，皆必不可少之人也。苟无此人，则其国或不得进步，即进步亦未必如是其骤也。①

很显然，梁启超取其三人，是从文化传播和交流意义上着眼的。在他看来，推动文化和社会进步发展者，可分为两类，第一类如培根、笛卡尔、达尔文等人，属于原创者，其成果能左右世界发展；第二类则如上所述三人，"能运用他国文明新思想，移植于本国"，能左右一国之变革。当时中国最需要的就是伏尔泰、福泽谕吉、托尔斯泰式的人物，而梁启超自己的所作所为，也正是想在中国实践他们的丰功伟绩。

然而，不管从哪一方面说，梁启超都更接近福泽谕吉。福泽谕吉（1835—1901）是日本近代最有影响的启蒙思想家，他少年时期深受中国汉学熏陶，自称"通读《左传》十一遍"，青年之际即得风气之先，接触西方文化，三度游历欧美，从此以谋求日本文明进步为己任，开办学校，成立社团，著书立说，广泛从事启蒙活动，被称为"日本伏尔泰"。梁启超在很多方面都深受其影响，如对于"攘夷论"的反感、对儿童启蒙教育的重视等，甚至晚期鼓吹"开明专制"和"国权主义"，都可隐隐约约看

---

① 梁启超：《饮冰室文集》，中华书局，1989 年，第 115—116 页。

到福泽谕吉的影子。至于对于中国传统文化的反省与批判，梁启超与福泽谕吉有更多更直接的共通语言。福泽谕吉曾经谈到，他是一个读过大量汉文书的人，但是却"恩将仇报"，屡次抓住汉学的要害，不管在讲话或写作上都毫不留情地予以攻击。他说："我与汉学为敌到此地步，乃是因为我坚信陈腐的汉学如果盘踞在晚辈少年的头脑里，那么西洋文明就很难传入我国。我已下定决心愿尽一切努力，无论如何也要把这些后生拯救出来，进而把他们导向我所确信的目标。"①

这种思想无疑深刻影响了日本的"政治小说"创作。当时日本正处于"脱亚入欧"的明治维新时期，西方政治小说的借鉴与引进是和鼓吹社会政治变革的要求联系在一起的。因此他们的理论主张也具有鲜明"反传统"特征。一是摒弃轻视小说的传统观念，用夸张的方式抬高小说的价值，尤其热烈赞扬西方小说家在社会变革中的作用，以此来重新确立小说的地位，把小说推崇为关系到"人心之兴败，社会之盛衰"的圣物。二是批判和贬低传统小说的意义，认为传统小说及其观念已落后于文明社会需求，远没有西方小说的社会效果。例如1885年5月28日发表于《自由灯》上乌乌道人的文章《政治小说之效力》、坪内逍遥（1859—1935）的《小说精髓》等，都从不同角度涉及了对传统小说及其观念的重估问题。

显然，《论小说与群治的关系》一文能够使我们再次回味日本"文学改良"思潮中的"政治小说"一派的理论。不过，梁启超不可能像福泽谕吉那样义无反顾地与中国传统文学"为敌"，因为他毕竟生长生活在中国本土，无法像福泽谕吉那样和中国文化及文学保持一定的距离感，因此只能陷入小说艺术性与思想性更深刻的矛盾之中。实际上，他既不可能完全成为中国的"福泽谕吉"，也不可能成为中国的"托尔斯泰"。而王国维出于对艺术的真诚早就指出："若夫忘哲学美术之神圣，而以为道德政治之手段者，正使其著作无价值者也。愿今后之哲学美术家，毋忘其天职，而失其独立之位置，则幸矣！"②

---

① ［日］福泽谕吉：《福泽谕吉自传》，马斌译，商务印书馆，1995年，第181页。
② 王国维：《王国维文学美学论著集》，北岳文艺出版社，1987年，第36页。

梁启超提倡"小说界革命"未必不幸，但是其理论在中西方文化交流中充当了"影子之影子"的角色，不仅借道东洋失掉了把握西方小说整体发展的可能性，而且使文学沦落在政治与实用的双重阴影之中，实在是很不幸。

四、关于"过渡时代"的文学选择

值得注意的是，梁启超所心仪的三个学人作家伏尔泰、福泽谕吉和托尔斯泰，不仅都注重文化交流，而且都与中国文化有缘。福泽谕吉自不必说，伏尔泰是欧洲开风气的启蒙思想家，当欧洲酝酿着更深刻的社会变革，期望一种反神学的思想武器的时候，他从一些传教士那里获得了中国文化思想信息，受到了很大的感召，从中发现了一种强烈的道德理性意识，并在自己学说中进行推崇和传播。由此，并不具备现代民主和法制特征的中国传统儒家思想，由于其"将政治和伦理相结合"的观念而受到重视，成为欧洲启蒙运动中的思想利器。而伏尔泰在其名著《风俗论》中对中国文化及政治体制的过分赞扬之辞，确实令中国学者至今还感到难以接受。与此同时，伏尔泰对中国元代杂剧《赵氏孤儿》的浓厚兴趣，也反映了他强烈的"借他山之石"的愿望。他甚至还亲自改编了剧本，于1755年上演和出版，引起广泛关注。尽管他并不喜欢剧情，但是却被其中所表现出的精神和道德力量所吸引，希望借此内容来证实和宣传自己的思想主张，推动本国的社会变革。在这里我们发现，这种"为我所用"的"期待视野"（horizon of expectation）在中西方文化交流中是一种普遍现象。"为我所用"同时也意味着"以我为中心"，在学习和接受外来文化过程中往往带有强烈的主观色彩和意图，很难避免以偏概全、以点带面的推断。换句话说，当这种交流还处在开放、开发、开拓的初级阶段时，视野愈狭窄、愈短近，也就愈容易被"为我所用"心理所支配，把文化交流纳入实用功利性范围内。

在这方面，梁启超和伏尔泰在思想方式上多少有相同之处。不过由于中西文化状态相距遥远，氛围也大有不同，只是梁启超吸收西学、期待精神变物质的愿望更强烈、更迫切罢了。所以，在初期借鉴西方文学之时，他首先关注的是力量，哪一种文学能够在现实中立竿见影，很快发挥出变革社会的力量，转换成一种物质性的政治能量，他就首先选择哪一种——与其说他选择了政治小说，不如说他选中了政治小说的社会影响力。

而此时，托尔斯泰也正在靠近中国文化。这位大艺术家与伏尔泰有所不同，因为他毕生所关心的是人的心灵。早年他为了反抗专制统治，向往人类爱的境界；而到了晚年，在目睹西方暴力和金钱的罪恶后，越来越倾向于人的精神和道德拯救。正是在这种情况下，他开始迷恋中国古代经典，崇尚中国道德文化价值。从19世纪80年代起，他陆续编辑出版过多部中国儒、佛、道经典注释和研究著作。晚年他在理论上表现出否定艺术本身的倾向，在创作中宣扬容忍和"勿以恶抗恶"的思想，都不同程度上受到了中国文化的影响。也许正因如此，在1906年，他与中国学者辜鸿铭在思想上一拍即合，成为文化上的盟友。他在给辜鸿铭的信中表示，欧洲现代文化崇尚武力和物质，违背了人类生活的永久法则，迟早会走向毁灭，而中国文化崇尚道德，不应去模仿西方国家。他还写道："中国人的生活常引起我的兴趣到最高点，我曾竭力要知道我所懂得的一切，尤其是中国人的宗教的智慧和宝藏：孔子、老子、孟子的著作，以及关于他们的评注。"他还说："我相信在我们这个时代，人类的生活要起一种重大的变化，我并且相信在这个变化中，中国将领导东方民族，扮演重要的角色。"

这对梁启超也许是一个刺激，因为辜鸿铭毕竟咒骂过康有为和梁启超，把他们视为毁灭中华文明的罪人。而梁启超心仪已久的大文豪托尔斯泰竟然引如此文化人为友，实在有不可思议之处。实际上，在辜鸿铭身后，还有一大群以保存和弘扬中国传统文化为己任的文化人，如林纾、黄侃、刘师培、杜亚泉等，他们并不完全排斥西学，甚至在中西文化交流中做过许多工作。但是他们反对向西方学习，主张全面保存中国传统文化，甚至用中国文化去拯救危机之中的西方文明。而他们的呼声在西方世界引起了回声。除托尔斯泰之外，英国的毛姆、丹麦的勃兰兑斯以及一些著名学者都曾从辜鸿铭的著作受益过，也大力赞扬和推崇过这位"文化怪杰"。

这一切都构成了 20 世纪中西方文化交流状况的复杂性，而梁启超对此早就有所认识。光绪二十七年他就写了《过渡时代论》一文，将当时中国定义为"过渡时代之中国"，可以说，这是梁启超对 20 世纪之中国总体认识的一种概括，虽然不是直接就文艺美学而论，但其思想却深刻影响了他对文艺美学观念的选择。在这篇论文中，他不但指出了过渡时代的希望："故过渡时代者，实千古英雄豪杰之大舞台也，多少民族由死而生，由剥而复，由奴而主，由瘠而肥，所必由之路也。"① 而且指出了过渡时代的危险，这种危险对于中国来说尤为明显。他指出：

> 中国自数千年来，常立于一定不易之域，寸地不进，跬步不移，未尝知过渡之为何状也。虽然，为五大洋惊涛骇浪之所冲激，为十九世纪狂飙飞沙之所驱突，于是穷古以来，祖宗道传，深顽厚锢之根据地也，遂渐渐摧落失陷，而全国民族，亦遂不得不经营惨淡，跋涉苦辛，相率而就于过渡之道。故今日中国之现状，实如驾一扁舟，初离海岸线，而放于中流，即俗语所谓两头不到岸之时也。②

在他看来，这种过渡表现在方方面面，不仅是政治体制上从专制到开明的过渡时代，而且也是"学问上之过渡时代""理想风俗上之过渡时代"。由此他认为这个时代所需要的英雄应该具有三种品质，即冒险性、忍耐性和别择性。冒险性就是敢于弃旧立新，革新创新，所谓"欲上高楼，先离平地；欲适异国，先去故乡"。就中国来说，"必有大刀阔斧之力，乃能收筚路蓝缕之功；必有雷霆万钧之能，乃能造鸿鹄千里之势"。他认为这是过渡时代初期最不可缺的。

而忍耐性是过渡时代中期最需要的。因为他意识到通向理想之路阻力

---

① 梁启超：《饮冰室文集》，中华书局，1989 年，第 28 页。
② 梁启超：《饮冰室文集》，中华书局，1989 年，第 29 页。

重重，很可能"一挫再挫三挫，经数十年百年，而及身不可见其成者比比然也，或乃受唾受骂，虽有口舌，而无以自解"。而最后关键是别择性。别择性不仅关系到过渡时代的最终目的，关系到一个新世界的建立，而且在于选择"一最良合宜之归宿地"的困难性。因为政体、学问、理想风俗都有多途，而中国国民需要又多种多样，能否在实践中得到好的结果，绝非一件坐而论道的事。

这三点实际上也构成了梁启超在中西文艺理论交流中的选择，使其理论观念无不打上"过渡时代"的烙印。由此来说，他在 20 世纪初大力提倡政治小说，把"小说界革命"和"诗界革命"推到极致，与社会变革变法的实际需要紧密相连，在其思想上就表现出了一种冒险性。其锋芒直指传统的旧文学，未尝没有"欲更新之，不可不先权弃其旧者"的意图。这种意图自然会在理论倾向上形成偏向性，对西方文艺理论采取直取一点、不及其余的作法。

其实，这也造成了梁启超在文艺理论选择上的矛盾性甚至混乱性。在他的文艺观点中，我们可以发现许多相互矛盾的地方。例如他是非常注重文学的社会功利性的，有时候甚至直接把文学看作政治的工具和传声筒，但是他又非常看重文学的审美意味，在这方面发表了很多有深度的见解。特别是辛亥革命之后，他从政界退至讲堂，在文艺理论上也从"冒险性"转向了"忍耐性"，他开始把美与生活结合起来，探讨文学和美的超脱性、愉悦性和趣味性。

这时候，梁启超不仅开始返归传统文学，注重在历史美学中寻找理论的支撑点，而且对西方文艺理论也开始由表及里，着重探索文学的内在品质。例如他在《中国韵文里头所表现的情感》一文中所表现的艺术观念，就表现了他对文学内部规律的探求，从社会功用转移到了人的情感需求。在这里，他不仅和王国维的文学观发生了某种认同和共鸣，而且试图用西方浪漫派、写实派、象征派等艺术观念来释解中国传统文学创作的奥秘。为此，他找到了中西文学相通的一个关节点——情感。他如此说，"天下最神圣的莫过于情感"，"情感这东西，可以说是一种催眠术，是人类一切动作的原动力。"① 不仅如此，"情感的性质是本能的，但他的力量能超本能的境界；情感的性质是现在的，但他的力量能引人到超本能的境界。我们想人的生命之奥，把我的思想行为和我的生命并合为一，把我的生命和众生并合为一，除却通过感情这一个关门，别无他路，所以情感是宇宙间的一种大秘密"。② 因此他认为"情感秘密"就是开启艺术世界的钥匙。他说：

> 艺术的权威，是把那霎时间便过去的情感捉住，令他随时可以再现；是把艺术家自己"个性"的情感打进别人们的"情阈"里头，在若干期间内占领了"他心"的位置。因为他有那么大的权威，所以艺术家的责任很重，为功为罪，间不容发。艺术家认清楚自己的地位，就该知道，最要紧的功夫，是要修养自己的情感，力往高洁纯挚的方面，向上提携，向里体验，自己腔子里那一团优美的情感养足了，再用美妙的技术把他表现出来，这才不辱没了艺术的价值。③

从上面的观念中，我们不仅可以感受到但丁、托尔斯泰、雨果等人的文艺思想仍在产生影响，而且能发现柏格森、尼采甚至弗洛伊德等人艺术观的影子。这充分说明了梁启超在借鉴西方文艺理论思想过程中，已不再仅仅为其外在的需要而驱动，而是开始走向自我，走向内在生命深处，由此获得完整的艺术感受。

这或许可以被称为一种历史的和美学的胸怀。梁启超由此开始了把西方文艺观念与中国文学历史相结合的尝试，开始寻找一种解释中国文学历史发展的理论模式。他先后写了《美术与生活》《人生观与科学》《中国之美文及其历史》《情圣杜甫》《屈原研究》等文章，都很有意识地沟通了中西文学观念，把理论的生命根植于历史之中。

① 梁启超：《饮冰室文集》，中华书局，1989 年，第 71—72 页。
② 梁启超：《饮冰室文集》，中华书局，1989 年，第 71—72 页。
③ 梁启超：《饮冰室文集》，中华书局，1989 年，第 72 页。

　　由此，在 20 世纪中西方文艺理论交流中，理论从社会真正走向了"人"，也就是走向了文学的主体。在这个过程中，梁启超的理论转换是带有象征意味的。从表面上看，他对西方理论的取舍显示了相对的两极，早期过分重视文学的社会功利性，后期又回归于文学的"解脱说"，强调艺术创作中的真性情和趣味性，但是就整个"过渡时代"的演进来看，他从未远离过对人本身的思考和关注。因为只有人才是文化和文学的中心，才是时代转变的关键；也唯有通过人之桥梁，中西方文艺理论交流才能进入一个新层面。

第三章

西方文化叛徒的中国命运

——从尼采到弗洛伊德

在西方文艺美学发展史上，尼采（Friedrich Nietzsche，1844—1900）和弗洛伊德（S. Freud，1856—1939）属于划时代的人物，尤其对于 20 世纪来说，没有他们是不可思议和无法理解的。他们不是文学家——至少从起步时是如此，但却直接地影响了文学及观念的变革，并首先在文学中确立了自己的价值和地位。他们的学说——一个以"九天揽月"的超人气质，直扑生命理性的极致和极限，创造了一种翱翔的境界；另一个则以"五洋捉鳖"的脱俗勇气，深潜生命意识的底层和本原，揭示了一个鲜为人知的世界——上下沟通呼应，彻底冲破了西方传统的文学观念，真正揭开了文艺学现代的一页。而在这一页上，他们的理论生命不仅显现在西方现代文艺理论中，而且被演绎在东方文化语境中，于是形成了尼采和弗洛伊德的东方文本和中国命运。

这就是我们探究他们在中国 20 世纪中西方文艺理论交流史上踪迹的意义所在。因为交流不仅沟通了东西方文化，而且重新演绎了他们的学说，甚至改变了他们的命运；在语境（Context）和文本（Text）互相抵触和磨合中，又会生出新的意味和境界。这种感觉或许类同于阅读鲁迅的《故事新编》。在这部奇特的小说集中，古代文本与现代语境互相衬托和对比，在极不协调中各自跨越了时空的极限，创造了另一种命运。

一、"叛徒"：20世纪文化交流中的特殊角色和意味

严格地说，不加任何限定与说明，把尼采和弗洛伊德说成是"西方的文化叛徒"是很危险的。首先，我们无法把尼采和弗洛伊德从西方文化中剥离出来，实际上他们依然是西方文化的代表人物，是其中的一部分。其次"西方"本身是一个笼统的概念，其中包含着许多相互矛盾冲突的因素，任何人（不管他如何标新立异）的学说都无法完全背离传统，所谓"背叛"或者"反传统"都只能在某个特定范围内认定。然而，如果我们把20世纪理解为一个文化发展转型期或转折期，把理论创造看成是一种不断突破某种旧规范、旧观念的过程，把他们的思想倾向与当时既定的传统的价值观念相比较的话，"叛徒"不仅是一个合乎时代氛围的字眼，而且饱含深意，激动人心。

据说周作人早年就十分欣赏"叛徒和隐士"的说法。"叛徒"实际上来自一个外国人戈特尔堡对一位英国性心理学家和文艺批评家蔼理斯（Havelock Ellis，1859—1939）的评价，也许周作人从中感应到了一种与自己心灵相通的东西，所以在著述中一再强调蔼理斯对他的巨大影响，并且反复进行征引。显然，"叛徒"绝对表现了一种特殊的文化意味。就蔼理斯来说，他1881年开始学医，走上性学研究的道路，其成果在很多方面动摇和冲击了西方传统的道德观念，并且因此在英国引起过公诉。可见戈特尔堡把他称为"叛徒"并不冤枉。幸运的是，蔼理斯处在一个大转换的时代，不仅不至于被火烧判刑，像西方历史上很多叛逆者一样；而且因此很快获得了社会影响，使自己的学说迅速传播。

由此在20世纪，"叛徒"在文化交流中成了一个激动人心的字眼，因为它意味着对某种旧传统、旧观念和旧思想的背叛与反抗，意味着惊世骇俗的大胆创新，突破原来文化氛围的制约，去寻求更大的精神自由。而

"叛徒"们的处境和命运也由此显得奇特和多变,他们往往在自己的国家或地区遭到攻击、误解甚至陷害,是众人不喜欢的"叛臣逆子",但是很容易在其他国家或地区受到欢迎,成为人们心目中的英雄,受到尊敬。蔼理斯这位"叛徒"同样如此,他的学说在英国受到攻击,但是在美国却受到了重视和欢迎,并且在东方有了许多知音。

这也许是 20 世纪文化发展中的一个奇特现象。广泛的文化交流打破了各种"小文化"的封闭状态,给思想创新提供了更广阔的空间,从根本上改变了"叛徒"的内涵和命运。这也就使得对思想和艺术价值的评判有了更宽容和纯洁的尺度,能够逃脱和超越一时一地的现实利益和习惯的限制,减少了被某种封闭文化环境窒息和摧残的可能性。

实际上,这也正是"叛徒"的文化品格所在。如果说文化交流时代的到来从某种程度上成全了叛徒们的名声和事业,那么也得承认他们对造就这个时代的重要作用。可以说,"叛徒"最重要的思想倾向之一就是外向性。当他们背离或背叛自己文化传统的时候,当他们受到周围同胞指责的时候,其思想早已超越了原本传统的圈层,几乎本能地向往外部的文化世界,并且在他国他方的文化中寻求资源和认同。所以,对"叛徒"的毁誉贬褒在 20 世纪首先是一个空间概念,往往在不同空间会有截然不同的命运。而他们对于空间的选择,又在很大程度决定了其思想的价值取向。

这一点就连蔼理斯也不例外。这位"叛徒"在西方传统文化语境中显示叛逆性的同时,却在另一极表现了对中国文化的亲近。他的艺术观念一方面接近弗洛伊德,另一方面趋向于心灵生活的自我完善。而中国的周作人从他的思想中一方面获得了当"叛徒"的勇气,另一方面又开始重新回到传统——而这在两极间的选择则多半取决于现实处境的压力和人格力量的取舍。

周作人当"叛徒"的勇气并不够,因此不能不用遁世的"隐士"来补充。在中国,这两种品质相互矛盾而又统一于很多文化人身上,形成了一种奇妙复杂的人格,使他们在中西方文化交流中能够趋利避害,计较方圆。

显然，同尼采相比，蔼理斯在整个西方文化发展中是小"叛徒"见大"叛徒"了。在西方文化史上，尼采的叛逆震撼历史，他的学说犹如石破天惊的惊雷，在西方文化传统最关键的部位炸裂，宣告了对传统话语体系的根本怀疑。对很多研究者来说，这位小时候循规蹈矩、举止安静文雅，并被小伙伴称为"小修士"的尼采，长大后竟一变为攻击一切清规戒律和传统道德信条的背叛者，着实是一个时代之谜。如果没有一种强大的生命力量驱动的话，他绝无可能与整个欧洲的基督教文明及其传统相对抗，宣称"上帝死了"。

尼采给整个西方文艺美学输入了一种叛逆的激情，使之进入了一个恐惧与狂喜的创造时期。从此对旧观念旧模式的破坏和怀疑成了一种时代精神，为了超越恐惧而被推崇的自我意志奋力突围，用迷狂与痛苦的方式凸显自己。从尼采迷醉的狄奥尼修斯的酒神精神，到《扎拉图斯特拉如是说》中的超人，无不表达了一种偏激热烈的叛逆精神。他所怀疑、所要重新评估的几乎包括欧洲的一切道德观念，他甚至诅咒人类自己，向几乎所有的欧洲思想家发出挑战，除了歌德、叔本华等少数几个人外，没有谁能逃避他的指责。

尼采已经突击到了欧洲文化传统的边缘。作为一名"叛徒"，他首先攻击的是自己的母本文化——德国文化。他根本不顾当时全德国为自己的胜利而妄自尊大、自吹自擂的情势，提出"一切价值重估"（the transvaluation of all values）问题，他认为同法国文化相比，德国文化毫无建树，只不过聚集着一批"文化庸人"（Culturephilistine）和组织完备的市侩主义（Philistinism），以及充斥着各种鼓励个人懒惰的"公众的观点"（Public-opinions），这就使得德国人在缺乏真正文化的情况下反而自信自己拥有优秀完美的文化。因此，他还以最激烈的态度抨击了德国的教育体制，因为在他看来这是窒息一个民族创造性、使人们变得庸俗和市侩的根源，它给人们造就了一种可怕的心理重压，使他们永远与天才绝缘。

也许"叛徒"的品质就是对抗潮流，就是打破传统、打破对习俗惯例的恐惧和膜拜，尼采在这方面显示了对所有既定道德标准的蔑视和颠覆。

与此同时，尼采在文化上所显示的对其他国家和民族文化的向往和吸取更是我们感兴趣的地方。"叛徒"都是外向型的文化接受者。尼采在不间断地抨击德国知识界和思想界的同时，不断赞美法国文化和俄国文学。他甚至不愿以一个德国学者自居，而宁愿当一个波兰贵族的后裔、一个世界主义学者。在这里，最极端的例子就是尼采对本国人的憎恶和反感，远远超过鲁迅对中国国民性的批判，达到了无以复加的地步。在他的自传中，"德国人"一词成了最坏的咒语，令他看到就会"消化不良"。他声称他们根本配不上当哲学家或者音乐家，而已有的哲学家多半如莱布尼兹和康德，不过是"欧洲知识总体上最大的赘疣"，而以前出现的音乐家多半不是德国人。而使他更感到深恶痛绝的是德国人在文化上所犯下的罪恶，说他们在近四百年里剥夺了文艺复兴的全部意义。1888 年 11 月 20 日，尼采在临近疯狂和死亡的日子里，还在给勃兰兑斯的信中写道："我只是要揭露我的德国朋友们的所作所为。当我身处危难之时，他们无论在名誉上还是在哲学上都抛弃了我。也正是在此时，你突然出现了，周身环绕着神圣的光环……"①

我们由此看到一个"叛徒"在临近 20 世纪的特殊处境，幸运和希望只能来自外界，来自一个各民族文化交流的时代。"叛徒"们在不同国度都等待着"墙内开花墙外香"的境界。在这里，第一次发现尼采并把尼采的名字传遍欧洲大陆乃至世界的丹麦学者勃兰兑斯（Georg Brandes）却从中感受到了一种不仅仅属于尼采，而是属于很多优秀作家的普遍的思想特征：

> 这使我们朦胧地想到拜伦对英国人，司汤达对法国人，海涅对德
> 国人的厌恶。但是比之司汤达或海涅，尼采的厌恶具有一种更暴烈的

---

① ［丹麦］乔治·勃兰兑斯：《尼采》，安延明译，中国社会科学院出版社，1992 年，第 148 页。

特性，它包含了一种特殊的痛苦和轻蔑。①

也许这正是尼采在 19 世纪遭受冷落，而到 20 世纪大受欢迎的原因之一。"叛徒"的命运只有到了 20 世纪，才有了更大的转机，在这之前，他们只能被冷落、被攻击，甚至被迫发狂成疯乃至自杀。就如同叔本华长期得不到理解一样，他的《作为意志和表象的世界》出版后无人问津，大部分只能当废纸卖掉；他所开设的课程只有寥寥几人选修，最后不得不取消。就如同尼采自己，生前在德国从未获得任何荣誉，只有死后才名声大振。

无疑，只要读过鲁迅的《狂人日记》，就不难理解尼采在中国的命运。从某种程度上说，"狂人"是中国的尼采，而尼采在"狂人"形象中获得了生命的扩张和延续。尼采生前曾十分欣赏"文化传教士"这一名词，他希望通过传播来扩展他对于传统文化的不信任情绪，解决欧洲文化自身巨大的而无法自己解决的问题，他称这是"文化本身在今天的一种反省和自我征服"。而鲁迅笔下的"狂人"正是在中国担负着如此文化使命，他所表达的对中国传统文化的根本怀疑以及深刻的自我反省意识，震撼了 20 世纪的中国文坛。

当然，"狂人"只是尼采的一个"影子"，但在叛逆这一点上是相通的。"狂人"之所以被隔绝被孤立，之所以处于极大的恐惧感之中，就在于他是传统的"叛徒"，他不仅"廿年以前，把古久先生的陈年流水簿子，踹了一脚"，而且诅咒所有的人，还要疾呼："你们立刻改了，从真心改起！"作为一个叛逆者，尼采在中国的命运也不可能完满，他一方面在 20 世纪获得了传播和认同，另一方面注定要再遭受一次隔绝和误解，就像"狂人"的命运一样，尽管这已经是一个思想创新的时代。

---

① ［丹麦］乔治·勃兰兑斯：《尼采》，安延明译，中国社会科学院出版社，1992 年，第 170 页。

二、"叛徒"：在转折时代的共鸣和"暗合"

由此可见，"叛徒"的命运与文化交流密切相关。而 20 世纪的中国文学及其理论正面临着一次巨大转折，它一方面造就着传统的"叛徒"，另一方面呼唤着交流时代的到来。而在内部的叛逆性和对外部的吸纳性是相辅相成的两方面。

尼采就是这样走进中国的。其实，凭着一种时代的敏感，早在 20 世纪初，立志走出中国封闭和死气沉沉状态的中国人就发现了尼采。最早见之于文字的也许是在梁启超笔下，他在其《进化论革命者颉德之学说》（1902）一文中同时提到了马克思和尼采，并认为这是当时德国"最占势力之两大思想"："一曰麦喀士之社会主义，二曰尼志埃个人主义（尼志埃为极端之强权论者，前年以狂疾死，其势力披靡全欧，世称为十九世纪末新宗教）。麦喀士谓今日社会之弊，在多数之弱者为少数强者所压伏。尼志埃谓今日社会之弊，在少数之优者为多数之劣者所钳制。二者皆持之有故，言之成理，要之其目的皆在现在，而未尝有所谓未来存也。"当时尼采刚去世不久，其思想就从欧洲大陆传到了中国，速度不能说不快也。而梁启超此时此刻正欲借西方思想文化开启民智，铸造新民，不能不说是尼采进入中国的文化契机。

但是，梁启超虽然看到了尼采的"现在"意义，却没能真正理解和把握它。倒是王国维心有灵犀，一下子就感受到了这位西方叛徒的不同凡响之处。1904 年，王国维写了《叔本华与尼采》一文，开首便称叔本华和尼采是 19 世纪德意志哲学界的"两大伟人"，然后深刻阐述了他们学说的重要价值和意义，比较分析了其相同点和不同点后指出："……其说之所归虽不同，然其欲破坏旧文化而创造新文化则一也。"① 其中谈道：

---

① 王国维：《王国维文学美学论著集》，北岳文艺出版社，1987 年，第 86 页。

若夫尼采，以奉实证哲学，故不满于形而上学之空想。而其势力炎炎之欲，失之于彼岸者，欲恢复之于此岸；失之于精神者，欲恢复之于物质。于是叔本华之美学，占领其第一期之思想者，至其暮年，不识不知，而为其伦理学之模范。彼效叔本华之天才而说超人，效叔本华之放弃充足理由之原则而放弃道德，高视阔步而恣其意志之游戏。宇宙之内有知意之优于彼，或足以来缚彼之知意者，彼之所不喜也。故彼二人者，其执无神论同也，其唱意志自由论同也。譬之一树，叔本华之说，其根柢之盘错于地下，而尼采之说，则其枝叶之干青云而直上者也。尼采之说，如太华三峰，高与天际，而叔本华之说，则其山麓之花岗石也：其所趋虽殊，而性质则一。①

由此可以看出，王国维对于尼采学说以及它和叔本华学说关系之把握是相当精妙的。尤其值得称道的是，王国维借助于中国古代美学思想，深刻意会了尼采之所以"肆其叛逆而不惮者也"的内在根源，因为叔本华还有梦，而尼采已彻底醒觉，不再相信传统的梦幻，"于是不得不弛其负担，而图一切价值之颠覆"。②

这正是一个新的理论时代到来的征兆。王国维对尼采学说的理解不仅表现了其本人思想的精妙深邃，而且体现了中国与西方在文艺美学方面对话的现代性。因为这是一种"当下"的、处在同一时间纬度上的对话，它把交流一下子推到了 20 世纪文艺理论演变的前沿。因为王国维从尼采的叛逆中敏锐捕捉到了整个人类文化大变革的信息，感受到一种"山雨欲来风满楼"的震撼。他在《尼采氏之教育观》（1904）中开首便说：

呜呼！十九世纪之思想，以画一为尊，以平等为贵，拘繁缛之末节，泥虚饰之惯习，遂令今日元气屏息，天才凋落，殆将举世界与人类化为一索然无味之木石！当是之时，忽有攘臂而起，大声疾呼，欲

---

① 王国维：《王国维文学美学论著集》，北岳文艺出版社，1987 年，第 72—73 页。
② 王国维：《王国维文学美学论著集》，北岳文艺出版社，1987 年，第 73 页。

> 破坏现代之文明而倡一最崭新，最活泼，最合自然之新文化，以振荡世人，以摇撼学界者：繄何人斯？则弗礼特力·尼采也。①

王国维接触并谈论过许多西方学人，如康德、歌德、苏格拉底、柏拉图、洛克、卢梭、斯宾塞、休谟、席勒等，但是除歌德、席勒外，用如此语气和语词的实很少见。他看到了尼采学说"其系统不明确，其组织亦不整饬"，并"常陷于偏激"的弱点，但是毫不掩饰自己对他"宁赞扬之，倾心而崇拜之"的态度。在此文中，他还用了如此评语来述说尼采：

> ……决非寻常学士文人所可同日而语者，实乃惊天地、震古今最诚实最热心之一预言者也！②

在这里，我们发现了中西文艺理论思想在交流中的共鸣，他们都在期盼、感受和创造着一个新的时代。也许正因为如此，王国维在为尼采写小传时用了"德国文化大改革家"一词，这是他写过的十数位外国学者传记中唯一的一次。

由此可见，尼采学说已深深进入到中国 20 世纪文艺理论发展。

显然，中国文艺理论的变革与叛逆一开始就有不解之缘。就王国维来说，虽然在政治上是保守的，在文化上也不忘本，但是在文学理论价值取向上一开始就不拘泥于传统观念。当他把美学哲学推到"最神圣、最尊贵"地位时，恰恰是为了和传统的"文以载道"及文艺为政治服务观念相对抗。在这方面，《论哲学家与美术家之天职》是一篇百年流芳之作。这一段话至今还令人怦然心动：

> 披我中国之哲学史，凡哲学家无不欲兼为政治家者，斯可异已！孔子大政治家也，墨子大政治家也，孟荀二子皆抱政治上之大志也。

---

① 王国维：《王国维哲学美学论文辑佚》，华东师范大学出版社，1993 年，第 174 页。
② 王国维：《王国维哲学美学论文辑佚》，华东师范大学出版社，1993 年，第 174 页。

汉之贾、董，宋之张、程、朱、陆，明之罗、王无不然。岂独哲学家而已，诗人亦然。"自谓颇腾达，立登要路津。致君尧舜上，再使风俗淳。"非杜子美之忠告乎？"胡不上书自荐达，坐令四海如虞唐。"非韩退之之忠告乎？"寂寞已甘千古笑，驰驱犹望两河平。"非陆务观之悲愤乎？如此者，世谓之大诗人矣！至诗人之无此抱负者，与夫小说、戏曲、图画、音乐诸家，皆以侏儒倡优自处，世亦以侏儒倡优畜之。所谓"诗外尚有事在"，"一命为文人，便无足观"，我国之金科玉律也。呜呼！美术之无独立之价值也久矣。此无怪历代诗人，多托于忠君爱国劝善惩恶之意，以自解免，而纯粹美术上之著述，往往受世之迫害而无人为之昭雪者也。此亦我国哲学美术不发达之一原因也。①

用"侏儒倡优"来称呼中国历代传统文人，绝不比尼采称本国哲学家为"文化庸人"更温和。王国维曾多次表达过这种观念，即使在赞美中国传统圣人孔子美育思想时也不改其初辙：

> 呜呼！我中国非美术之国也！一切学业，以利用之大宗旨贯注之。治一学，必质其有用与否；为一事，必问其有益与否。美之为物，为世人所不顾久矣！故我国建筑、雕刻之术，无可言者。至图画一技，宋元之后，生面特开，其淡远雅实有非西人所能梦见者。诗词亦代有作者。而世之贱儒辄援"玩物丧志"之说相诋。故一切美术皆不能达完全之域。美之为物，为世人所不顾久矣！庸讵知无用之用，有胜于有用之用者乎？以我国人审美之趣味之缺乏如此，则其朝夕营营，逐一己之利害而不知返者，安足怪哉！安足怪哉！②

两个"安足怪哉"可见王国维对某些传统艺术观念之不满程度之深。

---

① 王国维：《王国维文学美学论著集》，北岳文艺出版社，1987 年，第 34 页。
② 王国维：《王国维哲学美学论文辑佚》，华东师范大学出版社，1993 年，第 257 页。

在这里，王国维用了"贱儒"一词以区别"大圣"孔子，说明他不以此来
否定全部中国的东西，而恰恰相反，王国维是在发现和肯定中国传统中与
西方相通的因素，这就是超越中西界线、人类共通的美的观念和规律。

这就是陈寅恪所说的"暗合"。实际上，无论是在介绍西方文艺理论
学说，还是在重新挖掘中国传统的思想资源过程中，王国维无时无处不在
发现这种"暗合"，有时甚至到了刻意的程度。就拿上述所引的《孔子之
美育主义》一文来说，其中大多数文字在讨论康德、叔本华、拜伦、亚里
士多德、夏夫兹伯里（1671—1713，美国美学家）、哈奇生（1694—1746，
美国美学家）、席勒等人的美学观点，然后才引申到孔子的美学美育思想。
而在其中，他所推崇的又正是与西方美学思想一致的地方，例如：

> 点之言曰："暮春者，春服既成，冠者五六人，童子六七人，浴
> 乎沂，风乎舞雩，咏而归。"（见《论语·先进》）由此观之，则平
> 日所以涵养其审美之情者可知矣。之人也，之境也，固将磅礴万物以
> 为一，我即宇宙，宇宙即我也。光风霁月不足以喻其明，泰山华岳不
> 足以语其高，南溟渤澥不足以比其大。邵子所谓"反观"者非欤？叔
> 本华所谓"无欲之我"，希尔列尔（席勒——笔者按）所谓"美丽之
> 心"者非欤？此时之境界：无希望，无恐怖，无内界之争斗，无利无
> 害，无人无我，不随绳墨而自合于道德之法则。一人如此，则优入圣
> 域；社会如此，则成华胥之国。孔子所谓"安而行之"（见《中
> 庸》），与希尔列尔所谓"乐于守道德之法则"者，含美育无由矣。①

可以说，这种对孔子的演绎，已远远超出中国传统美学观念的界定，
而成了一种新的、融合中西美学思想的言说。尤其值得注意的是，在这段
话语之后就是关于"我中国非美术之国也"的感叹，可见王国维是在一个
更高层面上把握中国传统美学思想的，对于中国传统美学思想的重新理解

① 王国维：《王国维哲学美学论文辑佚》，华东师范大学出版社，1993年，第257页。

和发现并不有悖于他对旧观念的叛逆之志。尽管他能把孔子"于诗乐外，尤使人玩天然之美"的游乐演绎成一种唯美而美的纯艺术境界，但是并没有改变自己"我国人审美之趣味之缺乏"的看法。

这似乎有些矛盾。特别是对一些习惯于把东西方文化截然区分开来的人来说，肯定孔子和批判中国传统文化是不可同日而语的。因为既有如此孔子之美育思想，又何能称"我中国非美术之国"呢？然而，只要我们从更高层次、更宽广的层面来理解王国维，就不难看到其中的异曲同工之妙。因为王国维从中西方文艺交流中获取的不仅是某些观念和概念，更重要的是一种跨越中西文化的思维模式和胸怀，他在中西文艺理论中所追求的"暗合"远远超出了有形迹的范畴。

就王国维接受叔本华、尼采学说的形迹来说，他不仅注意到了他们的学说与东方文化的内在联系，而且非常注意他们思想的来源。在王国维看来，叔本华的思想本身就不是"纯粹西方"的，它来源于东方与西方、现代与古典等多方面的融会贯通。这正如他在《叔本华像赞》（1904）中所说的"天眼所观，万物一身；搜源去欲，倾海量仁"的结果。在这里，我们也不能不注意到叔本华对中国文化的吸收，在他的著作中曾多次引述过中国的《易经》。这对王国维不会不有所影响。

叔本华非常崇尚东方文化，他早就说过："人类最古老的智慧不会因伽利略所发生的事故而被挤掉。相反的是印度的智慧反过来流入欧洲而将在我们的知识和思想中产生一个根本的变化。"① 他也经常引述中国人的学说来说明自己的理论观念。当他谈论到意志的客体性和事物的类似性关系时就认为："……从上古以来，在中国阴阳对立的学说中已经流行着这种见解了。"②

显然，叔本华对于中国古代文艺美学思想的了解是肤浅的。在这里，

---

① ［德］叔本华：《作为意志和表象的世界》，石冲白译，商务印书馆，1982 年，第489 页。

② ［德］叔本华：《作为意志和表象的世界》，石冲白译，商务印书馆，1982 年，第208 页。

幸好还有印度哲学及佛学思想这座桥梁，东西方思想家由此可以得到更多的沟通和理解。对王国维来说，这不仅促使他更多地从西方文化中获得思想养料，而且也从西方思想家那里意识到中国传统文化的价值，从中发现更深邃的东西。既然像叔本华、尼采这样的西方思想家都不放弃东方，那么身为中国文化的继承者就有更大的责任和优势来发现和挖掘其奥秘。

这是一种理论发生学方面的"暗合"。王国维由此在中西方文艺理论交流中发现了新的思维方向。他的《人间词话》可以说是发现这种"暗合"并在此基础上"集其大成"的成功范例。这部著作的精妙之处在于，这里的"暗合"并不同于《〈红楼梦〉评论》那样尽见之参照对比之间，而是"羚羊挂角，无迹可求"，已自成一种境界。在其"有我之境"与"无我之境"，"客观之诗人"与"主观之诗人"，"隔"与"不隔"，"自然之眼观物"等理论建树中，无不表现出一种对"东海西海，此心此理"的追求，其中熔铸着中西古今的文学体验。

三、"超人"：在现代中国文艺理论中的隐显

在中国 20 世纪文艺理论发展史上，尼采的影响远远超出了某种思潮或流派形成的层面，也不仅仅表现在某种观念上的共鸣和暗合，而是渗透到了思维方式和文化精神之中。换句话说，尼采在中国文艺理论的命运，表现出一种独特的文学精神与气质的悲欢离合，其沉浮反映出时代文学意识的震荡幅度。

这主要表现在尼采"超人意识"的中国式的独特演绎中。中国当时渴望冲破千年思想禁锢，有开拓精神新纪元的普遍心理要求，尼采唤起了中国文人精神中的叛逆和创新意识，成了中国新文学发展中"文化英雄"的原型。可以说，尼采是现代中国文化神话的主要角色之一，加入了由中国古代神话中女娲、共工、大禹、后羿等文化英雄的行列，深刻参与了中国现代文艺理论的创造。

　　从某种程度上来说，中国现代文艺理论的发展一直在追寻和创造着某种"超人"理想，这不仅表现在一般的文学创作观念中，例如对于"英雄人物""新人形象"持续不断的追求，更深刻表现在对文艺理论本身的价值判断上。无论是向往革命的文学理论，还是走向大众的文学思潮；无论是政治的功利主义，还是"为艺术而艺术"的艺术主张，"超人"的"英雄情结"都无一例外地活跃其中，尽管这时候原本的尼采很可能早已"死去"。

　　其实，在王国维的美学思想中，文化创造的"英雄情结"非常突出。在他看来，真正的哲学美学大家就是此时代的"文化英雄"。这是由哲学美学的"绝对的价值"所决定的，所以他们理应是"旷世之豪杰"，是"天才"；所以对社会进步来说，"生百政治家，不如生一大文学家"。这种思想也许原本来源于中国传统文化中对文学功用的崇尚（如曹丕《典论·论文》中就有"盖文章，经国之大业，不朽之盛事"的说法），但是与尼采"超人"意识也有一拍即合的契机。他在介绍尼采"超人"理论时说："尼氏于此等伟人，属望甚切，曰为未来而播种者，非斯人无与归也。"[①]而他自己就确实是一名"为未来而播种者"，把建立新的文艺美学看作是一种文化使命，在精神上一如尼采那样，"一既发展，遂自忘我之为我，欲脱一切羁绊而勇往直前，不达其极，必不自已"。对王国维来说，这个"其极"就是1927年6月2日的投湖自尽，以死明志，显示自己脱尘拔俗的学人风范。为此陈寅恪在"海宁王静安先生纪念碑"碑文中留下如此话语："士之读书治学，盖将以脱心志于俗谛之桎梏，真理因得以发扬。思想而不自由，毋宁死耳。斯古今仁圣所同殉之精义，夫岂庸鄙之敢望。先生以一死见其独立自由之意志，非所论于一人之恩怨，一姓之兴亡。"

　　在鲁迅的思想中，尼采的"超人"转变成了"精神界之战士"，留下了更深更独特的印记。在这方面，已有多方面的研究成果。

　　鲁迅是在日本发现尼采的，当时日本正处于"尼采热"时期。研究者

---

　　①　王国维：《王国维哲学美学论文辑佚》，华东师范大学出版社，1993年，第177页。

认为，日本最早可能是在 1894—1895 年间知道尼采的，1902 年左右对尼采的兴趣达到了一个巅峰时期。具体而言，"尼采热"在日本发端于 1898 年，而最早在文坛上引起震动的或许是 1899 年在《太阳》杂志上登载的《尼采思想的输入与佛教》一文。值得注意的是，日本学界从一开始就注意到了尼采学说与东方哲学的关系。这种关系除王国维略提过一笔 [在《德国文化大改革家尼采传》中，王国维曾提到尼采青少年时"唯与保罗德意生（今为印度哲学之大家）及地斯尔德尔甫男爵亲善"] 外，中国学界彼时对此并不敏感。这也许从某种程度上反映了中日两国学界在东西方文化交流意识上的差异。由此也不难理解鲁迅对尼采的接受倾向上与当时日本普遍倾向有所同，也有所不同。日本学者伊藤虎丸曾指出：

> 鲁迅适值这个时期来日本留学，他所接受的尼采思想与日本文学的情况相同，不是"反近代"思想，而是作为欧洲近代精神的"个人主义"。虽然鲁迅从日本文学继承了"反国家主义""反道德主义""反平等主义"等等观念，但是在鲁迅的尼采观里我们完全找不到"个人主义＝本能主义"这一日本尼采观的结论。①

也正如研究者所说的，尼采的影响也是促使鲁迅弃医就文、走上文学之路的重要因素之一，而其"超人"意识则构成了鲁迅早期文艺思想中的基本理念，决定了他对于文学家及文学创作价值的定位。对鲁迅来说，"超人"意味着一种人的自觉和发现，由此能够产生出"天才""诗人"和"精神界战士"。同时这也是文学最根本的精神内核，它本身就是以"真的人"为核心，是"精神界之战士"发出的"心声"，并且以"立人"、以"尊个性而张精神"为己任的。

无疑，尼采的叛逆意识对鲁迅影响最为深刻。1908 年间，鲁迅在日本东京《河南》月刊上发表的《文化偏至论》和《摩罗诗力说》，就已经把

---

① ［日］伊藤虎丸：《鲁迅、创造社与日本文学》，北京大学出版社，2005 年，第 59 页。

这种叛逆与文学的感召力紧密结合在一起了。《摩罗诗力说》篇首就引用了尼采话语："求古源尽者将求方来之泉，将求新源。嗟我昆弟，新生之作，新泉之涌于渊深，其非远矣。"在这篇文章中，鲁迅介绍了但丁、拜伦、雪莱等一批诗人文学家，所念念不忘者就是"反抗"和"求新声"。他赞扬拜伦"乃超脱古范，直抒所信，其文章无不函刚健抗拒破坏挑战之声"；倡扬"自尊者"能"忿世嫉俗，发为巨震"，敢于"破坏复仇，无所顾忌""与旧习对立"，皆表现了他对于"文化英雄"的期盼。而文学的崇高理想也正是表现在以下所言："无不刚健不挠，抱诚守真；不取媚于群，以随顺旧俗；发为雄声，以起其国人之新生，而大其国于天下。"可以说，鲁迅所呼唤的"精神界之战士"也必然是叛道者、破坏者和挑战者，他们一方面是"古范"的叛逆者，另一方面又不怕"与人群敌"，与"庸众"相对抗，敢于"任个人排众数"。

在文学创作方面，"超人意识"也明显地表现在鲁迅对人物的刻画中。在其以"阿Q"为代表的"庸众"世界对面，始终存在着另一世界，这就是以"狂人"为代表的"英雄"集团。就此伊藤虎丸业已指出："……从《狂人日记》的主人公开始，到《理水》中大禹的形象，显示出一个追求'精神界之战士'的轨迹。他那把早年从尼采那里看出来的'积极的英雄人物'的影子，赋予有血肉的中国人身上的意图一贯地存在着。而且经过了被概括为'从尼采主义（进化论）到马克思主义'的思想发展，而达到理想的战士形象，是把大禹即古代圣贤帝王的形象向民众一侧'回归'的。"①

"超人意识"也深深浸透到了鲁迅的文学观之中。有一段话非常有名：

　　　文艺是国民精神所发的火光，同时也是引导国民精神的前途的灯火。

---

① ［日］伊藤虎丸：《鲁迅、创造社与日本文学》，北京大学出版社，1995年，第75页。

还有一段话也是人们经常喜欢引用的：

> 我以为如果艺术之宫里有这么麻烦的禁令，倒不如不进去；还是站在沙漠上，看看飞沙走石，乐则大笑，悲则大叫，愤则大骂，即使被沙砾打得遍身粗糙，头破血流，而时时抚摩自己的凝血，觉得若有花纹，也未必不及跟着中国的文士们去陪莎士比亚吃黄油面包之有趣。

可以看出，尼采对鲁迅乃至整个现代中国文艺理论的影响，重在生命意志和反抗精神方面。尼采提供了一种克服恐惧，超越压抑，大呼猛进的英雄原型，使文学一方面充满对主体性追求的激情，另一方面又经常堕入对"超人"意识"太觉渺茫"的境地，而文学中的所谓"新人形象"也在不同时期变幻着不同角色。

这种情景不仅表现在注重改革社会、变革人生和反抗现实的文艺思想中，而且也显示在"为艺术而艺术"的艺术主张中。换句话说，对于"超人"式的文化英雄的追求，不仅是文学外在的需要，也是其内在的渴求。在这方面，郭沫若及其创造社所宣传的文学主张就是明显的例子。郭沫若同样是在日本"结识"尼采的。大约是在 1915 年至五四运动时期，尼采的"超人"意识一直鼓动着他，使他终于有了第一次的"火山爆发"，创造出了《女神》等一大批文学作品。五四运动之后，自 1923 年 5 月至 1924 年 4 月，他开始翻译《查拉图斯特拉如是说》，虽然没有全部完成，但表达了他对尼采超人意识的认同。在《雅言与自力》中，他曾表达了自己"一生渴求知己"的心境，而且声称"我是一面镜子，我的译文只是尼采的虚像"，似乎尼采和他已经合二为一了。当郭沫若为"倡导超人哲学的疯癫，欺神灭像的尼采"三呼"万岁"的时候，他也在为主观创造的自我喝彩。而尼采在郭沫若的文学创作中变成了中国现代的"大我"，能够自由创造，自由地表现自我。

把"大我"摆到了文艺理论中，就表现为一种"文化英雄情结"。文学家几乎无所不能，不是革命家而胜过革命家，具有伟大的使命和无所不能的力量。他在《文艺之社会的使命》一文中说道：

> 艺术对于人类的贡献是很伟大的。我今天就想专讲这个问题，现在先举例来说明艺术的力量。楚霸王兵败被逼垓下，张良一支箫在清风明月之夜吹出那离乡背井的哀怨凄绝的调子。霸王的兵士皆思乡念家，为之感动泣下，终至弃甲曳兵而逃散。呵！音乐的势力是多么伟大！汉王兵多将勇，而最后的成功乃是一支箫！①

如此过头的话还有许多，如意大利统一"全靠但丁（Dante）一部《神曲》"，在德国"歌德的力量不亚于俾士麦（Bismarck）"等，实在是太超越了。就从这一点来说，文学无论是为艺术还是为人生，艺术有用还是无用，都不重要，重要的是其中的"超人"意识："它是唤醒社会的警钟，它是招返迷羊的圣笛，它是澄清河浊的阿胶，它是鼓舞革命的醍醐，它的大用，说不尽，说不尽。"② 在这种情况下，艺术家就必然犹如他所赞美的歌德，不仅是天才，而且是"浮士德、神、超人"。③ 他如此赞美心目中的文化英雄："扛举德意志文艺勃兴之职命于两肩的青年歌德，有如朝日初升，光熊熊而气沸沸，高唱决胜之歌，以趋循其天定的轨辙。"④ 显然，这里的歌德与尼采的"超人"已别无二致。

由此可以说，叛逆、反抗、破坏和超越，是尼采介入现代中国文艺理论的主要因素，其"超人"意识已成为理论和观念生成的动力之一，它不断寻求着文学发展中新的兴奋点和思想突破口。这种激情一方面对于打破旧观念、突破旧体制极其必要，另一方面又造就了某种偏激和激进的思想方式，使文艺理论和批评处于极端的跳跃和转换之中。郭沫若的文艺理论

---

① 郭沫若：《文艺论集》，人民文学出版社，1979 年，第 89 页。
② 郭沫若：《文艺论集》，人民文学出版社，1979 年，第 112 页。
③ 郭沫若：《文艺论集》，人民文学出版社，1979 年，第 211 页。
④ 郭沫若：《文艺论集》，人民文学出版社，1979 年，第 185 页。

观念的转换就是明显的例子，"为艺术而艺术"的批评可以在一夜之间变成血和泪的"革命文学"倡导者。也许从时间与空间的角度来说，中国文艺理论确实不断需要"超越"，因为人们总是感觉到中国现实的局限，期望能"赶上"历史的潮头。

也许这就是尼采的身影总是在 20 世纪中国文艺理论发展中忽隐忽现的原因。从鲁迅的"精神界之战士"到胡风鼓吹的"主观战斗精神"，从郭沫若、蒋光慈高扬的"革命文学"旗帜到刘再复 80 年代提倡文学的"主体性"，无不带有某种英雄色彩。因为尼采的"超人"意识对中国的理论家和评论家来说，不仅意味着某种启迪，而且是某种拯救。因为他们总是生活在千千万万的"阿Q"和"祥林嫂"中，又总是怀着把中国文学推向世界辉煌的决心，没有"超人"的精神支撑，就难以面对现实和人生。

四、从尼采到弗洛伊德

也许尼采和弗洛伊德是天空和大地的关系，意志的升华无法脱离肉体的滋养。在 20 世纪文艺理论发展中，我们不时在中外交流中发现相同的事实。没有一种理论，也没有一个文艺理论家，能够永远在"超人"的天空中飞翔；也没有一种飞翔的理论或者理论家，最终不回到现实的、肉体的世界中，在活生生的生命深处获得力量。从这个意义上来说，尼采和弗洛伊德在文化的生命意识中不仅是一种整体互补，而且是一种历史承接。

从理论发生方面来说，弗洛伊德与尼采相距并不太远。这从前者与叔本华学说的关系就可看出。叔本华的学说首先是从关注人的生命欲望开始的，因此能够一下子激活人的生命意识及其思考，在一定程度上超越单纯的理性化逻辑化思维。也许这正是后来令尼采激动不已的地方。而正是在对生命欲望的探究和疏导中，叔本华实际上已接触到了冲动与需求、欲望与压抑、愿望与恐惧、现实与梦幻等日后弗洛伊德最关心的问题。他认为人的痛苦就在于生命的肉体要求与其生命理性之间的冲突和矛盾，而即使禁欲主义者也是如此，"……作为有生命的肉体，作为具体的意志现象，总还是觉得有各种欲求的根子存在；但是他故意地抑制着这种根子，于是，他强制自己不去做他很想要做的一切，反而去做他不愿做的事，即使这些事除了用以抑制意志外并无其他目的存在。"①

而就叔本华看来，欲望和意志的中心就是性本能。他这样写道：

> 性器官可说是意志的真正焦点，从而是和脑，认识的代表，也就是和世界的另一面，作为表象的世界相反的另一极。②

因为在他看来，性冲动之所以作为"坚决的最强烈的生命之肯定"，是因为"这冲动都是生活的最后目的和最高目标"，它"只服从意志而全不服从认识的"。这种理念无疑后来得到了弗洛伊德更深刻和细致的发挥。但不同的是，弗洛伊德没有再走回东方的禁欲主义。

可以说，20世纪是一个发现和解放欲望的文化时代。从某种程度来说，这与对自然与生产力的大开发、大利用有着深刻联系，共同造就着一个繁荣的充分商业化的世界。在这个过程中，人的各种欲望从压抑和禁锢中鱼贯而出，在各种各样的学术探讨中寻求肯定和价值，转化为形而上学的新的思想观念和理论。在西方，从叔本华、尼采到弗洛伊德，实现了从肉体到心灵再到肉体的双重思辨和飞跃，把有关人的观念带到了一个新的境界。

这似乎是一个合乎历史逻辑的过程。由此说来，尼采和弗洛伊德的命运是由人的生存处境决定的，他们的荣辱兴衰与两个因素密切相关：一是人的生命意识所受到的压抑程度，人们越是在压抑中，就越容易和他们的思想发生共鸣；二是人们对生命质量的关切程度，人们越是重视人及其生命本身的处境，就越会感受到生命所受到的压抑，通过艺术和美的创造寻求解脱和宣泄。

---

① 叔本华：《作为意志和表象的世界》，石冲白译，商务印书馆，1982年，第523页。
② 叔本华：《作为意志和表象的世界》，石冲白译，商务印书馆，1982年，第453页。

因此，当尼采在伦理层面上打破传统、追求个人意志的更大自由的时候，弗洛伊德正在生命欲望最低层下功夫，开掘出潜意识心理的美学境界。而值得注意的是，王国维在接受西方美学的时候，同时关注到了这两方面——伦理的和心理的。有资料证明，他是中国最早注意到心理学美学价值的人，在其翻译的约26种（篇）作品中，心理学占了3种，分别是日本元良勇次郎的《心理学》（译于1902年）、丹麦海甫定的《心理学概论》（译于1907年）和美国禄尔克的《教育心理学》等，而他所论及的文艺美学论著，也多偏重于心理色彩。虽然尚没有资料表明王国维接受过弗洛伊德学说，但是从其论文中我们可以发现，他在心理美学方面与弗洛伊德不谋而合的思路。最明显的表现在王国维对梦的分析方面。在其论文《叔本华与尼采》和《列子之学说》中，他曾两次引用《列子·周穆王篇》中的例子说明梦对现实的补偿作用。其例子如下：

> 周之尹氏大治产，其下趣役者，侵晨昏而弗息。有老役夫筋力竭矣，而使之弥勤，昼则呻呼而即事，夜则昏惫而熟寐，精神荒散，昔昔梦为国君，居人民之上，总一国之事，游燕宫观，恣意所欲，其乐无比，觉则复役。(《叔本华与尼采》引文至此止——笔者注）人有慰喻其勤者，役夫曰：“人生百年，昼夜各分。吾昼为仆虏，苦则苦矣；夜为人君，其乐无比，何所怨哉！”尹氏心营世事，虑钟家业，心形俱疲，夜亦昏惫而寐，昔昔梦为人仆，趋走作役，无不为也，数骂杖挞，无不至也。眠中啽呓呻呼，彻旦息焉。尹氏病之，以访其友。友曰：“若位足荣身，资财有余，胜人远矣。夜梦为仆，苦逸之复，数之常也。若欲觉梦兼之，岂可得邪！”尹氏闻其友言，宽其役夫之程，减己思虑之事，疾并少闲。

王国维赞叹曰：“列子于‘梦’之现象具有一种超卓之见解，以为世人常别梦与觉，而以一为妄，以一为实，然两者之间实无所谓差别也。”他还说：“吾人每读此章，辄忆及法国哲学家巴什迦尔（即巴斯噶，1623—1662）

之言。巴氏言：'有乞儿夜夜梦为王侯者，又有王侯夜夜梦为乞儿者，之二人者果孰为幸福之身乎？'此其与列子之言洵若合符节已。吾人于梦之意识常轻视之，然如每夜同梦，则梦于吾人之意识生活上所占位置，固其重大矣。"① 事实上，这时候王国维已经注意到了最早产生的"无意识"（Das Unbewusste）理论的价值，他在《周濂溪之哲学说》（1906）一文中，专门提到了德国哲学家赫尔德曼的学说。赫尔德曼（一译哈特曼，Eduard von Hartmann，1842—1906）是最早将梦与无意识联系起来的西方学者，他在著作《潜意识的哲学》（*The Philosophy of Unconscious*）中认为，通过梦的通道，人们可到达自我心理的"潜意识"领域。王国维由此把周濂溪《通书》中的"无极"说与"无意识"理论进行了有趣的比较，认为两者相通。其论如下：

> 赫氏之所谓无意识，非仅抽象的，而内含"意志"与"观念"之具体的原理也。周子之所谓"无极"亦非仅抽象的，而内含阴阳二气，以为万化之原之具体的原理也。周子恐但言"无极"，则人或误认为虚无抽象，故加以"太极"之字耳。抑吾人以周子之"无极"为"无意识"，非仅就类似上言之也，宋儒注释中已明言之。游九言论周子哲学曰："人肖天地。试以吾心验之：方其寂然无思，万善未发，是无极也；虽云未发，而此心昭然，灵源不昧，是太极也。欲知太极，先识吾心，澄神端虑而见焉。"是即由吾人之心而推之，以"无极"为"无意识"者也。彼赫尔德曼先就人心研究"无意识"之存在，认其为人心之根本，而后验之万有，遂名宇宙之原理为"无意识"，非与此若合符节哉！②

从心理学角度来阐释中国《易经》和太极学说是王国维推陈出新之

---

① 王国维：《王国维哲学美学论文辑佚》，华东师范大学出版社，1993年，第121页。
② 王国维：《王国维哲学美学论文辑佚》，华东师范大学出版社，1993年，第148—149页。

处；而把"无极"观念与西方"无意识"学说相沟通对比，更是王国维独到之见。虽未涉及弗洛伊德学说，但是在中西文艺理论交流中早已打开了中国通向弗洛伊德的道路。

当然，弗洛伊德进入中国比尼采晚而且波折更多。弗洛伊德是尼采之后的一位西方思想家。1900 年，正巧在尼采谢世之年，弗洛伊德最重要的著作《梦的解析——揭开人类心灵的奥秘》得以出版（有一说法是 1899 年 11 月 4 日出版），而且八年后才得以出第 2 版。在很长一段时间里，这本书除了受到冷落外，就是遭到侮辱和攻击，十年后情况才有所改观。在中国，弗洛伊德的名字为人所知大约是在第一次世界大战之后，五四时期开始有传播介绍出现，较早的有张松年 1920 年 2 月《新青年》第 7 卷第 2 号上介绍《近代心理学》的文章和朱光潜的《福鲁德的隐意识说与心理分析》（见《东方杂志》第 18 卷第 14 期）等，虽然在当时产生了一定影响，但是并没有比较全面完整的翻译和介绍。周作人在一次演讲中说："新心理学（New Psychology）在中国没有人介绍过，是奥大利医士 Freud 所发明，他著有《析心术》（*Psycho-analysis*）一书中有一段解释神话极有价值。他以为人的欲望的要求在平日不能满足，且为道德法律所拘束，势难发展，然在睡时遂一一显现于梦中。无数可惊、可喜、可怒的事，全从梦中反映出来，文学也是同样的借以发表人心中的欲望的，但人的欲望是与良知良能有关系的。譬如男人爱父，女人爱母，在平时偶未觉得，而在梦中则完全表现。女儿不愿父亲爱她的母亲，是惧怕母亲被父亲爱去的缘故。所以我们从人类学说和心理学更进一步的解释神话，加以证明是极有趣味的。"① 看来当时人们对弗洛伊德"俄狄浦斯情结"（Oedipus complex）了解并不深。实际上，《梦的解析》一书完整的中文译本，直到 1972 年才首先在中国台湾出版，比日本晚了四十二年。

不过，这并不意味着弗洛伊德学说对现代中国文艺理论介入不深。确实，弗洛伊德学说，尤其是其泛性论观念，对传统的中国人来说是难以接

---

① 周作人：《周作人集·外文》（上），海南国际新闻出版中心，1993 年，第 636 页。

受甚至难以理解的，许多人由此采取回避或反对的态度也在情理之中。但是这一切并不能证明人们对其没有感受或者感受很浅，相反，这很可能表现了一种很强烈的冲击力。尽管弗洛伊德的影响在理论批评方面远远不如在文学创作方面那么明显和普遍，但还是留下了很深的印记。

对鲁迅而言，从尼采到弗洛伊德是一个自然而然的过程，因为他一直把"立人"当作文学中心，"超人"的渺茫和潜意识的冲动几乎同时能够引起他的共鸣。最早能见到这种痕迹的是在 1919 年发表于《新青年》的《我们现在怎样做父亲》一文（尽管还没有资料表明这时的鲁迅已接受弗洛伊德思想），鲁迅在谈到生命的本能时，谈到了"最显著的是食欲"，其次是性欲，并且指出"……食欲是保存自己，保存现在生命的事；性欲是保存后裔，保存永久生命的事"。这一观点后来继续表现在鲁迅对弗洛伊德学说的批评中，认为弗洛伊德恐怕"吃得饱饱的罢，所以没有感到吃饭之难，只注意到性欲"，坚持认为"食欲根柢，实在比性欲还要深"。

但是，这不能说明鲁迅在文学观点上逃离了弗洛伊德，因为文学创作的价值目的并非为了"保存现在生命"，而在于将来为了"保存永久生命"，这也是鲁迅在《狂人日记》中所疾呼的"救救孩子"的动机。而鲁迅从事文学创作的动机无疑是着眼于未来生命的，这必然与性欲而不是食欲有着更密切的联系。"创作的总根于爱"而不是吃饭，是同样的道理。问题是性冲动并不能等同于文学创作，不能直接产生好的作品，它必须经历一种精神的升华过程才能产生文学创作——而这正是针对当时很多人过于简单化理解和利用弗洛伊德学说而言的。

由此来说，鲁迅从未根本上否定弗洛伊德学说对文学创作的看法。这从他 1922 年写作《不周山》（后易名《补天》）的动机中可以看得更清楚。他写这部小说的"原意是在描写性的发动和创造，以至衰亡的"，是"取了弗罗特说，来解释创造——人和文学——的缘起"的。这说明鲁迅当时是认同弗洛伊德有关性意识受到压抑而产生创作欲说法的。1924 年，鲁迅翻译了日本厨川白村的《苦闷的象征》，并且一再把它推介给爱好文学者阅读，也表现了对于弗洛伊德文艺美学思想的持续兴趣，因为这部著作有关创作根柢和发生动机的理念基本来源于弗洛伊德。当然，鲁迅和厨川白村一样，对弗洛伊德学说采取了某种保留态度，并不完全同意把一切都归在"性底渴望"的偏执，更讨厌当时以此浅薄地宣扬性欲望的庸俗看法，但是这也许正好表现了西方"叛徒"进入东方的变异过程。弗洛伊德进入中国，必然要经历一轮新的怀疑、抵抗和挑战。

五、关于向现代主义美学的转换

正如很多人所指出的那样，在西方文艺美学发展中，尼采和弗洛伊德共同启动并完成了传统向现代的转换。所谓转换，指的是在对历史传统中某种僵硬因素进行彻底否定基础上，开启了理论思维的新境界，并昭示了人类新的美学判断价值的建立。在这个过程中，如果说尼采代表了理性的叛逆的话，那么弗洛伊德的学说则推动了人们返回自我，在生命深处寻找艺术创作的冲动和力量。

在谈到弗洛伊德对中国文学界的影响，我们会再提起另一位西方文艺理论家哈佛洛克·蔼理斯——至少在 1924 年之前，他对周作人的文艺观产生了很大影响。蔼理斯曾以《性心理学》一书轰动欧洲，受到一些卫道士的攻击，后来不得不移居美国。而值得注意的是，蔼理斯的文艺思想深受中国的影响。他曾写道："我还记得很清楚，年轻时，我得到过一本《东方经典丛书》新期刊。上面刊登了孔子《礼记》中的部分内容。从中我得知中国人的生活受着音乐和礼仪的支配，这使我兴奋起来，并开始对中国产生兴趣，这种兴趣至今有增无减。"① 他认为"只有在中国，也只有在中国伟大的残存文化中，才能发现艺术激发生命，激发道德全过程"，② 因

① ［英］蔼理斯：《生命之舞》，徐钟珏、蒋明译，生活·读书·新知三联书店，1989年，第 20 页。

② ［英］蔼理斯：《生命之舞》，徐钟珏、蒋明译，生活·读书·新知三联书店，1989年，第 23 页。

为在中国人的生活态度中，生活和艺术是不可分割的一体。蔼理斯还有下面的看法：

> 顺便说一句，如果我们西方人的神经早就像现在这么敏感的话，就容易达到中国早在一千多年前就达到的美学程度。
>
> 由于那些一度与中国同时存在的文明早已消亡、崩溃或者变形，因此只有经历了悠久历史的中国文明能证实"所有人类的生活都是艺术"这一伟大的事实。也许正是由于中国人早就看到了这个事实，所以尽管他们受到暴力的袭击，却仍能将自己的文明保持得如此长久。①

尽管蔼理斯也看到"中国文明在特殊艺术方面的鼎盛时期早已过去了"，但是并没有妨碍他继承和发扬这份精神资源。在《生命之舞》中，"生活就是艺术"这一个源于中国的美学观念构成了全书的中心。这一观点几年后又由中国学人林语堂用自己的著作传递到了西方。

但是，这里或许有所不同。作为一个中国人，林语堂以传播东方文化为己任，在宣扬中国人生活态度的时候，针对现代西方工业化社会的种种弊端，有意识地突出了中国人生活中的审美意趣。而且，林语堂基本上没有走出西方古典主义美学范围，而蔼理斯却背离了西方古典主义理念，在艺术观念上处处显示出了向传统挑战的意向。19世纪末20世纪初，与他能引起共鸣的是尼采、叔本华、弗洛伊德、本格森等人的学说，而陀斯妥耶夫斯基、福楼拜、普鲁斯特、乔伊斯等具有创新意识的作家创作正是其文艺理论思想的基础和来源。在20世纪文艺史上，这些人的名字已经和现代主义文学的渊源紧密。蔼理斯亲近于弗洛伊德的学说是理所当然的。他在《性心理学》中就提出自动情爱活动的观念，并把这一观念与艺术起源问题联系在一起，至少与弗洛伊德有不谋而合之处。他还称赞过弗洛伊德对达·芬奇创作心理的分析文章，认为它非常引人入胜。至于对普鲁斯特

---

① ［英］蔼理斯：《生命之舞》，徐钟珏、蒋明译，生活·读书·新知三联书店，1989年，第24—25页。

和乔伊斯，他的评价透露出了对新的文艺美学信息敏锐的捕捉和接受能力。他如此写乔伊斯：

> 他的《尤利西斯》——将他较早期作品所呈现的特性做进一步突出——已经被推崇为英国文学的划时代作品，虽然有一位杰出的批评家认为他结束了一个时代，而不是开创了一个时代。但是这部作品仍是为一条新途径铺路，由于它的有效性，我们可以接受它，而不一定同时判断它为一部杰作，只要我们了解这部作品的意图。……这部作品试图从艺术去重现那段时期中人的生理和心理的一切活动，没有省略什么，甚至没有省略那些最写实的小说家认为太琐碎或太粗鄙而不提及的动作。在这部作品中，不但有造成动作的思想和冲动，而且也有渺无目的、飘过它的意识领域的思想和感情。而在表现混合的内在和外在生活时，乔伊斯时常把两种生活放在同样的层面上，得到一种新的文体的单纯性，虽然在最初，我们可能常难以看出什么是外在生活和什么是内在生活。再者，乔伊斯在高兴时，会毫不犹豫地改变他的文体格调，甚至在不为人注意的情况下，以别具心机的讽刺和变色龙似的姿态，采用其他作家的形式。乔伊斯从这些方式中获得了想象方面的新的亲密性，表现方面的新的柔顺性，这两者是一切伟大文学在蓬勃前进时所不可或缺的。他在艺术中认识到并指点出其他人所忽略或没有看到的文体。即使他在这件艰难险阻的工作中没有达到完全清晰和完全美的境界（我们中的一些人可能这么认为），无论如何，他使后来的人可能达到一种新的高度，而如果没有他已开辟了途径，他们就可能错过或甚至无法想象这种新的高度，而这对任何作家的声誉是至关重要的。①

他如此谈到普鲁斯特：

---

① ［英］蔼理斯：《生命之舞》，徐钟珏、蒋明译，生活·读书·新知三联书店，1989年，第 161—162 页。

普鲁斯特无疑是位获得了想象方面新的亲密性、表达方面新的柔顺性的大师，即使贯串其中的文体，可能由于所涉及的复杂性，仍有一些困难，还有一些疏忽。但它已经取得相当程度的清晰和高度的美。所以我们较不难以承认《追忆似水年华》是一部伟大的杰作，但是更明显地是一位大胆先锋作家的作品，则我们就较难承认其伟大性了。我们看出，《追忆似水年华》是一种新的美学感性的启示，具体体现在新而合适的文体中。马西尔·普鲁斯特已经清晰地经验了别人模糊不清或完全没感觉到的内容。①

不难看出，无论在理论上还是在创作中，蔼理斯都把注意力放在新的美学境界的开拓上，这在当时来说，无疑体现了文艺从传统现实主义和浪漫主义向现代主义转折的意向。而值得我们三思的是，在这种转折中，和上述的西方作家理论家一样，中国传统的美学理念竟然成为其汲取新思想、创建新理念的重要资源。换句话说，中国两千多年前的思想资源和西方两千多年后追求创新的艺术家，在他的思想中竟然发生了某种神奇的"对接"和认同，成了文学观念变异的精神动力。

这种激动人心的现象还表现在蔼理斯对德国学人汉斯·范兴杰（Hans Vaihinger）的发现上。通过对后者《虚拟哲学》（1911）的研读，他认定艺术是一种"虚构的发明"。范兴杰曾经从尼采的思想脉络中发现了自己的方向，向传统的"固有"的观念质疑。他认为一切科学都是一种虚构，所谓"真实"只是一种影像或象征。这也许使我们想起后来风行的后现代主义思潮，特别是德里达的思路，但是蔼理斯却提醒人们注意老子的神秘主义见解。

这说明不同文化的交流可能改变其思想意义。因为老子的思想是存活于西方文化语境中，而不是中国文化中，所以才显示出了与现代主义文艺

---

① ［英］蔼理斯：《生命之舞》，徐钟珏、蒋明译，生活·读书·新知三联书店，1989年，第162—163页。

美学思想相投合的意味。

当然，当蔼理斯的学说存活在中国传统中，而不是西方文化中，那又有不同的命运了。如果说在蔼理斯学说中，同时存在着西方人道主义思想和现代主义理论倾向的话，周作人则对前者更情有独钟。至于后者，则在很大程度上被淡漠了。就拿蔼理斯的性心理学说来说，周作人从中吸取了对封建礼教批判的力量，而忽略其对文学创作中生命意识的开拓。因此，对于性的理解，包括对于表现性爱作品的理解，周作人能够超越既定的中国传统道德尺度，从人性及人的基本需要方面去进行评论。这在他 20 年代对汪静之《蕙的风》、对郁达夫《沉沦》的评论中就有明显的表现。从某种意义上可以说，蔼理斯通过周作人的文学批评，参与了对中国传统的文学道德批评观念的批判，但是并没有显露出自己现代主义思潮的锋芒。

但是弗洛伊德就全然不同了，他在揭示人性深处秘密时锋芒毕露，根本不顾及传统道德对人性和艺术的束缚。特别是在他用"性冲动"来解释文学创作的根本心理动因之时，等于拆解了传统文艺观念中所有关于这方面的"皇帝的新衣"，使一切所谓道德的、意识形态的高尚推动力感到了真正的挑战。而这种挑战的不可阻挡的力量又恰恰来自人本身。如果说，20 世纪 20 年代初，有人惊呼"湖畔诗人"的爱情诗是"新诗坛上的一颗炸弹"的话，那么真的"炸弹"应该是弗洛伊德学说。它不仅"炸"开了中国传统的文学理论观念，而且也"炸"开了封建礼教制度禁锢人性的思想牢笼。

由此，中国文艺理论开始冲破传统理论观念的束缚，在人的生命深处寻求文艺问题的解答。尤其对于文学创作深层动因的探究，开始注意到个人生命状态的决定作用。其实，除鲁迅外，西方"叛徒"引起一大批中国社会叛逆者的共鸣，他们在思想上离经叛道，在行为上惊世骇俗，在文学上标新立异，体现出一种新的价值观念。比如五四时期的郭沫若，同样是一个叛逆者的形象。他在《女神》中以"天狗"自喻，要"把全宇宙来吞了"，带着尼采式的独标气势。同时，他又是最早受到弗洛伊德思想影响的作家之一，这不仅表现在他的《残春》《叶罗提之墓》等小说中，也表现在他的文学观念中。他曾如此表述自己的创作过程："我是一个偏于主观的人……我自己觉得我的想象力实在比我的观察力强。……我又是一个冲动性的人……我便作起诗来，也任我一己的冲动在那里跳跃。我在一有冲动的时候，就好像一匹奔马，我在冲动窒息了的时候，又好像一个死了的河豚。"在这里，尼采"超人"式的主观和弗洛伊德式的冲动，构筑了郭沫若的创作意识，至于"奔马"和"河豚"更使人不能不联想到性活动的暗示。

当然，由于文化语境的诸多因素，中国叛逆者们的文学道路要显得更复杂一些。值得注意的是，尽管弗洛伊德的学说直接影响了很多人的创作，但是在理论观念上极少人像弗洛伊德一样，把"性冲动"或"性原欲"看作创作的基本动因，并依据它来解释文艺创作的发生和延展。而一些研究家和理论家在介绍弗洛伊德学说的时候，也自觉不自觉地侧重其"变态"的性质及其特点，并没有把它理解为对一种普遍的人类精神现象的揭示，如张东荪著的《精神分析学 ABC》、陈德荣著的《变态心理学》、黄维荣著的《变态心理学 ABC》、朱光潜著的《变态心理学派别》等，都表现了这种倾向。

也许这是一种文化上的保留态度。在 20 世纪中西文艺理论交流中，这种保留态度直接影响着理论的转换和创造。例如郁达夫就是一个值得研究的个案。他不仅是一个杰出的小说家，也是一个出色的文论家，但是当我们把小说家郁达夫和文论家郁达夫进行对比时，就不难看出后者有顾忌的谨慎态度。如果从《沉沦》的创作说起，郁达夫是最接近弗洛伊德创作思想的，小说中主人公的活动无不表现了"性欲冲动"及其无意识或自由联想的过程，但是郁达夫在自己的文学理论中却极少提到弗洛伊德。

有迹象表明，郁达夫很早就接触到了弗洛伊德。1926 年 1 月上海光华书局出版了他的《小说论》，实际上是他上文学课的讲义，其中在"小说的人物"一节中专门提到心理分析，并把它纳入了描写人物的重要方法之列："心理解剖（Psychological Analysis）为直接描写法中最有用之一法。"他还指出："我们的心理，有时候有表现在外面的行为动作上来的，这一种是外面的心理描写；有时候我们有一种感情思想，不过在我们的内心中经过而不表现在外面来的，这是内面的心理描写。内面的心理描写比外面的描写难一点。"①

不过，弗洛伊德更浸透到了郁达夫对文艺本质的认识中。在这方面，郁达夫虽然没有像张资平那样强调"本能的冲动"，但是对于人的情欲及其被压抑状态非常敏感，认为这是文艺表现的主要内容。他还写道：

> 种种的情欲中间，最强而有力、直接摇动我们的内部生命的，是爱欲之情。诸本能之中，对我们的生命最危险同时又最重要的，是性的本能。恋爱，性欲，结婚，这三重难关，实在是我们人类的宿命的三种死的循环舞蹈（the linked dance of death）。②

他还这样强调："这一种艺术的冲动，这一种创造欲，就是我们人类进化的原动力。"

由此，郁达夫避免了直言"性冲动"的说法，而采取了较为婉转但更宽泛的方式来理解文学。同时，郁达夫更强调了弗洛伊德学说中"压抑"和"苦闷"的因素，认为艺术创造根源于人"生"的本能受到压抑而产生的，所以"艺术家是灵魂的冒险者，是偶像的破坏者，是开路的前驱者"。③

这里，我们似乎又和尼采相遇了。应该说，从尼采到弗洛伊德，西方"叛徒"在中国20世纪文艺理论转换中始终是一种重要的思想动力和资源，不断引起中国文学家、理论家的共鸣和响应。而中国20世纪文艺理论的发展和更新也一直在超越意识和生命意识之间震荡，有时候趋向于精神上超前和超越，以求摆脱世俗和功利生活的封闭和束缚；而有时候则需要冲破各种理性教条的禁锢，让文学回到人间，在人的生命本能中汲取活力。正因如此，尼采与弗洛伊德在中国的命运，虽然曲折和多灾多难，但

---

① 郁达夫：《郁达夫文集》（第 5 卷），花城出版社，1982 年，第 29 页。
② 郁达夫：《郁达夫文集》（第 5 卷），花城出版社，1982 年，第 57 页。
③ 蔡仪：《文学概论》，人民文学出版社，1980 年，第 69 页。

是同时又丰富多彩和引人注目。

其实，这也表现了 20 世纪世界文学发展的共同趋势。因为这是大转换的世纪，因此叛逆不仅是摆脱旧世纪既定的观念体系的必然，更是思想和艺术创新的必要前提和条件。正是这种叛逆在开放的文化态势中得以存在，并且在世界范围内形成了声势，从而促进了整个人类精神的解放，给文学艺术的发展创造了广阔而自由的发展空间。

第四章

文艺理论上的"盗火者"

——鲁迅的中国气派

"盗火者"原指希腊神话中的普罗米修斯（Prometheus），他从天神那里偷了火并带给了人类，为此触犯了禁令而遭到天神宙斯（Zeus）的惩罚，把他用铁索捆绑在岩石上，终日让老鹰啄其肝脏。鲁迅很喜欢这个形象。其实，在20世纪中西方文艺理论交流中，鲁迅自己就是一个"盗火者"，他不仅亲自参与西方文艺理论的翻译和传播，而且也把自己"烧"于其中，创造了最有中国实践特色的文艺理论。正是由于这一点，鲁迅在中国现代文艺理论变革中，起到了无人匹敌的作用，他的一些思想贡献已成为构筑中国新的文艺理论体系的基石。毫无疑问，它们同时也是在新世纪为中西文艺理论相互沟通和交流建造更坚实、更宽广的桥梁和基石。

一、立人为本——关于中西文学交流台基的建构

应该说，中西方文艺理论的交流与对话早就开始了，但是至少在19世纪末20世纪初，这种对话和交流还处在一种不自觉的、缺乏理性沟通的阶段。其重要原因之一就是中国的文艺家理论家尚没有找到一把理解中西文

学共同性的钥匙,因此不可能为这种交流和对话提供一种平等、与各种文学都相关的共同话题和氛围。直到 20 世纪,人们才发现人类的文艺现象尽管千差万别,但是总围绕着一个共同关心的话题,表达着同一种生死相依的感情和愿望,探索着人人与生俱来的秘密和意义。

这就是"人的发现"。因为文艺本无中外古今之分,它们是相通的,而这种相通的根本基础就是人。只有发现了人,才能发现中外各种文学的相通之处;而只有通过了解和理解各种各样的文学,才能更深刻、更完全地把握人和发现人。这两者是相辅相成的。对中国社会来说,这种"发现"则意味着更特殊的意义。因为中国社会自唐宋之后由盛向衰,人的意识也逐渐失落。由于少数民族多次大举入侵,而原来的封建专制体制内部腐败,积弊成习,对人们的生活和心理造成了极大的压抑和扭曲,使人的尊严、自由和创造力降到了从未有过的低点。而更值得反省的是,在一种畸形的社会文化环境中,生发出一种完整的"官学合一"的意识形态,它虽然继承了中国"政教合一"的文学传统,但是在官僚和学人的共同磋商和策划下,更加突出了"官本位"的特征,用"天理"的名义来压抑"人欲",从而使官僚专制的"意志"转化成了一种统治思想上的"知识话语",可以合理合法地对任何个人意志和权利进行限制和讨伐。

正是在这种历史过程中,中国失去了与西方进行对话的立足点。因为正当中国社会步入更严酷的"理学"与礼教专制之时,欧洲正在从中世纪的宗教禁锢中脱解而出。尽管这两种过程的关节点都在于"人",但是前者是禁锢人,导致人的压抑和失落;后者则是解放人,致力于人性的觉醒和张扬。对此,只要比较一下朱熹(1130—1200)和但丁(1265—1321)这两个对历史发展进程产生重大影响人物的思想,就会有深刻感触。他们相隔仅一百多年,但是就在中国的朱熹承传儒家的伦理道德,完成了其朱子理学和美学思想体系之后不久,但丁作为"中世纪的最后一位诗人,同时又是新时代的最初一位诗人"(恩格斯语)就诞生了,他的代表作《神曲》奏响了文艺复兴新纪元的序曲。实际上,迄今为止的西方社会所发生的一切进步和巨变都可以追溯到文艺复兴时期的影响。因为一切历史的奇迹都是人的创造,所以人的解放程度以及潜力的发挥程度,是决定社会进步和变革的基础。

因此,20 世纪中西方文艺理论交流的奠基石就是重新肯定人,找到人的感觉和价值。这也是中国的五四新文学运动与西方的文艺复兴及人文主义精神有共通之处的原因之一。这不仅是两种文化运动的相通,更是人心和人的精神渴望的沟通。所以胡适先生在回顾五四运动时专门谈到北京大学学生傅斯年、罗家伦等所办的杂志:"……他们在民国七年出版一个杂志叫《新潮》,中文名字叫"新潮",英文名字叫"The Renaissance",这是北京大学的学生傅斯年这一班人办的。Renaissance 就是再生,欧洲所谓文艺复兴运动。中国所谓文艺复兴运动,远在民国八年之前。"①

这并不是偶然的。鲁迅也是在西方文艺复兴运动的感召下从事文艺活动的。他最早想创办一份刊物,名为"新生",就直取于但丁《神曲》中的一个篇名,其中就包含着文艺复兴的含义。当然,对鲁迅而言,"新生"首先是人的新生,是中国人思想与人性的觉醒和解放,为此他已做好了穿越地狱的准备。

《新生》没有办成,但是它催生了鲁迅对于"人"更深刻的文化思考。1907 年,他以"令飞""迅行"为笔名,写下了《人间之历史》《摩罗诗力说》《科学史教篇》《文化偏至论》等著名论文,开始用"盗"来的火点燃中国人的激情,造就文艺的火炬和灯塔。在《摩罗诗力说》中,鲁迅着重列举了 8 位外国"恶魔"派诗人,如拜伦、雪莱、普希金、莱蒙托夫、密茨凯维支、斯洛伐茨基、克拉辛斯基、裴多菲等,伸张自己对人性和人道主义的追求。正如鲁迅在文中所说:"别求新声于异邦……新声之别,不可究详;至力足以振人,且语之较有深趣者,实莫如摩罗诗派。"这是一篇主观意图很强的文章。所谓"不可究详",说明鲁迅并不着重其学理的翔实和材料的充分,而注重于主观的发挥和情感的共鸣;而所谓"足以振人",更显示了鲁迅对感召力和感染力的看重。而这正是浪漫主义

①　姜义华主编:《胡适学术文集·新文学运动》,中华书局,1993 年,第 305—306 页。

文学的魅力所在，它能够散发出一种激情的力量，来"撄人心"和"移神质"，并由此呼唤和造就中国的"精神界之战士"。

这无疑是一篇文艺者的宣言。鲁迅希望用恶魔式的叛逆、尼采"超人"式的激情、雪莱式的"与旧习对立，更张破坏"，以及拜伦式的"重独立而自由"等方式来打破中国社会的沉闷和人民精神的愚昧，在无声的中国开出一条生路。所谓"精神界之战士"，就是"率真行诚"的"说真理者"，就是敢于反抗破坏的叛逆者，就是具有"改革新精神"的勇猛者，更是像达尔文、易卜生、托尔斯泰那样的"偶像破坏者"。

鲁迅的"立人"思想就是在这种情况下产生的，但是它绝不是一时激动的心血来潮。实际上，鲁迅很早就开始了对人的思考，尤其东渡日本之后，他首先关注的就是人的状态，而中日之间国势国力的差别正是由于国民素质的不同。于是他开始探讨中国的国民性问题。①　所以，鲁迅在写就的《文化偏至论》中提出"掊物质而张灵明，任个人而排众数"，就顺理成章了。在这里，我们能够进一步感到鲁迅与西方人道主义共鸣的情况：

> 外之既不后于世界之思潮，内之仍弗失固有之血脉，取今复古，别立新宗，人生意义，致之深邃，则国人之自觉至，个性张，沙聚之邦，由是转为人国。人国既建，乃始雄厉无前，屹然独见于天下。

不难看出，鲁迅的"立人"思想来自中西文学思想的沟通和融合，实际上是他在"世界之思潮"和"固有之血脉"之间选择的一个关节点。

可以说，这是20世纪中国文学及其理论的独特选择，它具有划时代的意义。因为20世纪的人类文化就是以"人"为中心的时代。尼采说上帝死了，而人走到了前台。文学及其理论更是如此。所有的命题和探索都是围绕着"人"进行的，都是为了更深刻地了解人，更广泛地认识人和更有效地完善人及其生存状态。而正因为人们意识到了这一点，所有传统与现

---

① 林贤治:《人间鲁迅》，花城出版社，1998 年，第 123 页。

代、东方与西方等种种差别和隔阂才有了相互沟通、消除和对话的可能。

而这也给鲁迅提供了"别立新宗"的可能性，使他能够超脱传统思想的束缚，在拥有更多思想资源的基础上建立与众不同的文学观。

这也是中国人在中西文化的交接中长期探索的结果。这一选择来之不易。从鸦片战争以来，中西方文化的交流成为可能，很多学人从中国自身的命运出发，寻求与西方文化平等对话的机会和方式。他们大多已经意识到了西方文化的优点，但在学习和交流中却逐末弃本，缺乏内在的沟通和理解。这中间经历了一个从注重物质到精神层面，由政体意识到人的素质的过程。在这个过程中，梁启超、严复等人很早就提出"开民智"的思路。尤其是梁启超在广泛吸取西方思想精华的基础上，于20世纪初写出了《新民说》《新民义》等论著，按照进化的理论、共和的标尺、天赋人权的思想指导，提出了国民性改造和重新塑造问题。他还把"欲新民"的理想与文艺连在一起，认为"今日欲改良群治，必自小说界革命始，欲新民必自新小说始"。①

鲁迅在很多方面与梁启超的想法有相通之处。1909 年，这位"盗火者"和弟弟周作人共同翻译和策划出版《域外小说集》时，就怀抱着这种想法："我们在日本留学时候，有一种茫漠的希望：以为文艺是可以转移性情，改造社会的。因为这意见，便介绍外国文学这一件事。"其实，在鲁迅介绍、翻译和传播外国文学过程中，改造国民性一直是其关注的重点，他非常注重用他国之玉来攻中国之石。例如他在厨川白村《观照享乐的生活》和《从灵向肉和从肉向灵》译后附记中就写道：

> 作者对于他的本国的缺点的猛烈的攻击法，真是一个霹雳手。但大约因为同是立国于亚东，情形大抵相象之故罢，他所狙击的要害，我觉得往往也就是中国的病痛的要害；这是我们大可以借此深思，反省的。

---

① 梁启超：《饮冰室合集·文集》（第 10 卷），中华书局，1912—1948 年，第 6—10 页。

这也是《出了象牙之塔》里的一篇，主旨是专在指摘他最爱的母国——日本——的缺陷的。但我看除了开首这一节攻击旅馆制度和第三节攻击馈送仪节的和中国不甚相干外，其他却多半切中我们现在大家隐蔽着的痼疾，尤其是很自负的所谓精神文明。现在我就再来输入，作为从外国药房贩来的一帖泻药罢。①

然而，鲁迅的"别立新宗"毕竟有其不同凡响之处，在思想境界上明显超越了前人。因为他所立的"人"不同于梁启超的"新民"——是出于政治体系变革的需要而产生的国民性，是具体的、活生生的个人，也就是"自觉至，个性张"的自我觉醒，个性张扬的精神。从鲁迅对西方文学的接受和理解中可以看到，鲁迅所关注的、所为之感动的，正是人的具体生存和心理状态，是活生生的个性和个体，是和中国人的生存和心理状态发生共鸣的地方。如果说，梁启超经过多年的政治改革实践，意识到了人的重要性，期待用一种合乎标准的公共新尺度来造就人的话，那么鲁迅则通过自己的体验和探索，期望从人的个性要求出发去改造社会。社会的理想应该以个人的不同要求为旨归，理想的社会应该为具体的个人发展提供广阔天地，而不是用一种社会理想去要求和塑造每一具体的个体。社会就如同一个"厨房"，"厨师"并不应该因为自己能供应最美妙的"人参牛排"而强迫每一个人都享用，而应该根据每个人的胃口设计菜谱和厨房，让每个人都可以尽情选择和享用。

这是一种世纪性的文化转换。就"人"的意识而言，中国传统文化并不缺乏论述，而"天人合一"的境界正是中国文化贡献于人类的优秀思想。但是由于长期封建礼教的扭曲，人被分裂了，被"天理"所统制了，逐渐失去了其活生生的、具体的风采和权利，个性和个体得不到关爱和尊重，成了模式化、体制化和工具化的牺牲品。正因为具体性的人的失落，

---

① 鲁迅：《鲁迅译文集》（第3卷），人民文学出版社，1958年，第498—499页。

才造成了整个民族精神的失落。当社会能够以任何国家、集体和天理的名义来摧残和限制每一个具体的人的时候，整个国家和人民就不得不生存在恐惧和萎靡不振之中。

也许这就是 20 世纪科学主义和个性主义最终汇合的原因，也是一代又一代思想家不断反抗体制、超越传统的意味所在，因为人类的前途和国家的力量，最终取决于每一个人心智创造力的解放和发挥。

正是在这个意义上，鲁迅的"立人"思想奠定了与西方文艺理论对话的基础。尤其对于文学来说，对于具体的个性的人的关注和强调，是打通各种文化差异和隔阂的关键。因为正如钱谷融先生所言，"艺术的一个基本特点就是具体性"，"失去了具体性，一旦使描写对象不是作为个别的特别的事物而存在，不能以具体可感的形式展现在读者面前，那么，它就不再是艺术，也就失去了艺术所拥有的一切力量"。①

二、生命情怀——关于文艺创作内在动力的对话

通过比较鲁迅和梁启超对国民性改造的看法可以看出，鲁迅更侧重于对个人生存和精神状态的关注，他所钟爱的文艺家也多是个人意志和独立精神坚强的人。这些人敢于"排众数"，敢于和社会传统习俗相对抗，具有鲜明的思想锋芒。而梁启超更注重用现代西方社会的标准来要求人，其中包括要有公德、国家思想、进取冒险精神、天赋人权意识、自由自治和自尊观念、合群与义务思想等，它们皆出之有据，来自卢梭、培根、笛卡尔、达尔文、孟德斯鸠等西方思想家和西方国家的制度。这种差别不仅来源于他们各自考察文化和人的出发点不同，更取决于他们对于人的本质力量的不同体验。

鲁迅不同于梁启超，他不是从考察国家政制和经济文化的不同来认识

---

① 钱谷融：《艺术·人·真诚——钱谷融论文自选集》，华东师范大学出版社，1995年，第 24—25 页。

人的，而是从自己活生生的生命体验中去感受、理解和把握人的，从而意识到了人的具体生命状态对于社会和历史的决定作用。最明显的例子莫过于他在日本弃医就文的经历了。他从两种人生状态的对比中，深刻体验到中国的悲剧，从而在一个日常事件——电影中放映砍杀中国人的镜头——的刺激下，做出了不寻常的选择。如果说鲁迅的"立人"首先是具体的、活生生的个体的话，那么他们的"新力"和丰采就是其丰厚的、不屈不挠的生命意识。可以说，如果没有生命意识的觉醒，就不可能产生富有魅力的思想个性。这正是鲁迅和尼采、雪莱、拜伦、托尔斯泰、易卜生等西方文艺家发生共鸣的契机。

生命情怀原本并不是某一种文化独有的东西，它源自人的自然本能，是每个人固有的。但是由于社会、历史和文化的诸种情况不同，人们生活在不同的生存状态之中，所以意识到的内容也就不同。因为人毕竟不是动物，人的生命意识不仅仅是求生，也并不局限于"活着"这一基本要求，它还期望丰富和发展，还需要更自由的展现空间。就此来说，中国封建专制体制和礼教对人的最大伤害，就是压抑、泯灭和摧毁人的生命意识，尤其是人最基本的欲望，从而把每个人都变成"罪人"，成为服服帖帖的奴隶和工具。正因为如此，中国社会逐渐失去了其应有的活力。

鲁迅对此有深刻的体验。且不说他个人在中国求学寻路的经历，就从他最初翻译法国凡尔纳（Jules Verne，1828—1905）科幻小说的感受而言，他就为人的生命创造力而叹服。他所赞叹的人类，是"有希望进步之生物也，故某一部分，略得光明，犹不知厌，发大希望，思斥吸力，胜空气，泠然神行，无有障碍"。① 与此相对比的则是他在《地底旅行》中不惜借书中人物之口表达对国人的感叹："你如此懦弱，是个支那学校请安装烟科学生的胚子，能旅行地底的么？"②

当然，就20世纪中国的命运来说，人的生命意识的委顿和衰弱，并不是能否上月球、下地心的问题，而首先在于能否保种求存，不被"开除地

---

① 鲁迅：《鲁迅译文集》（第1卷），人民文学出版社，1958年，第3页。
② 鲁迅：《鲁迅译文集》（第1卷），人民文学出版社，1958年，第105页。

籍"。因为社会的发展和国家的竞争，已经把生死存亡的危机推到了人们面前。所以鲁迅在《我们现在怎样做父亲》一文中一再强调，"第一要紧的自然是生命"，而"生物为保存生命起见，具有种种本能"。在他看来，中国传统礼教的最大弊害就是压抑人的天性。唯一令人感到庆幸的是："幸而这一类教训，虽然害过许多人，却还未能完全扫尽了一切人的天性。没有读过'圣贤书'的人，还能将这天性在名教的斧钺底下，时时流露、时时萌蘖，这便是中国人虽然萎缩，却未灭绝的原因。"

这里，我们不仅能读到达尔文进化论的刺激，更能感觉到尼采生命意志的回声。多年前，鲁迅在《摩罗诗力说》中就指出："尼采（Fr. Nietzsche）不恶野人，谓中有新力，言亦确凿不可移。盖文明之朕，固孕于蛮荒，野人狉獉其形，而隐曜即伏于内。"而中国的悲剧就在于失去了这种原始生命活力，处在这样的情景——"暮气自作，每不自知，自用而愚，污如死海"。在文章中，他还特别批判了老子"不撄人心"思想，因为这样"必先自致槁木之心"，然后使人们"归于禽虫卉木原生物，复由渐即于无情"。

因此，所谓自我的觉醒，也就是生命情怀的复归。这不仅是"个性张"的关键，更是文艺创作的源泉。鲁迅由是指出：

> 盖诗人者，撄人心者也。凡人之心，无不有诗，如诗人作诗，诗不为诗人独有，凡一读其诗，心即会解者，即无不自有诗人之诗。无之何以能解？惟有而未能言，诗人为之语，则握拔一弹，心弦立应，其声激于灵府，令有情皆举其首，如睹晓日，益为之美伟强力高尚发扬，而污浊之平和，以之将破。平和之破，人道蒸也。

在这里，所谓"撄人心者"，就是触动人的生命意识，使之激动。而正因为生命意识的共通性，诗才有了感染人心的力量。也就是说，诗的力量不仅来自生命深处的骚动不安，来自心理状态的落差，而且取决于生命状态的共鸣和理解。

或许这也是鲁迅赞美"恶魔诗人"的缘故。因为所谓"恶"者，就是当人生命的欲望和意志受到压抑之时，就会怀疑，就会"放言无惮"。"为前人所不敢言"，就会"反抗挑战"，上下求索，就敢"忿世嫉俗，发为巨震"。

正是在这种中西文化的对比中，鲁迅形成了自己的文学观，这就是首先从生命情怀角度去理解文学，用文学中的生命意识去打动人和感染人。他之所以引导人们多读外国书，因为他认为外国书中有生命活力；他之所以反对保存国粹，是因为国粹保护不了我们；他还多次表达了自己大致相同的看法："我们目下的当务之急是：一要生存，二要温饱，三要发展。苟有阻碍这前途者，无论是古是今，是人是鬼，是《三坟》《五典》，百宋千元，天球河图，金人玉佛，祖传丸散，秘制膏丹，全都踏倒它。"

显然，生命情怀不仅构成了鲁迅自我的创作源泉和资源，而且已成为接受、审视和理解文艺作品和理论的尺度。尤其对于西方文艺家的作品，他首先关注的并非其中所包含的文化思想和生活内容，而是灌注其中的生命意识。尽管有些文艺家的思想观点，他并不一定赞同，但是这些文艺家所表现出的生命冲动和个人意识却能够博得他的赞叹。正是对生命意识的尊重、领悟和共鸣，使鲁迅能够冲破各种文化和观念上的障碍，获得广泛的文学知音和挚友，所以他不仅能够和尼采、托尔斯泰、雪莱、拜伦、易卜生、普希金等人产生共鸣，从中吸取激情和理想的动力，而且能够与陀思妥耶夫斯基、阿尔志跋绥夫、波德莱尔、爱伦·坡等文艺家对话，理解和回应他们内心的矛盾和欲求。

其实，在1909年周氏兄弟翻译出版的《域外小说集》中，鲁迅所翻译的三篇小说《谩》《默》和《四日》，都是表现人物在生命边缘上呼叫和挣扎的作品。鲁迅后来这样评价《谩》和《默》的作者安特列夫（1871—1919）："安特列夫的创作里，又都含着严肃的现实性以及深刻和纤细，使象征印象主义与写实主义相调和。俄国作家中，没有一个人能够如他的创作一般，消融了内面世界与外面表现之差，而现出灵肉一致的境地。"至于《四日》的作者迦尔洵（1855—1888），鲁迅称他是"在俄皇亚历山大三世政府的压迫之下，首先绝叫，以一身来担人间苦的小说家"。

值得一提的是，这三篇小说都与"疯子"有关，或者是人物终至疯狂，或者就是疯人的感受。至于这两位作家本人，安特列夫"全然是一个绝望厌世的作家"（鲁迅语），迦尔洵最终陷入发狂，跳楼自杀。这不仅使我们联想起鲁迅创作的第一部白话小说——《狂人日记》，而且能够更深刻地理解鲁迅的生命状态及对文艺的理解。从鲁迅对一系列外国作家作品的评价中就可发现，"疯狂"是他最经常感受到的一种状态，他不仅体验到了生命濒临崩溃的危机，更感受到了在这种状态下生命的反抗和挣扎。这是一种令人震撼的生命真实，虽然有时过于残酷和恐惧，但是唯有这样才会使人感到艺术的惊奇与伟大。因此，他谈到过果戈理的老实，"所以他会发狂"；梭罗古勃（1863—1927）认为幸福就是"人—发狂"；阿尔志跋绥夫的《狂人》及其作品中的"肉的气息"；诗人叶赛宁大叫"活不下去了"的勇气，最后终于颓废、自杀；尼采"超人的渺茫"，最后发了疯等，都凝结着他自身对艺术生命意识的感悟和体验。

应该说，这是一种在生命濒临崩溃和死亡边缘上的对话，而只有在此时，人的存在才最后敞开了自己的真实，毫无遮蔽地显示出自己。其实，这也就是鲁迅一再呼唤和强调的"真的人"和"真的声音"。所谓"真"，既不是伦理道德、思想教条，也不是高尚的口号、纯洁的善意，而是人本真的生命意识，来源于对自我生命处境和状态的真实体验。所以鲁迅在"人"的基点上的互相沟通，必然会导致在生命意识上共鸣和回应，在文艺创作中寻求真诚和真实的生命。

因此，鲁迅要"睁了眼看"，他认为中国国民性怯弱、懒惰，而又巧滑，并且日渐堕落，就与"瞒""欺"的文艺有极大关系，所以"我们的作家取下假面，真诚地、深入地、大胆地看取人生并且写出他的血和肉来的时候到了。早就应该有一片崭新的文场，早就应该有几个凶猛的闯将"！①

当然，鲁迅早就明白，对中国文艺家来说，这"取下假面"是一个艰

---

① 鲁迅：《论睁了眼看》，《语丝》1925 年第 38 期。

难的过程。因为在这生命意识的真实中，不单单是光明、宁静和美丽，生命本身原来也并不是这样的。尤其在受压抑的生命中，也许包含着更多的可怕和残酷的意念，它们可能是阴暗、失望、颓废及疯狂，也可能是骚动、复仇和挣扎。从生命意识深处迸发而出的并非都能使人感到温柔宁静，这一点他在与外国文艺家对话中已有深刻的体验。例如，鲁迅曾把陀思妥耶夫斯基的一幅画像挂在壁上，因为他尊敬和佩服这位作家。但是他又一再感叹这是一位"残酷的天才"，实在"太伟大了"，以至于自己年轻时因此不能"爱"他。而这伟大之处和不能"爱"之处恐怕都在于陀思妥耶夫斯基是一个真正敢于正视灵魂真实的作家（鲁迅曾言：灵魂的深处并不平安，敢于正视的本来就不多，更何况写出），他能够"穿掘着灵魂的深处，使人受了精神底苦刑而得到创伤，又即从这得伤和养伤和愈合中，得到苦的涤除，而上了苏生的路"。

由此，鲁迅还是"爱"上了陀思妥耶夫斯基，原因就在于一种本真生命意识和体验的沟通。鲁迅这样说：

> 医学者往往用病态来解释陀思妥耶夫斯基的作品。这伦勃罗梭式的说明，在现今的大多数的国度里，恐怕实在也非常便利，能得一般人们的赞许的。但是，即使他是神经病者，也是俄国专制时代的神经病者，倘若谁身受了和他相类的重压，那么，愈身受，也就会愈懂得他那夹着夸张的真实，热到发冷的热情，快要破裂的忍从，于是爱他起来的罢。

在这里，我们可以看到，基于对作家生命具体状态的沟通和理解，鲁迅已超越了当时流行的病理心理学理论的范围，超越了一般的正常心理与病态的界线，把文艺推向了一个更宽广的天地。而正是由于这样，人本身也得到了更宽厚的尊重和爱。其实，所谓"相类的重压"所导致的生命感受的相通，也是鲁迅一向热衷于介绍俄国及一些弱小国家、被压迫民族中作家作品的原因。而所谓"夹着夸张的真实，热到发冷的热情，快要破裂的忍从",也正是他自己生活和创作中所体验最深的,包含着一种"自喻"性质;至于"神经病"或者病态之类的批评和指责,历史早已注定鲁迅生前死后都无法避免和逃脱。

三、存在意识——关于文学价值和意义的探讨

从鲁迅对陀思妥耶夫斯基的评价中可以看出,鲁迅的文艺理论意识和批评观念,是根植于人类丰厚的生命意识之中的,而鲁迅也是用自己的生命去理解和接受外国文学作品的。他总是把自己放进去,与自己的思想感情交汇一处,把外在的东西化为内在更深刻的体验,从而使自己的生命情怀更加博大和深沉。对此钱谷融先生说得好:"人和人是相通的,观人可以知己,推己也可以及人。……古往今来的一切大学问家,都是一些善于把书本上的东西同自己周围的现实条件,同自己的具体情况密切结合起来进行思考的人;都是善于设身处地、推己及人,经常把自己同别人放在一种对照关系中来进行反思和自省的人。"①

鲁迅无疑就是这样的人。如果说他的这种博大的生命情怀,来自对中西古今文学与人生的沟通和理解,来源于自我与不同文化境遇中的生命的交谈和对话,那么鲁迅的这种反思和自省本身就孕育着一种新的理论选择以及对文学价值新的判断。

这最明显地表现在鲁迅对厨川白村的《苦闷的象征》的偏爱和评价上。厨川白村(1880—1923)是日本文艺理论家,但同样是本国传统文化的反叛者、西方文艺理论的"盗火者"。鲁迅与他在很多方面有设身处地的体验和感受。对于其作品,鲁迅曾说自己是一个"再来输入者",可见其在精神上的共通之处。鲁迅对《苦闷的象征》如此评价:

---

① 钱谷融:《艺术·人·真诚——钱谷融论文自选集》,华东师范大学出版社,1995年,第 566 页。

作者据伯格森一流的哲学，以进行不息的生命力为人类生活的根本，又从弗罗特一流的科学，寻出生命力的根柢来，即用以解释文艺——尤其是文学。然与旧说又小有不同，伯格森以未来为不可测，作者则以诗人为先知，弗罗特归生命力的根柢于性欲，作者则云即其力的突进和跳跃。这在目前同类的群书中，殆可以说，既异于科学家似的专断和哲学家的玄虚，而且也并无一般文学论者的繁碎。作者自己就很有独创力的，于是此书也就成为一种创作，而对于文艺，即多有独到的见地和深切的体会。①

可以说，这也是一种与厨川白村"会心"的评价，因为这里所评述的很多见解与鲁迅是相通的。尤其对于柏格森、弗洛伊德学说的认同和独特演绎，表达了鲁迅对于文艺与人生关系的综合把握。

正如鲁迅所说，作为哲学家的柏格森和作为科学病理学家的弗洛伊德，两人的学说有很大的不同。但是他们的相通点也是显而易见的：（1）对于生命过程及原动力的重视，主张从生命的深处把握人及其现实世界；（2）都不约而同地把生命欲望的实现导向了文艺创作，从而极大地影响了20世纪文艺美学的发展。

亨利·柏格森（Henri Bergson，1859—1941）被认为是西方生命哲学和直觉主义的主要代表，曾在德国引起过崇拜的热潮，1928年获得诺贝尔文学奖。他的主要著作有《试论意识的直接材料》（1889，英译本改名为《时间与自由意志》）、《物质与记忆》（1896）、《形而上学引论》（1903）、《谈笑》（1900，也译《笑之研究》）、《创化论》（1907）、《心力》（1917）等。从其学术道路来看，他是从对西方传统哲学的怀疑开始的，继而在文艺美学研究领域标新立异，获得了成功。而一个从哲学转向文艺美学的学人，能够获得诺贝尔文学奖，不仅证明了他对文艺美学的独特贡献，而且表现了20世纪对于文学理论和批评的重视。

---

① 鲁迅：《鲁迅译文集》（第3卷），人民文学出版社，1958年，第3—4页。

对于一个批评时代的到来，20 世纪初的中国学界并非无动于衷，而是表现出了很大的敏感性。早在 1914 年 10 月，钱智修就在《东方杂志》上介绍了柏格森。之后五四新文化运动的爆发与发展进一步推动了学界对柏格森的介绍，特别是约翰·杜威（John Dewey，1859—1952）来华讲学（1919.4—1920.7），多次推崇柏格森学说，更起到了推波助澜的作用。1919 年商务印书馆就推出了张东荪译的《创化论》，此后又有张东荪译的《物质与记忆》（1922）、杨正宇译的《形而上学序论》、张闻天译的《笑之研究》、胡国钰译的《心力》、潘梓年译的《时间与自由意志》等著作出版。随着出版界和报刊界的热情评述和宣传，学界对于柏格森的研究也开展起来，发表了许多有价值的文章或专著，如汤敏的《柏格森》、刘延陵的《柏格森变之哲学》、张开元的《柏格森变易之哲学》、陈正谟的《柏格森哲学之批评》、朱谦之的《论柏格森哲学》、冯友兰的《柏格森哲学方法》等。

柏格森的学说在五四时期如此迅速传播并不是偶然的。它一方面应合了当时人性解放、个性独立的时代要求，同时又反过来促进了人的觉醒和发现。尤其是他的"生命冲动"及其创造的观念，给人们提供了一条实现自己生命欲求、超越自我与社会之间障碍的途径。如柏格森在《创化论》中所说生命的意向是通过艺术创造来实现的："他通过一种共鸣将自己纳入这运动中去，也就是说，他凭直觉的努力，打破了空间设置在他和创作对象之间的界限。"① 很多五四时期呐喊突进的文艺家都在这条道路上进行，他们把受压抑的生命意识转化为诗歌和小说，转化为创造的激情和追求，以实现自己的生命价值。

其实，这是一种从生命意识向存在意识的转化。当人们一旦意识到自己生命中欲望和能量受到某种程度的压抑和阻碍，就期望把它们宣泄和释放出来，把内在的聚积变成一种外在的显示，最后确定自己的存在价值。所以对柏格森来说，生命意识的觉醒，也就是对自我存在状态的一种刺激

① 伍蠡甫：《现代西方文论选》，上海译文出版社，1983 年，第 87 页。

和提示。他说:"在某种程度上,我们的存在就是我们的行为,我们在不断地创造自己。愈是对自己的作为加以思考,这种由自我进行的自我创造就愈加完整。"①

这也是柏格森、弗洛伊德,包括厨川白村和鲁迅本人,最后转向文艺的内在缘由之一。因为发现生命内在的能量和价值,并不意味着庆幸;相反,他们会进一步意识到生命中更多的压抑、阻碍和痛苦,更加体验到人生的苦闷和虚无。正是因为如此,他们必然要为生命找寻出路,用一种新的生活方式或者"活法"来肯定自己的存在。

这就是文学创造——因为唯有它能够超越现实生活的一切障碍,实现一种完整的、活生生的生命创造,以满足和实现艺术家内在所有的愿望。对此我们不妨引用《苦闷的象征》中的一段论述:"我们的生命,本是在天地万象间的普遍的生命。但如这生命的力含在一个人中,经了其'人'而显现的时候,这就成为个性而活跃了。在里面烧着的生命的力成为个性而发挥出来的时候,就是人们为内底要求所催促,想要表现自己的个性的时候,其间就有着真的创造创作的生活,所以也就可以说,自己生命的表现,也就是个性的表现;个性的表现,便是创造的生活了罢。人类的在真的意义上的所谓'活着'的事,换一句话,即所谓'生的欢喜'(joy of life)的事,就在这个性的表现,创造创作的生活里可以寻到。"②

这里所说的"生命的表现"和"个性的表现",就是人的一种存在方式。尽管鲁迅对于生命力本身诸因素的看法与柏格森、弗洛伊德不尽相同,但是对于生命冲破外在的束缚和压迫而实现自己有着共通的感触。换句话说,鲁迅的文学选择,其实也是一种生命意识转换为存在方式的选择。文学是其生命意识存在的家园,是自我贡献于社会的唯一实在。这正如他在给朋友的信中所说的:"我自己,是什么也不怕的,生命是我自己的东西,所以我不妨大步走去,向着我自以为可以走去的路。即使前面是深渊,荆棘,狭谷,火坑,都由我自己负责。"

① 伍蠡甫:《现代西方文论选》,上海译文出版社,1983年,第85页。
② 鲁迅:《鲁迅译文集》(第3集),人民文学出版社,1958年,第8页。

　　值得思考的是，在 20 世纪人类思想发展中，当一些文艺家美学家从生命本身出发，去寻找文艺的存在意义和价值的时候，这些探讨人的存在意义的思想家哲学家，最后都不约而同地反求于文艺，在创造和诗意中发现人的本真。

　　然而，鲁迅的选择却是把自己生命投入到社会变革，带有强烈的战斗气息。也就是说，生命化为存在，是在介入到社会生活中实现的，所以文学既不是"为艺术而艺术"的自我表现，也不应是供雅人摩挲的"小摆设"，它是战斗的、抗争的，是个体生命直面人生、对抗社会的展现。而这中间"生的欢喜"一如他在 1925 年岁末写就的《华盖集·题记》所言："……还是站在沙漠上，看看飞沙走石，乐则大笑，悲则大叫，愤则大骂，即使被沙砾打得遍身粗糙，头破血流，而时时抚摩自己的凝血，觉得若有花纹，也未必不及跟着中国的文士们去陪莎士比亚吃黄油面包有趣。"

　　至于文学的战斗性，鲁迅于 1927 年在《无声的中国——二月十六日在香港青年会讲》中做了如此解释："我们不必再去费尽心机，学说古代的死人的话，要说现代的活人的话；不要将文章看作古董，要做容易懂得的白话的文章。然而，单是文学革新是不够的，因为腐败思想，能用古文做，也能用白话做。所以后来就有人提倡思想革新。思想革新的结果，是发生社会革新运动。这运动一发生，自然一面就发生反动，于是便酿成战斗。"

　　正是在这次讲演中，鲁迅提出了"有声"和"无声"的问题，所谓"有声"就是"将自己的真心的话发表出来"，这也就是文学存在的价值所在。"有声"和"无声"不仅是现代中国人"生"或"死"的问题，也是用文学的存在对抗空虚、寂寞和老化世界的意义所在。

　　无疑，鲁迅"介入生活"的文学思想深刻影响了 20 世纪中国文艺理论的发展，但是人们对这一观念的理解却存在着歧义。有些人仅仅从社会功利目的出发去理解鲁迅，就很容易得出功利化的文学结论，从而忽视了个体生命选择在鲁迅思想中的意义。而正是这种不妥协的个人选择，决定了鲁迅文学观念的战斗性，因为他在把自己的生命情怀转化成一种存在价值的时候，就不能不在各种各样社会旧势力和旧氛围中"杀出一条生存的血路"。因为唯独这样，艺术家的存在才是真实的、具体的，才能够感染人、感动人，否则只有退让，被吞没在历史和社会的网罗之中，成为无声无息的"不存在"。

就此来说，鲁迅和让-保尔·萨特（Jean-Paul Sartre，1905—1980）的存在主义文学观有相通之处。萨特在《为何写作?》一文中，首先就面对着这样一个难题："艺术是一种逃避还是一种征服。"为了回答这个难题，他从存在是一种"展示"的观念出发，论述了文学不可逃避的社会使命，最后他得出了如此结论："因此，不管你是怎样接近文学的，也不管你有什么样的见解，文学把你投进了战斗。写作是某种要求自由的方式；一旦你开始了，你就给卷入了，不管你愿意不愿意。"①

"文学把你投进了战斗"——这也许是对鲁迅文学选择的另外一种说明。而也只有鲁迅的话能够为这句话作最好的注释："生在有阶级的社会里而要做超阶级的作家，生在战斗的时代而要离开战斗而独立，生在现实而要做给与将来的作品，这样的人，实在也是一个心造的幻影，在现实世界上是没有的。要做这样的人，恰如用自己的手拔着头发，要离开地球一样，他离不开，焦躁着，然而并非因为有人摇了摇头，使他不敢拔了的缘故。"值得一提的是，1928 年鲁迅曾用相同的比喻讽刺过所谓超时代的"革命文学家"，而这一次他把它送给了当时的"第三种人"。

其实，鲁迅和萨特存在意识的最明显相通之处，就在于强调文学的实践性和参与性。萨特曾在《存在主义是一种人道主义》中一再强调，存在就是人把自己投向未来，就是行动，就是创造。如果笛卡尔的格言是"我思故我在"的话，那么萨特的格言就是"我行动故我在"。所以他非常欣赏庞杰（Ponge）的一句话——"人是人的未来"，也就是说人的未来取决于人的选择和行动。"决定我们存在的是我们自己。"为此，他还对存在主义美学作了以下说明：

---

① 伍蠡甫：《西方现代文论选》，上海译文出版社，1983 年，第 213—214 页。

你会看出它不能被视为一种无作为论的哲学，因为它是用行动说明人的性质的；它也不是一种对人类的悲观主义描绘，因为它把人类的命运交在他自己手里。所以没有一种学说比它更乐观的。它也不是向人类的行动泼冷水，因为它告诉人除采取行动外没有任何希望，而唯一容许人有生活的就是靠行动。所以在这个水准上，我们所考虑的是一种行动的和自我承担的伦理学。① （着重号为引者所加）

我认为，这也是理解鲁迅文学存在意识的一把钥匙。鲁迅投入文学创作，本身就是一种行动，文学的存在价值就是在这种行动中显示出来的。他在一次谈到对尼采式的"超人"太觉渺茫时曾说到"愿中国青年要摆脱冷气，只是向上走，不必听自暴自弃者流的话。能做事的做事，能发声的发声。有一分热，发一分光，就令萤火一般，也可以在黑暗里发一点光，不必等候炬火。"②

这段话写于 1919 年，那年萨特才 14 岁。萨特确实接触过中国，那是 1955 年，曾来华访问 45 天。但他是否读过鲁迅著作，是否听说过鲁迅曾拒绝过诺贝尔文学奖提名的传闻，现在还没有确实的资料可以证明。而萨特确实于 1964 年获得诺贝尔文学奖，但是他宣布拒绝接受。而就在年底的一次文学辩论中，他还声称文学是为斗争服务的，作家的任务就是运用各种文学形式来表达自己的哲学思想和个人感受。

萨特和鲁迅一样，存在的意义和选择并不限于文学，但是他们确实都忠诚于文学。

四、独创精神——关于文学思维方式的变革

对文学来说，20 世纪是一个标新立异的时代。这一现象产生的原因及

---

① 秦天、玲子编：《萨特文集》（第 3 集），中国检察出版社，1995 年，第 270 页。
② 鲁迅：《热风·随感录四十一》，《新青年》1919 年第 6 卷第 1 号。

其后果是复杂多样的，但是最基本的动因是对传统思维方式的怀疑和个人独创意识的增强。当然，它也在世界范围内促进了各种思想文化的相互取鉴和交流，共同造就了一个突破各种文化界限的世界文学时代。

鲁迅无疑很早就从西方文学中感受到了这种气息。在《摩罗诗力说》（1907）的篇首，他就引用了尼采的话："求古源尽者将求方来之泉，将求新源。嗟我昆弟，新生之作，新泉之涌于渊深，其非远矣。"在这短短几句话中，"新"出现了三次（如果把"方来"也计算在内的话就四次之多）。在这里，所谓"新源"者，是指外来的新文化资源；"新生之作"是指创新的文学创作；"新泉"则是新的文化传统的产生。它们的共同价值取向是代表将来的"方来之泉。"

这可以看作鲁迅在中西方文艺理论交流中行动的起点。其实，鲁迅与摩罗诗人产生共鸣的根本之点，就在于个人生命意识和艺术精神向传统的旧的思维方式的挑战，能够以"任个人而排众数"的姿态独立于世，敢发新声，敢闯新路。而当时中国的悲哀正是由于缺乏这样的"精神界之战士"，以至于古国古民"呼吸不通于今""仅自语其前此光荣"，结果"反不如新起之邦"。正是通过这种比较，鲁迅提出：

> 意者欲扬宗邦之真大，首在审己，亦必知人，比较既周，爰生自觉。自觉之声发，每响必中于人心，清晰昭明，不同凡响。非然者，口舌一结，众语俱沦，沉默之来，语于前此。盖魂意方梦，何能有言？即震于外缘，强自扬厉，不惟不大，徒增欷耳。故曰国民精神之发扬，与世界识见之广博有所属。

从上下文可以看出，鲁迅在这里至少表达了四层意思：第一，文化及文学的自觉，来自中西文化比较。这也是中国 20 世纪文学变革的基本动因之一。没有这种比较，就没有自我意识的觉醒和逐步建立。第二，文化及文学的自觉，必须根源于和符合于人心的内在欲求，这样才能打动人心，不同凡响。也就是说，独创必须以人心为基本，能够触动人的生命意识。

第三，自觉之声的产生必须打破沉默，必须走出古国古民的传统文化梦幻，否则，再强烈的自我赞美和维护的言辞，也只能是"悲凉之语耳，嘲讽之辞耳"。第四，自觉和创新，必须有世界眼光，必须建立在广泛吸取和借鉴世界各种文化精华基础之上。上述四点，鲁迅几乎一直没有改变过，这实际上构成了他文学独创精神的基本内容。

当然，这种对"新声"的敏感和追求，与鲁迅深受进化论思想的影响大有关系。在 20 世纪的中国，达尔文的进化论尽管几度受到怀疑和批判，但是其深层的发展观念一直都深刻影响着中国人及文化的发展，因为它打破了中国传统的历史循环论，把活生生的生存和竞争危机推到了人们面前，使人们不得不从睡梦中惊醒。可以说，中国现代文学中"人的觉醒"及文学的自觉，就是在这生死攸关的危机意识中产生和成长的。而鲁迅由此在中西文化比较中所触及的，正是人的精神状态和思维方式的巨大差异。他在早期《摩罗诗力说》《文化偏至论》等论文中，就提出了如此的问题。在"生物不能返本"的人类进化中，人们是否还能够以过去既定的思想标准和思维方式为准则，是否还能够按照古代贤人的教导行事——而这在中国似乎已成为千年不变的思想法则。

于是，鲁迅在《狂人日记》中通过狂人之口，提出了对传统的思维方式的根本怀疑："从来如此，便对么？"当然，鲁迅在这里所关注的不仅是社会和人种的进化，更在于人的思想和生命状态，尤其是如何面对人性中怀疑和创新欲望被压抑和摧残的现实。"狂人"也就是在这种境况中被列入"被吃"对象的。因为他生活在"狼子村"，却有"人"的想法，跟别人的想法和行为不同。所以，尽管他并没有犯什么大错，至多不过是"廿年以前，把古久先生的陈年流水簿子，踹了一脚"，但是这就注定了自己的死境。鲁迅由此进一步揭示了一个国家和社会最后失去生命力的根源，那就是不允许有任何个人的和独特的想法，容不得真的人存在。

对此，鲁迅把这一切归于中国的封建礼教，及其背后的中国传统的思维方式。因为它们才是真正从精神上"吃人"的罪魁祸首，所以他不能不对一切"赞叹固有文明"和"热心复古"的言辞感到激愤。他在文章中曾多次发出感慨，在旧的土壤上是生发不出新幼苗的，而外国的新思想、新主义进了中国就变样，甚至"每每发生流弊"，就在于中国人意识中没有共鸣的基础，所以它们没有插足的余地。他甚至这样说："我想，我们中国本不是发生新主义的地方，也没有容纳新主义的处所，即使偶然有些外来思想，也立刻变了颜色，而且许多论者反要以此自豪。我们只要留心译本上的序跋，以及各样对于外国事情的批评议论，便能发现我们和别人的思想中间，的确还隔着几重铁壁。"①

这"铁壁"当然包括在文化和思维方式上的隔绝，尤其是对独创的不同态度。因为在当时中国的文化氛围中，"凡中国人说一句话，做一件事，倘与传统的积习有若干抵触，须一个斤斗便告成功，才有立足的处所，而且被恭维得烙铁一般热。否则免不了标新立异的罪名，不许说话；或者竟成了大逆不道，为天地所不容"。为此，鲁迅对于传统的思想观念和思维方式一直保持着清醒的批判态度，把它看作是"催促新的产生"的前提。1925 年，他在翻译《出了象牙之塔》之后写道："说到中国的改革，第一着自然是扫荡旧物，以造成一个使新生命得能诞生的机运。五四运动，本也是这机运的开端罢。"而在这前不久，他在《论睁了眼看》一文中就指出："没有冲破一切传统思想和手法的闯将，中国是不会有真的新文艺的。"

问题是如何理解鲁迅在这里所说的"一切"。这是否意味着对传统思想和手法的全盘否定呢？显然，不能如此简单地下结论。因为在鲁迅看来，创新首先是一种生命勇气，"必须敢于正视，这才可望敢想，敢说，敢作，敢当"，才能把真实的生命完全表露出来。这里的"一切"实际上指的是传统守旧的思维方式和价值观念，它们从根本上窒息了人的生命意识和独创精神。对此，鲁迅不仅与达尔文、易卜生、托尔斯泰、尼采等"偶像破坏者"深有同感，而且很赞成勃兰兑斯的观点，他指出：

---

① 鲁迅：《热风·五十九"圣武"》，《新青年》1919 年第 6 卷第 5 号。

所以勃兰兑斯叹丹麦文学的衰微时，曾经说：文学的创作，几乎完全死灭了。人间或社会的无论怎样的问题，都不能提起感兴，或则除在新闻和杂志之外，绝不能惹起一点论争。我们看不见强烈的独创的创作。加以对于获得外国的精神生活的事，现在几乎绝对的不加顾及。于是精神上的"聋"，那结果，就也招致了"哑"来。

——《十九世纪文学主潮》第一卷自序

在这里，鲁迅再一次把"独创"与人们的精神状态联系了起来，认为这样也就导致了在"接受"（聋）和"创造"（哑）两方面的迟钝。

这就是独创贫困的重要原因。按照鲁迅的思路，独创原本就是一种开放的生命，是在广泛吸收多种文化营养基础上的开拓和建设。这里必须有两个基本条件，一是个体生命的觉醒，能够冲破一切传统观念和思维方式的束缚；二是能够广泛地吸取和吸收，因为"没有拿来的，人不能自成为新人；没有拿来的，文艺不能自成为新文艺"。

其实，艺术原本是没有新旧之分的。王国维在 20 世纪初就表达过这种观点。他和鲁迅一样，都是在发现中西审美观念中很多相通之处后，才有这种感触的。鲁迅对此并非没有会心之处。然而鲁迅对中国的传统观念和思维方式有着更深刻的不信任感，对于世界新潮有着更多的趋同意识。因为在他看来，"现在的新文艺是外来的新兴的潮流，本不是古国的一般人所能轻易了解的，尤其是在这特别的中国"，所以"我们的文化落后，无可讳言，创作力当然也不及洋鬼子，作品的比较的薄弱，是势所必至的，而且又不能不时时取决于外国"，从而要"注重翻译，以作借镜，其实也就是催进和鼓励着创作"。他还表达过如此的思考：

一切事物，虽说以独创为贵，但中国既然是在世界上的一国，则受点别国的影响，即自然难免，似乎倒也无须如此娇嫩，因而脸红。单就文艺而言，我们实在还知道得太少，吸收得太少。

　　由此我们也可以理解，鲁迅为什么首先强调文艺要写出"真的人"，发出"真的声音"，为什么鲁迅要不遗余力地抨击复古守旧，大力提倡新文艺和新思潮。因为独创是一种更难得的艺术成果，特别以一种世界文学的眼光来看，一个艺术家不仅首先是一个"真的人"，而且"必须博采众家，取其所长，这才后来能够独立"。①

　　由此看来，鲁迅对于独创是很清醒的。这种清醒来源于他对世界文化的广泛了解。他很少用"独创"来评价文艺理论学说或文学创作，除非是他非常钟爱的，例如他认为厨川白村是"很有独创力的"，对于文艺"多有独到的见地和深切的会心"。至于对自己五四时期写作的《狂人日记》《孔乙己》《药》等作品，鲁迅也只引用别人的一句评语："表现的深切和格式的特别。"然而，尽管如此，鲁迅已经为中国 20 世纪文学中的独特精神注入了自己的生命，用自己的理论与创作奠定了思想基础。

　　综上所述，我们从 20 世纪世界文学的大背景中，重新探讨和认识了鲁迅文学观的形成。无疑，鲁迅的文艺思想对于中国 20 世纪文艺理论的发展，具有不可替代的意义。尤其对于这一世纪以来文艺观念和理论思维方式的变革来说，鲁迅的这些文学意识一直不断得到修正和受到歪曲，也一直不断获得发展和丰富，已经成了中国现代文学的基本精神和关键话语。而尤其值得注意的是，这些基本精神和关键话语原本是和中西方文艺理论的交流紧密相关的，它们的意味和意义就来自这种交流的碰撞和延伸之中，这是它们的生命之源流。而一旦它们失去了这个源流，它们的意味和意义的存在基础也就失去了，它们也就不再是联结中西文化及文艺理论学说的桥梁和通道，而有可能被片面地引用和误读，转变成隔绝交流的障碍和鸿沟。

----

① 鲁迅:《鲁迅书信集》，上海人民出版社，1973 年，第 398 页。

第五章

道所言者一也，而用之者异

——庞德与中国文化的共鸣

很多文学研究者都指出，中国 20 世纪文学在一段很长时期内，受日本和俄国文学的影响最大，其主要原因是社会情景相近和人的心理需求有更多相通之处。然而，从文化交流的终极发祥地而言，中西文化之间的冲突与对话则是其纵深的背景。就此而言，日本和俄国从某种程度上来说，只是中国文化及文学与西方文化及文学交流、对话的桥梁和中介。当然，这种桥梁和中介的作用是显而易见的，因为其中已包含了其民族文化的遴选和参与，直接影响了中国的选择。这也在某种程度上决定了中西方文化及文艺理论交流的间歇性和戏剧性。而在这种富有节奏感的文化交流中，一些西方文艺家与中国文化及文艺理论结下了难分难解的缘分。庞德（Ezra Pound，1885—1972）就是一个突出的个案。

一、庞德与中国文化的因缘

庞德早年是美国"意象派"诗歌运动的中心人物，很早就受到中国文化及文学的影响。然而，庞德与中国文化之间的关系，却是很多年之后才开始引起注意的。这主要是他长篇组诗《诗章》（*Cantos*）的创作所引起的。《诗章》创作于 1915 年，直到 1972 年诗人去世前才算完成，共有 100 多首诗，内容涉及诗人生平及政治、经济、文化等多方面，而其中最引人注目的是对中国古代社会状态的表现，庞德甚至还直接插入了中国的汉字，因此显得非常独特，引起了诗界和文学界广泛的好奇和争议。

然而，也许因为《诗章》中的中国因素太明显了，而且庞德的这一创新之举直到 1939 年之后才出现在《诗章》之中，以至于人们忽略了庞德在此之前所受的中国文学影响。有的学者甚至认为在这之前庞德并没有受到多大的影响，至少对于他的诗歌创作和主张而言如此。

这当然是不确定的。据对庞德早期创作进行过细致研究的路易丝·玛德斯（Louis L. Martz）介绍，为了找到适合表达自己情思的方式，庞德曾进行过艰苦多样的探索。而这种探索也是他不断借鉴他人而又不断摆脱旧的创作窠臼的过程。最后庞德意识到，真正的艺术觉醒，首先需要我们对过去进行清理和继承，我们还必须学习其他民族在相同情景下的成功做法，我们要思考他们是如何成功的。而这一步就是庞德所言的"准备调色板"（the preparation of the palette），也就是说，我们必须在美国新诗之外的外国文学中找到"纯净的色彩"，这才可能创作出真正的世界的诗。

正是在这种情况下，庞德接触到了中国文学。玛德斯写道：

这一年，也就是 1912 年，庞德感到自己的调色板就要准备就绪。这年他给海瑞德·莫若（Harriet Monroe）的新杂志寄去了题为"尾声"（Epilogue）的诗作，这是他献给美国中世纪诗歌的演绎，是想通过对欧洲的借鉴来丰富自己祖国的文学。这时也许他还不知道还有一种"纯净的颜色"（pure color），可能是其中最重要的颜色，在等待着他去接受。这是一种对他诗歌创作的未来发展不可缺少的色素，尤其对他《诗章》创作的结构、延展和意义来说更是如此。而这份礼物正是在下一年，在一种意想不到的情况下到来了。

1913 年，欧内斯特·芬诺洛萨夫人，由于一种灵感和直觉的触动，在阅读庞德的诗时发现，庞德是一个能理解她死去的丈夫①研究成果的人——这些成果来自其对于中国诗歌和日本戏剧的研究。于是，她把这些研究成果和资料给了庞德，希望这位诗人能够受益。正是在这些资料中，庞德发现了他对诗最深刻的需求得到了满足。这是另外一个国度，另外一个王国，另外一个不同于斯文本恩世界（Swinburne land），但同样充满智慧的天地。这里曾是古国，拥有过的文明，都完好地存活在一种现实主义诗歌中，用伤感和死亡意识抚摸着，但是又从来未被忧伤征服过。这里是活生生的诗，有细致的描写，还有和人类的爱相糅合的自然的爱。而最重要的是，这些材料对他来说，正是自由地再造他自己创作技巧的内在楷模。

可以说，庞德一下子就被中国古代诗歌的魅力所迷住了，他感到自己真正找到了艺术女神缪斯的馈赠，这使他长期的准备和探索得到了满意的回报，由此他找到了诗情诗艺的交汇点。对此，1915 年 2 月，庞德写下了如此感想："上个世纪是重新发现中世纪的世纪，而这个世纪也许是在中国重新发现希腊文化魅力的时代……毫无疑问，当我们对中国有足够了解的时候，就会发现中国诗歌中有纯净的颜色。确实，这种完美倩影已经通过翻译之手显现出来了。"

这也许可以归纳于一种文学上的缘分。但是绝不能低估庞德内在文学需求的作用。因为偶尔得之的东西往往潜藏着长期等待的心理契机。庞德生于美国的爱达华州，但是从 3 岁起就在宾夕法尼亚乡村长大，从小就显示出一种与众不同的性格。他 12 岁开始旅行，去过欧洲许多地方，以满足自己罗马史诗中奥德赛（Odyssey）式冒险旅行的好奇心。也许正是这种不安定性情的驱动，导致他后来放弃了专业的学者研究的道路，走向了诗歌创作。

正如以后诗中所表现的，所谓"奥德赛情结"一直驱动着庞德的文学

---

① 欧内斯特·芬诺洛萨（Ernest Fenollosa, 1853—1908），美国东方学家。

经历，促使他不断越过文化的疆界，在新的多种文化情景中寻求文学上的突破。按照研究家艾维·荷斯（Eva Hesse）的说法，庞德在其《诗章》的创作中表现出了两次突破。第一次是他突破了西方文明和文化氛围及其思想方式，以一种新的方式写诗。这次突破使他开始走向了东方。这也意味着庞德穿越了欧洲的历史观念和理性传统，从相对的另一个极点回归于西方文化的最初状态。不过，这一次走向东方和亚洲，仍然在某种程度上受到西方思想逻辑的束缚，仍然从某种对抗的观念出发，认为中国只是西方文化的一种互补因素。而庞德自称这是把佛教和道教合二为一的结果，是为了解决西方文化普遍存在的问题。

庞德的第二次突破则是针对人类文明理念本身，而不仅仅针对西方文化和文明。这一次他转向了自然，也就是人类最有希望的自我纯净和更新的文化资源。由此我们可以看到，庞德对于人类更新自我的目的并没有改变，他转向了中国的儒家学说，但是又超越了儒家学说的精神理念。正因为如此，庞德的"更新"（Renewal）并非新儒家的思想理念。

显然，庞德的每一次突破都意味着他对东方文化的再一次吸收和进一步理解。在这个过程中，中国文化及文学起到了重要作用。

值得进一步探讨的是，庞德对中国文化的吸取和借鉴，不仅表现在政治和道德理想方面，而且对他的审美趣味和表达方式也有着深刻影响。其实，庞德最早所接触到的中国文化及文学并不只是儒家学说，而且还包括《楚辞》等。而屈原及其作品曾深深打动过他的心，对他的艺术个性触动很大。应该说，就中国文化传统而言，屈原是完全不同于孔子的另一类文人。尤其在艺术趣味和人格倾向方面来说，屈原是一个性格鲜明的性情中人。作为一个被放逐的流离诗人，屈原把自己全部的思想感情和人生体验投入到创作中，并且在陌生的巫文化形态中找到了自己的表达方式，由此形成了独特的、富有个人生命色彩的审美风格和意境。《离骚》的创作，不仅奠定了屈原在中国文学史上独特的美学地位，也开创了中国个人化创作的艺术传统。

由此，屈原历来受到一些具有反叛性的中国作家的赞赏，也就不难理解了。而到了 20 世纪之后，西方文化中人道主义和个性解放思想的广泛传播，推动了现代文学运动的展开，人们开始重新评估历史的文学传统，屈原的文学成就和地位也得到了重新认定。而一些现代诗人在这方面也许更有心灵上的沟通，能够获得更多的心灵感应。现代诗人孙大雨就是其中突出的一位，他的《屈原诗选英译》① 是继中国教育家林文庆所译 *The Li Sao：An Elegy on Encountering Sorrows*（上海商务印书馆，1929 年）、杨宪益夫妇的 *Li Sao and Other Poems of Chü Yüan*（北京外文出版社，1953 年）之后第三部英文屈原作品集。而与众不同之处在于，孙大雨的英译包含着自我的生命体验和对诗艺独特的审美品味，我们从中可以感受到生命与艺术的共鸣。在对屈原的评价中，他不同意外国汉学家丹尼斯（Denis Sinor）和理雅各（James Legge）的看法。在后二者看来，屈原的《离骚》与荷马的《伊里亚特》、弥尔顿的《失乐园》相比，只能是平庸之作；相反，他认为屈原在世界诗坛上也是"第一流诗人"。他认为，"如果按时间顺序排列：荷马（公元前 9—前 8 世纪，古希腊游吟盲诗人）、埃斯库罗斯（公元前 525？—前 456，古希腊三大悲剧诗人之一）、屈原、维吉尔（公元前 70—前 19，古罗马诗人）、但丁（1265—1321，意大利诗人）、莎士比亚、弥尔顿（1608—1674，英国诗人）和歌德（1749—1832，德国诗人）。屈原名列第四位，但是就诗歌的内在神韵来看，决不在任何人之下"。②

他还如此评价《离骚》：

在中国诗歌史中没有任何篇章可以与之匹敌，我相信，通览全世界的诗歌作品同样也难以找到一首颂歌或抒情诗在气魄上、情操上、思维活动的紧凑和密集程度上，在想象力飞翔的恢宏幅度以及磅礴的感情气势上，能与之相比拟的。为了实施有利于民众的仁政，他作出

---

① 孙大雨：《屈原诗选英译——Selected Poems of Chü Yuan》，上海外语教育出版社，1996 年。

② 孙大雨：《屈原诗选英译——Selected Poems of Chü Yuan》，上海外语教育出版社，1996 年，第 651—652 页。

了不停的思考和专心致志的追求。他忍受了深切的悲伤和经历了折磨人的苦难，也提出了谴责。为列举或比拟他提及的大量历史事迹，想象力扫描所及的博大的范围以及精心描绘的各种形象，按不同种类的悦目、芬芳的花卉和吉祥的鸟类各自的属性为准引发出来的美丽的象征性笔法；绚丽的词藻配上诗歌格律显得格外活跃而毫不刻板，流畅、丰富的词汇巧妙地掺和了一些楚国的方言土语，最后是他所采用的灵活又开合自如的格律形式以及随之而来的韵律和节奏上的回味无穷；屈原作诗的各种独特的手法犹如一股股金光闪闪的火苗，诗人如神之笔挥洒之际，各股火苗终于聚集一体，燃烧成一柱光焰炽烈的火炬——这就是《离骚》。就诗篇的题目而言，其内容正是名副其实。这是一座充斥着各种令人悲哀的事物、名称、思想和联想的大迷宫，诗篇全长三百七十五行，而读来却显得特别长。由于其高度紧凑的氛围，迷宫里的曲线显得格外头绪纷繁，回转令人目旋；其核心部分似乎更深邃、含蓄。对于诗歌所表达的深切悲哀和折磨人的苦难，如果我们静心凝神地加以思考，其结果仍将回归到实施仁政以及楚国和周朝天下所面临的灾难的题目之上。所以，作为现代的读者，我们应该意识到诗人献给人类的这部永远是最伟大的诗章的全部涵义。①

我之所以引用如此长的段落，是因为这是至今我所读到的对屈原最热情洋溢的评价。孙大雨先生还认为，一些西方学者之所以无法深入探讨和欣赏《离骚》，除了可能的文化偏见外，最主要的原因还在于语言障碍，因为"迄今没有优质的外文翻译版本，缺乏全面、深刻的介绍，以使西方人能对诗人的理想、人格，他的思想感情，他的历史和政治背景，他使用的文字典故以及精妙的诗意加以辨别，有所了解"。——这也许是孙大雨先生自己晚年全力以赴翻译屈原的原因之一。

然而，要意识到屈原作品的"全部涵义"，并非仅仅是介绍和翻译方

---

① 孙大雨：《屈原诗选英译——Selected Poems of Chü Yuan》，上海外语教育出版社，1996年，第622—623页。

面，还有重要的一方面就是西方接受者自身的阅读视野和精神期待。就此来说，庞德无疑是发现和引展这种"涵义"的重要的现代读者之一。不过，这位现代读者的发现和引展，并不是建立在学究式的解读基础上的，而更明显地表现出一种生命状态和审美趣味方面的碰撞和共鸣，从中生发出了一种新的诗学精神。

我想，庞德早期就形成的"奥德赛情结"在此与屈原相遇，产生了一种奇妙的结合。可以说，奥德赛的好奇冒险与屈原的流离哀怨共同造就了庞德后来的创作心理状态。《离骚》迎合了庞德对本土社会不满和不信任的情绪，特别在"被放逐"的游离心态方面，有强烈的共鸣。因为从某种程度上可以说，庞德也是一个自觉"被放逐"的诗人，只不过他们生活在不同的国度和时代罢了。T. S. 艾略特就曾这样评价过他：

> 他似乎永远只是一个临时借宿者。这种现象不仅仅起因于他那旺盛的精力——这里很难把这种精力与烦躁不安区分开，每个房间，甚至一间大的，对他似乎都嫌太小了——还因为他对逐渐适应任何环境都有一种抵制力量。在美国，他很可能总是拿出即将出国的样子；在伦敦，他则总是摆出就要跨越英吉利海峡的姿态。一个人离开自己的祖国，如此长期地生活在异国他乡，而且好像不打算在任何其他地方定居下来，这样的人，我从来还不知道哪个国家何曾有过。①

所以，有理由把这位诗人称为行吟诗人，而他自己也许更喜欢"流离诗人"这个名称，因为他不仅于 1915 年发表了自己的中国译诗《中国》（*Cathay*），而且后来还办了自己的小杂志《流亡者》（*The Exile*）。他写下了《仿屈原》这样的诗作："我要走入林中，/戴紫藤花冠的众神漫步的林中，/在银粼粼的蓝色河水旁，/其他的神祇驾驶着象牙制成的车辆。/那里，许多少女走了出来，/为我的朋友豹采摘葡萄。/这些豹可是拉车

---

① ［美］J. 兰德：《庞德》，潘炳信译，中国社会科学出版社，1992 年，第 97—98 页。

的豹。"

二、意象派与中国古典诗歌

意象派（Imagism），又称意象主义，是 20 世纪初产生于欧美的一个诗歌派别。尽管这一流派源流曲折复杂，存在着各种不同的艺术倾向和观点，后人给予的评价也多有异见，但是它对其后文学发展的影响是显而易见的。因为这一流派的产生实际上引导了一场深刻的文学变革运动，而其中的重要人物，如庞德、希尔达·杜利特尔（Hilda Doolittle，1886—1961，笔名 H. D.）、约翰·各尔特·弗莱契（John Gould Fletcher，1886—1950）、爱米·罗威尔（Amy Lowell，1874—1925）、理杰德·奥尔丁顿（Richard Aldington，1892—1962）、F. S. 费林特（Ferring，1885—1960）、D. H. 劳伦斯（D. H. Lawrence，1885—1930）、戈迪埃·布尔泽斯卡（Gaudier-Brze-ska，1891—1915），以及与这个运动有密切关联的叶芝（William Butler Yeats，1865—1939）、艾略特（T. S. Eliot，1888—1965）、詹姆斯·乔伊斯（James Joyce，1882—1941）等人，都在文学史上刻下了自己的名字。当然，这一流派之所以对 20 世纪的世界文学影响深远，还在于它不仅是欧美两个大陆的文学家互相交流和合作中形成的，而且它的理论和实践突破了中西方文学的界限，表现出一种融合多种文化素养的世界性文学品质。

在这种文化及文学因素的融合中，中国古典诗歌及其美学观念的传播意义最为明显。甚至可以说，假如意象派在欧美文学史上承前启后，一举打破了诗歌创作不景气局面的话，那么中国古诗的现代传播则是柳暗花明，给英美诗坛拨开了一种新的境界。对此，一些中外文艺家和研究家都已有所论述。其中郑树森先生的《俳句、中国诗与庞德》和赵毅衡先生的《意象派与中国古典诗歌》很引人注目。赵毅衡先生指出："东方诗歌（中国古典诗歌、日本古典诗歌）对意象派起了很大影响。日本文学界对意象主义及其日本渊源作了很多研究工作，而对意象派所受的中国诗歌影响我们至今没有加以研究。实际上，意象派受中国古典诗歌之惠远比受之于日本诗歌更为重要。"①

事实也确实如此。就从意象派产生的过程来看，中国诗歌及其艺术趣味，无疑是一个关键因素。其实，就"意象"这个词语来说，原本是美国诗人托·厄·休姆（1883—1917）提出的，尽管他后来还写了《意象主义史》（1915）一文，其为创立意象主义所起的作用却并不被人们所看重。而休姆最引人注目的地方，也许是对柏格森生命哲学的推崇，由此他对西方的一些传统文学观念提出了怀疑。他甚至声称自己"不尊重传统""带有强烈个人偏见的趣味"。

他还特别欣赏绘画中的印象主义，并把意象看作诗歌创作的中心因素。他说："意象诞生于诗歌。它们被用于散文，最终在新闻记者的英语中缓慢地、拖延地死去。现在这个过程非常迅速，以致诗人必须继续不断地创造新的意象，他的真诚程度，可以以他的意象的数量来衡量。"②

这就使得庞德的介入显得更为重要，因为庞德与休姆不同的是，他给意象带来了新的美学意味和观念。而这种新的意味和观念是同他对中国诗歌的发现紧密相连的。甚至可以说，如果休姆及其所创办的诗人俱乐部一些成员当时已经意识到英美诗歌创作时所面临的困境，并试图在意象方面有所突破的话，那么庞德则已经在创作中实现了这种突破，并且赋予了意象以具体生动的诗歌语言和思路。正如有学者所指出的，庞德的论诗译作《中国》不仅使人们真实感受到了意象的艺术魅力，而且打开了一个新的艺术想象天地，是对英美文学最持久的贡献。

实际上，庞德的创作引发了欧美文坛对中国文学艺术的浓厚兴趣，开始了翻译和学习中国文学作品的热潮。这种情景在意象派诗人中尤为突出。例如女诗人爱米·罗威尔一直致力于中国古典诗歌的翻译，1920 年出版了她与人合译的《松花笺》（Fir-Flower Tablets），收了 150 首中国古典

---

① 曹顺庆：《中西比较美学文学论文集》，四川文艺出版社，1985 年，第 195 页。
② ［美］雷内·韦勒克：《现代文学批评史 1750—1950》（第 5 卷），章安琪、杨恒达译，中国人民大学出版社，1991 年，第 219 页。

译诗，产生了很大影响，成为至今仍为评论家们所津津乐道的话题。意象派诗人芬诺罗莎（Ernest Francisco Fenollosa，1853—1908）曾专门论述过中国文字与诗歌创作的关系，他的论文 "The Chinese Written Character as a Medium for Poetry"（《中国文字——作为诗创作的中介》）不仅表达了其对中国文字的艺术理解，而且也为理解庞德及意象派的艺术创作提供了某种背景。

把意象派所制定的"三不规则"与芬诺罗莎所推崇的中国文字的特点相比较，就会很明显看出其中的一致。F. S. 弗林特在其《意象主义》中提出规则是：（1）直接处理"事物"，无论是主观的还是客观的；（2）绝对不使用任何无助于呈现和表达的词；（3）在节奏方面采取音乐性短句形式，而不是按照节拍器来创作。而芬诺罗莎则认为中国文字最适用，因为：（1）中国文字最能够显示和保存事物的真实，由于它是象形的，最接近自然；（2）中国文字不受理性逻辑的约束，具有自主的主动性，因而可以避免很多文字的拖累。——可以看出，这里至少有两条是互相合拍的，至于音乐性问题，则要请教意象派诗人对于诗人内在感情的独特理解了。

其实，这也涉及了对意象的独特发现和理解问题。也许对中国人来说，意象是一个老生常谈的概念，但是对庞德和意象派诗人来说却并非如此。因为在西方文学史上，历来强调的是形象而不是意象，而所谓意象正是对脱离了日常的视觉图像和传统的艺术观念而言的。意象意味着诗人的情感与事物的互相融合和参照，使诗人的运思能够直接通达于形象，呈现于形象，显示一种超越言语界线的具体真实的世界，使物象在与诗人情感碰撞的某一瞬间突然转化成一种新的存在。所以庞德如此解说意象："一个意象是在一刹那时间里呈现出的理智和情感的情结。"他还说："正是这样一个'情结'的呈现同时给予一种突然解放的感觉：那种从时间和空间局限中摆脱出来的自由感觉，那种当我们在阅读伟大的艺术作品时经历到的突然成长的感觉。"

庞德在这里引用了心理学意义上的"情结"（complex）一词，说明他非常强调意象中的情感和心理因素，也就是"意"的独特意味。换句话说，庞德和其他一些意象派诗人之所以迷恋于中国古典诗歌，首先是因为他们在其中发现了"真意"，体验到了一种情感与物象浑然一体、毫无间隔的境界。所以庞德及意象主义诗人并非狂热的形式主义者，他们并非仅仅从中国古典诗歌中借鉴和学习了技巧。对于这一点，韦勒克的评价也许是公正的。他在分析了庞德种种相互并不一致的思想观念后指出："如果非得给庞德按上一种哲学立场的话，那么他便是一个天真的现实主义者，甚至是一个感觉论者，要在他的意象主义中将对具体的、五花八门的感官世界的关心同对人类表达感情的需要的信念结合起来。"韦勒克在这里还引用了两段庞德的话：

> 诗歌是极大感情价值的表达，其余都是烹饪问题，艺术问题。
> 诗歌是一种富于灵感的数学，它不是给予我们抽象数字、三角形、球体等等的方程式，而是给予我们人类情感的方程式。①

由此可见，庞德理解艺术创作的出发点是感情，这也就决定了他对中国诗歌的鉴赏首先是一种内在的触及。在他眼里，中国的象形文字不仅仅是所看到的形象，更是心灵所领会到的意境。

这当然牵涉到了如何重新审视、发现和阐释中国古典文艺美学思想之类的问题。其实，文艺美学和观念的交流原本就不是纯粹理性和观念的交换，而是和人类情感表达的自然要求紧密相连的。人们往往是通过情感之门进入文学艺术之门的，所以触及和领会人类的某种生命和感情状态，始终是打开不同的艺术世界大门的钥匙。

对中国抒情美学传统的重新肯定和阐释就是明显的例子。因为这里实际上隐藏着对西方文艺理论思路的反省和补充。正如西方文论家罗杰·斯克鲁顿（Roger Scruton）在《审美理解》（伦敦，1983 年）所言，西方当代分析性的美学思路，"过多地致力于对艺术本质的关心，而忽略了康德

---

① ［美］雷内·韦勒克：《现代文学批评史 1750—1950》（第 5 卷），章安祺、杨恒达译，中国人民大学出版社，1991 年，第 226 页。

所考虑的更根本的问题，那就是审美趣味（aesthetic interest）的本质和价值"问题。换句话说，西方文艺理论更注重从理性的、哲学的角度研究艺术的本质，而不是它的个体的创造性经验。而正是由于这种考虑，美国文论家高友工（Yu-Kung Kao）有关中国抒情美学的论述得到了学界的广泛认同。根据中国传统文论的思想，他不仅把主体的创造性体验看作是抒情美学的基本资源，而且把内化过程看成是抒情美学的中心问题。① 这显然是对西方文艺美学近年来注重符号化过程的一种补充和反拨。他还在《中国抒情美学》（*Chinese Lyric Aesthetics*）中特别指出："抒情特性，形成于自我与时机的契合，由个人历史的深刻性与丰富性所赋予，并因记忆和想象而持续。抒情特性非同寻常，它拒绝分析性和拆解开来的解释。"为此，他提出了一种与分析性相对的理论构想，即综合性的文学理论，而其核心就是创造性思维和创造性语言问题。② 他这样评价中国古代文学理论第一部纪念碑式的作品《文心雕龙》：

> 刘勰用了两个关键的概念：神思和情文来作为他文学理论的基石。这两个概念从字面上可以被翻译为"全能者思"（the thinking of the omnipotent mind）和"情感语言"（affective language）。但是，我更愿意用"抒情之思"（lyrical mind）和"抒情形式"（lyrical form）这两个概念来表达它们所暗含的最精确的意义。这两个概念简洁地构成了刘勰抒情美学的框架，因为此二者牢固地建立了文学事实中创作行为的中心性地位以及创造性形式的权威。③

很显然，高友工在最后所说的"这两个概念"，已包含着多种含义，

① 乐黛云、陈珏：《北美中国古典文学研究名家十年文选》，江苏人民出版社，1996年，第15页。
② 乐黛云、陈珏：《北美中国古典文学研究名家十年文选》，江苏人民出版社，1996年，第27页。
③ 乐黛云、陈珏：《北美中国古典文学研究名家十年文选》，江苏人民出版社，1996年，第15页。

它们既指刘勰所说的神思和情文，包括高友工所翻译的"全能者的思"和"情感语言"，同时又指他所"愿意"用的"抒情之思"和"抒情形式"。这前后两者并不是相同的，因为后者已包含了高友工的独特理解和发挥。所以，与其说高友工的说法比较含混，不如说这种说法的前后意指表达了一种思维转换过程——刘勰的神思和情文在不知不觉间已从中国传统文艺美学范式转换到了现代文艺美学的表达。

由此可见，多种文化的对照有时会产生一种奇妙的应合。庞德有关意象主义的论述也显示出这一点。他曾如此解释"意象"这一概念：

> 意象可以有两种。意象可以在大脑中升起，意象就是"主观的"。或许外界的因素影响大脑；如果如此，它们被吸收进大脑熔化了，转化了，又以与它们不同的一个意象出现。其次，意象可以是"客观的"。攫住某些外部场景或行为的情感，事实上把意象带进了头脑；而那个旋涡（中心）又去掉枝叶，只剩那些本质的，或主要的、或戏剧性的特点，于是意象仿佛像那外部的原物似的出现了。
>
> 在两种情况中，意象都不仅仅是思想，它是旋涡一般的或集结在一起的熔化了的思想，而且充满了能量。如果它不能满足这些条件，它就不是我称谓的意象。①

这里我们不妨把王国维在《人间词话》中所言的"有我之境""无我之境"与庞德"主观的意象""客观的意象"作对比，也许可以感受到 20 世纪初中西诗学的相通之处：

> 有有我之境，有无我之境。"泪眼问花花不语，乱红飞过秋千去""可堪孤馆闭春寒，杜鹃声里斜阳暮"，有我之境也。"采菊东篱下，悠然见南山"，"寒波澹澹起，白鸟悠悠下"，无我之境也。有我之境，

① ［英］彼德·琼斯：《意象派诗选》，漓江出版社，1986 年，第 44—45 页。

以我观物，故物皆着我之色彩。无我之境，以物观物，故不知何者为我，何者为物。古人为词，写有我之境者为多，然未始不能写无我之境，此在豪杰之士能自树立耳。

三、意象派与中国现代诗论的产生

从对比中可以看出，庞德和王国维都非常关注诗歌创作中"我"与物象的关系，而且在中国古典诗歌的意境中产生了某种共鸣。显然，这并非意味着英美意象派创作就是中国古典诗歌的翻版，他们的艺术观念也绝非对中国传统美学的移植。这不仅由于意象派来源于多种文化和文学资源的吸收和整合，而且出于他们对这些资源的独特理解，把它们纳入了一种创造性的艺术转换过程。

所以，意象派是一个崭新的现代诗歌流派，它所发起的是一场从传统到现代的诗歌创作和理论的转换运动。而在这个过程中，庞德最大的贡献就在于，他不局限于本土本国的文化传统和资源，而是广泛地向外面吸取和扩张，突出了一种跨文化的文艺美学意向。所以，庞德非常推崇"文学世界主义"的态度，这曾给韦勒克留下了深刻印象。韦勒克因此写道："他总是强调世界文学的概念，甚至哀叹美国文学课程在美国学校中犯下的罪行。你倒不如上美国化学课来忽视一切外国的发现，他在这里抹杀了民族性问题以及科学进步与诗歌表现之间的区别。……当他要求有'一个抛开时代、国界的普遍标准——一种世界文学标准'的时候，或当他把英国诗歌史描写成'成功地剽窃法国诗歌的历史'的时候，他采用的是国际性的观点。这种国际主义使庞德强调翻译，强调翻译的历史作用，他还为此写过很多文章，发掘出鲜为人知的伊丽莎白女王时代的译作，或荷马史诗的早期拉丁文译文。"①

---

① ［美］雷内·韦勒克：《现代文学批评史 1750—1950》（第5卷），章安祺、杨恒达译，中国人民大学出版社，1991年，第223页。

值得注意的是，韦勒克对庞德的这种评说在某种程度上适用于对中国新诗尝试者之一胡适的评价，至少可以产生这样的联想。因为胡适在尝试创作新诗过程中，曾表现出与庞德相通的艺术观念。例如他在检讨中国文学的过去和来路时，就对中国文科教育及考试方法进行了抨击，认为它对中国的影响很大，"但是有害的，没有什么价值"。与此同时，他和庞德一样十分看重向外面的文化和文学借鉴和学习。他在论述自己的文学进化观念时，把进化分成四个层次，第四层意义就表现为：

> 文学进化观念的第四层意义：是一种文学有时进化到一个地位，便停住不进步了；直到他与别种文学相接触，有了比较，无形之中受了影响，或是有意地吸取别人的长处，方才再继续有进步。此种例在世界文学史上，真是举不胜举。如英国戏剧在伊里沙白女王的时代本极发达，有蒋生（Ben Jonson）、萧士比亚等的名著；后来英国人崇拜萧士比亚太甚了，被他笼罩一切，故十九世纪的英国诗与小说虽有进步，于戏剧一方面实在没有出色的著作；直到最近三十年中，受了欧洲大陆上新剧的影响，方才有萧伯纳（Bernard Shaw）、高尔华胥（John Galsworthy）等人的名著。这便是一例。①

在这里胡适不仅同样强调学习外国文学的重要性，而且所举的例子也趋同于庞德对英国文学的理解。胡适还认为，中国文学受外国影响虽然过去也不少，并且丰富了中国文学，但是"向来不曾与外国高级文学相接触"，所以更需要向西方文学学习。记得 T. S. 艾略特曾说过，"假如庞德留在美国，也许他倒会成为一名比较文学教授"，而胡适则确实是最早在中国提倡比较文学研究的学者之一。

还有一点也许是巧合，庞德和胡适都对文艺复兴（Renaissance）这一提法感兴趣，共鸣于同一种文化氛围。胡适曾不止一次地申明，中国的五

---

① 姜义华主编：《胡适学术文集·新文学运动》，中华书局，1993 年，第 79 页。

四新文学运动就是中国的文艺复兴，不过后来这个运动有些变质。他多次引经据典论述过欧洲文艺复兴运动的意义，认为中国新文学运动最重要的意义就是"语言文字文体等方面的大解放"和提倡人道主义文学。而庞德曾在文章中写道，他相信美国的文艺复兴必然发生，因为20世纪初的美国文学还远远没有到达文艺复兴的边缘，而美国确实迫切需要这样一个运动，由此美国珍妮特·兰德（Jeannette Lander）在兰德的传记中指出："他不仅一直坚持这个信念，而且付出了巨大精力，为了文艺复兴的早日到来而努力工作着。庞德想在美国创造一种能使艺术繁荣兴旺的气氛。但是他相信，要做到这一点，最好的办法是首先去欧洲接受教育。"①

胡适对中国文艺复兴的期盼也不例外。但是他所认为的"最好的办法"就是向欧美学习，大量翻译和介绍西方文学作品和理论，因为"西洋的文学方法，比我们的文学，实在完备得多，高明得多，不可不取例"，"所以我们说：我们如果真要研究文学的方法，不可不赶紧翻译西洋的文学名著，做我们的模范。"②

而有关中国新诗理论就是在这种情况下发生的。已有学者指出，胡适最早提出的"八不主义"借鉴了意象派的"六原则"，③ 可惜尚未见到更深入的研究。其实，在此之前，1915年胡适就曾提出诗界革命当从"三事"入手：第一，须言之有物；第二，须讲求文法；第三，当用"文之文字"时，不可故意避之。这"三事"无疑和意象派1913年发表"三不原则"颇有相通之处。据胡适在《〈尝试集〉自序》中所述，这三事的"注重之点在言中的'物'，故不问所用的文字是诗的文字还是文的文字"。后来他的观点有所变化，更加强调"二十世纪之活字"和"活文学"。

似乎这一点庞德也心有灵犀，他认为，诗歌必须写得和散文一样出色，它的语言必须是一种优美的语言，除了要极其纯洁之外，"与口语没

---

① ［美］J.兰德：《庞德》，潘炳信译，中国社会科学出版社，1992年，第28页。
② 姜义华主编：《胡适学术文集·新文学运动》，中华书局，1993年，第52—53页。
③ 现代汉诗百年演变课题组：《现代汉诗：反思与求索》，作家出版社，1998年，第47页。

有什么两样",一定不能有书卷气的词语,意义解释或句子倒装。①

　　然而,胡适自己并没有表示过与意象派及其代表人物庞德有什么关系,尽管他的新诗理念是在美国留学时酝酿成熟的,而这一时期意象派正在英美文坛崛起,翻译和学习中国古典诗歌的思潮已形成气候。据胡适自述,民国前后,他也曾是中国古诗的迷恋者,而且也喜欢作诗,后来"颇读了一些西方文学书籍",才有了新的想法。其至胡适和意象派的关系,只有同他一起在美国留学的梅光迪先生有所揭示。当时,梅光迪倾向于传统的古典主义文学,就文字和文学的"死活"问题与胡适颇有争议,他在1916 年写信指责胡适说:"读大作如儿时听莲花落,真所谓革尽古今中外人之命者。足下诚豪健哉!盖今之西洋诗界,若足下之张革命旗者,亦数见不鲜。最著者有所谓 Futurism, Imagism, Free Verse,及各种 Decadent movements in Literature and in Arts。大约皆足下俗话诗之流亚,皆喜以'前无古人后无来者'自豪;皆喜诡立名字,号召徒众,以眩世人之耳目,而己则从中得名士头衔以去焉。……"

　　梅光迪提到了未来主义、意象主义、自由诗,以及各种颓废主义文艺流派。在他看来,这些"今之欧美狂澜横流"的新潮流皆是"不值钱之新潮流"。但是胡适却并不认可自己的文学主张与欧美的文学新潮流有关系。他说自己有时借镜于西洋文学史,也不过举出三四百年前欧洲各国产生"国语的文学"的历史,因为中国今日国语文学的需要很像欧洲当时的情形,我们研究他们的城镇,也许使我们减少一点守旧性,增添一点勇气。

　　这当然成了 20 世纪中西文艺理论交流史上的一个谜。我们无法断定胡适是否真正借鉴过意象派及庞德的理论,或者他有意对此避而不谈。如果是后者,其原因倒是值得探讨的。因为意象主义虽然在当时欧美属文学新潮流,但是他们对于中国传统诗歌的推崇和迷恋不见得有利于白话诗的推广,反而有助于增强一些人的守旧心理。胡适是否对此有所考虑,我们就更难推测了。

---

① ［美］J. 兰德:《庞德》,潘炳信译,中国社会科学出版社,1992 年,第 6 页。

但是即便如此，也未必对胡适的新诗观念毫无益处。欧美诗人对中国古典诗歌的推崇，有助于中国诗人重新发现传统文学中有价值的因素。1919 年 6 月，胡适在给沈尹默的信中就谈到了旧诗词中的意象问题，他如此写道：

> 凡文学最忌用抽象的字（虚的字），最宜用具体的字（实的字），例如说"少年"，不如说"衫青鬓绿"；说"老年"，不如说"白发""霜鬓"；说"女子"，不如说"红巾翠袖"；说"春"，不如说"姹紫嫣红"，"垂柳芳草"；说"秋"，不如说"西风红叶"，"落叶疏林"。……初用时，这种具体的字最能引起一种浓厚实在的意象，如说"垂杨芳草"，便真有一个具体的春景；说"枫叶芦花"，便真有一个具体的秋景。这是古文用这些字眼的理由，是极正当的，极合心理作用的。但是后来的人把这些字眼用得太烂熟了，便成了陈陈相因的套语。成了套语，便不能发生引起具体意象的作用。①

胡适还指出："所以我单说'不用套语'，是不行的。须要从积极一方面着手，说明现在所谓'套语'，本来不过是具体的字，有引起具体的影像的目的。"②

胡适的态度是平实的，有建设性的，并没有忽视中国传统诗歌中原有的艺术资源，他只是从反对陈陈相因方面否定了使用套语。更使我们感兴趣的是，胡适在这里用了"意象"和"影像"两个词语，而且从上下文来看，意思并没有什么分别。于是，我们只能从翻译角度来考虑这个问题了。也就是说，"意象"或"影像"在胡适这里，并不单单只有中国文学的意味，而是已添加了外国文学的意义，尤其是意象派诗论的因素。正是这种艺术意味的折叠，造成了胡适在用词上的前后不一致和犹豫不决。

好在这种犹豫不决很快过去了。同年 10 月，胡适写下了中国 20 世纪

① 姜义华主编：《胡适学术文集·新文学运动》，中华书局，1998 年，第 368—369 页。
② 姜义华主编：《胡适学术文集·新文学运动》，中华书局，1998 年，第 368—369 页。

现代诗论的奠基作《谈新诗——八年来一件大事》，发表于 1919 年 10 月 10 日《星期评论》纪念专号。就在这篇诗论中，胡适把作新诗的方法总结为"影像"的呈现，他说：

> ……那么做一切诗的方法究竟是怎样呢？
>
> 我说，诗须要用具体的做法，不可用抽象的说法。凡是好诗，都是具体的；越偏向具体的，越有诗意诗味。凡是好诗，都能使我们脑子里发生一种——或许多种——明显逼人的影像。这便是诗的具体性。

为此他还列举了一些中国古代诗作为例，说明具体的写法如何重要，而作诗最要不得的就是"抽象的名词""抽象的题目""抽象的材料""抽象的议论"和"抽象的写法"——一句话，正如庞德所说的，"不要沾抽象的边"。

由此，我们似乎可以断定，胡适所看重的"影像"就是意象，它们都来源于一个英文词"Image"。而胡适之所以选中"影像"，除了一般字典都把它作为基本意义的因素外，还考虑到中西文学与文字的差异。也许"意象"一词太中国化了，是中国古典诗学中最基本的范畴之一，而"影像"则更接近于西方"模仿说"的渊源。然而，随着历史文化的演变和交流，这种区别和差异也越来越模糊了，早已跨越了中西文化的界线。反而使得胡适的"处心积虑"显得多此一举。在此只要比较一下他时而用"意象"，时而用"影像"来分析中国古典诗词，就能看出这一点。例如他用"影像"来分析马致远的"枯藤老树昏鸦，小桥流水人家，古道西风瘦马，夕阳西下，断肠人在天涯"的妙处，就显得不那么贴切了。①

当然，这也许是中国的审美习惯所致，以此来责备胡适同样是一种学院式的吹毛求疵。实际上，在中西方文艺理论交流中，"意象"和"影像"

---

① 此处胡适的原话是："这首小曲里有十个影像，连成一串，并作一片萧瑟的空气，这是何等具体的写法！"

已经重合，它们的多层叠影显示了现代诗学新的特点，其意味不仅超越了中西文化的界线，同时也把传统与现代紧密地联结在了一起，在新的境界中包容更多的美学意韵。

　　而正是在这里包含着诗歌创作和理论的现代变革，这对英美文坛也不例外。对《诗章》进行过专门研究的彼得·马肯（Peter Makin）曾指出，直到1908年庞德才意识到，"实现他的文艺复兴必须经历一场艺术革命"；而意象的发现对他恰巧意味着"心智的突然解放，意味着超越时空的意识自由，意味着在一切最伟大艺术作品中所体验到的那种成熟"。[①] 而胡适则在《谈新诗》一文中明确指出：

　　　　文学革命的运动，不论古今中外，大概都是从"文的形式"一方面下手，大概都是先要求语言文字文体等方面的大解放。欧洲三百年前各国国语的文学起来代替拉丁文学时，是语言文字的大解放；十八、十九世纪法国嚣俄、英国华次活（Wordsworth）等人所提倡的文学改革，是诗的语言文字的解放；近几十年来西洋诗界的革命，是语言文字和文体的解放。这一次中国文学的革命运动，也是先要求语言文字和文体的解放。新文学的语言是白话的，新文学的文体是自由的，是不拘格律的。初看起来，这都是"文的形式"一方面的问题，算不得重要。却不知道形式和内容有密切的关系。形式上的束缚，使精神不能自由发展，使良好的内容不能充分表现。若想有一种新内容和新精神，不能不先打破那些束缚精神的枷锁镣铐。因此，中国近年的新诗运动可算得一种"诗体的大解放"。因为有了这一层诗体的解放，所以丰富的材料，精密的观察，高深的理想，复杂的感情，方才能跑到诗里去。[②]

---

① Peter Makin, *Pound's Cantos*, Allen and Unwin, Inc, 1985, pp. 17-30。
② 姜义华主编：《胡适学术文集·新文学运动》，中华书局，1998年，第385—386页。

四、关于中西文艺理论的转换性

从上述的分析可以看出，由于文化和文学相互交流和影响，我们已不可能按照传统的宗谱学（geneology）观念来考察文艺理论的历史。因为以往的历史描述基本上是纵向的，理念上的承传往往是"父亲"与"儿子"的关系，有基本清楚的线索和血缘关系。而到了 20 世纪，这种宗谱学的关系被打破了，因为新的文学理论和观念的产生，不再仅仅是从"父亲"那里继承和发展而来的，而是在广泛吸收外来文化基础上生发的。甚至，这种新的生发可能是对"父亲"的背叛，表现为一种异质和异类的文化现象。用中国当下流行的话语来说，这就是一种反传统的文化行为。

正是基于这一点，美国学者卡诺尼克（Joseph G. Kronick）在《美国诗歌史》（*American Poetics of History*）中为庞德所设的专章是"庞德和历史的可译性"（"Ezra Pound and the Translatability of History"），将其重点放在了庞德的译作上面。这不仅在于庞德最好的创作是他的译诗，而且是出于这样一种新的观念：文学的发展不仅来自某一种主体文化的延续，更来自外来文化和语言的刺激和转化。在这里，我很想把"历史的可译性"理解为"文化的转换性"，因为作者在这里所说的历史并非一种时间的延续，而是一种跨越时空限制的文化现象，包括政治、宗教、艺术和语言。所谓历史的重演也就是类似文化现象的再次呈现。这也正如作者在这一章开首所引庞德的话："翻译作为一种伟大的工作，是使美国更加为人们所了解，并使美国人能够跨越民族界线相互认同。"可以说，历史是时间意义上的文化，而文化则是穿越空间的时间，这两者在艺术发展中原本就是合二为一的。

庞德的创作及其诗学观念就试图实现这样一种跨文化的梦想。因为在他看来，人类所有的历史时代都是相通的，都存在于当下的某一瞬间。尤其对于文学来说，真正的时间是独立的呈现，在那里很多死去的人和我们的子孙生活在同一时代，而我们很多当代人与古代亚伯拉罕保持着密切关系。历史的存在是多元同步的整体，而不是遗传的延续。所以庞德在诗作中经常把多种语言并列起来，并试图用一种意象的方法唤醒读者，使他们从常规的文化情景中解脱出来，进入一种新的艺术世界。这一点启发了T. S. 艾略特有关"传统和个人天才"的思路，但是庞德却显示了比艾略特更宽广的理论胸怀。

庞德之所以把眼光转向了欧洲先前的各种文化遗产，转向了他并不熟悉的中国和日本文化，在于他对多种文化相通性的认同。他认为，没有一种语言和文化对于人类认识自己是足够的，每种语言都有自己所不能或无法表达的地方。但同时他又认为"所有的语言又都是同一的"，所以语言也是在不断地进步和完善过程中。换句话说，历史的可译性就在于发现藏在原创作品中"世界性语言"（Universal Languages）的秘密。显然，这种世界性语言只能在历史和文化的相互交流和转换中实现，而其最基本的工作就是阐释性和创造性的翻译。也正是在这个过程中，美国文学的概念不再建立在仅有数百年历史的传统基础上，而是开始开发人类全部的历史文化资源，包括中国丰富的文艺美学传统。庞德由此也成了美国文学现代性的开拓者，他所认同的真正有价值的文学批评，就是要能够照亮这种世界文学的可译性和转换性。

显然，这种不同文化和文学的可译性和转换性，在不同语境中会显得扑朔迷离，令研究者很难确定和辨析。比如，对于庞德在创作中使用汉字以及他对于中国文字的意象化演绎，就有许多人质疑过，甚至指出一些明显的错误。这无疑是必要的。因为庞德原本不懂中文，但是在诗中竟引用了300多个汉字，并加以种种理解和阐释，难免会脱离原本的意义。然而在此我想借用美国学者评价庞德时用过的一句话："……艺术家在展现自己某种生活时，他的目的并非为了受到赞赏和羡慕，而是为了转换到另一种想象方式和思维能量中去。"

其实，这种扑朔迷离恰恰是现代文艺理论的普遍现象。和传统的文艺理论有所不同，现代文艺理论往往来历不明，无法描述其确定的历史来源。对于这一点，我们在对胡适及中国现代诗论发展的考察中，就不难看出。在"五四"新文学运动中，最引人注目的就是西方文艺思想和理论的中国化转换过程，由此也引发了长期以来的西方化和民族化问题的争论。从刚开始对中国文艺复兴的呼唤，到后来对于所谓"全盘西化"思潮的误解和恐惧，这表明了中国文化现代性转换意识所特有的复杂性和困难性。

也许当年胡适和庞德一样，在白话文运动中所面临的首要问题就是历史的可译性问题，也就是说，欧洲三百多年前的文艺复兴运动能不能在中国重演或重现？为此胡适不得不找出一种历史的相通之处和必然联系。因为唯独这样才能证明白话文及新诗的产生不仅是可能的，而且是必要的。而在这个过程中，西方的文艺复兴及其文学观念就不单单是一种资料和参照，而成为一种可翻译和转换的过程。

所以，所谓"西化"本身就是一种不确切，甚至不适当的表达。因为实践中并不存在这样一种状态，而只有不同文化和历史的转换过程。同样的历史场景和文化需求可能在不同国度和民族中发生，只不过具体情况有所不同罢了。由此胡适对白话文及文学的信心得到了重要的支持，他不断通过考察外国的历史来论证中国文艺复兴的可能性，并用西方的理论观念解释和指导中国的文学实践。值得注意的是，注重和翻译外国文学作品并不始于胡适，但是胡适的翻译一开始就加进了创造的因素，试图进行一种历史转换，使西方的意识感情在中国语境中再次呈现。从《尝试集》中可以看出，他的白话理念和其译诗有密切关系。而从译诗到尝试作白话诗，更是一种从理念到实践的转化过程。例如胡适在 1916 年 8 月 23 日写出第一首白话诗《蝴蝶》之前，就曾译过拜伦的长诗《1916 年 5 月》。1915 年9 月，他作《送梅觐庄往哈佛大学》一诗，用字 420 个，夹杂了 11 个英文人名地名的译音，如牛顿（Newton）、客儿文（Kelvin）、爱迭孙（Edison）、拿破仑（Napoleon）、培根（Bacon）、萧士比（Shakespeare）、爱谋生（Emerson）、霍桑（Hawthorne）、索虏（Thoreau）等，当时被人视为一种怪异的现象而受到挖苦。

当然，文化和理论的转换不是重复。卡诺尼克在评价庞德时已指出了这一点，"这种'历史的可译性'并非过去的还原；不同于重演，还原是一种被设想为某种真迹的毫无疑问的重现"，"而庞德所说的重演，按照其'阐释性翻译'的态度，也许非常接近于所谓演绎的意义"。也可以说，这是一种把各种文化的碎片积聚起来，为现代人创造一种涉及广泛的文学人类学的工作。所以，卡诺尼克宁可选择德里达（Derrida）的"散播"（dissemination）来解释这一现象，而不仅仅局限于艾略特传统与个人的关系的概念。因为在"散播"过程中，所谓"真迹"已不存在完整的面目，只有文化和词语的碎片，而艺术家要积聚这种碎片，然后构成自己独特的历史画面，就如同电视图像中的各个散点集拢一样。庞德的《诗章》就是如此，它集拢了古典主义、中世纪的神秘主义、文艺复兴、新柏拉图主义、社会宪章派、美国神话和中国古典诗歌的意象效果等——它们都说不上完整和原汁原味，但读者必须超越语言的界限去发现其意义。

由此说来，庞德和意象派对中国文学的影响同样是一种散播过程，人们似乎有时很难找到其真实的印迹。胡适就是明显的例子。我们能从他的理论学说中时常感受到意象派的影子，却无法得到确实的印证。其实，胡适的思路确实早已超出了传统的回归或通变的设想，自称为"尝试主义"。而且他还说："我的白话文学论不过是一个假设，这个假设的一部分（小说词曲等）已有历史的证实了；其余一部分（诗）还须等待实地试验的结果。我的白话诗的实地试验，不过是我的实验主义实地试验的结果，我的白话诗的实地试验，不过是我的实验主义的一种应用。所以我的白话诗还没有写得几首，我的诗集已有了名字了，就叫作《尝试集》。"①

无论是"散播"还是"假设"，都起到了一种消解界线的作用，这里所谓中西文化的确切疆界，在艺术家理解力和创造性的作用下，已经变得模糊不清。在后起的文艺理论和观念中，人们再也不能准确地分辨出什么是西方的，什么是中国的了。在这种文化的转换中，庞德及其意象派理论在中国的"散播"并非仅仅表现在胡适的文学理论中，而且与后来象征

---

① 姜义华主编：《胡适学术文集》，中华书局，1997 年，第 214—215 页。

派、现代派文学派别的崛起密切相关。对于这一点，只要把戴望舒的《诗论零札》和意象派的"六项原则"做比对，就会清楚地呈现出来。也许，戴望舒对诗歌文字的体认和庞德有更直接的共鸣，他曾写道："只用某一种文字写来，某一国人读了感到好的诗，实际上不是诗，那最多是文字的魔术。真的诗的好处，并不就是文字的长处。"①

这也许是一种极致的意象观念，正如庞德当年提倡的一样，引起了诗界长久的骚动不安。实际上，尽管胡适曾在留学日记中全文剪贴过意象诗运动的宣言，而且在自己的理论中有所参照，但是未必从诗本体的审美建构方面深入思考过。这也许在某种程度上反映了理论和实践的隔阂。胡适在理论上强调影像和具体性，但是他的诗创作却染上了过多说理的色彩，因而遭到诗坛的批评。与此同时，刘延陵先生曾在 1912 年重点介绍过美国 1912 年前后开始的意象派运动，并把"幻象"（即意象）和胡适的"影像"看作同一的观念，也并没有引起文坛的太大注意，倒是如李金发等人借鉴法国象征主义的诗歌创作，引起了人们对意象观念的进一步关注。这就形成了中西文艺理论转换中的一个奇特现象，当意象派在借鉴中国古典诗歌的审美意象走出了法国象征主义之后，中国的现代诗人则从法国的象征主义审美观念那里，更深一步地接受和理解了英美意象派。

这又是一种扑朔迷离的景象。号称象征主义诗派的戴望舒、施蛰存等人，他们的诗歌理念更多地来自意象主义。也许按照中国传统艺术观念来理解，象征主义本身就是以意象为基础的，它们就像"比"和"兴"一样很难分离。而正是在这种扑朔迷离之中，不同文化和审美因素的"契合"开始发挥自己的作用。

---

① 戴望舒：《戴望舒诗集》，四川人民出版社，1981 年，第 165 页。

第六章

往者与来者相遇

——古典主义与现代中国文学

在 20 世纪中西方文艺理论交流中，时空的转换常常带来意想不到的结果，而在这个过程中，历史的重演（Translatability History）和思想的传播（Transmission of Thought）又时常纠缠在一起，显示出复杂的风貌和轨迹。西方古典主义理论思潮在现代中国文学发展中引起的强烈反响，就特别引人注目。因为这是一种长久的、跨越意识形态纷争的文学理论现象。尽管有时被表面的口号和概念所遮蔽，且传统和现代的论战者经常以己之矛，攻己之盾，但是终究难免露出历史意识陈陈相因的痕迹。往者和来者相遇，经常会表现出尴尬的情景。尤其当人们把目光关注于现代时尚转换的时候，历史和传统的潜在意义往往被忽略了，这也就为传统意识在现代舞台上的登场创造了条件。这种情况原本在中西文学史上同样常见，但是人们并没有在理论上给予充分的注意。因为历史纵坐标上的新旧之争，往往是以中西方文化的相互参照和影响的方式出现的，传统与现代的调整往往表现为东方和西方思想的碰撞和融合，所以来者不明白自己正是到往者去，而往者又忽视了自己正从来者处来。在中国，传统的文学精神常常借西方的话语来言说，而西方的灵魂往往就在中国文化的躯壳里得以复活。

一、从文艺复兴到古典主义

从西方文学史上来看，从文艺复兴到古典主义文学思潮的再次兴起经历了一个漫长的阶段。作为文学观念的演变过程，文艺复兴一向被视为西方打开通向现代之路的历史丰碑，也是西方文艺美学理论和观念发生巨变的转折点。按照胡适的说法，中国 20 世纪文学的变革也类似于一场文艺复兴运动。当然，从整个世界文学背景上看，这只是变革的一个起始，并不意味着一下子就转换到了现代的层面，因为历史注定要经历某种重新认定和反复斟酌后才会认同这种观念。毋庸置疑，20 世纪中国的新文学运动，不仅是在西方现代文艺思潮的感召和影响下发生的，而且在思想和感情的一些基本层面也非常认同文艺复兴。所以恩格斯对文艺复兴的高度评价，一直作为人们认识历史和文学的金言玉语。恩格斯在其《自然辩证法·导言》中的这段言说非常著名："这是一次人类从来没有经历过的最伟大的、进步的变革，是一个需要巨人而且产生了巨人的时代——在思维能力，热情和性格方面，在多才多艺和学识渊博方面的巨人的时代。"他还特别注意到了当时欧洲文化在交流和融合方面的积极作用，不仅"旧的 Orbis ter-rarum"（旧的地域文化界限）被打破了，而且"那时，差不多没有一个著名人物不曾做过长途旅行，不会说四五种语言，不在几个专业上放射出光芒"。至于当时文学家们的开放意识，更是前所未有地无所顾忌，例如但丁就公开表示对本国政治和政府的不信任，认为当时意大利的救星是外国皇帝。

在西方，古典主义（Classicism）原本是一个复杂多义的概念，曾经作为文艺复兴时期摧毁和否定中世纪文化禁锢的思想文化资源总称出现。从其原本意义上讲，它其实是西方优秀文化遗产的代名词，指的是以希腊罗马文化艺术为标准的传统风格和样式，因此被普遍认定为最高和最典雅的艺术风范。但是随着历史的演变，更随着人们对于古希腊罗马艺术认识和理解的多样化，古典主义的含义也越来越复杂了。后来，人们习惯于把崇尚古希腊罗马艺术风格的作品并深受其影响的文艺现象，都不同程度地冠以古典主义。这样，古典主义就不再是一种对确定的文学现象和美学理论的认定，而成为一种对某种理想的文学风格和艺术风格的描述。尽管这样大大扩充了古典主义的含义，但同时给这个名词增添了许多虚幻和想象的色彩。从文艺复兴、新古典主义、启蒙运动，一直到20世纪东西方各种文学运动和思潮的转译和传播，古典主义在不同历史时空中的重演和重现，就显得更加扑朔迷离了。

当然，这里所着重探讨的古典主义，首先指的是17世纪在法国兴起的一种文艺运动和思潮。因为它是继文艺复兴之后，又在很多方面与文艺复兴时期所提倡的文学观念有很多不同的一种文学现象，所以很难给它以确定的历史定位。也许正因为如此，尽管这一文学运动和思潮曾波及整个欧洲大陆，甚至后来对北美也有深刻影响，但是一些文学史对此却用语不详，有的寥寥几笔带过，有的则避而不谈或少谈。美国马尔卫·佩里（Marvin Perry）等学者编著的《西方传统源流》一书，对文艺复兴、启蒙主义和科学主义等思潮进行了评介论述，却略去了对古典主义的评述，取而代之的是对文艺复兴之后宗教文化改革的关注。因为按照一般学者的理解，从法国兴起的17世纪古典主义文学思潮，在文学创作上有悖于文艺复兴时期提倡的人的真实情感和感受，在一定程度上阻碍了艺术表现力的扩展。例如西方著名戏剧研究家阿兰迪斯·尼克勒（Allardyce Nicoll）在其多卷本的《英国戏剧史》（*A History of English Drama*）中就认为，尽管法国古典主义对欧美戏剧创作产生了深远影响，但是它的创作及其原则并没有真正受到人们的欢迎。他在具体分析英国"伪古典主义"（Pseudo-Classic Tragedies）戏剧的具体发展后指出："事实上，即使在古典主义广泛流传之时，它也没有真正抓住过观众的兴趣和吸引力，也从来没有创造出任何光彩照人或者有价值的作品。"①

---

① Allardyce Nicoll, *A History of English Drama*, Cambridge University Press, 1979, p. 96.

这个评价当然有点苛刻了，但是如果注意到古典主义文学思潮中保守和刻板的一面时，就不难接受这种指责了。从历史发展来看，这种保守和刻板不仅是对文艺复兴以来自由和独立发展意识的限制，而且使文学再次成为权力体制的附庸。一些中国学者也早就注意到了这一点，他们认为，作为 17 世纪法国文学主潮的古典主义，是指"17 世纪依附宫廷、按照绝对王权的政治标准和艺术标准进行创作的那些作家所创造出来的文学艺术"，其特点是"在政治上拥护和歌颂王权；在思想上提倡以'自我克制''温和折衷'为主要内容的'理性'，尊重君主专制制度所需要的道德规范；在题材上借用古代的故事，突出宫廷和贵族阶级的生活，并赋予它崇高悲壮的色彩；在文学体裁上，与封建等级观念相适应，划分为高低不同的类别，并严格按照关于各种体裁的人为法则进行创作；在艺术上，要求结构严谨完整，语言简洁明晰"。①

然而，这还不足以说明古典主义与文艺复兴思潮的复杂关系。应该说，古典主义作为一种承上启下的特定文学现象，表现了某种文学思维方式的调整和转换。它一方面不同于中世纪在神学宗教笼罩下的文学，已经摆脱了与现实人生脱节的虚无缥缈境界，从天空回到了大地，具有现实的和肉体的性质；另一方面，它又不单单满足于肉体的纵情享乐，并试图给文学罩上某种高尚和理想的光环，在精神和理性方面有所追求。与文艺复兴有所相通的地方是，古典主义也是一种"人"的文学，并且对现实社会也相当关注，但是这种人已不同于文艺复兴时期所张扬的那种具有活生生的感性世界的个人，即马克思在《1844 年经济学哲学手稿》中所说的："人以一种全面的方式，也就是，作为一个完整的人，占有自己的全部的本质。"因为这也就意味着：

> 人同世界的任何一种人的关系——视觉、听觉、嗅觉、味觉、触觉、思维、直观、感觉、愿望、活动、爱——总之，他的个体的一切

---

① 柳鸣九、郑克鲁、张英伦：《法国文学史》（上册），人民文学出版社，1979 年，第 159 页。

器官，正像在形式上直接是社会的器官的那些器官一样，通过自己的对象性关系，即通过自己同对象的关系而占有对象。对人的现实性的占有，它同对象的关系，是人的现实性的实现，是人的能动和人的受动，因为按人的含义来理解的受动，是人的一种自我享受。

或许这也正是马克思崇尚古希腊罗马文学的原因，因为在"以那种在世界史上划时代的、古典的形式创造出来"的艺术作品中，有对于完整的人的本质的肯定。这也说明，仅仅局限于对古典文学的态度来评价文学现象，往往有其褊狭的地方，关键要考察对于传统文学精神的把握和理解，尤其是对人及其与文学关系的把握和理解。

其实，文艺复兴原本就是对于西方古典文学传统和遗产的一次重新发现和再度张扬。正如恩格斯所言："拜占庭灭亡时抢救出来的手抄本，罗马废墟中发掘出来的古代雕像，在惊讶的西方面前展示了一个新世界——希腊的古代；在它的光辉的形象面前，中世纪的幽灵消失了；意大利出现了前所未见的艺术繁荣，这种艺术繁荣好像是古典古代的反照，以后就再也不曾达到了。"[①] 在这个过程中，即便是文艺复兴时代的先锋人物，也未必就完全摆脱了历史文化和传统意识的影响，他们在摧毁"教会的精神独裁"的同时，也不得不在现实方面有所妥协。例如被称为"人文主义之父"（The father of Humanism）的彼特拉克（Francesco Petrarca，1304—1374）就是如此，他一方面在创作中表现出明显的个性特色，另一方面又声称自己并非西塞罗或者柏拉图主义者，而是一个真正的基督徒。

因此，传统几乎无处不在，即便"中世纪的幽灵"的消失也只是在某一光辉闪耀的时刻。也许胡适对此心领神会，深得西方文艺复兴的其中之味，所以在倡导白话文新文学的时候，从一开始就注重从历史和民间文学中寻找资源；继而又提倡"整理国故"，从来没有放弃过中国本身的文化遗产。

---

① 中共中央马克思恩格斯列宁斯大林著作编译局：《马克思恩格斯选集》（第 3 卷），人民出版社，1972 年，第 445 页。

由此说来，复兴古希腊罗马文化是西方文学发展中不断被提及和强调的主题，不论是在中世纪、文艺复兴时期，还是在后来的启蒙主义和浪漫主义时代，都曾有过不同程度的表现，而文艺复兴所突出的是其个人主义精神。这也就给古典主义这一命题提供了不断重演的机会，因为它在某种程度上代表了历史文化，扮演着传统遗产的角色，由此在西方也引申出了不同氛围中的古典主义、伪古典主义和新古典主义思潮的纷争和演化。

当然，在中国文学史上，我们也可以发现类似的历史轨迹。对于魏晋风骨和唐宋气象的崇尚，曾酝酿过多种文学思潮和流派纷争。对于传统文学经典的重新和解读，则始终贯穿着"我注六经"和"六经注我"的争论。只不过进入 20 世纪之后，这种纷争表现出了不同于以往的特点，其主要表现在：（1）对于古典文学遗产的态度，被引入到了传统与现代的层面上加以认定和讨论，因而出现了前所未有的复杂情况；（2）由于西方文化和美学观念的引进和传播，中国传统文化和古典文学开始失去了过去唯一被模仿和崇尚的地位，开始成为被参照甚至被质疑的对象，而在中国文学内部已滋生出一种"反传统"的倾向；（3）以往的学者总是企图把中国古典文学传统纳入正统的封建意识形态进行认定，通过对古典文化的重新阐释来认定传统文化精神。而 20 世纪后的一些新学者则根据新文化的要求来衡量古典文化的价值，他们相信中国古典文化遗产与现代文化并无矛盾，并试图复活被封建专制体制窒息了的中国传统文化的精魂。

因此，从文艺复兴到古典主义都表达了人类文化史中某种共同的意向。当文学突破传统的界限，伸向更广阔空间的时候，总会寻找时机来弥补失落的环节，完成时间历史的联结。而文学艺术上的突破和创新，就犹如放飞在无垠天空的风筝，不至于迷失坠落的线索总是被捏在传统文化的手中。

西方古典主义思潮的特点还在于，它对于传统文学中的一些规范性的因素很重视，并试图在这个基础上建立新的规范，以此来确定某种新的文学因素的合法性。这也就决定了古典主义具有一种徘徊于传统与创新之间的模棱两可、吞吞吐吐的色彩。它经常表现出两种不同的倾向："一种是力求严格遵守与封建制度相适应的规格标准，另一种却对这些清规戒律并不完全尊重；一种力求迎合宫廷贵族的情调趣味，另一种试图继承某些人民大众的文艺传统；一种坚持以宫廷上流社会的用语为标准，另一种却吸取人民的某些土语、方言和行话；一种强调向古代希腊罗马看齐，另一种认为今人可以创作出堪与古人媲美的作品。"① 所以在 17 世纪法国古典主义文学中，不仅出现了像弗朗索瓦·德·马莱伯（Francois de Malherbe，1555—1628）、法雷（Faret，1596—1646）、夏普兰（Jean Chapelain，1595—1674）、波瓦洛（Nicolas Boileau-despréaux，1636—1711）、彼埃尔·高乃依（Pierre Corneille，1606—1684）等崇尚古典规范的理论家和创作家，而且也有像莫里哀（Molière，1622—1673）、让·拉辛（Jean Racine，1639—1699）等在创作和理论上时常出格、同规范与纪律冲突的文艺家。

　　决定古典主义文学这种状况的最根本因素，是当时文艺家们的生存处境。尽管文艺复兴创造了一种自由独立的氛围，使文艺家们能够从神学和教廷的樊笼中解放出来，但是社会并没有准备好使他们能够独立自由生存的社会条件。这一条件只有在充分商品化的、文学艺术能够直接满足人们精神需要的、面向人们文化需求的现代社会，才能得以实现。因此，文艺家们不得不在绝对神权和绝对王权、传统与创新、纪律与自由的夹缝中求生存，成为被现实的政治势力争夺和利用的对象，时而受到虚情假意的奖赏和厚待，时而被无情地抛弃和嗤之以鼻。因此文艺理论和观念上的小心翼翼和四平八稳，以及不敢越雷池一步的拘泥，也就不难理解了。值得注意的是，这种情景在 20 世纪中国现代文学发展中再次重演，形成了另外一种文学景观。从文艺复兴到古典主义，中国新文学在一种被挤压的历史时空中，再次体验和印证了传统与创新的不可分割性。

---

　　①　柳鸣九：《法国文学史》（上册），人民文学出版社，1979 年，第 169 页。

二、从西方到中国——关于“古今之争”的文化转换

在西方，从文艺复兴到古典主义文学，引发了一种持久的历史论辩——“古今之争”，这也是深刻影响自此以后文艺美学理论发展的最重要命题之一。因为这意味着文艺美学彻底突破了循环论的界说，步上了从传统到现代、从模仿到创新、从拘谨到开放，充满矛盾冲突的不归之路。而历史的难以理解之处在于，文艺复兴时代是以学习和崇尚古希腊罗马文化为己任的，而到了古典主义时期的“古今之争”，则是以厚今薄古、反对古典主义规范和教条为主要趋势的。同样是作为古典文学典范的古希腊罗马文学，在文艺复兴时期是人文主义的基本思想资源，用来颠覆中世纪神学观念和文学规范，但是到了古典主义文学时代，则成为束缚文学的教条观念和规范，不能不受到质疑和冲击。

例如，文艺复兴和人文主义的倡导者彼特拉克、布洛尼（Leonardo Bruni, 1374—1444）等人，都曾力主向古希腊罗马文学学习，认为文学创作必须以这些传统经典为圭臬，但是到了古典主义文学后期，一些学者开始贬损拉丁文和古典文学崇拜，向传统的文学规范和教条发难。这场发生于 17 世纪末法国的“古今之争”文艺论战，后来被发难者之一的夏尔·贝洛（Charles Perrault, 1628—1703）结集为一本《古今之比》（*Parallèle des anciens et des modernes*）。贝洛坚持认为，根据人类精神不断进步的法则，今人不论在物质还是精神方面都可以与古人媲美，而且能够创造出超过古人的艺术作品。

在这里，所谓“古今之争”，也就是新旧之争，传统与现代之争。因为“Modernes”一词就包含“当下”之意，后来又引申为“现代”。值得文学史家注意的是，古典主义后期的这场“古今之争”，不仅波及整个欧美，直接导引了启蒙主义运动的发生，而且贯穿于整个人类的现代化历史进程，在东西方衍生出了不同但是相通的文艺运动。

中国 20 世纪的新文学运动，本身就包含着一场深刻的古今之争和新旧之争。这种争论从新文学运动的酝酿阶段就已经开始。当时在美国留学的胡适等人与梅光迪、吴宓之间，就存在着深刻分歧。胡适和梅光迪表面是为写诗和用词而争，实际上事关文学的创新和守旧，如何看待文学发展中的传统与现代之间的关系问题。由此，梅光迪认为，"今之欧美，狂澜横流，所谓'新潮流''新潮流'者，耳之闻之熟矣"，做文学的人必须"立定脚跟，勿为所摇"，才能有助于文学发展。而胡适则给予反唇相讥，认为"以新潮流为人间最不祥之物，乃真人间之大不祥已"。① 他还以西方文艺复兴以来的文学实绩为例，写下"誓诗"以表达进取之心："……要前空千古，下开百世；收他臭腐，还我神奇！为大中华，造新文学，此业吾曹欲让谁？诗材料，有簇新世界，供我驱驰！"②

在这里我们至少可以认定，所谓文学上的新旧之争并无东西方之分，它们在很大程度上是相通的，而中国现代文艺美学的产生，就充满着多种文化思潮和倾向的矛盾冲突，不仅有文艺复兴以来的人道主义、启蒙主义、浪漫主义、自然主义，以及不断涌现的现代主义思潮的各种因素，而且也承接了古典主义以来的传统思想派别的影响。后来在中国新文学运动中亮相的"学衡派"就直接受到了后者的文化影响，其与 20 世纪初期在美国出现的现代文化保守主义思潮产生了深刻的共鸣和回应。

在美国，20 世纪初期出现的"新人文主义"（New Humanism），就是持续的西方传统古典意识和文化保守主义思潮的产物。相对于尼采式的西方叛逆性的思想变革，至少在 19 世纪末、20 世纪初，法国的法盖（Faguet，1847—1916）、莫拉斯（Charles Maurras，1868—1952）、拉塞尔（Pierre Lasserre，1867—1930）、莫利坦（Jacques Mauritain，1882—1973），英国的马修·阿诺德（Matthew Arnold，1822—1888），美国的伊尔文·白璧德（Irving Babbitt，1865—1933）等人的文学思想，显示了这一趋势。他们除了讨厌尼采式的狂妄与叛逆外，对卢梭也特别反感，视之为现代世界

---

① 姜义华主编：《胡适学术文集》，中华书局，1997 年，第 340、374 页。
② 姜义华主编：《胡适学术文集》，中华书局，1997 年，第 340、374 页。

最大的歹徒。他们一会儿把卢梭说成是狂热的个人主义者，一会儿又说成是专横的社会主义者，其关键就在于卢梭的思维经常不受束缚和突破理性原则，狂热的词藻表现出极端狂乱的激动。所以卢梭如果不是一个江湖医生、一个疯子，那至多是个可怜巴巴的幻想家。对此，法国学院派文学批评家居斯塔夫·朗松（Gustave Lanson，1857—1934）曾为卢梭辩护过。他认为，所谓卢梭的体系实际上是一个有生命的思想，它是在生活条件之中发展起来的，接受氛围中的一切变化和风暴的影响，受制于或者由于人的感情冲动，或者由于环境的激励或阻挠而产生的一切变异和纷扰。他还特别指出：

> 我们应该时刻不忘卢梭是怎样一个人：他是一个情感和想象力丰富的人，是他的幻想和欲念的永恒的玩物，他自尊心强，好享乐，热情，浪漫，追求奇遇，抗拒任何纪律束缚，不会作出牺牲，不适于行动，易于作出努力去放弃什么东西而不易于去争取什么东西，善于通过幻想来享受由于他的惰性而无法真正占有的东西；他是一个天真纯朴，高傲而腼腆，疑神疑鬼，缺乏信任感的人，对他中年以后投身进去的那个上流社会的人也好，礼仪也好，光彩夺目的生活也好，都是既感到高兴又为之痛苦，在那里感到别扭，总是不得舒畅，面对出身于这上流社会的笨蛋们的那种从容不迫的翩翩风度而感到自愧不如。①

这里我们能够再次看到所谓"古今之争"的延续，对于卢梭的不同评价实际上仍然是感情与理性、创造与纪律、个性与传统观念相互冲突和磨合的过程。在 20 世纪的中国也没有大的区别，从郁达夫赤裸裸表现自我的文学主张，到李劼（他的文集现在正在出售）主张个性突破的批评锋芒，卢梭式的充满感情冲动式的文学批评一直活跃在中国文坛上。

而"学衡派"的主导倾向则是与此背道而驰的。代表人物梅光迪、吴

---

① ［美］昂利·拜尔：《方法、批评及文学史——朗松文论选》，徐继曾译，中国社会科学出版社，1992 年，第 449 页。

宓等人在美国留学期间就不喜欢卢梭、尼采及其他新潮文学理论，而追随于阿诺德、白璧德等人的思潮观念。当时的美国文化界正在进行一场有关新旧文化的大讨论，作为白璧德学生的梅光迪和吴宓则表现出了与导师肝胆相照、同舟共济的学术态度。早在 1916 年，梅光迪在对胡适文学革命主张进行谴责时，就有意把胡适列入当时美国的实用主义、意象主义等新潮一派，竭力维护文言与白话的界线和秩序。而吴宓则在 1920 年美国哈佛大学出版了论文集《新与旧》之后，在《留美学生月报》上发表了《中国的新与旧》一文，指责当时的文学革命和新文化运动。可以说，吴宓的观点和语调几乎都源于美国的新人文主义，只不过所针对的对象和场景不同而已。

　　这是一种很奇特的现象。在中国被视为彻头彻尾的守旧保古派，在价值取向和思想渊源方面却来自西方，而且是新旧思潮冲突最激烈的美国。新人文主义在某种程度上就是欧洲古典主义的延伸，它对于美国在 20 世纪初风起云涌的现代文艺思潮及其反叛倾向，表现出了极大的不安和反感。他们害怕美国在这场从传统到现代的文化变革中失去传统的价值标准，丢掉文化的根本。他们更不喜欢当时美国新兴的世俗文化，认为那是一些浅薄、庸俗和离经叛道的东西。所以他们置身于当时活生生的文艺创作实践之外，认为所有的美国现代文学创作都不值一提，没有一首诗、一部戏剧和一部小说可以与古典文学经典相媲美。为此他们被美国一些学者称为"把自己捆在过去的"人，是一批具有"猫头鹰眼睛"的教授学者。

　　白璧德是这方面的代表人物。他试图重新阐释欧洲文艺复兴和人文主义的含义，并突出其中理性、规则和纪律的意义，反对卢梭以及浪漫主义文学精神，求助于一种带有基督教色彩的普遍的、标准的人性价值理念。应该说，白璧德真正关心的并非文学，而是传统道德理念在面临失落危机的年代如何重建的问题。这个问题确实存在，但是他的解决方法却难以让人接受。因为人们不可能继续用外在的神圣教条来约束自己，消除对于新生活的欲求。换句话说，白璧德试图找到某种克制人们内在自然本性的纪律和信条，但是又无法给予它们某种具体实在的人生和文学意义，最终只能又落回到基督教神学和清教传统教条上面。

当然，白璧德和其他大多数新人文主义者一样，也有其积极的意图。他们想建立一种完全脱离宗教，同时超越任何一种超自然力量的新道德，由此他们企图避免可能导致绝望和迷失的与科学主义的冲撞，张扬一种超越人的动物性和盲目性的特殊的存在质量。简而言之，这种人类是自然的一部分，同时又确实不同于自然。然而其结果引起了当时美国的自然主义和文化历史主义两方面的责难。自然主义指责新人文主义者鼓吹超自然主义的人性，得自然之利但不准备付出人的代价；而以艾略特（T. S. Eliot）为代表的历史传统发言人则拒绝新人文主义的所谓以纯粹自然人性为前提的文化选择。艾略特、奥斯丁·华伦（Austin Warren）等学者都指出过，白璧德最大的弱点在于对文艺创作和美学缺乏理解和研究，所以他基本上是一个道学家，总是用道德标准来判断文学。而这种道德，显然又是和过去传统的伦理社会体制和规范紧密相连的，正在被新的社会意识和人性发展状态所抛弃，它同时又受到了美国本地传统和外来思潮的冲击，包括杜威的实证主义、欧洲的马克思主义和弗洛伊德主义。

学术界几乎公认白璧德是一位古典主义批评家，但是他的古典主义却是在 20 世纪不走运的那一种。在这方面，白璧德和艾略特是一种很有趣的比较。前者在学术界一度成为众矢之的，最后竟然被从教的哈佛大学解聘；而后者则成为现代文学批评界的泰斗，获得诺贝尔文学奖。但是，就对古典主义的态度方面，艾略特并非与白璧德没有相通之处。1928 年，艾略特曾在《为了朗斯洛特·安德鲁斯》序中宣称自己不仅是"古典主义者"，而且是"保王党""英国国教徒"。后来他对此虽然有点懊悔，但是始终没有放弃对古典主义标准的偏爱，他不仅接受了对浪漫主义的一般攻击，而且称赞现代古典主义是一种"走向更高、更清晰的'理性'观念的倾向，'理性'对情感的一种更严格更平静的支配"。① 他认为从休姆、马利丹到白璧德，都代表了这种倾向。

---

① ［美］雷内·韦勒克：《现代文学批评史 1750—1950》（第 5 卷），章安祺、杨恒达译，中国人民大学出版社，1991 年，第 287—291 页。

　　然而，与白璧德有所不同的是，艾略特看重历史传统的作用，重视古典主义理性原则，但是也看到了法国古典主义从一开始就显露出的弱点，"它是一种批判，而不是一种创造"，而且批评家的教条总难免与创作产生矛盾。因此作为历史文化批评学派的艾略特能够跨越传统与现代的界限，从古典主义角度去理解和接受像波德莱尔和庞德这样的现代诗人。而更重要的区别也许在于，艾略特对古典主义的理解并不受历史和时代意识的限制，也就是说，它是一种"无时间"的、超越时代的美学存在。这正如他在《传统与个人才能》（1919）中所说的那样，传统"首先包括历史意识……而历史意识包括一种察觉：不仅对过去的过去，而且对过去的现在的察觉。历史意识迫使一个人写作的时候不仅在骨子里想着他自己的一代人，而且还带有一种这样的感觉：自荷马以来的整个欧洲文学，以及在此范围里的他本国的整个文学，都有一种同时的存在，构成了一种同时的秩序。这种历史意识是无时间意识也是有时间意识，而且是无时间和有时间相结合的意识，这便是使一个作家具有传统的那种东西"。因此，艾略特坚持传统，但同时又不反对在坚持传统意义上的发展和独创，因为文学总是"过去应该被现在改变，正像现在受到过去的指导"一样。

　　相反，白璧德从一开始就把自己置身于古与今、新与旧的争斗当中。虽然在批评观念上，白璧德也致力于建立一种人类普遍的标准，但在实践上却是冲着20世纪初的各种文学创新潮流而来的。他试图用传统对抗现代，用古代反对今天，用传统道德和文化的力量来救治现代社会的混乱和危机，这就难免与自己所倡导的新人文主义的"新"产生深刻矛盾。这不仅决定了他在欧美的学术命运，而且也使得他能够与中国的传统思想方式发生某种共鸣。

　　已有许多学者注意到了白璧德对中国新文学运动的深刻影响，特别是他的思想对中国20世纪初新旧之争的影响。但是尚没有充分注意到中国传统文化思想对白璧德文化观念和文学信念的影响。这种影响部分是由追随他的中国学生施于他的。梅光迪和吴宓在美留学期间所表现出的对中国传统文化的深厚感情和造诣，给予老师很大启发，使白璧德成为较早从中国文化中吸取知识养分的西方评论家，他把孔子、佛陀、苏格拉底和耶稣并称为人类文化的四大圣人，至少在传统意义上大大拓宽了西方文化和文学批评的视野。至于白璧德始终坚持文学批评中的道德家立场，似乎也与中国传统美学思想中注重伦理价值观念有相合之处。吴宓就曾指出："孔孟之人本主义，原系吾国道德学术之根本。今取以柏拉图、亚里士多德以下之新学说相比较，融合贯通，撷取精华，再加以西洋历史名儒巨子之所论述，熔铸一炉，以为吾国社会群治之基。如是则国粹不失，欧化亦成。所谓造成新文化，融合东西两大文明之奇功，或可企收。"

可见，中国"五四"新文学时期的"新旧之争"，属于一种世界性的文学现象，其中所表现出的一些文艺美学观念实际上也难以用古今中外来划分，它们实际上已经是古今中外思想之碰撞和融合的结果了。

三、关于梁实秋的新古典主义批评观

在 20 世纪中西方文艺理论交流中，"古今之争"不仅经历了一种文化时空转换，扩展到了新旧之争、东西方文化之争和传统与现代意识之争，而且涉及了对文学的审美价值的更深层的探讨和认识。应该说，1921 年，先后回国的梅光迪、吴宓和胡先骕、刘伯明等人创办《学衡》，借助西方新人文主义理论进行文化和文学批评，只是拉开了这场论争的序幕。《学衡》杂志第 3 期从译载 1920 年白璧德为中国留美学生的一次讲演《中西人文教育谈》开始，突显了自己"古典派"的文学立场。但是这期间占据重要位置的仍然是西方学说，主要是白璧德的思想理论。对此，《学衡》杂志先后译介了白璧德《文学与美国大学》（*Literature and the American College*）、《民主与领袖》（*Democracy and Leadership*）等著作中的重要章节《释人文主义》《论欧亚两洲文化》《论民主与领袖》等，后来梁实秋将这些译文结集为《白璧德与新人文主义》予以出版。除此之外，由于白璧德的推荐，另一位西方批评家马修·阿诺德（Matthew Arnold）的学说也充当了重要角色。

当然，学衡派诸人在对抗新文学运动中也发表了很多文章，阐发了自己对文学和文化的看法，其中不乏许多有价值的因素。但是从理论上看，这些文章多半是对白璧德学说和新人文主义观念的阐释和发挥，并由此有针对性地反驳当时中国新潮文艺创作和观念，并无多少自己的创造。简而言之，学衡派的主要文学观念表现在以下几方面：（1）反对"立言务求其新奇，务求其偏激"的文学态度，主张用传统的古典的价值标准来衡量文学。按吴宓的说法，中国古代之文明已包含着一种"理想人格"，这就是"全部中国文学史"的主要价值及精神，当今文学的任务就是学习和继承。（2）反对文学中的浪漫主义和情感至上原则，主张传统的道德理性主义。梅光迪曾发表《自觉与盲从》一文，认为中国新文学运动的弊病就是缺乏自觉理性的指导，是思想混乱及盲从所致。（3）在创作上不喜欢趋新和创新，主张采取旧形式，保持传统的连续性。吴宓认为文学创作的"唯一之正途"是："以新材料入旧律，合浪漫之感情与古典之艺术。"可惜，这在当时的新文学运动中实在找不到楷模，或许40年代后期出现的《王贵与李香香》式的作品可做例证。总的来说，学衡派基本上属于文化保守主义和道德理性主义文学批评，在理论上没有跳出西方窠臼，而且缺乏具体的美学内容和文学体验。不过，他们在面向世界的中西比较意识方面并不保守，而只是在文学历史的进化和发展中，坚持恪守传统的规范和疆域。

学衡派的文学主张并不系统，并没有形成有个性的古典主义理论模式和规范。而后者则是由被称"新月派"中理论家的梁实秋完成的。梁实秋原本就具有稳重和节制的文学倾向。他1923年到美国留学，专攻文学批评专业，次年有机会进入哈佛大学选修白璧德的课程"十六世纪以后之文艺批评"，多有共鸣之处，促使了其新古典主义文学观的形成。他也曾把自己从极端的浪漫主义转向古典主义立场的契机，归结为受到白璧德影响的结果。他曾写道：

　　白璧德先生的学识渊博，当然是很少有的，他讲演起来真可说是头头是道，左右逢源，由亚里士多德到圣白甫，纵横比较，反复爬梳，务期斟酌于至当。我初步的反应是震骇。我开始自觉浅陋，我开始认识学问思想的领域之博大精深。继而我渐渐领悟他的思想体系，我逐渐明白其人文思想在现代的重要性。

最能表现这种理论转向的恐怕是梁实秋在留美期间所写的《王尔德及其唯美主义》和《现代中国文学之浪漫的趋势》两篇论文，前者是白璧德指导的学年论文，批评的对象是西方唯美主义及浪漫主义，梁实秋运用了古典主义美学观念来评价文学，受到了白璧德的好评。后者则是针对中国新文学实际，明确表露了自己信奉古典主义的批评观。在这篇长文中，梁实秋追溯了中国新文学受外国文学影响和驱动的线索，特别指出了西方浪漫主义在中国的共鸣、反响及发展趋势。而他所说的"浪漫主义"，不仅指的是西方唯美主义、浪漫主义文学理论和创作，而且包括意象主义、印象主义等许多新潮文艺思想和创作。他还指出中国的新文学运动与美国当时声势最盛的"影像主义"一脉相承："试细按影像主义者的宣言，列有六条戒条，主要的如不用典，几乎不用陈腐的套语，条条都与我们中国倡导白话文的主旨吻合。"

这两篇论文的基本立场无疑是古典主义的，强调理性、节制和普遍的人性。对此，我们最好引用一段法国文学理论家朗松的话来进行对比："古典主义文学缺少三样东西：一是抒情色彩，二是历史感，三是对历史之爱。当然，这三点并不是绝对地缺少，可以看到一些人、一些作品显然是例外。但的确不假，古典主义文学并不沿着这三个方向当中的任何一个方向发展，在这些方向上，你只能提出一些端倪，一些片断；你提出来的都只能是反常之作，例外之举。随着十七世纪越来越向前推进，连这些现象也越来越减少，越来越削弱了。"①

然而，如果与学衡派相比，梁实秋在理论的文学性方面确实有所增

---

① ［美］昂利·拜尔：《方法、批评及文学史——朗松文论选》，中国社会科学出版社，1992 年，第 247 页。

强。换句话说，梁实秋的文学批评已开始贴近中国具体的文学创作实际，不像先前的学衡派，基本隔膜于当时的文学创作，只是根据新人文主义的古典原则对新文学创作进行道德判断。他们口口声声要昌明国粹和发扬传统，但是就其文学观念来说却是外来的、西方化的。从这里也可以看到，西方古典主义文学理论在中国也有一个逐渐贴近现代文学创作、从外在到内在的转化过程。梁实秋的文学批评就是其中的重要一环。

这首先要归功于文学创作的自然发展和感性积累。如同白璧德文学批评的弱点一样，学衡派诸人的最大不足就是缺乏文学创作方面的经验和体验，这也就决定了他们的批评基本上是道德的，而不是美学的。对此，梁实秋要比他们幸运许多。他不仅和新文学不隔膜，没有对立情绪，而且就是在"五四"新文学运动影响和熏陶下进入文学领域的。他曾购读每一期《新青年》《新潮》，看过"胡适的《实验主义》《尝试集》《短篇小说集》《中国哲学史》，周作人的《欧洲文学史》《域外小说集》，王星拱的《科学方法论》，潘家洵的《易卜生戏剧》，少年中国的丛书、共学社的丛书"等；并接触过"进化论与互助论，资本论与安那其主义，托尔斯泰与萧伯纳，罗素与柏格森，泰戈尔与王尔德"等。①

不仅如此，梁实秋很早就卷入了对新文学创作的思考。留美之前，他就在清华参与过文学社活动，结交了闻一多、孙大雨、朱湘、徐志摩等人。这些人在文学审美观念上各有所好，但是对五四之后新诗创作过分自由化的倾向均有不同看法。其中闻一多的看法颇带有古典主义色彩，他主张诗创作要有音乐美、绘画美和建筑美，提倡新格律，甚至认为写诗就如同"戴着镣铐跳舞"，不能没有格律的束缚。梁实秋在清华期间经常和闻一多切磋诗艺，在文艺观念方面也深受其影响。1922 年 8 月，梁实秋所写《草儿评论》一文，就是为响应闻一多的《冬夜评论》而作，其中表现了几乎相同的艺术见解和趣味。这些经历当然为他后来留学美国，接受白璧德新人文主义的影响埋下了伏笔，使他步向了建立自己新古典主义理论的

---

① 刘炎生：《才子梁实秋》，百花洲文艺出版社，1995 年，第 18—20 页。

道路。

当然，在这条道路上，推动梁实秋的不仅仅只有白璧德——尽管他是其中重要的一位，还有其他众多的西方理论家和批评家，其中马修·阿诺德（Matthew Arnold）应该特别提及，因为他是古典主义文学理论与批评谱系中的重要一环。对白璧德而言，阿诺德是联结新人文主义与欧洲大陆文学传统的重要人物；而对梁实秋来说，阿诺德是他趋向古典主义文学批评的另一思想推动力。阿诺德原本是一个很接近唯美主义的诗人，但是他的文学倾向偏重理性和学识，表现出对当时英国专讲发财的社会风气的不满，向往美与和谐的古代世界和传统文化。后来他不写诗而转向了文学批评，1857 年在牛津大学当选为诗学教授，成了学院派批评家的代表人物。据韦勒克称，由此批评在大学中找到根据地，教授成了批评家，这是 20 世纪初文学理论和批评的一大变化。

阿诺德文学批评的基本价值取向是文化批判，即用传统的道德和美学的方法对抗资本主义时代功利和世俗的风气。这一点曾引起后人不同的评价。艾略特曾反对阿诺德的这一倾向，认为艺术与宗教、美学与道德不能混为一谈；而弗·威·贝特森（F. W. Bateson）不但自称是"阿诺德主义者"，而且认为文学批评的特殊价值就是表现出阿诺德的三种美德：理智清醒、精神完善、讲究社会良心。而不管如何评价，阿诺德确实表现出了不同于同时代尼采以及浪漫主义、象征主义文学的艺术观点。这一点，从他 1869 年写的《文化与无政府状态》（*Culture and Anarchy—An Essay in Political and Social Criticism*）和 1873 年的《文学与教条》（*Literature and Dogma*）到晚年写作出版的《批评论文集》（*Essays in Criticism*），几乎没有什么改变。所以他被人们普遍地归于古典主义学派的批评家一类，似乎情有可原。

而在英国，这一学派常常被称为与浪漫主义相对的新古典主义。除阿诺德之外，西蒙·约翰逊博士（Samuel Johnson，1709—1784）应该是更早的代表。他曾被《旁观者论文集》的作者李顿·斯特雷奇（Lytton Strachey，1880—1932）称为"实际上不是一个文学批评家"，而是"生活批评家"，但他却有着远见卓识、头脑清醒、细微精到、论据确凿的思维特点。到了 20 世纪，他不仅为学衡派批评家所喜爱，而且引起了梁实秋的兴趣。后者曾经研究过这位新古典主义批评家，并于 1934 年由商务印书馆印行了一本小册子——《约翰逊》。

所以，把梁实秋称为中国的"新古典主义"理论家，并不违反其本人的初衷。1927 年 8 月，新月书店出版了梁实秋的第一本批评论文集，收集了前三年撰写的 9 篇论文，题名为《浪漫的与古典的》，他已自觉把自己定位为古典主义批评家了。他在《文学批评辩》一文中引用了阿诺德的话，认为文学批评就是"一种无所为而为之努力，借以学习并传播世上最优美之智慧思想者也"；而且批评本身就是一种判断，其最后的标准就是"纯正的人性"。而他之所以欣赏白璧德及其新人文主义文艺观，正因为它是对古典主义的一种"新的解释"。

最可贵的当然是梁实秋自己对古典主义的"新的解释"。1929 年，在编辑《新月》期间，梁实秋将吴宓等人翻译的白璧德论文编成的《白璧德与人文主义》一书出版，这可以说是对他自己理论的一种说明和支撑。他曾在《白璧德及其人文主义》中说："根本地讲，人文主义的文艺论即是古典主义的一种新的解释。"他还重申了人文主义批评观必须重视"透视的感觉"（sense of perspective）和"判断的批评"（judicial criticism）的原则，坚持人性的标准。

正如韦勒克所言："几乎所有的新古典主义批评家都试图创立一种能够阐明文学功能、创作过程的本质以及文学作品谋篇布局的方法的系统的文学理论。他们不是独断主义者，而是理性主义者。"[1] 梁实秋在文学批评上也是如此想法。"五四"新文学运动高潮过后，中国的文学理论和批评界也陷入了一种价值重估和理论多元的状态，而梁实秋这时候企图以一种健全的、理想的理论模式来结束这场"浪漫的混乱"。在这方面，他似乎和新月社诸人有共同想法，于是在 1928 年 3 月 10 日《新月》创刊号上，

---

[1]　［美］雷纳·韦勒克：《近代文学批评史》（第 1 卷），杨岂深、杨自伍译，上海译文出版社，1987 年，第 13 页。

就出现了两篇重要文章，一篇是由徐志摩执笔、综合了大家意见的《〈新月〉的态度》；另一篇就是梁实秋的《文学的纪律》。前者实际上是表达《新月》的办刊宗旨，这就是面对当时文学界存在的种种不良倾向的混乱局面，不无悲壮情调地打出了"健康"和"尊严"的精神旗帜，用一种所谓"稳健的合乎理性的学说"来拯救文学甚至社会生活。后者则是梁实秋对自己新古典主义批评观的一次较为深入的阐述，它一方面正好符合了"新月派"同人共同信奉的理论信条，另一方面则突出表达了梁实秋自己在这方面长期的理论思考。

《文学的纪律》的主要攻击对象依然是浪漫主义"过度的放纵的混乱"，但是目的是建立自己的文学规则。这就是梁实秋不断强调的理性和人性的原则。因为唯有通过理性才能克制想象的混乱和感情的泛滥，创造出健康的文学；而只有坚持人性的普遍原则，才有可能表现完美的人性，维护人的尊严。在梁实秋看来，这两者在文学中原本是不可分开的，只有在理性指导下的人生才是健康的状态，在这种状态下所表现出来的人性亦是最标准的，在这标准之下所创造出来的文学才是有永久价值的文学。显而易见，梁实秋强调"文学发于人性，基于人性，亦止于人性"。并非没有注意到人性本身的复杂性，而是基于一种普遍的新古典主义理论观念，即假定人类存在着一种稳定的人性心理。作品本身应具有一套基本模式，因为人的感受性与智力有着统一的活动，所以可使我们获得对一切艺术和文学规律的基本概括和要求，而文学就应该接受这种"规律""规则"和纪律的约束。

第七章

宜于西而不戾于中

——关于中国化的克罗齐

在 20 世纪中西方文艺理论交流中,古今之争一直和中西之争纠缠在一起,无论是学衡派执著于西方古典主义信条,还是"新青年"高扬文艺复兴的旗帜,都无法摆脱西方文艺思潮的影响,不得不面对中国传统的挑战。但是,除了执著的感情上的要求和世俗上的功利思考之外,中国的文艺理论家和批评家一直很难,或者说一时顾不上找到自己审视和取舍各种理论资源的立足点。这就造成了理论和批评上的浅薄、盲目以及生吞活剥现象。而且,理论和批评上的互相攻击和争论也多出于思想意识上的互相误解,甚至出于党派以及小圈子的义气情绪,并没有多大的理论建设意义。即使鲁迅,其理论和批评也基本出于个人生命和对中国现实生存状态的深刻体验和感受,并没有在理论上建立自己的文化基地。而从学衡派到梁实秋的新古典主义,从胡适的文艺复兴文学主张到新月派混杂着唯美主义、古典主义和颓废情绪的文学观念,一直都在为中国,或者为自己的文学活动寻找一种说法或者说一种理论根据,但总是会觉得力不从心,得不到理解,反而遭到各个方面的攻击。在这种情况下,人们开始意识到了某种历史文化深层的东西,无论是东方还是西方,理论的理解和接受都不但取决于一时的文学需要,同时还要求学理上的深刻探究和综合比较,由此获得在意识文化层面上的互相转化和理解。

一、关于克罗齐的论争

在 20 世纪 30 年代，梁实秋的新古典主义文艺观念曾产生过很大的影响，尤其是人性论的观念，在很多作家和评论家中都引起了共鸣。其部分原因是当时的文化气氛所致。由于马克思主义及其阶级斗争学说的广泛传播，特别是苏俄"拉普"无产阶级革命文学理论的影响，用文学来对抗专制体制，建立新国家的主张逐渐占了上风，文坛上也相应出现了有组织的文艺思想抗争。有些作家和批评家有意识地想回避这种严酷的政治化的斗争，有的打出了"第三种人"的中立旗号，有的则想用"人性"作为文学创作的庇护地；前者的代表人物是上海的胡秋原、苏汶和戴望舒等人，后者则有当时身在北京的沈从文等人。但是，梁实秋仍然被围攻到进退维谷的境地。一方面，对一些深受社会当局迫害的革命作家来说，他的理论容易被理解为一种为当权者和有钱人说话的保守的口实，鲁迅因此说他是"资本家的乏走狗"。与此同时，梁实秋在学理上继续用西方文艺理论来替自己辩护的企图，也遭到了另外一些学者型作家的反驳，其中林语堂和他的冲突就很有意思。因为这场冲突不但表现了二人不同的理论观念，而且反映了对西方文学观念的不同的理论态度。

这场理论冲突是由对一位西方理论家克罗齐的评价引起的。

1930 年，就在梁实秋编辑出版《白璧德与人文主义》不久，林语堂出版了《新的文评》一书，其中收入了他所翻译的斯宾加恩（Joel E. Spingarn）的《新的批评》和克罗齐（Benedetto Croce）的《美学：表现的科学》（*The Aesthetic As the Science of Expression and the Linguistic in General*）的 24 节，另外还有一篇序言。仅从表面上来看，似乎他们是各自介绍自己所心仪的西方理论家，但实际上是借西方理论家的声音来表达自己的观点，反驳和攻击对方的观点。因为梁实秋在《新月》杂志上发表有关《白璧德与人文主义》一书的推介时就写道："倾向浪漫主义的人，读此书犹如当头棒喝，研究文学思想的人，读此书更常有所借镜。"而相隔只有 5 个月后，林语堂就夜作《新的文评》序言，就自己介绍克罗齐和斯宾加恩学说的目的谈道："听说新月书店将出版梁实秋先生所编吴宓诸友人所译白璧德教授的论文（书名叫作《白璧德与人文主义》），那么，中国读者，更容易看到双方派别立论的悬殊，及旨趣之迥别了。虽然所译的不一定是互相诘辩的几篇文字，但是两位作家总算功力悉敌，旗鼓相当了。可怜一百五十年前已死的浪漫主义的始祖卢梭，既遭白璧德教授由棺材里拖出来在哈佛讲堂上鞭尸示众，这位现代文学思想颓废的罪魁，不久又要来到远东，受第三次的刑戮了。"①

这就是林语堂对梁实秋"当头棒喝"的回答。正如刘炎生先生所指出的，林语堂在美国哈佛大学就读期间，就对白璧德的人文主义很反感，特别是对于反过激、反浪漫、提倡守纪律合法则的古典主义理论，感到非常难以接受；相反，他对于斯宾加恩崇尚的克罗齐的表现主义美学理论很感兴趣，认为它从十个方面革新了传统的文艺理论体系。所以，在白璧德与斯宾加恩展开论争时，林语堂是坚决站在克罗齐和斯宾加恩一边的。这次林语堂借出版《新的文评》之际，不仅表达了自己对西方这两大文艺理论思潮的意见，同时还阐释了自己的文学观念。

可见，由克罗齐引起的争论，并不仅仅是对一个西方理论家或对一种文艺思潮的评价问题，而是牵涉到了对世界文学整体认同与选择，也表现出了对传统与现代交汇问题的进一步深化思考。梁实秋和林语堂都是中西兼备的学者，都企图超越中西方文化的界限来理解文学，使东西方文化价值观念交流应合，形成一种新的理论体系，但是他们却在有关克罗齐评论上南辕北辙，表现出两种不同的思路。

和梁实秋一样，林语堂是从整个世界文艺理论背景来进行评判的。他认为白璧德的人文主义和西方文艺复兴时代的人文主义是不同的，这是一

---

①　林语堂：《林语堂散文》（一），河北人民出版社，1991 年，第 370 页。

种古典派的人生观。他还特别指出了白璧德的古典观念与中国传统思想的相同之处，不但在反对自然主义方面"颇似宋朝的性理哲学"，而且白璧德极其佩服孔子也说明了这一点。他说："因为主张格律剪裁，典型义法，与主张任情率性，打破桎梏的理论，不限古今中外。"在中国，自从归有光以五色圈点《史记》以来，以至方苞、姚鼐、曾国藩、林纾都愿以文学作家的启蒙塾师自居，替他们指导文章的义法准绳，或如茅坤所为，替他们做乖戾不通、"不得要领"的古文评选。这也恰与美国许多大学语文课本的编辑识见相同。另一方面，中国也有视文学为非规矩方圆、起承转合所能了事的人，在古代如王充、刘勰，在近代如袁枚、章学诚诸人——我们可以就称他们为浪漫派或准浪漫派的文评家。尽管这种对号入座并不见得十分贴切，但是林语堂毕竟跳开了中西之争的陷阱，开始了属于对文学本身的批评与选择。

实际上，林语堂之所以选择克罗齐和斯宾加恩，是因为他从中西文艺理论比对中发现了自我，感受到了超越中西文化界限的理论共鸣，由此，他不仅发现了西方美学的魅力，更觉察到了中国传统文艺理论资源的价值。这一点从他对表现主义美学的评价就可以感受到：

> "表现"二字之所以能超过一切主观见解，而成为纯粹美学的理论，就是因为表现派能攫住文学创造的神秘，认为一种纯属美学上的程序，且就文论文，就作家论作家，以作家的境地命意及表现的成功为唯一美恶的标准，除表现本性之成功，无所谓美，除表现之失败，无所谓恶；且认任何作品，为单独的艺术的创造动作，不但与道德功用无关，且与前后古今同体裁的作品无涉。袁子才说得好："诗者，个人之性情耳，与唐宋无与也。若拘拘焉持唐宋以相敌，是己之胸中，有己亡之国号，而无自得之性情，于诗之本旨失矣。"（《答施兰垞书》）若是袁才子再进一步说，任凭文人怎样刻意模仿，所做出来的作品，仍是你一人独身的表现，成功也是你一人的妙文，失败也是

你一人的拙艺，与唐宋无与，便是一篇纯粹的表现派的见解了。①

很显然，林语堂谈论克罗齐并欣赏其美学观念，是与自己一贯追求"性灵"的文学主张相合的。所谓"性灵"原本是中国传统的文论观念，以明代袁宏道（1568—1610）、袁中道（1570—1623）、袁宗道（1560—1600）为首的"公安派"曾把它发扬光大，形成了一种独特的美学理念。他们在文学创作领域主张"任性而发""诗以抒发性灵为主"，认为只有摆脱理学的束缚，不拘格套，才能创作出好作品。这在当时的中国文学创作和批评中，表达了一种新的美学要求。而在林语堂看来，这种崇尚和表现性灵的要求，是和西方文艺复兴中的个性主义有异曲同工之妙的。它们原本是互相沟通的，可以互译的。他自己曾如此解释性灵："一人有一人之个性，以此个性（Personality）无拘无碍自由自在表现之文学，便叫文学。若谓性灵玄奥，则心理学之所谓'个性'。"他还引用荣格的学说来解释个性的复杂性，继而指出：

> 在文学上主张发挥个性，向来称之为性灵，性灵即个性也。大抵主张自抒胸臆，发挥己见，有真喜，有真恶，有奇嗜，有奇忌，悉数出之，即使瑕瑜并见亦所不顾，即使为世俗所笑亦所不顾，即使触犯先哲亦所不顾，惟断断不肯出卖灵魂，顺口接屁，依傍他人，抄袭补凑，有话便说，无话便停。②

所以，言性灵不仅意味着打破桎梏，唾弃格律，而且意味着一种思想和文体的解放。因为这是个性得以解放和张扬的需要。所以林语堂如此理解表现派："表现派之所以能打破一切桎梏，推翻一切典型，是因为表现派认为文章（即一切美术作品）不能脱离个性，只有个性自然不可抑制的表现。个性既然不能强同，千古不易的抽象典型，也就无从成立。"因此，

---

① 林语堂：《林语堂散文》（一），河北人民出版社，1991年，第372页。
② 林语堂：《林语堂散文》（二），河北人民出版社，1991年，第382—383页。

"屈原若不'露才扬己，显暴君过'，是不会做出那深忧跌宕的《离骚经》。宋玉若不'体貌容冶，见遇俳优'，是不会做出那神态入微的《神女赋》。东方曼倩若不'滑稽不雅'，不足成其为纵横议论诙谐大家。司马长卿若不'窃赀无操'，挑引寡妇，也就少了他神化一代词宗的气魄。曹植'悖慢犯法'，所以成为第一流跌宕的诗才。孔融'诞傲致损'，所以发为潇洒滑稽的诗歌。阮籍'无礼败俗'，逃入昏迷，一醉几月，所以能入苍劲遥深的诗境。谢灵运'空疏乱纪'，怠旷职务，登临游览，经旬不归，所以在叙述景物的山水诗上能别开蹊径。"

尽管林语堂对中西文学的相会之处的描述有点简单（这一点他自己也注意到了），但是他毕竟走出了中西理论相互争胜的误区，希望"两脚踏东西文化，一心评宇宙文章"，创造出富有个性色彩的文学理论。也许正是由于这种心理期待，当他读到沈启无编的《近代散文钞》后，豁然开朗，自以为发现了中西文学创作中的"共通之点"。他说："因为我们在这集中，于清新可喜的游记外，发现了最丰富，最精彩的文学理论，最能见到文学创作的中心问题。又证之以西方表现派文评。真如异曲同工，不觉惊喜。大凡此派主性灵，就是西方歌德以下近代文学普通立场；性灵派之排斥学古，正也如西方浪漫文学之反对新古典主义；性灵派以个人性灵为立场，也如一切近代文学之个人主义。其中如三袁弟兄之排斥仿古文辞，与胡适之文学革命所言，正如出一辙。这真不能不使我们佩服了。"① 在他1933年写就的专门论性灵的论文中，最精彩的也许并不在于林语堂发现了"性灵就是自我"，沟通了中西文论中的自我和抒情概念，而在于他能够以一种新姿态来进行中西对话，其中第三节"金圣叹代答白璧德"别开生面，给人一种面对面的亲近感觉。不妨摘下一段：

中国的白璧德信徒每袭白氏座中语，为古文之所以足为典型，盖能攫住人类之通性，故能万古常新；浪漫文学以个人为指归，趋于

---

① 林语堂:《林语堂散文》（一），河北人民出版社，1991年，第238页。

巧，趋于偏，支流蔓衍，必至一发不可收拾。殊不知文无新旧之分，惟有真伪之别，凡出于个人之真知灼见，亲感至诚，皆可传不朽。因为人类情感，有所同然，诚于己者，自能引动他人。金圣叹尤能解释此理，与西方歌德所言吻合。《答沈匡来书》说："做事须说其心之所诚然者，须说其心之所同然者。说心中之所诚然，故能应笔滴泪；说心中之所同然，故能使读我诗者应声滴泪也。"……若唐律诗亦只作得中之四句，则何故今日读之犹能应声滴泪乎?①

应当说，现代中国文艺理论的成长，从未割断过与传统文论的联系，也不可能完全割断这种联系。因为凡是在中国本土受过教育和文化熏陶的人，就不可能不感受和体验到中国传统文学艺术的深厚魅力，并在心灵深处留下深刻的印迹。因此，很多理论家、批评家从一开始就意识到了中国传统文学遗产的珍贵价值，不断地试图从传统中寻找通向现代的路径，从历史中发现未来。从王国维、梁启超到鲁迅，从胡适到梅光迪、吴宓，几乎都做过自己的努力。显然，问题并不在于是否承认传统的价值和意义，而在于如何理解传统文化的生命意蕴，以及如何把握自我和历史的关系。如果我们不能把现实的生命投入到历史之中，赋予传统以新的生命活力，历史和传统就不会回报我们，赋予我们的理论学说以历史价值。

二、关于林语堂与克罗齐

在中西文艺理论交流中，中国传统文论的价值和意义实际上是不断变幻着的，呈现出一种成长的趋势。这也就是说，传统不仅意味着一种意识的历史结构，如同人类的共同无意识一样让人无法摆脱；而且是一种可供人们选择的文化资源，人们可以以自我意志来挑选和演绎它。传统文化有

---

① 林语堂：《林语堂散文》（一），河北人民出版社，1991年，第241页。

时是一种无所不装和无所不有的"容器"（container），可以容纳各种各样的外国文艺美学思潮和观念，也可以解释各种各样西方文艺美学思想的由来和意义；有时也会被用来作为一种战无不胜的武器，可以抵御各种各样的外国文艺思潮，批判和解构它们，使它们变得毫无意义甚至有害。这里面当然有文学理论和观念自身的问题，人们总是企图借助于一种根深蒂固的意识形态来证明自己的合法性，但是更多地受到自我生命意志的左右，其中最明显的因素就是自我生存和发展的需求。这对一个民族是如此，对每一个单独的理论家、批评家也是如此。

这也许是 20 世纪中西方文艺理论交流的特殊性。从这个意义上说，我们无法仅仅从学术和学理的角度来理解西方文艺思潮的内涵。因为所谓纯粹的，不加任何民族和个人功利色彩的选择和阐释是不存在的；所谓完全的公正和整体的把握往往是一种变相的策略和借口。所以到了 20 世纪 80年代，黄子平先生提出的"深刻的片面"仍然赢得了批评界的广泛共鸣。而在 20 世纪 30 年代，梁实秋和林语堂——尽管他们在文艺美学上的取向完全不同，但是都面临着这方面的质疑。前者的"理性"和"纪律"及其古典主义的高雅倾向，被理解为换取政府津贴的"帮闲"口实；后者所鼓吹的"性灵"则被认为是为了逃避现实所采取的圆滑技巧。他们都受到了激进的文学家和理论家的攻击。鲁迅是表现得最为激烈的一位。因为在他看来，西方的新潮和中国的传统都不能给任何文艺美学理论带来合法性，只有有助于对抗当时的政治黑暗，改造社会和国民性才是唯一有价值的文学。

林语堂显然不愿意成为鲁迅那样的文学斗士，但是他又不愿意完全向社会屈服，牺牲自己的文学个性，尤其不愿意放弃对自由和个性解放的追求。正由于如此，林语堂选择了克罗齐和中国传统的性灵观念，并在他们的交叉中发现了自我个性的精神家园及其价值。而在这个过程中，他在理论的创造和阐释上进入了一个新的范式和层次。对于林语堂来说，克罗齐不仅意味着对其文学信念的支撑和培育，而且唤醒了他的历史文化意识，使他能够以新的眼光去发现和理解传统文化和文学。

克罗齐作为一个西方有影响力的美学家，并没有多少资料表明他和中国文化有所接触，但是在其思维方向和理论倾向上却有着向东方靠拢的迹象。当然，这也许是中国人一厢情愿的判断，仅仅出于理论意识方面的共通感觉，但是谁也不能否定这种共通感觉的重要意义。尤其在人类对于文学艺术的理解和阐释方面，无形迹的共通性是理论观念获得价值的基础和保证。在这方面，克罗齐之所以能得到林语堂的认同，不仅在于他的主要美学观念"直觉即表现"与中国传统的文艺美学观念有某种切合之处，而且表现在他对于传统的西方美学思路的怀疑。克罗齐是在西方文化背景中创立自己学说的，所以要确定自己学说——尤其是一种创新的美学理论——的合法性和合理性，就必须面对西方传统思维方式的挑战和质疑。克罗齐清醒地意识到了这一点。所以在建立自己学说的时候，首先用了很大的力气来说明美学的特殊意蕴和独立的价值取向。尽管他还没有足够的力量把美学从传统的西方哲学体系中解脱出来，但是他却在尽量地摆脱西方不容置疑的以理性和逻辑为中心的思维方式，以确定自己理论的与众不同，但又合情合理。这在他最初的美学著作中就有充分表现。他首先确定其直觉在知识范围内的地位（直觉的知识），然后指出西方传统的理论学说在这方面的缺失：

> 直觉的知识在日常生活中虽然得到这样广泛的承认，在理论与哲学的区域中却没有得到同样应得的承认。理性的知识早就有一种科学去研究，这是世所公认而不容辩论的，这就是逻辑；但是研究直觉知识的科学却只有少数人在畏缩地辛苦维护。逻辑的知识占据了最大的份儿，如果逻辑没有完全把她的伙伴宰杀吞噬，也只是吝啬地让她处于侍婢或守门人的单位。没有理性知识的光，直觉知识能算什么呢？那就只是没有主子的奴仆。主子固然得到奴仆的用处，奴仆却必须有主子才能过活，直觉是盲目的，理智借眼睛给她，她才能看。①

---

① ［意］克罗齐：《美学原理 美学纲要》，朱光潜译，外国文学出版社，1983年，第7—8页。

接着他就宣称：

> 现在我们所要切记的第一点就是：直觉知识并不需要主子，也不要依赖任何人；她无需从旁人借眼睛，她自己就有很好的眼睛。直觉品固然可与概念混合，但是也有许多直觉品毫没有这种混合的痕迹，这就足见混合并非必要。

应该说，克罗齐理论的所有创新意义都是从这里开始，并以此为基础的。因为这实际上意味着向整个西方理论体系和方式提出了新的挑战，包括从苏格拉底到康德，从亚里士多德到黑格尔所创建和不断完善的美学理论体系。当他试图超越他们时，就不得不和一些既定的传统的理论规范和观念作战，诸如理性、概念、逻辑、规律、典型、普遍性等，同时重新确定一些自以为与艺术和美学更为亲近的术语，包括直觉、感受、联想、意象和表现等。

当然，克罗齐没有跳出西方的知识体系，也没有完全背离西方先哲们的思想方法，但是他已经意识到仅仅用理性分析的方法去接近、理解艺术和美，是不可能真正获得艺术和美的真谛的。因为正如克罗齐美学的积极宣传者埃德加·卡里特（Edgar F. Carritt，1876—1964）所说的，美不是梦，但是"美的经验既不是逻辑判断也不是对事实的直觉"，所以有些哲学家的做法也经常令人生厌，"他们总是想用那些令人生厌的规则去驯服天才，甚至想规定自然美，正像那些其实是布道人或诡辩家的哲学家，不遗余力地教诲世人学善，而不让人们懂得什么是善"。① 因此，在克罗齐看来，文艺美学不应当是理智的科学（理智的精细分析只能使美的生命支离破碎），也不应该是概念的形而上学（这只能把文艺美学引向教条和僵化的境地），而只能是使用整个心灵去理解和融化艺术作品整体性和不可分割性的知识体系。在他看来，只有建立在直觉即表现基础上才有这种可

---

① ［英］埃德加·卡里德：《走向表现主义的美学》，苏晓离、曾谊、李浩修译，光明日报出版社，1990 年，第 33 页。

能。于是，他对传统的思维方式展开了多方面的反驳，一方面他认为，"把艺术的普通要求与历史的特殊要求混淆起来产生的"合理原则是错误的；另一方面认为不能混淆"艺术的方法和科学的方法"，因为美学的任务不是阐明概念，更不是确定"共相"，而"错误起于我们想从概念中抽绎表现出来，从代表者之中找出所代表事物的法则"。为此，正如后来中国美学家朱光潜所注意到的，克罗齐特别注重艺术的整体性（unity）和独立自主性（autonomy），对西方传统的美学思考模式从三个角度进行了否定：第一，艺术不是哲学、科学和历史；第二，"艺术不是功利的活动，因为它的目的不在实益，或者说得更精确一点，它根本没有一个外在的目的，表现的目的就是它自身，就是表现"；第三，艺术不是道德的活动。①

对林语堂来说，克罗齐的思想无疑开通了另一条思路，这不仅表现在个性意识方面的共鸣，例如林语堂就把他所推崇的中国 16 世纪末的"公安派"称为"一个自我表现的学派"；而且启动了他对东西方文化的新的互补性思考。克罗齐不仅加强了林语堂自己的文学见解，而且加深了他对自己文化传统的认同。换句话说，林语堂从克罗齐学说中不仅看到和吸收了西方文艺美学的长处，而且意识到了它的短处，并由此不仅更加明白了现实的中国艺术精神失落的原因，而且开始注意到中国传统文化中的艺术底蕴，以及它对整个人类精神发展的价值和意义。所以，从 20 世纪 30 年代起，林语堂的文学思考越来越倾向于东西方文化比较的方向，开始用一种东西方互补的眼光来看待文学：一方面用西方的理论来评价和研究中国文艺现象；另一方面用中国传统文化中的某些思路来批判和补充西方文学观念的某些不足。这也许就表现为他面向中国讲西方文化，走到西方宣传中国传统的做法上。

具体地说，林语堂对中西方文化异同的很多看法都延续着克罗齐的影响。例如，直到 20 世纪 60 年代末，林语堂在《论东西思想法之不同》中还认为，中西方文化的差异主要表现在以下三方面：一是"西洋重系统的

---

① 朱光潜：《朱光潜全集》（第 4 卷），安徽教育出版社，1988 年，第 339—341 页。

哲学，而中国无之"；二是"中国人不重形而上学，因为与身体力行无关"；三是"中国人不重逻辑，尤不喜爱抽象的术语"。不难看出，这三点和克罗齐美学学说的思路有着某种暗合，况且林语堂已指出："以上所举三点，是西洋思想之长处，也就是他们的短处。系统的哲学，主见太深。形而上学易入空虚，抽象的名词理论易脱现实，失了刚健的现实感。"① 而就在同一篇文章中，林语堂提出中西思想方法的最大不同"就是直觉与推理之不同"，几乎是直接显露了背后的克罗齐的影子。这似乎在表示，克罗齐只有到中国来，在中国文化和思维方式中才能找到"直觉（intuition）真谛"。林语堂还如此评述直觉和逻辑，在某种意义上也是中国和西方的思维方法的不同：

> 这思想法之不同，简单地讲，可以说是直觉和逻辑、体悟与推理之不同。逻辑是分析的、割裂的、抽象的；直觉是综合的、统观全局的、象征的、具体的。逻辑是推论的，直觉是妙悟的，体会出来的。西洋逻辑是思想的利器，在自然科学，声光化电的造诣，有惊人的成绩。②

但是林语堂的主要目的是肯定中国讲直觉的精微之处和西方讲逻辑的武断的危险之处，所以他谈起"逻辑和西洋哲学的困扰"就显得洋洋洒洒，头头是道，认为西方思想只言理不言情，"凡逻辑无法处置的问题都摒诸门外，绝口不谈"，而所谈问题又往往是"执不可辨而辨之，就可生出不须有的无谓的纷扰"等。他进而说：

> 总而言之，我们看见（西方人也看见）科学知识之节节进步，虽然常常调整，但是是一种稳扎稳打的办法，而哲学的悬空理论，几千百年来，讲来讲去，尔是我非，尔非我是，重翻旧案，毫无进展，所

---

① 林语堂：《林语堂散文》（三），河北人民出版社，1991 年，第 296—298 页。
② 林语堂：《林语堂散文》（三），河北人民出版社，1991 年，第 298 页。

以巫思进展，赶上科学的方法。而且治哲学的人，多半是治数学的人。世事茫茫渺渺，惟数学与逻辑为可靠的工具，所以现代哲学思想乃为数学所统治。十七世纪的巴斯葛就是数学巨擘，笛卡尔出身，也是以科学与哲学合一为职志，今人如罗素及 A. N. Whitehead 更是明显的例。罗素自身以数学闻名，他的企图就是要把数学归入逻辑范围，或者整理逻辑，使能容纳数学。数学和逻辑是科学的工具，所以大体上，今日哲学已成为数学的附庸，"道"跑哪里去了？谁管？这是今日西方哲学所以脱离人生的空虚现象。①

　　对此，林语堂认为，西方的补救之道——无论是科学实证主义还是海德格尔或萨特的存在主义——的努力都显得无能为力，他所欣赏的只是主张妙悟的乔治·桑塔亚那（George Santayana），伸张自我的美国诗人沃尔特·惠特曼（Walt Whitman），还有两位最接近中国的外国哲学家：一位是重感情的英国哲学家勃莱里（F. H. Bradley），另一位是重直觉的法国哲学家柏格森（H. Bergson）。显然，林语堂的最终意图是想说明，拯救西方哲学，甚至人文精神的最佳资源，乃是东方的中国文化，因为西方如今所缺失的，正是中国文化中所拥有的。

　　可惜，晚年的林语堂很少谈到克罗齐，似乎把这位早年心仪的意大利美学家忘却了。但是，他最终所选择的人生和艺术立足点仍然离不开直觉的美学。只不过他所汲取的源泉变了，已不再是克罗齐的文艺美学思想，而是中国传统的文化资源；他所补充的对象也不再是中国的文学批评，而是西方既定的学术方法。就文艺美学思想来说，林语堂似乎并没有在深度上有所发现和创造，但是在广度上却有所开拓。他不是一个拥有时间意义的理论家，却是一个代表空间发展的批评家，他把中国的文艺美学思考带进了一个更广阔的文化背景中。

　　这或许也是克罗齐力图进入的境界，因为他在确立自己美学观念过程

---

　　①　林语堂：《林语堂散文》（三），河北人民出版社，1991 年，第304—305 页。

中所遇到的最大挑战，就是如何走出时间和历史。这不仅关系到直觉是否具有自己独立意义的问题，而且是一个有关艺术起源和艺术进步的原则问题。克罗齐在这里费了很大的气力。为此，他认定人类的直觉决定了人类在审美方面是无所谓进步的，时间和文明程度并不决定它们的价值，因为"不仅是野蛮人的艺术，就其为艺术而言，并不比文明人的艺术逊色，只要它真正能表现野蛮人的印象，而且每个人，乃至每个人的心灵生活中的每一顷刻，都各有它的艺术的世界。这些世界彼此不能在价值上作比较"。① 所以，"把人类艺术创作的历史看成沿一条前进和后退的单线发展"完全是错误的。除此之外，他只能借助"心灵的综合"来超越历史和时间的约束，寻求更广阔的空间的支撑，他曾说过：

> 毋庸赘言，天才的艺术家、有才华的诗人、伟大的作品及其优美的章节，总之，一切仅仅在诗的历史中有地位的，并不向病态或者总的潮流所屈服。伟大的诗人和伟大的艺术家从不同的国度，不同时代荟萃于芬芳明媚的百花园里，不论来自纪元前八百年还是来自纪元后两千年，也无论他们穿的是希腊人的长袍还是佛罗伦萨的风衣，是套着英格兰人的外衣，还是戴着东方人的面罩，在这个百花园里他们平等相处，情同手足。他们都是古典作家——在这个词的最好的意义上。按照我的理解，最好的意义就是指原始和文明、灵感和流派的特殊的结合。②

三、关于朱光潜与克罗齐的"理论距离"

从林语堂和克罗齐的思想联系中至少可以看出，交流能够促进对各种

---

① ［意］克罗齐：《美学原理 美学纲要》，朱光潜译，外国文学出版社，1983 年，第148 页。
② ［意］克罗齐：《美学原理 美学纲要》，朱光潜译，外国文学出版社，1983 年，第328 页。

不同文化资源价值的新的理解和发现，而并不是制造对抗，否定某种文化。在20世纪中西方文艺理论交流中，这种理解和发现原本是互相引展和深化的。对于西方文化认识得越全面，眼界越宽阔，越能意识到中国传统文化资源的意蕴和价值，在文艺美学上才能有所发现和创造。而在文化上的偏激和狭隘几乎是孪生兄弟，只有在封闭状态中才会滋长泛滥。这一点从另一位克罗齐的研究者和传播者朱光潜的美学道路上也可略见一斑。和林语堂不同的是，朱光潜首先是以一个学者的身份和眼光接触到克罗齐的，克罗齐的美学观念曾在他的美学研究处女作《悲剧心理学》（1933年出版）中留下了深深的印记。但是值得回味的是，1982年，当这部处女作的中译本出版之时，朱光潜却在自序中写道："一般读者都以为我是克罗齐式的唯心主义信徒，现在我自己才认识到我实在是尼采式的唯心主义信徒。在我心灵中植根的倒不是克罗齐的《美学原理》中的直觉说，而是尼采的《悲剧的诞生》中的酒神精神和日神精神。"

这似乎是一个很大的误会，问题当然不能怪罪于读者，因为近半个世纪以来，连朱光潜自己也"误读"了自己，并没有意识到自己是尼采，而不是克罗齐的信徒。但是，难道朱光潜自己真的长期以来没有搞懂自己，而读者也张冠李戴了吗？到底是读者搞不清楚，还是朱光潜自己从误解走向更大的误解了呢？其实，这个问题恰巧反映了朱光潜美学思想来源的复杂性和多义性。朱光潜原本受过很好的中国古典文学教育，特别是老庄思想、陶渊明诗文、《世说新语》对他的影响很大，这也造成了他后来倾向于西方浪漫主义文学的潜在基础。也许是像华兹华斯、夏多布里安、许莱格尔等人的诗文在某种程度上迎合了他理想中的所谓"魏晋人"的性情追求，朱光潜曾经很喜欢他们。所以当他接触西方文艺美学的时候，内在的精神追求需要多方面的理论支撑，也促使他和很多西方理论家在思想感情上发生共鸣。例如克罗齐、康德、尼采、叔本华、立普斯（Lipps）、黑格尔、布劳、柏格森等，他还涉猎了罗斯金（Ruskin）、谷鲁斯（Groos）、汉斯立克（Hanslick）、佛莱因费尔斯（Muller Freienfels）、布洛（Edward Bullough）、理查兹（I. A. Richards）、鲁卡斯（F. L. Lucas）等人的学说。可以说，朱光潜是在中西方文艺理论交流中广泛吸取的一位学者，他的理论学说从一开始就投下了西方理论家的多重叠影。而从这一角度来解读他的第一部文艺美学著作《悲剧心理学》也非常贴切。因为在朱光潜看来，悲剧快感始终是混合着多种因素的情感，而发现和理解这些因素恰巧离不开上述西方理论家的学说。也可以说，《悲剧心理学》是一部检索和消化西方文艺美学理论的著作，他虽然没有说出多少自己的见解，但是它已显示出了一种综合的欲望，企图在吸收西方各家学说的基础上形成自己的观点。

这里牵扯到了一个"理论距离"问题。所谓"理论距离"，也许缘于美国美学家爱德华·布洛的"心理距离"说（psychical distance），意思是说为了实现审美的纯粹性，必须在审美主体和客体之间设立一定的距离。我把它引入到理论交流领域，即认为在某种特别的情况下，理论家为了避免自己在吸收和运用他人理论过程中失去自己所采取的一种姿态和策略。这既是理论家能够保持自己清醒和清明状态的条件，也是进行理论综合，有所创造的心理基础。实际上，布洛的"心理距离"说是朱光潜最早选择的理论支点，用来描述审美悲剧心理的特征。他自己曾经说："无论是康德和克罗齐纯粹形式主义的美学，或是柏拉图、黑格尔和托尔斯泰明显道德论的美学，都不能作为合理的悲剧心理学的基础。"为此他认为"心理距离"是一条"有用的标准"，可用来描述悲剧的审美现象，"说明它的原因和结果，并确定他与整个生活中各种活动之间的关系"。这种观点朱光潜一直保持着，后来他在《悲剧与人生的距离》一文中还指出：

　　像一切艺术一样，戏剧和人生之中本来要有一种距离，所以便带了几分不自然。人事哪里有恰好分成五幕的？谁说情话像张君瑞出口成章？谁打仗只用几十个人马？谁像奥尼尔在《奇妙的插曲》里所写的角色当着大众说心中隐事？以此类推，古希腊和中国旧戏的角色戴面具，穿高跟鞋，拉了嗓子唱，以及其他许多不近情理的玩意儿都未尝没有几分情理在里面。他们至少可以在舞台和世界之中辟出一个应有的距离。①

　　但是，这又并不意味着他在描述悲剧审美心理特征的时候拒绝运用这些理论家的观点。这实际上已经包含着某种理论意识上的矛盾。也就是说，距离并不仅仅存在于"舞台与世界"之间，而且存在于各种不同的理论之间，尤其是朱光潜与他所钟爱的西方文艺理论家之间。

　　用"理论距离"的观点来看朱光潜对克罗齐以及其他西方理论家的态度，就会发现，朱光潜理论上自我的独立性在很长一段时间内是靠这种距离来实现的。但是这种距离在某种情况下不仅造成了读者对朱光潜的"误读"，而且也使得朱光潜对自己有所遮蔽——由于布洛的"距离"，他有意无意地掩饰，或者淡化了自己与尼采的理论联系。在这里，理论上的距离绝不像审美上的距离那样轻松和纯洁，它包含着更多的文化心理意味，他可能成为保持理论上个性化和独立性的途径，但是也可能成为敞开自我的心理障碍。

　　这样，我们完全有理由质疑朱光潜所声言的"在我心灵中所植根的倒不是克罗齐的《美学原理》中直觉说"。而这种质疑的意义并不是要否定朱光潜晚年的真诚性，而是为了理解他早年的自我回避的文化心理意味。因为在最早的《悲剧心理学》中，朱光潜曾经为了保持和康德、克罗齐的距离而借助了黑格尔、尼采等人的学说，又为了和尼采保持距离而引入了布洛；在随后不久所写的《文艺心理学》中再次表现了自己和尼采的距离，又重新意识到了克罗齐的重要性。直到20世纪50年代，为了和所有的西方唯心主义哲学家美学家划清界限，拉大距离，他写了《我的文艺思想的反动性》等文章，开始了长期的自我批判过程，直到20世纪80年代才真正开始找回理论的自我。这是一条相当崎岖的理论道路，"理论距离"在这期间一直扮演着重要的角色。

　　问题是何以造就了这种"理论距离"？在中西方文艺理论交流中，这

---

①　朱光潜：《朱光潜全集》（三），安徽教育出版社，1987年，第377页。

种"理论距离"到底意味着什么？当然，理论上的自主性和独立性是首先要考虑的因素。尤其对于国家处于落后状态的理论家来说，在文化心理上往往有其空落的一面，要格外警惕自己完全落入外来文化的圈套，失去了自己理论的独立性。况且本民族的文化熏陶也会使他感受到在理论和思想方式上的隔膜。当然，这种情形也会促使他广泛接受和吸取各种学说，不拘一格地进行选择。除此之外，还得考虑现实政治和生活对理论家可能造成的影响，生存压力会直接左右他们的理论态度。对朱光潜来说，这些因素都会产生作用。他和克罗齐的理论距离也是在不同情况下变化着的。而值得欣慰的是，他始终没有完全放弃克罗齐，并且在不同的理论距离中理解和把握了克罗齐，推动了中国诗学的复兴。

在这个过程中，走近克罗齐和远离克罗齐，表面上是一个相反的过程，实际上还包含着一种沟通的意向。关键一点就是对于各种学说的深入了解，感悟和发现它们之间，特别是对立学派之间的有机联系。例如在《文艺心理学》中，朱光潜就不再强调克罗齐与尼采之间的不同，而是发现了他们之间的内在相同之处，认为康德、叔本华、尼采、克罗齐的共同之处就是着重"形式的成分"，"特别这种艺术的独立自由，不牵扯到科学伦理种种问题，他们所主张的其实还是变相的形式主义"。①

但是，如果把这种对克罗齐的重新认定理解为对尼采的某种肢解，或者是对形式主义的全部肯定，那就误解朱光潜了。从某种意义上可以说，这不仅加强了对西方形式主义文艺美学历史渊源的认识，而且为克罗齐的形式主义美学注入了生命活力。因此，在朱光潜的笔下，克罗齐的"直觉"的美学原本就根植于叔本华的生命意志中，与尼采的超人意识密切相关，不可能完全脱离人的生命状态。这也就使得朱光潜有可能在基本接受克罗齐美学观念的同时，为其他不同的美学观念留下广阔的吸收和讨论余地。

例如他对于文艺与道德关系的探讨就是很好的例子。在这里面，朱光

---

① 朱光潜：《朱光潜美学文集》（第 1 卷），上海文艺出版社，1982 年，第 89 页。

潜不仅包容了西方各家学说，而且试图突破禁区表达观点。因为"道德"在此处的所指并不等同于西方美学中的普遍含义，而是包含了中国现实生活的特殊需要。为此，1981 年 7 月朱光潜再读即将重新出版的《文艺心理学》样稿时特别补注："讨论文艺与道德关系的七、八章，是在北洋军阀和国民党专制时代写的，其中的'道德'实际上就是指'政治'。"① 明白了这一点就可以理解，为什么西方不同的美学观念到了朱光潜笔下，就似乎变得团结起来了，说来说去差不多是一家人了。因为在《文艺心理学》中潜藏着作者的另一种用意，朱光潜并不是仅仅在分辨文艺道德说的谁是谁非，而是试图用一种美学的力量来对抗社会，表达自己对现实政治的不满。所以，他不仅欣赏克罗齐，而且喜欢托尔斯泰，因为他们都是用美和艺术来解放情感和美化人生的。他并不认为文艺能脱离政治，但是他认为并不是道德决定艺术，而是由艺术和美决定了道德（政治）的价值和意义，所以道德（政治）必须建立在符合美和艺术的原则之上，我们可以从下面一段提示艺术启发作用的话中领悟到更多的东西：

> 这种启发对于道德有什么影响呢？他伸展同情，扩充想象，增加对于人情物理的深广真确的认识。这三件事是一切真正道德的基础。从历史上看，许多道德信条到缺乏这种基础时，便为浅见和武断所把持，变为狭隘、虚伪、酷毒的桎梏，他的目的原来说是在维护道德，而结果适得其反。儒家的礼教，耶教的苦行主义，日本的武士道，都可以为证。②

不难看出，由于理论的距离，朱光潜对西方理论的解释和吸取包含着多种意义，有时候存在着一个潜在的意义结构。所谓中国现代文艺理论和批评中的多义性和隐意结构也许就是这样产生的。

这自然会涉及克罗齐。他不再只是一个面孔，而是拥有了几个面孔。

---

① 　朱光潜：《朱光潜美学文集》（第 1 卷），上海文艺出版社，1982 年，第 131 页。
② 　朱光潜：《朱光潜美学文集》（第 1 卷），上海文艺出版社，1982 年，第 130 页。

由于现实感的介入，在朱光潜的视野中，西方美学理论园地五彩缤纷，一时会显得比较遥远，他们之间的差别也会模糊不清，但是这就使他有机会回到中国的历史传统中来，重新思考中国文化的价值，并且在中国文学及其观念中找寻克罗齐的意义。实际上，朱光潜正是这么做的。1931 年，在他写完《文艺心理学》不久，就开始写作另一部美学著作《诗论》，以复兴中国的诗学理论。这原本是一部充满克罗齐理论色彩的著作，但是作者在序言中却有如此言说：

> 诗学在中国不甚发达的原因大概不外两种。一般诗人与读诗人常存一种偏见，意味式的精微奥妙可意会而不可言传，如经科学分析，则如七宝楼台，拆碎不成片断。其次，中国人的心理偏向综合而不喜分析，长于直觉而短于逻辑的思考。谨严的分析与逻辑的归纳恰是治诗学者所需要的方法。①

显然，这里所说的构成中国诗学不发达的弱点，恰恰又是克罗齐所偏重的方面，是他诗学的精粹所在。这一点朱光潜不会不清楚。所以他才感到进行比较诗学研究在中国是刻不容缓的事。他说："一切价值都由比较得来，不比较无由见长短优劣。现在西方诗作品与诗理论开始流传到中国来，我们的比较材料比以前丰富得多，我们应该利用这个机会，研究我们以往在诗创作和理论两方面的长短究竟何在，西方人的成就究竟可否借鉴。其次，我们的新诗运动正在开始，这运动的成功和失败对中国文学的前途必有极大的影响，我们必须郑重谨慎，不能让它流产。当前有两大问题须特别研究，一是固有的传统究竟有几分可以沿袭，一是外来的影响究竟有几分可以接受。这都是诗学者所应虚心探讨的。"② 其实，《诗论》所偏重的也正是中西诗学理论的比较，朱光潜从中所得到的不仅是差异，更多的是共鸣。

---

① 朱光潜：《朱光潜美学文集》（第 2 卷），上海文艺出版社，1982 年，第 3 页。
② 朱光潜：《朱光潜美学文集》（第 2 卷），上海文艺出版社，1982 年，第 4 页。

值得注意的是，《诗论》前后写了好几年，共十三章，但是从前至尾读去，感受会有所变化。刚开始时朱光潜明显地偏向于西方诗学理论，尤其是克罗齐的美学观念，认为中国的方法不可能解决诗的起源等理论问题，但是渐渐地有了变化，开始注重于对中国传统诗学资源的开掘，最后竟有点沉迷于中国的诗歌创作和理论中不能自拔，以论述陶渊明为全书的结束。从诗论到最后论诗人，这似乎有点走题，似乎离克罗齐越走越远，但实际上表现了朱光潜对中国传统美学境界的进一步认同；这种认同并非对克罗齐学说的背弃，而是从诗的内在心灵方面的进一步靠近。他这样理解作为诗人陶渊明的研究价值：

> 诗人与哲学家究竟不同，他固然不能没有思想，但是他的思想未必是有方法系统的逻辑的推理，而是从生活中领悟出来，与感情打成一片，蕴藏在他的心灵深处，等时机到来，突然迸发，如灵光一现，所以诗人的思想不应该离开他的情感生活去研究。①

这也就是说，不但诗人的思想，而且真正的诗论也绝不是从逻辑推理中来的，而是从诗人的创作、诗人的心灵和人格中来的。正是由于如此，朱光潜从陶渊明那里获得了真正的诗学真谛，同时加深了对克罗齐内在精神的体悟。

四、从克罗齐到燕卜荪

从《诗论》的写作可以看出，朱光潜并没有因为克罗齐就为自己的理论探索设置了一个封闭的圆圈，而是试图走出一条自己的路，正如他在文中所说的："本文用意不在批评诸家的表现说，而在建设一种自己的理

---

① 朱光潜：《朱光潜美学文集》（第 2 卷），上海文艺出版社，1982 年，第 213 页。

论."① 正是在他这条不断延伸的理论道路上，我们可以看到中西方文艺理论交流的新风景。

在《诗论》的结尾处，朱光潜曾对陶渊明做了如此评价：

> 这是艺术的最高境界。可以说是"化境"，渊明所以达到这个境界，因为像他做人一样，有最深厚的修养，有最率真的表现。"真"字是渊明的唯一恰当的评语。"真"自然也还有等差，一个有智慧的人的"真"和一个头脑单纯的人的"真"并不可同日而语，这就是Spontaneous 与 naive 的区别。渊明的思想和情感都是蒸馏过，洗练过的。所以在做人方面和作诗方面，都做到简练高妙四个字。②

这也许是朱光潜对诗的真谛的一种感悟。我们不仅可以联想到中国传统的"真能动人"的"精诚"之语，而且能觉察到英国批评家理查兹（I. A. Richards，1893—1979，又译瑞恰兹）的身影。记得韦勒克曾如此写道："理查兹不能摆脱'真诚'观念——英国批评传统的一个特点所造成的迷宫。他看到了它的某种困难，因为他借助鉴赏力和训练有素，对'强烈情感的自然流露'产生了怀疑。他看到，一首诗中的情感'不一定是现实中个人的'真实情感，他承认，'它会是想象的情感'。他不赞成下列说法：'诗歌应该出自内心，即：诗人用言词打开他的内心。'他看到，'真诚'同自发性相联系，同卢梭的浪漫主义虚构——'自然的人'相联系，但是他仍然作结论说：'总而言之，它是我们最坚持不懈地在诗歌中要求的品质。''真诚'对他来说仍然是'优秀诗歌的标准'，但是他竭力重新界说它，赋予它一种专门的意义，为此他求助于孔夫子的话，这些话同理查兹的思想与词汇毫无明显关系。我们最终了解到，真诚不过是'自我完善的愿望'，'服从于那种在心理中寻求更完善秩序的倾向'。他是我们的

---

① 朱光潜：《朱光潜美学文集》（第 2 卷），上海文艺出版社，1982 年，第 75 页。
② 朱光潜：《朱光潜美学文集》（第 2 卷），上海文艺出版社，1982 年，第 223—224 页。

老朋友——'有条理的心理'。一首诗如果帮助我们'整顿我们的心理'，它就是'真诚'的，因材施教是有价值的。"①

其实，无论韦勒克如何评价理查兹"真诚"观念与孔子言语的关系，理查兹与中国文化有密切关系是毋庸置疑的。作为英美新批评学派（The New Criticism）的代表人物，理查兹和艾略特曾经在批评界遥相呼应，有很多共同之处。后者曾与迷恋中国文化的庞德过往甚密，而前者与中国文化及文学有着更为亲近的联系。他在英国剑桥大学和美国哈佛大学当过教授，曾于 1930 年和 1950 年来到中国讲学，是中西方文艺理论交流中的一位重要人物。他的重要著作有《文学批评原理》（*Principles of Literary Criticism*，1924）、《科学与诗歌》（*Science and Poetry*，1926）、《实用批评》（*Practical Criticism*，1929）、《修辞哲学》（*The Philosophy of Rhetoric*，1936）、《意义的意义》（*The Meaning of Meaning*，with C. K. Ogden，1923）、《屏幕与别样的诗》（*The Screens and Other Poems*，1960）、《玄想的方法》（*Speculative Instruments*，1950）、《柯尔律治论想象》（*Coleridge on Imagination*，1934）等，其中包含了许多对中国文论思想的理解和发挥。对此已有研究者指出："瑞恰兹与中国文化关系较深。他提出的中和诗，有的也称之为包容诗，与儒道的中庸之道有关系。在与人合写的《美学原理》中，一头一尾都引用了《中庸》，卷首引朱熹题解'不偏之为中，不倚之为庸，庸者天下之定理'。从这个意义上说，他的包容性和综合性，其实就是中和诗。瑞恰兹认为，好诗总是各方面平衡的结果，对立的平衡是最有价值审美反应的基础，比单一的明晰的情感经验更具有审美价值，更能培养人的人格。此外，有些诗具有排他性，写欢乐缺乏忧郁，写悲伤缺乏滑稽，写理想缺乏绝望，从这个意义上说，瑞恰兹确实在建立一种以中国儒家思想为基础的'二重组合'的文学观。"② 不过，平心而论，理查兹的"中和之诗"是一种中国的"中庸"和西方的"平衡"观念的混合物，并没有摆

① ［美］雷内·韦勒克：《现代文学批评史 1750—1950 》（第 5 卷），章安祺、杨恒达译，中国人民大学出版社，1991 年，第 328—329 页。
② 胡经之、王岳川：《文艺学美学方法论》，北京大学出版社，1994 年，第 212 页。

脱西方文艺美学理论中的理智与情感、客体与主体的对垒与冲突。但是他所发现和开拓的理论的多义性则给后来者以很大的启迪。

值得注意的是，理查兹不但接受了中国文论的很大启发，而且反过来又参与和影响了中国现代文艺理论的发展。对朱光潜来说，他之所以能从克罗齐走向新的思考和综合，与理查兹也有很大关系。在《文艺心理学》中，他就表现出对理查兹的兴趣，在一些基本点上有所认同，例如谈到文艺和道德的关系，他大段引用了理查兹的观点并指出："托尔斯泰是一位虔诚的耶教信徒，不免把宗教的成见应用到艺术理论。但是近代科学家中也有些人深深地觉到文艺和道德的密切关系，虽然他们对于道德并没有什么成见。英国心理学派批评家理查兹（Richards）就是如此。在他看来，谈到究竟，艺术总须有价值。'价值'起于事物对于人生的关系，离开人生，便不能有所谓'价值'。艺术家的任务就在保存和推广人生中最有价值的经验。"他还如此解说并发挥了理查兹有关"中和"的理论：

> 什么是最有价值的经验呢？人类生来就有无数自然冲动（impulses）。这些自然冲动如食欲、性欲、名欲、利欲、哀怜、恐惧、欢欣、愁苦之类往往互相冲突。在实际生活中我们让某一种冲突自由实现，便须把所有的相反的冲动一齐压抑住或消灭去。但是压抑和消灭不是理想的办法，它是一种可惜的损耗。道德的问题就在如何使相反的冲突调和融洽，并行不悖；就在对于它们加以适宜的组织（organization）。"对于人类可能性损耗最少的就是最好的组织。"换句话说，在最有价值的经验中，多数的相反的冲动和兴趣能得最大量的调和，遭最少量的损耗和压抑。活动愈多，愈繁复，愈自由，愈不受阻碍，则生命亦愈丰富。据理查兹说，艺术的经验是最丰富的经验，因为在想象的世界里，实际生活的种种限制不存在，自然的冲动虽往往彼此互相冲突，我们却可把它们同时放在一个调和的系统里，不必

借压抑一部分冲动才可以给另一部分冲动以自由发展的机会。①

所以朱光潜很赞同理查兹"不附和文艺为欲望的升华说，却承认压抑自然冲动是一种生机的损耗"的态度，认为"我们要尽量地发展人的可能性，须走文艺的路，因为在文艺中相反的冲动可以调和"。

而更重要的是，理查兹的理论打开了艺术主体世界通向外在的表现力的道路，使文学批评开始真正关注于艺术形式和文本分析。这也就使朱光潜有可能从克罗齐"直觉即表现"的主观怪圈中走出来。他在《诗论》中指出："每个艺术家都可以告诉克罗齐，诗所表现的不能恰是画或其他艺术所能表现的。这种分别就起于传达媒介。每个艺术家都要用他的特殊媒介去想象，诗人在酝酿诗思时，就要把情趣意象和语言打成一片，正犹如画家在酝酿画稿时，就要把情趣意象和形色打成一片。这就是说，'表现'（即直觉）和'传达'并非先后悬隔漠不相关的两个阶段，'表现'中已含有一部分'传达'，因为它已经使用'传达'所用的媒介。单就诗说，诗在想象阶段就不能离开语言，而语言就是人与人互相传达思想情感的媒介，所以诗不仅是表现，同时也是传达。这传达和表现一样是在心里成就的，所以仍是创造的一部分，仍含有艺术性。至于把这种'表现'和'传达'所形成的创作用文字或其他符号写下来，只是'记载'（record）。记载诚如克罗齐所说的，无创造性，不是艺术的活动。克罗齐所说的'外达'只有两个可能的意义。如果它只是'记载'，从表现（直觉）到记载便不经过有创造性的'传达'，便由直觉到的情趣意象而直抵文字符号，而语言则无从产生，这是不可思议的。如果它指有创造性的'传达'加上记载，则他就不应否认它的艺术性。克罗齐对于此点始终没有分析清楚。"② 可见，朱光潜对中国传统诗学及创作的重新认识和理论总结并不是偶然的，其中也有西方理论家的启发和推动。

就西方现代文艺美学理论的发展来看，经历了从艺术主体的解放到表

---

① 朱光潜：《朱光潜美学文集》（第 1 卷），上海文艺出版社，1982 年，第 112—113 页。
② 朱光潜：《朱光潜美学文集》（第 2 卷），上海文艺出版社，1982 年，第 81—82 页。

现形式的自觉，从探讨艺术中介的意义进而意识到传播价值的过程。由此形成了从主体论向本体论的转换。理查兹和艾略特等人所代表的"新批评派"在此期间表现出了这种倾向的转变，不仅仅在新的历史时空中更新了西方文艺美学传统，而且体现了与东方文化及其文学联结的新观念。

继理查兹之后，燕卜荪是另一个与中国现代文艺理论发生密切关系的新批评派理论家。据韦勒克说，威廉·燕卜荪（William Empson，1906—1984）无疑是理查兹最有天资、最有影响的理论后继者，他于 1928 至 1929 年在剑桥大学（当时他只有二十二三岁）时便是理查兹的学生。当时他写了一篇英国荣誉学位考试论文，这篇论文经过扩充和加工之后，于 1930 年以《歧义的七种类型》① 的标题出版，理查兹为此非常得意。而韦勒克没有提到的是，燕卜荪受其导师的影响，同样对中国有着浓厚兴趣，也曾两次来中国讲学。除了《歧义的七种类型》（*Seven Types of Ambiguity*，1930）之外，燕卜荪的主要著作还有《论几种田园诗》（*Some Versions of Pastoral*，1935）、《复杂词的结构》（*The Structure of Complex Words*，1951）、《密尔顿的上帝》（*Milton's God*，1961）、《传记的运用》（*Using Biography*，1984）等。

还未见到对燕卜荪所受中国影响的深入研究，但是细读其《歧义的七种类型》等著作可以感受到，他与理查兹在思路上非常接近于中国传统文论。理查兹所意识到的"诗学的张力"及其对文学语言多义性和复杂性的关注，恰好迎合了中国诗学中对微言大义的考量，这也是中国诗歌中比兴手法的精妙绝伦之处。朱光潜显然意识到了这一点，所以他在《诗论》中用了很大篇幅来讨论"诗与谐隐"，从很多方面来考察中国诗歌语言文字中的类似现象。他还特别强调："中国素以谜语巧妙名于世界，拿中国诗和西方诗相较，描写诗也比较早起，比较丰富，这种特殊发展似非偶然。中国人似乎特别注意自然界事物的微妙关系和类似，对于它们奇巧的凑合特别感兴趣，所以谜语和描写诗都特别发达。"② 至于中国诗中的比喻、双

---

① 这本著作也被译为《朦胧的七种类型》，1996 年由中国美术学院出版社出版。
② 朱光潜：《朱光潜美学文集》（第 2 卷），上海文艺出版社，1982 年，第 40 页。

关、意象与情趣的契合等，他都进行了分析。特别是在"关于诗的境界的几种分别"讨论中，朱光潜从分析王国维"隔"与"不隔"出发，也涉及歧义的类型问题："我们不能希望一切诗都'显'，也不能希望一切诗都'隐'，因为在心理和生理方面，人原来有种种'类型'上的差异。"所以他也相当重视讨论诗学中的语言问题，把它看成解决艺术表现问题的关键所在。

如果说克罗齐从内在心理上突破了西方文艺美学的理性逻辑，那么燕卜荪则在文本和语言方面打破了西方文学创作中确定性的观念，比理查兹更突出地提出了文学创作中朦胧性和含混性的价值观念。无疑，这种观念在西方表现为一种独创性的理论创新，因为他走出了理性主义和功利主义语言观，发现了文学创作中某种不确定因素和状态的意义。由此而来，艺术欣赏和评判也不再仅仅是一种分析、评论和说明的过程，而成为一种充满猜想、品味、赏析并容许进行创造性想象和发挥的过程。这在某种程度上与中国传统文艺美学批评观念有相通之处。其实，燕卜荪在论及诗的朦胧意味时，就引用了陶渊明的《时运》一诗中"迈迈时运，穆穆良朝"作为例子，说明在简单的词语中如何"潜藏着天机"。[①] 由此可以看出，随着交流的深入，文艺理论的创造和建设中的中西界线也越来越朦胧，越来越模糊了。

---

① ［英］威廉·燕卜荪：《朦胧的七种类型》，周邦宪、王作虹、邓鹏译，中国美术学院出版社，1996年，第29—30页。

第八章

以天窥管，以海测蠡

——钱锺书的文学理论发现

中国传统文艺理论中有一种"大象无形"的观念，表达了一种超越形迹的美学理想。从整个中西文艺理论发展过程来看，交流作为一种空间的扩展，并不是在扩大中西文化的距离和界线，而是在化解和消融其所造成的隔阂和距离，使理论创造进入一种"大方无隅"的境界，即文学思考无新旧之分、无中西之分、无古今之分的世界。这时，不仅中西文艺美学理论的疆界与分别变得模糊了，而且其地域文化属性也不再显得明显和突出了。而任何一种理论创造又都综合了多种文化的意识成果，表现为一种人类性的思想发现。正是从这个意义上说，在中西方文艺交流中，无形迹的现象更为引人入胜，因为它隐藏着更多和更深的秘密，包括文化的和个人的。就20世纪来说，一种广阔的世界文化背景和视野的拥有和建立，是最基本、最具有挑战性的学术基础工程，这并不容易。因为这意味着一个超越某种传统思想观念的、更为宽广的理论价值体系的确立，人们不再仅仅从本民族和本地域文化传统出发去理解文学的意义，而是在不同文化传统的共同理想中寻求沟通和理解。在这方面，钱锺书的学术活动无疑体现了一种新的视野和理论方式的发现。

一、从感通到通感

在钱锺书的文学理论与批评中，通感是一个最为人所知的观念。尽管钱锺书在论述它的时候，主要所涉及的是文学创作和欣赏现象，特别是在中国古典诗词中的表现。但是仅仅局限于此来理解其意义是不够的。实际上，通感也是打开钱锺书整个文学理论世界的一把钥匙，它表现了研究和理解各种不同类型文学的思路和方式，即以细读和文本比较的途径捕捉和理解不同情景中人类共通的艺术感觉。可以说，这是融通了古今中外许多的文学理念，特别是文艺心理批评学派和新批评学派观念的一种方法，特点是把感受批评与文本分析研究紧密结合，融为一体，寻求一种理解和贯通艺术创作的"理论之眼"。

要把握通感的理论含义也许得从感通入手。感通在西方哲学和心理学中一直受到重视，很多理论家都从不同层次和方面注意到了它的存在。柏克莱在《视觉新论》中就注意到人的各种感官在生理上具有某种内在联系，所以在感觉上是可以互相沟通的。他指出："我们必须承认，借光和色的媒介，别的与此十分差异的观念也可以暗示在心中。不过听觉也一样具有此种间接的作用，因为听觉不但可以知其固有的声音，而且可以借它们为媒介，不但把空间、形相和运动等观念暗示在心中，还可以把任何借文字表示出来的观念提示于心中。"显然，这里的"暗示"就包含着某种意义上的感通现象。柏克莱认为它是在人的感觉经验基础上产生的，是由人们习惯地观察到两种或两种以上的观念一块出现的恒常现象所决定的。休谟（David Hume，1711—1776）对此似乎有类似的看法，他说："我们如果考察物体的各种作用和原因之产生结果，那我们就会看到，各种特殊的物象是恒常地会合在一起的，而且人们借习惯性的转移，会在此一物象出现后，相信有另一物象。"① 这也就是说，人们在感知世界事物的过程中，各个感官之间是互相联系的，一方面能够以综合感觉的形式获得对事物的总体观念；另一方面在认识事物过程中，个别的感觉是在感官的相互联系中获得它的实在意义的，所以，某一性质的感觉可以同其他性质的感觉构成某种或同一、或相似、或补充甚至替代的关系。一个人在认识客观事物过程中，愈能沟通各个感官领域之间的关系，感觉就会愈丰富，判断就会愈灵敏。不过，对于伯克莱或者休谟来说，这种"暗示"或者"习惯性转移"最终都被理解为一种观念的结果，因为在他们看来，观念是最后唯一具有综合感觉能力的心理形式。尽管人的感觉可以排列组合成无限的结构形式，不断扩大它们的感知范围和深度，但是如果没有观念的综合，它们就不可能形成对事物相互关系的把握，在人的感觉领域内构成对事物的整体反映。

对于人类感觉可以感通这一特点的认识，自然影响到了对艺术的认识，因为文学艺术最终是离不开感官和形象的，艺术的魅力首先来自其感性力量，这正如李斯特论肖邦时所说："艺术的多种多样的形式可以说是一种咒语。艺术家想把感觉和热情变成可感、可视、可听，并且在某种意义上是可触的东西，他想传达这些感觉的内在的全部活动，而艺术的各种各样的公式正是供在自己的魔圈中唤起这些感觉和热情用的。"② 对于这种艺术魅力的理解和追求，无疑也促进了对人的艺术感通能力的认知和开发。一些西方艺术理论家开始从生理学、心理学、哲学等方面去探讨各种不同感觉形式的贯通性，并进一步说明由此一美感引起彼一美感的艺术效果。美国音乐理论家 G. 黑顿曾指出，"听觉具有某种触觉的性质"，"内耳的器官和外侧线感官以及皮肤感官，从种系发展来说可能都是'触觉结构的某种最普遍的形式发展而来'"。③ 奥地利的汉斯立克还提出了一种音

---

① [英] 休谟:《人类理解研究》，商务印书馆，1957 年，第 83 页。

② [匈] 李斯特:《李斯特论肖邦》，张泽民、高士彦、虞承中、郭笒译，人民音乐出版社，1965 年，第 2 页。

③ 音乐译丛编辑部:《音乐译丛》（第 4 集），音乐出版社，1963 年，第 229 页。

乐审美中的"替代"观点："通过乐音的高低、强弱、速度和节奏化，我们听觉中产生了一个音型，这个音型与某一视觉印象有着一定的类似性，它是在不同的种类的感觉间可能达到的。正如生理学上在一定的限度内有感官之间的'替代'（Vikaricrcon），审美学上也有感官印象之间的某种'替代'。"①而莱辛在《拉奥孔》中曾举霍加兹的绘画《愤怒的音乐家》为例来说明，一个画家怎样用诉诸视觉的符号来描绘听觉和其他感觉的对象的。

　　当然，倡导"直觉即表现"美学观念的克罗齐也意识到了艺术中的感通现象，他在谈到绘画中形象的整体审美效果时说："又有一种怪论，以为图画只能产生视觉印象。腮上的晕，少年人体肤的温暖，利刃的锋，果子的新鲜香甜，这些不也是可以从图画中得到的印象吗？假如一个人没有听、触、香、味诸感觉，只有视觉器官，图画对于他的意义如何呢？我们所看到的而且相信只用眼睛看的那幅画，在他的眼光中，就不过像画家的涂过颜料的调色板了。"②绘画是如此，其他各门艺术何尝不是如此呢？哪一种艺术形象不是艺术家用全部身心去感受和体验的结果呢？因为艺术形象和艺术画面要获得自己完整的生命力，达到闻之有声、视之有象、触之有物、呼之欲出的效果，就必须有艺术家全部生命的投入，能够激发欣赏者的所有感情和感觉，这样才能实现。而文艺美学理论的最终价值就是探索、理解、发现、揭示和传达这种艺术的奥秘。随着人们对于人的心理活动的更为深入而全面的认知，也愈来愈注意到了艺术创作和欣赏中的感通现象。应该说，在审美活动中，无论是外在的直观形式还是内在心灵的艺术表现，都离不开人的各种生理和心理反应的沟通及综合现象，艺术审美活动实际上是一种人的生命能够全部投入的、能够从某个方面透彻地意识到自己的、高级和综合的行为过程。如雪花飘落、骏马奔驰、红日东升，小鸟歌唱等，这些现象可以用音乐、绘画、舞蹈、雕塑等各种不同的艺术

① ［奥］爱德华·汉斯立克：《论音乐的美》，人民音乐出版社，1980年，第28—29页。
② ［意］克罗齐：《美学原理》，朱光潜译，商务印书馆，2012年，第7页。

方式表现，并诉诸人们不同的感官世界，都可能把人们引导到一种充满艺术活力的境界中去——尽管它们各自有自己独特的展现和回味方式。这时，艺术给予人们的绝不仅仅是某种单一的视觉或听觉形象——尽管它们有可能是用某一种媒介直接诉诸人们感官的，但是其目的却是调动和激发人的整体生命状态，给予人们一种动人的完整的艺术感觉。我们还可以说，所谓人的艺术活力和能力，就在于是否能够通过运用或欣赏某种艺术媒介，最大限度地沟通和综合自己的生命的各种感觉，形成一种独特的艺术状态和境界。所以，人们的艺术感通能力发挥得愈充分，艺术活动所呈现出的生命感就愈广阔、愈鲜明、愈具风采。

钱锺书很早就注意到了西方理论家对感通现象的关注及其论述，并把它应用到了文艺批评领域。《中国画和中国诗》就是一篇以新的理论视角重新评估诗与画艺术价值的论文。从心理美学上来说，它所涉及的是不同媒介和感官互相沟通的程度及其差异问题。钱锺书之所以对此感兴趣，正如文中所指出的："诗和画既然同是艺术，应该有共同性；它们并非同一门艺术，应该各具特殊性。它们的性能和领域上的异同，是美学上重要理论问题。"① 因此，这篇论文虽然题名为《中国画和中国诗》，但却是从中西文论的广泛对比中寻求解答的。他所具体关注的是诗与画的关系，而潜

---

① 钱锺书：《七缀集》，上海古籍出版社，1994 年，第 7 页。

在的意味还包含沟通中西方文论以及传统和现代关系的努力。① 他在文中所谈到的圣佩韦（Sainte-Beuve）、克罗齐（Croce）、柏格森、休谟、达·芬奇、鲁本斯、康德等西方人士的观念，都与中国传统文艺观点产生了某种沟通和对比效果。也许为进一步加深对文艺中感通现象的理解，钱锺书专门还写了《读〈拉奥孔〉》一文，把诗与画，即视觉与听觉之间的审美关系，引申到更广阔的时间与空间关系中去探讨。显然，这里的"读"是一种比较的读，是在不同文化背景中的读，自能"读"出一番新的意义来。由于中国诗论画论的对比，莱辛所讲的"诗歌的画"和"物质的画"的区别不仅表现在时空的限制上，更由于人的各种不同感情感觉的参与而显得格外突出。这时，通感问题实际上已经呼之欲出了，它作为一种诗歌无与伦比的"画不就"的品质而受到钱锺书的偏爱。因为语言文字不但能写出有形的，可捉摸的物体，而且能表现出"笼罩的，气氛性的景色"，"寥阔，流动，复杂或伴随着香味、声音"的景物；能够"调和黑暗和光明的真矛盾，创辟新奇的景象"；"诗歌里渲染的颜色，烘托的光暗可能使画家感到彩色碟破产，诗歌里勾勒的轮廓，刻划的形状可能使造型艺术家感到凿刀和画笔力竭技穷"。②

---

① 关于沟通现代与传统的关系的努力，钱锺书在文中有如此论述："一时期的风气经过长时期而能持续，没有根本的变动，那就是传统。传统有惰性，不肯变，而事物的演化又迫使它以变应变，于是产生了一个相反相成的现象。传统不肯变，因此惰性形成习惯，习惯升为规律，把常然作为当然和必然。传统不得不变，因此规律、习惯不断相继破例，实际上做出种种妥协，来迁就演变的事物。批评史上这类权宜应变的现象，有人曾嘲笑为'文艺里的两面派假正经'（ipocrisia letteraria），表示传统并不呆板，而具有相当灵活的机会主义。它一方面把规律定得严，抑制新风气的发生；而另一方面把规律解释得宽，可以收容新风气，以免因对抗而地位摇动。它也颇有外交老手的'富有弹性的坚定'（elastic or flexible rigidity）那种味道。传统愈悠久，妥协愈多，愈不肯变，变的需要愈迫切。于是不能再委曲求全，旧传统和新风气破裂而被它破坏。新风气的代兴也常有一个相反相成的表现。它一方面强调自己是崭新的东西，和不相容的原有传统立异；而另一方面更要表示自己大有来头，非同小可，向古代也找一个传统作为渊源所自。例如西方十七八世纪批评家把新型的长篇散文小说遥承古希腊、罗马的史诗，圣佩韦认为当时法国的浪漫诗派蜕变于法国16世纪的诗歌。中国也常有相类的努力。"
② 钱锺书：《七缀集》，上海古籍出版社，1994年，第39页。

由此说来，"通感"是钱锺书对中西文论中相关问题进行比较研究的结果，多少有点偶尔得之的味道。所谓偶尔得之，一方面是钱锺书在探讨大问题——不同艺术领域的异同——的时候，对小问题——关于语言文字艺术的表现力——有了新的发现和感触；另一方面则是从对于小问题——通感效应作为诗歌表现艺术的特殊优势——的比较分析中获得了大发现，认为这不仅是中国诗文中"古代批评家和修辞家似乎都没有理解或认识"的一种描写手法，而且也是中西文论研究中相当薄弱，但又非常有价值的一个话题。就后者来说，这是一个真正的"以天窥管，以海测蠡"的过程，关键在于钱锺书拥有一个中西学问的广阔天空和古今文学的汪洋大海，所以能够赋予"通感"以特殊的理论价值。在对通感的论述中可以看出，钱锺书一方面很熟悉西方从亚里士多德以来对于这一心理现象的论述，另一方面很清楚在这方面理论上的薄弱和匮乏。

正如我们已经说过的，对于通感这一人类心理和艺术现象，从亚里士多德到克罗齐，都曾有过论述，并不是一个全新的发现。而到了近代，有更多的理论家和艺术家对此类现象感兴趣。除了克罗齐对直觉及综合心灵的论说之外，波德莱尔（钱锺书经常在文论中提到他）及其象征派的诗歌理论也曾引起过人们对于通感的注意。例如朱光潜在《诗论》中就指出过："又一派诗人，像英国的史文朋（Swinburne）与法国的象征派，想把声音抬到主要的地位，魏尔伦（Verlaine）在一首论诗的诗里大声疾呼'音乐明，高于一切！'（de la musique avant chose）一部分象征诗人有'着色的听觉'（colour-hearing）一种心理变态，听到声音，就见到颜色。他们根据这种现象发挥为'感通说'（Correspondance），参看波德莱尔用这个字为题的十四行诗，以为自然界现象如声色嗅味触觉等所接触的在表面上虽似各不相谋，其实是遥相呼应、可相感通的，是互相象征的。"[1] 但是很显然，波德莱尔感通说在理论上并没有深入进行探讨，甚至没有超出克罗齐的感性直觉范畴。因此我宁愿把它称为艺术创作中的感通现象，而并

---

① 朱光潜：《朱光潜美学文集》（第 2 卷），上海文艺出版社，1982 年，第 109 页。

不是通感的理论发现。

事实上，朱光潜对通感的评价似乎与燕卜荪有点类似，后者曾在《朦胧的七种类型》中谈到：

在这类情况下，用一种感觉去进行领悟，却是根据另一种感觉来进行描绘，或在与另一种感觉的比较中得到描绘的，人们称之为通感，有时候它无疑是有效的。它把读者引向混沌不清的感觉状态，而这种状态为所有这类感觉所共有；它也许还会将读者引回幼儿时候分不清各种感觉的混沌状态，引起一种初步的感觉紊乱，有些类似如头晕、癫痫或麦斯卡尔一类药物造成的感觉。所见的形象实例是变化了的声音。服用麦斯卡尔的人有"纯诗歌"的读者所共有的感受，自己看到了非常悦目但又从未见过的崭新色彩，正是了解非常重要而又有趣的某种东西。不过他们就是说不清它到底是什么。不过这种失调对读诗的人究竟有多重要，却很难说清楚，我们也难确定它什么时候产生。它常常只是肯定第一类朦胧的手段。①

可以看出，也许由于一种潜在的理性的偏见，燕卜荪尽管突破了克罗齐的审美直觉说，把通感引入了修辞领域，但是并没有从审美感觉和艺术欣赏方面真正接受和理解通感的艺术价值。在这里，通感似乎成了一种不正常的病态现象，全然没有了钱锺书所传达的那种艺术魅力。朱光潜虽然比燕卜荪（也许出于中国古典诗歌的特殊熏陶和欣赏习惯）更能接受甚至欣赏波德莱尔的这种艺术感通意识，但是还是把它列入了"变态"的范围。

真正从理论上发现通感艺术意味的是钱锺书。我之所以如此说，是因为钱锺书从中西文论两方面看到了在这方面的理论缺失，自觉地把通感引入到了文艺美学领域。对此他在论文开始不久就指出："通感很早在西洋

---

① ［英］威廉·燕卜荪：《朦胧的七种类型》，周邦宪、王作虹、邓鹏译，中国美术学院出版社，1996年，第15—16页。

诗文里出现。奇怪的是，亚里士多德的《心灵论》里虽提到通感，而他的《修词学》里却只字不谈。"① 这说明钱锺书有意识把通感从内在感觉领域导引而出，赋予其艺术传达和修辞学的意义。这似乎有转向燕卜荪或新批评派的嫌疑，但是正如我上面所指出的，燕卜荪并没有真正接受和理解通感的艺术意义，过于倾向于理性和分析的思维方式使他不能够同时把艺术表现中的心理色彩和修辞方式融为一体。因此，修辞成了一把理性的利刃，割舍了艺术创作中某种不确定的感性色彩。就此而言，钱锺书不仅走出了克罗齐拘泥于"执心弃物"的误区，使通感能"得手应心"，得以艺术传达和表现的阐释和理解;② 同时又从艺术创作的实例出发，肯定了通感作为一种语言文字的艺术表达和表现方法的心理意味，因此避免了燕卜荪的偏颇。

二、从比较到契合

从钱锺书与燕卜荪的比较中可以看出，尽管燕卜荪在思路上对西方传统思维方法有所超越，开始关注文学中不确定的因素和状态，但是到了对具体问题现象的理解和分析上仍然非常注意所谓的普遍性和理性原则，这在某种程度上也表现出了"新批评派"在理论上的形式主义价值取向。特别是与中国的钱锺书相对比，燕卜荪的理论思路和论述方法仍然带有不可救药的推理性和逻辑化的性质，缺乏钱锺书那种感性的、品味性的色彩。具体来说，燕卜荪在评价通感现象的时候，尽管在一定程度上放开了尺度，但是潜在地仍然拥有某种理论观念的限定，随时可能把某种不合标准的现象排除在外;而钱锺书则更多地从一种欣赏的角度切入，首先从作品

---

① 钱锺书:《七缀集》，上海古籍出版社，1994 年，第 62 页。
② 关于钱锺书对克罗齐的态度，可参见郑朝宗所编《〈管锥编〉研究论文集》（福建人民出版社 1984 年版），其中何开四《钱锺书美学思想的历史演进》中有"对克罗齐唯心主义美学观的批评"一节可供参考。

中获得美感，甚至沉醉于具体作品的艺术感受，然后从中领悟到某种理性的意趣。对于这种不同文化背景中文学批评状态的区别，钱锺书自己或许有最贴切的感触，他曾说道："习惯于一种文艺传统或风气里的人看另一种传统或风气里的作品，常常笼统、概括。譬如在法国文评家眼里，德国文学作品都是浪漫主义的，它的古典主义也是浪漫的，非古典的（unclassical）；而在德国文评家眼里，法国的文学作品都只能算古典主义的，它的'浪漫主义'至多是打了对折的浪漫（only half romantic）。德、法比邻，又同属于同一西洋文化大家庭尚且如此，中国和西洋更不用说了。"①

当然，这种区别并不能阻止在文学领域里通感现象的发生，除非研究者过分拘泥于概念和名词，而不是从具体的艺术作品，甚至是在具体描写中寻求沟通的感觉。也正是由于这一点，钱锺书的文学比较往往是从文本的细节开始的，其结论也是从具体的文学鉴赏和批评中生发的。其实，所谓通感理论的发现和延展也是从古今中外具体的文学作品中生发出来的。在《管锥编》中，钱锺书从《列子》黄帝"神游"谈起，涉及老子、庄子、佛家典籍、《朱子语类》、《新唐书》等多家学说中的看法，勾勒出了通感理念的由来和潜在意义，然后指出了它和西方象征派文学中波德莱尔（Baudelaire）在创作中的某种沟通："西方神秘宗亦言'契合'（Correspontia），所谓'神变妙易，六根融一'（O métamorphose mystique-De tous mes sens fondus en un）。然寻常官感，时复'互用'，心理学名曰'通感'（Synaesthesia）；证之诗人赋咏，不乏其例，如张说《山夜闻钟》：'听之如可见，寻之定无象。'盖无待乎神之合无，定之生慧。"②

在这里，我们可以发现对于同一个词语 Correspontia 的两种译法——通感和契合。也许这两种译法各有所侧重，通感和契合——就波德莱尔诗中的意义来说——原本就有相通之处：神秘的通感是达到与万事万物契合的最理想状态，而契合则是一种消除一切隔阂的艺术状态的实现，这原本是一个共同的艺术过程。然而，对钱锺书来说，通感和契合的这种相通之处

① 钱锺书：《旧文四篇》，上海古籍出版社，1979 年，第 14 页。
② 钱锺书：《管锥编》（第 2 册），中华书局，1979 年，第 481—484 页。

不仅在于一种感性的创作心理状态，而且是一种文艺美学的理论境界。他曾如此说道：

> 一家学术开宗明义之前，每有暗与其理合，隐导其说先者，特散钱未串，引弓不满，乏条贯统纪耳。群言歧出，彼此是非，各挟争心而执已见，然亦每有事理同，思路通，所见遂复不期而同者，又未必出于蹈迹承响也。若疑似而不可遽必，毋宁观其会通，识章水之交贡水，不径为之谱牒，强瓜皮以搭李皮。故学说有相契合而非相授受者，如老、庄之于释氏是已；有扬言相攻而隐相师承者，如王浮以后道家伪经之于佛典是已。①

可见，钱锺书是在有意识地追求一种契合的理论境界。而何以能达到一种契合的境界，却是钱锺书先生一直在探讨的。其实，就一种理论体系而言，钱锺书并未有"一家学术开宗明义"的打算，但是很看重"观其会通"的效果。所以他不但很欣赏庄子《齐物论》中的思想，而且迷恋过中国特有的"拟人化"批评方法。1937 年他在《中国固有的文学批评的一个特点》中专门提出了"人化文评"这个问题进行讨论：

> 这个特点就是：把文章通盘的人化或生命化。《易·系辞》云："近取诸身……以通神明之德，以类万物之情。"可以移作解释，我们把文章看作我们同类的活人。《文心雕龙·风骨篇》云："词之待骨，如体之树骸；情之含风，犹形之包气……瘠义肥词。"有《附会篇》云："以情志为神明，事义为骨髓，词采为肌肤，宫商为声气……义脉不流，偏枯文体。"《颜氏家训·文章篇》云："文章当以理致为心肾，气调为筋骨，事义为皮肤。"宋濂《文原·下篇》云："四瑕贼文之形，八冥伤文之膏髓，九蠹死文之心。"魏文帝《典论》云："孔融

---

① 钱锺书：《管锥编》（第 2 册），中华书局，1979 年，第 440 页。

体气高妙。"钟嵘《诗品》云："陈思骨气奇高，体被文质。"——这种例子哪里举得尽呢？我们自己喜欢乱谈诗文的人，谈到文学批评，也会用什么"气"，"骨"，"力"，"魄"，"神"，"脉"，"髓"，"文心"，"句眼"等名词。翁方纲精思卓识，正式拈出"肌理"，为我们的文评，更添上一个新颖的生命化名词。古人只知道文章有皮肤，翁方纲偏体验出皮肤上还有文章。现代英国女诗人薛德莲女士明白诗文在色泽音节以外，还有它的触觉方面，换作"texture"，自负为空前的大发现，从我们看来，"texture"在意义上、字面上都相当于翁方纲的所谓肌理。从配得上肌理的 texture 的发现，我们可以推想出人化批评应用到西洋诗文也有正确性。①

值得注意的是，钱锺书在这里所谈的虽然是中国"固有"的文学批评特点，但是仍然不断引用西方有关论述作为对比，以说明西方并非没有人化批评，只是在"规模"上没有如此突出。并指出："西洋谈艺者稍有人化的趋势，只是没有推演精密，发达完备。"② 而且在说明人化批评的意义和根据时，依据的又正是朱光潜《文艺心理学》中的观念："一切艺术鉴赏根本就是移情作用，譬如西洋人唤文艺鉴赏力为 taste，就是从味觉和触觉上'推类'为确的名词。"他还认为，人化批评不过是移情作用发达到最高点的产物。其实一切科学、文学、哲学、人生观、宇宙观的概念，无不根源于移情作用。我们对于世界的认识，不过是一种比喻的、象征的、像煞有介事的诗意的认识。用一个粗浅的比喻，好像小孩子要看镜子的光明，却在光明里发现了自己。人类最初把自己沁透了世界，把心钻进了物，建设了范畴概念；这许多概念慢慢地变硬变定，失掉本来的人性，仿佛鱼化了石。这里似乎人化批评又和西方的"移情"观念合而为一了。有人认为，后来钱锺书自己放弃了"人化批评"的提法，只是仍然坚持了

① 周振甫、冀勤：《钱钟书〈谈艺录〉读本》，上海教育出版社，1992 年，第 393—394 页。

② 周振甫、冀勤：《钱钟书〈谈艺录〉读本》，上海教育出版社，1992 年，第 401 页。

"近取诸身"的意见，其实并不确切。与其说钱锺书改变了自己的看法，不如说他更侧重于发现中外古今文论中的契合之处，而不是强调中国文论的固有特点。因此，有关"固有特点"的文章，钱锺书也没有再做下去。①

我的这种看法还可以从钱锺书后来的文学论说中得到证明。《谈中国诗》（1945 年 12 月 6 日）就是一篇重要文章，其中所谈的侧重点就是"中国文学跟英美人好像有上天注定的姻缘"与"中国诗不但内容常常相同，并且作风也往往暗合"。他还指出：

> 所以，（给）你们讲，中国诗并没有特特别别"中国"的地方。中国诗只是诗，它该是诗，比它是"中国"更重要。好比一个人，不管他是中国人，美国人，英国人，总是人。有种卷毛凹鼻子的哈巴狗儿，你们叫它"北京狗"（Pekinese），我们叫它"西洋狗"，《红楼梦》的"西洋花点子哈巴狗儿"。这只在西洋就充中国而在中国又算西洋的小畜生，该磨快牙齿，咬那些谈中西本位文化的人。每逢这类人讲到中国文艺或思想的特色等等，我们不可轻信，好比我们不上"本店十大特色"那种商业广告的当一样。中国诗里有所谓"西洋的"品质，西洋诗里也有所谓"中国的"成分。在我们这儿是零碎的，薄弱的，到你们那儿发展得明朗圆满。反过来也是一样。

可以说，钱锺书在这里所关注的"姻缘"或者"暗合"，就是中外文学的契合之处，但是要想得到它们就得有一种比较的眼光和学识，因为"假如一位只会欣赏本国诗的人要作概论，他至多就本国诗本身分成宗派或时期而说明彼此的特点。他不能对整个本国诗尽职，因为也没法'超以象外，得其寰中'，有居高临远的观点"。

所以，几乎和朱光潜一样，钱锺书也对王国维"隔"与"不隔"的说

---

① 钱锺书曾在这篇文章中谈到"中国文评还有其他特点，本篇只讲人化"，但是后来没有再刻意写此类文章。这篇文章的写作当时也是为了满足别人的要求而写的。

法很感兴趣，很早就写了《论不隔》（1934 年 7 月）一文，就一个偶然的发现——由安诺德（Arnold）挪用柯尔律治的诗为翻译标准而联想到王国维的"不隔"——而感到如此欢欣鼓舞："多么碰巧，这东西两位批评家的不约而同！"而这种兴奋又正是与一种理论发现连在一起的："这样'不隔'说不是一个零碎、孤独的理论了，我们把它和伟大的美学绪论组织在一起，为它衬上了背景，把它放进了系统，使它发生了新关系，增添了新意义。"而我注意到，钱锺书当时对于"不隔"的理解就已传达了他对理论的某种思考："'不隔'不是一桩事物，不是一个境界，是一种状态（state），一种透明洞澈的状态——'纯洁的空明'，譬之于光天化日；在这种状态之中，作者所写的事物和境界得以无遮隐地暴露在读者的眼前。作者的艺术的高下，全看他有无本领来拨云雾而见晴天，造就这个状态。"① 还有一种说法是钱锺书 1988 年 9 月写到的："我的和诗有一联'中州无外皆同壤，旧命维新岂陋邦'。我采用了家铉翁《中州集序》和黄庭坚《子瞻诗句妙一世》诗的词意，想说西洋诗歌理论和技巧可以贯通于中国旧诗的研究。"②

所谓"透明洞澈"的"无遮隐"，所谓"贯通"，都与一种契合的理论追求相连。这和钱锺书在《谈艺录》中所言"造化之秘，与心匠之运，沆瀣融会，无分彼此"是相通的。李洪岩在《钱锺书与陈寅恪》一文中曾称"这是一种超越中西、南北、体用等界限的文化观"，我很赞成。要言之，如同钱锺书先生自述，就是"故必深造熟思，化书卷见闻作吾性灵，与古今中外为无町畦，及乎因情生文，应物而付，不设范以自规，不划界以自封，意得手随，洋洋乎只知写吾胸之所有，沛然觉肺肝中流出，曰新曰古，盖脱然两忘之矣"。③ 无疑，这种契合的学术追求对中国文艺理论和比较文学产生了深远的影响。例如著名学者王佐良 1985 年出版了他的比较

---

① 钱锺书：《钱钟书作品集》，敦煌文艺出版社，1997 年，第 677 页。
② 钱锺书：《钱钟书作品集》，敦煌文艺出版社，1997 年，第 653 页。
③ 李洪岩、范旭仑：《钱锺书评论》（第 1 卷），社会科学文献出版社，1996 年，第 65 页。

文学研究集《论契合》（*Degrees of Affinity*），就把契合看作一种文学发展的重要法则，他说："契合表现在文学的所有方面。除了超越世纪之外，它不受任何时期的限制。对古代作家的兴趣的契合会显示在不同时代的作品中。……也许最引人注目的契合是在人们最意想不到的地方发现的：在两种拥有完全不同语言和传统背景的文学之间。"至于他对于中西文学在诗歌和戏剧方面的比较研究，特别是现代诗在中国 20 世纪 40 年代施进情况的考察，为中国文艺批评提供了有益的尝试。

三、关于理论的建构和拆解

在理论建构方面，钱锺书似乎并没有刻意追求，但是谁也不会怀疑他在具体文艺思想对比分析中所显露出来的理论胸怀与价值。就拿对通感和契合的思考来说，他无疑为中国文艺理论和批评开通了一个透明、无遮蔽的世界。到了 20 世纪 80 年代，除了王佐良致力于发现中西文学之间的契合之处外，很多理论家和批评家都开始关注此类的问题和现象。例如陈平原在探讨林语堂与克罗齐关系时就指出："正是克罗齐'表现说'与林语堂心境的某种契合，使之成为灵妙的拐棍，帮助林语堂完成思想的转折与文学的入门。尽管林语堂缺乏必要的理论修养，短于抽象思维，无力把握克罗齐庞大的'心灵的哲学'（包括美学、逻辑学、实用活动的哲学、历史学），但对其美学中'美即表现'这一中心命题，还是下了点功夫的。别看林语堂只是选择了克罗齐《美学：表现的科学》中的二十四节（只占全书的七分之一），但主要的观点还是被他抓住了。从他日后从'艺术即表现''表现即艺术'两个理论层面来引申发挥克罗齐的学说来看，林语堂不愧为克罗齐在中国的'入室弟子'。"[1]

除了契合之外，"综合"也是 20 世纪 80 年代以后在文艺理论和批评

---

[1]　陈平原：《在东西方文化碰撞中》，浙江文艺出版社，1967 年，第 65 页。

界流行的说法，尽管综合并非一件容易做到的事。因为这首先得把各种学说都抓拢在一起，才谈得上能否"和"在一起的问题。但是这毕竟表现了一种开放的眼光和胸怀。钱中文在《文学理论流派与民族文化精神》一书中就专门谈了"走向综合"问题。他所欣赏的"综合"基本来自一位保裔法籍形式主义文论家托多罗夫的观点："所以现代文艺理论研究，从方法观点看，正走向综合。不存在单一的方法，大家使用各种方法进行研究，所以很难说哪种方法占主导地位。当然，所谓综合，并不是有这样一个专门的方法，而是在研究中采用各种不同的方法。综合是一个总的倾向。"①托多罗夫的研究方式似乎与钱锺书有相仿处，他广泛引用俄、德、美、法等不同国家和流派的作品，使用历史学、哲学、语言学等各种不同的方法，力图涉及更带普遍性的观念。

但是，钱锺书的不同之处在于，他有意于发现东西方文化及文学中的共同现象和规律，但是并不落传统的文艺美学理论的俗套，一定要建立某种完美无缺的体系。就此来说，我对李洪岩关于钱锺书的评述很有同感："这是一种超越中西、南北、体用等界限的文化观，无所谓体，所谓'与我同体'；无所谓'用'，所谓'殊功合效'。同时，他包融了新旧东西的'要言妙道''兴象意境'，化作了'心灵'和'肺肝'，早已没有了任何界限与痕迹，讲究的是无古无今无中无西而又统统融化这些于其中，所谓'东海西海，心理攸同；南学北学，道术未裂'是也。这是心的一元史观；在心的一元史观之下，理一分殊，散为对万般人类理念的具体把握。换言之，这是一种融化中西的文化观。"②不过，仅仅意识到这一点，还是不够的。我以为钱锺书是在有意识地和西方传统的理论体系及其思维方法背道而驰，期望以新的理论形态来表达自己对世界、对文学的看法，以具体的、人性的方式取代由来已久的普遍的、逻辑的文艺美学体系。

在这里，我们有必要再次检索人类文艺理论发展的基本理念。西方文

① 钱中文：《文学理论流派与民族文化精神》，吉林教育出版社，1993年，第53页。
② 李洪岩、范旭仑：《钱锺书评论》（卷一），社会科学文献出版社，1996年，第65页。

艺美学从柏拉图、亚里士多德到黑格尔，从最初的对话录形式到完美的哲学美学理论体系的建立，已经形成了一种固定的观念，似乎文艺理论的最高级形态就是要有理论体系——最好是完备无缺，结构宏大，能够解决一切文艺问题的体系。这不仅是文艺理论无力达到、理论家不能胜任的工作，而且文艺理论本身也深陷于哲学、历史，甚至社会学、科学理念之中，愈来愈丧失了自己感性的和美的风采。由此，从 19 世纪以来，很多西方文艺理论家开始另辟蹊径，对传统的思维方式提出了怀疑和挑战。克罗齐就是其中一位。他试图用"直觉"的方式打破黑格尔理念的花环，重建一种充满生命力的美学理论。但是，他最终还是不能摆脱理念的束缚和诱惑，把自己最多的精力花费在建立庞大的，包括哲学、历史、经济学在内的"心灵的哲学"体系上面。致使"文艺美学理论到底应该是什么样子"成为一个悬而未决的问题，只有最勇敢、最具有前瞻性的理论家才敢于真正面对这个问题。可以说，这才是 20 世纪最前卫的对有关文艺理论本体论问题的思考。

钱锺书无疑是其中的一位。因为他很早就表现出了对常规的理论观念的怀疑，例如他在《一个偏见》中就说过，"所谓正道公理压根儿也是偏见"，表现出了一种富有个性的探索。就其才学来说，钱锺书不会不知道在理论上建立体系的重要性，也不至于不敢去尝试，但是他一直按照自己的方式做学问，一方面是个性方面的追求（这一点我将会在下面谈到其缘由），另一方面也体现了他自己对理论价值的看法。对于后者，钱锺书在1962 年写的《读〈拉奥孔〉》比较明确地谈到了这个问题：

> 在考究中国古代美学的过程中，我们的注意力常给名牌的理论著作垄断去了。不用说，《乐记》、《诗品》、《文心雕龙》、诗文话、画说、曲论以及无数挂出牌子来讨论文艺的书信、序跋等等是研究的对象。同时，一个老实人得坦白承认，大量这类文献的探讨并无相应的大量收获。好多是陈言加空话，只能算作者礼节性地表个态。叶燮论诗文选本，曾感慨说："明为'文选'，实为人选。"（《已畦集》卷三

《选家说》）一般名为"文艺评论史"也，实则是"历代文艺界名人发言纪要"，人物个个有名气，言论常常无实质。倒是诗、词、随笔里，小说、戏剧里，乃至谣谚和训诂里，往往无意中三言两语，说出了精辟的见解，益人神智；把它们演绎出来，对文艺理论很有贡献。也许有人说，这些鸡零狗碎的东西不成气候，值不得搜采和表彰，充其量是孤立的，自发的偶见，够不上系统的，自觉的理论。不过，正因为零星琐屑的东西易被忽视和遗忘，就愈需要收拾和爱惜；自发的孤单见解是自觉的周密理论的根苗。再说，我们孜孜阅读的诗话、文论之类，未必都说得上有什么理论系统。更不妨回顾一下思想史罢。许多严密周全的思想和哲学系统经不起时间的推排销蚀，在整体上都垮塌了，但是它们的一些个别见解还为后世所采用而未失去时效。好比庞大的建筑物已遭破坏，住不得人，也唬不得人了，而构成它的一些木石砖瓦仍然不失为可资利用的好材料。往往整个理论系统所剩下来的有价值东西只是一些片断思想。脱离了系统而遗留的片断思想和萌发而未构成系统的片断思想，两者同样是零碎的。眼里只有长篇大论，瞧不起片言只语，甚至陶醉于数量，重视废话一吨，轻视微言一克，那是浅薄庸俗的看法——假使不是懒惰粗浮的借口。①

有学者张文江说："这里是钱锺书的一层极为可贵的思想：破体，即破体为用（体用之名，参阅《管锥编》8—12 页）。从具体的例证出发，不谈根本的理论，而根本的理论已含于具体例证之中。化体为用，已相应无穷变化，这一思路极为可贵。一些孜孜于建立体系的当代著作，其书往往反而不如《管锥编》可读，就是例证。"②

不仅如此，这里还隐含着钱锺书对自己学术理论的说明和辩护。而"破体"至少包含着这样几层含义：一是破除对所谓体系的迷信，似乎文

---

① 钱锺书：《七缀集》，上海古籍出版社，1994 年，第 33 页。
② 张文江：《营造巴比塔的智者——钱钟书传》，上海文艺出版社，1993 年，第 208页。

论的最高价值就是要有体系，成系统；二是对他人体系的借鉴方法，不是仅仅注重其所说的"规律"或大道理，而是细读它的具体材料和见解，取它的"一些木石砖瓦"；三是能够对体系进行拆解，不视其大，反见其小，这就是以天窥管，以海测蠡的过程。实际上，正如《庄子·秋水》篇中所言的"用管窥天，用锥指地"一样，任何一种试图穷尽真理，用来解释和解决一切问题的理论体系，都难免是这样一种"管"和"锥"，只是人们深陷于对体系的迷信中，不愿或羞于承认罢了。钱锺书以"管"和"锥"为自己著作命名，至少表达了认定自我和超越自我的双重意愿，一方面以"管""锥"自比，不贪描画天地之功；另一方面则能超越某种体系的限制，进入一种"无东无西，始于玄溟，返于大通"的境界。

而在这三层意思中，第一层是最基本、最具有"破体"能量的。这就是对所谓"道"的辨识。在《管锥编》中，这是一个贯穿始终、时隐时现的话题，源自老子说的"道可道，非常道；名可名，非常名"。当然，这里的"道"指的不是一般的小道理，而是意关宇宙真理、世道变迁的规律之类，也正是理论体系所追逐的目的。同时，这也与对《周易正义》的探讨紧密相关。因为"道"与"易"，不仅存在着"变"与"不变"的关系，而且牵扯到了表达的意义，以及能否表达和如何表达的问题。钱锺书在对道的探讨中，已悟出了当代学术研究中的问题。他指出："'书名'之名，常语也；'正名'之名，术语也。今世字书于专门术语之训诂，尚犹略诸，况自古在昔乎？专家著作取常语而损益其意义，俾成术语；术语流行，傅会失本而复成常语。梭穿轮转，往返周旋。作者之圣，文人之雄，用字每守经而尤达权，则传注之神、笺疏之哲，其解诂也，亦不可知常而不通变耳。"为此他进一步体悟到："道之全体大用，非片言只语所能名言；多方拟议，但得梗概之略，迹象之粗，不足为其定名，亦即'非常名'，故'常无名'。苟不贰不测之道而以定名举之，是为致远恐泥之小道，非大含细入，理一分殊之'常道'。盖可定者乃有限者（le defini est le fini）也。不可名故无定名，无定名故非一名，别见《周易·系辞》（一）论'无名'而亦'多名'。世俗恒言'知难而退'；然事难而人以之愈敢，勿可为而遂多方尝试，拒之适所以挑之。道不可说，无能名，固须卷舌缄口，不著一字，顾又滋生横说竖说、千名万号，虽知其不能尽道而犹求亿或偶中、抑各有所当焉。谈艺时每萌此感。听乐，读画，睹好色胜景，神会魂与，而欲明何故，则已大难，即欲道何如，亦类贾生赋中鹏鸟之有臆无词。巧构形似，广设譬喻，有如司空图以还撰《诗品》者之所为，纵极描摹刻画之功，仅收影响模糊之效，终不获使他人闻见亲切。是以或云诗文品藻只是绕不可言传者而盘旋（ein herumgehen um das Unaussprechliche）。亦差同'不知其名'，而'强为其名'矣！"①

可见，钱锺书采取自己特殊的文体进行写作，是经过深思熟虑的。所以，他宁愿做个"通人"，而不"强为其名"去构筑自己的理论体系。自然，他在文艺理论和批评中同样是一个求道者，只是对于文艺之道有自己的看法，或者说他的求道是从"疑道"开始的。这一点他受老子的影响很大，所谓"道不可言，言满天下而仍无言；道常无为，无所不为而仍无为"之类的思想，成了他终生破解的文化之谜。从某种角度来说，钱锺书有些类似德里达（Jacques Derrida, 1930—2004），不仅对于所谓既定的、自命不凡的理论观念总是怀有戒心，不断从细节入手提出疑问，而且从语言文字上进行破解，破除对白纸黑字的迷信，所以他更相信具体的、片断的文艺议论的价值，时刻警惕自我感受被某种高谈宏论所遮蔽。为此他在《管锥编》开首不久就引黑格尔为戒："黑格尔尝鄙薄吾国语文，以为不宜思辨；有自夸德语能冥契道妙，举'奥伏赫变'（Aufheben）为例，以相反两意融合于一字（ein und dasselbe Wort für zwei entgegengesetzte Bestimmungen），拉丁文中亦无义蕴深富尔许者，其不知汉语，不必责也；无知而掉以轻心，为发高论，又老师巨子之常态惯技，无足怪也；然而遂使东西海之名理同者如南北海之马牛风，则不得不为承学之士惜之。"② 他还就语言文字问题发表过如下议论：

---

① 钱锺书：《管锥编》（第 2 册），中华书局，1994 年，第 406—410 页。
② 钱锺书：《管锥编》（第 1 册），中华书局，1994 年，第 1—2 页。

> 语言文字为人生日用之所必须，著书立说尤寓托焉而不得须臾或离者也。顾求全责善，啧有烦言。作者每病其传情、说理、状物、述事，未能无欠无余，恰如人意中之所欲出。务致密者苦其粗疏，钩深颐又嫌其浮泛；怪其粘着欠灵活者有之，恶其暧昧不清明者有之。立言之人句斟字酌、慎择精研，而受言之人往往不获尽解，且易曲解而滋误解。"常恨言语浅，不如人意深"（刘禹锡《视刀环歌》），岂独男女之情而已哉？"解人难索"，"余欲无言"，叹息弥襟，良非无故。语文之于心志，为之役而亦为之累焉。①

显然，在钱锺书看来，黑格尔的错失一方面是由于其知识面的狭窄（主要是在东方文化方面）和对具体语词细节的忽视；另一方面则是"为发高论"，太追求名理的普遍性了，结果把个别现象误以为是规律了。钱锺书接着写道："穷理析义，须资象喻，然而慎思明辨者有戒心焉。"因为"说理明道而一意数喻者，所以防读者之囿于一喻而生执著也"。② 所以，他很欣赏《易经》中"易，圣人之所以极深而研几也"的说法，就是说要能够在细微之处触目会心，发现潜藏的意味，他这样说"知几"："'知几'非无巴鼻之猜度，乃有征兆而推断，特其征兆尚微而未著，常情遂忽而不睹；能察事象之微，识寻常所忽，斯所以为'神'。"③

当然，钱锺书的选择并非仅仅针对黑格尔，因为受制于理念和具体概念的推理，是西方文论家经常遇到的尴尬。钱锺书清楚地意识到了这一点。他又指出："西方哲理名家亦每陷于分别智论而不自知。如休谟之破我，破因果，止用指马白体、数车各件之法。来伯尼茨倡'小感觉'（les petites perceptions）说，谓合无量数小声息仍成巨响，故闻巨响者即可分聆其每一小声息（ll faut qu'on air quelque perception de chacun de cesbruits）；盖误以为合而始具有者，散亦仍具体而微。以散则无存而疑合亦不存，以

---

① 钱锺书：《管锥编》（第2册），中华书局，1994年，第406页。
② 钱锺书：《管锥编》（第1册），中华书局，1994年，第12—14页。
③ 钱锺书：《管锥编》（第1册），中华书局，1994年，第44—45页。

合则有成而信散亦能成（fallacia compositionis）；如翻覆手，义各坠边。"①
由此可见，钱锺书认为文艺理论的重要不在于建立体系和发现规律，而在
于探寻体系和规律之外的秘密，并且不受所谓普遍性和个别性思维方式的
约束。这是他深远思考的结果，因为一旦迷信于某种共性和规律，思维也
必定受其牵制和限制，就会失掉对文学真意的深究。

四、关于文学批评中的"游心"和"理趣"

通过中西文论的比较可以看出，钱锺书虽然没有建立自己独特的理论
体系，但是他创造了一种独一无二的文艺理论形态和文体。其实，最令人
叹为观止的是，钱锺书的文论的章法和思路虽然显得毫无固定，甚至类似
于一种资料笔记，如《管锥编》，但是却显示出了一种独特的理论个性，
其中包含着其自由、智慧的艺术气质。这里把黑格尔与钱锺书进行一番比
较似乎很有意思。黑格尔在其《美学》中曾对美和艺术的自由性给予过积
极的肯定。他说："只有靠它的这种自由性，美的艺术才成为真正的艺术，
只有在它和宗教与哲学处在同一境界，成为认识和表现神圣性、人类的最
深刻的旨趣以及心灵的最深广的真理的一种方式和手段时，艺术才算尽了
它的最高职责。"② 但是，由于某种思维方式和文体的限制，黑格尔的美学
理论及其文本形式却显示不出这种自由的气息，它们被自己所设置的体系
套住了，因为它仍然是在用一种哲学的、理性逻辑的方式讲述和表达美和
艺术。因此作为美和艺术的那个感性的世界，就不能不作为被超越的对象
而抛开，而作为普遍性的理念成了文本中的唯一统治的力量。这和钱锺书
完全不同。在后者的文艺批评中，对于感性的亲善从来没有消失过，美和
艺术的理念不仅常常和感性的显现、领悟糅合在一起，而且作为一种与批

---

① 钱锺书：《管锥编》（第 2 册），中华书局，1994 年，第 443—444 页。
② ［德］黑格尔：《美学》（第 1 卷），朱光潜译，商务印书馆，1982 年，第 10 页。

评家心境契合为一体的精神存在。

应该说，当代文艺理论和批评的最大难题就是如何建造一种独特的个性，如何把理论家批评家的个性生命及其感受熔铸到理论和批评之中，创造一种感性和理性互为映照的世界。否则，文艺理论和批评永远不可能从哲学或社会学的观念体系中解脱出来，获得自己独立的地位。换句话说，文艺理论和批评如果不能找到自己独特的文体形式，仍然用哲学的方式、社会学的方式构思和写作，也就不可能从哲学或社会学的思维和运作方式中解脱出来。这是一个互相联系的过程。为此，许多理论家和批评家不得不在表现自己的时候，割舍掉自己的激情和艺术情趣，付出自己个性的代价。同时，这一问题确实在理论和批评学研究中被忽视了，至今并未在理论上认真讨论过。很多文论家在论述文学批评性质时，还是注重于其意图和功能及其对文艺问题的理性思考，并未考虑到文艺批评本身的文体和个性问题。①

钱锺书意识到了这一点，所以他在叙述自己文学研究和理论态度时，特别强调自己的性情和志趣。胡河清在研究中注意到了钱锺书的"造艺意愿"与"游心"之间的关系，认为："钱锺书中年之后也就是通过他的学术著作来继续驰骋他的艺术幻想力。通过'造艺'以'游心'的。"他还特别引用了钱锺书对庄子及其传人创造的"游心"境界的淋漓酣畅的发挥："'观古今于须臾，抚四海于一瞬。'按参观上文：'收视反听，耽思傍讯，精骛八极，心游万仞。'下文：'罄澄心以凝思，眇众虑而为言；笼天地于形内，挫万物于笔端。'《西京杂记》卷二记司马相如为《上林》《子虚》赋：'意思萧散，不复与外事相关，控引天地，错综古今，忽然如睡，焕然而兴。'可与机语比勘。'抚四海'句李善注引《庄子》，是也。《在宥》托为老子曰：'其热焦火，其寒凝冰，其疾俯仰之间而再抚四海之外，其居也渊而静，其动也县而天，偾骄而不可系者，其唯人心乎！'庄子状心行之疾，只取证上下四方之字，犹《大乘本生心地观经·观心品》第

---

① 潘凯雄、蒋原伦、贺绍俊：《文学批评学》，人民文学出版社，1991 年，第 9—12 页。

一：'心如大风，一刹那间，历方所故。'或《楞伽经·一切佛语心品》之
二：'意生身者，譬如意去，迅速无碍……石壁无碍，于彼异方无量由
延。'陆机不特'抚四海'，抑且'观古今'，自宇兼及宙矣。《全唐文》
卷一八八韦承庆《灵台赋》即赋心者，形容最妙，有曰：'萌一绪而千变，
兆片机而万触。……转息而延缘万古，回瞬而周流八区。'意同陆赋而词
愈工妥。《朱子语类》卷一八：'如古初去今是几千万年，若此念才发，便
到那里；下面方来又不知是几千万年，若此念才发，便到那里。'卷一一
九：'未之思也，夫何远之有！才思便在这里……'更不离步。《庄子》云
云，敷陈犹明。"他还如此评述："大凡熟悉钱著的人就会发现，这也正是
钱锺书学术著作之风格的至为贴切的自况。钱氏在他的《管锥》《谈艺》
诸篇中，诚可谓'萌一绪而千变，兆片机而万触'，精神四达并流地游心
于古今中外的文化宝藏中的。就内在的精神自由之追求而言，钱氏确已达
到了极高的境界。"①

　　其实，钱锺书的文论，尤其是《管锥编》，与其说是在评论文学，不
如说是自我性情的一种艺术遨游，他是在为自己的精神世界创造一种空
间。这是一种颇带私人性质的批评写作方式，所以他不仅并不在意去营造
一种理论体系（其目的或许是把握和干预世界，在与外部世界的联系中显
示自己），而且也并不期望很多人欣赏他，拥有很多读者。就此来说，钱
锺书不仅创造了一种独特的文体，而且体现了一种新的批评观念。也许对
钱锺书来说，文艺理论和批评研究并非显示于公众，并体现出某种公众意
义和形象的工作，而是自我的一种生存状态，并且是唯一能够保存和表现
自己的方式。这不仅是和他（包括他的妻子杨绛）的性情契合，而且也和
当时中国所规定的文人的生活环境相适应的。因此在研读钱锺书的时候，
人们不能不注意和感受到他独特的性情及其精神境界。换句话说，钱锺书
的文论及其形态，就是他为自己建造的一座独特的精神家园，其中的每一
砖每一瓦，都是他自己从世界文化宝藏中收集而来的，经过精心挑选连

---

① 胡河清：《真精神与旧途径——钱锺书的人文思想》，河北教育出版社，1995年，
　　第49—50页。

接，构筑了属于自己的世界。正是在这个家园，或者说建造这个家园过程中，钱锺书获得了自己的精神慰藉和快乐，不仅能够使自己的智慧才华得到体现，感情意志得到宣泄，而且创造了自我的价值。

这是一种难得的文艺理论和批评心境。不论人们日后如何评价钱锺书的文论价值，但是作为一种生命状态，钱锺书毕竟找到了自己并实现了自己。所以，尽管书房是狭小的，生活中更是有许多陈规陋习的限制，但是他却以这种形式为自己创造了一个阔大无比的文化空间，赢得了广泛的无限制的交流和对话机会。从这个意义上可以说，钱锺书文论的最大价值，就是通过文艺理论和批评确立了自己的性情和气质，用最内在的方式获得了最外在的精神存在。钱锺书创造了真正的有性情的文学理论和批评。

但是，仅仅如此来理解钱锺书的文论价值还是不够。最直接的问题在于，钱锺书文论中的性情到底表现在何处？或者说他如何在如此状态的文学研究中找到并印证自己的性情的？换句话说，在一个狭小的物质空间里，过着清淡简单的生活，面对的只有浩瀚的书籍，是什么促使他把自己生命投入其中并获得快慰的呢？这里至少有一种特殊的令作者着迷的东西在，使他能够乐此不疲，不断得到会心的微笑。

我以为这就是理趣。

其实，已有很多钱锺书研究者注意到了钱锺书对于理趣的特殊兴趣，只是并没有把它当作理解钱锺书文论批评的核心环节。对此，也许关键之处在于如何理解理趣在钱锺书文艺理论世界中的意味问题。应该说，理趣在钱锺书文论中有多种含义，一方面是指作品中通过写景状物，描画人物所表现出来的哲理思考或思想意味（但不同于理语）。钱锺书很喜欢这方面的艺术表现，他自己在艺术创作中也特别喜欢如此，《围城》就是很好的例子。而另一方面则是与修辞相关的一种意味，即艺术家如何通过对意象和语言的修炼以获得和表现理趣。对于前者，周振甫、冀勤先生有很好的论述："理语是在诗中说理，是抽象的；'理趣'是通过形象来表达含蓄的道理，是趣味的，是诗的。"至于后者，钱锺书自己有一段话最为精当："理趣作用，亦不出举一反三。然所举者事物，所反者道理，寓意实与言情写景不同。言情写景，欲说不尽者，如可言外隐涵；理趣则说易尽者，不使篇中显见。徒言情可以成诗，'去去莫复道，沉忧令人老'，是也。专写景亦可成诗，'池塘生春草，园柳变鸣禽'，是也。惟一味说理，则于兴观群怨之旨，背道而驰，乃不泛说理，而状物态而明理；不空言道，而写器用之载道。拈形而下者，以明形而上；使寥廓无象者，托物以起兴，恍惚无朕者，著述而如见。譬之无极太极，结而为两仪四象；鸟语花香，而浩荡之春寓焉；眉梢眼角，而芳悱之情传焉。举万殊之一殊，以见一贯之无不贯，所谓理趣者，此也。"①

然而，我这里所说的理趣则不同于上述所说，它是指在文艺理论和批评中所活动着的一种个性追求，旨在从感性的艺术欣赏和体悟中获得对文艺现象理论性的认识和总结。此"理"，就是钱锺书所说的"东海西海，心理攸同；南学北学，道术未裂"的文心相通之处，更是"大象无形"的人类文艺的共通之道，是"散为万殊"的一贯之理。所谓"趣"，既是钱锺书自我对于文艺独特的志趣和品味，也是个性的选择和性情的浇筑。理趣者，不仅表现了钱锺书文论中理性因素和感性风采的一种结合，而且也是钱锺书文艺理论和批评风格的展示。可以说，钱锺书是用一种趣味的和性情的方式来对待文艺理论的。在他看来，所有有价值的理论观念都存在于千姿百态的文学作品中，而对它们的追寻本身就是一种生命情趣，是无边无涯的，是没有穷尽的。

当然，钱锺书所中意的"理"既不是西方的体系，也不是中国宋明理学中的性理——这一点钱锺书自己有清醒的分辨，而是他自己所追寻的中西古今契合相通的境界。这正如他在《管锥编》中所言的"聊举契同，以明流别，匹似辨识草木鸟兽之群分而类聚也。非为调停，亦异攀附"。也许更重要的是，钱先生本人就是一个"好理趣者"，他是把"理"当作一种乐趣来追求的，所以无论创作还是批评，总是以"见道"为最大乐趣，孜孜不倦，梦寐以求。而"道"之所藏，如神龙在深渊不见首尾，但"则

---

① 周振甫、冀勤编：《钱钟书〈谈艺录〉读本》，上海教育出版社，1992年，第41—42页。

理有常经，事每共势，古今犹旦暮，楚越或肝胆，变不离宗，奇而有法"，"在某一点上，钟嵘和弗洛伊德可以对话"。① 但是毕竟理有万殊，显象万态，且"理趣之旨，极为精微"，自然更添艺术之思追寻的神秘和乐趣。

宗白华在谈到艺术的价值结构问题时认为："艺术与哲学、科学、宗教一样，也启示着宇宙人生最深的真实，但却是借助于幻想的象征力以诉之于人类的直观的心灵与情绪意境。"② 但是这里并没有包括文艺批评。这或许受到黑格尔的影响，文艺理论和批评自然归属于哲学了，然而，文学确实不同于哲学、科学和社会学，其中非常敏感的一点就是，文学必须有趣。在中国语言中，趣者，同"趋"也，表示有一种内在的推动力（如趣味），令人着迷和靠近。由此才产生了文学艺术的各种各样的风格。就此来说，文学创作与批评的共通点和不同点都在一个"趣"字上，创作重情趣，而批评旨在理趣，迷恋于追寻和探讨文艺作品与现象中的理念、形式与技巧。前者以激情最为珍贵，后者则以智慧立于文学艺术之林。也可以这么说，重情趣者是文学艺术中广义的浪漫主义，而好理趣者则是广义上的现实主义。由此看来，写小说《围城》的钱锺书和写《管锥编》的钱锺书完全一致，都是在建设一种独特的艺术价值结构。

这也许是钱锺书对文艺理论和批评最特别的贡献。

---

① 钱锺书：《七缀集》，上海古籍出版社，1994 年，第 125 页。
② 宗白华：《艺境》，北京大学出版社，1987 年，第 78 页。

下　编

第九章

人道主义与现代中国文学

　　人道主义一词的英语是 humanism，这个词最早可以追溯到拉丁文 humanitas，意为人性修养。英语的 humanism 被译成中文后，有时也被译为人文主义、人本主义等。称谓的不同也表明了研究者的侧重，阐释了其不同的涵义。我们所说的人道主义，已不再是一种绝对的、抽象的理论或理念，而是一种不断演化的人生观和价值观，以此来观照人生和文学乃至整个宇宙。这样，它既对人文主义、人本主义具有包容性，又表明了它的独立性。可以说，从 20 世纪起，现代中国文学与文学理论就与人道主义结下了不解之缘，而胡适之所以把五四新文学运动称为"文艺复兴"也是基于这样一个事实：新文学不同于旧文学，因为它是以活生生的人为中心的，是为了解放人和表现人的。中国的文艺理论和批评也由此有了新的价值尺度。但是，在风风雨雨的一个世纪当中，这种理论价值尺度却一直处于风雨飘摇之中，它不仅经历了一个难以想象的被批判和被误解的过程，而且一直面临着各种各样的现代思潮的夹击和质疑。"人"曾经几次被抬举到理论思潮的浪尖，被倍加崇尚或严加批判。而正是在这种历史过程中，人道主义成了一种独特的文艺理论和批评状态的尺度。从它的遭遇和处境中，可以看到现代中国文学及其理论批评的命运和走向世界的意义。

一、从钱谷融《论"文学是人学"》说起

如果说，五四新文学运动是人道主义高歌奋进的年代，那么，四十余年后的人道主义遭受到几乎全国性的、有组织的大批判和讨伐，确实令人难以置信。在 1957 年，生于 1919 年的上海华东师范大学的钱谷融先生因发表《论"文学是人学"》一文而遭到全国性批判，并因此经历了二十余年的磨难。当然，漫长的岁月并没有改变钱先生的初衷，也没有磨灭这篇论文的魅力。随着历史的进步，人道主义理念正在突破旧有的种种思想框架的限制，向着更广泛的生活和思想领域渗透。人们在经历磨难之后，以更宽广的历史胸怀去认知和接受人道主义。在钱谷融先生看来，一切思想学说、一切政治和经济举措，都应该有助于人的美学理想的实现，增进人类幸福，这才符合人道主义精神。事实上，人道主义是一种不断丰富和发展、具有永久生命力的思想学说。

回顾百年来现代中国的思想文化史，人道主义精神无疑占据着重要地位，它不仅是现代文学批评发生的基本精神，而且也是整个思想文化发展的转换点，是现代"人学"的灵魂。而在这个过程中，人道主义美学原则的崛起是 20 世纪最引人注目的文化现象。它和 20 世纪中国现代文化意识的生成和发展血肉相连、荣辱共担，经历了独特的历程。正如钱谷融先生在一次谈话中所说，中国的现代文学就是从以人道主义为核心观念的文学创作与理论发端的，它既强调对人的普遍关心和爱心，也强调人的个性意识；它既是一种理论观点，也是一种文学精神。显然，在这个历史过程中，人道主义本身随着时代在不断变化，从世纪初以个人主义和个性解放为中心的人道主义，到 80 年代后人权观念的觉醒，始终表现出其现代性和世界性的文化特征。

中国"五四"新文化运动就是以"人的发现"为起点的。从鲁迅早年提出的"立人"思想到周作人提出"人的文学"；从陈独秀的"平民文

学"到文学研究会的"为人生",都在围绕人的觉醒和解放做文章,所以胡适把"五四"新文学运动称为中国的"文艺复兴",也有同样意思。不过,这时期的人道主义主要是以个人主义和个性解放为中心的。例如鲁迅所说的"排众数,任个人",就表达了当时一种时代情绪。郁达夫由此认为,五四运动的最大成功,就是"个人的发现",这个"个人"就是一种独立的、不依附于君主和家庭的现代人。而朱自清先生总结说,五四时期周作人等人提倡的人道主义,主要是指"个人主义的人间本位主义"。因为周作人在那篇题为《人的文学》的文章中写道:"我所说的人道主义,并非世间所谓'悲天悯人'或'博施济众'的慈悲主义,乃是一种个人主义的人间本位主义。第一,人在人类中,正如森林中的一株树木。森林盛了,各树也都茂盛。但要森林盛,却仍非靠各树各自茂盛不可。第二,个人爱人类,就只为人类中有了我,与我相关的缘故。墨子说'爱人不利己,己在所爱之中',便是最透彻的话——所以我说的人道主义,是从个人做起。要讲人道,爱人类,便须先使自己有个人的资格,占得人的位置。"胡适也在他的长篇论文《易卜生主义》中说:"社会最大的罪恶莫过于摧折个人的天性,不使他自由发展。""社会是个人组成的,多数出一个人,便是多备下一个再造新社会的分子。""社会国家没有自由独立的人格,如同酒里少了酒曲,面包里少了酵,人身上少了脑筋。""那种社会国家没有改良进步的希望。"

至于这种人道主义的历史作用和美学内涵,李今在其《个人主义与五四新文学》一书中有过深入的探讨,其中一些论述令人信服。书中指出:在"五四"时期,"'个人主义'不仅仅是一个流行的褒义词,而且作为一种精神渗透到政治、伦理、道德以及文学各个领域。它不仅唤起了'人'的自觉,也唤起了'自我'意识的觉醒。这双重自觉,尤其是后者,作为与中国文化完全异质的一种意识,构成了'五四'新文化运动的一个组成部分——五四文学之'新'之永恒存在的特殊价值。它也是个人主义这种普泛的社会哲学思潮转化为文学形态的一个过渡的'中介'。正是围绕着'自我'的发现,五四文学从文学观念到表现方式、人物形象的范式、情感类型等总体精神倾向呈现出崭新的面貌。可以说，它是代表五四文学的主要精神特征之一，抽掉了它，五四文学的特质和异彩就将不复存在。"①

　　但是，五四高潮过后，个人主义在中国遭遇的命运是令人思考的。就连鲁迅后来也感到了某种困惑，觉得自己经常处于"个人主义与人道主义"的矛盾冲突之中。文学处于理想与现实、个人与群体、传统与现代的巨大差异和矛盾之中，作家的选择也难以两全。尤其是社会政治力量和功利主义的迅速介入和蔓延，使人们感到了文学的无用和人道主义的"软弱无力"。因为人道主义与文学的结缘，原本就是一种"无用"的精神资源，不可能立刻给人们生存处境的改变带来实效，况且浓厚的个人主义色彩在中国特殊的文化背景下，不可能具有深厚的思想基础，因此很容易构成与传统的群体意识的冲突。这种情形自然也影响了对人道主义的完整理解。实际上，个人主义在文学中受到阻截并不是一种单纯现象，它是当时中国的学术和艺术的独立意识渐入绝境的历史兆象。也许正因为如此，才有了1927 年王国维投湖自尽和 1930 年徐志摩诗歌创作的穷途末路，自由与美从此逐渐成了隐入密云重围中的月亮。

　　显然，"五四"新文学中的人道主义的来源是复杂的，不能等同于西方文艺复兴时期的人道主义。根据一般性的理解和剖析：个人主义是文艺复兴的验金石。城市的文化精英通过展示他们非凡的才华，显示他们自己的个性，以获取人们对他们成就的认可。文艺复兴时期涌现出的最杰出的人物几乎都是多方面的天才，是"世界的人"（universal man），他们同时是作家、艺术家、语言学家和体育好手。但是，中国文艺复兴却没有如此的氛围。对这种个人主义的遭遇和变异，钱理群这样认为："五四那一代，在强调个体意识时，进而也同时强调了自我牺牲精神。有意思的是，他们当时并不感到这二者的矛盾，而是努力用进化论将其统一起来。鲁迅在《我们现在怎样做父亲》里就指出，人一要'生存'，要保存生命，就必须

---

① 李今：《个人主义与五四新文学》，北方文艺出版社，1993 年，第 28 页。

'爱己'，保证个体生命精神与体质的健全；二为了保证生命的延续、民族的发展，在前者、长者的生命应牺牲于在后者与幼者。这样，五四那一代人就提出了一个以进化论为基础的、'发展自我与牺牲自我互相制约与补充'的伦理模式，这一伦理模式所包含的两个矛盾着的侧面，实际上是反映了五四本身的内在矛盾（即所谓'启蒙'的主题与'救亡'的主题）的。在五四以后，就外化为鲁迅所说的'个人的无治主义'与'人道主义'的矛盾。进而形成两条发展路线：相当一部分知识分子发展了五四'爱国救亡'的主题，由牺牲自我走向了无产阶级战斗的集体主义；少数知识分子则发展了五四对于爱国主义的批判，他们放弃了对社会、民族的责任感，一再地批评爱国群众运动中的非理性主义倾向，同时坚持五四'救出我自己'的个性主义原则，形成了一股在中国现代思想、文化、文学史上始终不占主导地位却从未断绝过的自由主义、个性主义的思潮。"

正是在这种情况下，人道主义思想本身开始发生新的转换，从个人主义和个性解放转向了对人性的探讨。20年代末，梁实秋提出以"人性"为文学标准，而这种人性并非单纯是个人主义的，而是人类"一向所共有，无分古今，无间内外，长久的普遍的没有变动"的人性。他在《文学的纪律》中说："文学发于人性，基于人性，亦止于人性。人性是很复杂的……唯因其复杂，所以才是有条理可说，情感想象都要向理性低首。在理性指导下的人生是健康的常态的普遍的。在这种状态下所表现出的人性亦是最标准的；在这标准下所创作出来的文学才是有永久价值的文学。""文学的目的是在借宇宙自然人生之种种现象来表示出普遍固定的人性。"从某种意义上说，这种"固定不变"的"人性论"源于西方古典主义理论，却是对五四以来人道主义的一种必要的补充，为个人主义和个性解放提供了一种必要的意识基础，丰富了其美学内涵。尽管这种"生不逢时"的人性论从一开始就四面楚歌，但是对文学创作仍然产生了影响，在文学史上留有余音。沈从文指出："我只想造希腊小庙，选山地作基础，用坚硬石头堆砌它。精致，结实，匀称，形体虽小而不纤巧，是我理想的建筑。这神庙供奉的是'人性'。"① 正是为了追寻这人性，在当时不同阶级的人群剑拔弩张、势不两立的语境中，沈从文获得了如其《边城》中所拥有的自然宁静，发现了在平和状态中的"优美，健康，自然而又不悖乎人性的人生形式"。

显然，作为一种美学原则的崛起，1957 年钱谷融先生的《论"文学是人学"》举足轻重。因为它第一次系统完整地发挥了人道主义美学原则，并把它看作超越一般创作方法和流派的艺术标准，是一把开启和深入文学殿堂的"总钥匙"。这是因为"文学作品的历史地位和社会意义，首先是从它描写人、对待人的态度上表现出来的"。对于这一原则的历史内容和普遍的美学意义，这篇论文还指出：

> 人道主义精神，人道主义理想，却是从古以来一直活在人们的心里，一直流行、传播在人们口头、笔下的，我们无论从东方的孔子、墨子，还是从西方的苏格拉底、柏拉图等人的言论著作中，都可以发现这种精神、这种理想。虽然随着时代、社会等等条件的不同，人道主义的内容也时时有所变动，有所损益，但我们还是可以从其中找出一点共同东西来的，那就是：把人当做人。把人当做人，对自己来说，就意味着要维护自己的独立自主的权利；对别人来说，又意味着人与人之间要互相承认、互相尊重。所以，所谓人道主义精神，在积极方面说，就是要争取自由，争取平等，争取民主；在消极方面说，就是要反对一切人压迫人、人剥削人的不合理现象，就是要反对不把劳动人民当作人的专制和奴隶制度。②

正是从这种历史和美学的交叉联系中，钱谷融先生向人们展示了人道主义万古常新的魅力。可惜，这种人道主义情怀的精彩表达，除了当时就

---

① 沈从文：《沈从文文集》（第 11 卷），花城出版社，1984 年，第 42 页。
② 钱谷融：《艺术·人·真诚——钱谷融论文自选集》，华东师范大学出版社，1995年，第 81 页。

招致无情批判及出版界专门策划的《〈论"文学是人学"〉批判》（第一集）之外，再就是作者长达二十余年的磨难。"文革"结束后，人们首先想到的是恢复人的尊严，重新认定人的价值，由此形成了人道主义再次回归的思潮。而文艺理论和批评的复兴，也正是从重提人道主义开始的。

二、新时期：人道主义美学原则的再次崛起

在中国现代史上，人道主义一直是一个敏感的话题。历史在这里风尘仆仆，充满矛盾冲突。对此，钱谷融先生指出：

> 在某些人的意识中，特别是他们长期养成的思维习惯，以政治标准来硬性规定文学创作的现象时有发生，特别是人道主义文学的发展仍然是步履艰难。七八十年代以来几次大的文学争论，有的几乎要酿成大批判氛围的思想冲突，都不同程度地涉及人道主义的文学观点。在一种比较的意义上，可能是只有当人道主义不再引起政治的和学界的注意，不再成为一个敏感的字眼，我们才能说它已克服了主要障碍，并已成为中国文学的基本精神。

事实确是这样。就20世纪的中国而言，人道主义在不同的历史时期有不同的思想内容，而且是在被质疑和批判的气氛中被认识和丰富的。简而言之，人道主义在现代中国可分为四个时期，即"五四"时期以个人主义和个性解放为焦点的人道主义；20世纪30年代对"人性论"的提倡；20世纪50年代人道主义美学原则的崛起；20世纪80年代之后对世界人权观念的逐步接受和形成。而在这个过程中，中西文艺理论和批评的交流和对话也几经风雨考验和变幻，充当着不可缺少的角色。

例如，"五四"新文化运动过后，以个人主义为中心的人道主义遭到了严重的挑战，陷入双重误解的困境中。一则是由于个人色彩过分浓厚不

易被国人所接受；二则是用过分功利的态度来理解个人主义，必然会导致误读。因为人道主义毕竟不能立即改变人的生存环境，也不能带来革命胜利的效应。这些都影响了人道主义的传播和认同。尤其在政治斗争日益尖锐的情况下，相互敌对的各方面都在竭尽全力地鼓动人们投入火与血的斗争中，在文学艺术方面自然也不能例外。这时，不仅西方个人主义价值观遭到了怀疑，就连托尔斯泰式的人道主义也被认为是一种精神软弱的表现。也许正因为如此，20 世纪 30 年代梁实秋提出共同的"人性论"被认为是不合时宜的，并受到了批判。这是中国现代文学历史上第一次大规模地批判人道主义，并给它冠以"资产阶级的"和"资本家"的称号。从此以后，人性、个人主义走向了历史的边缘，而阶级性、阶级观念开始占据历史的主导地位。后来，随着革命的演进，激进的文学理论家和批评家就把人性、个人主义完全让给了资产阶级。中华人民共和国成立后，对人道主义的批判更是超出了文学界，伸展到了文化、哲学、伦理等各个领域。

经历过一个漫长的人道主义的冬季之后，新时期文学的复兴首先就是人道主义的复活。在文学创作上是如此，理论和批评也是如此。1981 年，李泽厚的《美的历程》由文物出版社出版，在文学理论和批评界产生了深刻的反响。这是一本不厚的小册子，在思想意识上似乎并没有完全摆脱以往观念的纠缠，但是它把人的主题明确地提了出来，这本书因此成了一本从历史美学中探讨人性的书。作者在结语中还提出了一个更重大的理论问题，即如此久远、早成陈迹的古典文艺，为什么仍能感染着、激动着今天和后世呢？作者在寻求一把"解决艺术的永恒性秘密的钥匙"时指出：

> 譬如说，凝结在上述种种古典作品中的中国的民族审美趣味、艺术风格，为什么仍然与今天人们的感受爱好相吻合呢？为什么会使我们有那么多的亲切感呢？是不是积淀在体现在这些作品中的情理结构，与今天中国人的心理结构有相呼应的同构关系和影响？人类的心理结构是否正是一种历史积淀的产物呢？也许正是它蕴藏了艺术作品的永恒性的秘密？也许，应该倒过来，艺术作品的永恒性蕴藏了也提供着人类心理

共同结构的秘密？生产创造消费，消费也创造生产。心理结构创造艺术的永恒，永恒的艺术也创造和体现人类流传下来的社会性的共同心理结构。然而，它们既不是永恒不变，也不是倏忽即逝，不可捉摸。它不会是神秘的集体原型，也不应是"超我"（Super-ego）或"本我"（Id）。心理结构是浓缩了的人类历史文明，艺术作品则是打开了的时代魂灵的心理学。而这，也就是所谓"人性"。①

显然，仅从理论上讲，这个结论并没有多少创新之处，但是从当时中国文坛的状况来说，这不能不算是一种理论上的突破，这打开了一种新的理论天地。这时候，由此相关的问题也自然引起了人们的注意。实际上，由于种种原因，很多基本的文艺理论问题需要都重新考虑，尤其是对过去一概否定的古今中外的文化遗产。只不过由于某种原因，人们还在小心翼翼地回避一些重大问题，人道主义就是其中之一。

但是，正如人性和历史是无法回避的一样，在中国现代文艺理论和批评发展过程中，人道主义同样是无法回避的。因为文学艺术本身离不开人及对人的认定。它不仅需要从历史遗产中得到肯定，更需要在现实生活中得到张扬；不仅在生活层面上有所突破，更需要在文学主体方面拨乱反正，确立作家个人的精神自由。因此，有关人道主义问题讨论的进一步深化是不可避免的，问题只是在于在何种方式上、以什么话语来进行。而文艺的主体性问题的提出，无疑是新的一页。

曾有研究者对这场讨论的缘起有如此说法："打倒'四人帮'以后，文艺理论问题的研讨空前活跃，关于文艺创作的艺术规律的探讨更为引人注目，并有长足的进步。而且，由于历史的原因，关于艺术规律的探讨，又大致集中在怎样认识文艺的特质，怎样认识文艺创作、文艺欣赏与文艺批评的主体上。这两个问题的研讨，相互关联，相互作用。关于后者，最早掀起了'形象思维'（实即艺术思维）问题的讨论，接着，在1983—

① 李泽厚：《美的历程》，中国社会科学出版社，1984年，第266页。

1984 年间展开了文艺主客体关系、情理关系的讨论。这一讨论，结合对
'自我表现'的批评、分析，对艺术直觉与灵感问题的研究，深化了对文
艺主体的认识，终于酿成了 1985—1987 年间的声势不同凡响的关于文艺主
体性的论争。这一论争，几乎牵涉到打倒'四人帮'以来的所有的文艺论
争，牵涉到文艺观念、文艺学方法论等根本性问题。"①

　　无疑，这是一次对新时期文学发展影响深远的讨论，尽管从理论上来
说并没有超越以往的层面，但是它把问题深化了，开始真正触及人性的个
性层面。在这场讨论中，也涌现出了代表新时期文学风范的最优秀的理论
家和批评家，如刘再复、孙绍振、高尔泰等人。而作为文艺主体性理论的
倡导者，刘再复无疑是一个开风气之先的人，他具有理论头脑，善于发现
问题和切入主题。他有关主体论的理论思考可以追溯到 1978 年出版的
《鲁迅美学思想论稿》，但是那时候他还没有在思想上完全解放自己。直到
1985 年，他在《文学评论》第六期发表了《论文学的主体性》一文，才
比较系统地提出了自己在这方面的理论，并在文学界引起了很大反响。

　　显然，从整个理论框架来说，刘再复当时并没有脱离西方 19 世纪以来
的理论论说，而且延续了传统哲学思维的思路，但是他把艺术的主体性推
到了文艺学中心地位的研究法，无疑是对当时中国正统（占据统治地位意
识形态所认可的）文艺理论体系的直接挑战。因此，尽管对其理论价值的
整体评价还为时过早，但是其对中国当时文学理论思维更新的现实推动作
用是显而易见的。他的文艺主体性的理论借鉴了许多西方文论家的思想，
其中最为显著的是马克思在《1844 年经济学哲学手稿》中有关人的论述和
西方人本主义心理学家 A. H. 马斯洛学说的痕迹——由于某种特别的原因，
这两种学说是对中国 20 世纪 80 年代文艺理论和批评介入最深的。② 除此

---

① 栾昌大：《中外文艺家论文艺主体》，吉林大学出版社，1988 年，第 1 页。
② 对这种特别处可以理解为：在中国，以马克思主义的名义最容易介入思想和理论问
　题的公开讨论。这里当然还要感谢朱光潜对马克思《1844 年经济学哲学手稿》的
　重新翻译和评价，在研究中他提出"人"是打开美学秘密的钥匙，对当时的美学界
　产生了重大的影响。至于马斯洛的理论，以纠正弗洛伊德理论的消极面见长，自然
　会给理论批评一种积极的人生色彩。

之外，他又不同程度借鉴了从黑格尔到弗洛伊德的理论。

这当然无可厚非，因为 20 世纪的中国文论是和西方紧密联系在一起的，只不过其当下的命运和价值直接受到中国国情的影响罢了。从现代中国文艺理论和批评的连续性来看，把李泽厚的论说看作梁实秋"人性论"的历史认定，把刘再复的理论看作胡风"主观战斗精神"的扩展也未尝不可，尽管这是一种并不十分确切的联结，但是可以帮助我们更深刻地理解人道主义在中国崛起的历史过程及其意义。它从一般的人道主义观念转换为一种对创作主体和个性自由的认定，经历了一个漫长的过程。

几乎和"五四"新文学运动之后的情景一样，对艺术主体性的发现和讨论，再次打开了探索艺术家创作心理的大门，在中国文学理论和批评界兴起了一股研究文艺心理学的热流，应该说，注重人才会注重作家的心理，而对创作心理研究的重视必然会促进对人的进一步认识，这两者原本是紧密联系的。所以，钱谷融先生 1962 年就写了《不可无"我"》一文，强调创作主体的重要性；而他在 20 世纪 50 年代提出的"文学是人学"的命题，只有到了 20 世纪 80 年代才得到了理论界的深刻回音。这种回音不仅表现在创作上，很多艺术家都自觉地把这一命题当作自己的文学追求，而且也表现在文艺理论之中。这种理论发展的连续性决定了新时期文艺心理学的最大特征就是"人学"，而"人学"的深化研究又为文艺心理学的发展提供了更深刻的思想基础。不难看出，在新时期文艺理论界所兴起的名目繁多的新方法和新学科中，文艺心理学取得了最引人注目的成绩，不仅出版了大量有分量的著作，而且涌现出一批有影响的理论家和批评家。钱谷融、金开诚、洪毅然、鲁枢元、陆一凡、滕守尧等人的成果，已为文艺心理学的发展打下了稳固的基础。至于文艺心理学向文学批评方面的渗透，更显得非常广泛，几乎影响到了每一个批评家的笔触，使得整个 20 世纪 80 年代的文学批评都带有浓厚的主观心理色彩。而在这种情况下，我们似乎可以说，在 20 世纪开端出版的弗洛伊德的《精神分析学》开始被中国文学理论界所接受。

几十年的风风雨雨，不仅扩展了人们对人道主义的认同，也使得人道主义理论本身经受了实践和时间的考验，终于有了这次不同凡响的回归。当然，这是一次深刻而艰难的回归。深刻是指经过痛苦磨难，人道主义已经深入人心，在人们的思想感情深处扎了根；所谓艰难是指它虽然深入人心，但是在理论和观念层面上还面临着种种阻碍与限制。

三、关于人学与美学"合二而一"的魅力

从中西文艺理论比较角度来探讨人道主义与文学的关系，是一个讲不尽的话题。例如，弗洛伊德和荣格原本都是研究病理学、心理学的，他们关注的都是人的精神状态，但是后来都不约而同地转向了文学，这本身就是一个值得研究的问题。类似的现象在中国同样出现过。郭沫若和鲁迅就是很好的例子，他们都是从医学转向文学的。这当然是在一个宽泛的概念上提出问题的。俗话说"有情人终成眷属"，这也可借用于人道主义与文学的不解之缘。而人道主义美学的崛起，正是体现了人学和美学相结合的魅力。因此，钱谷融先生曾在一次谈话中对人道主义文学观有如此阐释："……不管是一种观点还是一种精神，它都试图将文学的存在与人类的生活感受和心灵活动联系起来，强调人的存在及人的情感对于文学的根本制约作用，把文学看作是人的存在的一种表现方式，并追求一种文学与人学的合二而一的境界。我认为这是人道主义具有永恒魅力的基本所在。"

可以说，这种"文学与人学的合二而一"的文学境界，不仅是钱谷融先生"文学是人学"思想的精髓所在，而且也是其魅力所在。从理论层面上说，这种"文学与人学的合二而一"体现了美学与人学相聚合、相统一的风范，反映了 20 世纪以来中西文艺美学思想的一种共同发展趋势。

毋庸置疑，人道主义就是一种人学。虽然"人学"如今已是一门显学，拥有多种流派和学派，但是它都是以人本身为对象和目的的，都源于人类自我认识和理解，以及自我发展的内在需求，都在追寻一种完整的和完美的人的理想，因而是贯穿于整个人类历史及其思想发展中的一门学

问，具有无穷无尽的意蕴和意义。尤其在文艺复兴时期的文学创作中，它一开始就表现为人类自身的一种觉醒，呼唤在异化状态下失落的人性的精神理念。就此来说，人道主义理念给文学注入了生命活力，而文学的新生则对于人学的发展起到了先导作用，并且为其美学的发展奠定了新的台基。

由此看来，从文艺复兴开始，人便逐步摆脱了神的束缚而逐渐成为历史的主体，同时也成为人文理论的核心问题。莎士比亚借哈姆雷特之口所喊出的人是"宇宙的精华，万物的灵长"，成为时代的强音。可以说，对人的关注是在现代意义上人文学科诞生的基础，而人的问题从此也成为几百年来几乎所有思想家、哲学家们所关注、思考的核心问题。人文科学以及哲学、伦理学、美学的发展过程，也是人们对人本身及其相关问题的一个不断再认识的过程。尤其是 20 世纪以来，通过很多哲学家（如尼采、弗洛伊德、福柯等）的不断探索，人对自身的认识更为深刻、全面，有关人的学问也自然越来越丰富了。虽然有的后现代主义哲学家提出"人死了"的观点，但他们所说的并非人性、人类的灭亡，而是指我们过去不适当地加在人头上的某种理性光环的破碎，取而代之的是对一个真正的人或者说是人的真实的生存状态的关注。而且我们还可以说，人的问题同样是马克思主义的出发点和关注的核心。例如在《德意志意识形态》里，马克思和恩格斯就这样说："德国哲学从天上降到地上，和它完全相反，这里我们是从地上升到天上，就是说，我们不是从人们所说的、所想象的、所设想的东西出发，也不只是从口头上所说的、思考出来的、想象出来的和设想出来的人出发，去理解真正的人。我们的出发点是从事实际活动的人。"这也正是现实的人，实践的人，是作为"一切社会关系的总和"而出现的人。

在《1844 年经济学哲学手稿》中，马克思还提出了"人也按照美的规律来塑造"的著名论断。因此，人学与美学是互相吸引的，人道主义美学观和艺术观正是两者"合二而一"的思想历程。因为人不能没有美，不能不追求美、创造美，以完成对人的完整的理想和自我生命状态的期盼。

而美永远离不开人，它无论是客观还是主观，无论是无意识还是有意识，无论是情趣还是理趣，都是人的美，都必须能够引起和给予人以健康、愉快和美妙的生命感受和体验。美也许是虚无缥缈、不可名状和无可言说的，但是其中永远包含和显示着人的生命存在。就此来说，人学的最高境界也就是一种美的境界，因此也必然通向艺术创造。因为只有在美学和艺术状态中，人类才可能突破一系列既定的范式、概念和观念的制约，体验和感受到自身生命的魅力。如果说人生的极致是美的体验和发现的话，那么美的渊源就是人本身及其创造。

回顾人道主义在中国的艰难历程，不仅能够使我们进一步深刻了解中国的国情，而且更能理解中西文艺及其理论的相通之处。而人道主义与文学的不解之缘更是其中引人注目的内容。显然，人道主义美学原则的崛起在现代中国具有特殊意义，它不仅对文艺创作产生了直接影响，而且深刻触动了中国唯权力独尊的意识基础。对此，王元化先生在《为周扬起草文章始末》一文（《南方周末》1997 年 12 月 12 日）中指出："我们向来对理论采取功利态度，所谓以《禹贡》治水，以《春秋》断案，以《诗三百》做谏书，把学术作为工具，用学术来达到学术以外的目的，而不承认学术具有其自身的独立价值。这种轻视理论的传统一直延续至今，为中国革命带来很多问题。"由此看来，人道主义美学不仅体现了一种文学理想，而且意味着一种超越现实的人文精神境界。也许可以这么说，人道主义是以人本身为对象和目的的，源于人类自我认识、理解和发现的过程，具有独立的思想意义。它所探求的是一种完整的和完善的人的理想，所以必然贯穿于人类历史的整个过程。

从理论层面来考察问题，同其他任何一种文艺美学思想流派相比，人道主义似乎更加难以界定和说明，因为它的渊源就是人性的生命状态，表现为一种普遍的人类精神和情怀。它从文学作品中获得了一种生命状态，表现了人类自身的一种觉醒和存在意识。它是一种思想，更是一种态度和感情，一种对人类自身状态完美和完善理想境界的追求和显现。因此，它在本质上不依附于任何一种政治体系和国家形态，不表现为任何一种民族或阶级的功利目的，而是一种独立的、超越一般功利目的和方法论的意识和情怀。因此它也是不受中西文化限制的，它是一种人类可以互相沟通的共同的美学语言。作为一种人类生命意义的体认和表达，它不能用严格的概念来限定，也不可能通过一系列既定的原则、范式和方法表现出来，而且，它必然对一切把人当作工具的意识形态模式提出挑战。

这也是中西方文艺理论交流中的一种最具普遍意义的共同话语，它源于人自由的本性对权力话语的一种挑战，最初人们从但丁的诗篇、薄伽丘的小说和莎士比亚的戏剧中读到它，感受到了一种打动人的情感。它与人生、与人的灵魂及欲望紧密相连，使人们真实地体验到一个具体的、生活的、欲望的、追求的自我。也许这就是人道主义最初观念的来源，它的形态有点像中国古代的"道"，原本是不可言说和确定的。此后人们又在雨果、巴尔扎克、托尔斯泰的创作中继续发现和感受到了这种情怀。人们为之感动和流泪，再次触及了我们自己的心灵和存在。人道主义一直以一种生命的形式、艺术化的方式、美的形态存在于历史生活之中，让我们去发现和体认自己，创造人类的理想世界。钱谷融先生在《论"文学是人学"》中就试图发现和张扬这样一种文学的共同语言，这是一种从活生生的艺术生命中获得的理论话语，是从古今中外文学源流中涓涓而出的。这也就是说，钱先生触及了本源，而没有把它看作一种抽象的既定的哲学理念。他不是在探讨一个哲学思潮和理论观念，而是在追寻一种贯穿于过去、现在和未来的艺术生命。

这里显示了整个 20 世纪文艺美学理论发展的生命化倾向。人学和美学的结合，不仅为艺术创造开辟了更广阔的天地，而且带动了近代以来人文精神的变革。例如，整个哲学不仅在摆脱经院风气过程中愈来愈趋向对人本身的关注，而且越来越有意识地向美学思维方式靠拢，形成了从概念向体验、从逻辑向直觉、从形而上的确定性向模糊性，甚至混沌性研究的发展趋势。原本哲学和美学的联姻，就越来越趋向于人学和美学的合二为一。从叔本华克服欲望的美学思考，到萨特对人的存在的关注，人的发现在一步步突破理性的花环，而美和艺术则一次又一次地把人从绝望之境解救出来。弗洛伊德用类似"白日梦"的艺术创作疗救性压抑的人，萨特用文学创作来对抗虚无，显示存在。在这个过程中，人学和美学犹如人文精神的两只车轮或翅膀，同时滚动才能向前，一起张开才会飞翔。

可以说，从上个世纪末开始的理论时代，正是一个美学和人学的创造性结合的思想时代。当一个思想者最初艰难地从过去思维逻辑中解脱出来之时，就希望找到一条感受、体验并阐发艺术的独特道路。于是，他就不得不开始怀疑种种既定的思想模式，从人本身活生生的生命意识出发，这就难免会体会到过去文艺美学在理念圈套中的尴尬情境，以及过去理论拘泥于形式的苍白无力。叔本华就是如此。在哲学史上，叔本华对传统哲学思维方式提出深刻质疑的基础就是对人的生命的重新认识。当一个活生生的有欲望的人出现在冰冷的哲学概念面前时，一切不得不重新来过。他曾指出：

> 哲学本来就是一个错误。确实，它别无他途。因为它不能把自己限定在经验和体验范围内去有效地理解世界，哲学家总是热衷于超越它们，希望去发现所有存在最后的定律和事物间的永恒关系。这正是我们的智力所无法达到的。哲学的理解能力永远不可能超越哲学家所说的"有限事物"，或者有时候称为"现象"的；简而言之，这些只是世界转瞬即逝的影子，个别的兴趣以及其目的的期待而已。正因为我们的智力是有限的，我们的哲学也是如此，而不必妄想去把握一切，除非满足于对经验世界的把握。

由此，他从逻辑概念的抽象推断转向对人本身状态的研究，把活生生的欲望和痛苦引进了冰冷的哲学世界，从而唤起了一系列哲学观念的变革。而他一旦面临活生生的人的挑战，顿时感到概念和抽象思辨在人类痛苦面前的无能为力，从而不由自主地选择了美学和艺术。例如，他对于"空想"和"灵感"的高度重视，对于直观世界——认为是认识源泉——的深刻体验，都使他更崇拜艺术创造。他认为歌德的魅力大大超越了当时德国哲学家所拥有的一切。人们第一次从他那里读到了充满生命力、文采飞扬的美学理论文字。其实，人人都期望美的生命能够自由自在地飞翔。而叔本华认为，除非我们回到东方的艺术体验中，否则就无法证实这种美的真正存在。

四、无边的人道主义：关于一种理论对话的共同话语

中国古人说得好："道不远人。"人不能害怕自己、否定自己，否则任何思想理论本身就是异化的产物。人道主义美学原则不仅为文学的发展开辟了广阔的道路，更揭示了一种沟通东西方文化，寻求对艺术共同理解方式的可能性。这是一种"大美学"观念，其中最核心的意味是"对人的信心，对诗意的追求"（钱谷融先生语）。尽管它很难用某种明确的概念来概括和表达，但是却有着"大象无形""大方无隅"的美学意味。对此，高尔泰"广义的人道主义"的提法值得参考。"广义的人道主义并不专指文艺复兴精神，而是通指古往今来这样一些思想和努力的总和，这些思想和努力在不同的社会历史条件下有不同的具体内容，但都把人放在优先地位，把人作为最高的价值和终极目的，以人为万物的尺度。一切从人出发而又为了人：在实践上肯定人的本质，维护人的尊严和自由，谋求人的解放和人的全面发展；在理论上则把人的解放程度，即人的本质的实现程度，作为衡量一切文明、文化，包括一切经济政治制度进步程度的标志。"[1] 所以，尽管人学已成为当代一门显学，对于人的看法有多种多样的流派和观点，但是万变不离其宗，人道主义仍是其渊源和灵魂所在，它所表现出的对人本身存在状态和意义的关注，所探索和追求的人类终极关怀，所不断自我检讨的人类基本态度，始终是贯穿在各种学说和学派中的基本精神。至于文学生命活动力，无疑表现在对美的感受、体验和展示之

---

① 高尔泰：《美是自由的象征》，人民文学出版社，1986年，第230页。

中，创造一种令人迷醉的审美境界。而这种美及其显示，无疑又是与人本性的愉悦自由紧密相关的。

无边的人道主义正是在"对人的信心、对诗意的追求"的意义上提出的。所谓"无边"并非终极，更不是核心和规律的指称，其义取于《庄子·秋水篇》："万川归之，不知何时止。"因为它"至大不可围"，"其若四方之无穷，其无所畛域"。其实，人道主义原本就是一种宽广、开放的思想情怀，不同于任何唯一的主义，也并不给人们提供任何问题的终极结论和解决方法。它不仅和人类艺术创作有不解之缘，而且与其他各种思想学说有相容相通、相互映照的关系，由此也不断吸收各种思想活力，使自己不断发展。

这种发展的直接成果就是人道主义的现代性和当代性含义。也许由于时代的变迁，人道主义所关注的现象和问题有所不同，但是不会远离人学的轨道。例如在文艺复兴时期的人道主义所力图做到的是用人权来反对神权，确立人自身的独立价值，把人从专制制度及神学的桎梏下解放出来，这正是人道主义正式确立的一个开端。它试图表达的思想是："以人自身为中心，提出有关人的最终本性的问题，并试图在人自身的范围内来解决这些问题，就此而言，人道主义思想意味着人的修养，人的自我培育、自我丰富的人性。"① 但是这时的人道主义者对人自身的认识还不完善、不深刻，还处于一种朦胧的初始阶段。而此后的人道主义的发展正是一个逐步地自我完善的进程。在启蒙运动时期，人文学者所注重的是人的理性，人道主义者正是高扬"理性"的大旗，开启了对封建宗教蒙昧主义的挑战。人们相信，通过理性的创造力和支配力，人完全可以自由地支配世界和自我。正如康德在他那篇著名的论文《对问题的回答：什么是启蒙运动?》中所说的："人最重要的启示是，他为了对自己负责，正在放弃受监护的地位。在这一启示之前，是其他人为他思想，他只是模仿他们，或者让他们牵着绳索，拉着他走。现在，尽管他步履蹒跚，但是，他还是用自己的

---

① ［美］大卫·戈伊科奇：《人道主义问题》，东方出版社，1997 年，第 109 页。

双足，在经验的基础上铤而走险。"康德还在他的《判断力批判》一书中说："一切偏见中最大的偏见是不服从法则的幻想性偏见，它把知性建立在自己的基本法则基础上，即迷信。从迷信中解放出来，就是所谓启蒙。……迷信使人处于盲目状态，它也同样要求人尽义务，使人需要受他人领导，从而使理性处于十分明显的消极状态。"① 当然，这时的人道主义也存在着过分推崇理性，而忽视了人的非理性的缺陷。所以从 19 世纪末开始，弗洛伊德、尼采、荣格等许多思想家开始了对人的非理性的研究。

在文学上，人道主义所关注的问题也在不断地发生变化。例如在传统的现实主义和浪漫主义文学创作中，人道主义比文艺复兴时期有了新的针对性，人们更加关注人的生存状态，尊重个人的价值和独立性，为了做人的自由权利而不懈追求。几乎在所有具有永久价值的创作中，都显示了对人类生存状态的高度的人道关怀，表现了对人们生存欲望的深刻理解和同情。雨果、托尔斯泰、巴尔扎克、鲁迅等世界文学大师，无不显示了这方面的高度敏感和超人勇气，他们在作品中所揭示的人性困境主要来自社会的压迫和压抑，人类面对强暴、专制、金钱、权势的统治痛不欲生，人将不人。然而，到了现代主义文学时代，由于人类生存状态的改变和改善（首先发生在一些资本主义发达的西方国家），人们所关注的重心放在了人类自身的精神和心灵状态。这也就是说，当人们物质欲望有所满足，肉体痛苦有所缓解之后，人性发展中的心灵困境将成为新的主题。弗洛伊德关于潜意识的学说，在这方面起到推波助澜的作用。在陀思妥耶夫斯基、波德莱尔、卡夫卡、福克纳等大师的创作中，我们一再发现一个被自己心灵所困的现代人身影，他们自我犹豫，内外交困，被一种低迷的、无可奈何的心态所困惑、所控制，永远难以走出的是自我的焦虑和沮丧。正是从这个角度来说，现代主义并没有背离人道主义，只是把目光转向了更内在的追求。这也就决定了很多思想家、文学家自然而然地从传统的现实主义转向现代主义现象的发生。因为对他们来说，这是一个必然的过程，当他们

---

① ［美］大卫·戈伊科奇：《人道主义问题》，东方出版社，1997 年，第 146 页。

目睹人性及人的存在在现实生活中的一系列变异时，就不能不进行新的追问和尝试。这在陀思妥耶夫斯基和鲁迅的创作中都有突出表现。他们创作方面的变化并不曾表示其一贯的人道主义情怀有所变化。在他们的创作中，永远闪烁着对人类理想境界的尊重和企盼。

在谈论人道主义的时候，我们不能不面对一些挑战，有些人认为人道主义已经过时。钱谷融先生对此并不以为然。因为人道主义在中国以往遭受的非议实在太多了，而每当一种新思想新学派出现，总有些人用之和人道主义对立起来。但奇怪的是，这非但没有减少人道主义的魅力，反而使其更加深入人心了。人道主义原本就是一种宽广的、开放的思想情怀，它并不是唯一的主义，它和人类其他各种主义、流派、学说，存在着更多的相通相容之处，而并不存在水火不相容的对立关系。过去有人把人道主义和现实主义对立起来，用"战斗性"来否定温情脉脉。如今也有人认为现代主义和后现代主义来了，人道主义已经过时，其实出现了同样的思维误区。人道主义的生命力就在于它的开放性，在于它能不断发展、不断吸收人类的思想成果来丰富自己，永远不封闭自己。而且，正如钱谷融先生所指出的，"自文艺复兴以来，人道主义在西方经历几百年的发展，已成为西方文化的心理积淀。但在中国，人道主义还没有或者正处于在构建之中。正是在这个意义上，人道主义不仅在现当代文学中，而且在今后一个相当长的时期内都不会丧失它的价值和革命意义"，"现代主义过早过激地宣布人道主义在中国过时的时候，无形中就为传统专制主义的复活起了推波助澜的作用。"显然，貌似激进的思想观念往往与一元化思想模式相关，总是在强调唯一，不断用新口号、新主义来回避人生的基本状态，营造一种"瞒"和"骗"的泡沫思想氛围。

看来思维的误区依然无处不在。在对待人道主义问题上，如果不走出绝对正确、唯一真理的旧有思想圈套，自然就无法接受一种开放无边的生命情怀，也就不可能实现不同思想流派之间的交流和对话。在这一点上，也许我们并没有超出甚至没有达到叔本华当年的思想境界。在确立某种主义或思想为绝对先进和正确之外，不允许有任何其他思想价值存在。如果日后某种主义或思想发生了动摇，人们又总是匆忙地用另一种新的观念来代替前者的位置，以此来否定其他的各种思想派别，确立一种新的正宗和权威。

这不过是百年来中国意识形态舞台上"争夺话语权"现象的继续演绎而已，由此所表现出的中国学术精神内在的贫困已被人们所日益认识。人们总是在追逐言辞上的最新真理，并以此来包装自己无知和贫乏的灵魂，创造了一次又一次的精神"跃进"和文化泡沫工程，却失掉了人类精神思想上最基本的、人之为人的拥有，如爱、真诚和信任。这也许正是人道主义在中国屡受到批判、遭受误解的重要原因之一。

当然，虽然在西方人道主义的文化心理积淀要比中国深厚得多，但人道主义也时常受到许多人的质疑。第二次世界大战的爆发就与人们对暴力的迷恋和对人道主义的抛弃有很大的关系。20 世纪以来，在西方重要思想家中，对人道主义批判最为强烈的首推海德格尔，他对人道主义的挑战的观念集中体现在其《人道主义书简》中。他说："每一种人道主义不是以形而上学为基础，就是不得不成为形而上学的基础。每一次确定人的本质，都以对人的解释为前提，不去询问存在的真理（不论是否知道），因此每一次确定的人的本质，都是形而上学的结果。一切形而上学所特有的东西，特别是涉及确定人的本质的方式时，都是'人道主义的'。因此，每种人道主义依旧是形而上学的。在定义人性时，人道主义并不仅是没有问及与人的本质的关系，由于它的形而上学的起源，所以它甚至阻碍了这一问题，即不知道，也不理解它。"① 在海德格尔看来，西方的每一种人道主义（如古罗马的人道主义、文艺复兴的人道主义、启蒙运动的人道主义、马克思主义的人道主义等）都是建立在形而上学基础之上的，所以难免有概念化、抽象化的弊端。这样，海德格尔在试图摧毁西方形而上学的同时，也误解甚至放弃了传统人道主义的精神。恐怕也正是在这种观念的支配下，海德格尔毫不犹豫地投入纳粹的怀抱。在西方形而上学大厦尚未

---

① ［美］大卫·戈伊科奇：《人道主义问题》，东方出版社，1997 年，第 224 页。

被摧毁之前，海德格尔作为人文学者的精神支柱却早已被折断了。虽然海德格尔后来提出"诗意的人"的想象来弥补思想上的缺陷，但正如有人指出的，"在奥斯威辛之后，写诗是残酷的"。可见，一个思想家如果一旦放弃人道主义信念，不仅意味着诗的消失，也意味着人的消亡。

无疑，在现当代中国，人们习惯于在意识形态舞台争取绝对的先进和正确的话语权，往往用否定其余派别的方式来确定和巩固某一正宗和权威话语。于是，一些新的观念和话语在刚刚显示之时，就有可能"被利用"，成为否定某种基本文化思想的工具或武器。既然过去可以用现代消灭传统，用现代主义否定现实主义，那么现在用后现代主义的只言片语来消解人道主义也就并不奇怪了。近些年来，随着新潮话语层层密密争相登场，人道主义似乎已经过时，在一些人文社会和文艺批评中，出现了"只见话语不见人"的现象，在沸沸扬扬的话语浪潮中，"人已经死了"，自然也就不见了人的欲望、感情和性情，所见到的只有语言、符号、话语和争执不休的话语权，由此造就了中国社会特殊的精神和文化泡沫现象。

当然，造成这种泡沫现象的始作俑者并不是后现代主义，而是具体的操作文化者——人。因为后现代主义思潮的出现并非和人道主义水火不容的，后现代主义思潮的出现并没有脱离西方人学的轨道。至于后现代主义有关"人已经死了"的说法，实指的是西方传统观念中的"人"，是在一系列价值标准和理性尺度所设定的条件下，以一种文化的方式、符号的方式存在，因此在某种程度上是一种虚构和假定的存在，犹如笛卡尔所言"我思故我在"的"我"，是理性思索和语言包装后的产物。人类要追求自我的本真存在，深究其来龙去脉，要想触及被形形色色的文化和符号系统再三包装后的人的本体存在，就不能对以往的这个"人"提出挑战。尽管这种挑战是否成功还有待观察，但是后现代主义对人所处的历史文化困境的揭示已足够引起人们注意了。如今人们生活在重重叠叠的文化包装之中，所接触的是各种各样的符号和媒介，本真的存在根本无法确定，也无处显示，自然需要更细微和深刻的关怀。如果有人能够大喝一声，"你都活在符号和信息的复制之中，已经形同虚构"，能够唤起人们对本真自我的反省，自然是有一定意义的。这种意图和探索不仅与人道主义没有对立关系，而且表现了对人道主义更深刻的追求。

这种追求是引人注目的。尽管后现代主义文化还处于伸展时期，思想并不成熟，但是有一点可以肯定，它对于人的追寻以及对人性困境的揭示的重心已从主体转向了本体，从现代主义所关注的心理世界转向了文化指认，并开始全面检讨人类文化资源及其累积过程的意义。在这个过程中，人类也许不再营造出某种完满的理论体系和终极精神，但是会创造出一种新的大方无隅的氛围，让各种各样的思想学说拥有自由自在的发展时空。而人类自己创造各种学说，然后又让它们彼此为敌、一个压倒另一个的文化时代将会成为过去。

虽然在不同的历史时期，不同的个体对人道主义的关注有不同的侧重，但他们所遵循的人道主义的基本原则是不变的，那就是对人的终极关怀。正如布洛克在其《西方人文主义传统》一书中所总结的："我认为人文主义（即我们所说的人道主义的另一种中文翻译。——引者注）传统的最重要和始终不变的特点似乎有以下几点。第一，神学观点把人看成是神的秩序的一部分，科学观点把人看成是自然秩序的一部分，两者都不是以人为中心的，而与此相比，相反，人文主义集中焦点在人的身上，从人的经验开始。……但是，这并不排除对神的秩序的宗教信仰，也不排除把人作为自然秩序的一部分而做科学研究。但是这说明了一点：像其他任何信仰——包括我们遵循的价值观，甚至还有我们的全部知识——一样，这都是人的思想从人的经验中得出的。第二，每个人在他或她自己身上都是有价值的——我们仍用文艺复兴时期的话，叫做人的尊严，其他一切价值的根源和人权的根源就是对此的尊重。"[①] 正因为人道主义是与专制和权力话语不同的一种共通话语，所以它在历史发展中、在人类文化及文学交流中，拥有永久的生命力。

也正因为如此，即便是在现代主义和后现代主义文化思潮和文学创作

---

① ［英］布洛克：《西方人文主义传统》，三联书店，1997年，第223—224页。

中，人道主义仍然保持着原有的魅力。任何一种有价值的、能够引起人们注意的思想成果或文学作品，不管它是现代主义还是后现代主义的，都首先取决于它对人类生存状态的深刻关注和关怀，都有赖于它所表现的对人类理想的期盼，都发自它能够启发人、打动人的力量。因为只要人类存在，人道主义的追求就不会停止和消失。在这个过程中，我相信人道主义也在不断发展和更新，因为人类不断用自己的新体验、新经验来理解人道主义，不断用新的解释、新的美学来丰富它，赋予它更丰满动人的内涵。

第十章

现实主义与现代中国文学

无论从哪个角度来讲，现实主义（realism）对中国文学来说，都是一个醒目的概念。我们不仅在所有的文学史、文学理论以及谈论文学问题的场合遇到它，而且不断地卷入一次又一次的论争之中。显然，在现代中国，在所有文学上的主义和流派中，现实主义还占据着一种特殊地位，在"主流""主体""先进""进步"等带有意识形态色彩话语的围绕中，它无形中拥有了一种神圣的光环，因此难免给人这样一种印象：文学中的现实主义似乎是某种既定的、绝对的、超历史的范畴，是一系列不可动摇的、永恒的原则和规律。因此而形成的一种有趣的事实是，现实主义不仅成为很多人的一句口头禅，而且每当文坛风云变幻的时候，现实主义总是处于敏感的，甚至是战斗的位置。

这本身就构成了一个令人沉思的问题：同样是最初从西方引进的文学观念，为什么现实主义能够在中国文学中处于如此特殊的地位？它占了哪些天时地利和得天独厚之处？这些条件的形成又意味着什么？而我们从 20 世纪中西方文艺理论交流角度来考察这个问题，把它当作一个历史现象来研究的时候，又会得到些什么？

一切都没有现成的答案。但是，我们一旦进入流动的历史，认真检索迎面而来的文学事实，就不难找到一个似乎是偶然的契机，直接握住历史的一个环节。实际上，我们顺着文学的河道回溯行进不久就会发现，现实主义的这种优越和神圣的位置，并不是一开始就确立起来的，而是在中国现代文学历史发展中逐渐形成的。而在这之前，现实主义这一文学理论观念传入中国，虽然已有很长的历史，但是并没有像近五十年来那样处于显赫地位。

一、从《夜读偶记》谈起

最引人注目的也许是 1958 年茅盾《夜读偶记》的发表。因为它标志着现实主义在中国文学中的一种特殊境遇的形成。至少从表面上来说，现实主义似乎拥有了解释、说明和判断中国古今一切文学现象的权利，而且毋庸置疑的是一种体现先进阶级、先进思想的创作方法。

显然，茅盾的小册子之所以引人注目，是因为它体现了更多的东西。从某种程度上来说，我们甚至很难把它当作一部纯粹的个人著作来研究，①因为它体现了太多的时代因素和历史因素。《夜读偶记》写于 1957 年 4 月，当时中国文坛正进行着一场有关现实主义的讨论，其情况正如茅盾在前记中提到的：

> 去年（笔者按：指 1956 年）9 月《人民文学》发表了何直的《现实主义——广阔的道路》以后，社会主义现实主义创作方法问题已经在国内引起了相当热烈的讨论。截至本年（指 1957 年）8 月，国内 8 种主要文艺刊物登载的讨论这一问题的文章，就有 32 篇之多。极大多数是拥护社会主义现实主义的。我利用晚上的时间，把这些论文（约有 50 万字罢）陆续都读过了。读时偶有所感，便记在纸上。现在整理出来，写成这篇文章，还是"偶记"和"漫谈"的性质，而且涉

---

① 这里或许应指出，20 世纪 50 年代之后，文艺理论和批评已愈来愈趋向为一种集体的官方写作方式。在此情况下，个人意识的风气也就越来越少见了。

及的范围相当广泛，故题名为《夜读偶记》。

由此可见，这篇长文虽名为"偶记"，却不是随便写成的，而是带有一种总结的性质，作者不仅读了有关讨论的绝大部分文章，而且把一些自己认可的观点写在了文章中。所以，无论从当时的情况，还是从作者写作的态度来看，《夜读偶记》无疑是研究和把握当代中国文学理论发展的一个重要历史文献。

《夜读偶记》主要讲了两个观点：一是就中国文学的历史发展而言，认为"中国文学史上很鲜明地存在着现实主义和反现实主义的斗争"；二是从整个世界文学发展中肯定了社会主义现实主义的先进性，主要涉及了创作方法和世界观的关系。平心而论，对于一个对现实主义一往情深的作家来说，这些观点虽然并不十分显眼，但至少也是可以令人理解的。

然而，情况似乎并不那么简单。实际上，因为茅盾所提倡的观点并不是自己首先提出的。① 在这之前，中国文学界已有过讨论，而最初是受到苏联理论界的影响。20 世纪 50 年代中期，苏联就有人提出："只有一种有充分价值的艺术和一种有充分价值的方法——现实主义。""这种观念依唯物主义和唯心主义类推，把所有艺术现象分为现实主义和反现实主义。"② 这种观点立即在苏联文学界引起了一场论战，并且很快波及中国。当时中国的一些理论家根据苏联理论界的信息，开始关注本国文学中的现实主义问题。刘大杰于 1956 年首先在《文艺报》第 16 期发表了《中国古典文学中的现实主义问题》，接着在《文艺报》第 21 期就登载了姚雪垠与之商榷的文章《现实主义讨论中的一点质疑》，由此导致了一场论战。对于中国古代文学中现实主义问题，刘大杰的观点是比较稳重持中的。他认为现实主义这个术语，有自己的基本内容和特点，现实性和现实意义并不等于现

---

① 在中国，用现实主义来贯串中国文学史，较早些就有冯雪峰在 1952 年第 14 期《文艺报》上的长文《中国文学从古典现实主义到无产阶级现实主义发展的一个轮廓》。
② 中国科学院文学研究所苏联文学组：《世界文学中的现实主义问题》，人民文学出版社，1958 年，第 13 页。

实主义，所以运用"现实主义与反现实主义"这个公式来概括中国三千年的文学史，不能实事求是地说明问题，必然会走上简单化、片面化的道路，因为这就如同把文学史切西瓜一样，一半是现实主义作家与作品，一半是反现实主义作家与作品，就简单等同于哲学上的唯物主义与唯心主义的斗争了。

论争当然还涉及了多方面的问题，比如中国现实主义的起源和现实主义的不同阶段问题、现实主义理论本身的问题以及是否要用欧洲现实主义理论来衡量中国文学问题等。

可见，确认中国文学史的主线是现实主义与反现实主义之间的斗争，并不是茅盾自己的创造。虽然他一向对现实主义持肯定态度，但无意于把它推到如此高的境地。而且，对于当时理论界的有关反应，茅盾也是很清楚的。但是，茅盾为什么用一种"偶记"的形式来表达自己的观点呢？

很明显，茅盾当时面临着更严重和更复杂的情况。就当时而言，如果说，关于中国古代文学中的现实主义问题的讨论还局限在学术界，还表现得比较平和的话，那么当时还在进行的关于"社会主义现实主义"问题的论争，已经远远超出了学术的范围，触及了政治思想的敏感问题，已经充满了阶级斗争的"火药味"。

如茅盾在前记中所说的，关于社会主义现实主义的讨论是从何直（即秦兆阳）《现实主义——广阔的道路》发表后开始的。但是到了1957年，这场讨论已远远不再是讨论，而发展成为一场名副其实的批判和斗争了，同样的事实，当时已经有人把它定性为"文学思想的两条战线——反对教条主义和反对修正主义——上的斗争"，[1]"把秦兆阳等一些人看作'思想上的异己分子'"，是"打着反对教条主义的幌子来反对马克思主义"。[2]李希凡的这篇文章如此评述：

---

[1] 张光年等：《社会主义现实主义论文集》（第一集），新文艺出版社，1958年，第332页。

[2] 张光年等：《社会主义现实主义论文集》（第一集），新文艺出版社，1958年，第332页。

一九五六年九、十月间，正当国际上的修正主义浪潮冲击共产主义思想的时候，在我们的文学战线上，也出现了否定社会主义现实主义的逆流。《人民文学》一九五六年九月号发表了何直的《现实主义——广阔的道路》，同年《长江文艺》十二月号发表了周勃的《论现实主义及其在社会主义时代的发展》，从理论上提出了对社会主义现实主义的怀疑和修正。

李希凡的这种观点是和姚文元在 1957 年 1 月写作的文章完全一致的：

自从去年 9 月何直的文章在《人民文学》发表以后，在文学理论中逐渐出现了一种修正主义思潮。

姚文元的文章写于 1957 年 1 月，8 月修改，李希凡的文章写于 1957 年 10 月，而茅盾《夜读偶记》的前记则写于 1957 年 9 月。这也就是说，当有人已经把讨论升级为"两条战线斗争"的时候，茅盾还在说"相当热烈的讨论"，而且说明"极大多数是拥护社会主义现实主义的"（着重号为引者所加）。显然，从当时的政治要求来看，茅盾的态度至少是非常暧昧的——因为茅盾当时不可能对文坛上已经来临的一场斗争风暴一无所知。

所以，茅盾写《夜读偶记》时怀着一种极其复杂矛盾的心情。一方面，他对现实主义怀抱着一种特殊的感情；另一方面他并不想把"现实主义"当作一种政治棒子来伤害人。他之所以说明"极大多数是拥护社会主义现实主义的"，是因为当时有人已把它上升为一种阶级、政治和世界观的原则，不拥护就是"修正主义"。也许正是这个原因，茅盾才没有写正规的长篇大论，而是用了"漫谈"和"偶记"的形式，并且避免在文章中引用和注明任何一个人的篇名和姓名。

这是一个作家在严峻的时刻，对自己所做的最后一点保留。

但是，茅盾当时并不仅仅是一个作家，而且是一个重要的文坛领导人，担任作协的许多职务。在一场政治性的斗争中，他必须出来"表态"，这是不可避免的。况且茅盾是一个著名的现实主义作家，在这场讨论中的发言是有影响力的，他沉默是不可能的，是不会被当时的形势所允许的。所以，尽管茅盾心情非常复杂，甚至不愿卷入到这场人为的政治斗争，但是最后也不得不出来表态：

> 从十月革命到今天的四十年中，苏联以及其他国家的革命文学家的艺术实践已经有力地证明：社会主义现实主义创作方法体验着理想与现实的结合，也体验着革命浪漫主义和现实主义的结合。而所以有此可能，就因为社会主义现实主义的思想基础是辩证唯物主义和历史唯物主义。也就是在这一点上，说明了社会主义现实主义虽然继承了旧现实主义的传统，却完全是一种新的创作方法，因此，认为毋须另立新名（社会主义现实主义）而只要称为"社会主义时代的现实主义"就可以了的说法，是错误的；因为它抹煞了旧现实主义和社会主义现实主义这两种创作方法的思想基础的迥然不同，也模糊了社会主义现实主义的鲜明的政治原则。① （着重号为引者所加）

茅盾最终还是出来表态了——茅盾尽管尽量采取了一些当时流行的说法，尽管尽量淡化了这场论争的政治斗争和阶级斗争色彩。但我们还可以看到，在这篇长长的"偶记"中，这种"表达"又是如何艰难，真可谓"千呼万唤始出来，犹抱琵琶半遮面"。

其实，茅盾正因为是在一种特别境况中写作《夜读偶记》的，所以其过程也非常艰难。这种情景毫无疑问地在文章中留下了痕迹。对一个优秀的作家和批评家来说，《夜读偶记》无论就观点，还是论述过程，都不属于成功的范例。对于这一点，茅盾自己也许早有自知之明，他在文章的最后申明：

---

① 茅盾：《夜读偶记》，百花文艺出版社，1962 年，第 109 页。

这篇漫谈，到这里应当结束了。已经拖得太长了，不合时宜。本来不打算写得这样长，但因采取了漫谈的方式，信笔所之，常如脱缰之马，离题颇远，然后再收回，这就冗长而噜苏，而全篇结构也就松弛，且有重复之处。就文风而论，这都是不足取的。可是生炒热卖，前两段既已发表，后两段亦只好将错就错。而且因病搁置，中隔两月，续写之初，虽屡经易稿，终觉前后笔调颇不一致。①

我想，这里所说的"冗长""噜苏"，文章结构"松弛"及文风上的"不足取""将错就错"，都反映了茅盾当时一种矛盾的心态；而"因病搁置""屡经易稿"，更表现了茅盾写得很苦、很难，心理上承受着难言的折磨和冲突。

今天，当我们重新研读当年有关现实主义和社会主义现实主义论争的文章时，不能不认真思考一个问题：当年现实主义在中国到底遭遇了什么？而只有搞清楚了这一点，才能真正理解茅盾当时为什么如此执着地坚持现实主义，并把它强调到了一个历史的极端位置。

二、历史性的失落——现实主义的真与伪

当历史的风波已基本平息，当我们重新审视当年论争的情况时就会发现，在这场涉及现实主义与反现实主义问题的讨论中，双方都高扬着现实主义的旗帜（这种情况从40年代的论争中就已经开始），而所谓"反现实主义"者都属于对方的一种虚构和强加。

而且，一些人显然是大获全胜，而另外一些人，包括秦兆阳、钱谷融、王愚、黄秋耘、周勃等，则被扣上了"修正主义""资产阶级"等大帽子，剥夺了他们在文坛上发言的权利。

---

① 茅盾：《夜读偶记》，百花文艺出版社，1962年，第109页。

历史最后需要证实：到底谁代表着真正的现实主义？至此，现实主义——这个来自外国文学的名词和概念，显然在中国发生了一种历史性的分裂，出现了一种"真"与"伪"的问题。

应该说，这是在中国特殊的政治文化背景中的一种特殊的文化现象。真与伪的问题，实际上表现了名和实之间的矛盾和冲突。这一点，鲁迅在20 世纪就已发现："新潮之进中国，往往只有几个名词，主张者以为可以咒死敌人，敌对者也认为将被咒死……""每一新制度，新学术，新名词，传入中国，便如落在黑色染缸，立刻乌黑一团，化为济私助焰之具……"

而从更深一层的文化心理来说，现实主义的真与伪，也反映了中国人对现实主义的双重态度和内心矛盾。从理论上来看，现实主义是有根据的，是能够被接受的，但是在实际生活中又是难以真正实行的，这也就是鲁迅所说的"提倡者思想不彻底，言行不一致"的倾向。这就在中国造就了一种奇特的事实，当在理论上把现实主义推向一个极端的时候，却正是在实践中把现实主义扭曲、肢解并推下深渊之日。

1956 年至 1958 年的中国文坛上所发生的一切就是这样一场悲剧。

至今已成公论：当年秦兆阳、钱谷融、王愚、黄秋耘、周勃等人所坚持的，才是真正的现实主义；而那些所谓打着捍卫"社会主义现实主义"旗号的高谈阔论，却把现实主义"棍棒化"了——是中国文学中"伪现实主义"的衍绎。

其实，今天来看过去的历史就会更深一层，现实主义虽然在表面上一直凯歌突进，而在内在精神上的失落早就开始显露出来了。这一点我们至少可以追溯到 20 世纪 40 年代。1942 年，诗人艾青就曾对于当时延安文坛上的"宗派主义的文艺理论批评"提出了批评，并且反对把政治和真实性对立起来。他写道：

> 在为同一的目的而进行艰苦斗争的时代，文艺应该（有时甚至必须）服从政治，因为后者必须具备了组织和汇集了一切力量的能力，才能最后战胜敌人。但文艺并不就是政治的附庸物，或者是政治的留

声机和播音器。文艺和政治的高度的结合，表现在文艺作品的高度的真实上。愈是具有高度真实性的文艺作品，愈是和一定时代的进步的政治方向一致。

但是，政治和真实在当时的文化气氛中是很难一致的。因为"真实"是一个中性词语，而"政治"则带有明显的阶级属性，这在阶级斗争理论中是相互冲突的，正如后来有人对"真实性"批判的那样："真实"，要看是哪个阶级的真实。①

既然"真实性"有阶级性，而且必然是取决于作者的世界观的，那么现实主义本身就得依据某种主观的尺度。也许正因为理论上这种进退两难的悖论，所以在20世纪40年代胡风就提出了用"主观战斗精神"来发展现实主义，并且用此来保持"真实性"的地位。当时冯雪峰就很欣赏这种思想，并且从中引申出了"从旧的现实主义转化为新的革命的现实主义"问题。他认为要完成这种转化，"要将客观变成为主观，即将客观的人民力变成为主观的文艺力，将客观的现实的生活发展和矛盾斗争变成为文艺的主观的生长或作家的主观到达"。② 冯雪峰还试图用这种主观与客观的转化来实现政治与文艺的一致：

> 于是，政治对于文艺的要求是可以作为客观现实的要求，也可以作为我们主观的要求；而结果是作为文艺之主观的要求，也可以作为文艺之客观的发展的到达。政治决定文艺的原则，是现实和人民的实践决定文艺实践的原则。这原则，在文艺的实践上，即实践政治的任务上，又须变成为文艺决定政治的原则——这须在整个的人民实践上

---

① 这种思路在后来的理论批判中非常普遍，例如霍松林在《批判冯雪峰反马克思主义的文艺思想》一文中写道："至于真实本身，不同阶级的人有不同的看法。鲁迅揭露国民党反动统治的黑暗，我们认为很真实，但梁实秋、林语堂之流的看法就恰恰相反。"（见《人民文学》1957年12月号）这是随便列举的一个例子。

② 延安文艺丛书编委会：《延安文艺丛书·文艺理论卷》，湖南人民出版社，1984年，第252页。

才能达到，才能看清楚。①

冯雪峰不想过分损害现实主义艺术，更不想有悖于党的政治原则，只想寻求一种妥协，于是设想了一个两全其美的变化原则：政治要求—客观现实的要求—主观的要求，或者政治决定文艺—文艺决定政治。

和胡风的思想有相通之处，冯雪峰提出"主观的要求"，并非要以此来代替或超越党的政治原则，相反，这是对党的政治要求的一种呼应——想自觉地把文艺和政治统一起来；只想在文艺中拥有一点点自我的声音和主动性。但是，也许连当时的冯雪峰自己都没有想到，若干年之后，为此他和胡风一样遭到了批判。他的思想被称为"主观唯心主义思想"，是"修正主义""反现实主义"和"反阶级论"的文艺观点。

这种批判无疑是不公正的，历史已经给予了平反。但是，就现实主义文学理论和实践来说，这里已开始了一种变异——因为冯雪峰毕竟用某种政治的要求"修正"了现实主义。换句话说，当冯雪峰用其"主观的要求"或"战斗精神"来扩充"五四"以来的现实主义的时候，其"现实主义"本身已掺杂了许多非现实主义因素。至于后来冯雪峰的观点遭到批判，并非因为他"修正"了现实主义，而在于他的这种"修正"已不能适应日后日益拔高的政治标准。按照这种标准，是不容许在政治和艺术之间有任何双向的或二元倾向的。政治决定艺术，只能是单向的，一元的选择，两者的位置不能等同，更不能变换和颠倒。

也许理论的变异就是这样不知不觉开始的。也许冯雪峰当年丝毫没有意识到，他虽然在意愿上是想在新的历史环境中保持和发展现实主义，但是在理论倾向上却把现实主义引向了非现实主义的边缘。不过，出于某种理论上的考虑，冯雪峰只是从另外一个角度承认了这样一个事实："因此，我们的革命的现实主义自然内含着革命的理想主义；或者说，革命的现实

---

① 延安文艺丛书编委会：《延安文艺丛书·文艺理论卷》，湖南人民出版社，1984 年，第 252 页。

主义是包含着革命的浪漫主义，这在我们今天是更为明白的了。"①

在这里，所谓"非现实主义"，是从严格的理论意义上来讲的。因为从这里开始，现实主义已逐渐脱离了它原本的含义，而开始成为一个可以集纳各种"主义"和艺术方法的"容器"，变为一个概念上的集合体，其中不但包含浪漫主义，而且可以继续包含象征主义、意识流等，这就形成了日后现实主义在外延上愈来愈大，而在内涵上却愈来愈不确定的状况。这也就给了一些人日后对它进行任意修改和重新包装的可能性。

中国现实主义在理论上的这种变异，显然是与苏联"社会主义现实主义"观念的传入有直接关系的。社会主义现实主义是在 1934 年全苏作家代表大会上正式提出的，并写进了《苏联作家协会章程》。② 在这之前，这一名词是由斯大林提出的，并得到了日丹诺夫、高尔基等人的响应。正如有位专家所指出的，这个口号的提出与苏联文学界二三十年代出现的"拉普"（"俄罗斯无产阶级作家联合会"，亦被称为"无产阶级文化派"）反文化思潮有关，它"一方面是苏联作家与'拉普'极左思潮斗争的结果，另一方面又不能不带有某种'拉普'的色彩——尤其是在解释这一定义的时候，譬如过分强调创作的党性原则，过分强调文艺作品的单纯教育作用，又如'无冲突论'的恶性蔓延，认为社会主义现实主义与批判现实主义的区别仅仅在于前者是肯定，后者是批判等，并导致了以 1946 年中央委员会作出批判米海伊尔·左琴科和安娜·阿赫玛托娃的决定为标志的严厉的文学统治。"③

---

① 延安文艺丛书编委会：《延安文艺丛书·文艺理论卷》，湖南人民出版社，1984 年，第 253 页。

② 关于社会主义现实主义的定义，一般都引用《苏联作家协会章程》中的一段表述："社会主义现实主义，作为苏联文学与苏联文学批评的基本方法，要求艺术家从现实的革命发展中真实地、历史地和具体地去描写现实。同时艺术描写的真实性和历史具体性，必须与用社会主义精神从思想上改造和教育劳动人民的任务结合起来。"这个定义在中国 20 世纪 50 年代文坛上被广泛运用，并出现了许多评价的文章，曾一时成为一种革命经典。可参见夏阳编著《社会主义现实主义讲话》（江苏文艺出版社 1958 年 7 月第 1 版）。

③ 周政保：《泥泞的坦途》，陕西人民教育出版社，1991 年，第 45 页。

这种向"左"的方面的倾斜，在中国更为突出。1933 年，苏联社会主义现实主义的口号虽还在讨论之中，但就已经传播到了中国。最有影响的是周扬发表在《现代》杂志第 4 卷第 1 期（1939 年 11 月）上的《关于"社会主义现实主义与革命的浪漫主义"》一文，文章第一次比较系统地介绍了社会主义现实主义。在这篇文章里，周扬明显地强调了社会主义现实主义的阶级性和时代性，而忽视了社会主义现实主义的一个基本点——写真实。①

可惜，在理论上这种向"左"方面的倾斜，一直没有得到纠正，反而愈来愈突出。从整个历史文化背景来说，这似乎是不可避免的。20 世纪 40 年代至 50 年代，是人民革命走向胜利的年代，这自然更加鼓舞了人民革命的热情，人民自然也就认为"愈革命就愈正确"。这在意识形态方面无形中造成了一种"看谁更革命"的竞争。

中国的现实主义正是在这种文化意识氛围中逐渐失落的。特别是中华人民共和国成立后，胜利使一些理论家思维膨胀，急于提出更革命的设想。他们的思想脱离了现实，也使得现实主义脱离了现实。这就形成了现实主义在中国特殊的境遇：一方面，理论批评界不断使现实主义革命化，不断对它提出更高的政治标准；另一方面，现实主义也随之不断被推到了一个不可动摇和不容置疑的地位。显然，中华人民共和国成立后文艺界所开展的一系列的文艺批判斗争，都在这方面起到了推波助澜的作用，譬如 1951 年对电影《武训传》的批判，此后接着是对所谓《红楼梦》研究中资产阶级文艺观点的批判，1955 年对胡风文艺思想的批判等。这些批判斗争都有明显的阶级斗争扩大化倾向，而在当时客观上也使文艺界的政治温度越来越高。

所以，1956 年秦兆阳等人在理论上重新探讨现实主义问题，是对长期以来文坛流行的非现实主义倾向的一种反向回应。这种回应之所以在这时候出现，是因为 1956 年 5 月中央提出了"百花齐放，百家争鸣"的方针，

① 温儒敏：《新文学现实主义的流变》，北京大学出版社，1988 年，第 138—141 页。

给文艺界带来了一阵宽松的空气。除了在学术界理论界的反响之外，在创作上也出现了新的探索，王蒙等人的一批"写真实"和"干预生活"的小说作品相继出现，给中国的现实主义文学注入了一股生机。这些小说包括《组织部来了个年轻人》《锻炼锻炼》《田野落霞》《西苑草》《改选》《爬在旗杆上的人》《被围困的农庄主席》《入党》《在悬崖上》《小巷深处》《红豆》等。

然而，从理论角度来说，秦兆阳等人探索的根本意图，只是想寻回现实主义已失落的某些环节而已，并没有多少创造性的理论发挥。严格地说，他们的基本理论出发点并没有超出现实主义理论原有的内容。例如《现实主义——广阔的道路》就是针对"教条主义对于我们的束缚"而言的，其所"再认识"的也是现实主义最基本的原则：严格地忠实于现实，艺术地真实地反映现实。与此同时，秦兆阳对社会主义现实主义所持的怀疑态度也是和对中国文学理论中出现"非现实主义"倾向的反省紧密相连的。他指出：

> ……只要我们认真地去回忆一下，就可以发现，在最近若干年来，在许多有益的工作的同时，我们新的文学事业里确实也存在着以下的一些不正常的情况：或者是，有关现实主义的新的原则被提出来了，却是不够科学，意义很含混。或者是，对于一些正确的原则作了不恰当的引申和片面性的解释，使得真理越过了与实践的生动的关系，而变成了僵硬的套子。或者是，在一定的时候提出了不很确切的口号，而解释它的人们又把它进一步引申到了绝对化的地步上去……总之，在提出这些问题、解释这些问题、作出这些规定之时，本来应该是为了使得对于现实主义的遵循途径更加具体明确，实际上却离开了现实主义的大前提，因而反倒形成了对于现实主义的束缚和误解，给文学事业造成了很多教条主义的清规戒律，因而妨害了文学的现实主义原则的发挥，妨害了作家的创造性的发挥。

于是，当谈到"种种教条主义的束缚"的时候，秦兆阳不能不涉及中国文学中最忌讳最敏感的话题：文艺与政治的关系。他列举了种种用政治化来曲解和缩小现实主义文学原则以及用政治教条来束缚文学创作的现象，提出"不要简单地把文学艺术当作某种概念的传声筒，而应该考虑到它首先必须是艺术的，真实的，然后它才是文学艺术"；提出"必须少用行政命令的方式对文学创作进行干涉"——这些思想的正确性到了1979年之后才得到了正式的认可。

应该说，这种针对性很强的议论，在理论上不可能涉及更深的问题。它只是对当时流行的非现实主义现象的一种反拨。除了钱谷融的《论"文学是人学"》之外，这种针对性同样明显表现在周勃的《论现实主义及其在社会主义时代的发展》、黄秋耘的《不要在人民的疾苦面前闭上眼睛》、从维熙的《对社会主义现实主义的怀疑》、王愚的《艺术形象的个性化》、蔡田的《现实主义，还是公式主义》、刘绍棠的《我对当前文艺问题的一些浅见》、唐挚的《烦琐公式可以指导创作吗?》等文章中。它们都是针对现实中存在的种种非现实主义文学现象，以反对教条主义、庸俗社会学和机械论的名义而发的。

从某种意义上可以说，在当代中国文学史上，这是一次恢复和挽救真正的现实主义文学精神的历史性的努力。

但是，当时的这种历史性的努力失败了，它没有阻挡住非现实主义因素的扩展；相反，这次努力的失败导致了中国文坛上"伪现实主义"的出现和盛行。

话题又重新回到茅盾。作为一个敏感的、有深厚理论功底的作家，茅盾当时不可能对中国文学中现实主义的这种危机毫无知觉，也不可能对现实主义被曲解、被教条化概念化的种种现象没有深切的感触。但是，他当时既要顾及政治形势的要求，又要坚持自己的现实主义文学的主张，就不能不处于一种斗争的夹缝中，难以有更好的选择。在这种情况下，他把现实主义推到一个历史的高度，并从历史发展中张扬现实主义精神，潜在地包含着一种欲望，即从历史中拯救在现实中正在失落的现实主义。

也许很少人真正理解茅盾当时的这番苦心。而茅盾所做的一切，只是成全了现实主义的"名"，并没有真正挽救起现实主义文学之"实"。

三、现实主义在现代中国的感召力

现实主义在中国文学中的主导或主流地位，从理论流变上来讲，是从 20 世纪 40 年代开始的，50 年代末达到了一个高峰。在这个过程中，现实主义本身充满了戏剧性的变化，其"名"和"实"之间存在着巨大的裂痕。

这种情况再一次提醒我们：考察和把握中国文学的发展脉络，万不可轻信理论和批评中的"主义"，因为理论和实际之间常常是南辕北辙。当把一种"主义"强调到极端的时候，往往就已经变形变色，失去了自己本原的性质。

但是，即便是在理论上和名义上的确立，现实主义在中国的命运仍然是一个值得研究的课题。因为现实主义与文学上形形色色的主义一样，当初都是舶来品。在五四新文学时期，各种主义和流派进入中国，现实主义只是其中的一派，而且并没有太多的作家自称现实主义或者信奉现实主义。这种情况差不多持续到 20 世纪 30 年代。这一时期，也很少有人把现实主义看作唯一的方法或主流，其中包括最早介绍和接受现实主义的陈独秀、茅盾等人。例如，陈独秀 1917 年提倡新文学，是将"写实文学"和"国民文学""社会文学"并提的；茅盾在 20 世纪初介绍现实主义时，也并非全盘肯定，而是有所针砭的，并且认为"极该提倡"象征主义。他甚至还提出过："能帮助新思潮的文学该是新浪漫的文学，能引我们到正确人生观的文学该是新浪漫的文学，不是自然主义的文学，所以今后的新文学运动该是新浪漫主义的文学。"

另外，如果认真分析一下就会发现，把新文学初期提倡的"为人生"的文学、"人的文学"和"平民文学"等口号和现实主义完全等同起来，同样是非常危险的。

鲁迅是主张"为人生"文学的。他一直坚持反对"为艺术而艺术"的观点，坚持文学应该是战斗的。鲁迅曾明言，自己写小说，就是"想利用它的力量，来改良社会"的，他说："例如，说到'为什么'做小说罢，我仍抱着十多年前的'启蒙主义'，以为必须是'为人生'，而且要改变这人生。我深恶先前的称小说为'闲书'，而且将'为艺术而艺术'，看作不过是'消闲'的新式别号。所以我的取材，多采自病态社会的不幸的人们中，意思是在揭出病苦，引起疗救的注意。"① 所以，鲁迅的文学显示出最鲜明的叛逆性、反抗性和战斗性。从这一点来说，鲁迅的"为人生"和现实主义是有相通之处的。但是，相通不能等同于相同。纵观鲁迅的文学活动就能看出，鲁迅的"为人生"主要体现为一种中国知识分子的使命感，源于"天下兴亡，匹夫有责"的历史精神，并不一定与现实主义文学原则有一致关系。换句话说，"为人生"的文学并不一定是现实主义的或用现实主义方法创作的，它们可以是浪漫主义的、象征主义的、表现主义的，或者其他任何主义的。任何文学上的"主义"都可以用来"为人生"，这并不是现实主义的特权。实际上，虽然鲁迅早期推崇过浪漫主义，并深受其影响，但是从来没有自称为浪漫主义者，鲁迅非常注重介绍和学习欧洲，特别是俄国的现实主义文学经验，但是从来没有把自己全然归于现实主义一派，更没有完全按照现实主义创作原则来创作；相反，鲁迅"为人生"的文学是不拘一格的，他吸收了包括现代主义的各种各样的创作方法，也创造了各种样式的文学作品。

再譬如，1918 年周作人发表《人的文学》，对中国新文学产生过巨大的积极作用。在这篇文章中，他把"人的文学"和 19 世纪欧洲现实主义文学联系在一起，并指出"人的文学"就是"用这人道主义为本，对于人生诸问题，加以记录研究的文字"。后来，这一思想明显地体现在 1921 年 11 月发表的《文学研究会宣言》中。但是，就此把"人的文学"归于现实主义显然是一种削足适履的做法。"人的文学"基于西方的人道主义思

---

① 鲁迅：《鲁迅全集》（第 4 卷），人民文学出版社，1961 年，第 512 页。

想。人道主义在西方本身就代表了一种广泛的人文思想潮流，从文艺复兴开始一直贯穿于西方的文化发展中。周作人把它引申到中国文学中，带有强烈的解放思想和文化启蒙的意味，是和禁锢人心、愚弄民生的封建礼教传统针锋相对的。正是因为这一点，"人的文学"的提出受到了广泛的欢迎，并作为中国新文学发展的一种基本精神延续了下来。

由此可见，现实主义流入中国，并不能包容一切。这种情景不但表现在一般的文学现象中，而且也表现在中国特殊的文学——革命文学和无产阶级文学——的产生和发展中。值得注意的是，中国"革命文学"的产生与现实主义瓜葛不多；相反，倒是与"浪漫主义"有很深的关联。中国最早鼓吹"革命文学"的人，如郭沫若、成仿吾、蒋光慈等，都属于中国浪漫派或者带有强烈浪漫主义倾向的作家。而且，当时的"革命文学"倡导者们虽然已赋予了文学许多政治的、阶级的和革命的思想意识，但是一直未曾打出现实主义旗号。所以，差不多到了30年代中期，中国流行的是"革命文学"或"无产阶级文学"口号，而不是现实主义。由此可见，即使在阶级的、政治的文学之中，现实主义在中国也并非从一开始就占主导地位的。同时这也说明，中国的政治的革命的文学也并非一定是现实主义的，或者一定是以现实主义为主导的。

因此，完全否定或者贬低现实主义在中国文学中的重要地位和历史意义是偏激和偏颇的，但是把现实主义定为一尊，或者和一些神圣的原则同日而语，也是浅薄的。至于有人对现实主义情有独钟，用现实主义来解释或概括整个中国文学史，甚至世界文学史，那只能是一种用理论来划分类型的尝试而已，任何人都可以用任何一种理论来划分历史。因为任何一种理论类型的产生，其萌芽都能追溯到最古老的文化时代。

毋庸置疑，现实主义在中国文学中确实一度占据了独一无二的地位，至少从理论上说，曾经是神圣的、不容置疑的。显然，这不仅仅是一个单纯的文学现象，而是一种历史文化现象。从某种程度上可以说，现实主义在中国的传播、兴盛和倒退，无不和中国的政治文化形态的发展和演变有关。

　　显然，现实主义之所以在中国文学中一度占据独一无二的地位，从整个世界的文化背景来看，与中国文学向俄国文学学习有密切关系。由于俄国十月革命的影响，更由于中国和俄国在历史发展中有很多相通之处，俄国文学从 20 世纪初就对中国文学产生了很大的影响。而中国的文化发展态势亦逐渐靠近于"俄国模式"，最后形成了向俄国"一边倒"的情况。五四运动之后，不但有大量的俄国文学作品被译介到中国，而且也译介了不少俄国的文艺理论，对中国文学产生了很大影响。而在这些俄国作品中，最多的是现实主义的，如屠格涅夫、托尔斯泰、果戈理等。而对于别林斯基、车尔尼雪夫斯基和杜勃罗留波夫的译介，更在中国文学批评中留下了深深的印记。对于这种情况，30 年代就有人注意到了："翻译的文学书在数量方面讲，从国家而论，首推俄国，以人而论者，首推屠格涅夫的作品最多。美国为世界最富强之国，而输入我国的文学作品，除辛克莱而外，实在没有什么可记述的，于此可见我国一般人的心理，多倾向于俄国文学，而我国文学受影响最深的国家，也莫如俄国。"

　　这种倾向尤其表现在中国现代的"革命文学"和"无产阶级文学"的产生与发展中，在思想和理论上几乎是亦步亦趋的。所以到了 30 年代，苏联"社会主义现实主义"观念传入后，很快得到了文学上的认同。① 当时，中国虽然没有进入社会主义建设时期，但是在思想上、心理上已经做了充分的准备。而到了 50 年代，中国在经济文化上全面学习苏联模式，社会主义现实主义也自然成了文学上的最高原则。由此来看，现实主义在中国的命运不仅取决于国内情况的变化，也受到国际社会条件的深刻影响。中国与苏俄之间关系的变化，在一定程度上也影响了文学上现实主义地位的变迁。

　　苏俄对中国在现实主义文学方面的影响，更深刻地表现在理论导向方

---

　　① 关于这一点，毛泽东在《在延安文艺座谈会上的讲话》中就谈到过："我们是主张社会主义的现实主义的。"他是把它作为"文艺界的特殊问题——艺术方法艺术作风"这一点来谈的。可见，后来倡扬"社会主义现实主义"是有政治依据的，但是，1958 年 3 月，毛泽东提出了革命的现实主义与浪漫主义相结合的创作方法，取代了"社会主义现实主义"的提法。

面。从比较文学角度来看，现实主义在西欧与在俄国的发展有着明显的理论差异。西欧的现实主义文学并没有得到强有力的政治和哲学思想上的回应，而在俄国却大不相同，从车尔尼雪夫斯基、别林斯基等理论家批评家开始，现实主义就开始和辩证唯物主义相结合，经过普列汉诺夫、卢纳察尔斯基、高尔基、法捷耶夫等人的创造性理论发挥，基本上完成了现实主义的马克思主义化，建构了以辩证唯物主义和历史唯物主义为基础的现实主义理论体系。在这个体系中，现实主义和唯物主义的基本原理是相通的，完全符合存在决定意识、一切思想意识都是生活的反映的原则，从而体现了艺术产生发展的根本原则和规律，所以现实主义成了历史发展形成的最有力和最先进的思想方法。

这种理论体系的形成显然借助了马克思、恩格斯对现实主义的精彩见解。应该说，马克思、恩格斯的文艺思想是广泛的，他们涉猎过大量的文学作品，对希腊神话传说、希腊悲剧以及莎士比亚、但丁、歌德等浪漫主义诗人的作品都十分赞赏，并有不少的论述，而不是仅仅局限于现实主义文学。但是，现实主义文学对马克思恩格斯有一种独特的吸引力是不言而喻的，因为对他们来说，现实主义在当时更具有当代性和现实性，直接表现和反映了19世纪世界政治、经济、生活的变化过程和发展趋势，他们能够从这些作品中获得更多、更新鲜的时代信息，所以恩格斯曾言，他从巴尔扎克那里所学到的东西，"也要比从当时所有职业的历史学家、经济学家和统计学家那里学到的东西还要多"。① 由此出发，恩格斯十分推崇现实主义真实性原则，认为真实性和倾向性有一致关系。所谓真实性的最充分表现，就是"除细节的真实外，还要真实地再现典型环境中的典型人物"，② 他说："……如果一部具有社会主义倾向的小说通过对现实关系的真实描写，来打破关于这些关系的流行的传统幻想，动摇资产阶级世界的

---

① 中共中央马克思恩格斯列宁斯大林著作编译局：《马克思恩格斯全集》（第37卷），人民出版社，1971年，第42页。

② 中共中央马克思恩格斯列宁斯大林著作编译局：《马克思恩格斯全集》（第37卷），人民出版社，1971年，第42页。

乐观主义，不可避免地引起对于现存事物的永世长存的怀疑，那么，即使作者没有直接提出任何解决办法，甚至作者有时并没有明确地表明自己的立场，但我认为这部小说也完全完成了自己的使命。"①

按照恩格斯的观点，真实性中就包含着倾向性，最充分的现实主义（以巴尔扎克的创作为例）并不一定等同于先进的世界观，所以他所强调的倾向性是"从场面和情节中自然而然地流露出来"的。

无疑，俄国的现实主义文学理论在很多方面丰富和充实了现实主义，但是也存在着绝对化和片面化的倾向。譬如，简单地把现实主义和唯物主义反映论视为一体，一度过分强调辩证唯物主义的创作方法，片面强调世界观的作用而忽视了真实性原则等，这些倾向不仅给现实主义文学理论本身造成了一些混乱和疑点，而且也影响了整个苏俄文学的发展。

譬如，用唯物主义解释现实主义文学，或者把现实主义归结于唯物论的范畴，在理论上是有漏洞的。根据这一点，把现实主义看作辩证唯物主义创作方法，而把其他一些创作方法指责为"唯心主义"，更是一种理论上的偏颇和误解。因为按照辩证唯物主义的基本原则，存在决定意识，一切思想文化都是实践的反映，是一条普遍真理，适应于解释一切精神文化现象，所以在这一点上不应该把现实主义之外的其他一切文学现象排除在外，更不能轻易把它们说成是"脱离现实"的。因为承认了后者可以脱离现实而存在，就等于否定了辩证唯物论的普遍性。实际上，在苏俄文学发展过程中，虽然也有人意识到这类问题，但是一直没有得到过认真讨论。相反，把现实主义等同于辩证唯物主义认识论的看法一直得以流行，并深深影响了苏联文艺理论的发展。由于这个原因，苏俄文学理论界也一直对解释和说明浪漫主义和其他一些创作方法的思想基础问题感到棘手，有时会把它们划分到"唯心主义"或"主观主义"，有时则让它们"依附于"现实主义而存在，始终难以在理论上确定它们的独立地位。

但是，这种情景却同时确定了现实主义独一无二的特殊地位。从理论

---

① 中共中央马克思恩格斯列宁斯大林著作编译局：《马克思恩格斯全集》（第 36 卷），人民出版社，1971 年，第 285 页。

上讲，它成了唯一的有正确哲学思想基础的创作方法，也是唯一能够正确反映现实的文学。这一点在苏联关于"新现实主义"和"社会主义现实主义"的讨论中虽一直被强调，但其理论上的薄弱点却一直没有得到真正的补救。

显然，苏俄的现实主义在理论和创作两方面都影响了中国。不过，在"五四"新文学运动初期乃至30年代，中国受苏俄现实主义理论上的影响并不太大，一些作家主要是从屠格涅夫、果戈理、托尔斯泰、陀思妥耶夫斯基等作家作品中吸取经验。30年代以后，苏联现实主义理论的影响越来越突出，而中国文坛上理论与批评对创作的影响也日渐强烈，这种情况到40年代末50年代初达到了高峰。

正由于以上情况，对于现实主义在中国的流变，我们或许有必要对其创作实践和理论进行区别分析。这也就是说，中国文学中存在着"（创作）实践中的现实主义"和"理论上的现实主义"两种流向，它们之间是互相联系的，但是时常处于矛盾和冲突之中——这一点或许也表现了中国文坛上创作界与理论批评界长期存在的隔阂和歧见。这种情景所造成的最极端的戏剧性现象就是：当创作实践中的现实主义被扫荡、处于历史的低谷时，理论批评中的现实主义却高歌猛进，处于时代的巅峰状态。

四、真实性的魅力

探讨中国文学中的现实主义问题，是一件小心翼翼的工作。轻信理论，反而很容易被理论所欺骗。在中国社会，现实主义的历史感召力并不是建立在其表面胜利之上的，而是取决于中国社会历史发展的必然要求和内在渴望。

从历史发展角度来看中国现代文学，我们有时会觉得用"出世""入世"和"欺世"这些传统观念分析比用现实主义、浪漫主义等概念分析更合适，也更接近实际。而在现代中国文学中，关心人生、变革社会的"入世"文学一直是与"为艺术而艺术"的"出世"文学格格不入的。至于为统治者歌功颂德、粉饰太平的"欺世"文学，更是新文学产生之时首先受到攻击的对象。从这里也可以延伸出中国文学中的现实主义、非现实主义和伪现实主义的生长和变幻的历史文化原因。

所以，现代中国新文学所显示出的第一个特点就是"真"。"真"包括两方面，面对真实的人生和真实地面对人生。前者是要面对和表现真实的现实，后者则是要求发出"真的声音"表现出人的真情实感。真，就是要求客观的真和主观的真。

鲁迅的文学创作最突出地表现了这一点。他认为中国文人一向最缺乏的就是"正视的勇气"，不敢面对现实，亦不敢面对自我。所以才一切"无问题，无缺陷，无不平，也无解决，无改革，无反抗"；正因为"万事闭眼睛，聊以自欺，而且欺人"，才产生出了"瞒"和"骗"的文艺。鲁迅对此深恶痛绝，指出：

> 中国人向来因为不敢正视人生，只好瞒和骗，由此也生出瞒和骗的文艺来，由这文艺，更令中国人更深地陷入瞒和骗的大泽中，甚而至于已经自己不觉得。世界日日改变，我们的作家取下假面，真诚地，深入地，大胆地看取人生并且写出他们血和肉来的时候早到了。早就应该有片崭新的文场，早就应该有几个凶猛的闯将！

鲁迅所说的"崭新的文场"，也就是"真的新文艺"。"真的新文艺"不但包括表现真的现实，而且包括"真的声音——这就是大胆地说话，勇敢地进行，忘掉了一切利害，推开了古人，将自己的真心的话发表出来"。鲁迅认为做到这一点不容易，但是"只有真的声音，才能感动中国的人和世界的人；必须有了真的声音，才能和世界的人同在世界上生活"，所以"世上如果还有真要活下去的人们，就先该敢说，敢笑，敢哭，敢怒，敢骂，敢打，在这可诅咒的地方击退了可诅咒的时代"。

这"真"实际上成了鲁迅文学观的核心内容，所以他不但喜欢果戈理、托尔斯泰等现实主义作家，也喜欢但丁、陀思妥耶夫斯基、安德列夫等注重表现人灵魂的作家，同时和尼采、弗洛伊德、波德莱尔等人在某种程度上也能发生深刻的共鸣，因为他们所表现的都是真的人生和真的声音。相反，鲁迅之所以一向反对"为艺术而艺术"，不满意所谓"小摆设"式的小品文、自由的"第三种人"，皆因为它们在中国不敢正视现实，有一种虚伪和虚假的性质。他不止一次地讽刺过那些"闭了眼睛""特别畏惧黑暗"或者"用自己的手拔着头发，要离开地球"的作家。

由此可见，鲁迅所追求的"真"远远超出了现实主义观念的限定，它包括写真实的内容，同时又不排除各种表现出内心真实声音的文学。而更重要的是，这种"真"不只是一种创作原则，而是一种深刻的历史要求。它是针对中国在封建专制制度下愚昧、落后的社会现状而言的，是在对中国历史文化反省的基础上，对一种新的国民精神的渴望。鲁迅深刻意识到，"瞒"和"骗"是残暴的封建专制制度得以维持的手法，而这种手法之所以有效，是因为中国国民性的愚昧和无知，所以要改造社会，要更新中国的国民性，都需要这种真的文艺。

在这里我们看到，鲁迅"入世"的文学精神和"真实性"有一种内在的关系，追求真的文艺，实际上把文艺的社会价值和美学选择统一了起来。如果我们更宽泛地看这个问题，在新文学发展中，这种"入世"精神和"真实性"的一致性，是一种非常普遍的现象，只不过一些带有浪漫主义和现代主义色彩的作品更注重于内心的真实性罢了。

当然，这种情形更明显地表现在现实主义本身在中国的传播中。从接受美学的角度来说，现实主义之所以被中国文学所接纳，并得到广泛的回应，其根本的魅力也就在于其追求真实和真诚的原则——中国人看重的正是这一点。

比如，现代文学研究界普遍认为，茅盾是中国新文学中比较纯正地传播和坚持现实主义的作家，但是只要仔细分析一下茅盾当年接受现实主义的心理过程就会发现，茅盾首先是从"入世"角度来接受现实主义的。从这一点来说，茅盾接受现实主义并最后打出旗号，是一种自觉的文学选择，是经过认真思考的。

这种自觉的选择首先来自茅盾对外国文学中各种文学思潮流派的了解和分析。平心而论，茅盾也许是五四时期对近代西方文学发展状况系统考察和介绍首屈一指的作家，他对于西方文学从古典主义、浪漫主义、自然主义（现实主义）、新表象主义（象征主义）到新浪漫派的发展过程有系统的了解。① 也许正因为如此，他对现实主义的态度是比较客观的，并不认为它是最好的创作方法，而且多次指出过现实主义的不足。由于这种原因，茅盾甚至在一个时期内对提倡现实主义抱着一种犹豫不决的态度。茅盾后来之所以越来越倾向现实主义，并不是想靠它"去创最高格的文学"，② 而是根据中国社会的实际需要而言的。这一点在《〈小说月报〉改革宣言》中已有所解释：

> 写实主义的文学，最近已见衰歇之象，就世界观之立点言之，似已不应多为介绍；然就国内文学界情形言之，则写实主义之真精神与写实主义之真杰作实未尝有其一二，故同人以为写实主义在今日尚有切实介绍之必要；而同时非写实的文学亦应充其量输入，以为进一层之预备。③

因为按照茅盾的理解，中国文学当时"还是停留在写实之前"，④ 而"中国现在小说界的大毛病，就在于没有'写实'的精神"，⑤ 也"就简直

---

① 这种见解可参见茅盾 1920 年初发表的几篇文章，如《我对于介绍西洋文学的意见》《"小说新潮"栏宣言》等。另外，在茅盾早期文章中，现实主义有时被称为写实主义或自然主义。他曾经在《自然主义的怀疑与解答——复吕芾南》一文中解释说："文学上的自然主义与写实主义实为一物；批评家中也有说写实主义与自然主义之区别即在描写法上客观化的多少，他们以为客观化较少的是写实主义，较多的是自然主义。"茅盾：《茅盾全集》（第 18 卷），人民文学出版社，1989 年，第 211 页。
② 茅盾：《茅盾全集》（第 18 卷），人民文学出版社，1989 年，第 38 页。
③ 茅盾：《茅盾全集》（第 18 卷），人民文学出版社，1989 年，第 56 页。
④ 茅盾：《茅盾全集》（第 18 卷），人民文学出版社，1989 年，第 12 页。
⑤ 茅盾：《茅盾全集》（第 18 卷），人民文学出版社，1989 年，第 96 页。

很少真的文学"，① 所以"我们可以下一句断语：中国文学不发达的原因，由于一向只把表现的文学看作消遣品，而所以会把表现的文学看作消遣品的原因，由于一向只把各种论文诗赋看作文学，而把小说等都视为稗官野史街谈巷议之品；现在欲使中国文艺复兴时代出现，唯有积极提倡为人生的文学，痛斥把文学当作消遣品的观念，方才能有点影响"。②

茅盾所提倡的"真的文学"显然是和鲁迅所说的"真的文艺"相一致的。不过茅盾更强调社会背景的影响，把立脚点放在了"表现社会生活的文学"上了，认为必须"先造出中国的自然主义文学来"。③ 因为对中国文学来说，"自然主义文学的输进似乎是对症药"。④ 后来，针对当时社会上存在的各种疑问，茅盾在其著名的《自然主义与中国现代小说》一文中作了较为全面的解释，从历史和现实的文学状态出发，重申了自己的观点。他说："我们的实际问题是怎样补救我们的弱点，自然主义能应这要求，就可以提倡自然主义。参茸虽是大补之品，却不是和每个病人都相宜的。新浪漫主义在理论上或许现在是最圆满的，但是给未经自然主义洗礼，也得不到浪漫主义余光的中国现代文坛，简直是等于向瞽者夸彩色之美。"

可见，茅盾接受现实主义的立足点是"实用"。这种实用，就是把现实主义当作改造中国文学和中国人生的手段和途径，来满足中国社会和文学的历史要求和现实需要。按照茅盾的看法，只有按照现实主义创作方法——特别是通过学会其两件法宝：客观描写与实地考察——才能达到真的文学，因为"我们都知道自然主义者最大的目标是'真'；在他们看来，不真就不会美，不会善"。⑤

在这里，我们或许能够更深地理解"真的文学"与现实主义之间的一

---

① 茅盾：《茅盾全集》（第 18 卷），人民文学出版社，1989 年，第 98 页。
② 茅盾：《茅盾全集》（第 18 卷），人民文学出版社，1989 年，第 100 页。
③ 茅盾：《茅盾全集》（第 18 卷），人民文学出版社，1989 年，第 136 页。
④ 茅盾：《茅盾全集》（第 18 卷），人民文学出版社，1989 年，第 150 页。
⑤ 茅盾：《茅盾全集》（第 18 卷），人民文学出版社，1989 年，第 235 页。

致关系。一方面，由于中国需要和渴望一种真的文学，所以自然而然和现实主义产生了应合，很多作家也就因此接受了现实主义；另一方面，由于现实主义的传播和被接受，又大大丰富和拓展了"真的文学"的内容和领域。真的文学由于现实主义的参与而充实，现实主义在追求真的文学中而伸展，这两者存在着互相借重和倚助的关系，其联结的精神桥梁就是真实性。

很明显，真实性不能等同于"真的文学"中的"真"。因为"真"和中国的传统文学精神有更深厚的联系。从庄子"精诚之至"的"真"到明代李贽的"童心说"，"真"一直是中国文人追求纯净的人性、反对虚伪的礼教道德的艺术真谛。但是到了 20 世纪初，文学开始直接参与社会变革，负起社会责任，文学已成为文人"入世"的直接形式（过去是做官），那么，文学仅仅做到抒情言志或者刻画逼真的"真"就大大不够了。这时候，它需要更直接地贴近社会生活，更广泛和深刻地表现社会生活，所以创造和学习新的创作方法就必然成为当务之急了。而西方现实主义的传入正好满足了这种需要，它从社会生活这一方面打开了作家的眼界，使文学的笔触延伸到了更广阔的领域。

所以在中国，一些作家的"入世"和对"真"的追求通过现实主义而具体化了。在这种具体化的过程中，真实性自始至终是最根本也是最敏感的内容。这一点关系到了现实主义文学的价值和命运。

从"入世"的角度来说，中国的现实主义文学一开始就和社会政治产生了密切的关系。这种情形一方面突出了现实主义文学的社会效应，另一方面也无时无刻不受到社会政治的牵制和影响。这一方面是因为现实主义本身要介入现实，就不能不触及社会政治以及与之相关的问题；另一方面则是由中国独特的社会状况造成的：中国从 20 世纪初开始的历史性大变革，由于不像欧洲那样有明显和深厚的经济变革力量的推动，所以政治和政权的因素变得格外引人注目。

无疑，中国的现实主义文学一开始就在参与和促进这种大变革。不过在五四时期，这种参与和促进是以一种文化行为表现出来的，并不依附于某一种具体的政治力量。鲁迅、茅盾以及文学研究会的诸作家，作为从旧的文化营垒中分裂出来的一群文化人，在思想上、身份上都是独立的。他们有进步的社会理想，并想把它付诸实现，由于他们只受到社会黑暗政治的压迫而并没有政治教条的约束，所以对于真实性的追求是没有内心顾忌的。而他们的作品对当时社会现实的真实描绘，本身就是对黑暗政治的抨击和对社会政治变革的呐喊。原因很简单，因为中国长期封闭，再加上文化上有"瞒"与"骗"，蒙住了中国大众，在这种情况下，任何真实的描写都具有宣传变革、启蒙生民的作用——这，就是真实性的魅力。

但是，文学和政治的影响一直都是双向的。在中国，真实性不单纯是一个文学观念，而且也是一个政治色彩很浓的话题，一旦被介入到具体的政治斗争之中，必然会受到政治的侵扰和制约。这种情形在20年代末就已经突显出来了。首先是专制权力政治对于真实性文学的迫害和宰割，正如鲁迅当年所控诉的，反动的权力政治是用"诬蔑、压迫、囚禁和杀戮"来对付革命作家的，至于用"禁止出版，烧掉书籍""封闭书店，颁布恶出版法，通缉著作家"来限制和迫害作家，更是时常发生的事。

与此同时，由于政治斗争的需要，文学也经常面临着沦落为工具和说教的危险，文学的真实性自然会受到口号和概念的挑战。于是，真实性是否等于真理、是否具有典型性和本质性等疑问的提出，其实是把真实性置于一种被选择和被挑剔的地位，主观的教条开始左右作家的客观观察和描绘。这种情景在20年代末的"革命文学"创作中就已有明显的表现了，蒋光慈的创作就是可供分析的一例。他曾写过《菊芬》《丽莎的哀怨》等表现知识青年内心矛盾的小说，是具有一定的真实性的，但是竟遭到了来自"革命文学"方面的无情批判。可见，如果把文学依照政治要求公式化、概念化，必然会导致真实性的丧失。因此，鲁迅很早就明确意识到了现实主义文学所面临的这种危机。1927年12月21日他在上海暨南大学作了题为"文艺与政治的歧途"的演讲，指出文学不应该成为"受别人命令"的工具，因为"我每每觉到文艺和政治时时在冲突之中；文艺和革命原不是相反的，两者之间，倒有不安于现状的同一。唯政治是要维持现状，自然和不安于现状的文艺处于不同的方向"。鲁迅在另一篇文章中进一步引申了自己的观点，认为用政治口号和招牌来"超时代"，实际是因为"自己没有正视现实的勇气"。

可见，文学上的真实性和"瞒"与"骗"是直接相对的，这也就是说，是和封建专制及其赖以存在的强大的封建性文化意识形态直接相对的。这一点既决定了真实的历史意义，也决定了它生存发展的艰难性。从鲁迅的"真的文艺"、茅盾的"真的文学"一直到巴金在 20 世纪 80 年代呼吁的"讲真话"、王元化所提倡的"向着真实"，真实性在岁月的颠簸和磨难中延伸着、展现着，它常常构成了对艺术家人格、道德、情操和忍耐力的最严峻的考验。

五、现实主义——泥泞的坦途

"泥泞的坦途"，是周政保先生研究中国当代现实主义小说发展而成专著的书名。作者以此为书名，大概包含着双重意味，一是现实主义在中国文学中坎坷艰难，生存和发展不容易；二是现实主义在中国仍具有重要意义，仍有广阔的发展前景。这两点是相辅相成的。

我喜欢这个表述，因为它比较贴近中国的文学实际。

但是，这里必须有一个大前提：现实主义不是一个口号，一种教条，一个神话，而是一种正视现实、表现人生和介入社会的文学精神，因为在中国文化氛围中，现实主义的危机不仅来自反对和禁绝，而且更来自被神话、被架空的氛围。

也许这就是鲁迅所说的"骂杀"和"捧杀"，而且"现在被骂杀的少，被捧杀的却多"。在现实中，不仅一个作家，如孔子、袁中郎、泰戈尔会有这种遭遇，一种思潮、一种流派、一个主义，也会有这种遭遇。当把它们视为一种神话，看作一种神圣不容怀疑、不可侵犯的信条之时，正是其真实的生命受到威胁、受到宰割、忍辱负重的日子。

现实主义在中国的遭遇已经向我们展示了这一点。因此，对于现实主义与中国文学的关系，我们不能不注意到这种特殊情况。如果说用现实主义和反现实主义来概括中国文学的发展，是一种过于笼统和不确切的说法的话，那么自现实主义传入中国以来，就开始存在着把现实主义教条化、神话化和反对这种倾向的对立冲突，这是非常明显的事实。

因此，对待中国文学中的现实主义存在着更深一层的问题，就是如何客观地、真实地和具体地来看待和理解现实主义本身，而不是主观地、漫无边际地和虚假地引申和利用现实主义口号。在这里，现实主义和"伪现实主义"常常表现出明显的区别。

应该说，几乎所有真正认同和理解现实主义的作家，都不曾把现实主义看作一种金科玉律。茅盾早期接受现实主义的情况就是明显的一例。他不仅看到了现实主义的优点，而且看到了它的不足，正因为看到了它的不足，所以现实主义对茅盾来说，才是一种活生生的、具体的艺术存在，才能在一种并不完善和完美的文学环境中生存和发展。茅盾是如此，鲁迅、巴金、沈从文、老舍、钱锺书等人都是如此。他们都不曾把现实主义当作唯一的创作法宝，但是却从现实主义中汲取了艺术营养，使他们的创作中拥有了和现实主义相通的因素。

在这种情况下，在理论上提出对现实主义的怀疑，并不意味着反对和排斥现实主义文学。恰恰相反，它常常显示出一种真正的现实主义态度，是对"伪现实主义"——制造一种虚幻的现实主义神话或者把它看作一种僵化的金科玉律——的反拨。这种情景在 20 世纪 50 年代的有关现实主义的理论风波中已有所表现。当时和事后受到强烈批判的周勃的文章《论现实主义及其在社会主义时代的发展》，就显示了一种理论上的怀疑态度，他认为用现实主义去"包括"一切，是一种对现实主义"缺乏科学的、恰切的、精确的阐释"的做法。他下面一段话是非常重要的：

> 以现实主义去包括或代替其他文学流派，事实上是没有充分地估计艺术创作规律的独特性，是把马克思主义唯物主义的唯物论所包括

的艺术反映现实并影响现实的总的命题与现实主义艺术创作的反映现实完全等同起来。现实主义艺术创作，以人们生活的客观现实为自己的创作对象，创作依据，创作源泉。的确，它所耕耘的园地是无比广大的，它给艺术家们提供的施展创作才能的天地，是无限广阔的。而一部伟大的现实主义作品，必然要在人类社会历史的发展上，起着巨大的推动作用，这也是无可怀疑的。但这些却都只是现实主义内容的一部分，或者说是它的前提，但这又何尝不是一切在历史上有着积极作用的其他文学流派的前提呢？而一些反动的文学流派，除了它是以歪曲现实阻碍历史前进为自己的特殊任务而外，在意识反映物质这一点上，又何尝不是这样的呢？正是由于此，我们在阐释现实主义时，还必须充分估计到它的创作实践中的特殊规律，即认识它的有别于其他文学流派的内部固有的规定性，这样，我们对现实主义的阐释，才能是具体的，科学的，恰切的，而不是空洞的，抽象的，教条主义的。

这样，同时也才有助于我们对其他文学流派的认识，从而真正地揭示出文学艺术创作中的复杂现象。

周勃在这里并不想否定现实主义，而是想客观地、实事求是地看待现实主义，想把它看作一种带有实践性、独创性和发展性的"先进经验"，而不是一种教条。这一点正如作者在文章中所说的："……我们把它当作教条来运用时，在我们的文学研究工作中，就产生了极其严重的脱离现实主义轨道的偏向。"

可惜，这种非常有节制的怀疑态度日后却遭到了无情打击，从而进一步助长了把现实主义教条化和主观化的倾向，"伪现实主义"文学开始流行，从批判"唯真实论"到"文革"时期"三突出"原则的提出，中国文学中的现实主义经历了一次自我丧失的悲剧。

这种情景在中国文学中留下了阴影，直到 70 年代末以后的新时期文学中仍有抹不掉的印迹。当新时期文学刚刚起步的时候，文坛上就出现了"歌德”和“缺德”的争论，一些人对于“伤痕文学”提出了疑问，实际上是以往“伪现实主义”思潮的余波。在这个过程中，理论批评上的保守与创作实践上的创新形成了明显的对比。当时一大批具有“惊世骇俗”效应的作品出现，如卢新华的《伤痕》、刘心武的《班主任》、王蒙的《最宝贵的》、陈世旭的《小镇上的将军》、陈国凯的《我应该怎么办》、金河的《重逢》、周克芹的《许茂和他的女儿们》以及稍后出现的高晓声的《李顺大造屋》、茹志鹃的《剪辑错了的故事》、刘真的《黑旗》、张洁的《爱是不能忘记的》、蒋子龙的《乔厂长上任记》等，彻底冲破了过去的条条框框，在社会上引起了强烈反响，显示出了现实主义震撼人心的力量。

但是，现实主义在中国文学中并没有开始平坦的道路，不久就卷入到了新的矛盾冲突的涡流之中。只不过与以往不同的是，现实主义不再和浪漫主义争天夺地，而是面临着来自现代主义的挑战。

值得注意的是，尽管文学状态与过去大有不同，尽管现代主义文学的产生是自然而然的事，但是争论的基本点和模式与50年代并没有太大的区别。本来，文学发展自身就是多样化的，而且各种样式和流派之间常常是互相联系、交融和影响的，并不存在根本对立和不相容的情景。但是，这种情景却在一种特殊的理论和批评的氛围中出现，形成了一种在观念上现实主义与现代主义相对峙的局面。

这种对峙在很大程度上仍然体现了一种“争夺主流”地位的思想模式。所以，用现实主义来包括一切其他样式的文学，或者用现代主义来解释现代文学的发展，成为普遍流行的做法。就对现实主义评价来说，过去的一些观念依然在流行，钱中文先生就认为：“纵观文学的历史发展，现实主义和浪漫主义作为创作原则和文学主导潮流，实际上是贯通古今的，而且从全局来说，浪漫主义作品时时发出璀璨之光，但现实主义文学常常占有优势。这在西方和我国文学中都是如此。”① 而与此截然相对，一些人则以发展的观念来面对现实主义的局限，倡扬现代主义，有人就认为对于

---

① 钱中文：《现实主义和现代主义》，人民文学出版社，1987年，第16页。

现代生活来说，传统的现实主义已显得老态龙钟："如果说，现实主义是历史和艺术发展的产物，为什么在它之后就不允许新的创作方法崛起？我们不否认现实主义创作方法的特点，不否认它可以吸收其他创作方法中的一些有益成分，但这难道就意味着现实主义竟是一个包容万象的庞杂体系吗？"

很明显，这种对峙的争执所牵涉的不仅仅是文学问题，其中隐藏着更多的政治经济发展中的冲突。提倡现代主义者往往体现出很强烈的现实性，这是新时期文学的一大特点。例如有人就直截了当地把现代主义和现代化联系在一起，带着强烈的社会功利性，似乎中国的现代化必定带来现代主义文学的兴盛和现实主义的衰落。还有人认为现代主义文学的出现，是"社会和时代的需要，即当代社会的需要""社会要现代化，文学何妨出现'现代派'"——这种情景和茅盾当年提倡现实主义有很大的相似之处。

显然，这里仍然持续着一种历史的错觉。现实主义和现代主义之争，往往表现为一种文学上保守与创新之争，似乎现实主义是阻碍一切文学上创新的传统观念，而现代主义则成了一切文学形式上创新的总名词。事实当然并非如此。在中国文学发展中，现实主义和现代主义是相通的，这不仅表现在鲁迅、茅盾等前辈作家的创作中，也表现在新时期王蒙、张贤亮、张承志等作家的创新意识中。现实主义文学因素是创新的基础和推动力，并不是阻碍的因素。

但是，这种对立和不相容的观念又是怎么产生的呢？这必然又要牵涉到文学理论和批评的模式问题。我们不能否认，由于习惯用某种"主义"的模式来判断文学，一些批评家往往不由自主地以现实主义的名义来怀疑和指责艺术创作中的新尝试，或者简单地把这种创新的尝试归结于某个他所不喜欢甚至不真正了解的"主义"之中。这种情况如果再加上某种政治因素的介入，就显得更加严峻了，文学上的讨论就会落入"谁革命"这一庸俗社会学的圈套之中。

由此可见，现实主义在中国的发展不可能是坦途的，而是被纠结在各种社会文化因素的牵制之中的。在这里，现实主义在活生生的社会生活中可能是有生命的、充满活力的，但是一旦被敬奉在理论的高台上，则可能是僵死的、陈旧保守的，人们会用颂词或者"骂杀"来剥夺它真实的生命。

所以，现实主义更应该彻底地回到具体的创作实践之中，这样它才能得到更充实、更实在的发展和展现。而现实主义文学在中国的命运，也并不仅仅取决于它和浪漫主义、现代主义等思潮的关系，而且更取决于一代又一代作家面对现实的勇气和创作的韧性。

我以为，历史是一个圆形的空间，既不存在谁最后代替谁的问题，也不存在谁消灭谁的问题。凡属文化，都将拥有这个空间。正像我们今天仍然和希腊神话、孔子哲学同在一样，现实主义也将和其他所有文学上的"主义"共同享有这个空间。

第十一章

浪漫主义与现代中国文学

　　浪漫主义（Romanticism）是现代文学中的一个主要思潮和流派，在很长的一段时间内，它与现实主义并列成行，在文学创作和批评中担负着重要角色。毫无疑问，中国 20 世纪的浪漫主义与西方文学密切相关，作为一个理论观念，其本身是一个舶来品，一旦它进入一种异质的文化环境之中，就不能不与异质的本土文化及其话语系统相碰撞、相交流，并在变异中发展和丰富，呈现出纷繁复杂的状态，形成自己独特的面貌——这或许就是我们称为的"浪漫主义的中国化过程"。在这个过程中，浪漫主义文学理论也并不是简单的逻辑发展过程，往往派中有派，存在着不同的理解和见解。如果单纯地从某一方面、某一因素去认识和把握浪漫主义，就会出现浪漫主义的"泛化"现象，声称自己的主导地位。例如作为浪漫主义文学主要流派"创造社"发起人之一的郑伯奇，就曾有过这样的描述："在五四运动以后，浪漫主义的风潮确有点风靡全国青年的形势。'狂风暴雨'差不多成了一般青年习常的口号。当时簇生的文学团体多少都带有这种倾向。"梁实秋在 1926 年发表的《现代中国文学之浪漫的趋势》一文中甚至认为，整个"五四"新文学运动都趋向于浪漫主义。在稍后出版的《浪漫的和古典的》一书中，他干脆将整个中国现代文学就称为浪漫主义，把中国传统的旧文学称为古典的文学。

对于这种理论界定的困难，钱锺书先生也发表过议论，他说："习惯于一种文艺传统或风气地看另一种传统或风气里的作品，常常笼统一概。比如在法国文评家眼里，德国文学作品都是浪漫主义的，它的古典主义也是浪漫的、非古典主义的（unclassical）；而在德国文评家眼里，法国文学都只能算古典主义的，它的浪漫主义至多是打了对折的浪漫（only half romantic）。"可见，既然连西方各国的浪漫主义观念都不一样，那么以西方浪漫主义理论为基本资源的中国现代浪漫主义文学理论就更不可能简单和单纯了，相反，它会显得更为复杂和丰富。不同艺术家以不同个性为立足点去理解和阐释浪漫主义，更造就了其种种变态、变形、变色的状态，使人们感到扑朔迷离。在本章中，笔者就试图把浪漫主义放在一种多元的文学背景之中，从多方面去考察浪漫主义在中国的理论个性，从而展示 20 世纪浪漫主义在中国的演化历程。

一、"新人"：西方浪漫主义进入中国的契机

西方浪漫主义文艺思潮最早萌生于 18 世纪中叶欧洲人对哥特式建筑（Gothic）重新评价的兴趣。人们对于古典式建筑及绘画，如洛可可（Rococo）绘画艺术中所流露出的对物质财富的贪婪占有和对权力的狂热追求，表现出极为强烈的排斥。而哥特式的奇想正好就是对贵族化的古典奢华、细腻趣味的反对。19 世纪上半叶，欧洲产生了一大批真正伟大的绘画大师，如西班牙的哥雅（Francisco Jose de Goya）、英国的康斯台勃（John Constable）和布宁顿（Andre Breton）、法国的柯罗（Camille Corot）、杜米埃（Honore Daumier）、德拉克洛瓦（Delacroix）等。他们的崛起标志着浪漫主义运动的真正来临。他们忘我地沉浸于自由进行非理性主题的艺术创造，在艺术中分享个性放荡的狂欢，从中感受艺术的无限性与多样性，蔑视和反对一切过去的古典艺术法则和观念。

但第一个从美学理论上宣告浪漫主义来临，并明确其绝对价值观念的

是意大利人巴蒂斯塔·维柯（Battista Vico）。1725 年，他就宣称伟大的诗人（正如伟大的画家）不是诞生在过去那些深思的时期里，而是诞生在那些想象的野蛮时期里。艺术应从摆脱理智、智识的理性限制中获取自由，在直觉性的想象活动中获取巨大的生命力。由此揭开了浪漫主义以感性直觉对抗古典理性的序幕。此后英国人厄默斯·维斯康提（Ermes Visconti）在《浪漫主义诗歌的基本观念》中明确宣布："古典主义在文学中应予否定。"可以说，维柯思想的产生预示着欧洲文学一个新时代的到来——浪漫主义文学的肇始。

1762 年，德国狂飙运动的指导者哈曼（Johann Hamann）和主要参与者赫德尔（Herder Johann）也表达了大致相同的看法。浪漫主义文学思想在善于抽象思辨的德国人手里虽未能形成完整的理论，却在走向深入与丰富，他们明确提出，文学批评应从客观转移到主观，重点理解创作主体，追寻艺术家的创造个性，连通他们的情感、思想与痛苦的历程。

此后，浪漫主义的巨大创造力得到了充分的展示。随着浪漫主义文学的成熟与繁荣，也派生出了种种浪漫主义理论，如华兹华斯（William Wordsworth）的感觉论、雪莱（Shelley）的柏拉图主义、柯尔律治（Coleridge George）的有机理论和约翰·斯图尔特·穆勒（John Stuart Mill）的实证论。这些理论虽然呈现出巨大的差异性，却有着大致相同的思想倾向。

一是全面反对古典主义的创作模式。柯尔律治针对古典主义不无挖苦地指出，如果浪漫主义确实存在什么有效的"写作规则"，也只能是语法、逻辑和心理学的原则，更主要的是，"诗人应知晓何种语言适于表达不同的情感状态，也应了解意识控制下的意志如何混合才能自然地表达那种状态；在什么情况下这些修辞手法和色彩才会沦为简单服从于人为目的的微不足道的小玩意。诗人所知晓的这一切，不是依靠对他人的观察，而是依靠在个性的整体包蕴于个性之中起作用的想象力，而且应是'直觉的'"。① 这显然和古典主义创作理念有很大不同。

二是浪漫主义强调文学创作应是创作主体强烈、真挚情感的宣泄，反对造作虚伪，创作要合乎自然人性，而并不是人在文明社会中对象化的成分。抒情主体的真实自然是其最高的审美理想，例如华兹华斯在《抒情歌谣集》序言中对诗作出的命题："诗是对原始情感的自然吐露的想象过程。"

当然，浪漫主义关于情感要合乎自然人性的观点，自然也离不开 18 世纪启蒙思想家卢梭（Rousseau）关于人与自然观念的启迪。华兹华斯认为自然是人性的最小公分母，这一点最可信地表现在"按自然生活"（处于原始的文化环境，尤其是乡野环境中）的人身上。他说，我们必须跳过"绅士、富翁、专家、淑女"的圈子，"深入到下层去，到茅舍田野去，到孩子中间去"。心灵应与自然有机地联系在一起并成为宇宙的一个组成部分，只有在感觉过程中它才是有创造性的。对于文学的道德取向，华兹华斯基本上持一种"性善"观念，认为在道德尊严和思想力量方面，"人的天性总是朝着完美发展的"。也就是说，越是自然本性的，便越是道德的；反之，便是伪道德。卢梭的自然人性论思想的影响十分明显。

现代中国的浪漫主义的产生显然与西方有着不同的背景，但是在追求人性及其思想解放方面有着内在的沟通和共鸣。特别是西方浪漫主义作为古典主义文学观念的掘墓人，作为既定文学秩序的破坏者和叛道者，无疑应合了中国"五四"新文学的现实追求。因为这种文学的思想基调就是反抗封建礼教对人和人性的压抑和束缚，追求个性解放和自由。为此，陈独秀在 1917 年 2 月发表了文学革命的檄文："曰推倒雕琢的阿谀的贵族文学，建设平易的抒情的国民文学；曰推倒陈腐的铺张的古典文学，建设新鲜的立诚的写实文学；曰推倒迂晦的艰涩的山林文学，建设明了的通俗的社会文学。"陈独秀明目张胆与封建旧文学"妖魔"宣战，建设以西方近代文学为楷模的新文学。但如何以汉语白话来创作新文学特别是新诗，连新文

---

① ［美］M. H. 艾布拉姆斯：《镜与灯》，郦稚牛、张照进、童庆生译，北京大学出版社，1989 年，第 186 页。

学最早的倡导者胡适也感到茫然。恰逢此时，1921 年 7 月成立的创造社诸君把目光越过胡适等人的头顶，从西方文学殿堂里取来了"浪漫"之火，烧毁了像孙悟空的紧箍咒一般禁锢人们头脑的旧文学观念，在"涅槃"中迎来了现代新诗大厦的落成。

当然，一种陌生的外来文学思潮要在完全异质的文学土壤里生根开花，没有接受者内在的心灵感应是不可能的。而精神文化的影响是一个漫长的潜移默化的过程，它不是一般的文学技术引进，不能够在短时间里达到"国产化"。浪漫主义在五四时期的中国登陆，除了作家们以开放的胸襟去自觉地汲取外，他们知识结构中传统文学的浪漫因子的迎合也是不可忽视的。传统之根是浪漫主义文学赖以存活的基础。也就是说，中国传统文学本身就具有着对西方浪漫主义的认同空间。

早在 1932 年周作人就发现，中国文学从神话传说中分离出来之后就形成了两股潮流：诗言志的言志派和文以载道的载道派。这两股对立的文学潮流起伏发展，共同构成了中国文学的历史景观。言志派的根本文学精神就是"不拘格套""独抒性灵"，让作家的心灵从封建道学的束缚下解脱出来，在文学的天空中让心灵得到自由舒展，个人意志得到恢复与滋养，否则，在载道派文学观的一味挤压下，作为心灵产物的文学将不可避免地走向窒息和死亡。由此，周作人甚至认为，整个"五四"新文学就是上承明末的公安派与竟陵派的文学精神——反叛复古主义——而来的。胡适在倡导新文学的初期提出"话怎么说，就怎么写"的观点，与袁中郎的"信腕信口，皆成律度"暗合，这为周作人的观点提供了有力的证据。因此，浪漫主义这一西方来客，在这样一种历史文化心理背景下深得中国人的人心就不足为怪了。

所以浪漫主义中国化从根本上来说是中西文化精神契合的结果。西方浪漫主义与中国传统文学的这种内在共鸣是中国浪漫主义文学得以横空出世的一个重要原因。

主观性极强的中国现代浪漫主义作家，往往是凭着自己的主观印象和时代的需要去接受、理解西学的。其目的是要通过"吞吐西方学说进而应用于我们古来的思想，求为更确切的观察与更新的理解"。他们从东西民族思想的比较中发现了中国文化的一个最大的毒瘤，那便是人的个性泯灭与个人主体精神死亡。这当然不是浪漫主义作家独到的发现，而是整个五四时代及以后中国知识界的共识，所以才倡导"人的觉醒"。陈独秀在《东西民族根本思想之差异》中就明确宣称：中国封建宗法社会是以家族为本位的，而个人无权利，结果造成"损坏个人独立自主之人格""窒碍个人意志之自由"。胡适在《新文学的建设理论》中也总结说："《新青年》的一班朋友在当年提倡这种淡薄平实的'个人主义的人间本位主义'也颇能引起一班青年男女向上的热情，造成一个可以称为'个人解放'的时代。"在这样一个新的时代氛围中，早期浪漫主义作家作为以最敏感心灵感应时代的急先锋，不可避免地成为个人主义的崇奉者。以个人主义来"立人"、以浪漫主义来抒写"人的文学"自然就成了他们在文坛上的生存和写作方式。郭沫若就曾自省，在 1924 年以前，他"在本质上带有极浓厚个人主义色彩"。他"企图通过贯彻艺术是我的表现"① 的艺术实践来达到"尊重个性"②"尊重自我"的文艺化目的。

所以，现代中国的浪漫主义一开始就同西方的个人主义和个性解放思潮融合在一起，就不能不带着强烈的叛逆色彩，成为推动人的解放和社会变革的精神动力。浪漫主义文学理念的核心，始终有一个"大写"的个人。

显然，西方的"个人主义"［Individualism；Individual 即"个人"的意思，指人的个别、独立存在，与 Society（社会）、Family（家庭）相对应］源远流长，它虽然直到 19 世纪才得到命名和广泛使用，但这种思潮却可以上溯到文艺复兴、宗教改革运动乃至古希腊的犬儒学派和斯多葛派。它的一个总的思想倾向是，要求以自然状态的自我为中心来确立人生态度，充分发挥人自主自决的主体精神，反对一切对人性的束缚与压迫。但个人主义在不同的历史时期因不同的斗争对象而获得其不同的历史内

① 田寿昌、宗白华、郭沫若：《三叶集》，亚东图书馆，1934 年，第 133 页。
② 据李今《个人主义与五四新文学》论证，五四时"个性主义"即"个人主义"。

涵。个人主义一直在与人的对象化作斗争，它自身却必须从与对象化的斗争中获取意义，历史又一次在这里走向其悖论。

例如，在文艺复兴时期，为适应新兴资本主义经济的发展要求，追求进取、独立的个体解放的个人主义，成了挑战封建专制的中世纪神学思想权威的利器。到了 18 世纪启蒙运动时期，个人主义思想又在洛克的政治学说（成为美、英、法等国的立宪基础）与卢梭的《社会契约论》中得到了充分的表达。其目的是要彻底打破对封建君主专制的迷信和权威，为资产阶级民主革命奠定理论基石。它的主要精神是：人是无差别的个体，反对封建等级秩序，追求自由平等。

到了 19 世纪，基于对资本主义社会制度与政治制度"理性胜利"的怀疑，针对人文精神领域的异化现象，个人主义又强调个体之间的差异性和特殊性，强调个人之间的各种不同，以维护个人的主体精神的完整存在。这种思想在爱默生（R. W. Emerson）、棱罗（H. D. Thoreau）的学说中得到了体现。海德格尔与萨特以个人为本位的存在主义就是它延伸到 20 世纪的现代内涵。我国现代浪漫主义旗手郭沫若早期所崇尚的"天才说"就是来自歌德与斯宾诺莎的泛神论哲学。而泛神论正是个人主义在西方的一种表现形式。

可见，个人主义是西方现代化过程中的核心理念，它的产生、发展和演化构成了西方文学现代性的基础。可以说，没有个人主义，也就没有现代文学及其现代性问题的产生。这一点在中国现代文学，特别是浪漫主义文学理论的产生和发展中，也始终是一个关键点。例如，"五四"新文化运动的先驱们大多怀着普罗米修斯式的精神，把"立人"与"立国"联结在一起，视"立人"为"立国"之根本。因此，他们所倡导的"个性"与"个人"，就是强调个人的"特立独行"的精神，是一种面对旧礼教的叛逆精神。这与 19 世纪西方强调的以个人为本位的个人主义思想显然有着某种差异，但是，它们都坚持独立人格，并且把社会看作摧残和压抑个性的罪魁祸首，反抗社会群体对个体的损害。所不同的是，这些新文学作家内心深处埋藏着对祖国与人民的忧患意识，无论如何也不会把民族置于个人的对立面，更不可能把个人置于社会之上，因此五四时期的个人主义要立的是"新我"，更是"大我"，必须负起历史重任，"内图个性之发展，外图贡献于其群"。这样，"个人主义"在新的语境下得到了新的命名，纯粹的个人意志虽然在"五四"新文学高潮中风靡一时，但却终究难以持久地立定脚跟。为了寻求支撑，个人不得不再次寻求群体，并把个人融入群体，所以"个人"的概念也不能不融入"人民"，个人性的浪漫主义不能不转向在群体性的时代感情中寻求依托。然而，个人主义总是浪漫主义文学的生命线，个人主义的隐退，预示着文学的浪漫之花枯萎的前景。

可以说，以自我为本位的个人主义思想原则，促使浪漫主义文学家在艺术上确立了以创作主体为本位的观念，它强调作家在创作活动中的至高无上的位置和在审美活动中的核心作用。郭沫若在《文学的本质》中明确宣称："诗是人格底创造底表现。"为保证作家独立人格的自由舒张，在形式上主张"绝端的自由""绝端的自立"，认定自由创造与自由表现是创作的最高境界。他要"借文学来鸣我的存在"。郁达夫也认为，作家首要的是要有"强的个性"，"艺术所真正返照者，是观察者；并不是生活自己"。成仿吾则在《新文学的使命》中指出，新文学运动的目的就在于"使我们表现自我的能力充实起来"。这种强调创作主体在创作中意义的文学观念，显然与"文学研究会"的强调写实大异其趣，它们从文学本质、对象、形式、目的等方面确立了以自我为中心的"审美个人主义文学观"。

二、感伤与颓废：浪漫主义的变异

18 世纪流行于欧洲的浪漫主义，一开始就有悖于古典主义的理性规范，以异常开放的艺术姿态追求感情的抒发，形成了一种普遍的崇尚情感和自由表达的倾向。例如，在浪漫主义初期英国的安娜·西沃德（Anna Seword）、克·安斯蒂（Christopher Anstey）、威廉·鲍尔斯（William Bowels）、史雷尔夫人（Hester Thrale）的作品，就以抒发私人感伤情调为主，并且形成了一种风格，由此他们的创作在当时受到古典主义文人的嘲讽，说他们"崇尚眼泪"。但是这些作家作品却吸引了很多读者，他们怀着同情之心参与其中，形成了一个私人化的读者群。

但是，随着欧洲形势的发展，人们政治改革情绪的高涨，浪漫主义文学的内容也有所变化。伏尔泰等人的自由思想深入人心，人们的平等意识急剧上升，文学也开始从自私而放任的感伤主义转向了对激进民主政治的煽情。在法国文学中，"全民总动员"不仅是法国人的旗号，也是浪漫主义的创作旨归。"同情我们的君王——人民"成了他们聚会时的祝酒词。由于受大众事业的意识形态化影响，浪漫主义文本由初期的民间文艺形式（诗歌表现为民歌形式）走向大众化风格，真正具有了对现存秩序的颠覆破坏倾向，如英国的彭斯（Burns）、雪莱、拜伦（Byron）等人的作品都有这方面的特点。这种情况或许使我们想到中国浪漫主义的演变过程，尽管它最初是从西方文学中汲取养料的，但是随着时间的流转，作家们也逐渐转向了民间文学和大众化形式。这也说明浪漫主义的审美活力始终来源于人类生活的原生状态，而一旦把它观念化和概念化，就是它的死境。

但是，在一般情况下，这种原生活力表现为浪漫主义的浓烈的主观色彩，它总是置内心情感于权威与现存规约之上。而这种叛逆品质同样为现代中国浪漫主义文学所具有，并成为区别于其他创作流派的重要标识。任何文学的主题当然都离不开情绪的感性建构，但没有任何文学能够像浪漫主义一样让主题全面情绪化。浪漫主义文学的情绪之浓烈，其不可阻遏地泛滥、奔放，有时不仅淹灭了理性，而且也冲垮了表达形式本身。这一点连一些浪漫诗人自己在回首中也不免感叹，希望回归于新的格律。正如朱寿桐先生在《情绪：创造社的诗学宇宙》中所指出的，出现了"作品体裁的软性变化"。诗歌全面自由化，格律成了被诗人们抛弃的最后一块遮羞布；小说散文化，情节淡化，人物任意搁置，结构散漫化；戏剧散文诗化，任主观情绪与想象随意飞扬，将把古典主义视为金科玉律的时空规律抛诸九霄云外。这一切全都是为了个人主义作家自我情感的尽兴表现。因此现代浪漫主义在中国的崛起，不单单是一种文学创作方法的引进，更是带来了一场文学观念的大变革。所以当中国现代浪漫主义文学开始由个人本位向人民本位的转移时，"自我"逐渐消解，情绪回归理性，浪漫主义文学自身也就逐渐失去了其存在依据。

对于情绪在浪漫主义文学创作中的地位与作用，浪漫主义作家是有清醒认识的。20世纪20年代初，郭沫若结束留日生活初回上海时，在大夏大学讲授"文学概论"时就说："我那时对于文学，已经起了一种野心，很想独自树立一个文艺论基础。"他的文艺论是要利用他的近代医学知识和生理知识，追求文艺的细胞成分。他说：

> 这种"细胞"成分，在我看来，不外是由于外在条件所激起的情绪，与情绪所必具的波动，即节奏。开始是简单的，继则是复合的，更进则由情绪之领域跨入观照的领域，由条件之反射成为条件之再现。这，是我所了解的文艺的创作过程。
>
> 情绪的波动是有感染性的。作家把由内在或外在的条件所激起的情绪，反射出来，由其本身的节奏便可以使受者引起同样反射。但更进一境，把内在的或外在的条件如实地或由作家的能动精神而加以剪裁渲染地再现出来，那不用说也可以得到同样的或更进一步的效果。①

这无疑是浪漫主义以情绪为中心的创作论。张资平也认为"文艺是主观情绪的客观化"。王独清则干脆认为艺术家必须作"情绪底赤子"。

这些浪漫主义作家关于"情绪"的文学宣言，昭示着浪漫主义文本必将是一个丰富而博杂的情绪王国。欧洲浪漫主义的历史，却以共时态的方式影响着中国文学。如果说西方浪漫主义的情绪轨迹是由感伤主义走向政治激情的，那么现代中国浪漫主义则是时代的革命情绪、民族情感与个人孤独、感伤同时并存的。

这是因为中国现代作家不得不面对一个灾难的中国和艰难的现实，他

---

① 郭沫若：《沫若文集》（第7卷），人民文学出版社，1958年，第203—204页。

们的感情不能不为之摇荡，这些灾难的历史记忆和丑恶的社会现实使他们窒息，使这些浪漫主义作家敏感的心灵躁动不安、愤怒、痛苦和难堪。五四运动的雷霆、新文化运动的启蒙又燃烧起他们救国图存、拯民于水火的感情和决心。这种感应社会的情绪体现着时代精神的主张，一直贯穿浪漫主义文学的始终，熔铸在诗中的自我情绪与自我形象中。这种情绪状态在郭沫若的《女神》、新月派乃至现代派的诗篇中得到了尽人皆识的流露。连同写主人公因性本能得不到满足而自杀的《沉沦》的郁达夫，都要在末尾添上："祖国呀祖国，我的死是你害我的！"这一切都表明，中国浪漫主义从一开始就没有也不可能摆脱现实的制约而走向纯粹的个人化抒情。朱寿桐先生称创造社所抒发的是一种"理性思索参与下的社会感应情绪"是不无道理的。这种描述不仅概括了创造社的特点，也涵盖了所有浪漫主义流派的创作理念。

例如，郭沫若所谈到的激发情绪的"外在条件"，所指涉的就是他们所面对的社会现实。他在 1923 年 5 月所作的《我们的文学新运动》中对五四新文学所作的感想就是这一认识的注脚：

> 中国的政治局面已到了破产的地步。野兽般的武人专横，破廉耻的政客蠢动，贪婪的外来资本家压迫，把我们中华民族的血泪排抑成了黄河、扬子江一样的赤流。
>
> 我们暴露于战乱的惨祸之下，我们受着资本主义这条毒龙的巨爪的拨弄。我们渴望着平和，我们景慕着理想，我们喘求着生命之泉。
>
> 但是，让自然做我们的先生吧！在霜雪的严威之下新的生命发酵，一切草木、一切飞潜蠕蠕，不久便将齐唱凯歌，欢迎阳春归来。
>
> 更让历史做我们的先生吧！凡受着物质苦厄的民族必见惠于精神的富裕，产生但丁的意大利，产生歌德、许雷（又译席勒，Schiller Friedrich，笔者注）的日尔曼，在当时都未受到物质的恩惠。
>
> 所以我们浩叹，我们愤慨，但是我们决不悲观，决不失望！我们的眼泪会成新生命的流泉，我们的痛苦会成分娩时的产痛，我们的确

信是如此。

由于当时的社会现实激发了浪漫主义者的愤慨与希望，使他们不可能囿于个人"醍醐的陶醉"。它同时框定了浪漫主义的情绪领域。

在五卅运动前后，创造社出现了内部的剧变与转向。先是郭沫若、郁达夫之间的对立，其后是后期创造社"新锐斗士"朱镜我、李初梨、彭康、冯乃超等人的转换方向。这场分裂虽然被从河上肇的《社会组织与社会革命》中接受马克思主义的郭沫若定性为"无产派和有产派的对立"，①实质却是急切改造社会的革命情绪与维护个人自我情绪的分野，也是新载道派文学（郭沫若明确认为革命文学应载时代革命精神之道）与唯美主义文学之间的分野。这场原本就并非势均力敌的对立，在意识形态和政治组织力量的支持下，必然以颇具崇高色彩的前者走向革命文学而告终，而唯美主义文学从此淡出文坛。从前一直被崇奉的但丁、歌德、托尔斯泰、泰戈尔等人因其"不是贵族的附庸便是贵族自己"的身份，这时也遭到了怀疑。

在这场浪漫主义的转变中，文学再一次充当了为社会时代而自我牺牲的悲剧角色。浪漫主义作家对这场文学的悲剧与自身角色的转换是有着充分自觉的。如郭沫若所言："在大众未得发展个性，未得享受自由之时，少数先觉者倒应该牺牲自己的个性，牺牲自己的自由，以为大众人请命，以争回大众人的个性与自由！"② 这中间就包含着一种殉道者的色彩。郭沫若在1924年8月9日夜写给成仿吾的信就颇值得回味："我们现在不能成为纯粹的文学家，纯粹的艺术家。""这今日的文艺，便是革命的文艺。我认为是过渡的现象，但是，是不能避免的现象。明日的文艺又是甚么呢？芳坞哟（成仿吾之名），这是你几时经过的超脱时代性和局部性的文艺。但这要在社会主义实现后，才能实现呢。在社会主义实现后的那时，文艺上的伟大的天才们得遂其自由完全的发展，那时的社会一切阶级都没有，

---

① 郭沫若：《文艺论集续集》，人民文学出版社，1979年，第93页。
② 郭沫若：《文艺论集续集》，人民文学出版社，1979年，第7页。

一切生活的烦苦除去自然的、生理的之外都没有了，那时人才能还其本来，文艺才能以纯真的人性为其对象，这才有真正的纯文艺出现。"①

以郭沫若为代表的感应时代的社会情绪固然是五四时代精神的要求，但以郁达夫为代表的表现个人孤冷的感伤情绪才是中国浪漫主义的普遍性特征。创造社和新月派的大部分成员，包括创作路线与郁达夫分歧较大的郭沫若，都自觉或不自觉地接受过郁达夫所开创的创作模式的影响，表现彷徨于人生歧路的孤独、寂寞、悲凉。1926 年 6 月饶孟侃在一篇题为《感伤主义与创造社》的文章中总结说："差不多现在写过新诗的人，没有一个人没有沾染一点感伤的余味。把它大约计算一下，差不多新诗的总数，十成中有八九成是感伤主义这怪物的支配。"

感伤主义，对于西方浪漫主义来说并非怪物，而是它的本源性传统，是中小士绅个性觉醒的产物。浪漫主义只是感伤主义在文学领域里的衍生物。浪漫主义诗人弥尔顿曾作这样的欢呼："欢迎你，最神圣的忧郁!"雪莱则说："我们最甜美的歌是那些唱出最忧伤思绪的歌。"法国浪漫主义作家夏尔·诺谛埃也作如是说："浪漫主义诗人的理想在于我们的苦难。"中国作家对浪漫主义的引进，在接受文学表现形式这一外在的躯壳时，不可避免地接受了个人主义意识。

影响中国浪漫派的第一人法国作家卢梭，就是一个抨击偶像崇拜和传统社会的共和主义者。他以其真诚、勇敢的灵魂投入到极度的狂态，去反对社会制度中的压迫和苦难，用悖逆于时俗的文字去表现自我的渴望。自从 1901 年至 1902 年梁启超在《新民丛报》介绍他以后，郭沫若与郁达夫等都成了卢梭的信从者，特别是郁达夫的创作，有着明显的卢梭的"遗传信息"。

据朱寿桐先生的研究总结，"流泪、性刺激、醉酒、死亡"是郁达夫孤冷情绪的四部曲。"郁达夫笔下的人物那么容易泪流满面，那么热切地寻求性的刺激，那么沉湎于酒色，那么醉心于死亡，这全是作者孤冷情

---

① 郭沫若：《文艺论集续集》，人民文学出版社，1979 年，第 17—18 页。

绪、失落情绪发泄的必然形态。"① 正如卢梭的《忏悔录》是其自传一样，郁达夫的全部作品都是其"自叙传"，几乎都隐藏着作家自身的影子。郁达夫曾把他的人物定位为"零余者"，把自己定位为"有识无产者"。他的创作就是要吞吐这些被社会抛弃、失落了爱情或经受着家庭生活凄苦的"零余者"或"无产者"心中的苦水。他们除了拥有悲哀与孤冷这"人类最后的实感"之外，一无所有。流泪、醉酒与性刺激是他们发泄与麻醉痛苦的无奈的方式，死亡是他们渴望的灵魂港湾。

这里必须谈一谈创造社关于性苦闷的描写。不仅仅是郁达夫，在郭沫若与张资平的创作中也有大量类似的描写，这构成了中国浪漫主义感伤情绪的一个重要内容。

作为中国现代浪漫主义的导师，卢梭对性本能有迥异于传统的全新认识。他作为天主教神学的叛逆者，极其反感神学教规中禁欲主义对人的奴役，认为人具有自己的本性，人的本性中包括了人的一切自然要求，如对自由的向往、对异性的追求、对精美物品的爱好等，正如原始淳朴状态是人类美好黄金时代一样，人身上一切原始本能（包括性本能）要求也是正常而自然的。性的本能欲求并不丑恶，而基督教神学集团出于其肮脏的自私心理才赋予了它罪恶的内涵。

性本能的尊严与地位在理论上得到恢复与合法化，使现代中国浪漫主义作家们对性本能的描写不再害怕被指责为狎妓心理。他们毫不为其色情或变态性心理的描写而惭愧，并认为这是自然的人性，因而是洁白无瑕的，超脱了时俗的评判。这一突破禁区的勇气来源于他们要像卢梭一样建立新道德的冲动。因此，当《沉沦》被伪君子们斥为"诲淫""造作"的"畸书"时，郭沫若明确指出，这是一篇向封建道德和虚伪道学宣战的檄文，使道学家们感到了"作假的困难"。连一向以冲淡平和著称的周作人也认为，《沉沦》"虽有猥亵的分子而并无不道德的性质"。创造社的理论家成仿吾则给予了不无学理化的定位："我想《沉沦》的主要色彩，可以

---

① 朱寿桐：《情绪：创造社的诗学宇宙》，上海文艺出版社，1991年，第46页。

用爱的要求或求爱的心（Liebebeduerftiges Herz）来表示。"这就完全点明了郁达夫关于性本能的描写与卢梭的关系。

其次，一部作品的精神品位与其作者的精神品格是不无联系的，特别是创作主体前置的浪漫主义作品尤其如此。当郁达夫有意识地将性本能及由性心理产生的幻想作为审美对象时，其创作目的就在于，他要把自我性心理这一原本不可示人的隐私暴露出来作为坦诚和率真的明证。其旨趣不在性，而在于以"真"反"伪"，使没有人之常情的"虚伪"自惭形秽，以扩张属于人性的自由合理空间。何况郁达夫总是不时地仿照卢梭的创作模式，在文本中注入了富于道义的自忏自悔和民族情绪，使文本获得了自我心灵搏击与较量的魅力，感伤情绪中透露出了向善的欲望与力量。

在同一理论背景下，同样是以色情性欲为描写对象，创造社的另一位作家张资平却落得个"色情作家""庸俗作家"的骂名，主要原因就在于新道德精神注入的差异。他描写性的诱惑和欲的冲动，不是出于对旧有道德规范的反思，也不是出于个体人性的自觉维护，而"仅仅出于自己的那点趣味进行写作"。① 这种自我陶醉式的性趣味写作不可能把由性压抑带来的感伤引向艺术的崇高，所以他的创作的沉沦就成为情理之中的事了。张资平在 1925 年出版的《文艺史概要》中的一段话也暴露过这一创作心理："人类是一种生物，其思想行为多受生理状态支配。所以观察人类先要由生理的方面描写。"② 把人当成一种生物，关注人的生理欲望，特别是性欲，而缺乏从伦理上对人的本质的深刻考察，缺乏对题材的审美提升，这种貌似自然主义的文艺理论是不可能完成浪漫主义反旧道德任务的，也达不到西方自然主义所包含的哲学深度。这就决定了张资平的小说只是性趣味的现代包装，除此之外别无他物了。

有趣的是，郭沫若除拥有我们所熟知的表现否定、毁灭和除旧布新的革命情绪的诗歌外，还有相当一部分也是咀嚼生的悲哀和爱之苦闷的感伤主义作品，如小说《漂流三部曲》《行路难》《圣者》《十字架》等。但总

---

① 朱寿桐：《情绪：创作社的诗学宇宙》，上海文艺出版社，1991 年，第 254 页。
② 张资平：《文艺史概要》，时中书社，1925 年，第 73 页。

体而言，他们分别代表了中国现代浪漫主义两种不同的风格类型。郭沫若的诗歌纯真、欢快、完美、庄重，追求炽热情绪的渲染，富于鼓舞力，风格近似歌德。郁达夫的创作表现出情绪忧郁、灰暗，更复杂，也更富于现代意味，具有唤起读者同情的强烈感染力，重在实在心灵的剖露，近乎卢梭与海涅。

"五四"新文学作家不但吸取了西方现实主义和浪漫主义艺术经验，而且也吸收了西方现代主义的新果实，丰富了自己的创作与批评。然而，西方各种思潮的另一个显著特点就是理论、哲学、风格、情绪的一体性。当新文学作家以拿来主义精神对西方各种思潮兼收并蓄时，既"拿来"了创作方法，自然也会受其思想情绪的影响。思想情绪在某种程度上是一种世界观的表现。他们在"拿来"现代主义时，也附带地拿来了其悲观、颓废、厌世的现代世界观。因此，中国现代浪漫主义不仅拥有现代主义的表现手法，而且它所表现的情绪世界也多了一份颓废的色调。浪漫主义与现代主义的混杂性和模糊性成了中国现代浪漫主义的又一个显著特点。创造社的王独清到底属于浪漫派还是属于现代派的难以确定，就是这一特点的很好的注脚。

西方现代派艺术所表现的颓废主义情绪，乃是一种所谓"世纪末"情绪，表现了西方后工业文明时代人们的价值观——对现实的绝望、厌世，对人生的悲哀、恐怖。叔本华对现代颓废情绪有过精彩的描述："人生是在痛苦和无聊之间像钟摆一样地来回摆动着；事实上痛苦和无聊两者也就是人生的两种最后的成分。"① 把浪漫主义和现代主义放在历史中来考察，现代主义（Modernism）产生于浪漫主义之后，是对浪漫主义的反拨。西方浪漫主义的主题乃是反抗封建专制和神学理性对人的压迫，争取平等、自由和个性解放。现代主义则表现出人们对丑恶现实的极端厌恶，对恐怖经历的内心体验，以及对一切价值都感到绝望的情绪反应。如果说浪漫主义还怀有一份真诚严肃的人生态度与乐观向上的追求的话，那么现代主义

---

① ［德］叔本华：《作为意志和表象的世界》，石冲白译，商务印书馆，1982年，第427页。

则对这一切表现出"恶魔"式的嘲弄。因此，到了 20 世纪 30 年代，存在主义哲学大师海德格尔还在为此沉思，希望能找到一种实在的办法来唤起人们自我决断和选择的精神，重建人们的自由意志。当然，这种精神不可能靠某种空洞理想的鼓舞而获得，也不能靠某种现代宗教理性的强制来实现，而要靠人的内在意识的自我超越力量。

五四时期的中国，现代化的大机器工业还没有形成，机械文明的浪潮还没有冲击到我们日常的生活，新文学作家还根本不具备体验现代颓废情绪的充足理由。但这并不妨碍他们用西方现代派中反抗现实的精神来关注自己的时代与人生。因此，连高唱自我无限创造力的郭沫若，也感受着"心中不可言喻的寂寞"与"无限的孤独之苦"，痛苦地高喊："我倦了，我厌了。"他希望能在心爱的死亡中寻求"真正的解脱"。创造社后期重要诗人王独清、穆木天、冯乃超因歌咏颓废阴影、梦幻与仙乡，因而被朱自清归入了现代派诗人之列。王独清在进行自我清算的时候也坦率承认，他的生活一度"浸在了浪漫与颓废的氛围里面"。这些消极、苦闷乃至虚无主义的厌世者之歌，是五四狂飙突进主流中的不可忽视的插曲，也是五四时代复杂文化心理状态的表现。但中国毕竟还没有产生颓废主义的哲学基础和现实氛围，特别是当反帝反封建、救亡图存的历史任务相继成为中华民族所面临的最大现实的时候，"任何弃绝现实、厌恶理想的颓丧、绝望情绪，不仅是不应该产生的，也是不可能有现实性的"。①

对于中国浪漫主义中颓废主义色调，新月派理论家梁实秋早在 1926 年就有所察觉。由于受过西方现代文艺理论的熏陶，他敏感地发现中国现代文学受西方浪漫主义影响甚大，推崇情感，"到处弥漫着抒情主义"。他在《现代中国文学之浪漫趋势》中说，他并不反对"抒情主义"，并认为"'抒情主义'的自身并无什么坏处"，但要求情感的质要纯正，量要有度，否则便会陷入"颓废主义"和"假理想主义"。由于新文学受西方卢梭和现代心理学的影响，他从而认定新文学是"耽于声色肉欲的文学，把文学

---

① 朱寿桐：《情绪：创造社的诗学宇宙》，上海文艺出版社，1991 年，第 189 页。

拘锁到色相的区域以内，以激发自己和别人的冲动为能事。他们自己也许承认是伤感的，但有时实是不道德的（我的意思是说，不伦理的）。他们自己也许承认是自然的，但有时实是卑下的，在质一方面的弊病是趋于颓废"。梁实秋这一浪漫主义概说似乎公允平和，实则他自己就有两个弊病。一是把颓废主义泛化了，把一切性本能的描写都看成是颓废的，完全忽略了一些性描写下所掩藏的个性解放目的；二是仍然以旧的伦理礼教的道德观念来评判浪漫主义文本中的性，把卢梭视为"颓废主义"的祸根。由此可见，梁实秋所倡导的仍然是一种古典主义文学理性观念，这也许和他深受白璧德的"新人文主义"思想影响有关。对他来说，文学必须受到"文学纪律"的约束和"理性原则"的指导，而浪漫主义的最显著的特色就是不受"纪律"和"理性"的束缚。

三、浪漫主义中的古典"情结"

西方浪漫主义从一开始就强调情绪的自然流露。"懒散""任性""享受"被称为浪漫主义田野上的三叶草。在其初始阶段，如果说浪漫主义有什么原则的话，这就是它的原则——表现的无目的性。抒情主人公愿意毫无目的地遨游于幻想和情绪的河流之中。但随着欧洲各国现实条件和审美气候的变化，"浪漫主义"这一概念所指涉的内涵已有了很大的差异，但它们有一个共同的趋向——走向新古希腊主义。无论德国的、英国的还是法国的浪漫主义，荷马被解释为属于他们的一个原始主义诗人。莱奥巴尔迪甚至呼吁一个具有牧歌风的、浪漫主义化的、原始的希腊。法国大革命就曾鼓励古典主义和理性主义，使得法国浪漫主义也趋向了较强的古典田园色彩和理性色彩。

中国现代浪漫主义在不到二十年的时间里也同样经历从无目的自由主义趋向了新古典主义浪漫境界的过程。中国最早的浪漫派创造社一开始就把 19 世纪 30 年代法国浪漫派诗人戈蒂叶（Theophile Gautier）的"为艺术而艺术"作为自己的理论旗帜,公开标榜艺术的无目的性。成仿吾在《新文学之使命》中说:"文学上的创作,本来只要是出自内心的要求,原不必有什么预定的目的。""如果我们把内心的要求作一切文学上创造的原动力,那么艺术与人生两方面都不能干涉我们,而我们的创作便可以不至成为他们的奴隶。"郁达夫在《小说论》中也表达了类似的观点:"因为目的小说(或宣传小说)的艺术,总脱不了削足就履之弊;百分之九十九,都是没有艺术价值的。""何以'一目的小说'都会没有价值?就是因为它要处处顾着目的,不得不有损于小说中事实的真实性的缘故。原来小说的生命是在小说中事实的逼真。"郭沫若不仅对"艺术派的艺术家"这一称号甚为反感,"更是不承认艺术中可以划分出人生派与艺术派的人"。① 为了"内心要求"的自由传达,艺术规则与人生目的都被他们视为抒情的枷锁,都应该被抛弃。郭沫若还提出过要写"裸体的诗":"譬如一张裸体画的美人,她虽然没有种种装饰的美,但自己的肉体本是美的。诗自己的节奏可以说是情调,外形的韵语可以说是声调。具有声调的不必一定是诗,但我们可以说,没有情调的便绝不是诗。"② 创造社的郭沫若与郁达夫在其初期阶段都表现出了唯情主义倾向。如果说创造社初期的创作有着"无目的的目的性",那抒情便是其唯一目的。可惜不久,沉重的社会责任感和时代的忧患意识使郭沫若走上了"革命文学"的创作道路。太阳社的蒋光慈可以说是后期郭沫若的化身,进行着"革命+浪漫"的创作。郁达夫虽然极不情愿(曾对创造社的这种转向极为不满而走向对立),但也由一个"有知无产者"自我忧伤的咀嚼走向了对"同是天涯沦落人"的无产阶级的人道主义同情,如《春风沉醉的晚上》。唯有新月派和现代派执著地走上了唯美主义道路。

任何文学的变化发展,都离不开传统审美趣味的牵引,特别是居于主流地位的文人审美趣味。浪漫主义也是如此,这大约是中西浪漫主义都最终要走向古典美的主要原因之一。当然这又是一种"批判的继承""螺旋

---

① 郭沫若:《文艺论集》,人民文学出版社,1979 年,第 111 页。

② 郭沫若:《郭沫若文集》(第 10 卷),内蒙古人民出版社,1999 年,第 225—232 页。

式的上升"。传统文人趣味就像控制风筝的那条细绳，任浪漫主义在天空中高高飘飞，却牢牢控制着它的命脉。

当自由体新诗凭借五四狂飙突进运动高歌猛进时，人们对它的怀疑就已产生了。最早提出疑问的是陆志韦，他是从中国古典诗歌艺术修养的角度出发的。1923 年 2 月，他在《我的诗的躯壳》中说："无论如何，我已走上了白话诗的路，两三年来不见有改弦更张的理由。……十五年前，士人家的子弟循例要读几部唐宋人的诗集。我想，凡有普通聪明的人读杜老的七古，没有不受感动的。现在十五年之后，无意之中时常背诵他落魄的诗，非但我的人生观受了影响，而且我的白话诗的形式有时逃不出他的范围。杜老之外，我感谢二李，李白不在其内。中国的情诗以李商隐为最高。后来不知女子有人格的批评家把他同无赖并列，岂非冤枉。我的诗里不免有晦涩的词句，义山应为我负一份责任。还有一李是李贺。我所以喜欢，自己也莫名其妙。""近来受了新思潮的刺激，渐渐读些新诗。读一回有一回的失望。"他自己几乎是从本能的审美习惯出发的，认为"自由诗有一种极大的危险，就是丧失节奏的本意"，所以他主张在新诗创作中"节奏千万不可少，押韵不是可怕的罪恶"，由此发出了中国新格律诗的先声。

真正推动中国现代浪漫主义走上唯美主义道路的理论建设者当推新月派的闻一多。他面对新诗散文化、诗性逐渐消失的危机，在《冬夜评论》中直言："我很怀疑诗神所踏入的不是一条迷途，所以不忍不厉颜正色，唤他早回头。""若求纠正这种毛病，我以为一桩，当恢复我们对旧文学底信仰，因为我们不能开天辟地（事实上与理论上是万不可能的），我们只能够且应当在旧的基础上建设新的房屋。"他的"新的房屋"就是1926 年发表的《诗的格律》中提出的"三美原则"，认为"诗的实力不独包括音乐的美（音节），绘画的美（词藻），并且还有建筑的美（节的匀称和句的均齐）"。他从对诗歌形式的审美感受的两个方面提出了要求，属于视觉方面的要有节的匀称，有句的均齐。"属于听觉方面的有格式，有音尺，有平仄，有韵脚。"这些原则就是诗的格律，也是诗人佩戴的脚镣。诗人们不要怕被这些"脚镣"缚束住了，"越有魄力的作家，越是要戴着脚镣跳舞才跳得痛快，跳得好，只有不会跳舞的才怪脚镣碍事，只有不会作诗的，格律是表现的障碍物，对于一个作家，格律便成了表现的利器"。

如果说梁实秋的新古典主义理论是中国现代浪漫主义所厌弃的，那么闻一多的"三美"原则就是推动诗歌在"内容和形式双方表现出美的力量，成为一种完美的艺术"的理论保姆。他说："我总以为新诗径直是新的，不但新于中国固有的诗，而且新于西方固有的诗，换言之，它不要做纯粹的本地诗，但还要保持本地的色彩。它不要做纯粹的外洋诗，但又尽量地吸收外洋诗的长处，他要做中西艺术结婚后产生的宁馨儿。我以为诗同一切的艺术应是时代的经线，同地方纬线所编织成的一匹锦。"闻一多所期望的"宁馨儿"在新月派的徐志摩的诗歌创造中降生。徐志摩不羁的创作才华、潇洒空灵的个性、细腻的感情与圆熟的技巧在其诗作中得到了完美的结合。中国现代浪漫主义文学无论在理论还是在艺术创造上真正步入了成熟时期。

现代的中国，虽然不具备产生现代主义情绪与哲学的基础，但并不能阻挡作家们借重西方现代派艺术的技法，以丰富自己的表现手法，促进新文学的成熟。中国现代浪漫主义正是抱着这种开放的胸怀去认识西方现代派的。几乎所有的浪漫主义作家——由于他们留学欧美、日本或深受其文学影响——都不同程度地接受了西方现代主义的影响，所以他们要做"纯粹的诗人""唯美的诗人"。因此，中国现代浪漫主义从一开始就一直包含着现代主义艺术的因子。郭沫若、郁达夫小说中的心理剖析；徐志摩、王独清、穆木天、冯乃超、卞之琳等对象征主义的推崇，都说明了这一点。应该说，追求艺术上的唯美主义是他们借鉴现代派的主要动机之一。在唯美主义动机的推动下，直到1932年5月，《现代》杂志的创立才标志着中国现代派艺术的独立与成熟。

正因为本着艺术借鉴的目的，浪漫主义从来没感到现代主义对其自身的抵牾。郭沫若把它称为"新浪漫主义"，把它当成浪漫主义发展的新趋势，甚至要把"新罗曼主义为创造的主要方针"。田汉也要"孜孜地要求那片新罗曼谛的乐土"。这大约与西方世界对浪漫主义与现代主义的区别与联系的模糊认识不无关系。象征派大师波特莱尔也曾一度以浪漫派自诩，并说"浪漫主义乃是美的最近、最新的表现"。

在中国新文学里，浪漫主义中现代主义因素的萌芽，就是唯美主义的赓续。1926 年，穆木天有感于五四新诗的浅薄、"裸露"，在给郭沫若谈诗的一封信中就表露了这一新的美学欲求的萌生过程：

> 中国人现在作诗，非常粗糙，这也是我痛恨的一点。我喜欢用烟丝，用铜丝织的诗。诗要兼造形与音乐之美。在人们神经上振动的可见而不可见，可感而不可感的旋律的波，波雾中若听见若听不见的远远的声音，夕暮里若飘动若不动的淡淡光线，若讲出若讲不出的情肠才是诗的世界。我要深到最纤细的潜在意识，听最深邃的最远的不死的而永远死的音乐。诗的内生命的反射，一般人找不着不可知的远的世界，深的大的最高生命。我们要求的是纯粹诗歌，我们要住的是诗的世界，我们要诗与散文的清楚的分界。

穆木天还继续发挥了他的艺术见解：

> 诗的世界是潜在意识的世界。诗是要有大的暗示能。诗的世界固在平常的生活中，但在平常生活的深处。诗是要示出人的内生命的深秘。诗是要暗示的，诗最忌说明。说明是散文世界里的东西。诗的背后要有大的哲学，但诗不能说明哲学。杜牧之的《夜泊秦淮》里确暗示出无限的形而上学的感——因其背后有大的哲学——但他绝不是说明为形而上。……你如读拉马丁、维尼，以及象征运动以后的诗，你总觉有无限的世界在环绕你的周围。用有限的律动的字句启示出无限的世界是诗的本能。诗不是像化学的 $H_2 + O = H_2O$ 那样的明白的，诗越不明白越好。明白的是概念的世界，诗是最忌概念的。

这是一篇精彩的现代诗论。虽然是从西方象征主义处借来的灵感，但它重意象的营造、潜在意识世界的表现、对含蓄与暗示的追求，反映了浪漫主义文学中现代艺术意识的增长。

现代派艺术与新月派一样比较注重于形式美，特别是在诗歌创作上追求音乐美和形式美。形式上的精心研磨与技巧上的周密严谨，在新文学初期确实拯救了浪漫主义白话诗，使它跳出了浅薄与散文化的陷阱。而且在新月派后期，由于恪守一定格式，缺乏创造力的想象，新诗创作又陷入了僵化局面，很多作品逃不出"豆腐干""方块诗"形式的圈子，或者对外国格律形式的生搬硬套。在新诗陷入新的危机而穷途末路之时，是"现代派"又一次拯救了浪漫主义。诗的情绪终于再一次找到了表现自身的形式，制造了最适自己脚的鞋子。

中国现代派在时间序列上与浪漫主义几乎是平行发展的，但在长时间里它是依附于浪漫主义和现实主义等主流文学而获得存在的，它弥补后者表现手段的不足，使中国文学迅速走向了现代化（与其他领域一样主要是西方化），无论在理论观念还是创作上都实现了与世界现代文学的接轨。

当部分浪漫主义作家后期步入狂热的革命情绪抒发、政治意识宣扬时期，现代派的一些作家则以其惯有的冷静面对现实，真诚地执着于自己的艺术。拿施蛰存的话来说，他们的文学是在"俨然地发挥了指导精神的普罗文学"和"庞然自大的艺术至上主义"这两种故作尊严的文艺思潮底下，"幽默地生长出来的一种反动——无意思文学"。现代派文学似乎又一次回到了浪漫主义初期的无目的性状态——维护自我的人格完整与艺术的尊严，因而被苏汶定位为"第三种人"的文学，又一次承担了郁达夫曾经承受过的孤独。

四、冲突与依存：关于浪漫主义中的理性因素

功利主义，是主张以实际功效或利益为行为准则的价值观念。它在 20 世纪的中国是一种不名誉的存在，亦是自私自利的代名词。在文学世界尤

其如此。任何流派、社团都不肯把这顶帽子往自己头顶上扣。但功利主义中所包含的刚强理性却一直是其进行艺术选择的支撑点。对于以情绪为表现旨归的浪漫派来说，功利主义是套在他们头上的金箍，既规定了它的存在意义，又抑制了它的内在生命力。面对强大的现实理性，初期浪漫主义表现出极大的矛盾。翻看郭沫若前期的文艺理论著述，我们发现，在同一篇文章中，当他对文艺的社会功利作用进行分析估量时，就时常存在着观点相互矛盾甚至尖锐对立的现象。他说：

> 文学上近来虽有功利主义与唯美主义——即"社会的艺术"与"艺术的艺术"——之论争，然此不过是立脚点之差异而已。文学自身本具有功利的性质，即彼非社会的 antisocial 或厌人的 misanthropic 作品，其于社会改革上，人性提高上有非常深宏的效果，就此效果而言，不能谓为不是"社会的艺术"。

可见，他既反对文艺创作的功利目的，但又不反对文艺的社会功利性质。

浪漫主义对功利主义的暧昧态度，很快随着中国现代政治集团斗争的炽热化而走向明朗。一部分浪漫主义作家由对个人主义的维护转向对某一阶级乃至政治集团利益的维护，由"为艺术而艺术"的唯美主义转向艺术工具化。中国现代浪漫主义在这种大转变中呈现出异常复杂的状况，既有代表不同阶级或政治集团各自利益的斗争，又有为艺术派与为阶级党派之间的斗争。浪漫主义在多种力量的作用下呈现出独特的发展轨迹。

20 世纪的中国，政治利益的斗争对文学有着异乎寻常的意义。浪漫主义文学理论就是在这种政治斗争中分裂、争鸣与发展的。

1921 年中国共产党成立。无产阶级政党在中国政治舞台上的领导地位日益加强，对文学提出了自己的要求。1923 年早期共产党人邓中夏在《新诗人的棒喝》与《贡献于新诗人之前》中就从理论上明确指出：新诗必须自觉充当无产阶级领导下的民主革命的"工具"。随着马克思主义的传播，社会阶级分析论也在反封建专制的民主斗争中越来越表现出崇高的色彩，在文化思想界占据了主导地位，成为社会革命洪流中的一面理论旗帜。在激荡的洪流中，"带着浓厚的浪漫蒂克"的郭沫若成了无产阶级的精神"斗士"，完全否认"五四"觉醒期富于自我肯定与表现的浪漫主义创作，认为那是"极狭隘、极狭隘的个人生活的描写，极渺小、极渺小的抒情文字的游戏"，是世界观与文艺界受日本文坛的毒害。① 早期无产阶级诗歌的开拓者蒋光慈在《关于革命文学》中也说："诗人应自觉地把自我融合于无产阶级战斗集体中，革命文学的主人翁应当是群众，而不是个人。"浪漫主义的个人主义精神内核完全消解在功利主义中，率真和坦诚的自我抒情追求沦为空洞干枯的政治叫喊，失却了其独特的审美价值。

1930 年中国左翼作家联盟的成立，使为工农大众服务的红色功利主义文学形成了一场声势浩大的文艺运动。作为这场运动的反面人物，新古典主义的倡导者梁实秋倒是敏感地看到了"在把阶级的束缚加在文学上面"的危险。他虽然主张用道德理性（甚至是旧道德内涵）来框范人的情感，用"文学的纪律"（实指艺术理性）来框范浪漫主义文学中的抒情，但他的理性的运用仍然是在个人主义文学概念之内，是为了维护个人、为了维护文学，强调的是文学的内在理性。而无产阶级文艺理论中所包含的功利主义则是一种强大的外在理性，它以个人的消解和文学自身的消解为前提。因此，"普罗大众文艺"这一口号的提出就意味着传统浪漫主义在创造社这一流派里的终结。

1942 年 5 月，毛泽东《在延安文艺座谈会上的讲话》是"左联"提出的普罗大众文艺思想的理论化和系统化。在当时的历史条件下，它指导了延安文艺界的整风运动。随着 1949 年中华人民共和国的建立，它又成了全国文艺运动的指导性文件。无产阶级文艺理论中的红色功利主义在政治的护卫下日益强大，它不仅消解了浪漫主义流派，也扼制了现实主义中所包含的浪漫主义因子的发展，这一情形充分体现在解放初对胡风"主观战

---

① 郭沫若：《郭沫若文集》（第 10 卷），人民文学出版社，1959 年，第 332—333 页。

斗精神"理论的批判中。

中国浪漫主义不同于欧洲浪漫主义，欧洲浪漫主义是建立在对古典主义（classicism）批判的基础上，而中国浪漫主义尽管在精神上体现着反封建文化的特征，但在形式上却并不直接表现为新文学与旧文学的正面冲突。创造社成仿吾、郭沫若、郁达夫的激情式的批评文字更多地是招怨于文学研究会，表现为新文学内部的斗争。

他们之间的斗争不仅仅是不同门户、不同宗派之间的斗争，也不简单是浪漫主义与现实主义两种文艺理论的冲突。不同的文艺理论作为创作经验的总结，像质地不同的石头和砖块一样，完全可以在同一艺术殿堂里和睦相处，浪漫主义与现代主义之间的相互借鉴与契合就说明了这一道理。而在中国，浪漫主义与现实主义文学之间的论争主要是根源于他们对社会人生与文学艺术的不同感受，以及由此而来的价值观的差异。

浪漫主义，用王富仁先生的话来说，体现出一种青年文化。他们往往以主观的自然情绪与个人标准来评判社会，与现实主义相比，少了许多理性意识，显得洒脱得多、有活力得多。他们虽然也有那种令人感到痛苦的沉重社会责任感，但他们能够通过幻想来超脱现实理性的羁绊，把自我对外界的种种感受与情绪酣畅淋漓地表现出来。

浪漫主义与现实主义相比，对社会的揭示虽然失之朦胧、笼统乃至肤浅，但其直率、大胆乃至偏激，不但能给读者以强烈的心理快感和极大的煽情性，在汹涌的情绪狂潮中还包裹着更锐利的战斗性。它们之间的根本区别在于以个人为中心还是以社会为中心。中国现代文学中的现实主义文学重心在破除旧的"瞒"和"骗"的文学中求得真实，但把文学作为改造社会的工具，太注重灌输思想，过分强调文学的社会功利性，而忽视了艺术中创作主体的作用。这种现实理性在文艺中的渗透，使现实主义在功利主义的现实中获得了广阔的生存空间。

1932 年 9 月，现实主义诗歌流派"中国诗歌会"的成立就表现了这一点。穆木天、蒲风、杨骚、任钧等在《中国诗歌会缘起》中说："在次殖民地的中国，一切都溶在急风狂雨里，许许多多的诗歌材料，正赖我们去摄取，去表现。但是中国诗坛还是这么沉寂，一般人在闹洋化，一般又还是沉醉在风花雪月里。"因此他们要求诗歌"捉住现实"，实现诗歌与诗人的"大众化"，明确提出"诗是时代的号角，诗人是人民代言人"的观点。

在这篇现实主义诗论里，个人价值让位于时代使命，个人化抒情主人公让位于人民大众的代言人，情感的宣泄让位于对现实的"把捉"，文学走向了全面的大众化、工具化。虽然一扫诗坛颓废与柔软的诗风，但也扫掉了诗人自由灵动的个性，扫掉了文学的主体创造性，从而也扫掉了宝贵的艺术价值。

然而，当理性之刀投向个人主义时，艺术的审美之风并未就此断绝。胡风的"主观战斗精神"理论就是浪漫主义质素挣扎的表现，只是它不再拥有自己独立的生存空间，而是寄居在现实主义名号下。已有学者指出："自 1928 年革命文学论争以后，现实主义逐渐定于一尊。发展到四五十年代，甚至把文学史切割成现实主义与反现实主义两大块，而且将它们对立起来，'反现实主义'成为一个严重的政治罪名，于是大家都宣称自己为现实主义者。"① 胡风就是把他的"主观战斗精神"掩藏在其著名的《论现实主义的路》一书中。

从某种程度上说，胡风的"主观战斗精神"理论，是针对 1928 年革命文学论争以来对现实主义理论狭隘化造成"标语口号的教条公式主义"和"客观主义"而提出的。自革命的功利性的文艺理论产生以来，现实主义（Realism）就由一种特定的艺术创作方法发展成文艺反映现实的同义语，认为只有不带粉饰、不主观地去看现实反映现实，才是严肃的客观的现实主义态度。这就是胡风所感觉到的"客观主义"倾向。不仅如此，创造社和太阳社的革命文学家们还从日本翻版了"拉普"派新写实主义的"目的意识"论，认为作家获得无产阶级的"目的意识"是最要紧的，生活必须经过"目的意识"的过滤和认可才能进入创作，形成了有中国特色的文学"留声机"。这就是胡风所命名的"标语口号的教条公式主义"。

---

① 吴中杰：《中国现代文艺思潮史》，复旦大学出版社，1997 年，第 266 页。

这两个"主义"使文艺所反映的现实并非纯粹"客观"的现实，而是经过"理性"删削的"现实"；而且作家个人的主体意识被取消，代之以阶级的集体意识。胡风把这种现象描述为"主观战斗精神的衰落"，并敏锐地觉察到："主观战斗精神底衰落同时也就是对于客观现实的把捉力、拥抱力、突击力底衰落。"如果说胡风的表述在当时的现实条件下不得不朦胧、隐晦，与胡风论争者林默涵则显得理直气壮而直言不讳，他明确指出胡风实质是个性主义宣扬者，总是力图维护作家的独立意识。林默涵虽是个"打棍子"的阶级论者，却准确地指出了胡风本质上是一个反对理性束缚的浪漫主义者。胡风自 1935 年评张天翼起，就不断地使用"主观作用""主观要求""主观精神""战斗要求""作家的人格力量""主观战斗精神""燃烧的激情"等概念来发挥他的主体性论点，要求"主体克服（深入、提高）对象"，作家应该敢爱敢恨，全身心地投入进去，设身处地地把对象化成自己的内在体验。当然，他也策略性地运用辩证法，提出创造主体（作家本身）和创造对象（材料）是"相生相克"的，"对象也克服（扩大、纠正）主体，这就是现实主义底最基本精神"。而这种不得已的理论宽容，根本就掩饰不了他对浪漫主义的偏执。

但浪漫主义并未随着"胡风反革命集团"近二十五年的冤案而在政治的风浪中沉尸海底，它永远是滋补人们心灵的审美鸡汤。在 1985 年至 1987 年间，文艺界掀起了一场声势浩大的关于文艺主体性的论争，浪漫主义终于从工具理性中解脱出来，恢复了其艺术主人的地位。高尔泰在《论美》中高举浪漫主义旗帜，指出："艺术作为情感的表现，天然就是有浪漫主义的倾向……一个纯粹的现实主义者（根据不同的人生观、价值观）可以成为科学家、经理、政客或者市侩，但不会成为艺术家。艺术家可以采取现实主义的创作方法，也可以采取浪漫主义的创作方法。但他的以表现为目的的活动则本质上是浪漫主义的活动。再现现实是他表现思想感情的一种手段，一种广义的技巧，但不是他唯一的技巧。有的画家或诗人由于经常采用现实主义的手法而被称为现实主义者，这多少有些不确切。没有浪漫精神，也就没有艺术。"① 在这里浪漫不再是历史的灰姑娘，而成为艺术的主宰，文学和人都不是工具。那种把文学当成宣扬意识形态的工具、把人当成螺丝钉的功利主义文学理论，是对艺术规律的践踏。刘再复也认为，既然认定"文学是人学"是常识，在文学活动的各个环节中，就应恢复人的主体地位，以人为中心、为目的，而不是从某种外加的概念出发。作家的创作应当充分发挥自己的主体力量，实现主体价值，把其自我心理的各个层次表现出来，实现作家的全部心灵和全部人格，也就是作家的意志、能力、创造性的全面实现。应该说，这一次关于文学主体性的大讨论，是浪漫主义在与理性主义相冲突的苦难史中的又一次更生觉醒，这再一次证明了浪漫主义是不死的艺术精神之鸟。

五、关于现代中国的浪漫主义文学观

如果说，18 世纪的欧洲文学是浪漫主义的时代，几乎构成了一场社会革命的描述，那么 20 世纪的中国浪漫主义文学远远未能构成一个时代，其主要原因还是在于中国缺乏欧洲深厚的社会文化基础，浪漫主义理论也未能形成西方那样完备丰厚的体系。但它在 20 世纪中国文学理论史上一直扮演着真正艺术关怀者的角色，虽然在现实环境十分粗糙的 20 世纪里未能成为主角，但我们丝毫也不能忽视它在未来艺术世界的意义和作用。

西方浪漫主义文艺理论与其他艺术流派理论相比，本身就有其不确定性。在其中国化的过程中，又与现实主义、现代主义、新古典主义等同时并存，互相影响、渗透乃至斗争，使它呈现出一种特殊的存在，既有西方浪漫主义理论的传承，又有失真和新的发展。它在 20 世纪的中国大致呈现出如下特点：

第一，把人从封建旧道德的束缚下解放出来，维护个人主体的完整存

---

① 高尔泰：《论美》，甘肃人民出版社，1982 年，第 87 页。

在，是浪漫主义的精神内核。"人的觉醒"，不仅是浪漫主义也是整个中国现代文学共同的主题，但在现代中国的社会形势下，失却了西方浪漫主义所竭力张扬的个人自由意志（free will），而使得功利主义的现实理性在确立"新人"的过程中起着重要作用。可以说，中国现代浪漫主义以勇猛的叛逆精神批判了旧的道德理性，在沉重的社会责任召唤下又自觉地归顺了新的现实理性。浪漫主义主要不是以一种新的社会思潮的身份出现的，而是作为丰富新文学表现能力的新艺术手段而被新文学作家所接受的。

第二，浪漫主义崇尚情感抒发，是以情感主义为中心的文艺理论。就像摆脱了纯粹个人主义的精神指向一样，中国现代浪漫主义也摆脱了纯粹个人化抒情，而走向了"理性思索参与下的社会感应情绪"，最后走向了以人民大众为本位的革命情绪。但是，以郁达夫为代表的、以"流泪、性刺激、醉酒、死亡"为主题的个人主义感伤情绪仍然具有普遍意义，并因此保存着浪漫主义的本真色彩，保障了浪漫主义作为一种艺术理论的存在。

第三，颓废主义作为西方现代主义的果实，为中国现代浪漫主义所吸收，并赋予了新的意义。它已不再表现为对色情与物欲的沉迷，也不再表现为西方中产阶级的庸俗与市侩，而表现为对未来乌托邦的憧憬和怀疑，如郁达夫在《沉沦》与《银灰色的死》中流露的对死亡的眷恋，表明了他在哲学层次上最先超越了时代，从而获得了存在论上的意义。

第四，西方浪漫主义中的个人化唯情主义，引导着中国现代浪漫主义走向了唯美主义，但唯美主义的内涵又由卢梭所倡导的自然美趋向了中国传统文人的美学趣味——古典美，从而形成了中国浪漫主义独特的民族化历程。

第五，中国现代浪漫主义，不是表现为对古典主义的反拨，而是表现为对现实主义的冲突和依从。它与现实主义的冲突表现为对所谓"纯粹客观主义"的斗争，而对现实主义的依从则是出于对创作主体的自我维护目的。

归根结底，中国20世纪的浪漫主义，文艺理论排除了先入之见，在现实理性和艺术理性的指引下走向了文学的民族化。浪漫主义对自然美的追求与对艺术主体的张扬，为未来的文艺创作提供了广阔的发展空间。

第十二章

象征主义与现代中国文学

从世界文学角度来说，象征主义可以说是一种国际性的文学思潮和流派。就其理论来说，它甚至比现实主义和浪漫主义更具自觉性和普遍性。因此，追随这个旗号的文学家和理论家不仅分布在世界各地，而且大多是在一种相互交流和影响的文学环境中自觉呼应的，他们对象征主义的产生和意义都有某种程度的共通感受和认知，在对文学的看法上也有某种内在的联系。更重要的是，在中西方文学理论交流中，象征主义是最能牵动对中国传统进行重新思考的一种文学观念，它不仅促进了中国对西方文学的理解，而且在现代层面上沟通了中国传统文论与西方的对话，促进了把现代和传统熔为一炉的文学过程。正因如此，考察象征主义与现代中国文学理论的关系，需要从更多理论层面展开。这确实是一种令人着迷的工作。

一、关于世界文学中的象征主义

就文学意义而言，尽管象征主义（Symbolism）——作为一个术语和概念——很容易在不同文化背景中找到知音，但是在理论上仍然有许多不同的解释，要想给予它一种确定的界定和解说还是很难的。象征主义作为一种文学运动和一种文学方法，在历史渊源方面有不同的涵义但又很容易混淆。基于不同的文化背景和文学角度，人们对象征主义的理解和解释有差异，象征主义本身很复杂，它与其他文学流派和思潮之间有繁复的关系。象征主义在世界文学发展中的意义，也许正是在这种"不确定"（Indefinite）的解释之中。

不过，不确定并非等于没有重点。一般来说，人们总是把象征主义和19 世纪法国的象征主义诗歌创作放在一起理解的。例如，伦敦出版的《张伯斯百科全书》（*Chambers's Encyclopaedia*，1955）对象征主义的解释为："象征主义是 19 世纪开始于法国的文学运动。诗人一直在使用象征主义进行创作，但是作为一种广泛的倾向，是指法国一些诗人大约在 1870—1895 年的象征主义时期所运用的；尽管这些诗人在运用象征主义的态度和程度方面与以前有很大的不同。"关于象征主义的特点，这部百科全书如此说："波德莱尔的十四行诗《应合》提供了两个重要起点：现实的基本的精神自然的确定和表达人与宇宙的某种紧密微妙关系的意识"。

另一本权威的百科全书对象征主义的解释也许略为不同："象征主义，如同绘画中的印象主义一样，试图放弃在艺术表现中用既定的样式和原则去把握事物纯粹的和更基本的性质，试图离开法国诗歌创作传统的规则。他们使用词语并非为了达到说明的性质，而是注重意义的多层次的阴影和潜在性。这种多种艺术的联合，感觉的融合，抽象的词语的具体使用，和具体词语的形容词用法，是他们经常使用的方法。所有这些试验的基础在于，相信艺术的优越性高于其他一切知识明确表达的意义，相信一种在理想主义哲学中的结合。人们所看到的世界并非他们想要看到的，如果他们通过《应合》就知道，他们各种意识都能够在感觉中建立起来。"

《美国百科全书》对象征主义进行了灵活的划分，它把 19 世纪末法国和比利时一批象征主义诗人称为"象征主义者"（Symbolists）。"这个象征主义者运动起源于对波德莱尔的《恶之花》（1857）的赞美。它一直受到批评理论和爱伦·坡诗创作的影响。阿瑟·里木包德（Arthur Rimbaud）和保罗·魏尔伦（Paul Verlaine）是其中最早的实践者。"与此同时，该书又设了一个有关象征（Symbol）的特别条目"现代象征主义"（Modern Symbolism）指的是："早期在诗歌中虚构象征的思想在19世纪得到了富有创造性的更新，但是在这一时期用象征方法来解释现实的需要不同于过去的基督教寓言故事，已不再那么呆板。"这种现代象征主义的重要意义就在于开辟了以后建设特殊的文化方法和结构美学的道路。

与美国不同，《苏联大百科全书》强调了象征主义产生的文化背景，认为象征主义的产生"与资产阶级人文艺术所面临的巨大危机紧密相连"，同时也与"对现实主义态度及其艺术原则的损害有关"；而俄国的象征主义一开始就受到了西欧的影响，从19世纪末到十月革命前后都有所表现，从1880年至1890年出版的"新诗"代表人物米尼斯基、米可夫斯基、柯皮克等人到十月革命前后布洛克等人的创作，象征主义在文学史上留下了深深的印记。

实际上，随着象征主义的传播，象征主义越来越成为一种世界性的文学现象，由此它的内容也越来越丰富和复杂。在这个过程中，象征主义一方面早就跨越了诗歌领域，进入了小说、戏剧等领域，并结出了丰富的成果；另一方面也不断地跨越了民族和国家文化的界线，进入了不同的文化环境与背景之中，形成了各种不同个性的象征主义文学。

在这种情况下，用一种比较宽泛的理解来界定象征主义，也许是一种明智的做法。查尔斯·查德威克的《象征主义》① 一书中就提到了这一点。在这本小册子中，我们还可以看到下面的界定：

> 它是一种表达思想和感情的艺术，但不直接去描述它们，也不通过与具体意象明显的比较去限定它们，而是暗示这些思想和感情是什么，运用未加解释的象征使读者在头脑中重新创造它们。②

但是，作者觉得这显得过于宽泛，所以接着又从"超验"的理念世界

---

① ［英］查尔斯·查德威克：《象征主义》，周发祥译，昆仑出版社，1989年。
② ［英］查尔斯·查德威克：《象征主义》，周发祥译，昆仑出版社，1989年，第3页。

方面去解释象征主义，指出："象征主义终究可以说成是一种超越现实而深入理念世界的意图；那些理念或为诗人胸中所藏，包括诗人的情感，或系柏拉图所指，它们构成人类心向往之的完美的超自然世界。"①

在这里，如果我们仅仅拘泥于概念本身，很可能陷入一种混乱。因为这一概念在时空转移中已发生很多变化，其"所指"的本来意义和后来形成的"能指"意义，在不同的情景中已无法统一。比如，就象征主义的意图来说，一般的象征主义——如查德威克第一种界定所指——可能是多种多样的，而波德莱尔、马拉美、魏尔伦的追求却与深层意识的感悟与共鸣有深刻联系。由此说来，要追溯象征主义的真实涵义，必须考虑到三个基本因素：（1）传统的因素。即人们在历史生活中形成的对"象征"的理解和把握，这也许是理解象征主义"原意"的基础。（2）即时的因素。即"象征"这一传统因素在特殊的文学阶段被引申、被假借、被发扬、被整合为一个特殊概念的原因和过程——这就是我们所理解的象征主义概念的本义。（3）空间转移的因素。即这一概念的本义在不同的文化环境中的变异，包括与传统的"原意"的冲突和结合，其最后必然形成象征主义发展变化中的"歧义"现象。

可以说，任何一种象征主义文学现象都包含着"原意"（original meaning）、"本义"（basic meaning）和"歧义"（different meaning）。而在这里，对于象征主义的理解和把握，与其纠缠在对概念的不同解释之中，不如回到具体的文学创作之中。其实，很多理论家都是这么做的。当他们在概念上感到力不从心之时，立即转入了对具体文学现象的评介。

例如，认真分析一下波德莱尔的名诗《应合》（*Correspondances*，也有人译为"契合"或"应和"），对于象征主义的意蕴或许会有更直接和深切的感受：

　　　　自然是座庙宇，那里活的柱子，

---

① ［英］查尔斯·查德威克：《象征主义》，周发祥译，昆仑出版社，1989 年，第 7 页。

有时说出了模模糊糊的话音，
人从那儿走过，穿越象征的森林，
森林用熟识的目光将他注视。

如同悠长的回声遥遥地汇合，
在一个混沌深邃的统一体中，
广大浩瀚好像黑夜连着光明——
芳香、颜色和声音在互相应和。

有的芳香新鲜若儿童的肌肤，
柔和如双簧管，青翠如绿草场，
——别的则腐败、浓郁，涵盖了万物，
像无极无限的东西四散飞扬，
如同龙涎香、麝香、安息香、乳香，
那样歌唱精神与感觉的激昂。①

　　对于这首被称为"象征派的宪章"的诗，我们能够感受到一种人与人、人与自然及万事万物之间的内在的隐秘的关系。对此，郭宏安曾以一种中国人特有的感应力进行了细致的分析："它首先以一种近乎神秘的笔调描绘了人同自然的关系。自然中的万事万物都是彼此联系的，以种种方式显示着各自的存在，它们互为象征，组成了一座象征的森林，并向人发出信息，然而，这种信息是模模糊糊的、不可解的，唯有诗人才能心领神会。而且，人与自然的这种交流，纵然有'熟识的目光'作为媒介，却并不是随时随地可以发生的，只是'有时'而已。只有诗人才可能有机会洞察这种神秘的感应和契合，深入到'混沌而深邃的统一体中'，从而达到

---

① ［法］波德莱尔：《波德莱尔美学论文选》，郭宏安译，人民文学出版社，1987年，第4—5页。这首诗有多种译法，有人译为"应和"或"契合"。但是就象征关系而言，我在理论上多使用"应合"。"应和"和"应合"有相通之处，但也有所区别。

'物我一致'的境界。其次，这首诗揭示了人的各种感官之间的相互应合的关系，声音可以使人看到颜色，颜色可以使人闻到芳香，芳香可以使人听到声音，声音、颜色、芳香都可以互相沟通，也就是说，声音可以诉诸视觉，颜色可以诉诸嗅觉，芳香可以诉诸听觉，而这一切又都是在世界这个统一体中进行的。"①

这种神秘的"应合"，或许就是象征主义文学最引人注目的特点，也是引导人们走进象征主义文学世界的最醒目的一个路标。它不仅表现在波德莱尔的诗中，而且也表现在马拉美（Stéphane Mallarmé）、叶芝（W. B. Yeats）、魏尔伦（Paul Verlaine）等其他一些象征主义诗人的创作中。作为一种自觉的文学意识，象征主义当时不同凡响之处就在于，冲破了以往既定的主观与客观的界限，也不再拘泥于人与自然的表面联系，而是追求一种物我相通和交融，在神秘的深层意识中领会万事万物的艺术境界。就这一点来说，象征主义确实体现了后起的世界现代主义文学的基本出发点。

如果从另外一个更宽泛的角度来看，象征主义作为一种世界文学现象，也包含着许多"应合"的奥秘——也就是说，象征主义最早在法国出现，后来传播到英国、俄国、挪威、德国、美国、加拿大、澳大利亚、日本、中国等国家，在这些国家相继产生了许多优秀的象征主义作家和作品，在某种程度上也体现了一种文学艺术上的"应合"。换句话说，世界性的象征主义文学实际上也是一种不同国家和民族的文学在某一种基本文学精神方面产生共鸣的应合现象。

显然，探讨任何一个国家的象征主义文学，都必须注重这种"应合"现象。而这种应合不仅表现在当时的文学交流和传播中，也不仅表现在某种共同的时代背景和文化氛围的需要，而且深刻地表现在历史意识之中。可以说，在世界文学中，在一个国家或民族的历史意识中，与象征主义相通的因素愈久远、愈深厚，在即时的文学创作中的"应合"就会愈深刻、愈强烈，而且自我创造和发挥的可能性就愈大。当我们谈到中国文学与象

---

① ［法］波德莱尔：《波德莱尔美学论文选》，郭宏安译，人民文学出版社，1987 年，第 5 页。

征主义的关系时，尤其要注意这一点。

二、中国的象征主义：从"象征"和"象形"谈起

从一般情况来说，象征主义在中国文学中似乎并不像现实主义和浪漫主义那样引人注目，但是细致地分析起来，象征主义在中国文学中或许拥有更深层、更广泛的根基。这种根基表面上并不十分明显，因为它与意识形态中的其他因素关系疏离，但是它深植在中国的民族传统审美意识之中，形成了一种能够与象征主义在深层次上相互"应合"的氛围和基础。

这一点最好从象征的原意谈起。

就西方象征主义产生来说，必然要追溯到"象征"（Symbol）的原意。象征主义最早是从"象征"这一词演化而来的。按一般解释，Symbol 是指"独立于现实存在的表现某种事物的符号"，最早起源可追溯到人类最低级水平的手工制作，随着人类智力的发展变得越来越复杂。所以"人可以被称为符号的动物"。而在人类生活中，最重要的符号是语言和文字。从哲学上来讲，其中包含着"名"（nominalism）和"实"（realism）的问题。

从象征的渊源来看中国的情景，问题比较复杂。中国古代没有"象征"这一概念，所以一般词书中也查不到这个词。而在一般词典中，"象征"也是作为一个外来的新概念来解释的，例如台湾三民书局出版的《大辞典》（1985）就有如此界定："（Symbol）已经验过之事物的状态或性质，用其他的形式，以必然或非必然关系比喻或拟称，这种新概念的名称或符号，是为象征。"上海辞书出版社出版的《辞海》（1979）则更简明地解释了其基本意义："用具体事物表示某种抽象概念或思想感情。"当然，也有辞书把古代的"象形"释为"象征"之源，但其意义与现代相比过于狭窄，亦很难视为源流关系。

显然，这并不意味着中国古人不懂得"象征"或者没有"象征"这一概念。细细追究起来，象征在中国文化精神中不仅源远流长，而且是构成

中国传统独特的思维方式和艺术方式的一大特点。

这一点，我们可以追溯到《周易》。其中的"象"就包含着象征的基本含义，例如：

> 圣人有以见天下之赜，而拟诸其形容，象其物宜，是故谓之象。
>
> 圣人立象以尽意。
>
> 八卦成列，象在其中矣。
>
> 古者包牺氏之王天下也，仰则观象于天，俯则观法于地，观鸟兽之文与地之宜，近取诸身，远取诸物，于是始作八卦，以通神明之德，以类万物之情。

"象"是《周易》的基本因素，其本身作为用"—"（阳爻）和"– –"（阴爻）构成的不同图形，这种卦象本来就具有象征意义。其筮辞一般都可分为两部分。前一部分写的是征兆，后一部分则说明吉凶意义。例如《困·六三》："困于石，据于蒺藜。入于其宫，不见其妻。凶。""困于石，据于蒺藜"为凶兆，"入于其宫，不见其妻"是结果，前后有一种象征关系。也许中国最早的象征概念就是从这里来的，所以《汉书·艺文志》中有："杂占者，纪百事之象，候善恶之征。"象就是物象，征就是征兆。物象可以显示征兆，可以预测吉凶，这中间就有一种象征的思维运作，由此来解释人事与物象之间的联系。

《易经》中的筮辞虽然不是诗，但是却孕育着诗的思维方式，所以有人称之为"诗之胚胎""诗之萌芽"。今人流沙河就断言："《诗》三百篇的比象和兴象源出自《易》筮辞的象征成分，殆无疑义。"① 他还进一步指出：

> 比《易》早出的卜辞只是占卜活动的实录，《易》的筮辞则是被

---

① 流沙河：《十二象》，北京三联书店，1987 年，第 86 页。

编写来指导占筮活动的创作，其创作方法是象征手法。在中国，运用象征手法创作出来的第一部作品不是晚出的《诗》三百篇，而是指导迷信活动的《易》筮辞……我甚至认为全部筮辞都可以被看作"前诗"。从"前诗"发展到诗（具体说来就是《诗》三百篇），象征手法的运用起了催生作用。①

所以，《周易》中的象是具有多重含义的。从意义上来说，是一个复合体，集物象、世事、天意、人言于一身，有不可言传之奥秘。这种象是一种特殊的象征和寓义的符号载体，是用象征和暗喻方式来"尽意"，来"以通神明之德，以类万物之情"的。后人谈《易》，皆十分重视象的这种复合意义，亦是根源于此。所以象在中国文学中有十分丰富的类型，有大象、遗象、心象、典象、比象、兴象、喻象、拟象、赋象、意象、超象、象外之象、景外之象等，样式十分丰富。

在这里，象征已不是一个一般的概念，而是一种认识和表现世界的思维模式。就其对艺术创作的影响来说，这种象征性已经融入了主体创造的目的性之中，形象由此不再仅仅是对事物的再现和模仿性描绘，而成为一种主体表情达意的艺术方式。可见，中国文学中的象征性与中国固有的历史传统和思维模式有着根深蒂固的联系，而中国文学一开始就具有显明的象征意味是理所当然的。

这一点也许更深刻地表现在中国文学与文字形态的联系上。如果说文学是一种语言文字的艺术，那么文字的形成及其特点必然会直接影响到文学的思维特点。因此，讨论中国文学的特点，实际上无法和中国文字的特点割裂开来。

众所周知，汉字是一种独特的文字系统。按照许慎的说法，是起源于"六书"——一曰指事，二曰象形，三曰形声，四曰会意，五曰转注，六曰假借。按照一般流行的看法，汉字是一种象形文字，但是细细琢磨就会

---

①　流沙河：《十二象》，北京三联书店，1987年，第99页。

发现，这里面包含着很大的误解。确切地说，汉字实际上是一种象征性文字系统。

关于这种看法，一些学人已有顿悟，而最值得一读的文章是周汝昌先生的《聿学——中国书道》，文章从书法艺术角度出发，深入探讨了中国文字的属性与中国艺术精神的关系，令人耳目一新。其中指出："讲中国汉字的，有一种'象形文字'的提法，至今对人们的影响还是很大，使人认为汉字的起源与基本造字意法都由'象形'而来，却是一个错觉和误解。虽然也有看出'象形'提法的流弊而改称'表象文字'的，毕竟没有能够彻底破除'象形'的误会。"周先生继而透视了"六书"突出一个"象"字，① 对"象"进行了一种新的探讨：

> "象"在我们看来，从来不是照搬，而是一种复杂的智力活动与智慧创造。
>
> 象字的古训，据字书云：《书·尧典》注，是"法也"。法有效法义、条理义、规则义、技术义等。先民所谓象，非低级照描甚明。从今人之意度而言，"事"犹可象，"意"焉能"象"？"声"又何由而"象"！

文章认为汉字有取于形，但绝不"死"于形下，其形成是一种"察象→取象→具象→表象（事）→离象→遗象→超象→非象"的过程。继而又涉及中国的艺术和美学意识，并认为"离象、遗象、超象，是中华一切文学艺术的基本美学观和艺术论"。

我以为，用"象征"来解释汉字及其基本艺术精神的属性是最合适的。从更深一层来说，汉字的这种特点是和中国特有的思想方式密不可分的。显然，从历史上来看，最早使用图像文字的并非只有中国，但中国却是把这种文字完美到极致，并且是使用至今的少数国家之一，这本身就是

---

① 《汉书·艺文志》曰："故周官保氏掌养国子，教子六书，谓象形、象事、象意、象声、转注、假借，造字之本也。"

一个很值得探讨的问题。从某种意义上可以说，中国人之所以对这种图形、笔画文字过分"偏爱"，并一直不能转换到表声字母文字，是因为中国人拥有根深蒂固的象征性思维方式。这两者之间一开始就有一种并生同存的关系。

这种情况无疑深刻影响了中国艺术的发展，使中国艺术在其本原上就带有一种象征主义性质，由此也形成了与西方艺术不同的风采。中国艺术一开始就并不拘泥于对事物的模仿和逼真，而是重神采重意韵的表达。形象在中国艺术中往往是一种熔铸着艺术家主体的情志、心智、精神、爱好的创造物，可以理解为一种富有象征意味的中介，而中国人欣赏艺术的习惯，亦特别喜欢品味、捕捉、揣摩形象之外（或者说深藏其中）的那种象征意义。汉字书法，按照周汝昌先生的说法，就是这种"最高级的非象之象，即超象的超高级艺术的绝诣"。

而文学，更是与中国的象征文字系统脐带相连。应该说，中国传统的文学及其特点，都与许慎谈的造字"六书"有着血脉相通的关系。中国最古老的文学观念和表现方法，或多或少都与"六书"有关。由此也可以说，中国汉字的"六书"实际上表达了一种系统的象征主义的思维模式，为中国文学的发展提供了丰厚的基础。从今天的观点来看，"六书"几乎囊括了所有的象征类型，具有相当的完备性。无论是指事、象形、形声、会意，还是转注、假借，都表达了一种符号与实物之间的比喻或拟称关系，其本质都是一种象征关系。

由此来说，谈中国文学中的象征主义，我们不必拘泥于"象征"这一词语的来源了，"象征"这一观念在中国不仅古已有之，而且是作为一种思维方式、作为一种认识和表现世界的符号系统存在的。而且，这种象征在古代已发展到了一个很高的水平，涉及了符号与自然、符号与人的思想感情以及符号与符号之间的多重关系，这显示了中国人艺术地把握各个事物之间关系的很高的想象力。

按照"六书"的思路，这种想象力首先表现在对各种事物之间关系的把握，并由此扩展到了对抽象的、整体的、神秘的、不可知的事物和境界的感知和表现方面。正是在这一过程中，象征作为一种虚构的"现实"出现了，它们通过自己具体的形态向人们表达、暗示或揭示另一种难以直接触及的现实与境界。中国最早出现的诗歌、散文和寓言都突出表现了这种特征。

三、"比""兴"手法的象征意味

从符号图像切入中国传统的思维方式，可以看到象征与中国文学根深蒂固的联系。当然，由此把中国古典文学称为象征主义文学是很难令人接受的，因为这不仅过于笼统，而且有削足适履之弊。但是，如果从整个世界文学来看，把中国文学和西方文学进行一种广泛的比较，就会发现中国文学比西方文学更具有象征气质和形态。与此相反，西方文学倒是更注重于模仿和写实。也许正因为这样，对于许多西方作家来说，中国文学仿佛是一座意象的迷宫，其中充满着象征、隐喻和暗示，充满着微妙和玄机。所以，一些现代西方的意象派诗人也最容易在中国古典诗歌中找到共鸣。

中国文学的这种象征特性，也许应该从《诗经》中的比兴手法说起。比兴手法不仅对于中国诗歌，而且对于整个中国文学的发展具有极为重要的意义。它们不仅是中国古典文学的源头，而且从思维方式上体现了中国文学的基本美学特征。

按一般说法，比兴最早是古人对诗的分类，见之于《周礼·春官》，"太师……教六诗：曰风，曰赋，曰比，曰兴，曰雅，曰颂"。而又被后人在《毛诗序》中概括为"六义"，"故诗有六义焉：一曰风，二曰赋，三曰比，四曰兴，五曰雅，六曰颂"；并且进一步把风、雅、颂看作不同的诗体，而赋、比、兴则是诗不同的表现手法。而以后人们之所以多言比兴，而少提赋，并非因为赋在诗歌创作中少见，而是因为比兴具有更突出的美学意味，赋则可以使用于任何文体之中。而当赋用来叙物言情，表现出某种文学价值时，往往兼有比兴之意。①

关于比兴，中国古人已有很多解释和论述。例如东汉刘熙认为："兴物而作，谓之兴……事类相似，谓之比。"② 刘勰在《文心雕龙·比兴》中说："比者，附也；兴者，起也。附理者切类以指事，起情者依微以拟议。起情故兴体以立，附理故比例以生。比则蓄愤以斥言，兴则环譬以托讽。"朱熹在《诗经集传》中说："比者，以彼物比此物也。兴者，先言他物以引起所咏之词也。"刘熙载在《艺概》中引用了李仲蒙之说："索物以托情谓之比，触物以起情谓之兴。"这些说法虽然各有其侧重，但都基本上没有脱离比兴手法的基本点。

这个基本点也许可以归结为一种关系，即在艺术表现中，追求各种不同事物不同意象、不同情态之间的"应合"关系。这种"应合"，可以称为一种"类同""连类""引譬"或者是"引类""假托"。按照中国古人的理解，这种"应合"实际上存在于广阔的宇宙万象之中，存在于人与自然的神秘的联系之中，所谓"比""兴"，就是要捕捉和表现这种"应合"关系，并由此来体察、意会、感悟和把握整个宇宙和人的微妙联系。

我以为，这种"应合"正是比兴手法的内在本质。

对于这一点，古人已有感悟。例如唐皎然《诗式》中就说：

> 取象曰比，取义曰兴，义即象下之意。凡禽鱼草木人物名数万象之中，义类同者，尽入比兴。

可见，比兴最根本的意义在于一种艺术的沟通。在世界的万象之中，

---

① 这里并不是说赋在古典诗歌中不重要，很多研究者发现，赋在古典诗歌中运用得最多。但是在很多情况下赋并非只是为了叙事，这在唐诗中最为常见。例如李白的《早发白帝城》："朝辞白帝彩云间，千里江陵一日还。两岸猿声啼不住，轻舟已过万重山。"从字面上看全是铺陈，无一句比兴，但细读之后，却会发现全诗都起到一种比兴作用，而"象外之象"则是作者的一种对人生难以言表的感悟。其实，这首诗之所以成为千古绝唱也正是因此。

② 谭令仰：《古代文论萃编》（上册），书目文献出版社，1984 年，第 106 页。

用诗人的心灵去接触、去寻觅、去感应，然后创造出一种物物相通、物我相通、情景相通的艺术世界。

袁行霈先生从意象联合的角度，似乎也注意到了这种沟通。他这样谈到比兴："……从意象组合的角度观察这个问题，可以说比兴就是运用艺术联想把两个或两个以上的意象连接在一起的一种诗歌技巧。这种连接是以一个意象为主，另外的意象为辅。作为辅助的意象对主要的意象起映衬、对比、类比或引发的作用。起前三种作用的是比，起后一种作用的是兴。用比所连接的意象之间的关系或明或暗，总有内在的脉络可寻。用兴所连接的意象之间的关系，没有内在的脉络可寻。"①

从意象组合方面看比兴手法，必然会涉及意与象、情与景的沟通和应合。如果没有这种沟通和应合，就不可能构成一种完美的艺术境界。而在中国古典诗歌中，这种沟通和应合往往不是表层的，而是深层的。对于这一点，袁行霈先生说得好：

> 中国古典诗歌的意象虽然可以直接拼合，意象之间似乎没有关联，其实在深层上却互相勾连着，只是那起连接作用的纽带隐蔽着，并不显露出来。这就是前人所谓峰断云连，辞断意属。也就是说，从象的方面看去好像是孤立的，从意的方面寻找却有一条纽带。这是一种内在的、深层的联系。②

不过，也许是因为袁先生太拘泥于欣赏角度，所以并没有更深入地揭示出这种"内在的、深层的联系"，这也就影响了他对"兴"的看法，得出了"用兴所连接的意象之间的关系，没有内在的脉络可寻"的结论。

显然，这是一种误解。其实，中国诗歌意象之间"内在的、深层的联系"，不仅表现在诗歌本身所表现的"意"方面，而更深刻地表现在"诗外"的、由长期的历史生活意识积淀形成的审美觉悟方面，而后者正是

---

① 袁行霈：《中国诗歌艺术研究》，北京大学出版社，1987年，第72页。
② 袁行霈：《中国诗歌艺术研究》，北京大学出版社，1987年，第69页。

"兴"根源和魅力所在。正是从这个角度来说，兴的"所言他物"和"所咏之词"之间同样具有一种应合关系，只不过这种应合表面上看来无迹可求，但深藏于人的审美习性中罢了。它也许只存在于人的某种潜意识之中，只能以感应、顿悟、会意的方式去接受。而作为它最早的具体关系的源头和缘由，人们也许早已"遗忘"了。

因此，中国诗歌艺术中的"兴"，其基础就是世界万象之间的某种广泛的、潜在的一致和应合关系，根源于人们不能言传的审美意识。所以《诗经·关雎》篇中，用"关关雎鸠，在河之洲"来作为男女相悦恋歌的起兴，并不是偶然的。至少在古人的意识中，"偶常并游，而不相狎"的雎鸠与人的情爱有某种关联。这两者之间，实际上拥有一种广义的象征性关系，它的特点并不十分自觉和明确，还有某种模糊性和朦胧性。所以，兴的象征可以看作一种不自觉的、自然状态的象征。

当然，完全把握"兴"的这种广泛的应合关系，是一件颇费功夫的事。在这方面，赵沛霖的研究值得注目。他主要从中国原始宗教和思维入手，探讨了兴的起源问题。他指出："不难看出，兴所以成为一种美的形式，是宗教观念内容历史积淀的结果，而人们所以欣赏它，即它所以能够引起人们的美感，则是由于相应的社会历史内容积淀于人的主体心理的结果。"[1]但是，值得商讨的是赵先生把象征完全分开的做法。我并不认为文学中的象征"不论是中国还是外国，也不论是什么民族，象征中的感性形象与意义之间必须具有某些相关联的性质和特征，它的外部形貌足以暗示出它所具有的意义"。[2] 相反，象征在文学创作中，并没有严格的规定性，不仅会随时空背景而发生变化，而且在不同的文化氛围中也会有不同的形态。

尽管在具体问题上，我们仍然有种种分歧，但是对于比兴手法所必需的一个基本点——万象之间的沟通和应合关系——也许毋庸置疑。综上所述，

---

[1]　赵沛霖：《兴的源起——历史沉淀与诗歌艺术》，中国社会科学出版社，1987年，第249页。

[2]　赵沛霖：《兴的源起——历史沉淀与诗歌艺术》，中国社会科学出版社，1987年，第85页。

我认为可以把比兴看作是两种不同的沟通和应合关系，"比"表现为一种表层的、明显的、自觉的沟通和应合；而"兴"则建立在一种深层的、模糊的、潜在的沟通和应合之上。前者可以看作是一种直接的象征（direct symbol），它可以包括明喻、暗喻、隐喻等，但都能在"诗内"找到联系，而后者则可以看作是一种潜在的象征（potential symbol）。它可以是感应的、顿悟的、神会的，但其内在只能在"诗外"找到，所以说清楚要比前者难得多。其实，比兴的这种特征亦和汉字的形态有着某种内在的关联。

前面已经论及，汉字造字法的"六书"（指事、象形、形声、会意、转注、假借）本身就是一种象征系统。而细细分类又能看出，前面三种造字法（指事、象形、形声）在字的形、声、义诸因素中，具有某种相类或相似的情景，或者以事喻类，或者以形相识，或者"以事为名，取譬相成"。从思维方式上讲都具有某种比喻的意味。因此，从这一点来说，中国诗歌中的"比"与造字法的指事、象形、形声有一种内在的应合关系。

这一点在中国诗歌理论中不难取得例证。钟嵘在《诗品》序中论及兴、比、赋，就是先以"指事造形，穷情写物"为前提的。至于"比"所涉及的内容，古人也多是从事、形、声等方面去阐发的。请看刘勰的看法：

> 且何谓为比？盖写物以附意，扬言以切事者也。故金锡以喻明德，珪璋以譬秀民，螟蛉以类教诲，蜩螳以写号呼，浣衣以拟心忧，卷席以方志固：凡斯切象，皆比义也。至如"麻衣如雪""两骖如舞"，若斯之类，皆比类者也。

至于"兴"，通常却没有那么明显的、意识到的比喻关系，常常是通过一些间接的、意绪性的描述来进行情感上的沟通。这一点与造字法中的会意、转注、假借有某种应合关系。显然，这种应合同样是一种深层次的思维方式方面的，其表现形态已从字的形、声、义方面转移到了文学创作中的意象、韵律和思想感情方面。

例如，《诗经》中很多"兴"的意味就是用"会意"方式体现的。

《关雎》就是最好的例子：

> 关关雎鸠，在河之洲。
> 窈窕淑女，君子好逑。

在这里，雎鸠在河和男追女爱并没有直接的比喻关系，但是前一句确实能够使人意会到两者之间的某种共同意绪。兴是一种心理引导，使读者能在一种具体语境中感受和感应到"意"，其效果正如李重华所言："无端说一件鸟兽草木，不明指天时而天时怳在其中，不显言地境而地境宛在其中，且不实说人事而人事已隐约流露其中。"而这种会意的"兴"，往往借助于某种共同的审美经验和意识作为基础，否则其"意"就很难领会。

至于"转注"，《说文》曰应属于"建类一首，同意相受"① 之列。在诗歌中，用这种"同意相受"的物象、情景、事件，同样能起到一种兴的作用。在这种情况中，所兴之辞往往会对所描写的事物感情起到一种潜在的注解和勾连作用，使主要意思更为突出。例如《诗经》中《周南·桃夭》中的诗句：

> 桃之夭夭，灼灼其华。
> 之子于归，宜其室家。

这首诗以"桃之夭夭"起兴，实际上点明了爱情的美满、婚事的热烈和新人姿容的秀丽。"桃之夭夭"和作品所表现的爱情生活在气氛上、在意念中有一种应合，产生了一种同意共鸣的效果。当然，之所以两者之间会有这种"同意相受"的应合，我们也许得追溯到中国很早的植物崇拜以及长期形成的以桃花喻美人的意识。

最后谈到的"假借"，或许最容易和兴进行沟通。沈祥龙就曾把兴看

---

① 关于"转注"，人们对于"建类一首"一直存在不同看法，主要涉及字的形义方面的关系，这里不作更深的探讨。

作是"借景以引其情"。① 其实，在具体的诗歌创作中，这种"借"何止限于景，还可以借事、借象、借形、借声，都可起到"以引其情"的作用。例如《诗经》中的《召南·鹊巢》有"维鹊有巢，维鸠居之。之子于归，百两御之"，乃是以景起兴；《召南·草虫》有"喓喓草虫，趯趯阜螽。未见君子，忧心忡忡"，是以声象起兴；《召南·野有死麕》有"野有死麕，白茅包之。有女怀春，吉士诱之"，是借事起兴。由此可见，兴在诗歌创作中较之"比"拥有更大的自由度和灵活性，因此其想象和联想的空间也更大，在意象与意象相应合的联系上亦显得愈隐蔽、愈模糊。最后这一点，也许正是唐孔颖达所言的"比显而兴隐"。

上面所试图探讨的是中国文学的比兴手法与汉字源起的一种内在应合关系。显然，这种应合是一种内在的、思维方式方面的，我所想说明的是中国人思维方式的模糊性与文学表现的象征性有一种共生关系。但这并不意味着比兴手法一定和造字"六书"相同，在形态上可以精确无误地比附。所以上面所列的分析只是一种思路的尝试，未必是一种准确的概括。

四、关于中国古代文论中的象征学说

把比兴手法完全和象征主义等同起来，显然是一种危险的做法。不过，如果我们不是严格地用西方象征主义理论来衡量，而是用一种比较宽泛的、多样化的观点来看，比兴手法确实具有一种象征意味。其实，由此也可以涉及对中国古典诗歌的评论方面。把象征看作中国诗创作的本原特征之一，并非一种太离谱的看法。

宗白华论及中国诗，就有这种看法。他认为诗要表达一种"无可奈何的情绪，无可表达的沉思，无可解答的疑问"，② 一种"因体会之深而难

---

① 谭令仰：《古代文论萃编》（上册），书目文献出版社，1984 年，第 112 页。
② 宗白华：《艺境》，北京大学出版社，1987 年，第 184—185 页。

以言传的境地"，就不能靠"明白清醒的逻辑文体"，① 相反，"诗人艺术家往往用象征的（比兴的）手法才能传神写照。诗人于此凭虚构象，象乃生生不穷，声调、色彩、景物，奔走笔端，推陈出新，迥异常境"。②

值得注意的是，宗白华不仅把比兴与象征相提并论，而且把象征看作中国古典诗歌最高的艺境：

> 杜甫诗云"篇终接混茫"，有尽的艺术形象，须映在"无尽"的和"永恒"的光辉之中，"言在耳目之内，情寄八荒之表"。一切生灭相，都是"永恒"的和"无尽"的象征。③

宗白华把象征看成是中国诗境的绝妙之处并不是偶然的，这显然与他接受西方文学的影响有关。至于中国诗境在这一点是否有相通之处，钱锺书先生正好有一段文字可供参考；

> 近世法国一论师尝谓其国旧日佳诗多意完词足，缄闭完密，匡格周匝，煞尾警句虽使全篇生色，而犹树金栅栏为关隘然（de poèmes bien clos, bien encadrès, le dernier vers rehaussant tout ce qui précède et mettant au bas de L'oeuvre comme une barred'or）；象征派以还，诗每能有尽而无穷，其结句如一窗洞启，能纳万象（D'autres poèmes, définitifs, réussissent à infinis le fini. Leur dernier Vers ouvre une fenêtre—C. -L. Estève, Études philosophiques sur l'expression littéraire, 1938, 140）。其言末句于篇章如闭幕收场，而于情韵仍如卷帘通顺，堪为"篇终接混茫"之的解矣④。

---

① 宗白华：《艺境》，北京大学出版社，1987年，第184—185页。
② 宗白华：《艺境》，北京大学出版社，1987年，第184—185页。
③ 宗白华：《艺境》，北京大学出版社，1987年，第185页。
④ 钱锺书：《谈艺录》，中华书局，1984年，第617—618页。

钱锺书对于中国诗词与西方象征主义文学的相通之处，有很多了解。在其著作中，他多次提到过波德莱尔、兰波、魏尔伦、马拉美、莫雷亚克等人的创作观念与中国诗学有惊人之相同，曾明言："盖弘纲细节，不约而同，亦中西文学之奇缘佳遇也哉。"① 特别是对魏尔伦和马拉美的诗论，钱锺书先生常有深刻的感触。再如钱锺书先生在《通感》一文中也谈到了欧洲象征派和中国诗艺的相通之处，指出由于"19 世纪末叶象征主义诗人大用特用、滥用乱用"，所以"几乎使通感成为象征派诗歌在风格上的标志"。②

在中国古典文学和西方象征主义文学之间具有某些"应合"之处，是很多人共同注意到的。也许正是由于这个原因，西方一些意象派诗人，如庞德（Ezra Pound）等对中国古典诗歌产生了亲切感，而中国一些文人才会对西方象征主义的理论和创作有似曾相识之感

在这里，我所强调的仍然是"应合"。所谓应合，不是相同，也不是一致，而是在某种美学意味上的联类和互动。我认为，钱锺书先生学问至博至深之处，就在于探寻中外文学、古今文学中的这种"应合"，并从"应合"中去总结和认识整个世界文学的一些基本规律。

正是从这个意义上讲，中国文学中的象征主义较之欧洲文学中的象征主义，是一种更成熟、更完美的系统（虽然象征主义这一提法在中国仍然具有"假借"意义）。实际上，欧洲在出现象征主义文学之前，象征在文学中一直处于一种非常简朴的状态。除了用特定的事物去表示某种抽象的概念之外，宗教文学中流行的训鉴故事也属于一种普遍的象征形式。这种情景与中国文学相比，可以说是一种尚未成熟的象征。而直到欧洲象征主义文学兴起后，象征的美学涵义才真正变得扩大和深奥起来。

应该说，从较早的比兴手法到司空图谈"象外之象"，中国文学中的象征理论已经形成了一个相当成熟和完善的体系。它把艺术创作思维中的形象、意义、语言、表现手法等因素贯通起来，熔为一炉，构成了中国文学中独特的审美意识基础。

---

① 钱锺书：《谈艺录》，中华书局，1984 年，第 276 页。
② 钱锺书：《旧文四篇》，上海古籍出版社，1979 年，第 58 页。

中国这种象征的形象理论和审美意识有以下几个基本点。

一是"大象无形"的观念。此语最早出自《老子·第四十一章》，"大方无隅，大器晚成，大音希声，大象无形"，说的是一种极致状态。无疑，作为一种审美的极致，"大象无形"中的"象"是和老子所说的"道""自然"及其本原连在一起的，其渊源、形态和意义本身就具有一种神秘性和模糊性。按老子的理解，这种"无状之状，无物之象"是一种"惚恍"状态，是属于"玄之又玄，众妙之门"的东西；所以"惚恍"状态是最宝贵的，因为"惚兮恍兮，其中有象；恍兮惚兮，其中有物，窈兮冥兮，其中有精"。

庄周喜讲"天地与我并生，而万物与我为一"，喜讲"浑沌"和"虚静"，亦都与追求"大象无形"的境界有关。庄周和老子一样，认为最美的东西是"无为无形，可传而不可受，可得而不可见"的，为此，他苦苦追寻达到这一境界的途径。既然最美的形象是看不见、摸不着的，那么他就设想了两条把握它的途径，一个就是"物化"，如同庄周梦蝶，使自己沉浸到与对象浑然一体的境界；另一个途径就是"以神遇而不以目视，官知止而神欲行"。显然，从美学上来说，庄子实现了一次很大的突破，他把老子玄而又玄的抽象的美（的理念）还原成了一种人的具体的审美状态和途径。这就是一种人与万物的内在应合和交接，拿庄周的话来说就是："视乎冥冥，听乎无声；冥冥之中，独见晓焉；无声之中，独闻和焉。故深之又深而能物焉，神之又神而能精焉，故其与万物接也。"

庄周的这种美学思想实际上对中国古代形象思维理论起了关键性的导向作用。从此中国文学创作和理论重"神"而不重形，重比兴而不重写实，重意境而不重模仿，都源于对于一种"大象无形"境界的向往和追求。而中国文学中后来出现的"篇终接混茫""不著一字，尽得风流""羚羊挂角，无迹可求""得意忘言"等艺术论说，亦都与老庄"大象无形"思想有源流关系，由此形成了中国文学独特的神秘主义传统。严羽论诗讲"空中之音，相中之色，水中之月，镜中之象，言有尽而意无穷"，正是佛道掺杂，把"大象无形"的美学理念落实到一种神秘的形象思维状态。

二是中国文学中象象相生、同类相动的艺术观念。这种艺术观念源于《周易》。在《周易》中，天地之象，人文之象、卜卦之象本来就是相通的，有一种相互应和的关系。《周易》中下面一段话很有代表性：

> 是故，易有太极，是生两仪，两仪生四象，四象生八卦，八卦定吉凶，吉凶生大业。

> 是故，天生神物，圣人则之。天地变化，圣人效之。天垂象，见吉凶，圣人象之。河出图，洛出书，圣人则之。

与此同时，象象相生是和同类相动思想连在一起的。如果没有同类相动，恐怕也就无从通过天象、卦象去见吉凶了。所以《周易》一开始就提出了"方以类聚，物以群分"的观点，强调象象相生之间有个"类聚"的问题。所谓"类聚"，就是说象象之间有一种相互切合的内在关系，可以互相引发、比喻、象征和兴托，可以通过此一形象联想、想象、涉及、沟通彼一形象，通过这一内在关系，圣人才能"见天下之动，而观其会通"，才能通过八卦去"以通神明之德，以类万物之情"。

这种象象相生、同类相动的思想深刻影响了中国文学的发展。中国最早的"中和之美""诗之六艺""感于物而后动"等观念都与之有关。特别是"同类相动"的思想，构成了中国文学中感物兴会的基础。例如《乐记》中就对同类相动有了很具体明确的认识：

> 凡奸声感人而逆气应之，逆气成象而淫乐兴焉。正气感人而顺气应之，顺气成象而和乐兴焉。倡和有应，回邪曲直，各归其分，而万物之理，各以类相动也。

由此看来，同类相动实际上是物象之间、物我之间互相应和的基础。

有了同类相动，才有心与物之间的互相感应和共鸣，才有形象之间的比兴和衬托。《吕氏春秋》中所说的"应同"（"类同相召，气同则合，声比则应"）和董仲舒所说的"同类相动"，都是从前人的思想中引发出来的。

这种"同类相动"思想深深浸透到了中国文学理论。陆机在《文赋》中谈"收视反听，耽思傍讯，精骛八极，心游万仞"，亦是和"应感之会"连在一起的。到了刘勰则提出了"诗人感物，联类不穷"的看法，是对"同类相动"的一种美学上的发挥：

> 是以诗人感物，联类不穷。流连万象之际，沉吟视听之区；写气图貌，既随物以宛转；属采附声，亦与心而徘徊。故灼灼状桃花之鲜，依依尽杨柳之貌，杲杲为日出之容，瀌瀌拟雨雪之状，喈喈逐黄鸟之声，喓喓学草虫之韵。

可见"同类相动"是中国文学中的一个重要环节。在文学创作中，有了"同类相动"的基础，才能有象象相生、象中生象，并蔚成艺术大观。沈德潜在《说诗晬语》中说："事难显陈，理难言罄，每记物连类以形之；郁情欲舒，天机随触，每借物引怀以抒之；比兴互陈，反复唱叹，而中藏之欢愉惨戚，隐跃欲传，其言浅，其情深也。倘质直敷陈，绝无蕴蓄，以无情之语而欲动人之情，难矣。"

无疑，这种象象相生、同类相动的艺术观念促成了中国象征主义的丰富和发达（其本身亦是其中的重要内容）。中国比兴的发达就包含着一种"同类相动"的因素，而文学创作中的"借景抒情""触景生情""情景交融"等传统手法皆与之有着内在的联系。①

三是中国诗学中的意象理论。一提起"意象"，人们也许会想起西方英美文学中的意象派。其实，从其原生意义上来说，这两者有所区别。意象（Image）在西方文论中早就出现了，但是一直偏重于修辞方面的功能。

---

① 借喻的发达也与此有关，陈骙在其《文则》中曾把"喻"分为直喻、隐喻、类喻、诘喻、对喻、博喻、简喻、详喻、引喻、虚喻等类型，也充分说明了这一点。

这种情况到了 19 世纪浪漫主义文学兴起后才真正有所改变，意象越来越受到艺术家的注意，逐渐形成了系统的意象批评理论。按韦勒克·沃伦的解释："意象是一个既属心理学，又属于文学研究的题目。"① 另一位西方理论家威尔斯（H. W. Wells）则系统地把意象分为七种类型：装饰性意象（Decorative）、潜沉意象（Sunken）、强合（或浮夸）意象（Violent［or Fustian］）、基本意象（Radical）、精致意象（Intensive）、扩张意象（Expansive）、繁富意象（Exuberant）。② 而从西方意象派文学的基本情况来看，也许有两点是我们所感兴趣的，一是西方意象派的产生确实受到中国古典诗歌的启发，如其代表人物庞德（Pound）、爱米·罗威尔（Amy Lowell）、艾略特（T. S. Eliot）等，都非常爱好中国古典诗，其中有人亲自进行翻译推崇。二是西方意象派文学无论在创作上还是在理论上一直是和象征主义纠缠不清的，在很多方面是很难分清的。

中国的意象说源于《周易》。《周易》中说"圣人立象以尽意"，后人皆从这里开始引申发挥，数千年来连绵不绝，形成了一套有特色的学说。虽然目前世界上有关意象的理论众说纷纭，但中国的意象理论仍值得回味和研究。

从《周易》中看，意象至少已包含三层含义：一是主体性，所谓"圣人立"，指的就是人主体创造出来的；二是目的性，"立象"是为了"尽意"；三是应合性，意和象应该有一定的内在联系。而后人讲意象，虽然说法不一，但大多是从这三方面着眼的。所以，"意象"一词虽然到了刘勰《文心雕龙》中才出现，但是其作为一个美学范畴却可以说是"意在词先"了。

其实，中国的意象学说的核心在于意、象、言三者的关系。意与言的相互矛盾和统一的问题，在《庄子》中早已提出：

> 世之所贵道者，书也。书不过语，语有贵也。语之所贵者，意

---

① 汪耀进：《意象批评》，四川文艺出版社，1989 年，第 3、31 页。
② 汪耀进：《意象批评》，四川文艺出版社，1989 年，第 3、31 页。

也，意有所随。意之所随者，不可以言传也，而世因贵言传书。世虽贵之，我犹不足贵也，为其贵非其贵也。

庄子进而在《外物第二十六》中指出：

> 筌者所以在鱼，得鱼而忘筌；蹄者所以在兔，得兔而忘蹄；言者所以在意，得意而忘言。吾安得夫忘言之人而与之言哉！

在庄子看来，言与意是不可能完全一致的，要尽意就得做"忘言之人"，那么如何做到这一点呢？那就是庄子在《寓言第二十七》中所说的"言不言"，即通过寓言的形式来尽意。而寓言不再是"言"，而是一种形象的自然。庄子就是通过这种寓言的象而得意的。在这一点上，庄子和孔子有截然不同的表现，孔子仍然以言为重，坚持"辞达而已矣"，在语言表达和修辞方面寻找出路。显然，庄子的寓言创作暗合于《易》中"立象以尽意"的思想。

后来的中国学人多融合了《易》、庄两家思想来谈意象。其中王弼的观点最为人所称道。他在《周易略例·明象》中说：

> 夫象者出意者也，言者明象者也。尽意莫若象，尽象莫若言。言生于象，故可寻言以观象；象生于意，故可寻象以观意。意以象尽。故言者所以明象，得象而忘言；象者所以存意，得意而忘象。犹蹄者所以在兔，得兔而忘蹄；筌者所以在鱼，得鱼而忘筌也。然则言者象之蹄也，象者意之筌也。
>
> 是故存言者非得象者也，存象者非得意者也。象生于意而存象焉，则所存者乃非其象也；言生于象而存言焉，则所存者乃非其言也。然则忘象者乃得意者也，忘言者乃得象者也。得意在忘象，得象在忘言，故立象以尽意可忘也，重画尽情而画可忘也。是故触类可为

其象，合义可为其征。①

由上可以看出，王弼基本上是意、象、言三者的统一论者，他说的意象（也就是作者之意）呈现出形象和语言水乳交融、高度统一的一种艺术形态。它们之间的关系已经难解难分，不可能把某一个因素分离出来，所以才能达到得象忘言、得意忘象的境界。而在这个过程中，"触类"和"合义"显然起到一种融会贯通的作用。

中国意象论中的一个重要观念就是"象外之象"，此是司空图的高见。司空图在《与极浦谈诗书》中说："戴容州云：'诗家之景，如蓝田日暖，良玉生烟，可望而不可置于眉睫之前也。'象外之象，景外之景，岂容易可谈哉？""象外之象"的观念显然与前人所谈"文外之旨""文外之意"有关，世人亦经常把它和后来严羽《沧浪诗话》中"羚羊挂角，无迹可求"的境界联系在一起，这也充分表明了中国意象论产生的前前后后有其独特的线索。在这条线索上，古代的各家所说就如同散落的珍珠，我们如果把它们认真地串起来就会得到一条美丽的理论项链。

司空图的诗论无疑是这条项链上一颗闪亮的珍珠。他有两点最引人注目，其一是继承前人理论，立足于"韵外""味外""景外""象外"探寻诗美的极致；其二是把落脚点放在了"象"上，这就突破了"立意"的观念。从司空图的二十四诗品可以看出，这种象外之象是一种纯粹的美学境界，是一种"超象"（"超以象外，得其寰中"），一种"大象无形"的象。这种境界用司空图话来说就是"饮之太和，独鹤与飞"（"冲淡"）；就是"窈窕深谷，时见美人"（"纤秾"）；就是"不著一字，尽得风流"（"含蓄"）；就是"如月之曙，如气之秋"（"清奇"）等。其实，司空图论诗之意亦是"象外之象"，因为他每论一种风格，实际都可以在人们头脑中构成一幅画。所以"象外之象与中国诗画理论渊源很深，而且唯有和中国画论结合起来才能谈得更为清楚"。

---

① 王弼等：《周易注疏》，上海古籍出版社，1989 年，第 31 页。

　　我以为，以上三个方面都可以归纳于中国文学中的象征理论系统之内。当然，这里所说的象征理论或者说是象征主义，是从一种比较宽泛意义上来说的，它并不代表一种潮流、一种流派或者一种阶级性的文学特质，而是表现为一种民族文学的基本精神和气质。

　　中国文论的一个重要特色就是与创作活动息息相关，很少搬用太抽象的术语来界定和概括文学现象。因此，立足于中国文学的创作实际来研究象征主义，或许是更令人感兴趣的一个课题，在理论上也将会有更大的收获。在这方面，中国文学从诗词、戏剧到小说，都能够给我们提供大量的可供分析和总结的材料。当我们把它们放在世界范围内进行考察的时候就会真正发现：整个中国文学似乎都被笼罩在象征主义的氛围之中，中国文学是世界文学中象征主义最完美、最成熟的代表。

五、现代中国文学中的象征主义

　　现代中国文学主要指的是 20 世纪初开始的新文学。它不同于中国古典文学的一个关键点，就是直接接受和吸收了外国文学的影响，是中外文学结合的产物。不过，这并不意味着中国古典文学传统失去了决定流向的意义。因为中外文学的结合并非一种任意的、随波逐流的现象，而实质上是一种"应合"，其交融成一个新的整体，需要一种内在的和先天互相沟通的关系才能实现。就此而言，现代中国文学与象征主义的关系绝不仅仅局限于形迹方面。

　　提起现代中国文学中的象征主义，人们会很自然地想起象征派和"现代派"诗歌在中国文坛上的表现。其实，这些只是属于在形迹方面最突出的一些文学现象，还有一些形迹方面并不明显，但意义重要的文学现象值得深入研究。我想，现代中国文学与象征主义的关联也可分为三方面：一是形迹方面有明显联系的，主要是指一些作家自觉接受了外国象征主义的影响；二是形迹方面不太明显的，但创作方面有明显的象征主义特色；三是很难找到形迹方面的联系，但在创作上确实与象征主义有应合之处的。前一部分现在研究得较多，而后两部分还没有进行深入的研究。

中国新文学的起步就与外国象征主义有缘，已有很多人注意到了，有人甚至把受到中国古典诗歌影响的庞德和罗威尔看作中国文学革命的义父（god-father）和义母（god-mother）。因为胡适当时提出的"八不主义"确实受到了美国意象派诗论的直接影响。据王润华先生的研究，胡适当时提出的"八不主义"与罗威尔在《意象派宣言》（*Imagist Credo*，1915）提出的"六大信条"，以及庞德提出的"几种戒条"（A Few Don'ts，1913）有很多相似之处，而胡适居然把《意象派宣言》的"六大信条"贴在自己的日记上。

不能把这仅仅看作一种理论现象。实际上，胡适之所以欣赏意象派诗论，亦同他的中国古典文学修养有关。试看他写的第一首白话诗《蝴蝶》，实际上就像一首用白话译成的旧诗：

> 两个黄蝴蝶，双双飞上天。
> 不知为什么，一个忽飞还。
> 剩下那一个，孤单怪可怜；
> 也无心上天，天上太孤单。
>
> 五年八月二十三日

胡适新诗有以理入诗的弊病，但是这首诗带着明显的象征色彩，表面是写蝴蝶，实际是写朋友之间的感情。

无独有偶，郭沫若的诗论中也有与《意象派宣言》中"六大信条"相类似的观念。1922 年 12 月 15 日，郭沫若从日本寄回一封家书，为教其弟弟郭开运写诗专门写下几条原则：

（一）要有纯真的感触，情动于中令自己不能不"写"。不要凭空地去"做"，所以不是限题作诗，是诗成后才有题。

（二）表现要力求真切，不许有一毫走碾。

（三）要用自己所有的言词，不宜滥用陈套语和成语。

（四）不要拘泥于押韵，总要自然。要全体都是韵。

（五）作一诗时，须要有个前无古人后无来者的心理。要使自家的诗之生命是一个新鲜的产物，具有永恒的不朽性。这么便是"创造"。

（六）……抒情文字唯最自然者为最深邃，因为情之为物最是神奇不可思议的天机。

（七）要有余韵，有含蓄。

我们最好拿罗威尔的"六大信条"来做一比较：

（一）使用日常语言，但用字要准确，不可差不多准确，或只是为了装饰作用。

（二）创造新韵律，作为新语气之表现。不要抄袭旧韵律，那是旧诗风之回响。我们并不坚持"自由诗"是唯一写诗的方法，我们争取它，为的是自由原则。我们相信自由诗总比旧诗更方便表现一个诗人的独特性。在诗中，新的韵律能表现新的思想。

（三）选择题材应有绝对的自由。写飞机和汽车的坏作品不能算好诗；另一方面，写旧题材的好诗并不算坏作品。我们相信现代生活的艺术价值。

（四）呈现一个意象。我们不是一个画派，我们相信诗应该准确呈现具体的事物，不是描写含糊的毫不重要的细节。因此我们反对取材包罗万象的诗人，他们好像有意逃避诗艺术的真正奥秘。

（五）诗要具体清楚，不可模糊不清。

（六）最后我们相信焦点集中是诗的灵魂。①

---

① 王润华：《从司空图到沈从文》，学林出版社，1989年，第109—110页。

从条数上看，郭沫若比罗威尔多一条；但从内容上看，虽然不免翻译上的歧义，仍可看出在很多方面是相合的，比如郭之第二条"表现要力求真切，不许有一毫走碾"和罗之第五条"诗要具体清楚，不可模糊不清"相似；郭之第三条"要用自己所有的言词"和罗之第一条"使用日常语言"有相关之处；郭之第四条"不要拘泥于押韵"与罗之第二条"创造新韵律"相合；郭之第五条"要使自家的诗之生命是一个新鲜的产物"与罗之第二条中"表现一个诗人的独特性"亦有共同之意等。至于郭沫若强调"纯真的感触"，认为最好的抒情文字为"最自然者"，亦不难和意象派的有些诗论联系起来。

目前尚没有资料证明郭沫若所列这几条曾受到过罗威尔或者庞德的启发或影响，而这几条原则也极有可能是郭沫若随意指出的。但是它们之间的某些相通之处却很令人注意。对此，我们或许只能设想两种情况，一种是郭沫若当时在日本直接或间接接触到意象派诗论，从而在自己诗论中融合了它们；另一种则是郭沫若根本没有受到影响，全然是根据自己的作诗经验而生发出来的。如果是后者，则更能引起我们探索的兴趣。因为郭沫若多次谈到过自己受到歌德、惠特曼、泰戈尔、海涅、雪莱等带有浪漫主义色彩作家的影响，而从未提过他受到西方象征主义或意象派的影响。当然，这未必能够成为定论。

而另外一个值得研究的问题则是，如果从郭沫若的诗歌作品来分析的话，其中所表现出来的象征性和意象性是非常突出的艺术特点。

显然，在这里，我们会涉及现代中国文学另一个令人思考的现象，即这一时期的很多作家的创作都显示出了浓厚的象征主义色彩，其中包括鲁迅、闻一多、徐志摩、沈从文、钱锺书等人，但是他们本人并不一定那么崇拜象征主义或意象派（至少没有表明这方面的自觉意识）。一些西方学者对此也许特别敏感，他们总是喜欢从象征角度来分析一些作家作品。

这种情景在鲁迅创作中表现得最为明显。鲁迅第一篇白话小说——也是新文学的奠基——《狂人日记》，就具有浓厚的象征主义色彩（有的学者甚至就把它看作一篇象征主义杰作）。就当时（1918 年）来说，鲁迅除了读过俄国作家迦尔洵、安德烈夫（鲁迅译为"安特来夫"）等人的作品外，对于西方象征主义文学并不一定有广泛的接受，但是这些作家却引起了鲁迅在艺术上深刻的认同感。鲁迅曾这样评价安德烈夫的创作："安德烈夫的创作里，又都含着严肃的现实性以及深刻和纤细，使象征印象主义与写实主义相调和。俄国作家中，没有一个人能够如他的创作一般，消融了内面世界与外面表现之差，而现出灵肉一致的境地。他的著作是虽然很有象征印象气息，而仍然不失其现实性的。"① 与此同时，鲁迅后来对于迦尔洵作品的评价也特别引人注目："他的杰作《红花》，叙一半狂人物，以红花为世界上一切恶的象征，在医院中拼命撷取而死，论者或以为便在描写陷于发狂状态中的他自己。"②

显然，鲁迅对安德烈夫、迦尔洵的评价，可以帮助我们阅读和理解《狂人日记》以及其他一些作品，如《白光》《肥皂》《在酒楼上》《孤独者》《风波》等。与此同时也可看出，鲁迅对于象征主义有一种特殊的欣赏。关于这一点，特别表现在鲁迅所创作的《野草》中。《野草》充满着的象征主义意境，使人们不由自主地想起波德莱尔《恶之花》《巴黎的忧郁》等，两者在艺术情调和手法方面都有明显的相似之处。而鲁迅自己则非常珍爱和看重《野草》这部作品，他自认为它在艺术上是"不算坏"的。

这种艺术的偏爱同样表现在闻一多、徐志摩等作家的创作中。就中国诗坛的状况来说，人们习惯性地将李金发、王独清、戴望舒等一群诗人与闻一多、徐志摩等人区别看待，把他们看成是不同诗派的诗人。应该说这种区分是对的，但是能够跳出这种对比，用更宽泛的一种观点来看，就不会把闻一多、徐志摩等人的诗全然看成是象征主义的对立面了。

徐志摩姑且少说，因为他在 1924 年的《语丝》创刊号上就曾赞美过波德莱尔，尤其对于波德莱尔诗中那种音乐美的神秘性迷恋不已。这种迷恋也许不是对一种文学流派的接受，而是某种艺术情致方面的共鸣。在徐

---

① 鲁迅：《鲁迅译文集》（第 1 卷），人民文学出版社，1958 年，第 331—332 页。
② 鲁迅：《鲁迅译文集》（第 10 卷），人民文学出版社，1958 年，第 575 页。

志摩的诗歌中，并不乏带有明显象征主义或意象派色彩的作品。至于闻一多的创作，非常引人注目的就是其深沉的象征意蕴，《死水》就是明显的例子。但是，令人不解的是，闻一多与西方象征主义或意象派创作并没有多少形迹方面的联系。如果我们根据前者（他的创作）来看，闻一多不失一位具有象征主义特色的诗人，但是如果我们仅仅根据后者（形迹上的联系）来判断，闻一多和象征主义毫不相干。在这里，作家创作与象征主义在形迹方面的联系和"无迹可求"的联系，表面的明显的"应合"和潜在的、隐蔽的"应合"之间，似乎出现了裂痕。

显然，在现代中国文学中，这种裂痕来自中西方文学的交流和碰撞，其本身使文学关系更加复杂化了。一方面，象征主义作为中国传统文学中的一种本原的因素并没有消失，它会时时刻刻通过各种方式顽强地表现自己。它并不一定要响应新的西方象征主义文学的召唤，而能迅速地与现实主义、浪漫主义、唯美主义等其他文学思潮流派相结合，产生出新的艺术类型。另一方面，西方象征主义文学的传入确实刺激了中国的传统文学，并且很快在中国得到了回应。而这种回应表面上看是中国文学中的一种创新，潜在的却是中国传统审美意识的一种表现。我们不难发现，在现代中国文学中，很多对于象征主义文学抱有认同感的作家，在古典文学方面的修养都是很深的。

这一切都使我们不能低估象征主义在现代中国文学中的地位和作用。

但是，这并不意味着象征主义是现代中国文学的主流或基本艺术特征，也并不意味着它仍然像在中国古典文学中那样拥有重要地位。相反，由于中外文学的直接交流，彻底打破了中国文学传统的、自我完满的状态，给中国文学增加了许多新的艺术因素，并使之真正进入了一个多元的文学时代。在这种情况下，象征主义或者作为一种文学现象存在，或者作为一种潜在的美学因素被溶解到各种各样不同名目的文学现象。

应该看到，在现代中国文学中，象征主义、现实主义与浪漫主义表现的不同之处就在于，前者的思想和世界观涵义消解了，而主要表现在某种潜在的审美意识及艺术形式和技巧方面，介乎神似和形似之间。

第十三章

"意识流" 与现代中国文学

认真思考一下 20 世纪以来中国文学的演变，就难免发现这样一种文学发展趋向，即中国文学理论不断地与西方文学产生认同（Identity）。显然，认同这一概念在这里具有一种积极、主动的意味。同时，它又有一种矛盾的内涵，它包括人们在这个过程中的矛盾心理，及对同一性和差异性的发现。所以对中国文学来说，这一认同过程又是多层次的，它既包括创作思想、文学观念（包括各种有关文学的概念、术语、话语、学科建设、体系设计等）、批评标准和理论模式等方面，也涉及了对文学题材、体裁、类别、格式和创作方法及技巧等因素的认识。在这个过程中，中国的一些传统的文学思想、观念和范畴（主要是指中国古典文论范围内）逐渐被重新认识和命名，以一种新的话语系统出现，形成了中国文学理论新的演进形态。

因此，要理解 20 世纪中国文学的嬗变，就必须考察与西方文学观念认同的过程。而这种认同，无论表现在什么方面，都不可能完全摆脱中国传统意识的纠缠。这不仅表现在创作思想、文学观念等方面，而且渗透到了文学创作的形式和技巧等方面。这是一种更细致、更深透，同时更难以确定的认同，但是它又往往容易被人们所忽略。因为形式和技巧比起创作思想和观念来说，更接近于人的审美趣味和艺术偏好，即使它们在理性表达的清晰度方面远远不及后者。现代中国文学中的"意识流"就是一个值得探讨的现象。

一、"意识流"：作为文学问题的提出

在中国现代文学创作中，经常会发现在很多作家的创作中，都明显地表现出创作思想和形式技巧方面的矛盾和不和谐。好像创作思想和理论是一回事，形式和技巧又是另一回事，所以一个在思想上坚持现实主义理论原则的作家，并不排除运用象征主义、超现实主义、意识流方法和技巧进行创作。在这种情况下，批评家很难把某个作家严格归于某个"主义"和流派之内，亦很难从其创作思想或者形式技巧方面来确定其思想个性和思想面貌。与此同时，从一个作家的艺术个性来说，在理性上所声称遵循的思想或原则，往往有一种"虚拟"的性质，往往难以掩饰其内在的真实的艺术感觉和趣味。这就如同很多人虽然极力张扬西方超现实主义创作思想，但在实际上真正使他们废寝忘食的仍是金庸的武侠小说。这也难怪，中国传统文化和文学的历史力量，并不全然在于一些已经确定的思想原则和概念，而更在于一种根深蒂固的审美意识的积淀和积累。后者是一种弥漫着的氛围，是一张巨大的、无形的"网"，是很难用简单的思想模式来界定和代替的。

这在中国文学的形式和技巧方面，形成了一个很大的理论和批评方面的空隙。所谓空隙，指的是对新形式、新技巧的生成有意识或无意识地忽略，从而形成了中国文学形式和技巧理论方面的匮乏。在这方面尤其突出的是，人们往往不能从内在的历史意识中接受和解释新形式、新技巧的产生，因而难以消除心理上的异己感和排斥性。例如，同样是首先从外国引入的文学概念，对于现实主义，人们通常已不再过分强调是西方的或者中国的，换句话说，人们已经自然而然地接受了它。而对于"意识流"，却大不相同，人们经常会冠之以"西方的"之类的前缀语。人们很难把文学形式和技巧从它先前的思想文化母体中分离出来，给予美学和艺术方面独特的分析。

这说明在中国文学同西方文学的交流中，认同过程存在着"障碍"。这种障碍可能是多方面的，可能来自不同的欣赏习惯和美学趣味，也可能来自理论和批评观念上的僵化和守旧。后者可能会直接表现为理论和批评上的障碍。由于理论和批评观念一时无法接受新形式、新技巧，从而对它们采取了"拒之门外"的态度，进而也就放弃了从本民族内在的历史意识方面去探讨它们来源的可能性。由此，认同过程本身也往往被简单化了，使人们把分析和判断局限在理性的"拿来"或"不拿来"的层面上，而忽略了对主体更深层的潜在的艺术意识的追究。

显然，中外文学在交流中产生的"应合"并不等于认同。应合是由于中外文学在交流中构成的一种内在的契合和互补性，是一种文学在更大范围内的共生共鸣和相辅相成；而认同则包含着对这种应合的一种自觉意识，能够对各种应合现象进行审美的阐释和理解。

这种阐释和理解既是现实的，又是历史的；既是对外来文化的了解和认识，也是一种自我理解和认识。而后者是在把"异己"的转化为自己的过程中非常重要的一环，否则，我们只能从外在的或表层的方面接受和认识在中外文学交流中产生的新形式、新技巧。在当代中国，这种外在的、表面的认识不仅可能表现在新形式、新技巧出现的前期的"排斥"中，而且可能表现在新形式、新技巧已被广泛运用后的接受中。前者往往强调这些形式技巧在西方产生的政治文化背景，并用这种背景来给它们以外在的定性（如资产阶级的、唯心主义的等）；后者则是全然无视这些形式和技巧的思想渊源和美学意味，仅仅把它们看作纯粹的技巧或手法而已。

显然，以上两种现象并不是我们追求的美学上的认同，而只是一种理论批评中的敷衍和随俗。而对新形式、新技巧来说，真正的认同无疑必须完成一种穿透历史的工作，从自身的历史审美意识中找到回应，从而使对外来文化与文学的借鉴和对自身文化与文学意识的反省融为一体，在中外文化和文学交汇背景下完成一种自我观照和自我更新。

也许正因为如此，很多人注意到了中国古代文学中的形式与技巧问题，并试图把它们与现代文学中新的创作联系起来，进行对照和比较分析，希望在美学意识中找到相通的东西。所以，有关"'意识流'东方化"议题的提出，就与文学界的这种思考有关。① 一些学者和评论家敏感于西方文学与中国文学之间的应合关系，试图在理论上进行一种新的转换，真正在审美意识方面沟通中西文学，消除它们在认同方面的间隔和障碍。

我认为，从这里我们可以进到文学理论和评论的一个新层次。这个新层次并不是如何确定和解释西方文学中的形式技巧在中国的特殊形态的问题，② 而是进一步打破"中国的"和"西方的"的限定，在整个世界文化和文学历史中去追根溯源。换句话说，在理论和批评中，对所谓"东方"（中国）和"西方"（外国）的界限过于敏感，并由此有意识地分类后再加以比较分析，实际上很难在对文学创作本原形态的认知中排除异己因素。而这种异己因素无疑是阻碍认同的潜在意识的表现。

二、"意识流"在中国

假如能够打破所谓"东方的""西方的"的界线来讨论"意识流"文学，就会发现它的渊源一般是混沌的，并不像人们有意识划分得那么清晰。

按照目前人们已普遍接受的概念，"意识流"作为一种独特的文学现象和样式的产生，至今已有一百多年的历史了，就当代西方文化来说，它

---

① "意识流文学东方化过程"主要是上海华东师范大学宋耀良先生提出的，他认为这种过程在当代文学中有三个阶段：（一）更多着眼于技巧的模仿和搬用；（二）既进入心理意识之内，又步入外部社会现实之中，将两者有机地结合起来，形成中国所特有的文学表现形式——心态小说；（三）由注重表现心态进入注重表现民族文化心理之中。由寻找自我开始，进一步寻找自我之根——文化之根。

② 我认为"'意识流'的东方化"（或中国化）的提法就包含着这层意思；而在其探讨中仍然不能超越所谓"中国的"或"西方的"之思维习惯，因此难免造成一些理论和批评上的局限。

已经成为一种历史的经典。"意识流"（Stream of Consciousness）原是一个心理学概念，指的是一个人心理意识和感情反应的整个系列过程，包括从最低的前言语阶段（pre-speech level）到最高的非常清晰的理性思考水平的一切内容。这种观念认为，一个人意识中某一瞬间的意识流［这一概念来源于威廉·詹姆士（Willian James）的学说］，是意识所有层次的一种混合体，是一种没有止境的由感觉、思想、回忆、联想和印象构成的流动。如果要把意识的这种真实状态的任何一个时刻描述出来的话，那么就必须使这些多样的、没有秩序的、缺乏逻辑因素的因素，在同样没有整理过的意识流中找到相应的语词、意象和思想的表达。显然，按其心理学的本义来说，意识并非能用口语清楚表达出来的流动体，但是在文学创作中，"意识流"却被人为地和习惯性地变成了一种文学技巧——虽然它只是提供某种和意识真实状态相似的印象或者幻象。这种情况最为典型的是詹姆斯·乔伊斯（James Joyce）对一般标点符号的移动，包括引号、复合词的连字号、章节和题目等都显示着这种性质。由于这种移动，上下文可能更接近于说话，因为它一般是不加标点符号的。实际上，乔伊斯给人一种印象，似乎他把谈话从读者眼睛之外的世界转移到了听者耳朵之内的世界。一般来说，"意识流"小说作为一种心理小说类型，主题就是表现作品中一个或几个人物的不间断的、不平静的和没有穷尽的意识流。"意识流"小说就是运用各种技巧去圆满地表现人的意识活动。不过，一般大多数心理小说所记述的是有意识和有规则的思想流，例如在亨利·詹姆斯（Henry James）的小说中；或者由于联想而活跃起来的记忆之流，例如像在马塞尔·普鲁斯特（Marcel Proust）小说中那样。而"意识流小说"首先注重的是前言语和难以言传层次（pre-speech and nonverbalized level）上的意识内容。在这里，意象必须表现某种不清晰的反应，而语法逻辑也属于另外一个世界。显然，并不仅仅认同于一种艺术手法，"意识流小说"作家还基于以下几方面的基本看法：（1）人类生命的重要存在标志应该在其心理意识过程中去寻找，而不是在其外在世界；（2）这种内在的情感生活是紊乱的，无逻辑的；（3）它和思想感受中有逻辑关系的、确定的连续性相比，其自由的心理连续就更具有典范性。

即使在西方文学中，在小说创作中注重表现人的心理意识的尝试，已不算是新发现。最早给人以深刻印象的有劳瑞斯·史特恩（Laurence Sterne）的《退斯追姆·沙地》（*Tristram Shandy*），其中一个人物艾匹克蒂塔说过一句话："虽不是行为，但看法能扰乱人的行为。"与此同时，作者还把洛克（John Locke）有关联想的心理学理论运用到了表现人的意识功能方面。不过，史特恩虽然把连续的思绪从严格的逻辑顺序中解脱了出来，但是在对人物意识的描述中并没有揭示出比言语层次更深层的内容。而引人注目的亨利·詹姆士的心理小说同样如此，其小说基本上还停留在言语可表达的层次上。因此，虽然现在往往把"意识流小说"的出现归属于 1888 年法国小说家艾杜阿·杜夏丹（Edouard Dujardin）所创作的《月桂树被砍掉了》（*les Lauriers sont coupés*）——因为这里第一次运用了现代意义上"内心独白"，但是其更重要的开拓应归功于弗洛伊德潜意识心理层次结构理论的创造，而柏格森关于"心理时间"的看法也起到了推波助澜的作用。而今天，尽管人们对于"意识流"文学现象的研究还存在着各种异见，但无不承认很多意识流作家已经进入了世界经典作家的行列，如杜若斯·理查德逊（Dorothy Richardson）、维吉尼亚·伍尔夫（Virginia Woolf）、詹姆士·乔伊斯（James Joyce）、威廉·福克纳（William Faulkner）等；同时，意识流文学在世界范围内的传播和渗透，以及对其他文学流派的影响，更是有目共睹的现象。

经过一百多年的文学发展，各种流派思潮此起彼伏，各自标新立异，"意识流"在某种程度上来说，已经成为一种陈词滥调。但是，对中国文学来说却不尽如此，它是最近二十余年来文学界才开始关注和讨论的一个新话题。确切地说，"意识流"作为一种使人感到新奇、感到疑惑的文学现象，在中国是在 20 世纪 70 年代末才备受人们注意的。① 而且，这种讨论一开始就表现出了令人困惑的扑朔迷离景象。其一是以王蒙为代表的一

---

① 这种情况在 80 年代初达到了一个高潮，王蒙、李陀、柳鸣九、袁可嘉等都投入了讨论，文学界发表了一系列文章专门介绍和讨论"意识流"问题。

些作家在艺术上大胆创新，创造出了一批类似意识流小说的作品，令缺乏准备的理论批评界感到困惑；其二是当类似意识流小说的作品大量产生时，中国文学界实际上对西方"意识流"小说理论所知甚少，很多认识是相当模糊的、不确切的、陌生的，所以到80年代中期还有很多文章是介绍性的；其三是尽管理论批评界对"意识流"的评价表现出了相当谨慎的态度，甚至有些人采取了拒斥和批判的态度，但是"意识流"作为一种艺术形式和技巧，相当迅速地被人们所接受，特别是在小说创作界；其四是文学界对于"意识流"表现出了一种强烈的、持久的兴趣，对其美学价值的评价相当大胆。①

令人惊奇的不仅如此。如果从世界范围内来说，"意识流"在当代中国文学中是历久弥新的话，那么更引人思索的则是"新中见旧"方面。

这首先表现在作家的创作意识中。例如，王蒙作为新时期文学中第一个使用"意识流"手法写小说的作家，对于西方的"意识流"文学并非一开始就非常熟悉。对于自己的创新，他承认自己读过一些外国小说，但是更强调自己是从鲁迅《野草》中受到启发的。在一段时间里，他甚至有意识地回避自己和西方意识流文学的关系，他说：

> 请别以为写心理活动是属于外国人的专利，中国的诗歌就特别善于写心理活动，《红楼梦》有别于传统小说也恰恰在于它的心理描写。

> 重视艺术联想，这是我一贯的思想，早在没有看到过任何意识流小说，甚至不知道意识流这个名词的时候，我就有这个主张了。②

可见，在谈论"意识流"来源的时候，王蒙十分强调中国传统文学的

---

① 这种情景可以从1987年5月中国社会科学院外国文学研究所举办的"外国文学中的意识流"学术讨论会上略见一斑。在这次会议上，很多专家认为意识流文学并非西欧四国独有的现象，也不仅仅是1887—1939年间的现象，而是"一种跨越时代跨越流派，甚至跨越文艺样式的现象"。
② 王蒙等：《〈夜的眼〉及其他》，花城出版社，1981年，第239—240页。

因素，他说："还有一个标新立异和尊重传统、吸收借鉴与民族形式问题。民族形式是否都是单线条，有头有尾？我看也得全面研究。中国的诗歌既有现实主义，也有浪漫主义，还有象征、印象、意识流……什么都有。李贺、李商隐的一些诗很有点意识流的味道，李白的《梦游天姥吟留别》也有点意识流的味儿。还有《红楼梦》，《红楼梦》对于传统小说是大突破，里面有大量的关于心理，以至于关于潜意识的描写。"①

也许从学术上讲，王蒙对"意识流"渊源的看法，大有可以商榷的地方，但是从一种自我感觉的意义上看，却有它特殊的美学含义。换句话说，这是王蒙对自己创作的一种自我申辩，他不愿意别人把自己的小说创作仅仅看作是受西方意识流小说影响所致；相反，王蒙想把自己的创新（不管属于意识流还是不属于意识流小说）在很大程度上归结为一种"无师自通"的创造——尽管他对这种"无师自通"现象未必解释得很清楚。

这种有意识地为"意识流"寻根的现象不仅表现在创作界，也表现在理论批评界。很快就有人把中国的意识流文学的发生推到了 20 世纪初，并且强调其独特的艺术渊源，"《狂人日记》是中国第一篇意识流小说"，"这篇小说与西方现代派的意识流作品并无瓜葛"。杨江柱认为，鲁迅写《狂人日记》并非取法于西方，而是在中国古典戏曲和诗歌中汲取了丰富的营养，而且深受屈原《离骚》的影响。

《狂人日记》与西方意识流作品"并无瓜葛"的说法并不确切，但是把《狂人日记》看作意识流作品的观点却被很多人所接受，有人甚至认为"《狂人日记》是一篇运用意识流方法进行创作的小说"，"意识流的方法在《狂人日记》中得到了充分的发挥，它大大丰富了《狂人日记》这篇小说的内容"。

就此来说，意识流在中国文学中并非那么"新"的，至少也有近一个世纪的历史了。实际上，除了鲁迅之外，中国现代作家中还有很多人都曾受到过西方现代主义文学的影响，并在创作中进行过尝试。郭沫若就是自

---

① 王蒙等：《〈夜的眼〉及其他》，花城出版社，1981 年，第 233 页。

觉的一位。他在《批评与梦》（1937 年 3 月 3 日）一文中曾说道："我那篇《残春》的着力点并不是注意在事实的进行，我是注意在心理的描写。我描写的心理是潜在意识的一种流动。——这是我做那篇小说的奢望。若拿描写事实的尺度去测量它，那的确是全无高潮的，若是对于精神分析学或梦的心理稍有研究的人看来，他必定可以看出一种作意，可以说出另一番意见。"而后到了 30 年代，中国文坛不仅在理论和批评中出现了大量介绍和评析西方意识流的文章，而且在创作上形成了一个尝试的高潮，出现了以刘呐鸥、施蛰存、穆时英等为代表的"新感觉派"小说作家群。

显然，中国现代意识流小说的出现并非和西方现代主义文学"并无瓜葛"的。根据严家炎先生的考察，早在 1914 年，弗洛伊德的精神分析学就已开始在中国传播，而到了五四时期，则得到了较大规模的介绍，并且在一些作家的创作中留下了痕迹。① 而早年（1902 年）就到日本学医的鲁迅不可能对其毫无接触，相反，他一直把《狂人日记》看作还没有脱离外国影响的作品，并且在说明小说《不周山》（写于 1922 年，后易名《补天》）创作动机时曾明言自己是受弗洛伊德学说的影响。至于后来一些作家的尝试，恐怕自觉意识愈来愈强了。

但是，这并不意味着中国现代意识流小说的产生，一开始就是自觉"运用意识流方法进行创作的"；否定了"并无瓜葛"，并不等于"自觉运用"，这两者之间尚有一段遥远的距离。尤其对于鲁迅的《狂人日记》的创作来说，鲁迅虽然接触过弗洛伊德学说，但是并不等于他学到了意识流方法。因为弗洛伊德学说虽然对意识流理论的形成起了关键作用，但是它并不能等同于意识流文学。而从整个现代中国文学的实际状态来看，弗洛伊德学说的传播远远比意识流文学更引人注目，其时间不仅发生得早，而且影响面既广且深，相对而言，"意识流"文学一直处于比较模糊的状态，并没有在人们意识中形成一个明确的、完整的观念。这种情形或许一直到 80 年代才真正改观，这种情形也就决定了作家很难自觉"运用意识流方法

---

① 严家炎：《中国现代小说流派史》，人民文学出版社，1989 年，第 89—91 页。

进行创作"。

就此而言，"并无瓜葛"的观点虽然不准确，但也不能说毫无可取之处，它至少提醒人们，不要把中国意识流文学简单地看成是西方文学的一种"移植"，而其中包含着一种不谋而合的关系。而这种不谋而合的关系表现在个别作家的创作中，就可能出现无师自通的现象。从 20 世纪初到 80 年代，从鲁迅的《狂人日记》到王蒙的《布礼》《春之声》等一系列意识流文学作品的出现，问题再次被提出，这不能不引起人们的注意。

那么，怎样理解和解释这种"无师自通"的现象呢？或者从另外一个角度来提出问题：中国文学与西方意识流文学之间有着什么样的"不谋而合"呢？而这种"不谋而合"的潜在因素是什么呢？我认为，也许正是这些问题尚未得到深入的探讨和得到较完满的回答，才使人们在对"意识流"的讨论中不由自主地陷入"新"与"旧"、西方与东方的纠缠之中。而进行这方面的探讨本身，不仅是促进中国与外国文学认同的基础，而且也有助于我们逐渐摆脱一些人们意识中原有的限定，这些限定常常由于"比较"的需要而人为地形成，在理论和历史的研究中开拓一个新天地。

三、关于"前言语"问题的讨论

只要对中国文坛状况有所了解就不难看出，不满于用西方文学的观念来解释中国文学创作情况是一种普遍的情绪，从而促使很多人到中国历史文化和古典文学中去寻中国现代主义文学的"根"。如果"寻根"只是一种民族的历史情绪的反映，或者只是停留在笼统的、自我感觉方面的一种判断，往往会给人一种牵强附会的感觉。例如，笼统地说"《红楼梦》中就有意识流"，而不进行具体的深入的分析，就是一种简单而又危险的看法。

所以，从基本的具体问题着手分析和探讨，应该是我们的出发点。就意识流文学来说，它与以前的心理描写的显著不同之点、使人们感到神秘和扑朔迷离的一个基本因素，就是涉及了人心理的"前言语"层面（pre-speech level）的内容。所以，尽管意识流文学在世界范围内的发展五花八门，对它的解释和评价多种多样，但是都会把它和弗洛伊德的潜意识理论联系起来。

从整个现代心理学发展来说，对于"前言语"现象的探讨是一个热门话题。它可以分为三个基本方面：（1）体现在原始思维和语言的研究中，主要是指人类（或其他动物）在未形成（或不能形成）既定语言系统之前的表达，包括发声、图画、行为等符号意义。鲁迅曾说过"杭育、杭育"派的原始文学，大概就属于一种"前言语"现象；（2）幼儿在真正学会说话之前表现的交际意义不大的发音行为，在心理学上也可称为前言语行为（prelinguistic behavior），包括被引起的非发音行为、被引起的发音行为、自发的发音行为等；（3）指一般人类意识中一部分不能或不能全部用言语表达出来的内容，即使表达也不可能形成规则的、清晰的言语形式。

显然，威廉·詹姆斯于1890年在《心理学原理》中所提出的"意识流"概念，之所以有别于以往的联想主义（associationism）或自由联想（free association）学说，主要就在于包容了一般人心理活动中的"前言语"行为。就这一点来说，有的中国学者不太清楚，往往把"意识流"和自由联想或想象看成是差不多的一回事。实际上，在西方哲学和心理学中，用观念和其他精神因素的联想来说明人的心理活动，至少可追溯到亚里士多德，到了近代得到了更大的发展。"联想"（association）虽然由洛克（Locke，1632—1704）提出（用来表达人由一事物的观念想到另一事物观念的心理过程），但是在霍布斯（T. Hobbes，1588—1679）、贝克莱（George Berkeley，1685—1753）、休谟（D. Hume，1711—1776）的学说中都有丰富的论述。但是，直到19世纪末才有人（如F. 高尔顿，1879）提出"自由联想"（free association）的方法，对联想进行不加任何限制和控制的测试，联想作为一种连续的或不连续的心理活动，仍然是以语言形式为基础的，人们仍然相信言语能够表现意识的心理过程。

但是在詹姆斯的意识流学说中，言语和意识不再是那么天衣无缝地黏

合在一起了，相反，詹姆斯是在这两者不能完全相合的间隙中发现了意识
流动的连续性。他说：

> 这里妨碍人们认识这一真理的还是语言。我们往往按照每一个事
> 物的名称来称呼与之相对应的思绪，仿佛每一个思绪除了知道它认知
> 的那一事物之外就不知道还有别的。实际上，每一个思绪在清晰地认
> 知它的对应物之外，还有大约成千上万的不甚分明的事物。思维应该
> 按照所有的这一切事物来称呼，但却从来做不到。它们中的一部分只
> 在瞬间之前是清晰的，而另一些在瞬间之后才能清晰起来。①

正是从这种对语言的怀疑中，詹姆斯发现了以往的心理学的局限性：
"心理学中的经验主义者们总是不厌其详地讲语言的影响，目的是要人们
相信，只要有一个单独的名称，就必然有一个单独的事物与之相对应。他
们的论点无疑正确地否定了大量毫无证据的抽象的存在、原则、力量等，
却没有看到这种正面论述引出的错误，即没有名称就没有存在。由于引出
这样一个错误的反命题，所有无言的、无名的心理状态都遭到了无情的压
制，或者即令被认知，也只能按照它们所导向的实体部分来命名。……"②
詹姆斯进而认为，正是意识中有大量的这种说不分明、一掠而过的思绪存
在，才使意识一直处于连续的流动之中，而在感觉上的间隔和空白，实际
是一种找不到言语形式的"前言语"状态。他举了一个例子：

> 再如，我们尽力要回忆一个遗忘了的名字。这时我们的意识状态
> 是特别的，这里有一个间隔，但它并不仅仅是间隔，而是一个活动十
> 分强烈的间隔。这个名字的幽灵就在这个间隔中，召唤着我们向指定

---

① 胡经之、张首映：《西方二十世纪文论选》（第 1 卷），中国社会科学出版社，1986
年，第 191 页。
② 胡经之、张首映：《西方二十世纪文论选》（第 1 卷），中国社会科学出版社，1986
年，第 193 页。

的方向去，使我们时而处于接近它的兴奋之中，时而又回到未尝如愿的怅然之中。①

从这里出发，我们也许不难理解意识流学说和弗洛伊德主义的共通之处，它们实际上是相辅相成的。弗洛伊德的潜意识学说正好补充了"意识流"中对无言、无名心理内容的解释。在这种情况下，言语和意识处于互相参照的关系之中，弗洛伊德对于人意识的多层次的分析，在一定情况下可理解为言语的层次，进而引申到文学表达之中。例如，我们可以如此划分人的意识形态：

1. 用言语可以明确表达出来的。

2. 能够明确意识到，但不能用言语明确表达出来的，只能是模糊的、朦胧的、间接的表达。

3. 只能够感应和意会，不可能言传的，或者言语只能造成一种氛围。

4. 在理性上承认其存在，但是连感应和意会都不能接近的。

如果说意识流文学就是想完整地表现出人心理活动流动的过程，那么有效地揭示出人心理中"前言语"内容无疑是其最神往而又最困难的境界。与此同时，也许这也使意识流文学自身陷入了进退维谷的境地。因为至少从理论上讲，这种"前言语"内容是无法用言语表达出来的，意识流作家所追求的正是这种不能实现的目的。所以，在意识流文学中，最激动人心的和最让人临近崩溃的时刻是同时发生的：言语脱离了常规，进入了混乱、语无伦次、谁也不懂的状态，距离疯癫和死亡只有一步之隔。

但是，这并不意味着这种追求是毫无意义的，相反，它表现出了人类对于自身认识的一种持久的渴望和追求，源于人类一种本原的历史的审美意识。

这一点在中国古老的艺术意识中有着生动而又深刻的应答。中国古人不仅很早就意识到了"前言语"状态，而且一开始就把它当作一种难以企

① 胡经之、张首映：《西方二十世纪文论选》（第 1 卷），中国社会科学出版社，1986年，第 194 页。

及的美学境界来追求。

早在老子的思想中，"前言语"状态就是一个重要的出发点。老子唯一的著述是《道德经》，但其开首便言，"道可道，非常道，名可名，非常名"，就表现出了对言语的一种深刻的怀疑。在他看来，真正的"道"是用语言表达不出来的，而一旦进入语言的层次就失去了它的本原性质。

所以，老子所迷恋的是在言语层次下面的东西，或者说是一种"前言语"的意识状态。这些东西、这种状态，用老子的话来说，就是恍惚、寂寥、微妙元通，无名、无言、无知、无用，他还如此解释：

> 视之不见名曰夷，听之不闻名曰希，抟之不得名曰微，此三者不可致诘，故混而为一。其上不皦，其下不昧，绳绳不可名，复归于无物，是谓无状之状，无物之象，是谓惚恍。迎之不见其首，随之不见其后，执古之道，以御今之有，能知古始，是谓道纪。

显然，老子多次提到婴儿，并把婴儿状态看作一种理想状态，正是和这种"前言语"状态有关。他在第十章中说："专气致柔，能婴儿乎？"（王弼注为：能若婴儿之无所欲乎则物性得矣。实有不确。因为婴儿也不可能完全无欲，应解为"无为，不能言语而物性得"较好。）在第二十章中又说：

> 众人熙熙，如享太牢，如春登台。我独泊兮其未兆，如婴儿之未孩，儽儽兮若无所归。众人皆有余，而我独若遗。我愚人之心也哉，沌沌兮。俗人昭昭，我独昏昏；俗人察察，我独闷闷。澹兮其若海，飂兮若无止。众人皆有以，而我独顽似鄙，我独异于人，而贵食母。

在这里所谈的"沌沌""昏昏""闷闷"，实际上都是指一种朦胧的、难以分析和表达的意识状态。而这种状态，正是老子认为是把握自然之道的最佳状态，所以他接着解释道："孔德之容，惟道是从。道之为物，惟恍惟惚。惚兮恍兮，其中有象。恍兮惚兮，其中有物。窈兮冥兮，其中有精。其精甚真，其中有信。"后又在第二十八章中，把"复归于婴儿"和"复归于无极"同时而语。

基于这种认识，老子提出了"道之出口，淡乎其无味"的观点，所谓"知者不言，言者不知"，"信言不美，美言不信"，所谓"大巧若拙，大辩若讷"等看法，都是围绕着这一点而言的。从这里我们对老子所迷醉的"大音希声，大象无形"的美学理想也许有了更具体的理解。

显然，老子的这种思想直接影响了庄周。就对言语的不信任态度而言，庄子有过之而无不及，他认为言语是一种极不确定和极不可靠的东西，与道是相对的，① 所以与其有言，不如无言。他说："天地与我并生，而万物与我为一。既已为一矣，且得有信乎？既已谓之一矣，且得无言乎？"所以：

> 圣人怀之，众人辩之以相示也。故曰："辩也者，有不见也。"夫大道不称，大辩不言，大仁不仁，大廉不嗛，大勇不忮。道昭而不道，言辩而不及。

所谓"怀之"，就是存乎心中；而之所以要存于心，是因为最深妙的东西是不可言传的。《天道第十三》中有下面的论述：

> 世之所贵道者，书也。书不过语，语有贵也。语之所贵者，意也。意有所随。意之所随者，不可以言传也。而世因贵言传书，世虽贵之，我犹不足贵也。为其贵非其贵也。故视而可见者，形与色也；听而可闻者，名与声也，悲夫！世人以形色名声为足以得彼之情。夫

---

① 关于言语的不确定性，庄子有许多论述，例如在《齐物论第二》中有："今且有言于此，不知其与是类乎？其与是不类乎？类与不类，相与为类。则与彼无以异矣。"实际上说的是言语中的悖论问题。所以他认为以言语为标准是不可靠的。因为"道恶乎隐而有真伪？言恶乎隐而有是非？"

形色名声，果不足以得彼之情，则知者不言，言者不知，而世岂识之哉！桓公读书于堂上，轮扁斫轮于堂下，释椎凿而上，问桓公曰："敢问公之所读者何言邪？"公曰："圣人之言也。"曰："圣人在乎？"公曰："已死矣。"曰："然则君之所读者，古人之糟魄已夫。"

桓公曰："寡人读书，轮人安得议乎！有说则可，无说则死。"轮扁曰："臣也以臣之事观之，斫轮徐则甘而不固，疾则苦而不入，不徐不疾，得之于手而应于心，口不能言，有数存焉于其间。臣不能以喻臣之子，臣之子亦不能受之于臣，是以行年七十而老斫轮。古之人与其不可传也，死矣，然则君之所读者，古人之糟魄已夫。"

这是一段富有论战性的文字，有论点也有具体事例，很好地表达了庄子对言语与意识之间关系的看法。在庄子看来，好的、神妙的境界都是不可言传的，只能神会，因为它只能存在于一种"前言语"状态中；一旦进入言语层次，就必然受到外在的符号系统的制约和限制，① 其美的意味就会荡然无存，所谓"天地有大美而不言""道不可闻"都与之相关。而在这方面最好的例子，也许莫过于《应帝王第七》中的"浑沌之死"了：

南海之帝为倏，北海之帝为忽，中央之帝为浑沌。倏与忽时相与遇于浑沌之地，浑沌待之甚善。倏与忽谋报浑沌之德。曰："人皆有七窍以视听食息，此独无有，尝试凿之。"日凿一窍，七日而浑沌死。

从某种意义上来说，"浑沌"就是庄子心目中最大的美，其"浑沌之死"也就意味着一种美的丧失。而这种丧失，正是因为进入了一种可视可听可闻可言传的状况，而脱离了其本原的浑沌状态。

所以，庄子只能使自己在"言"和"不言"间徘徊。他说："筌者所

---

① 关于言语的局限性，庄子也有许多很好的看法，例如《秋水第十七》中就有："可以言论者，物之粗也；可以意致者，物之精也；言之所不能论，意之所不能察致者，不期精粗焉。"

以在鱼，得鱼而忘筌；蹄者所以在兔，得兔而忘蹄；言者所以在意，得意而忘言。吾安得忘言之人而与之言哉。"

显然，就"忘言之人"而言，本身就是悖论，庄子是无法实现的。但是，这并不意味着庄子全无作为。他一方面得依靠言语，另一方面又绝对不信任言语，只能在矛盾之中寻找一种解脱的办法，由此也就形成了他特殊的"谬悠之说""荒唐之言""无端崖之辞"的艺术创造。我认为，就从言语与意识的关系来说，庄子的这种创造虽然在形态上不同于意识流小说中脱离一般言语规范的写法，但是就其冲破原来的言语规范的束缚的意义来说，有着一致的性质。① 在当时的情况下，庄子期望以自己特殊的言语表达出自己所意识到的"大美"——这是一种潜藏在言语层次之下的、不能以任何符号限定的本原的美。

由此来说，意识到并追求某种"前言语"状态的美，是老庄哲学与美学思想的重要出发点。为此，他们有时都不由自主地走上了否定一切外在的表现形式和符号的道路（不过，就后一点来说，只是一种理论的偏激而已，并没有真正影响他们著书立言）。当然，老庄所意识到的这种"前言语"状态，是与其原始的自然观紧密相连的，其最终的渊源来自包罗一切的天地之母——气。

老庄的这种思想，无疑对中国美学和艺术思想的发展产生了巨大的影响。从形式方面来说，它可能对中国古代修辞学的发展起到了阻碍作用，但是却促进了中国象征和比兴思想的发达。中国文学讲究"气"，注重神会神思，追求一些潜在的、难以明察的言外之意和象外之象，都与此有关。而中国文论中一些对形式和言意关系的看法，都可追溯到老庄。例如清代著名文学家叶燮（1627—1703）论诗，仍十分注重表现"不可言之理，不可述之事"，他十分欣赏杜甫诗《玄元皇帝庙》中的"碧瓦初寒外"一句，就因为此五字之情景，"恍如天造地设，呈于象，感于目，会于心"，其魅力就在于：意中之言，而口不能言；口能言之，而意又不可

---

① 庄子自由灵活的笔法是普遍承认的，其中充满着时空的跳跃，梦幻与现实交替，是否有一些"意识流"味儿，可以讨论。

解。他在《原诗·内篇（下）》中论诗之至如此：

> 诗之至处，妙在含蓄无垠，思致微渺，其寄托在可言不可言之间，其指归在可解不可解之会，言在此而意在彼，泯端倪而离形象，绝议论而穷思维，引人于冥漠恍惚之境，所以也至也。

叶燮还进一步指出："可言之理，人人能言之，又安在诗人之言之？可征之事，人人能述之，又安在诗人之述之？必有不可言之理，不可述之事，遇之于默会意象之表，而理与事无不灿然于前者也。"由此看来，从老庄开始，所谓"冥漠恍惚之境"对于中国诗人一直有一种神秘而又持久的吸引力。这种吸引力延续到现代社会，又转换成了人们对于人的心理中深层意识的好奇和追求——弗洛伊德学说很可能充当了中国的一个精神"替代"。

四、"意识流"与"内游说"

西方"意识流"一说来自詹姆斯的《心理学原理》，实际上只是对人们心理活动情况的一种描述，它是相对于过去片断地或单一地描述人心理活动而言的。詹姆斯说："意识并不是一段一段地联结起来的。用'河'或者'流'这样的比喻来描述它才说得上是恰如其分。此后再谈到它的时候，我们就称它为思想流、意识流或主观生活之流吧。"①

很明显，"意识流"原本是对客观对象的一种客观描述，并不能称为一种方法。因为方法是带有主动性的，是介于对象的一种手段和途径。所以，从心理学上的"意识流"到文学创作方法上的"意识流"，是一个变异和改造的过程；而这个过程中的主观因素的多样性，则可能使"意识

---

① 柳鸣九：《意识流》，中国社会科学出版社，1989 年，第 346 页。

流"扮演不同的角色。

如果从美国作家维吉尼亚·伍尔芙（Virginia Woolf，1882—1941）的创作中看"意识流"，那么"意识流"在很大程度上是作家表现的一种客观真实，是作家追求的人物的自然存在。她曾经这样说："生活并不是一连串左右对称的马车车灯，生活是一圈光晕，一个始终包围着我们意识的半透明层。传达这变化万端的，这尚欠认识尚欠探讨的根本精神，不管它的表现会多么脱离常规、错综复杂，而且如实传达，尽可能不羼入它本身之外的，非固有的东西，难道不正是小说家的任务吗？……让我们在那万千微尘纷坠心田的时候，按照落下的顺序把它们记录下来，让我们描写每一事每一景给意识印上的（不管表面看来多么互无关系、全不连贯的）痕迹吧。让我们不要想当然地认为通常所谓的大事比通常所谓的小事包含着更充实的生活吧。"[1] 伍尔芙所说的"万千微尘纷坠心田"的情景，正如她在那次著名讲演中所谈到的"千万个念头闪过你的脑中，千万种感情在惊人的混乱中交叉、冲突又消失"[2] 一样，都是指一种心理真实，它和詹姆斯所揭示的人心理活动流动的自然状态是一致的。所以，把这种"意识流"看作一种现实主义甚至自然主义的"心理化"，或者称之为"心理现实主义"甚至"心理自然主义"，并非毫无道理。而伍尔芙的小说《墙上的斑点》，就是力求表现出主人公心理活动的真实状态，它无拘无束，像水中的鱼一样自由遨游。

但是，如果把"意识流"当作一种创作方法来运用，那么情况就大不相同了。因为这就意味着一种艺术形式的生成，"意识流"从客观对象的属性转化成为创作主体的一种行为方式。这时候，"意识流"也不再受到所表现的人物的局限，不必去追随人物的意识活动而可以随时转换叙述角度和时空顺序。从表现人物心理真实的"意识流"到作为一种创作方法和技巧的"意识流"，实际上大大扩大了作家文学表现的自由度。

---

① ［英］戴维·洛奇：《二十世纪文学评论》（上册），上海译文出版社，1987年，第161—162页。

② 伍蠡甫：《现代西方文论选》，上海译文出版社，1983年，第125页。

无疑，这种自由是以作家主体心理的自由发挥、想象和时空转换为基础的。对此，中国人也许并不会感到十分陌生。对于主体创造性思维的"意识流"而言，中国古代文论中的"内游说"非常值得研究和探讨。

"内游说"是郝经（1223—1275）提出来的。所谓"内游"是针对外游而言的，实际指的就是人的心理之游、意识之游、联想和想象之游。郝经认为，仅仅注重外在的游览是得不了大文章的；唯有游于内，才能得其大。那么，什么是"内游"呢？郝经说：

> 身不离于衽席之上，而游于六合之外，生乎千古之下，而游于千古之上，岂区区于足迹之余，观赏之末者所能也？持心御气，明正精一，游于内而不滞于内，应于外而不逐于外。常止而行，常动而静，常诚而不妄，常和而不悖。如止水，众止不能易；如明镜，众形不能逃；如平衡之权，轻重在我。无偏无倚，无污无滞，无挠无荡，每寓于物而游焉。于经也则河图、洛书，斡划太古，挈天地之几，发天地之蕴，尽天地之变，见鬼神之迹。太极出形，面目于世，万化万象，张皇其中，而弥茫洞豁，崎岖充溢；因吾之心，见天地鬼神之心；因吾之游，见天地鬼神之游。①

这种"内游"是一种不受外在限制、超越时空顺序的意识活动，它用内心与万事万物交接，其中有记忆，有联想，有想象；有具体的，也有抽象的；有清晰的时候，也有朦胧的时候；整个过程是连续的、不间断的。

同时，这种"内游"又是一种主体所主动追求的状态，它需要"持心御气，明正精一"，让心灵保持内在的自由。从这一点来说，"内游"又和西方的"意识流"有不同之处，它有自由自动的一面，同时又有发自创作主体追求的一面。换句话说，"内游"是对人心理活动自由发挥性质的一种自觉和升华，使它成为一种美的追求；"内游"本身就是一种艺术过程

---

① 北京大学哲学系美学教研室：《中国美学史资料选编》（下），中华书局，1981 年，第 89 页。

和美学境界，它未必一定要形诸外。

"内游"实际上源于老庄学说中的"心游"。在这方面，老子虽然没有直接提出"心游"，但是他所说的"致虚极，守静笃，万物并作，吾以观复"，已隐含着这种思想。而到了庄子，"心游"则成为超越一切客观条件限制的存在方式，其首篇《逍遥游》实际上就是精神意识之游，所以王先谦解释为："言逍遥乎物外，任天而游无穷也。"有时候，庄子把这种心灵之游亦称为"坐驰"。所谓"坐驰"，即"形坐而心驰也"。他说："夫徇耳目内通，而外于心知，鬼神将来舍，而况人乎。"（《人间世第四》）与此同时，庄子还多次提到"游心"的问题：

　　且夫乘物以游心，讬不得已以养中，至矣。

　　夫若然者，且不知耳目之所宜，而游心乎德之和。

　　孔子见老聃，老聃新沐，方将被发而干，蛰然似非人。孔子便而待之，少焉见曰："丘也眩与，其信然与。向者先生形体掘若槁木，似遗物离人而立于独也。"老聃曰："吾游心于物之初。"

　　心有天游，室无空虚，则妇姑勃溪。心无天游，则六凿相攘，大林丘山之善于人也，亦神者不胜。

所谓"游心"至于"心游"，其不同于外游者，就是"游于形骸之内心"。而只有超越于形体之外，不受物所限制，才能做到"出入六合，游乎九州，独往独来"，才能"以游无端，出入无旁"。而如果只是如杨墨"窜句游心于坚白同异之间"，就不可能超越物质和技巧的局限。

庄子的"心游"，虽然也是一种心灵之游，但是与后来的"内游"还是有所不同。因为庄子的"游"是以"齐物"为基础的，也就是说庄子所企求的是一种物我不分、内外不清的境界，是一种混沌自然的"无差别"

状态。从这一点来说，庄子又常常谈到"流"，把自然与人的意识浑然为一体，追求"吾止之于有穷，流之于无止"。

老庄的这种思想在《列子》中也有深刻的反映。列子和庄子一样好谈"游"，而且十分推崇内游或神游，并认为："务外游不知务内观，外游者求备于物，内观者取足于身；取足于身，游之至也；求备于物，游之不至也。"在《列子》中，特别值得一提的是对"梦游"的描述。"周穆王梦游"就是一例：

> 周穆王时，西极之国，有化人来。……谒王同游，王执化人之祛，腾而上者中天乃止，暨及化人之宫。化人之宫，构以金银，络以珠玉，出云雨之上而不知下之据，望之若屯云焉。耳目所观听，鼻口所纳尝，皆非人间之有。王实以为清都紫微，钧天广乐，帝之所居。王俯而视之，其宫榭若累块积苏焉。王自以居数十年不思其国也。化人复谒王同游，所及之处，仰不见日月，俯不见河海，光影所照，王目眩不能得视；音响所来，王耳乱不能得听；百骸六藏，悸而不凝，意迷精丧，请化人求还。化人移之，王若殒虚焉。既寤，所坐犹向者之处，侍御犹向者之人。视其前，则酒未清，肴未晞。王问所从来，左右曰："王默存耳。"由此穆王自失者三月而复。
>
> 更问化人，化人曰："吾与王神游也，形奚动哉！"

这其实是在描述人想象和虚拟的心理过程。所谓化者，幻也。列子曰："穷数达变，因形移易者，谓之化，谓之幻。"而这种化与幻，在列子看来，犹如梦一样不真实，如梦一样千变万化；而人有正梦、噩梦、思梦、悟梦、喜梦、惧梦，能够根据身体状况和天地事物感应，形成各种不同的梦幻。正如列子所说的："神遇为梦，形接为事，故昼想夜梦，神形所遇。"

另外值得研讨的是，老庄谈道特别多从"游"开始，而"游"在中国古文字中常与"流"相通。《说文·水部》"流"，朱骏声通训："假借为游。"闻一多疏证："'流''游'古通。"所以，"游"兼有河流、流动之意，如《诗经·秦风·蒹葭》中"溯游从之，宛在水中央"。而"流宕""游荡"，有远游、流浪的意思，如《楚辞·远游》中有："意荒忽而流荡兮，心愁凄而增想。""流观"同"游观"，如《楚辞·九章·哀郢》有："曼余目以流观兮，冀壹反之何时？"由此来说，古人常说的心游、神游或内游，本来就有心理流的意味。这至少对我们探讨这个问题有一种启发作用。

显然，老庄的"心游"深刻影响了中国文论的发展，尤其在有关艺术创作的理论上留下了很深的痕迹。古人论文学创作常以江河水流为喻，把创作描述为一种连续不断的心理运动，如陆机（261—303）在《文赋》中就言：

> 其始也，皆收视反听，耽思傍讯，精骛八极，心游万仞。其致也，情瞳眬而弥鲜，物昭晰而互进，倾群言之沥液，漱六艺之芳润，浮天渊以安流，濯下泉而潜浸。于是沈辞怫悦，若游鱼衔钩，而出重渊之深；浮藻联翩，若翰鸟缨缴，而坠曾云之峻；收百世之缺文，采千载之遗韵，谢朝华于已披，启夕秀于未振，观古今于须臾，抚四海于一瞬。

在这里，陆机实际上是把人的心理活动看作一种如水流的运动。心理意识原本如水，其有深渊浮藻，而创作如其流，在上下之间寻觅，其游如流，其流似游。再如刘勰在《文心雕龙》中讲"神思"，首先就说："古人云，形在江海之上，心存魏阙之下，神思之谓也。"然后再说："文之思也，其神远矣。故寂然凝虑，思接千载；悄焉动容，视通万里。吟咏之间，吐纳珠玉之声；眉睫之前，卷舒风云之色；其思理之致乎！"神思也就是神游，意象如同江河之流。

至于把人的心理活动看成是"流"，这在中国古代并不新奇。荀子就有这种看法。而韩愈说："气，水也；言，浮物也。水大而物之浮者大小毕浮，气与言犹是也。"再如苏轼曾如此谈自己的创作："吾文如万斛泉源，不择地而出，在平地滔滔汩汩，虽一日千里无难。及其与山石曲折，随物赋形而不可知也。所可知者，常行于所当行，常止于不可不止，如是而已矣。其他虽吾亦不能知也。"从这种"不可知"情形来看，也确实有点"意识流"味道了。

这种思想也许与佛教有关联。佛家的一些经典，有时就把人的精神本体的运动比作水波，如《楞伽经》中就有："众生阿黎耶识大海水波，为诸境界猛风吹动，转识波浪随缘而起。"① 另外还有："如水流枯竭，波浪则不起，如是意识灭，种种识不生。"② 这些说法把意识看作水流，而人的各种思想认识处于一种"波浪"的运动中。③

由此可见，"内游说"的产生是有特定的历史文化渊源的。从其艺术意味和精神内蕴上来说，它和西方"意识流"的生成及其在文学中的运用是极不相同的。西方"意识流"是一种科学发现的成果，而中国的"内游说"则源于中国人对自我精神本体自由的一种追求。从本原上讲，它的最高境界是与自然世界统一。但是，这并不意味着"内游说"与"意识流"没有沟通的地方。从艺术创作方面来看，"内游说"是求诸内的，是为了超越理念、规则和外在世界的局限，获得更大的思维自由。这也是西方"意识流"文学发展的重要价值取向之一。由于有了"内游"的追求，中国古代文学创作在时间空间方面、在前因后果方面以及在逻辑关系方面，远没有像西方古典文学那么严格限制，往往自由跳跃，突发奇想，汪洋四溢，充满"可上九天揽月，可下五洋捉鳖"的转折流宕。所以，欣赏中国的唐诗宋词，其意象纷至常给人以不知其从何而来，到何而去的感觉；其形散而神聚，又给人得意忘象忘言的享受。

---

① 任继愈：《中国佛教史》（第 3 卷），中国社会科学出版社，1988 年，第 301 页。"阿黎耶识"，即指普遍用于说明世间现象的精神本体。

② 任继愈：《中国佛教史》（第 3 卷），中国社会科学出版社，1988 年，第 306 页。

③ 有人据此说"意识流"思想源于佛家，恐怕不大正确。但是，把两者进行分析比较，倒是一件非常有意思的事情。

五、中国的"意识流"和"意识流"的中国化

从上面的分析中可以看出，虽然"意识流"是作为一种外国艺术流派或手法进入中国的，但是很可能成为一个概念上的"替代者"。所谓"概念上的替代者"，意指一种名称上的偷梁换柱，一方面使原来中国文学中存在的因素重获一种认定，另一方面则使中国文学中原有的艺术范畴在名义上失去了存在。人们站在原来的地方，但是在不知不觉之间已隶属于一个新概念的王国，而忘记了原来的属性。这样，"意识流"成了一种有目共睹的存在，而"大音希声"的"内游"却成为一种"潜存在"。

显然，由于历史文化的原因，中国文学中的这种"存在"（意识流）与"潜存在"处于一种相互敌视和冲突之中是必然的，因为从心理意识上讲，它们毕竟有一种"侵占"和"被侵占"的关系。

我们已经谈到过，"意识流"虽然是从外国引进的，是属于"新潮"的东西，但是在中国文坛上却很少有人表示过分的新奇。相反，很多人是以一种"不足为奇"的态度来看的，他们认为"意识流"手法是"早已有之"的东西，其不仅早已存在于西方现实主义文学中，而且存在于中国古典文学中。"我国的不少古典诗歌，如屈原的《离骚》、李白的《梦游天姥吟留别》、李贺的《苏小小墓》、李商隐的无题诗，意识流的味儿也非常浓！"①

这种态度一方面使他们有节制地承认"意识流"的艺术意义，另一方面隐含着一种对"意识流"的排斥。这种排斥在很大程度上不是因为艺术的原因，而是由于它在概念形式上属于"外来户"。人们不愿轻易地把自己已经拥有的经验，归于一个外来文学概念的名下。

不能简单地看待这种冲突。从大的方面讲，这表现了中国的传统的审

---

① 张德林：《现代小说美学》，湖南文艺出版社，1987年，第204页。

美意识的一种抗争。这是一种历史的抗争。因为进入 20 世纪以来大量的西方思想的涌入，形成了一次深刻的思想概念的换班。虽然中国传统的意识还存在，但是传统的概念、范畴却遭到了无情的扫荡。这也就意味着中国一切传统的文化意识在现实中处于一种"有实无名"的境地；如果它们有"名"的话，那么这个"名"必然是从西方那里移植而来的。因此，《诗经》的"兴观群怨"被称为"现实主义"；屈原的《离骚》成了"浪漫主义"，它们皆被归入了一种外来概念的统制之中。在这里，概念不仅仅是名称的问题，而实际上是显示了一种文化上的"权力"。这种概念上的转移，其实是 20 世纪以来整个西学东渐过程中最显著的标记，它对于古老的中国文化来说，也许是一种心理上的动摇和瓦解。对于一个历来就有"名不正言不顺"古训的国度来说，这种情景无疑导致了一场深刻的文化危机。

面对西方种种新思潮、新概念、新名词的涌入，中国人在接受过程中去寻根，认为其"古已有之"，不论其抱着何种动机，潜在地都隐藏着一种"争夺权力"的欲望。在这方面，冷静的理论家常常会表现出一种高度警惕和谨慎的态度，例如对于意识流文学 20 世纪 80 年代初在中国的表现，王元化先生就曾发表过意见。他先申明自己对意识流"还不怎么理解也没有研究"，但是自己读过威廉·詹姆士的心理学，"并不认为它是一部具有卓识的了不起的著作"，然后指出：

> 根据我读过的作品来说，例如司汤达的《红与黑》与《巴玛修道院》，以及罗曼·罗兰描写克利斯朵夫儿童时期的心理活动和他在创作乐曲时的艺术构思活动所取得的非凡成就，绝不在我读过的意识流作品之下。我认为把表现复杂心理活动的多样手法，全部归之于意识流，从而把意识流以前在这方面做出贡献的作家（甚至包括我国古代诗人），都说成是采取了意识流的表现手法，来为意识流争专利权，

这是不是有些夸大？①

在这里，王元化先生不仅涉及了意识流的艺术价值问题，更重要的是对一种文学概念的无限伸展提出了怀疑，警告人们不要用一种新概念抹杀历史存在的差别。在这种情况下，"名"和"实"存在着很大的矛盾和差异，用西方"意识流"来套中国文学的"实"，具有很大危险性，在某种程度上会导致中国文学自身特点和"意识流"本原意义的双重丧失。

但是，如何面对和解决这种冲突，人们却很容易陷入进退维谷的境地。因为新概念的传播是难以阻拦的，它得到生活表面的应合之后，很快就会向历史渗透，期望获得更深层次的回应。所以人们必然会产生两种交叉的思路：中国文学的"意识流"和"意识流"的中国化。就前者来说，"意识流"遵循着一种从内向外、从历史向现实的发展道路，它原本是从中国文学的历史渊源中汩汩流出的，有自己的风采和特点；而就后者来说，"意识流"是从外向内，由现在流向过去的，它经历着一个从外来的、异己的、新潮的转变为自己的、内部的、历史的成员的过程。当我们用前者去迎接后者的时候，冲突和矛盾是必然出现的。

但是，这并不意味着中西文学在某一个艺术质点上没有公共或相通的东西。相反，自然的或本能的相通，往往是概念本身所不能解释的。据说在 20 世纪 80 年代初，一些刊物的来稿三分之一是"意识流"式的，在创作中形成一股名副其实的"意识流"热潮，② 而值得注意的是，在这个热潮中的很多人并不一定了解"意识流"的来龙去脉，只是把它看作一种凌空舞蹈、随心所欲的小说作法。可见，"意识流"作为一个新概念也有其虚空的一面，在不同的情况下，它可能成为创作主体根据自己欲望"借题发挥"的一种机会。创作者从中只是意识到了一种东西，但是并不一定真正了解它和服从它，就开始了匆忙的"复制"。在这种情况下，虽然所产生的作品大多是一种不伦不类的"怪胎"，但无疑是"意识流"中国化过

---

① 沈太慧、陈全荣、杨志杰：《文艺论争集》，黄河文艺出版社，1985 年，第 762 页。
② 沈太慧、陈全荣、杨志杰：《文艺论争集》，黄河文艺出版社，1985 年，第 762 页。

程中的第一步。

显然，真正好的作品不是"复制"，而是创造，而且是打破概念限定的一种创作。对中国文学中优秀的"意识流"作品来说，也是如此。就拿鲁迅的《狂人日记》来说，完全用西方"意识流"小说来进行阐释，必然是一种削足适履的做法。《狂人日记》对狂人意识活动的描述无疑是一种精确的写实笔法，和詹姆士的"意识流"非常吻合，但是这并不是作品的真正意图。其真正意图并不表现在"意识流"本身，而表现在深层语义方面。这就使《狂人日记》笼罩着一种浓重的象征主义氛围。所以，《狂人日记》是"意识流"的，也是写实的和象征主义的。"意识流"在这个作品中没有"专利权"，仅仅按照"意识流"手法来写，不可能产生出像《狂人日记》这样的作品。

其实，中国的"意识流"是一个相当模糊的概念，在意识上它是在中国与西方文学之间寻求妥协的一种说法。因为它一方面在名义上借助了"意识流"的概念，但另一方面在实际中丰富了"意识流"的内涵，最后使它成为一个中西通用的文学概念。

我以为，这个过程也是一种审美意识的认同过程，在这个过程中，"意识流"不仅仅是作为一种形式或技巧而被人们所接受和借鉴，更重要的是作为一种审美意识因素被认可。它逐渐地渗透到各种各样的文学创作之中，成为一种自然的存在。这时候，人们就不会再纠缠在形与名、中国与外国、东方与西方、内容与形式的矛盾与冲突之中，从某一角度去论争它的功过是非，也不会根据某一种潜在的历史文化情绪去关注它的命运，而只是把它当作一种艺术的自然存在，每一个人都可以根据自己的心灵进行选择。

第十四章

后现代主义与现代中国文学

从 19 世纪后半叶开始，从文学艺术到社会思潮以至于人类文化进程来看，现代主义在很大程度上影响了人类 20 世纪的精神面貌。20 世纪后半叶兴起的后现代主义（Post-modernism）文化思潮，在空前短的时间内产生了非常大的影响。也许这意味着后现代主义的某些曾被视为异端的文化精神已渐渐化入了一些人的思维方式之中。后现代主义的发展，体现了 20 世纪（也很可能是 21 世纪）文化交流的独特性。资讯技术的高度发达、资本运作的全球化、世界市场的形成，这些都使得"供体"文化对"受体"文化的有效影响往往直接落实在文化实践中，尤其是以"消费"为特征的文化实践中，而理论界的"先知先觉"至少没有过去那么重要了。"后现代主义"又是一个西方色彩浓厚的概念，它所体现的"全球化"趋势在许多人眼里不过是新的殖民话语。但是，我们不能不看到西方后现代理论的自我反思和消解中心的努力，而只是强调本土文化的"排异反应"。考察后现代主义与中国现当代文学的关系，我们可以看出，文化交流的平等期待和侵略意味以及"受体"文化"排异反应"的强弱，在很大程度上取决于接受者的态度和实践。不管怎样，"后现代主义"将成为又一个跨世纪的中西文化交流的课题。

一、研究者的态度与接受者的误区

正像在美国研究庄子一样，在中国研究后现代主义也会使人产生隔靴搔痒的感觉。而不同的是，中国人普遍对外国研究庄子的人抱有好感，甚至感到自豪，但对于在中国研究后现代主义却持有戒心。此类的经验实际上从 20 世纪初就开始了。正如鲁迅所说，外国思潮进入中国，无一不会引起某种怀疑和抵抗。

现代主义流入中国，就是一个绝好的例子。西方现代主义文艺思想进入中国，是在 20 世纪初到五四时期开始的，诸如象征主义、表现主义、意象派、未来主义等现代主义流派被统称为"新浪漫主义"。新世纪的学者和艺术家怀着中国自强自立、走向世界的宏愿，并从达尔文的社会进化论出发断言："今后的新文学运动该是新浪漫主义的文学。"① 然而，尽管现代主义在 20 世纪 20 年代的中国被文艺界广泛地介绍，并通过鲁迅等人的创作焕发出奇异的光彩，但预期的"新浪漫主义文学"的时代并没有到来，在民族救亡、阶级斗争等主流话语的宏大音响中，现代主义逐渐悄无声息。直到 20 世纪 70 年代末至 80 年代初，伴随着又一轮面向西方的思想解放大潮初露端倪，现代主义又首先在文学创作中表现出来。尽管许多作家在为现代主义丰富了现实主义的表现力而纷纷叫好，有的理论家们则给出现代主义的核心是资本主义社会人性异化和腐朽没落的危机意识的结论，强调面对现代派要辨明其资产阶级性质，对其艺术技巧要扬长避短，尊重艺术规律和民族习惯，考虑社会效果。直到 20 世纪 80 年代后期，随着"后现代主义"文化思潮进入中国，也许是由于面对当代社会思想嬗变和传播以及知识更新的高速运作而产生的微妙心理，在后现代主义又成为理论界新的"异教"时，现代主义开始在理论界得到审慎、全面的思考，

---

① 黄药眠、童庆炳主编：《中西比较诗学体系》，人民文学出版社，1991 年，第 644 页。

并得到较为广泛的接受，而且其中实际上已经包含着许多后现代主义的思想因素。从简单的回顾中可以看到，现代主义在中国从传入到普遍接受，几乎花了一个世纪的时间。在这期间，文坛上经常出现"炮火连天""硝烟弥漫"的状况，"火药味"到现在还没有完全消散，不过，把现代主义说得一无是处、批得体无完肤的人，确实后继无人了。在大学课堂上名正言顺地开设此类的研究课程已不必提心吊胆了，中国文学创作和批评的视野与胸怀比以前开阔得多了。而值得中国人进行自我反省的是，在对待现代新思潮方面，我们为什么老是那么被动？为什么要花费那么长的时间来调整自己的心态？

　　然而不幸的是，对于现代主义的困惑还没有真正过去，后现代主义就已经来了。其实，当 80 年代初中国人第一次接触到"后现代"（Postmodernity）这个名词时，① 关于后现代主义的理论争鸣在西方已从高潮走向衰落，"后现代"这个术语在西方逐渐"成为一个家喻户晓的用语。它为哲学家、社会学家、艺术批评家和文学史家所使用，而且最近已成了宣传广告和政治语言中的一个陈词滥调了"。也就是说，作为西方二战后兴起的、后工业化社会自我反思的文化思潮，后现代主义在西方的论争热潮只持续了二三十年的时间。尽管美国的后现代主义理论家伊哈布·哈桑（Ihab Hassan）将"后现代主义"（Postmodernism）这一术语的第一次使用追溯到弗·奥尼斯（F. Onis）在 1934 年出版的《西班牙暨美洲诗选》，但得到更为广泛认同的是，"后现代主义"所体现的资本主义多国化趋势中后工业社会的文化精神出现于 20 世纪五六十年代，其核心是对现代性的反思和批判，表现为深度模式削平、历史意识消失、整体同一性破碎、无中心多元化、知识合法化危机等特征。尽管时光匆匆，距离从黑格尔辩证法、弗洛伊德精神分析、索绪尔符号学到海德格尔存在主义所构造的现代性深度模式已经历了一个多世纪，但是对于中国人的思想来说，这仍然来得太突然、太紧凑、太难以消化了。对很多人来说，现代主义已是"新

---

① 董鼎山的《所谓"后现代派"小说》（《读书》1980 年第 12 期），被认为是中国第一个引入"后现代"这一名词的文献。

潮"，似乎刚刚走进这一方风景，但是还没有充分享受创新的喜悦，就立即被接踵而来的后现代主义宣告为"落伍"。再次面对另一个咄咄逼人的"理论怪兽"的挑战，就不能不感到一种愤怒。我们之所以在这里把后现代主义称为"怪兽"，是因为它在理论上又表现了一种陌生、一种光怪陆离，就像当年现代主义一样，一大堆难以捉摸的、"谁也不懂"的术语和理论范式，而且更明显体现出对以前的文学观念（包括现代主义）的清算和摧毁。当然，如果你觉得这只是对西方以往的文化传统和文学观念的摧毁和清算，也许会平心静气；但是你一旦认识到这也是对自己既定的或刚刚建立的理论体系的一种摧毁，就不会袖手旁观了。

"怪兽"就是这样在中国文化界、在人们的意识中出现的。虽然它并不能真正"吃掉"什么，如现实主义、浪漫主义或者现代主义，也不会真正摧毁传统文化，但是由于它出现得突然，它的陌生感会使处在风雨飘摇的文化时代而极想获得某一种理论庇护的人们更缺乏安全感。因为"怪兽"所到之处，会使人们觉得理论也往往会"出卖自己"，失去的东西会永远失去，而获得的往往更不可靠。更为困难的是，中国思想家正着力于建构以人为本、崇尚科学理性的现代性思维模式，在商品经济的大潮中呼唤新的启蒙，重建主体的价值，而后现代主义对整体性思维模式、主体性价值体系的消解，使得他们对这一新接触的西方文化思潮产生了一种排斥的心理，这种心理从根本上说产生于从中国国情出发对于后现代主义理论的困惑。

理论的困惑，往往会带来对理论的怀疑，甚至摧毁对理论的热情和追求。这对于新潮的理论更是如此。本来，就学术研究和文化讨论的意义来说，对任何理论文化现象的研究和分析，都是人们认识和把握人类生活状况的途径，并非取决于或者显示人们对它的单纯欣赏、追随和爱好的程度。但是，由于一种文化上封闭和保守情结的作用，这两者常常会混为一谈。在中国，对于外国新潮理论的研究和探讨，常常会遭遇到某种类似的误解：似乎研究它，就是追随和鼓吹它，就会被冠上"某某主义"的不吉利的桂冠。

对于西方现代主义和后现代主义的研究，一直持续着这种现象。有些人对这些理论望而却步，或者不愿深入探讨，是因为不愿承担这种声名和由此带来的风险。这也就使得正常的理性的学术研究非常薄弱，而表面的名词之争眼花缭乱。这正如鲁迅六十多年前所感叹过的："新潮之进中国，往往只有几个名词，主张者以为可以咒死敌人，敌对者也以为将被咒死，喧嚷一年半载，终于火灭烟散。"

所以，对于西方新潮理论的研究，首先应该有一种科学理性的学术态度，排除人为的文化研究中的"敌意"。任何理论文化现象，既是当今人类生活的一种存在，也是我们深入了解和认识世界的一个窗口，它们并非刀或火，也不是"怪兽"，研究者不应该把它们看成是某种工具，用来攻击别人或抬高自己，肯定一切或否定一切；不必走火入魔，盲目崇拜，也不必怀有恐惧，执意排斥。

如果在美国研究庄子，学者大多不必考虑是否合乎美国"国情"之类的问题，更不必纠缠在"真庄子"和"伪庄子"的争论上；但是在中国研究后现代主义则大不一样，人们不仅要应对"是否符合中国国情"之类的问题，还得不断面对"你是不是真的后现代主义"之类的纠缠。学术问题往往变成了一种世俗的争辩。

这种情况在现代主义讨论中早已发生过。因为基本的学术态度问题没有解决，人们仍习惯于把外国文化思想看作某种"工具"和"途径"，总是以用来解决中国的具体问题为最高目的，这就不可能全然摆脱过去的惯性。所以，后现代主义在中国再次面临诸如此类的问题和疑问，也并不奇怪。

中国到底有没有后现代主义？有没有可能产生后现代主义？

对于现代主义文学在中国的存在，1980年年末就有学者从中国国情出发，认为中国很难产生严格意义上的现代主义作品。首先，物质生活水平的限制，使得绝大多数中国人难以理解和认同西方后工业社会的人们因物质压迫而导致的异化；其次，中国没有西方现代主义文学所赖以产生的西方现代哲学、心理学、美学、语言学基础；再次，由物质生活水平和传统思想的惰性决定的文化心理机制，使人们易于逃避现实，寻得心理平衡；最后，中国文学的自身传统及读者的欣赏习惯对创作与接受产生了审美作用。持这种观点的人在当时占大多数，论者大都认同现代主义文学（其实当中很多是后现代主义的当代西方文学），对中国文学的借鉴作用应限于风格的暗示和形式技巧等方面的学习。关于后现代主义在中国的存在与否，研究者的立场与思维方式与对现代主义的研究相似（很多研究者身兼二任，同时研究现代主义和后现代主义）。更为复杂的是，中国市场经济进程的加快、跨国资本的引入、资讯业的迅猛发展，使得中国的发展表现出纳入全球化体系的趋势，伴随着这一趋势的是消费文化的初步发展，社会文化心理的转型和传统价值观念的失落，这都使中国的现实问题空前复杂化，引入新的思路、把握中国的现实问题已成了思想界的重大课题。那么，中国的现实问题是不是后现代主义问题呢？对于这个问题，是西方后现代主义资深理论家，还是中国本土的研究者更有发言权呢？英国牛津大学教授特里·伊格尔顿（Terry Eagleton）认为，"如同大多数所谓的第三世界社会那样，摆在今天中国面前的问题不见得是后现代性问题，而是现代性问题"；中国有自己的问题，"不一定非得急于采用西方模式的后现代性，特别是在没有首先尽力去享受西方的后现代主义正急于要消除的启蒙形式的益处时就更是如此"。而佛克马（Douwe Fokkema）更是直接指出，后现代主义具有清晰的地理和社会局限，那就是西方世界，"在中国出现对后现代主义的赞同性接受是不可想象的"。① 这种看法在西方后现代主义理论家的早期思想中带有普遍性，因为根据丹尼尔·贝尔（Daniel Bell）在《后工业社会的来临》（1973）中提出的标准，中国目前还得解决一部分人的温饱问题，处于从前农业社会向工业社会转型的时期，离产生后现代主义的后工业社会还十分遥远。国内学者否定后现代主义在中国的存在也大都从这一逻辑出发，因为中国的国情和产生后现代主义的欧美大不相同。中国不久前才从封闭的状态中解放出来，还是一个发展中的国家，还没有完全进入工业化阶段；中国现在所面临的问题是如何实现现代化，而不是应对工业化之后所面临的问题。中国并没有产生后现代主义甚至现代

---

① 柳鸣九：《从现代主义到后现代主义》，中国社会科学出版社，1994年，第460页。

主义的土壤和条件，因此，中国不可能产生后现代主义，中国文学也不可能与后现代主义发生联系。李泽厚认为："中国人的生活、人生和艺术离那个'无意义'的'极度现代'还遥远得很。"①

其实，后现代主义本来就是在发达的工业化国家产生的，这似乎无可争辩。但是，如果据此就把研究后现代主义划为"禁区"，或者低估乃至否定研究它的文化意义，本身就是一种褊狭和封闭的态度。况且，在今天的世界上，文化本身的相互联系和渗透，已越过了国家和民族的界线，人们对于文化思潮的理解也越来越广泛，越来越注重各种文化之间的互相联系和沟通。就此来说，当今文化思潮和理论的产生，就有对地域文化的超越性。例如现代主义和后现代主义诸种理论的产生，本身就和过去传统性的思维方式不同。过去的理论家、思想家可以依据某一地域和时代的文化遗产来形成自己的理论和观念，所以带有较浓厚的地域和传统文化特色，而当今的理论家、思想家则需要吸取更多方面的文化素养，在更宽广的文化背景上构建自己的文化思想。即便西方主要的后现代主义理论家都强调了后现代主义以欧美为中心的地域界限，以及作为晚期资本主义文化逻辑的社会基础，但他们同时也指出，随着资本运作的日益全球化和资讯技术发展带来的交流的便利，后现代主义中包蕴的文化精神也逐渐凸现出对人类文化发展方向的批判性意义。正如弗·詹姆逊（Fredric Jameson）最近在谈到后现代主义在中国的接受情形时所指出的，除了西方理论的影响和中国学者的自觉介绍和创造性接受外，后现代性在包括中国在内的世界各地的蔓延还取决于另外三个因素，即（跨国）资金的运作、全球性的资本化以及（计算机）信息时代的到来。"这三个因素合在一起便形成了导致文化全球化的强大推动力，即使再牢固的民族文化机制也难以阻挡这股大潮。"

这也就是现代主义和后现代主义更具世界性的原因之一。就此来说，不管中国的国情如何，都必然会和后现代主义发生联系。第一，由于资讯和文化交流的发达，中国已成为一个文化开放的国度，所以发达国家的文

---

① 李泽厚：《走我自己的路》，安徽文艺出版社，1994年，第472—473页。李泽厚这里说的"无意义"的"极度现代"是他对西方当代艺术中后现代主义现象的概括。

化思潮的涌入是不可避免的。第二，经济繁荣所引起的生活方式和思维方式的改变，正在形成新的文化风尚和基础，使人们不得不面对新的文化现象和问题。第三，中国文化正处于转型期，与世界文化趋同的倾向愈来愈明显，中国文化的世界性、国际化的色彩也越来越浓。第四，在文化转型期间，中国文化对于外国文化，尤其是带有前导性质的欧美文化有更多更广泛的需求，因为后者不仅为中国提供经验，也提供教训，使中国人对未来有更多和更充实的心理和文化准备。

因此，就"中国是否有后现代主义"进行争论在学术上是毫无意义的。这不过是提醒人们，后现代主义已经进入了中国的文化意识。与其说反映了人们对光怪陆离的西方文化新潮的困惑，不如说表现了人们对当今急剧变化的文化现象的迷惘。这两者往往是混淆在一起的。对于自身所处的文化环境的体认和对西方文化理论的理解，在这种情况下处于隔绝和对立之中。

这就形成了"后现代主义是否合乎国情""什么是真正的后现代主义"等争论不休的问题。在文化研究中，人们总是摆脱不了"中国的"与"外国的"，"东方的"与"西方的"等种种观念壁垒的限制，总是设想有一个文化上对立的"假想敌"，因此自己总是处于一种"吃"和"被吃"的地位。而这种"敌意"无疑是各种文化和民族长期隔绝的产物，它属于在各种封闭状态的"小文化"状态中培养和积淀下来的文化心理。这种心理又由于连续不断的种族冲突和国家战争而获得加强和滋养。相对壁垒森严的观念和概念，不仅表达了一个正在受到挑战的文化时代，而且也表现了一种人的心理状态和思维方式。

换言之，这也是一种人们既定的"话语"逻辑和文化程序，它以一种传统的"暴力"形式对当今世界进行分门别类，人们一旦接受和习惯了这套逻辑话语，就会以此来面对和分割眼下的世界。而使人们精神困惑的是，随着世界生活的变革，大量的生活现象已无法用这套逻辑话语和程序来统制和归纳，因此人的精神失去了重心，出现了文化信仰的真空和危机。

这种危机在学术和文化研究中同样存在。尤其是作为后起的现代国家，中国显得更加风雨飘摇。例如，"真伪"问题的争论，一直困扰着对西方文化的研究。当我在这里讲授"后现代主义"的时候，很多人会在背后提出怀疑："他讲的是不是真正的后现代主义？"因此中国在出现"伪现实主义""伪现代派"之后，又会出现"伪后现代主义"。实际上，现实主义和现代主义从来就不是自封的，也不是一种标准尺度，它们只是世界文化中的一个交汇点，是一系列精神文化扩散和延续的符号。正如在美国寻找真正的"庄子"和"瑜伽"一样，如果有人在中国企图制造或寻找一种所谓"真现代主义"的标准和样板，不仅徒劳无益，而且也失去了原来的学术意义。

显然，对于"真伪"问题的过分敏感，潜在的仍然是对某种"合法化""标准化"话语的依赖，反映出一种文化上缺乏自信的态度。缺乏自信而又依赖权威的话语，用某一种话语标准来制约自己和对方，这本来就是互相联系的。从文化心理上来说，这也是一种对"元话语"（metadis-course）的依赖和追寻，假如失去了一种既定的标准或者无法确定这种标准，就可以否定某一种研究的合法性。

二、关于概念的"入侵"和转换

在文化理论界，有一种"文化入侵"之说。这主要指的是一种全球的文化现象，即发达的西方国家，主要以欧美文化为主体，依据经济发展和大众传播的各种优势，在文化上向落后的国家和民族迅速扩散和移植，形成了一种抑制和摧毁这些民族传统文化的潮流。当然，我并不完全赞成"文化入侵"这种提法，因为它给文化涂上了一层暴力色彩，混淆了人类文化进程中互相影响和融合现象。然而，在这种理论的背后，我们可以发现一种潜在的文化困惑心理，它深刻地影响着人们对西方文化的态度和反应模式。

在这里，人们首先得面对一种概念和术语的侵入（invasion of concepts and terms）。正像历来西方思想的涌入一样，后现代主义进入中国，首先是以一大堆新的、谁也不懂的概念和术语出现的，它们不仅是对过去概念和术语的一种挑战，而且形成了对人们文化心理的一种冲击。一方面，人们无法一下子理解和接受这些概念和术语本原的含义；另一方面，人们也无法把它们和自己的经验世界与知识结构联结起来，由此也就产生了"名"与"实"的矛盾。所谓"真伪"问题，所谓"是否符合国情"之争，都与此有紧密的联系。

也许是出于对中国"在无情地批判启蒙的破坏性作用的同时，却又在传统的意义上试图拯救其合理内核"的现代化实践的不解，也许是为"马克思主义在中国的实践及其无限潜能"① 所吸引，也许是看到当代中国作家的创作中体现的后现代主义因与中国的历史和现实相联结而与西方的后现代主义不同，西方后现代主义理论家在接到中国学者的邀请后，都踏上了这片在他们眼中属于"新崛起的"（emergent）前工业化的大陆。这里可以列出一个大致的时间表：1983 年，美国第一位后现代主义文论家伊哈布·哈桑（Ihab Hassan）应邀到山东大学讲学；1985 年，后现代主义著名理论家弗·詹姆逊应北京大学比较文学研究所和国际政治系国际文化专业之请，从 9 月到 12 月，在北大开设有关当代西方文化理论的专题课；1987 年，国际比较文学学会主席、著名的后现代主义文学理论家杜威·佛克马教授到南京大学、南京师范大学作学术报告；1993 年 3 月，与佛克马合编《走向后现代主义》的荷兰学者汉斯·伯顿斯（Hans Bertens）应邀在北京大学作了"后现代主义：全景观照"的演讲；1993 年 9 月，佛克马又到北京大学访问讲学，作了题为"现代主义、后现代主义和文化认同的概念"的演讲；1995 年 8 月，英国文论家、牛津大学教授特里·伊格尔顿在大连"文化研究：中国与西方"国际研讨会上作了有关"后现代主义的矛盾性"的发言。这些理论家们都无一例外地带来了西方后现代主义的思想成果，但对于中国接受者产生较大心理冲击的，却首先是一大批新的、难译难解的概念术语。概念术语在翻译上的不统一、不确定、不到位在后来对利奥

---

① 乐黛云：《〈后现代主义与文化理论〉序》，《后现代主义与文化理论》，陕西师范大学出版社，1986 年，第 2 页。

塔、福柯等后现代思想家的译介中表现得更为严重。这反映出中国学者对这些概念术语与特定社会现实的所指关系的困惑，并造成了中国对后现代主义研究中的概念、术语的混乱，使得后现代主义在中国的接受更加困难，又仿佛它们成了访华学者手中的"暗器"。

其实，这种现象本身正是中国近代文化发展中的一个特点。真实地面对它，又成了当代文化发展中的一个理论问题。

回顾过去，也许谁都不会过于吃惊。近一百年来，中国的言语方式和构成已发生了巨大的变化，以至于现在运用的大部分概念和术语都是从西方意译或直译而来的。特别是在文学方面，如今已被称为传统的现实主义、浪漫主义，以及文学批评如情节、主题、叙述等大多数概念名词，都来自西方文化的传播。这种"概念和术语的入侵"差不多到了一种无处不在的地步，构筑了中国现代文化的一整套新的范畴和符号体系。而在另一方面，中国古代文化中传统的概念术语，除了一部分被翻新之外，大部分已不在日常范畴内应用，成了历史文化的一部分。人们在当今的文化研究中，正在用这一套新的现代术语和概念系统，来重新解释和整理过去传统的文化遗产。也就是说，人们在寻求传统的本原，但是已无法得到本原的解释和印证，而只能在一种现代文化中获得转换。

当然，后现代主义这一概念在西方也始终在争论中存在和发展着。这场关于后现代主义的理论争鸣持续了三十年，其间，甚至"后现代主义概念本身，也每隔五年就要被重新定义一次"。① 公认的原创型后现代主义理论家对这一概念的界定各不相同：丹尼尔·贝尔认为，后现代主义是后工业社会形态中文化矛盾的集中体现；哈贝马斯认为，后现代主义是对尚未完成的现代性宏伟工程的反对，必须对之加以批判反抗，并重建现代性；利奥塔认为，后现代主义是后现代知识状态的集中体现，其根本特征是对"元叙事"（metadiscourse）合法性的怀疑，它是现代主义的一部分，却向整体性开战，力图激活和维护差异性；弗·詹姆逊则指出，后现代主义是

---

① 王宁：《中国当代文学中的后现代主义变体》，《天津社会科学》1994 年第 1 期，第 71 页。

晚期资本主义（Late Capitalism）文化逻辑的集中表现，是对现代主义深度模式、历史意识、主体价值观等的彻底反叛，但后现代主义的种种姿态超越了现代主义在其巅峰时期所展示的最极端、最反叛、最惊世骇俗的文化特征，"我们今天的群众不但易于接受，并且乐于把玩"，其中的原因"在于后现代的文化整体早已被既存的社会体制所吸纳，跟当前西方的正统文化融为一体了"。①

反观中国学术界，最先引进并介绍西方后现代主义的大多数是从事比较文学研究，并有过留学海外背景的学者，面对国内学术界呼唤深度启蒙和人文精神的主流话语，他们谨慎地、尽可能客观地介绍西方后现代主义思潮，总不忘强调后现代主义的地域局限和文化背景，甚至在对当代文学先锋派的评论中，把对西方后现代主义文学主题、技巧的借鉴称为受西方"现代派"的启发，也没有指出这一误读。或许，他们本来就对"后现代"这样一种全新名词的使用有所保留，或者仅仅视之为一个定义或命名的问题。李泽厚于 1988 年在美国撰文指出，他把詹姆逊所说的"无意义、无思想、无深度、商业化、大众化、非历史"等看作"极度现代"（extremely modern），而不是"后现代"（post-modern），表面上詹姆逊所说的后现代特征是对"现代"的背离和否定，但实际上，它们恰好是"现代"的极度扩展和直接伸延，这种扩展和伸延表现为某种"普及化"；至于艺术的"后现代"，李泽厚认为这是"后资本主义的艺术"，其特征是"向往中古和田园、追求情感本体的意义、天人合一等"。基于这种理解，李泽厚主张在理论及创作实践上区分开"后现代"与"极度现代"，但他同时指出："这里有一个纯粹属于定义的问题。如果'后现代'一词已经约定俗成地用来描述我所谓的'极度现代'的现象，那也就无法改易了。因此这问题只具有纯理论的意味，而不必去追求正名了。"② 李泽厚的这一看法代表了80 年代大部分中国学者对"后现代主义"这一名称的态度。但这不只是一个正名的问题。反映在西方学界在 70 年代对"后现代主义"这一概念的

---

① 詹明信：《晚期资本主义的文化逻辑》，三联书店，1997 年，第 429 页。
② 李泽厚：《走我自己的路》，安徽文艺出版社，1994 年，第 472—473 页。

内涵的争论中，主要是这个后现代主义之"后"（post）到底是什么含义，是现代性发展到后期，是现代性的极端化发展，还是对现代的反叛和超越？这个问题实际上关涉"后现代主义"这一名词存在的依据，即其"现代性"内涵的区别与联系。对于这一点，哈贝马斯和詹姆逊在不同的立场上都提出后现代是对现代的反抗和瓦解，"不论从美学观点还是从意识形态角度看，后现代主义表现了我们跟现代主义文明彻底决裂的结果。"利奥塔对这一问题的思考更深刻，他提出"后现代主义是现代主义的一部分"，"一部作品只有首先是后现代的才能是现代的"，只有这样理解，"后现代主义就不是穷途末路的现代主义，而是现代主义的新生状态"。为此，他提出以"pre-"代替"post-"作"现代性"（modernity）的前缀，即"重写现代性"，① 强调"后现代主义"对"现代主义"的超越及其表现出的藐视权威的创新精神。

对于中国学者而言，较之"后现代主义"这一名词，概念之"新"更让人难以接受的其实是它的内涵——对"现代性"的解构、批判、超越，因为国家的现实发展吁求的是以"现代性"为核心的价值体系。于是，面对"后现代"概念的"入侵"，除了客观介绍外，有人因其内涵的不确定而拒绝深入探讨，有人出于对现代性的维护而将"后现代"激进的一面大加排斥，也有人提出推崇整体性思维方法的建设性的后现代主义。这些有意或无意的误读，大都从中国国情出发，对一个有特定文化背景的概念有所取舍和增删地接受。这其实也反映了中国当代学术界的"知识状况"——以"元话语"为中心枢纽的知识体系，对"元话语"的建设意义和破坏作用的依赖。后现代在西方是质疑"元话语"的合法性，在中国，则完全有可能演绎为新的"元话语"。

这种情况决定了中国现代文化的发展完全不同于西方文化和传统的中国文化。与西方现代文化发展过程相比，中国现代文化具有明显的"意识先导性"。所谓"意识先导性"，是指中国向世界开放之后，每一种大的社

---

① ［法］利奥塔：《后现代公正游戏——利奥塔访谈、书信录》，谈瀛洲译，上海人民出版社，1997 年，第 127、153 页。

会转折和变革都是以文化意识变革和思想解放运动为前提的，最明显的例子莫过于 1919 年的"五四"新文化运动和 1979 年后的思想解放运动，前者导引了 1949 年的国家巨变，后者为我国 80 年代后的现代化改革开放开通了道路。这种现象在东方一些国家如俄国也发生过，但是在中国更复杂。所以，"徘徊在欧洲大地上的幽灵"和"十月革命一声炮响"，在中国才转化成了巨大的物质力量，成了中国人民改天换地的杠杆。在这个过程中，也许没有一个国家比中国更重视文化和思想力量，或者说，文化和思想的历史作用在任何国家都没有比在中国显得更突出。一个口号，一个名词，一种思想，都可能引起一种普遍关注，甚至导致一场社会变革。一百多年来，中国发生过一次又一次的排山倒海般的群众运动、激动人心的历史场面、可歌可泣的时代大潮，始作俑者很可能只是一个口号或者一种思想。所以，在中国现代历史上血肉横飞的场面背后，进行着另一幕同样让人惊心动魄的文化和思想搏斗。

很难说这是中国现代文化发展中的喜剧还是悲剧。但是，概念和术语（后来可能变成口号和标准）在这个过程中所承担的重要角色，是谁也无法否认的。例如，当我们今天回顾现代文艺批评史的时候，会发现大多数论争都纠缠在概念和术语之中，参与论争的常常为一个名词或口号而口诛笔伐。换句话说，如果我们搞清楚了现代文学中一系列概念和术语的出现，就等于基本理清了现代文学批评史的线索。

由此说来，中国现代文化所发生的巨大变革的特征之一，就是概念系统和词语结构的转换，产生了一种和传统文化截然不同的话语系统和符号系统。这也使得中国现代文化和传统文化有隔世和断裂之感，在文化互相承接和印证方面出现了困难。而现代中国人与古人不同的文化标记就是使用不同的话语系统。在这里，"衙门"和"政府"，"之乎者也"和"您好，同志"，划分了两种文化和文化人，这也就使得文本、符号和言语结构的变化有了划时代的文化意义，言语和符号成了时代文化的象征和标准。于是，当时代创造文本之时，文本也在确认时代。中国 20 世纪以来话语系统的转换和移植，构成了每个人鲜明的意识年轮和文化记忆。

三、"合法性"与中国当代文学创作实践

然而，情况并不如此简单，文化概念和术语的转换并不能解释中国现代文化的整体存在。因为这里有一个"争夺合法性"的问题。几年前，我曾提出过中国现代文化意识中存在着"折叠现象"，用来揭示中国多种文化相互并存和掺杂的现象。而如果从言语环境和符号系统来说，这种折叠现象实际上是由不同的话语和符号交织而成的，其中分布着不同的概念和术语系统，它们遵循着不同的言语规则，按照复杂的情形排列着。这种情形有点像维特根斯坦（Ludwig Josef Johann Wittgenstein）所写的："我们的语言可看作是一座古城：一片迷蒙中的小街和广场，它们由新旧不齐的房舍组成，不少是经过历代增修的旧房，老城之外环绕着大片新的街区，其间布满笔直整齐的街道和规范统一的建筑。"①

如果把一切外来的概念和术语看作"新的街道和建筑"的话，那么它们分布在什么城区，与旧的建筑和街道形成了什么关系？它们在与其他街道和建筑的粘连中构成了什么样的文化景观？

这实际上是一个文化迷宫，话语和言语系统的纵横交错是其中的小径和街道，而其中最复杂的问题是谁通向谁的问题。因为我们在每一种话语背后，都会发现一种或数种不同的话语系统，由此构成一种特殊的语境。

例如，大量的西方新名词和概念"侵入"之后，我们会发现自己被包围在一种传统言语的语境中。人们用来解释和理解它们的言语，全然是另外一种文化的符号话语。这些名词和概念很可能成为一种被操纵和利用的对象。而另外一种情况是，当这些新概念和术语站稳了脚跟，形成了一种日常话语之后，又会对传统的话语进行重新解释，再次确定它的地位。如此循环，中国现代文化逐渐扩展着自己的空间，形成一种开放多元的形

① ［英］维特根斯坦：《后现代主义》，社会科学文献出版社，1993年，第68页。

态。在这个过程中，中国的传统话语和西方"侵入"的新话语皆失去了绝对和本原的合法性和权威性，处于不确定的漂浮状态。人们可以用"仁者爱人"去解释西方的人道主义，在屈原《离骚》中追寻浪漫主义之源，同时又用"生命体验"观念来解释山水诗，用存在主义重新阐述老庄美学。

所谓"真伪"问题和"国情"标准的争辩，无非都产生于"谁解释谁"的争夺之中。而其中稳操胜券的并非某种文化，而是一种超文化的"权力意志"。由于权力的介入，意识形态被视为一种"统治思想"，弥补了权威的真空。在这种"权力话语"的操纵下，不同文化之间互相需要的自然状态被破坏了，构成了一种形而上的思想规范，超越于学术讨论之上。

实际上，制约中国现代文化发展的正是某种假定的"需要"。例如，面对任何外来的文化思潮，人们进行判断的第一个尺度就是"中国是否需要"——仿佛任何一种文化思想或主义都是一种工具，从来没有对这种需要追根寻底：它到底来自何处，出自何方，是否真正考虑到文化的自身需要，是否尊重了文化的整体性和开放性，是否理解和尊重了人的精神需求？

然而，当理论界面对"后现代主义"这一外来的文化思潮，考虑"中国是否需要"的问题时，在中国当代文学的创作和批评实践中，后现代主义的影响已经使文坛呈现出一些新的面貌，从中体现出的问题是"后现代主义在中国当代文学中的表现"。有人认为，就文学而言，后现代主义在事实上已经进入了中国，但在同中国本土文化的碰撞和交融的过程中，产生了一些"既类似于西方后现代主义，同时又带有更多的第三世界'后殖民性'特征的变体"，诸如先锋文学、新写实小说、消费者文学以及先锋派批评等。结论是："后现代主义独特的'西方模式'（林达·哈琴语），这一概念虽出现于西方语言文化中，但其中的丰富复杂内涵却有可能在某些东方和第三世界国家的文化中产生回应。"也有论者从中国与日本的当代文学的比较中指出，日本的后现代主义文学是在后工业社会的文化氛围和生活方式中自然而然产生的，而中国尚不具备日本那样的后现代主义的文化氛围，作家们没有后现代社会特有的生存体验，所以中国只有纯形式的后现代主义的实验文本，而没有渗透了后现代主义文化精神的后现代主义文学。问题的焦点集中于中国 20 世纪 80 年代以来的改革开放、经济发展的社会现实，有没有为后现代主义文学的产生提供现实的文化土壤，这决定了中国当代文学中的后现代主义，是西方后现代主义文学从形式到内涵在中国本土文化中的变体，还是仅仅停留于形式创新层面上的文本实验。80 年代中后期，市场经济的发展、社会财富的积累，为"市民社会"的形成提供了契机，与此相应的市民文化（或大众文化、通俗文化）的蓬勃发展，在事实上已参加到曾以主流意识形态和精英文化构成的文化景观中，使之显露出多元化的特点。中国社会"卡里斯马"（Charisma）解体，主流意识形态"元话语"合法化危机，知识分子精英文化在商品化浪潮中迷失，旧有的价值体系受到冲击，在经济过热的表面下，隐藏着许多深刻的矛盾。同时，作为一个幅员辽阔、地理条件复杂的大国，当沿海开放城市在经济上日益向国际发达国家靠拢时，内地的一些地方还在为温饱犯愁。所以有人说，在当代中国，前现代、现代、后现代是同时并存的。也正是这一复杂的文化景观，使得论者往往只看到其一面而进行概括。这样的争论是没有意义的。但是，仍有人从这种争论出发，在质疑后现代主义文化理论在中国的合法性的同时，指出中国当代文学中的后现代主义因素是在这种可疑的理论的暗示下，"理论先行""理论诱导"而产生的，那么，"中国的后现代主义文学"也是一个令人质疑的命题了。如果承认文学有其特殊的规律，那么，简单回顾一下西方后现代主义与当代中国文学的关系，也许有助于我们换一个视角，为后现代主义进入当代中国的"合法性"争夺作一个新的解释。

还是要从现代主义的进入中国谈起。"文革"结束后，伤痕文学首先为荒芜的文艺园地带来了第一抹新绿，紧接着是反思文学改革文学，文艺界一时间蔚为大观，似乎文学的主题只能紧扣时下的社会问题，并做出简单化的图解、政策式的分析和表达，即便在人物塑造的典型化方面达到较高的熟练程度，但整体上较之十七年文学，并没有突破性的发展。当代文学现代化的突破是从寻根文学、朦胧诗，甚至是"意识流"的手法开始的。创作上的创新之举引发了有关西方现代派文学的批评争论和理论译介的热潮。据统计，仅 1978 年到 1982 年五年之间，关于现代派问题争论的论文就有 500 多篇。袁可嘉等编选的《外国现代派作品选》（1—4 卷）行销量很大，甚至陈焜的《西方现代派文学研究》作为纯学术著作，第一次印数就达 13000 册，购买者中不乏普通的文学爱好者。① 理论著作也引起了作家的浓厚兴趣，高行健 1981 年出版的《现代小说技巧初探》（花城出版社）引起强烈反响，冯骥才、刘心武、李陀、王蒙纷纷给作者致信表达他们的兴奋心情。然而，兴奋和争论很快招来了批判。1982 年下半年开始，以《文艺报》为中心，展开了对"现代派"的批判，文艺界掌握意识形态的宣传理论家及负责人将这场批判看作不可避免的政治斗争，以"大是大非的问题不能朦胧"为由批判"朦胧诗"。一场学术争论演化成政治斗争，现代派被定义为资产阶级意识形态范畴，"对我们的艺术借鉴作用很有限度"，而且，"马克思主义和现代主义这两种对立意识形态，是不能结合，不能混同起来的"。

放眼全球，此时正是后现代主义与现代主义之争由高潮趋于低落的时候，也正是以马尔克斯获得诺贝尔文学奖（1982 年）为标志，"拉美文学爆炸"光焰炽烈的时候，"后现代主义"已融入西方主流文化体系，极"左"、封闭的思想在以开放、现代化为基本国策的中国也难获民心。争论也罢，定性也罢，政治介入也罢，现代派文学在事实上已进入中国人的视野，而且，因缘际会，历史错落，在这些现代派中不仅只有现代主义，还有后现代主义。

在 80 年代初，以"现代派"为名介绍入中国的许多作品、作家、理论、批评实际上不少是后现代主义的代表。比如《外国文学报道》（上海）1980 年第 3 期翻译发表了约翰·巴思著名的"后现代派"论文（《大西洋月刊》1980 年第 1 期刊出，现译：《补充文学——后现代派小说》）；《外国文艺》1981 年第 6 期译刊阿兴·罗德威的《展望后期现代主义》（原文载《伦敦杂志》1981 年 2—3 月号），该文使用的 Postmodernism 被译为

---

① 陈晓明：《无边的挑战：中国先锋文学的后现代性》，时代文艺出版社，1993 年，第 13 页。

"后期现代主义"。可见当时没有意识到后现代主义与现代主义的区别，而且这后来也成了对后现代主义的理解之一。文中谈到的美国"自白派诗歌"、巴思和巴塞尔姆的小说、纳博科夫的《微暗的火》、品钦的《万有引力之虹》、约瑟夫·赫勒的《第二十二条军规》以及罗兰·巴尔特的文学批评，都是很具代表性的后现代作品。至于袁可嘉选编的具有广泛影响的《外国现代派作品选》第3、4卷选入的几乎都是"后现代主义"作品。①而中国的先锋小说家所受的很大影响来自拉美的作家，如马尔克斯、博尔赫斯，他们被国内批评家冠以现代派大师之名，却被西方后现代主义文学理论家视为极有成就的后现代主义作家。这种将后现代主义与现代主义未加区分的误读，传达出几个信息：首先，早在80年代初，中国文学界就已经接触到了西方后现代主义文学作品及批评；其次，从80年代中期起，中国作家事实上已受到了后现代主义的影响，尤其是进行文本实验的先锋派小说家，以及新写实小说、通俗市民小说，不同程度地在实践中用后现代主义的方法、精神、美学原则丰富着中国文坛——起码是丰富了小说园地；最后，在中国当代文学的创作实践中，"合法性"问题尚未得到充分讨论，或者说绕过了这一关，西方后现代主义文学就已产生了实际的、意义深远的影响。无论如何，从先锋派小说的激进文本实验，到新写实小说回归日常、平民、直接性经验的冷静叙述；从王朔市民小说推动的文学向消费原则、市场规律的趋同，到90年代后所谓"后新时期""新生代"小说家的寻找"某种无意义的感觉"的写作，我们可以看到，后现代主义在中国当代文学创作中的接受是有发展的，从形式到精神内核再到小说自身定位，构成了对我们这个时代发展轨迹的一种不可忽视的言说。相比之下，理论界的争论从辨伪、正名到合法性、合目的性，却始终让人感觉到和中国的文化现状、知识状态、社会意识隔着一层纱。直到1994年，中国哲学界首次"后现代主义与当代中国研讨会"（西安）才得以召开，以哲学和文学艺术理论不同领域交叉为特征，在探讨后现代主义与当代中国的关联问题

---

① 陈晓明：《无边的挑战：中国先锋文学的后现代性》，时代文艺出版社，1993年，第14页。

上，两个领域的人士都感到对后现代主义思想本身的研究和思考不够。而对于当代文学创作中后现代主义因素及独特的、不同于理论争鸣中的后现代主义概念对中国社会变迁及现状的叙述之评价，却没有被排上会议日程。

还是回到当代中国文学创作中拥有读者最多的小说创作上来。最先体现出后现代意识的是先锋作家的文本实验。较有代表性的有马原的"元小说"创作——《虚构》（载《收获》1986 年第 5 期），对小说这一形式的"叙述"本身进行反思、解构和颠覆。对"元话语"的解构，使后现代作家把意义仅仅看作是人造的语言符号在被运用（说和写）的过程中创造出来的，是符号排列组合产生的效果。所以，写作——尤其是虚构文本的写作——仅仅是一种语言的游戏，比如王蒙 1987 年发表的被称为短篇小说的一段文字，可以说刻意地实践了后现代主义这一思想。这种文本实验中的后现代主义是形式层面上的图解理论，往往令读者难以接受，马原认为这"主要是因为读者一下找不到借以判断的概念了"。这也显示出了后现代主义文本实验有意义的一面，挑战读者接受活动中对"元话语"的依赖，鼓励读者凭个体的直接经验进行阅读。而现实的情况是：对于这种刻意的、文本实验的阅读，读者的经验的确有限，倒是后起的新写实小说在平白的叙事中，渗透着后现代的文化精神，在被评论者指责为"堕落"的同时，却得到了读者的青睐。于 1987 年发表的《塔铺》被认为是新写实小说的起点。此后，方方的《风景》、池莉的《烦恼人生》以及刘震云的一系列小说，如《单位》《一地鸡毛》等作品使"新写实"扩大了新时期后期小说的叙述语境，影响了一大批作家。最突出的一点就是对琐碎、世俗的日常生活的回归，伴随着对所谓人类解放、终极真理这两条在后现代社会遭遇"合法化"危机的"宏大叙事"（grand narration）的消解，主流话语所构造的价值体系在日常生活中被解构，在所谓"稗史"式的叙述中，经验的差异、不确定的多种可能性成为人生的本来面貌。"新写实"小说得到较为广泛的接受，也正是因为社会转型期的凡夫俗子，从中看到了自己生存的真相——所谓"热也好，冷也好，活着就好"。

当然，如果说新写实小说多少振奋了新时期小说的接受"市场"的话，就不能不提王朔。王朔已经被命名为一种文化现象，而且被称为"最具有'后现代'气质和风度"。这恐怕源于王朔小说前期在市场上取得的成功，及其作品与影视传媒的蜜月关系。弗·詹姆逊将后现代主义视为"美感上的民本主义"（aesthetic populism），取消了现代主义巅峰时期分属不同美感经验范畴的精英文化和大众文化（或称商业文化）之间的界限；文化产业（cultural industry）成为后现代主义文化发展的流向。这些在王朔小说中对传统理想、信仰构造的价值观念的谐谑、调侃、讥讽中，表现为一种脱俗的"媚俗"；而且王朔的小说被改编为影视作品恐也是同时代作家中较多的，他甚至亲自"下海"，担任影视剧制作、编剧、策划，直接将自己的文学作品纳入市场经济的文化产业运作中，成为消费文化产品的制造者。据说，只有他和巴金是不领工资的作家。① 进入 90 年代，"王朔现象"逐渐淡出，小说界引人注目的是几位 60 年代出生、都有大学教育背景、亦诗亦文的年轻作家，他们被称为"新生代作家"，主要代表有韩东、鲁羊、朱文、邱华栋、张旻等人。有论者从"新生代"作家的创作出发，归纳 90 年代文学的本相："如果说小说曾是一面反映世界的大镜子，那么，在今天，它已成为碎片，时间由'共名'状态（大镜子）进入'无名'状态。"过去现实主义独尊时，世界就好像反映在一面镜子里一样只有一个。而如今，中心主题的化解，个人经验的成立，每部小说都像碎镜子中的一片，都反映出一个世界，而且各不相同。在"新生代"作家的作品中，具有代表性的如韩东的《障碍》《三人行》，朱文的《我爱美元》，邱华栋的《环境戏剧人》等。难以把握的不是形式，也不是内容，而是：他为什么写这些？为什么这样写？或者就像鲁羊对韩东的解读一样，他们"真正想点明的是虚无，或者说'某种无意义的感觉'，又或者说对一切'强行贬值'的揭示"。在他们笔下，从冷漠的纯客观式的写作中，表现出精神难度的消失和深度模式的削平（如《我爱美元》）。同时，以戏拟（Parody）手法的广泛运用，对历史形成的文化传统进行变形、嘲

---

① 王蒙：《王蒙说》，中央编译出版社，1988 年，第 109 页。

弄的模仿，达到对传统和现实的否定、批判。总之，从"新生代"作家的气质中可以体会到一种后现代悖论式的性格：痛苦着且玩味着痛苦，又对这痛苦和玩味感到无聊；忧郁着而且自我意识到忧郁，又对这忧郁和忧郁意识加以表面化的笨拙表演；焦虑着而且迷失在焦虑中，又对这无底的焦虑咬文嚼字——文体上要弄出奇制胜的游戏。①

当代小说创作中的多元化倾向，结束了现实主义独尊的局面。即使在前面几类创作中都可归纳出后现代主义的某一方面的特征，但它们各自之间却是很不相同的。很多人强调"后新时期"文化的"无名"状态，或许就是指"元话语"的被解构以及价值观念的多元化，但同时也指出："中国人，尤其是中国知识分子，远没有进入那些后现代神话制造出来的自由状态，不过是原先来自思想钳制的单方面压力，转化成社会经济等多方面的压力。"其实，后现代主义本来就在质疑人类解放、自由之类宏大叙事的合法性，并没有赋予时代以共名的野心。从中国当代小说中的后现代主义的存在可以看到，正如佛克马所言："……文学社会话语——如现代主义和后现代主义——是暂时性的、被简化了的阐释世界的模式，它只在一定时间和一定条件下才会起作用，并且永远不能够完全代替旧的阐释模式。……任何一种文学潮流——后现代主义也不例外——都是某种特定结合后的产物。"

四、"后现代"与中国传统文化

随着文化保守主义的兴起，复兴和发扬传统文化的口号成为时髦。虽然这一口号与现代主义和后现代主义并无实际冲突，但是在现代中国文化时空中却形成了剑拔弩张之势，似乎两者相遇，非得有个你死我活的结局。至于研究者，谈传统文化者很可能仇视或鄙视新潮西方文化，而谈论

---

① 王岳川：《〈后现代主义文化与美学〉序》，《后现代主义文化与美学》，北京大学出版社，1992 年，第 41 页。

现代主义或后现代主义者必定是传统文化之大敌。

其实，这种思维方式正是人们对现代文化产生困惑的根源之一，我们可以把它称为一种"文化多疑症"，总是害怕别的文化会吃掉自己的文化。但是，值得欣慰的是，虽然西方文化大量涌入中国已一个世纪，但是中国文化还是中国文化，并没有变成西方的文化，只不过和世界文化贴得更紧了，有了更多的参与和对话的共同话语。就此而言，后现代主义进入中国，日后也必定成为中国文化的一部分，而中国文化绝对不会依附于西方后现代主义。

问题是：什么是传统文化？在如今现代文化发展阶段，传统文化是以什么方式保存和发展的？例如，"五四"新文化运动如今已成为传统，我们今天能否完全复兴它？这个问题不仅在中国存在，而且是整个世界文化所面临的问题。例如，对于地方色彩的崇拜本来是欧洲出现的一股新思潮，但在中国却是一种根深蒂固的观念。与此同时，被公认为代表当今世界文学最高成就的魔幻现实主义文学，却发生在拉丁美洲并不十分发达的国家。而我们如果不能超越时空界限去了解拉丁美洲多民族和多文化的创作背景，不能由此去理解这些作家的文化素质和精神状态，就不可能理解这一文学奇迹。

这里，我想谈一下阿根廷大文豪豪尔赫·路易斯·博尔赫斯（Jorge Luis Borges，1899—1986）对传统的看法。他指出："认为阿根廷诗歌必须具有大量阿根廷特点和阿根廷地方色彩，是错误的观点。"① 因为"真正土生土长的东西往往不需要地方色彩"。他对这样一种情况相当不满："民族主义者貌似尊重阿根廷头脑的能力，但要把这种头脑的诗歌创作限制在一些贫乏的地方题材之内，仿佛我们阿根廷人只会谈郊区、庄园，不会谈宇宙。"②

---

① ［阿根廷］博尔赫斯：《巴比伦彩票》，王永年译，云南人民出版社，1993年，第12页。

② ［阿根廷］博尔赫斯：《巴比伦彩票》，王永年译，云南人民出版社，1993年，第14页。

博尔赫斯对于阿根廷传统的认识最为精彩：

> 那么，阿根廷传统是什么呢？我认为我们很容易回答，这是一个不成问题的问题。我认为整个西方文化就是我们的传统。我想起美国社会学家索尔斯坦·凡勃伦（Thorstein Veblen，1857—1929）的一篇文章，讨论了犹太人在西方文化中的杰出地位。他问这种杰出地位是不是可以假设为犹太人天生的优越性，他自己的回答是否定的，他说犹太人在西方文化中出类拔萃，是因为他们参与了这种文化的活动，但同时又不因特殊的偏爱而感到这种文化的束缚。①

博尔赫斯的文化境遇和中国的情况有相类似之处，阿根廷作为一个发展中国家，同样处于一种多种文化的碰撞和交织之中。传统与现代的问题同样困扰着当地的文化人，而博尔赫斯（还有其他一些拉美作家的情况相似）的出类拔萃之处正是没有受本地传统的束缚，而是在东西方文化的大范围中认识和确定自己的传统。

这是一种新的文化观念，也是一种第三世界文化觉醒的体现。它所追求的是一种和"欧洲人"在文化上的"平起平坐"，和欧洲人一样参与世界文化创造。因为狭隘传统，总是用各种理由强调自己与欧洲国家的差距和不同，让人们感到自己处于特殊的状态中，不可能和欧洲人共同讨论一些人类问题，无法直接参与世界文化创造。

就此来说，对于中国现代文化中的传统意识也应该重新清理。一些貌似对中国传统文化重视的观点，实际上是对中国文化的贬低。例如，由于中国特殊的国情，中国还没有发展到西方发达国家的水平，就不能或不应该参与讨论现代主义或后现代主义文化，这实在是一种奇怪的看法。假如进行更深入分析的话，这种对于传统和国情的固执，恰恰表现了一种文化心理上的自卑。似乎中国现代文化只配谈论 18 世纪的古典主义、19 世纪

---

① ［阿根廷］博尔赫斯：《巴比伦彩票》，王永年译，云南人民出版社，1993 年，第 15 页。

的浪漫主义和现实主义，而没有资格和欧洲人一起谈论20世纪乃至21世纪的现代主义和后现代主义，如果你要谈的话，马上就有人来责问你："你是真的还是伪的？"

在许多固守儒道互补为中国正统价值体系的学者眼中，后现代主义，尤其是发展到极端的破坏、解构作用，反映的是资本主义社会进入后工业时代各种不可调和的社会矛盾，而代表了东方文化精髓的儒道传统在经过"创造性转化"后，不仅可以成为东方发展中国家的现代化资源，也可以成为解决西方"后现代困境"的良方灵药。在这种为东、西方现代化困境寻找出路的意愿下，回首传统，似乎为东方国家如何避开现代化的"后现代方向"打开了新的思路，而西方国家怎样走出现代化的"后现代"迷宫，也可以从中国传统文化中寻得灵感。90年代学界的"国学热"就是在这一语境中展开的。相对于80年代初开始的文化寻根热，这次对传统的再发现具有更大的现实针对性。换言之，"后现代主义"与中国传统文化的关系成为这次"国学热"的重要课题。这也正体现了一个规律：中西文化交流往往是重新发现和认识传统的一个动因或契机。

说到中国传统文化中能与"后现代"扯上关系的部分，人们往往会很容易想起老庄学说中的"无为无名"以及名家辩者的"相对主义"。老庄的一些命题，如"无名天地之始"，说万物生于"道"，但这个"道"无可名状，是"无"，给它命名实属勉强。庄子将这种命名言说的状况称为"言者所以在意，得意而忘言"，其中反映出的是对语言体现的"能指"符号与"所指"意义之间对立关系的看法。后现代主义将这种对立关系看作人为的划分，使得语言符号建构了世界的真相——文本；而"得意忘言"多少体现了超脱这种后现代困境的意向。名家的"合同异之辨"，说明天下万物的同和异都是相对的，[①] 而后现代主义对现代主义的一个重要超越就是对绝对真理的解构，而肯定"相对"是世界的真相。

这种简单的比附可以导出"后现代主义的东方文化背景"或"中国传

---

① 冯友兰：《中国哲学简史》，北京大学出版社，1996年，第75页。

统文化中的后现代精神"这样的命题，反映出在文化交流中，弱势文化常有的一种"你有我也有，而且比你早，比你高明"的心态。当然，更多的人是想从传统中寻求中国的现代化资源，探讨中国传统以及与之密切相关的文化现实有没有产生后现代主义思想的土壤。其中，任何一个民族的传统都不可能是单一的，尤其是进入了日益全球化的现代化进程中，尽管时间有早晚。当我们强调后现代主义与中国老庄哲学等古代思想有相通之处时，并不能无视儒家、法家、墨家以及佛教的汇合形成的古代中国传统的主流资源。其实，正是中国古代传统形成的过程本身，体现了后现代主义中的"多元论"精神。毫无疑问，战国的百家争鸣与魏晋的民族融合，其中体现的对立思想异质文化间并存交流融会的精神，是很具后现代多元共生的意味的。问题是，这样的古代传统，体现了包容的文化性格和多元价值观指导下的思维方式，到今天还剩多少？而且，在每一次思想解放的大潮中，这种完全有可能新生的文化传统却往往在意识形态权力话语、民族主义强势话语中沉默无声。

今天，后现代主义与事实上正在推进中的文化全球化现象有着割不断的联系，或者说，后现代主义是从北美、西欧到发展中国家"扩散"的，这一过程的趋势很明显。所以，有人指出，从后现代主义视角中反省中国传统文化，体现的是后现代性的现实状况：全球化与本土化的对立与对话。而这种对话多少具有积极的作用，它"打破了我们固有的单一思维模式，使我们在这样一个时空观念大大缩小了的时代对问题的思考也变得复杂起来，对价值标准的追求也突破了简单的非此即彼的模式的局限……"也有人站在本土立场上，将中国传统文化与西方后现代主义精神的契合之处看作对中国现代化进程的阻滞，使得建设中的中国现代文化精神遭受消解或出现"主体错置""价值迷失"的局面。

其实，进入 20 世纪以后，传统本身的内涵已发生了重大改变。例如，当我们重谈"五四"以来的新文化传统时，就不可避免地涉及许多外国文学因素。换句话说，传统的概念本身就不再局限于某一时一地、某一国家和民族的范围之内，而具有了世界文化的涵义。

这种情况不仅发生在中国，更发生在欧美国家。比如美国，传统和历史已不再是以白人或西方文化为中心的单一概念，而演变为一种多元的文化概念，它的构成和渊源来自不同国家和民族的文化。

而更值得注意的则是中国当代文化的巨变。中国文化已经从过去传统的框架中解脱出来，迅速地走向世界，其开放的气度和广度都是前所未有的，所以它有一种更强烈和更敏感的时间感和空间感，不仅世界上所发生的一切都在中国产生深远的回响，而且中国所产生的一切也越来越影响着世界。从这个角度来说，西方的现代主义和后现代主义不仅必然会在中国有反响，而且中国的现代文化必然会影响整个世界的文化变革。

我们正在创造一种新的传统，这一传统的最大特色就是向世界开放，和世界其他国家的文化紧密联系。在这个过程中，我们不能不对传统有新的理解，从单一的传统观念中解脱出来，而接受一种新的"传统多元化"的观念。所谓传统多元化，就是说任何一种传统文化的来源和构成都是由多种文化因素构成的，其中都包含着数种"传统"的内容。数种小传统可能构成一种大传统，一种"大传统"文化又可能划分或发展为数种"小传统"。

就以中国现代文学为例，就是"多元传统"汇合的例证。如今，我们不仅有几千年汉民族文化的传统文学，还有不断交叉出现的各种少数民族文学，更有 20 世纪产生的新文学传统，后者的内涵表现得更为广泛，其中掺杂了英国、法国、美国、俄罗斯、日本等多个国家的传统文学因素，因此构成了中国当代文学"多传统"的发展基础。如果我们把视野扩展到海外华人文学，那么完全可以像博尔赫斯那样断言，我们应该把宇宙看作我们的遗产。

因为今天的文学创作和文化关系，就将构成明天的传统。从这个意义来说，传统不仅属于过去和现在，更属于未来。我们应该用未来的眼光来看待传统。

结语

横向联结

——现代艺术与传统文化的契机

在现代艺术的发展过程中，有些人仅仅看到了它对传统艺术破坏的一面，而没有看到其对传统艺术增新的一面，这无疑增加了对艺术发展理解的悲剧感。其实，现代艺术不过是传统艺术世界在生活的冲击下，又一次破裂和重建的过程，它打破过去传统的格局，是为了开拓更大的艺术领域。为了实现这种更新过程，现代艺术往往借助于横向的借鉴和交流，从世界各地和历史文化的各个角落吸取许多崭新的艺术因素。例如19世纪中期日本版画就被介绍到了欧洲，对欧洲一些画家的艺术创新产生了巨大的影响。中国古典诗歌在这一时期也对法国诗坛产生过影响，象征主义最早的诗人之一马拉美就曾受到过我国唐诗的影响，从中国诗歌比兴艺术手法中获取了象征主义的灵感。

其实，20世纪以来兴盛起来的现代艺术，也并不是指现代主义艺术，而是指处于一个新的世界文化背景下，各种艺术因素互相联系、交流、补足而包罗万象的一个艺术时代。这是一个集大成的时代，是过去历史的一切传统艺术和全世界每个民族、地区的艺术，都汇集到艺术家面前，供他们任意选择和合成，创造出独具一格的艺术时代。多样的选择和合成造就了更多的个性表达的可能性。实际上，现代艺术发展的每一步，都是和打破偏见、吸取更广泛的艺术因素的横向联结连在一起的。就拿绘画来说。20 世纪初，很多西方画家就对非洲的雕刻及原始文化风情发生了强烈的兴趣，很多艺术家甚至放弃了在文明城市的生活，深入到非洲的风土人情之中，获取艺术创新的营养。我们在高更、梵高、毕加索的艺术生涯中都能发现这种艺术借鉴的足迹。至于东方各国的艺术家在同西方艺术接触之后，一方面是争前恐后地向西方学习，而另一方面则在更大范围内认识到自家艺术的可贵性。

在这个过程中，现代艺术的兴起所必然引起的一种变化，就是不同地域和民族之间的艺术偏见的消除。打破过去传统的封闭心理，不仅仅以自己某一民族、某一地区所沿袭的眼光来评判艺术，而是以一种平等的眼光对待一切艺术因素，接受各种外来因素，这已经成为现代艺术家立足于时代的最重要的前提。无疑，消除这种艺术偏见的过程是艰巨的，因为每一民族、每一地域都有自己不同的文化传统和艺术心理。长期以来，在经济生活和文化交流不发达的时代，这种传统文化心理和既定的社会生活状况相适应，构筑了人们生态和心态的平衡与和谐。在一定的条件下，它给予人们的不仅是所期望的心理宣泄和满足，还有自我存在的安全感和自尊。任何一个民族和地域历史生活的自我延续，如果没有这种安全感和自尊都是无法想象的。它通过各种方式"外化"为具体的生活规范和艺术形态、规则及思维方式，对于历史发展起着前后承继的稳定作用，同时巩固和保护着已取得的历史文化成果。

没有比传统文化的存在对人类生存发展更重要的了。没有传统，就不能设想有人类及人类文化的今天。其实，所谓传统是无处不在的，每个民族、每个国家有自己的传统，每个人也有自己的传统。人们都在某种传统庇荫下生存，使自己心灵的某一部分得到尊重，不受侵害。不过人们总是对自己被保护的那部分毫无知觉或者置若罔闻，而对于自己所受到的束缚非常敏感，希望获得超越这种传统的机会和可能性。

也许正因为如此，人类与自己所创造的文化传统永远处于一种微妙的关系之中。任何一种传统对于人类生存都有双重职能，一方面它保护着人们，另一方面则在一定程度上限制着人们。而人们一方面接受着传统的恩惠，另一方面则滋长着对传统的不满，在依赖传统过程中用各种方式冲击着传统，改变着传统。

因此，即便是传统对人们生存有着极其重要的作用，人们生存无法离开传统，也不能设想一种传统能够永远不遭到怀疑、不受到冲击或者毫不改动地永世长存。因为传统的存在价值本身并非由传统自身所决定，而在于对人类生活状态所起到的作用，是由人生存发展的完美和完善程度所决定的。人类的一切工作也并非要创造某种与世长存的传统，而是如何使自己的生存状态更完善，身心得到更好的发展，让当代人活得好一点，后代人活得更好——由此，人类并不甘心受制于传统，而是用创造传统来充实自己。任何一种传统，当它已经丧失保护人们生存的能力，不再能够满足人们要求发展的欲望，那么它对人们行为和欲望的限制就会迅速显露出来，赋予人们所担负的责任重负就会大大超过给予人们的恩惠，这时，人们对于传统的怀疑和冷漠就会普遍产生，传统被打破就成为必然。

由此可以设想，如果离开了对于人生存发展的具体状态来考察和议论文化传统问题，我们获得的只能是一个空洞的世界，其本身毫无意义。人类活动本身并不是为了创造和保持某种传统，传统的价值也不能以自己独特形态存在时间的长短来判定，一种传统形态消失了，并不意味着它在人类生活中已完全"死亡"。任何文化传统都是人类在各种具体历史条件下走向完善的生命活动的创造物，而并不属于人们完全有意识地构想、设计或者保持的某种文化模式。文化，永远是一条长河，不同的传统则是人们因地制宜、因势利导开凿的纵横交错的河道港汊，而人们自身不断更新地创造、更新地追求，行使着天然的分解和聚合作用，它会把长期形成的思想硬壳打碎，把长久盘踞在头脑中的东西在短时间内遗忘掉，也会挖掘出历史深藏着的宝贵记忆，在不期而遇的交流中突然改变过去的方向，传统与人类的生命活动息息相依，但它是在不断消失着，同时又在不断地生长着的。

现代艺术的发展同样如此，它同传统文化处于相互依赖，而又互相冲突的状态之中。相互依存的方面，在于它吸足了传统文化的奶汁，开始膨胀其发展的欲望，传统已经熔铸到其身体；而传统已无法满足它继续发展的需要，并且构成了对它发展的限制，这又使得它们相互冲突。

于是，对传统的怀疑虽然会使艺术家痛苦不已、怅然若失，但同时也意味着传统的偏见开始消除。因为在一定程度上，艺术家已无法在传统的氛围中得到安全感，生活的冲击已破坏了原有自我完满的心理状态。而艺术家依赖于传统的艺术手法、艺术方式亦不能完全表达自己的感情思想而得到心理上的满足，对传统的依赖已成为艺术家的痛苦，艺术家必须寻求新的艺术方式来挣脱这种痛苦，把自己的欲望从束缚中解脱出来，因此在艺术意识中形成了明显的向外扩张的倾向。这种"外倾"意识使艺术家能够超越传统的偏见，迅速接近和接受外来文化的因素，在文化艺术横向交流中找到艺术出路。

这在东方国家的艺术发展中表现得十分明显。很多艺术家能够突破传统艺术的藩篱，创造出别具一格的作品，都是和他们接受和吸收外来文化的影响分不开的，印度的泰戈尔，日本的夏目漱石，中国的鲁迅、郭沫若等人，都是如此。换句话说，所谓现代艺术形态在东方的形成，只有在一个时代的艺术感觉能力，能够容忍和消化其他国家和民族艺术形态存在的条件下才成为可能。20世纪以来，中国文学所发生的根本变异就表现在这里。对传统的怀疑导致了对外国文学的接受和引进，而这种接受和引进又形成了对于传统强大的冲击波。鲁迅的创作就代表了中国现代艺术最典型的形态，他对于中国封闭的文化传统的批判是前所未有的，他从心理深处拒绝和厌恶接受传统给予他的任何恩惠。他把自己小说创作方面取得的成就完全归结于读了一百多篇外国作品，再三提到要打破传统的教条，直到30年代还强调尽量少读或不读中国书。另一位作家郭沫若在回顾自己创作道路时，曾把自己创作的觉醒期、爆发期及其向戏剧、小说的发展，全部归结为受外国文学家的影响，他曾这样讲到作诗的经过："我在民国二年的正月到了日本东京，在那里不久我首先接近了印度泰戈尔的英文诗，那实在是把我迷着了。……当我接近惠特曼的《草叶集》的时候，正是五四运动发动的那一年，个人的郁积，民族的郁积，在这时找出了喷火口，也找出了喷火的方式，我在那时差不多是狂了。民七民八之交，将近三四个月的期间差不多每天都有诗兴来猛袭，我抓着也就把它们写在纸上。"（《序我的诗》）

显然，鲁迅和郭沫若在这里所表达的仅仅是他们艺术意识的"外倾"态度，而绝非完整地反映了他们创作的客观真实基础。他们在无意识中忽略的正是传统文学修养方面的深厚功底。这种功底不仅构成了他们接受和消化外国文学因素的能力基础，而且强化了他们冲破传统艺术手法的欲望和力量。传统的因素在他们创作中，从来没有消失过，也一直不可能消失，只不过已成为他们人格中潜在的深层内容，以至于只表现为一种存在的现实，而不能再充当一种对未来发展的自觉追求。因此，他们不再强调吸收传统的营养，只是根植于他们本身已拥有的传统，代表着传统，而这种独一无二的传统已经不能满足他们艺术创造的需要，需要吸收若干个另外的传统的营养来进行创作。否则，我们也许永远会感到不可思议，为什么正是一些传统艺术根底深厚的艺术家，反而对传统表现出了最严厉的批判态度，离开驾轻就熟的传统艺术而步入布满荆棘的创新之路。

答案只有一个：他们期求着新的发展、新的完善和新的满足，而不沾沾自喜于自己已拥有的艺术世界。

不过，并不是所有不满足于传统艺术手法的艺术家都能够达到新的艺术境界。对传统产生怀疑，并不意味着一定能够打破传统、冲破传统的束缚，这还有赖于艺术家是否能够吸收到传统之外的新的文化因素和艺术营养，否则就只能在原来传统的圈套中辗转反侧。横向文化艺术的联结正是在这种情况下，为艺术家提供了传统文化与现代艺术结合的契机。现代艺术的形成和发展实际上是与一种传统艺术增新和扩张的过程相统一的。后者在前者的形态中重新肯定了自己，而前者则依赖后者的认同获得存在的依据。它们都不可能单独地存在，在自我封闭的小圈子里自我膨胀，自我确定，而要依赖对方的引导共同发展。

如果从大的文化背景来说，一种开放的文化氛围给予艺术发展的恩惠是无法估量的。显然，这种开放在不同的历史发展阶段是表现在不同层次和程度上的，它愈来愈向大的范围扩展，给予艺术家的艺术创新创造了愈来愈广阔的天地。但是，处于一个封闭的文化环境中，艺术家对于传统的怀疑和破坏，往往只能导致传统格局表层的毁坏，造成传统机制一次又一次的毁坏—恢复—再毁坏—再恢复的循环，难以建立起新的形态并从根本上取代它。其实，就文学的历史发展来说，对于传统的怀疑远远早于现代艺术时代的到来。就拿中国文学发展来说，唐宋之后，随着封建社会逐渐走向衰落，它日益滋长着对传统文学规范不恭敬的情绪，在正宗文坛上也涌现出很多具有反传统色彩的人物，如李贽、袁宏道、冯梦龙、黄宗羲、顾炎武、王夫之、袁枚、赵翼、章学诚、龚自珍等，他们都在不同程度上提出了对传统的怀疑，要求冲破传统的束缚，建设新的文学。但是，由于当时文化环境的限制，他们很少能够超越传统的局限去反传统，往往只能更多地依靠传统文化中的某种因素来反传统，在理论上强调一点，攻击其余，"拆了西墙补东墙"，虽对文学发展各有贡献，但总归停留在传统的极限之内，难以逾越。这种情景直到中国社会逐渐进入开放氛围中，才有所改观。同时这也告诉我们，反传统并非就超越了传统，并非现代艺术意识的标志。而现代艺术也并不意味着割裂传统和抛弃传统，最重要的是不同文化艺术之间的横向联结以及由此产生的新的艺术形态。

我之所以直言宣称横向联结具有如此巨大的魔力，是因为我自始至终相信不同思想意识的交融会触发新的思想。记得一位名人曾经说过，两种思想的交换不同于两个苹果的交换，每人都会得到两种思想。其实不然，两种思想发生碰撞接触，得到的并非原来的两种思想，而是大于优于原来的一种新的思想，因为其中加入了主体的聪明才智。文化艺术之间的横向联结也是如此。

由此我们还将获得一条更充足的理由：在横向文化艺术联结中，彼此相交合的文化思想，都有一种相互增值的过程。它们借助于彼此的思想观照，能够显示出更深层的内容，获得自己独特的价值。

实际上，现代艺术意识的基本出发点是尊重每一种传统，人们所打破的传统束缚并非传统本身，而是把某一种传统奉为正统或者唯一的正宗的观念。不论是东方还是西方，都不再把与自己有直接渊源关系的历史艺术视为"唯一"的传统，并完全按照这种传统的观念来评价艺术。相反，任何一种艺术传统，不论其时间长短、形貌如何，它都会被视为许多艺术传统中的一个传统，受到平等的待遇。而任何一个现代艺术家的创作，都不再是为了某一个艺术传统传宗接代。正是在这种情况下，艺术家对于传统的依赖转变为对传统的把握，优秀的艺术创作开始建筑在多种文化传统的基础上，犹如底座坚实的金字塔，永世长存。这一切已经是 20 世纪现代艺术发展的现实图景。文化艺术的横向联结本身需要传统，它借助外来文化艺术的冲击打破的只是传统长期形成的一层封闭的"外壳"，激活了传统的内部机制，焕发出新的生机。

从分析横向联结出发，能够为我们理解现代艺术与文化传统的关系提供一个思想契机。在由各种封闭的、单一的民族艺术传统向一种整体的、开放的世界文学形态的转化过程中，横向联结起到了一种重要的历史杠杆作用，艺术家通过某一艺术传统的基点，撬动起整个现代艺术变革的巨石。如果说在传统艺术的历史发展中，纵向的承继线索构成了主要的因果关系的话，那么现代艺术的发展则突出了横向的扩展。艺术发展空间的意义能够转化为时间，取代和弥补历史纵向发展脱落的环节。

20 世纪以来中国文学的发展，就明显地显示出了这种时代特色。横向联结不仅在特定的历史条件下表现了中国文学传统继续生存发展的必然要求，而且是推动文学本身发展的深刻动力。显然，横向联结是在中国文学传统已受到严重挑战，遭受到根本怀疑情况下确立的。一批先驱的艺术开拓者开始向外国文学中汲取养料，虽然他们在思想上存在着种种差异，但是都表现了文学传统内在的危机意识。换句话说，他们反传统的思想，其实是依据传统生存发展的内在需要出现的，并为了从根本上挽救传统，使之适合于世界现代文明发展的需要。外国文学的传播正是在这个过程中显示出自己历史作用的，当中国单一的文学传统同世界现代艺术发生隔阂并显示出危机之时，外国文学作为一种思想中介，沟通了中国艺术传统和世界现代艺术及各种其他传统的直接交流，尤其加速了中国艺术传统内部的分裂，并通过实践的调整，加速了中国现代新的艺术形态的形成。鲁迅、郭沫若等现代艺术家超越先前传统艺术家的地方正在这里，他们本身不可能完全背离传统，而正是从这种传统中引展出强大的反传统思想。但是他们并不是仅此而止，而是通过学习和吸收外国文学中的营养，突破了封闭的、单一的传统思维模式，把传统带到一个多元化的文化氛围中，进行了新的现代文学创造。

由于这种横向联结，在现代文学创作中过分依赖于单一传统的师承的格局必然会被打破，同时也使得沿袭于旧的法则来理解传统和历史的人惊慌不已。而对新的艺术发展势态，很多人在他过去熟悉的地方，已经再也看不到他所熟悉的传统身影，于是惊呼传统消失的危机，而对一代新的艺术开拓者强加"毁灭传统"的罪名。其实 20 世纪以来，随着中国现代艺术的发展，一种新的传统危机的论调就不断出现在文坛上，他们对"唯一"的传统观念的消失表现出极大的恐惧感，无法在平等的基础上和世界上各种其他文化传统产生认同感，因此看到中国文学传统仅仅作为一个角色与其他文学传统相互配合、共同导演的戏剧出现在中国舞台上，他们就会无法容忍。

但是，他们已并不能代表传统，相反，他们是一批真正"失掉"传统的人。因为传统在现代艺术形态中确确实实是存在的，并以新的姿态发展着，而他们站在传统的长河已经流过的地方，在生活中已找不到传统活着的真实存在。正因为如此，他们无法理解现代艺术发展的进程，因此也不可能在这种进程中找到自己的位置。

也许在这里，我们已经把讨论引向了一个更纵深的话题：现代艺术发展的悲剧感是怎样产生的？怎么消除这种悲剧？在现代艺术发展过程中，人们是不是一定要在现代艺术与传统文化之间作出抉择？

显然，我们不愿意也不一定注定应该承担这种精神的磨难，丧失一切能够"两全其美"的机会和可能性。在这方面，现代艺术发展的事实其实并不像一些耸人听闻的理论分析那样令人悲观。20 世纪以来，现代艺术已经在世界各地蓬勃发展，创造出了大量的艺术作品，浸透到了生活的各个环节之中，尽管我们经常会听到一些令我们感到惊骇的口号，但是经过短暂的疑惑之后，我们就会发现，现代艺术潮流并没有"消灭"传统，相反，它确实恢复了很多传统，而且使许多过去并不引人注目的传统发扬光大起来，如印第安人以及非洲一些土人的文化传统，已经堂而皇之地进入艺术的大雅之堂就是明证。

因此，现代艺术发展的事实并非像一些文人描述的那样可怕，仿佛传统和现代有一条生死离别的鸿沟，每个人都必须经历忍痛割爱和挥泪而去的境界。我们没有任何理由为失去传统感到担忧，我们只是需要不断搭起一座桥梁，把传统文化和现代艺术紧密联结起来。

这座桥梁就是在文化开放氛围中的横向联结。横向联结不仅是发展文学的一种手段和途径，更重要的是表达对于现代艺术发展的一种理解，唯有这种理解，才能消除我们潜在心理的恐惧感、失落感和悲剧感，愉快地接受艺术发展给我们带来的各种馈赠，我们就会在各种各样新的艺术创造中发现与传统亲近的因素。我们会看到，在中国现代社会中，横向联结已经使传统文化与现代艺术组合成一个整体，人们借用现代艺术意识的光亮去发现中国文化传统中的珍宝，同时用这些珍宝去充实和创造现代艺术意识，两者之间在相互理解和尊重基础上达到一种内在的默契。就一个艺术家来说，他进行创作的个性力量也总是从中国传统文化和外国文学影响两方面吸取的，两者之间也是互相刺激、激发和引展的。外国文化思想对他的触及，促使他更深刻地理解和感受中国传统的民族文化，复兴传统文化精神；而后者又使他有效地把握外国文化艺术的特征。

在理解的基础上，我们希望对中国现代艺术及其理论发展能够建立一种新的整体的认识：在中国现代文学发展中，向传统的民族文化的回归和向世界现代艺术的扩展，是一种双向同构的发展过程，其中包含着传统更新、复兴、重建的内容。中国文学要在更广阔的世界中肯定和发展自己，就必须在更深的传统意识中发展自己，丰富自己，而这一切都必须是在开放的横向文化联结中才能实现的。可以说，横向联结是传统文化和现代艺术之间一条金色的纽带，在中国文学走向世界、走向未来、走向现代化的过程中，只有深刻理解和挖掘中国传统的民族文化，才能真正认识和理解一切外国文化思想的真实意义；而只有认真理解和吸收一切外来文化思想，才能使中国文学不断发展和更新。

后　记

———————

　　本书是中国社科"九五"规划重点项目，我在申报时写了如下论证：本课题试图在马克思提出的"世界文学"整体格局中论述20世纪中国文学理论的发展和意义，为人们提供一个中西方文化互相交流、渗透和应合的整体景观。它的重点涉及以下几个层面：第一，表现在实际层面上中西文艺理论在文学中直接的相互交流和借鉴；第二，并不直接地表现在文艺理论方面，而是间接地通过其他文化因素，包括哲学、美学、伦理、艺术、饮食文化等各个方面的相互渗透所产生的理论效应；第三，中西文艺理论是在历史时空中传统与现代两方面的互相参照和补充；第四，20世纪中西文艺理论在发展中所表现出的应合关系，探讨人类在探索美的规律过程中的一些共同发现和潜在的统一性。显然，这是一个跨学科的课题，内容涉及现代文学、文艺理论、外国文学、中国古典文学甚至文化学等各个领域，困难就在于如何沟通各个领域的知识，用一种融会贯通的方式对20世纪中国文艺理论景观进行一种整体把握和描述，为建立有中国特色的马克思主义文艺学贡献力量。这就是本课题的理论和实践意义之所在。对于中西文艺理论相互交流的现象已有不少研究，但从某一领域入手或从某一角度着眼的居多，尚缺乏从各个学科进行整体性综合研究的成果，本课题的实施也将是打破各学科之间缺乏沟通的现状，实现跨学科研究的一种尝试。

　　我希望本书能够体现上述想法。应该提及的是，此项目原本是由多人参加的，但是由于种种原因，最后基本上是由我自己完成的。同时，研究计划也有所改变，原本拟定的第八章"文艺之道曰西与中——燕卜荪与中国文艺理论"，由于内容在上下两章中已有涉及，而且因为缺乏足够的资料，难以独立成章。同时又增加了下编有关理论思潮的内容，所以从整体上看内容是扩大和充实了。在这里，还应该说明，下编中的"浪漫主义与现代中国文学"是汤奇云同志在我的指导下完成的；"后现代主义与现代中国文学"一章是刘金涛同志和我共同合作完成的；"人道主义与现代中国文学"一章是叶凯同志和我共同完成的。以上提到的三位同志都是华东师范大学由我指导的在读的博士生。

　　除此之外，在课题完成之际，我还得向很多关心和帮助过我的人致谢。首先是王圣思，她原本是课题组成员，但由于患病而未能参与写作，不过她还是非常关心这项工作，本课题能够完成，很大程度上是她那真诚与信任的激励。还有周晓明副教授，原是我大学时的老同学，她不仅在本书资料的收集上出了力，而且从精神和生活上一直给我很大的帮助和关心。此外王铁仙教授、马以鑫教授、赵山林教授、夏中义教授等，虽然没有直接参与写作，但都以不同方式给予我支持和帮助。还有学校科研处、财务处等有关同志在此项工作上的付出也不能忘记。我还要特别感谢伊继佐同志给予本书写作的有力支持。

　　感谢我的导师钱谷融先生，在我完成本课题的艰难、孤独的日子里，唯有当他与我下棋时才让我感觉人生中也有快事。

殷国明

1999 年 4 月 20 日